MW01633346

Christian Morgenstern
Gesammelte Werke

Christian Morgenstern
Gesammelte Werke

Herausgegeben
von Klaus Schuhmann

Mit Anmerkungen
von Renate Beyer

Anaconda

Der vorliegende Band ist ein unveränderter Nachdruck der Ausgabe
Christian Morgenstern: *Ausgewählte Werke.* Hrsg. von Klaus Schuhmann.
Mit Anmerkungen von Renate Beyer. 2 Bände. Leipzig und Weimar:
Gustav Kiepenheuer Verlag 1985. Gustav Kiepenheuer ist eine Marke
der Aufbau Verlag GmbH & Co. KG. –
Die Bände wurden redigitalisiert, neu paginiert
und die Inhaltsverzeichnisse an den Anfang gestellt.

Die Deutsche Nationalbibliothek verzeichnet diese Publikation in der
Deutschen Nationalbibliographie; detaillierte bibliographische Daten
sind im Internet unter http://dnb.d-nb.de abrufbar.

Lizenzausgabe mit freundlicher Genehmigung

Umschlagmotiv: Kestutis Kasparavicius, »Fish« (2006),
Private Collection / bridgemanart.com
Umschlaggestaltung: www.katjaholst.de
Redigitalisierung: www.paque.de
Printed in Czech Republic 2014
ISBN 978-3-7306-0105-1
www.anacondaverlag.de
info@anacondaverlag.de

INHALT

LYRIK

AUFBRUCH

AUF VIELEN WEGEN

GALGENDICHTUNG

INHALT

SATIREN · GROTESKEN · PARODIEN

REZENSIONEN · BETRACHTUNGEN · ÜBERLEGUNGEN ZUM THEATER

BRIEFE

STUFEN (AUSWAHL)

ANHANG

LYRIK

AUFBRUCH

IN PHANTA'S SCHLOSS

PROLOG

Längst Gesagtes wieder sagen,
hab ich endlich gründlich satt.
Neue Sterne! Neues Wagen!
Fahre wohl, du alte Stadt,
drin mit dürren Binsendächern
alte Traumbaracken stehn,
draus kokett mit schwarzen Fächern
meine Wunden Abschied wehn.
Kirchturm mit dem Tränenzwiebel,
als vielsagendem Symbol,
Holperpflaster, Dämmergiebel,
Wehmutskneipen, fahret wohl!

Hoch in einsam-heitren Stillen
gründ ich mir ein eignes Heim,
ganz nach eignem Witz und Willen,
ohne Balken, Brett und Leim.
Rings um Sonnenstrahlgerüste
wallend Nebeltuch gespannt,
auf die All-gewölbten Brüste
kühner Gipfel hingebannt.
Schlafgemach –: mit Sterngoldscheibchen
der Tapete Blau besprengt,
und darin als Leuchterweibchen
Frau Selene aufgehängt.

Längst Gesagtes wieder sagen,
Ach! ich hab es gründlich satt.
Phanta's Rosse vor den Wagen!
Fackeln in die alte Stadt!
Wie die Häuser lichterlohen,
wie es kracht und raucht und stürzt!
Auf, mein Herz! Empor zum frohen
Äther, tänzergleich geschürzt!
Schönheit-Sonnensegen, Freiheit-
Odem, goldfruchtschwere Kraft,
ist die heilige Kräftedreiheit,
die aus Nichts das Ewige schafft.

AUFFAHRT

Blutroter Dampf . . .
Rossegestampf . . .
»Keine Szenen gemacht!
Es harren
und scharren
die Rosse der Nacht.«

Ein lautloser Schatte,
über Wiese und Matte
empor durch den Tann,
das Geistergespann . . .
Auf hartem Granit
der fliegende Huf . . .
Fallender Wasser
anhebender Ruf . . .
Kältendes Hauchen . . .
Wir tauchen
in neblige Dämpfe . . .

Donnernde Kämpfe
stürzender Wogen
um uns.

Da hinauf
der Hufe Horn!
In die stäubende Schwemme,
hoch über den Zorn
sich sträubender Kämme
empor, empor!
Aus klaffenden Wunden
speit der Berg
sein Blut gegen euch.
Mit Wellenhunden
fällt euch an
der Haß der Höhe
wider das Tal.
Aber ihr fliegt,
blutbespritzt,
unbesiegt,
empor, empor.

Vor euch noch Farben
verzuckenden Lebens,
auf grünlichem Grau
verrötender Schaum;
hinter euch
Schwarz und Silber,
die Farben des Todes.
Ein Schleier,
an eure Mähnen geknüpft,
schleppt
geisterhaft nach.
Wie ein Busentuch
zieht ihr hinauf ihn

über des Bergs
zerrissene Brust.

Müde sprang sich
der Sturzbach.
Nur mit den Lippen
wehrt er sich noch.
Und bald
wird er zum Kind
und hängt sich selber
spielend an eure Schweife.

Weiter! weiter!

Da!
Winkende Gipfel
im Sicheldämmer!
Langsamer traben
die Rosse der Nacht.
Heilige Sterne
grüßen mich traut.
Ewige Weiten
atmen mich an.
Langsamer traben
die Rosse der Nacht,
gehen,
zögern,
stehen still.

Alles liegt nun
florumwoben.
Schlaf umschmiegt nun
Unten, Oben.
Nur die fernen
Fälle toben.

Leise Geisterhände
tragen
mich vom Wagen
in des Schlummers
Traumgelände.

Aller Notdurft,
alles Kummers
ganz befreit,
fühle ich ein höhres Sein
mich durchweben.
Wird die tiefe Einsamkeit
mir auf alles Antwort geben?

PHANTA'S SCHLOSS

Die Augenlider schlag ich auf.
Ich hab so groß und schön geträumt,
daß noch mein Blick in seinem Lauf
als wie ein müder Wandrer säumt.
Schon werden fern im gelben Ost
die Sonnenrosse aufgezäumt.
Von ihren Mähnen fließen Feuer,
und Feuer stiebt von ihrem Huf.
Hinab zur Ebne kriecht der Frost.
Und von der Berge Hochgemäuer
ertönt der Aare Morgenruf.

Nun wach ich ganz. Vor meiner Schau
erwölbt azurn sich ein Palast.
Es bleicht der Felsenfliesen Grau
und lädt den Purpur sich zu Gast.
Des Quellgeäders dumpfes Blau
verblitzt in heitren Silberglast.

Und langsam taucht aus fahler Nacht
der Ebnen bunte Teppichpracht.

All dies mein Lehn aus Phanta's Hand!
Ein König ich ob Meer und Land,
ob Wolkenraum, ob Firmament!
Ein Gott, des Reich nicht Grenze kennt.
Dies alles mein! Wohin ich schreite,
begrüßt mich dienend die Natur:
ein Nymphenheer gebiert die Flur
aus ihrem Schoß mir zum Geleite;
und Götter steigen aus der Weite
des Alls herab auf meine Spur.

Das mächtigste, das feinste Klingen
entlauscht dem Erdenrund mein Ohr.
Es hört die Meere donnernd springen
den felsgekränzten Strand empor,
es hört der Vögel helles Singen,
der Quellen schüchternen Tenor,
der Wälder Baß, der Glocken Schwingen.

Das ist das große Tafellied
in Phanta's Schloß, die Mittagsweise.
Vom Fugenwerk der Sphären-Kreise
zwar freilich nur ein kleinstes Glied.

Erst wenn mit breiten Nebelstreifen
des Abends Hand die Welt verhängt
und meiner Sinne maßlos Schweifen
in engere Bezirke zwängt –
wenn sich die Dämmerungen schürzen
zum wallenden Gewand der Nacht
und aus der Himmel Kraterschacht
Legionen Strahlenströme stürzen –

wenn die Gefilde heilig stumm,
und alles Sein ein tiefer Friede –
dann erst erbebt vom Weltenliede,
vom Sphärenklang mein Heiligtum.

Auf Silberwellen kommt gegangen
unsagbar süße Harmonie,
in eine Weise eingefangen,
unendlichfache Melodie.
Dem scheidet irdisches Verlangen,
der solcher Schönheit bog das Knie.
Ein Tänzer, wiegt sich, ohne Bangen,
sein Geist in seliger Eurythmie.

O seltsam Schloß! bald kuppelprächtig
gewölbt aus klarem Ätherblau;
bald ein aus Quadern, nebelnächtig,
um Bergeshaupt getürmter Bau;
bald ein von Silberampeldämmer
des Monds durchwobnes Schlafgemach
und bald ein Dom, von dessen Dach
durch bleiche Weihrauch-Wolkenlämmer
Sternmuster funkeln, tausendfach!

Das stille Haupt in Phanta's Schoße,
erwart ich träumend Mitternacht: –
Da hat der Sturm mit rauhem Stoße
die Kuppelfenster zugekracht.
Kristallner Hagel glitzert nieder,
die Wolken falten sich zum Zelt.
Und Geisterhand entrückt mich wieder
hinüber in des Schlummers Welt.

DAS HOHELIED

Singen will ich den Hochgesang,
den mit Sterngoldlettern
der heilige Geist der Erkenntnis
in den schwarzen Riesenschiefer
nächtigen Firmaments
leuchtend gegraben,
den jauchzenden Hochgesang,
des Kehrreim von zahllosen Chören
von Weltengeschlechtern das All durchtönt:
  Auf allen Sternen ist Liebe!

Siehe, ich maß auf dem Feuerfittich
rascher Kometen die Bahnen der Ewigkeit,
durch tausend Planetenreigen
flog ich zitternden Geistes,
spähte und lauschte hinab
auf die kreisenden Bälle
mit überirdischen Sehnsuchtsinnen.
Und entgegen schwoll mir allewig
aus unzählbarer Lebenden Brüsten:
  Auf allen Sternen ist Liebe!

Sahst du je ein liebendes Paar
sich vereinen zu seligem Kuß,
sahst du je der Mutterlippe
stummes Segengebet des Kindes
reinen Scheitel inbrünstig weihen,
sahst du je die stille Flamme
heiliger Freundschaft im Kusse brennen –
o dann sang auch deine Seele,
stammelte schauernd die süße Gewißheit:
  Auf allen Sternen ist Liebe!

Trunken bin ich von diesem Liede,
das aus der Harfe der Ewigkeit hallt.
O meine Brüder auf wandelnden Welten,
deren Sonnen purpurne Kränze
um die Muttersonne des Alls
ewigen Rhythmus' Sturmschwung reißt,
grüßen laßt euch durch Äonen!
Tausendgestaltiger Sterblicher Hymnen
ein' ich des Menschengeschlechts Dithyrambe.
Auf allen Sternen ist Liebe!

Liebe! Liebe! durch die Unendlichkeit
ausgegossen, ein Strom erlösenden Lichts,
in das Nichts, die Nacht der Herzen
deine glühenden Wogen schlagend –
hebend aus dem Dumpfen das Heilige –
aus dem Chaos rettend und schaffend den Gott –
Gottheit auf die Stirn dem Menschen
prägend und ins schimmernde Aug ihm
Gottheit senkend – Liebe! Liebe!
Auf allen Sternen ist Liebe!

Liebe! Liebe! bist du die Mutter auch
aller Schmerzen, aller der Lebensqual,
wer erträgt um dich nicht alles,
stolzen Mutes, ein Held, ein Ringer!
Heilig sprechen wir Haß und Leid und Schuld,
denn wir lassen von dir nicht, o Liebe!
Träges Verschlummern lockt uns nicht,
Leben und Tod soll ewig dauern,
denn wir wollen *dich* ewig, o Liebe!
Auf allen Sternen ist Liebe!

Erden werden zu Eis erstarren
und ineinander stürzen,

Sonnen die eigene Brut verschlingen,
tausend Geschlechter und aber tausend
werden in Staub und Asche fallen:
aber von Ewigkeit zu Ewigkeit
bricht aus unzähliger Lebenden Brüsten
dreimal heilig und hehr das hohe Lied,
dreimal heilig des Lebens Preisgesang:
Auf allen Sternen ist Liebe!

EPILOG

Am Schreibtisch finde ich mich wieder,
als wie aus krausem Traum erwacht . . :
Vor mir ein Buch seltsamer Lieder,
und um mich stille Mondesnacht.
Ich schaue auf den kleinen Ort,
aus dem mein Geist im Zorn geflohn: –
Nachtwächter ruft sein Hirtenwort
zu greiser Turmuhr biedrem Ton . .
Wie knochige Philisterglatzen
erglänzt des Pflasters holprig Beet . .
Und auf den Giebeln weinen Katzen
um ein versagtes Tête-à-tête.

Euch also, winklige Gemäuer,
durchschnarcht von edlen Atta Trolls,
bewarf ich einst mit wildem Feuer
aus den Vulkanen meines Grolls!
Ich sah in eurer Kleinlichkeit
die Welt, die in mir selbst ich trug:
es war ein Stück Vergangenheit,
das ich in eurem Bild zerschlug.
Von oben hab ich lachen lernen
auf euer enges Kreuz und Quer!

Wer Kurzweil trieb mit Sonn und Sternen,
dem seid ihr kein Memento mehr!
In tiefentzückten Weihestunden
fernab dem Staub der breiten Spur,
hab ich mich wieder heimgefunden
zum Mutterherzen der Natur!
In ihm ist alles groß und echt,
von gut und böse unentweiht:
Schönheit ist Kraft ihm, Kraft ihm Recht,
sein Pulsschlag ist die Ewigkeit.
Wen dieser Mutter Hände leiten
vom Heut ins Ewige hinein,
der lernt den Schritt des Siegers schreiten,
und Mensch sein heißt ihm König sein!

HORATIUS TRAVESTITUS

I,1

Hoher Protektor und Freund, Edler von Gönnersheim,
was doch alles der Mensch auf seiner Erde treibt! ...
Dieser fegt auf dem Rad über die Rennbahn, und
platzt der Gummischlauch nicht, geht er zuerst durchs
Ziel.

Welcher Tag für den Mann, wenn ihm das Comité
die Medaille verleiht, Meisterschaft zuerkennt!
Jenen wieder erfreut's, wenn ihn der Wähler Schar
an das berühmte Büfett unseres Reichstags schickt.

Andre, wenn der Kaffee prompt aus Brasilien kommt,
Sack an Sack imposant in ihren Speichern steht.
Der Agrarier, der jammernd sein Land bestellt,
tauscht dir dennoch den Pflug mit der Couponscher
nicht,

Noch verlockst du ihn leicht, daß einem Dampfer er
sich zur Überfahrt nach Mexiko anvertrau.
Sieh den Kaufmann! Er schimpft auf Kolonialpolitik,
wird Lokalpatriot, gründet Bazars und Klubs,

Aber bald wieder doch rüstet mit Schnaps und Blei
neue Schiffe er nach Togo und Kamerun.
N. N. schmollt, wie du weißt, perlenden Sekten nicht,
noch auch wenn ein Gelag früh im Kaffeehaus schließt;

Sommers stärkt er sich dann durch eine Sprudelkur
oder reist nach Tirol oder nach Helgoland.
Andre wieder sind mit Leib und Seel Militärs,
schmähn das faule Zivil, dem jeder Schuß ein Greul.

Und wer jagt von Beruf oder aus Waidlust nur:
Dessen Hitze vergißt Weibchen und Kinder oft,
wenn sich etwan ein Hirsch in seinen Forst verläuft,
oder Wild- oder Holzdiebe zu fangen sind.

Mich – der ja, wie du weißt, all diesem Treiben fern, –
reiht mein Sammetbarett göttlicherm Kreise an,
trennt vom Trubel der Welt meiner vier Wände Heim,
zarter Träume ein Schloß, klingend von Scherz und
Kuß.

Bleibt die Muse nur treu, rundlich der Pegasus,
deine Schatulle mein Hort, Glück meiner Wege Stern,
sprich gelassen es aus: O welch ein Lyriker!
Und vom Himmel herab nick ich, ein Gott, dir zu.

I,9

Du siehst, wie weiß, im glänzenden Schneegewand,
der Kreuzberg steht, und wie der Viktoriapark
tief eingeschneit, wie Spree und Panke
Mäntel von Eis auf den Leib gezogen.

Drum heize, Freundchen, spare die Kohlen nicht,
und laß uns im behaglichen Stübchen dann
aus schönem altem Rum – was meinst du? –
einen urkräftigen Steifen brauen!

Laß Pan die Welt verwalten, dem Wintersturm,
der mit dem Lenzwind heulende Schlachten schlägt,
gebieten! Beide werden schweigen,
daß sich kein Zweig mehr am Baume rüttelt.

Was kann dich kümmern, was dir das Morgen bringt,
des Lebens freue jeglichen Tag dich neu,

und walze froh mit süßen Mädchen
draußen in Halensee oder Treptow,

Solang zu Tanz und Kuß du noch jung genug!
Zum Zirkus wandre, sieh dir ein Lustspiel an!
Vielleicht auch knüpf ein zart Verhältnis
an in dem Dämmer der Gaslaterne!

Und sitzt du dann bei Dressel beim Dejeuner
und deine Kleine hält die Serviette vor –
wie köstlich, wenn der scherzhaft Spröden
endlich den Kuß du, den süßen, raubtest!

I,22

Wer ein braver, ehrlicher Gottesmensch ist,
braucht nicht Degenstöcke noch Ochsenziemer,
noch amerikanische Schlagringwaffen,
noch auch Revolver, –

Ob er die unwirtliche Hasenheide
oder den Tiergarten des Nachts durchwandert
oder nach dem Norden Berlins geht, wo die
Panke sich schlängelt.

Stiefle ich im Grunewald jüngst nach Schildhorn,
pfeife lustig ›Anne-Marie, erhör mich!‹,
als ein Hirsch zwölf Schritte vor mir sich regt und –
fort wie der Satan!

’s war ein Kapitalkerl, ein Achtzehnender,
wie so groß ich keinen zuvor gesehen!
Keine Waffe hatt ich – und doch! er forcht sich! –
Fort wie der Satan!

Laß am Nordpol mich zu den Robben gehen
und im ewigen Eise den Eisbär treffen –
Glaubst du, daß mir einer ein Leides täte?
Ebensowenig!

Wär ich in der Wüste, im Löwenviertel
Afrikas, ich würde mich doch nicht fürchten!
Pfeifen würd ich ›Anne-Marie, erhör mich!‹,
pfeifen, ja pfeifen.

I,27

Beim Weine gegenständlich zu werden ist
kassubisch? Wahrt doch, Freunde, den guten Ton!
Bedenkt doch, daß wir nicht in Rixdorf,
sondern im Westen der Hauptstadt sitzen!

Ich bitt euch, laßt die Messer und Gabeln ruhn:
Die Glaserrechnung wäre nicht abzusehn!
Ad loca, Kinder, seid vernünftig,
daß die Gemütlichkeit nicht gestört wird!

Ich soll Bescheid euch tuen in Malvasier?
Wohlan! doch vorher stell die Bedingung ich,
daß unser Freund und Bruder Gottlieb
uns seine neuesten Sünden beichte.

Er will nicht? Nun, so rühr ich mein Glas nicht an!
Du schämst dich wohl? O Gottlieb, wenn du dich
schämst . . .
Wir kennen dich doch all und wissen,
daß keine einzige deiner wert ist!

Vertrau's uns, Bester, was es auch immer sei!
Wir sind wie Gräber! . . . . . O das ist bös, sehr bös!

Du armer Kerl, so reinzufallen!
Hättest doch bessere haben können!

Prost, Gottlieb! spül's hinunter mit Malvasier –
vielleicht erscheint ein Deus ex machina – –
sonst freilich blieb dir höchstens übrig,
daß du die Sache in Verse brächtest.

II,3

›Kalt Blut und warmes Untergewand!‹, das ist
ein alter Satz, ob minus oder plus du machst.
Wozu die Überschwenglichkeiten?
Holt doch auch, Freundchen, der Teufel dich einst,

Ob du mit Schopenhauer die Welt verwünschst,
ob jeden Sonntag du bei Kempinsky dir
ein Austernmahl mit Sekt geleistet
und eine schwere Export-Havanna!

Du bist gesund, bist Kapitalist, bist jung,
du hast die schönste Villa am Strand der Spree,
in deinen Park verliebt sich jeder –
hörst du die Quellen nicht lieblich flüstern?

Und zieht's dich nicht zur marmornen Ruhbank dort,
darauf der Ahorn schützende Schatten wirft?
Ein kühles Weinchen dort zu trinken,
denk ich mir, müßte ein Hochgenuß sein.

Doch freilich, spar dir jegliche Illusion
betreffs der Dauer! – Scheiden mußt einst auch du,
und zungenschnalzend wird dein Erbe
deine vorzüglichen Marken schlürfen.

Das Sterben hast du gemein mit Hinz und Kunz –:
Es ist das Gras das einzige Kraut, darein
so reich wie arm gemeinsam beißen
und sich den Magen daran vertun muß.

Auf alle harrt vergnüglichen Blicks Freund Hein
und dreht sein knarrendes Glücksrad um und um,
und jede Ziffer ist ein Treffer,
ist eines Sterblichen arme Seele.

II,19

Gambrinus selber sah ich am Nodherberg
Kneiplieder lehren – glaub es, ungläubig Volk! –
vor saubrer Münchner Kellermadeln
und der Studenten gespitzten Ohren.

Rum plum! Noch bebt der Leib mir vom Biergenuß,
und aus mir redet stürmisch der Gerstensaft –
rum plum, o schone mein, Gambrinus,
Gott mit dem schrecklichen Tier im Wappen.

Die Radiweiber laßt mich besingen laut,
das Hofbräuhaus, die Brezel mit Salz beschneit,
das Bockbier, das aus Steinzylindern
ölig wie Honig den Schlund hinabläuft!

Besingen auch die wartende Ehefrau,
die eingeworfnen Fenster des Mannes, der
dem Morgenschoppen Feind gewesen,
und die bierfeindlichen Philosophen!

Du zähmst, Gambrinus, selbst ein Barbarenherz –:
In eines Theologen Gestalt charmierst

mit hübscher Kellnerin Gelock du,
ziehst ihr die Schleife des Schürzenbands auf;

In eines Mediziners Gestalt einmal
hast du den Haufen drängender Gläubiger
mit Maßkrugsalven aus dem Tempel
deines olympischen Reichs getrieben.

Obschon man dich für stärker im Rundgesang
und Renommieren als in dem Faustkampf hält,
so zeigst du doch, gereizt, so wild dich,
wie du gemütlich dich gibst im Frieden.

Der Nachtpolyp mit goldenem Tutehorn –
ein Auge drückt er schmunzelnd, der Brave, zu,
sieht Arm in Arm er deine Söhne
johlend durch die nächtlichen Gassen traben.

III,30

Wenn die Bürger mir ein Monument stifteten,
ob aus Gips oder Holz, Erz oder Marmelstein,
– sommers sonnt es sich froh, kinderwagenumringt,
winters baut man ein Dach drüber aus Papp und Stroh –

Kann man eins gegen zehn wetten: der Zahn der Zeit
nagt so lange daran, bis es in Trümmer fällt.
Darum lob ich mir das, was ich mit eigner Hand
in der Weltpoesie ewige Tafeln schrieb.

Nimmer werd ich vergehn; blühen, solange mich
ein Magister durchs Tor eines Gymnasiums trägt
und die Klasse mit mir würdigen Schritts betritt
und voll tiefen Verstands mich seiner Prima preist!

Überall, wo der Mensch klassische Bildung pflegt,
wird man fordern von ihm, daß er horazfest sei.
Habe mich darum auch redlich genug geplagt!
Reicht mir neidlos den Kranz, der meiner Kunst gebührt!

AUF VIELEN WEGEN

GEDICHTE · LIEDER · SPRÜCHE

MALERERBE

Die Spanne, die nicht Träumen ist noch Wachen,
beschenkt mich oft mit seltsamen Gedichten:
Der Geist, erregt, aus Chaos Welt zu machen,
gebiert ein Heer von landschaftlichen Sichten.

Da wechseln Berge, Täler, Ebnen, Flüsse,
da grünt ein Wald, da türmt es sich graniten,
da zuckt ein Blitz, da rauschen Regengüsse,
und Mensch und Tier bewegen sich inmitten.

Das sind der Vordern fortgepflanzte Wellen,
die meinen Sinn bereitet und bereichert,
das Erbe ihrer Form- und Farbenzellen,
darin die halbe Erde aufgespeichert.

WAHRE KUNST

Die wahre Kunst *entnimmt* dem Tage,
allein sie *dient* dem Tage nicht;
sie lauscht ergriffen jeder Klage
und tönt sie wieder im Gedicht;
doch nimmer wird ihr Wort zur Plage,
das ewig Lehr und Mahnung spricht.
Durch Schönheit wirkt sie, Innigkeit und Größe,
und nicht durch Schmähung, Lärm und Degenstöße.

Es ist ihr Reich so unermessen,
so wunderherrlich hoch und weit,
daß es ein Unding, sie zu pressen
ins enge, karge Joch der Zeit.
Ihr Fuß versäumt sich weltvergessen,
ihr Auge sucht die Ewigkeit –:
So rettet sie in ihrem heiligen Schoße
im Drang des Tags das Ewig-Menschlich-Große.

AUF DEM STROME

Am Himmel der Wolken
erdunkelnder Kranz ...
Auf schauerndem Strome
metallischer Glanz ...
Die Wälder zuseiten
so finster und tot ...
Und in flüsterndem Gleiten
vorüber mein Boot ...

Ein Schrei aus der Ferne –
dann still wie zuvor ...
Wie weit sich von Menschen
mein Leben verlor! ...
Eine Welle läuft leise
schon lang nebenher,
sie denkt wohl, ich reise
hinunter zum Meer ...

Ja, ich reise, ich reise,
weiß selbst nicht wohin ...
Immer weiter und weiter
verlockt mich mein Sinn ...
Schon kündet ein Schimmer

vom morgenden Rot –
und ich treibe noch immer
im flüsternden Boot.

KRÄHEN BEI SONNENAUFGANG

Noch flieht der Blick des jungen Tags
der Berge nebelgraue Gipfel,
und schon entschwebt, gemeßnen Schlags,
die erste Krähe ihrem Wipfel.

Der schwankt, befreit von schwerer Last,
daß rings die Zweige sich bewegen:
Fahlsilbern sprüht von Ast zu Ast
des Frühtaus feiner Flüsterregen.

Doch eh sein Flüstern noch erstickt
enttönt ein ›Krah‹ dem stillen Raume:
Der Vogel hat am Wolkensaume
das erste blasse Rot erblickt.

Auf allen Wipfeln wacht es auf
und schüttelt sich und ruft nach Taten . .
In lautem Streiten und Beraten
erhebt sich endlich Hauf um Hauf.

Nur zwei Gewitzte warten schlau,
bis alles nach und nach verstoben,
sie wissen einen nahen Bau,
den gestern Jäger ausgehoben.

Ein Käuzleinflügel harrt hier noch,
die Kecken locker zu belohnen –:
Das Paar umkreist erregt das Loch . .
Braungolden glänzt das Meer der Kronen . .

ANMUTIGER VERTRAG

Auf der Bank im Walde
han sich gestern zwei geküßt.
Heute kommt die Nachtigall
und holt sich, was geblieben ist.

Das Mädchen hat beim Scheiden
die Zöpfe neu sich aufgesteckt ...
Ei, wie viel blonde Seide da
die Nachtigall entdeckt!

Den Schnabel voller Fäden,
kehrt Nachtigall nach Haus
und legt das zarte Nestchen
mit ihrem Golde aus.

Freund Nachtigall, Freund Nachtigall,
so bleib's in allen Jahren! –:
Mir werd ein Schnäblein voll Gesang,
dir eins voll Liebchens Haaren!

KLEINE GESCHICHTE

Litt einst ein Fähnlein große Not,
halb war es gelb, halb war es rot
　und wollte gern zusammen
　zu einer lichten Flammen.

Es zog sich, wand sich, wellte sich,
es knitterte, es schnellte sich –
　umsonst! es mocht nicht glücken,
　die Naht zu überbrücken.

Da kam ein Wolkenbruch daher
und wusch das Fähnlein kreuz und quer,
daß Rot und Gelb, zerflossen,
voll Inbrunst sich genossen.

Des Fähnleins Herren freilich war
des Vorgangs Freudigkeit nicht klar –
indes, die sich besaßen,
nun alle Welt vergaßen.

FRAGE

Wie tief die Wipfel heut erschauern!
Wie Schicksal greift es in mein Herz
und überwältigt mich, zu trauern,
und reift zu altem neuem Schmerz.

Schwermütige Gemälde steigen
zu klagender Musik empor,
und wie sie Jahr um Jahr mir zeigen,
erkenn ich, was ich schon verlor.

Zuletzt in mich zurückgetrieben –
was bleibt mir nun? wem darf ich traun? . .
Wer wird mein stilles Tagwerk lieben?
Was bürgt mir, nicht umsonst zu baun? . .

Wie tief die Wipfel heut erschauern!
Wie Schicksal greift es in mein Herz
und überwältigt mich, zu trauern,
und reift zu altem neuem Schmerz.

ERNTELIED

Wo gestern noch der Felder Meer
gewogt in allen Farben,
steht heut in Reih und Glied ein Heer
festlich gegürteter Garben.

Es will der goldne Heeresbann
vor Frost und Hungers Wüten
das ganze Dorf mit Maus und Mann
bis übers Jahr behüten.

Und liegen die Bataillone erst
im sichern Scheunquartiere,
du fändst, und wenn du der König wärst,
nicht bessre Grenadiere.

VOLKSLIED

Draußen im weiten Krieg
ist blieben mein armer Schatz,
draußen im fremden Land,
da liegt er kalt und blaß.

Läg ich doch bei ihm im Grab
in der fremden Erd!
Was tu ich hier allein
am einsamen Herd?

Stiller Mond,
der in mein Fenster scheint,
hat schon jemand so
um seinen Schatz geweint?

WINTERNACHT

Flockendichte Winternacht . . .
Heimkehr von der Schenke . . .
Stilles Einsamwandern macht,
daß ich deiner denke.

Schau dich fern im dunklen Raum
ruhn in bleichen Linnen . . .
Leb ich wohl in deinem Traum
ganz geheim tiefinnen? . . .

Stilles Einsamwandern macht,
daß ich nach dir leide . . .
Eine weiße Flockennacht
flüstert um uns beide . . .

VATERLÄNDISCHE ODE

Weh dir,
der du ein Deutscher bist!
Deine glühende Seele
mußt du in Einsamkeit flüchten;
denn im Qualm und Geschrei deiner Märkte
achtet niemand dein –
und wie ein Narr
stehst du, feierlich dich gebärdend,
schwere, langsame Worte rollend,
unter der wirren, kreischenden Menge.

Rolltest du blanke Taler
in ihre Gassen,
heiß umpestete dich
ihr geiler Atem –
aber verhüllten Hauptes,
Mensch der Würde,
wendest du dich . . .
Hier ist unheiliger Boden.

Weh dir,
der du ein Menschenfreund –
doppelt weh dir,
der du es Deutschen bist!
Aus der Inbrunst deiner Liebe
mußt du dich
immer wieder
in brennender Scham
an die Knie der Einsamkeit
flüchten!

BAHN FREI!

Nur müßt ihr mich nicht halten wollen,
wenn die Rosse der Phantasie
vor meiner Geißel dahinrasen!
Wehe dem Schurken,
der mir in die Zügel fällt, –
siebenmal schleif ich ihn
um den Bezirk
meiner Welt.
Wehe vor allem dem Rezensenten,
der mir
mit höchst ungriechischem Feuer
den Weg bedräut.

Meine Peitsche ist länger noch
als seine Ohren,
von stärkerem Leder
als seine Hirnhaut,
die Schnur noch gespaltner
als seine Zunge.
Bahn frei!
Kurz ist zur Fahrt die Zeit.
Springt mit herauf,
wenn's euch lüstet!
Tausend gewähr ich Platz,
hier an den Mähnen,
hier an den Schweifen,
hier auf den Rücken der Rosse,
und hier oben bei mir
auf dem Wagen
weiteren tausend.
Herauf, Freunde!
Sturm um die Stirn,
Sonnen im Aug,
so laßt uns jauchzend
die tausendundein Weltwege
durchbrausen.

PRÄLUDIUM

Singe, o singe dich, Seele,
über den Eintag empor in die
himmlischen Reiche der Schönheit!
Bade in goldenen Strömen der Töne dich rein
vom Staube der Sorgen!

Was dir die Welt geraubt, vergiß es!
Was dir dein Ich verwehrt,

genieß es im Traum!
Auf klingenden Wellen
kommen die heimlichsten Wunder
wie Düfte
ferner Gärten
zu deinen leis zitternden Sinnen.

Singe, singe, Seele des Menschen,
vom Grauen der Nächte bedroht,
dich empor,
wo, lichtumgürtet,
der Phantasien
jungfräulicher Reigen
die zierlichen Füße
auf nie verblühenden Wiesen
verführerisch setzt.

GESELLSCHAFT

I

Aus der Gesellschaft Lärm und Lachen
hebt schwermütigen Flügelschlags
meine einsame Seele sich
fernen schweigenden Höhen zu,
wo der Nachtwind klagend
in mächtigen Bäumen harft
und in den langen Schatten
des kühlen Mondes
meine Träume und Wünsche
sorgenvoll wandeln . . .
Ach, die ihr hier scherzt und lacht
und mit leeren Tönen
der Tag und Nächte
kostbare Luft erfüllt –

was hab ich mit euch –
was hab ich mit euch
zu schaffen!

2

Jene schmerzlichen Stimmungen!
Wenn du plötzlich den Kopf
in den Nacken wirfst –:
Alles um dich wird starr, tot –:
Und du springst auf,
um herbe Lippen
ein mühsam Lächeln.
Hinaus!
Ins Freie!
Allein sein! *Dein* sein!
Ins Erdreich
stampft dein erregter Fuß
deine Unrast . . .
Schluchzend, stammelnd
löst sich dein Trotz . . .
Stiller wirst du,
gütiger, reifer . . .
Jene schmerzlichen Stimmungen

ἌΣΒΕΣΤΟΣ ΓΕΛΩΣ

Die Tage der Gläubigen
uralten Wahns
sind dahin!
Unauslöschlich Gelächter
grüßt,
was sie lassen und tun.

Am Sonnenhimmel
schaun sie noch immer
schwärzliche Punkte
und sprechen: »Seht!
Gottes Finger
deuten auf uns!«
Wissen sie nicht,
daß sie Flecken des eigenen Augs
anbeten?
Rührendem Schauspiel
lohnt
unauslöschlich Gelächter.

Bändigen
wolln sie den Huf der Zeit,
mit Spruch und Fluch
bannen das steigende Roß,
drauf frühlingsgewaltig
der freie Geist,
der Zukunft König
einherbraust!
Weh den Zermalmten!
Ihr Ende umschallt
unauslöschlich Gelächter.

Hören sie nichts?
Vom Aufgang zum Niedergang
lacht es ja unablässig,
grüßt,
was sie lassen und tun,
unauslöschlich Gelächter.

KÜNSTLER-IDEAL

O tiefe Sehnsucht, die ich habe,
erfülltest du dich einst einmal,
daß ich nach dieses Lebens Grabe
mich wiederfänd in Lust und Qual –
in einem neuen Künstlerwerden,
in einem Gott des Tons, des Steins . . .
daß ich in ewigen Gebärden
so webte am Gewand des Scheins.

Ob Not und Leid des Schöpfers Lose,
nur Schöpfer sein bedünkt mich wert,
aus bittren Dornen flammt die Rose,
nach der mein ganzes Blut begehrt.
O immer neu mit vollen Händen,
der Schönheit Meister, aufzustehn,
von Welt zu Welt, mit hehren Bränden,
ein unbekannter Gott, zu gehn!

QUOS EGO!

Nörgelt mir nicht
am freien Flug
meiner Phantasie,
sonst reiß ich alles,
was fest und sicher,
aus seinen Wurzeln
und schleudr es auf euch
in die trostlose Niederung,
wahnsinnbewältigt.

Denn tot und verdrossen
schleicht euch das Blut,

und es ist keine Lust,
euch leben zu sehn
und mit euch zu leben.
Flügel, Flügel,
mit mir zu fliegen,
mit mir zu schwelgen
im kreißenden Feuerregen
tanztaumelnder Gestirne,
alle glühenden Kelche
der blauen Nacht
auszuschmecken,
an alle Brüste
zu stürzen,
die ihre flammenden Knospen
aus aller Urwelt
Ahnungstiefen
dem Erdesohn
entgegenstarren – –!
Aber nicht *so*,
in *einsamem* Taumel!
Mit mir, ihr alle!
So kommt doch, *Menschen*!
Laßt euren Bruder
nicht so allein!

DUNKLE GÄSTE

Was willst du, Vogel mit der müden Schwinge, –
du pochst umsonst der Seele Glasvisier;
du willst, daß ich dein Lied der Klage singe,
ich aber will, du sterbest außer mir.

Sieh, in mir ist es wie ein Turm am Meere,
der seine Flammen in die Ferne brennt,

daß manches Tier aus all der dunklen Leere
ihm zuschwebt übers schwanke Element.

Allein umsonst: An seinen starken Scheiben
erlahmt der dunklen Gäste kranke Sucht, –
sieh, meine Flammen wollen golden bleiben,
sie sind kein Herd für trüber Wandrer Flucht.

MAIMORGEN

So mag sich wieder blinde Nacht
zum reinsten Morgen klären,
sich Lebensglück aus Lebensmacht
in neuem Glanz gebären.

Der Nebel flieht, als ob er Ried
und Wald auf ewig flöhe,
und meine Seele ist das Lied
der Lerchen in der Höhe.

SEGELFAHRT

Nun sänftigt sich die Seele wieder
und atmet mit dem blauen Tag,
und durch die auferstandnen Glieder
pocht frischen Bluts erstarkter Schlag.

Wir sitzen plaudernd Seit an Seite
und fühlen unser Herz vereint;
gewaltig strebt das Boot ins Weite,
und wir, wir ahnen, was es meint.

WALDKONZERTE . . .

Waldkonzerte! Waldwindchöre!
Düstres Solo strenger Föhre –
Tannensatz nach tiefem Schweigen –
heller Birken Mädchenreigen –
Buschgeschwätze – Gräserlieder –
Blätterskalen auf und nieder – –
wenn ich euch nur immer höre –
Waldkonzerte! Waldwindchöre!

FARBENGLÜCK

Ist nicht dies das höchste Farbenglück:
Birkenlaub in Himmelblau gewirkt?
Doch schon winkt ein graublau Felsenstück,
dunklen Epheus sprunghaft überzirkt.
Und schon sinkt mein Blick in grüne Wiesen
und in Wasser und in weißen Dunst –
und ich weiß nicht, wem von allen diesen
schenk ich meine Gunst und meine Kunst . . .

VORMITTAG-SKIZZENBUCH

I

Ein Pferd auf einer großen Wiese
in der Morgensonne stehend, –
nur die Ohren
und den langen vollen Schweif bewegend, –
drunter ein breiter schwarzer Strich,
sein Schatten.

2

Wie sich der Weg hier
den Hügel hinabwirft –
dann sich ein Weilchen verschnauft –
dann wieder
langsam,
bedächtig,
den nächsten hinaufsteigt!

3

O du glückselig zitternd Espengrün
vorm wasserblauen Firmament –
und ihr daneben, feierliche Fichten,
der Zweige schwere dunkle Zotteln
kaum bewegend!

4

Ein Schmetterling fliegt über mir.
Süße Seele, wo fliegst du hin? –
Von Blume zu Blume –
von Stern zu Stern –!
Der Sonne zu.

5

Vögel im Wald – –.

Niemand nennt sie,
niemand kennt sie.

Was das wohl so erleben mag
den lieben langen Tag!

Da geh ich unter ihnen hin
mit Bärenschritt und Bärensinn – –

Ja, wenn ich noch ein Mädchen wär –!

Vögel im Wald – –

6

Auf den Höhen ringsum
läutet es Mittag.
Läutet's auch Mittag –
in mir? . .

Ich seh eine Glockenblume
neben mir blauen:
mit neun offnen Glocken
und drei noch verschloßnen.

Die läute für mich mit,
nun, da es rings
auf den Höfen
den Mittag läutet.

VORMITTAG AM STRAND

Es war ein solcher Vormittag,
wo man die Fische singen hörte;
kein Lüftchen lief, kein Stimmchen störte,
kein Wellchen wölbte sich zum Schlag.

Nur sie, die Fische, brachen leis
der weit und breiten Stille Siegel
und sangen millionenweis
dicht unter dem durchsonnten Spiegel.

AUGUSTTAG

Herbstes Ahnung, düster groß,
während noch der Sommer waltet!
Nehmt mich auf in euren Schoß,
Wolken, schmerzlich tief gefaltet!

Nach der Schwermut jenes Kommers
in Gestürmen schreit mein Wille;
denn ich liebe nicht des Sommers
tote, sattgewordne Stille.

ERSTER SCHNEE

Der Fjord mit seinen Inseln liegt
wie eine Kreidezeichnung da;
die Wälder träumen schnee-umschmiegt,
und alles scheint so traulich nah.

So heimlich ward die ganze Welt . . .
als dämpfte selbst das herbste Weh
aus stillem, tiefem Wolkenzelt
geliebter, weicher, leiser Schnee.

Liebe, Liebste, in der Ferne,
wie so sehr entbehr ich dich!
Leuchteten mir milde Sterne,
ach, wie bald ihr Glanz erblich!

Wenn ich deine weichen Wangen
leis in meine Hände nahm

und voll zärtlichem Verlangen
Mund zu Mund zum Kusse kam;

Wenn ich deine Schläfen rührte
durch der Haare duftig Netz,
o wie war, was uns verführte,
beiden uns so süß Gesetz!

Und nun gehst du fern und einsam.
Ach, wie achtlos spielt das Glück!
Bringt, was einmal uns gemeinsam,
noch einmal sein Strom zurück?

Liebe, Liebste, in der Ferne,
wie so sehr entbehr ich dich!
Leuchteten uns milde Sterne,
ach, wie schnell ihr Glanz erblich!

FIESOLANER RITORNELLE

Oliven.
Erst wenn der Wind euch beugt und schaudern macht,
enthüllt ihr eure silbernen Tiefen.

Zypressen.
Ihr lehrt mit nicht gemeinem Maß
die Dinge messen.

Feigen.
So sinnlich sah ich keinen zweiten Baum
Unfaßbares umzweigen.

Käuzchenschreie.
Des Unglücks Bote ruft durch stille Nacht.
Wann kommt an uns die Reihe?

Mondnächte, klare.
In solchen Nächten stiehlt man nichts
denn Liebesware.

Nachtschatten.
Erinnerst du dich, fernes Mädchen, noch,
wie lieb wir uns einst hatten?

Judasbäume.
Daß ich vor euch nicht von verratner Liebe
träume!

Verfrühter Falter.
Du flogst, verwegner Geist, der Zeit voraus;
noch *dämmert* erst dein Alter.

Glänzende Dächer.
Im Mittagschleier ruht die Arnostadt,
ein edelsteinbesetzter Fächer.

Zwölfuhr-Schuß.
Dem Aug blitzt Mittag schon, indes das Ohr
sich noch im Vormittag gedulden muß.

Domglocke brummt:
Aus Höhn und Tiefen keine Antwort mehr:
Mein Gott, mein Mensch sind beide längst verstummt.

Ihr sanften Hügelketten!
Umsonst versuch ich in mein Buch zu schaun;
wer könnte sich vor Eurer Anmut retten!

Eidechse.
Solang ich pfeife, hältst du still und horchst –
doch greif ich zu, entwischst du, kleine Hexe.

Amsel flötet, Biene summt,
Frühling jubelt über allem Leben . .
Mund des Glücks, du warst mir lang verstummt.

O Welt!
Wie gern genöß ich als ein Schauspiel dich,
von halber Höh, nur locker dir gesellt.

Von halber Höh – ein Adel, der mir paßt.
So lebt ich immer, zwischen Tier und Gott,
halb Mensch, halb Vogel, zweier Reiche Gast.

Glanzgrauer Tag.
Aus deinem Taft soll man die Flagge machen,
darin man mich dereinst begraben mag.

Der Freund schreibt:
Des Herzens unverwandte Einsamkeit,
du fühlst sie auch – und wie sie nichts vertreibt.

Mohn im Winde.
So neigen wir uns glühend geneinander –
doch nie wird zwei zu eins – als einst im Kinde.

Epheuranke.
So reich verkleidet Trümmer und Zerfall
nur Eins noch: der Gedanke.

Die Fünfuhr-Glocke ruft durch bleiche Nacht:
Wer schläft, wach auf, und wer da wacht, schlaf ein;
so hab ich jedem, was ihm frommt, gebracht.

Morgenhauch.
Aus Bett und Haustür ziehst du mich hinaus,
wie aus der Esse den verschlafnen Rauch.

Giottos Grabschrift von Polizian.
Zwiefacher Hauch der Vorzeit traf uns voll,
als wir im Dom die stolzen Verse sahn.

In meinem Burckhardt wühlt empört der Sturm:
So war es einst, so soll es wieder sein!
Das gafft nur, schafft nicht mehr um Giottos Turm.

Kaum mehr erhoffte Tage!
Mit dreißig Jahren fand ich eine Stadt,
zu deren Bild ich ja und amen sage.

SCHULE

1

Das Erste, was ich sah, war Heuchelei.
Ein Lehrer faltete die fetten Hände
und sprach ein weinerlich Gebet dabei.

2

Und lieber Gott und aber lieber Gott.
Ich fühlte, fromm, mir Seligkeit verbrieft.
Dann kam der Sturz. Der wilde Schmerz und Spott.
Und doch. Was tat's. Selbst ihr habt mich – vertieft.

3

Aus reifem Leben nun zurückgewendet:
Zu keinem Haß mehr fühl ich mich beherzt.
Kein Fluch mehr, einem Teil der Welt gespendet!
Das Ganze ist's, das Ganze, was heut schmerzt.

Es martert dich,
daß wir Menschen gleich fraglich sind,
ob wir lachen oder weinen.

Mein Freund, du mußt beiseite gehn,
nur selten einem ins Antlitz sehn,
sonst wirst du uns stets verneinen.

Die Lösung ist – so sieh doch hin:
Wer entdeckte doch erst des Menschen Sinn?
Begreif's – und du erträgst die Herde:
›Der Übermensch *sei* der Sinn der Erde!‹

NIETZSCHE

Wen er nicht einmal zu Tode beschämt,
wen er nicht einmal zu Tode gelähmt,
hat nie auch nur im Traum geahnt,
was für ein Geist da fragt und mahnt.

IBSEN

Ich habe mit dir gerungen
und werde mit dir ringen.
Du hältst mich stark umschlungen,
doch zerreiß ich auch oft die Schlingen.
So schwankt die Seele hin und her,
bald gelöst, bald verstockt.
Du bist fürwahr wie das Meer –
das abstößt und lockt.

TOLSTOI

Zu ganz Europen furchtlos redest du,
erzürnter Greis, und machst das Stolze klein.
Wer wagt wie du so nackte Worte sonst?

Wem strömt so eines Lebens ganze Kraft
in alles, was er spricht, daß ehrfurchtsvoll
der Gegner selbst bezwungen steht, gedenk
der eignen Schwäche vor so herbem Ernst?
Wer unter Lebenden ist heut wie du
so großen Zorns, so großer Liebe voll!

AN DOSTOJEWSKI

Das *Unerhörte* lockte mich von je,
und darum bist du mir so wert vor allen.
Dich läßt nicht ruhn der Erde tiefes Weh,
du mußt aus Schmerzgewölk gewaltig fallen.

An dir soll man sich nähren hier und dort,
an dir des Herzens Unruh wieder lernen.
Du Glut aus Steppenbrand und Gottessternen,
nicht Künder bloß, du selbst ein neues Wort.

›Wissen wir denn, was wir sollen?
Alles ist nur ein Spiel –‹
Und das wäre kein Ziel:
Gott verwirklichen wollen?

EIN GEDICHT WALTHERS VON DER VOGELWEIDE

Unter der Linden,
an der Heide,
da unser zweier Bette was,
da möget ihr finden
hold sie beide,
gebrochen Blumen so wie Gras.

Vor dem Walde in einem Tal
tandaradei!
lieblich sang die Nachtigall.

Ich kam gegangen
zu der Aue,
da schon mein Trauter kommen hin.
Da ward ich empfangen,
hehre Fraue,
daß ich noch immer selig bin.
Küßt er mich? Wohl tausend Stund.
tandaradei!
Seht, wie rot mir ist der Mund!

Da hat er gemachet
mir und sich
von Blumen eine Bettestatt.
Des wird noch gelachet
inniglich,
kommt jemand an den selben Pfad.
Bei den Rosen er wohl mag
tandaradei!
merken, wo das Haupt mir lag.

Daß er bei mir lag,
wüßt es einer,
(nun, behüte Gott!) so schämt ich mich.
Was er mit mir pflag –
keiner, keiner
befinde das, als er und ich,
und ein kleines Vogelein;
tandaradei!
Das mag wohl getreue sein.

AN CHRISTIAN GÜNTHER

Ich suchte oft nach einem deutschen Buche
mit kleinen Liedern, das ich lieben könnte,
so recht von Herzen lieben; – und nun gönnte
das Leben mir, daß ich nicht fürder suche.

›Ich habe das noch nicht gelernt!‹ das ist
ein köstlich Schul- und Volkswort; denn es spricht
die Welt in jedem Augenblicke aus,
nicht mehr, nicht minder als die ganze ›Welt‹

SCHLUMMER

Dies Eine laß mir, dunkler Geist der Nacht,
dies Eine laß mir; Schlummer bis zum Ende, –
wann müd ich mich von Tag und Menschen wende,
traumlosen Schlummer, der vergessen macht.

Des Lebens Tag ist spielend überwunden;
doch wenn das Grauen aus dem Schweigen tritt
der fürchterlichen zweiten, dritten Stunden,
dann fühl ich, daß ich stets vergeblich stritt.

Es stürzt der Ungewißheit Übermacht
mein Herz in Angst und Zweifel ohne Ende ...
O wenn ich mich von Tag und Menschen wende,
so laß mich schlafen, dunkler Geist der Nacht!

SCHWEIGEN

O Schweigen, Schweigen, komm, du letzter Schluß,
da mitzuteilen Haß nur weckt und Fehde.
Ergreif an ihrer Wurzel meine Rede,
laß einwärts sprossen, was denn sprossen muß.

Ich will dich tragen, wohin niemand kommt,
in Wälder, wo nur Tiere uns erfahren, –
bis du vielleicht nach vielen, vielen Jahren
das Wort mir schenkst, das mir und andern frommt.

Dann laß mich noch einmal vor Menschen stehn
und ihnen dieses eine Tiefste sagen –
und dich dann wieder in die Wälder tragen
und wie ein Wild dort fallen und vergehn.

GEBET

Dich ruf ich, Schmerz; mit aller deiner Macht
triff dieses Herz, daß es gemartert werde
und, das ich bin, dies Häuflein arme Erde,
emporhält aus der allgemeinen Nacht.

Dich ruf ich, Menschenfreund der besten Art;
mißtraue nicht, daß ich dich je verkennte;
du Schmerz, durch den uns wohl das Größte ward,
was Menschenwert von Gott und Tiere trennte.

Dich ruf ich; gib mir deinen bittern Krug;
und siehst du mich auch bang mich von ihm wenden; –
da mir das Glück allein nicht Kraft *genug*,
so hilf denn du mein Tagwerk mir *vollenden*.

KINDERLIEDER UND -GEDICHTE

AUSFLUG MIT DER EISENBAHN

Puff-puff Eisenbahn –
jetzt fahren wir nach Wiesenplan!

Wiesenplan, das ist die Stadt,
die den Kohlweißling zum Bürger hat.

Der Kohlweißling bewohnt ein Haus,
das sieht wie eine Glocke aus –

wie eine Glockenblume blau!
Da wohnt der Kohlweißling mit seiner Frau.

Und weht der Wind, macht die Glocke kling, kling,
und da freuen sich Herr und Frau Schmetterling.

Puff-puff Eisenbahn!
Jetzt fahren wir wieder aus Wiesenplan

hinaus, hinaus, dem Walde zu ...
wohin? wohin? ... Nach – Quellwaldruh!

Der Bahnwärter von Quellwaldruh,
das ist ein Frosch und quakt dazu.

»Quak, quak, aussteigen! quak!
In Quellwaldruh ist heut Ostertag!

In Quellwaldruh ist heut Osterfeier,
da versteckt der Osterhas bunte Eier!

Rote und gelbe und allerlei,
und das Suchen steht allen Fahrgästen frei!

Quack, quack, quak! Guten Tag!«
Guten Tag! Schönen Dank! Herr Bahnwärter Quak!

Und jetzt wollen wir unter den Eichen und Buchen
und Tannen und Birken die Ostereier suchen!

Und im Moos und unter den großen Wurzeln,
darüber die kleinen Kinder purzeln.

Nicht wahr? Und haben wir alle gefunden
und in unsre Sacktücher eingebunden,

dann fahrn wir am Abend wieder nach Haus
und packen das Wunder vor Großmutter aus! –

DAS HÄSLEIN

Unterm Schirme, tief im Tann,
hab ich heut gelegen,
durch die schweren Zweige rann
reicher Sommerregen.

Plötzlich rauscht das nasse Gras –
stille! nicht gemuckt! –:
Mir zur Seite duckt
sich ein junger Has ...

Dummes Häschen,
bist du blind?
Hat dein Näschen keinen Wind?

Doch das Häschen, unbewegt,
nutzt, was ihm beschieden,
Ohren weit zurückgelegt,
Miene schlau zufrieden.

Ohne Atem lieg ich fast,
laß die Mücken sitzen;
still besieht mein kleiner Gast
meine Stiefelspitzen ...

Um uns beide – tropf – tropf – tropf –
traut eintönig Rauschen ...
Auf dem Schirmdach – klopf – klopf –
klopf ...
und wir lauschen ... lauschen ...

Wunderwürzig kommt ein Duft
durch den Wald geflogen;
Häschen schnuppert in die Luft,
fühlt sich fortgezogen;

Schiebt gemächlich seitwärts, macht
Männchen aller Ecken ...
Herzlich hab ich aufgelacht –:
Ei der wilde Schrecken!

DIE VOGELSCHEUCHE

Die Raben rufen: »Krah, krah, krah!
Wer steht denn da, wer steht denn da?
Wir fürchten uns nicht, wir fürchten uns nicht
vor dir mit deinem Brillengesicht.

Wir wissen ja ganz genau,
du bist nicht Mann, du bist nicht Frau.
Du kannst ja nicht zwei Schritte gehn
und bleibst bei Wind und Wetter stehn.

Du bist ja nur ein bloßer Stock,
mit Stiefeln, Hosen, Hut und Rock.
Krah, krah, krah!«

WALDMÄRCHEN

Es lebt ein Ries' im Wald,
der hat ein Ohr so groß,
wenn da ein Donner schallt,
ist's ihm ein Jucken bloß.

Er macht *so* mit der Hand,
als wie nach einer Hummel –
sein eigenes Gebrummel
erschreckt das ganze Land.

Und kommt die Regenzeit,
dann schläft er, und es wird
aus seinem Ohr ein Teich,
und dort sitzt dann der Hirt

und tränkt dran seine Schaf;
doch manchmal dreht, o Graus,
der Ries' sich um im Schlaf –
und dann ist alles aus.

WENN ES WINTER WIRD

Der See hat eine Haut bekommen,
so daß man fast drauf gehen kann,
und kommt ein großer Fisch geschwommen,
so stößt er mit der Nase an.

Und nimmst du einen Kieselstein
und wirfst ihn drauf, so macht es klirr
und titscher – titscher – titscher – dirr . . .
Heißa, du lustiger Kieselstein!
Er zwitschert wie ein Vögelein
und tut als wie ein Schwälblein fliegen –
doch endlich bleibt mein Kieselstein
ganz weit, ganz weit auf dem See draußen liegen.

Da kommen die Fische haufenweis
und schaun durch das klare Fenster von Eis
und denken, der Stein wär etwas zum Essen;
doch sosehr sie die Nase ans Eis auch pressen,
das Eis ist zu dick, das Eis ist zu alt,
sie machen sich nur die Nasen kalt.

Aber bald, aber bald
werden wir selbst auf eignen Sohlen
hinausgehn können und den Stein wiederholen.

KLEIN IRMCHEN

Spann dein kleines Schirmchen auf;
denn es möchte regnen drauf.

Denn es möchte regnen drauf,
halt nur fest den Schirmchen-Knauf.

Halt nur fest den Schirmchen-Knauf –
und jetzt lauf! und jetzt lauf!

Und jetzt lauf! und jetzt lauf!
Lauf zum Kaufmann hin und kauf!

Lauf zum Kaufmann hin und sag:
Guten Tag! guten Tag!

Guten Tag, Herr Kaufmann mein,
gib mir doch ein Stückchen Sonnenschein.

Gib mir doch ein Stückchen Sonnenschein;
denn ich will mein Schirmchen trocknen fein.

Denn ich will mein Schirmchen trocknen fein.
Und der Kaufmann geht ins Haus hinein.

Und der Kaufmann geht hinein ins Haus,
und er bringt ein Stückchen Sonne heraus.

Und er bringt ein Stückchen Sonne heraus.
Sieht es nicht wie gelber Honig aus?

Sieht es nicht wie gelber Honig schier?
Und er tut es sorgsam in Papier.

Und er tut es sorgsam in Papier.
Und dies Päckchen dann, das bringst du mir.

Und zu Haus, da packen wir es aus –
sieht es nicht wie gelber Honig aus?

Und die Hälfte kriegst dann du, mein Irmchen,
und die andere Hälfte kriegt das Schirmchen.

Und jetzt spann dein Schirmchen auf –
und lauf! und lauf!

BEIM PUPPENDOKTOR

Beim Puppendoktor Wunderlich,
da ist es ganz absunderlich.
Der Puppen Heilung ist sein Amt,
und wirklich heilt er allesamt!
Auch Traudelchen für ihre Puppe
erhält ein Fläschchen süße Suppe.
Der Rabe krächzt dazu, wie stets,
bald »Wohl bekomm's!« und bald »Wie geht's?«
Er kann nur diese beiden Worte
und braucht sie stets am falschen Orte.
Klein Traudchen wünscht sich rasch nach Haus,
es ist auch alles gar zu kraus.

DAS TREUE RAD

Der Radfahrkünstler Sausebrand
ist wohlbekannt in Stadt und Land.

Nicht minder kennen Land und Stadt
Rundumundum, sein treues Rad.

Frühmorgens, wenn die Sonn aufgeht,
Rundumundum, vom Stroh aufsteht,

geht brunnenwärts mit andrem Vieh
und wäscht sich Miene, Brust und Knie.

Worauf's, bis man zum Frühstück pfeift,
mit Karo noch ein Weilchen läuft.

Um sieben tritt aus seiner Tür
laut pfeifend Sausebrand herfür.

Und langgestreckten Laufes naht
Rundumundum, sein treues Rad.

Es kniet sich hin wie ein Kamel
und trinkt vergnügt sein Schälchen Öl.

Und freundlich klopft ihm Sausebrand
den Rücken mit der flachen Hand.

Nun aber schnell! Der Herr ruft: Hopp!
und sprengt davon im Hochgalopp.

HERR LÖFFEL UND FRAU GABEL

Herr Löffel und Frau Gabel,
die zankten sich einmal.
Der Löffel sprach zur Gabel:
»Frau Gabel, halt den Schnabel,
du bist ja bloß aus Stahl!«

Frau Gabel sprach zum Löffel:
»Ihr seid ein großer Töffel
mit Eurem Gesicht aus Zinn,
und wenn ich Euch zerkratze
mit meiner Katzentatze,
so ist Eure Schönheit hin!«

Das Messer lag daneben
und lachte: »Gut gegeben!«
Der Löffel aber fand:
mit Herrn und Fraun aus Eisen
ist nicht gut Kirschen speisen,
und küßte Frau Gabel galant –
die Hand.

FIPS

Ein kleiner Hund mit Namen Fips
erhielt vom Onkel einen Schlips
aus gelb und roter Seide.

Die Tante aber hat, o denkt,
ihm noch ein Glöcklein drangehängt
zur Aug- und Ohrenweide.

Hei, war der kleine Hund da stolz.
Das merkt sogar der Kaufmann Scholz
im Hause gegenüber.

Den grüßte Fips sonst mit dem Schwanz;
jetzt ging er voller Hoffart ganz
an seiner Tür vorüber.

DIE DREI SPATZEN

In einem leeren Haselstrauch,
da sitzen drei Spatzen, Bauch an Bauch.

Der Erich rechts und links der Franz
und mittendrin der freche Hans.

Sie haben die Augen zu, ganz zu,
und obendrüber, da schneit es, hu!

Sie rücken zusammen dicht an dicht.
So warm wie der Hans hat's niemand nicht.

Sie hör'n alle drei ihrer Herzlein Gepoch,
und wenn sie nicht weg sind, so sitzen sie noch.

SCHNAUZ UND MIEZ

Ri ra rumpelstiez –
wo ist der Schnauz? wo ist die Miez?

Der Schnauz – der liegt am Ofen
und leckt sich seine Pfoten.

Die Miez – die sitzt am Fenster
und wäscht sich ihren Spencer.

Rumpedipumpel schnaufeschnauf –
da kommt die Frau die Treppe rauf.

Was bringt die Frau dem Kätzchen?
Einen Knäul, einen Knäul, mein Schätzchen!

Einen Knäul aus grauem Wollenflaus,
der aussieht wie eine kleine Maus.

Was bringt die Frau dem Hündchen?
Ein Halsband, mein Kindchen!

Ein Halsband von besondrer Art,
auf welchem steht: Schnauz Schnauzebart.

Ri ra rumpeldidaus –
und damit ist die Geschichte aus.

VON DEM GROSSEN ELEFANTEN

Kennst du den großen Elefanten,
du weißt, den Onkel von den Tanten,
den ganz ganz großen, weißt du, der –
der immer *so* macht, hin und her.

Der läßt dich nämlich vielmals grüßen,
er hat mit seinen eignen Füßen
hineingeschrieben in den Sand:
Grüß mir Sophiechen Windelband!

Du darfst mir ja nicht drüber lachen.
Wenn Elefanten so was machen,
so ist dies selten, meiner Seel!
Weit seltner als bei dem Kamel.

DAS NEUE SPIEL

Lirum, larum, Löffelstiel!
paßt auf, ich weiß ein neues Spiel!

Die Nase –
das ist ein Hase.

Die Ohren –
das sind zwei Mohren.

Das Kinn –
da wollen sie alle drei hin.

Jetzt fangen sie an zu laufen ...
Sie können schon nicht mehr schnaufen ...

Die Nase ist immer vorn,
dahinter laufen die Mohr'n.

Die Augen aber lachen:
Was sind denn das für Sachen!

Was sind denn das für Faxen!
Ihr seid doch angewachsen!

Das wissen wir allein!
so schallt es von den drei'n.

Macht euch doch nicht so groß!
Wir spielen ja doch bloß! –

Lirum, larum, Löffelstiel!
Ei, ist das nicht ein feines Spiel?

IN DER ELEKTRISCHEN

Du bist ja ein Hamster,
ein Hamster bist du,
widibumster, widibamster,
und hast braune Schuh.

Und hast solche Zähne,
wie ein Hamster sie hat,
widibumster, widibamster.
Und das mitten in der Stadt! –

Und *du* bist eine Füchsin,
mit so einer Schnut,

und *du* bist ein Entrich,
mit einem steifen Hut.

Und *du* bist eine Häsin,
und *du* bist eine Maus,
und *du* bist ein Werwolf –
und jetzt steig ich aus.

DIE ENTEN LAUFEN SCHLITTSCHUH

Die Enten laufen Schlittschuh
auf ihrem kleinen Teich.
Wo haben sie denn die Schlittschuh her –
sie sind doch gar nicht reich?

Wo haben sie denn die Schlittschuh her?
Woher? Vom Schlittschuhschmied!
Der hat sie ihnen geschenkt, weißt du,
für ein Entenschnatterlied.

SPRUCH VOR TISCH

Erde, die uns dies gebracht,
Sonne, die es reif gemacht:
Liebe Sonne, liebe Erde,
Euer nie vergessen werde!

EPIGRAMME

Verzeiht, wenn manchen manches hart hier trifft,
mein Pfeil soll treffen, doch er trägt kein Gift.

AN DEUTSCHLAND

In Optimismus sinkst du mehr und mehr.
An Jena denke! Muß der Blitz dich erst
von neuem lehren, daß dein Mark vermorscht?

Hüte dich, Deutschland, vor dem schleichenden Gift
der Selbstgefälligkeit! Du schlichtes Volk von einst,
wie steht dir schlecht der prahlerische Zug!
Ward es dir leid, des Schweigens schweres Gold,
daß du des Redens Silber nun so eifrig prägst?
Hast du so viel geträumt im Dämmer und gedacht,
daß du im hellen Licht des Tages nun ein Schwätzer wirst?

PATRIOTEN

»Zum Sachsenwalde pilgern wir
und trinken mit dem Genius Bier.
Wir haben Grund, den alten Herrn zu loben,
der eignen Denkens längst uns überhoben.«

Was mir ›Patriotismus‹ ist?
Ein Gefühl, das zehn andre frißt.

Als Gott den preußischen Mann erschuf,
da sprach er: »Es werde der Ordnungsruf.«

BEAMTE

Wie man's schon am Körper merkt,
ob Beamte oder nicht,
Hemd und Seele gleich ›gestärkt‹,
jeder Schritt ein Schritt der – Pflicht.

O STAAT

O Staat! Wie tief dir alle Besten fluchen!
Du bist kein Ziel. Der Mensch muß weiter suchen.

NEO-BERLIN

Welche Kunstsiegesalleen!
Welches Neulandgebuddel!
Ein blendendes Phänomen:
Dies Berliner Kulturkuddelmuddel.

ARITHMETISCHE PROGRESSION

Ein Paar Zeitungen
zwei Parteizungen.
Zwei Paar Zeitungen
vier Parteizungen usw.

AN JEDEN, DEN'S ANGEHT

Ich weiß, wie der Gesellschaft Mühle klappert,
da kommt der Einkehr Geist kaum zu Gehör.

Es ward ja auch nicht nur so hin geplappert:
das Wort vom Reichen und vom Nadelöhr.

STOSS-SEUFZER

Gib mir Juden, Russen, Franzmann,
Blut und Geist auf alle Weise,
doch erspar mir deine, Landsmann,
sogenannten bessern Kreise.

AN DEN BÜRGER

Ich liebe dich wie jede Lebensform,
doch ist mir ›Norm‹ nicht mehr als ›Widernorm‹.

Wovor ihr euch bekreuzigt, auch die Freisten,
es soll mich nun und nimmermehr entgeisten,
ich will nicht mit in eurer Ordnung stehn,
ich will die Welt mit größerm Auge sehn,
mit einem Blick, dem gut und bös nichts gilt
und dessen Freiheit keine ›Wahrheit‹ stillt,
der, was ihr immer urteiln mögt, zerachtet,
wie Eintagsspuk, der ihn umsonst umnachtet.
Ich habe keinen Ernst mit euch gemein.
Sagt, was ihr wollt, mit Legionen Zungen!
Durch eure Mitte schreit ich unbezwungen,
mit meinem Ernst auf Ewigkeit – allein.

Wie bin ich, Bürger, oft so gern dein Gast;
wie dient mir deine Welt gar oft zur – Rast!

Wenn von links mich Feld und Dickicht riefe,
und von rechts der Mensch der ›bessern Kreise‹ –

zög ich meinen Hut in aller Tiefe
und begäbe mich zu Fuchs und Meise.

Denn was dort nicht dumm ist, ist verbogen.
Deutsche Bürgerwelt, du bist *verlogen.*

Ich kann's, ich kann's nicht mehr ertragen,
dies artige geleckte Sagen,
dies kluge Reden, süße Blicken –
dies Lachen, Rufen, Köpfenicken.
Dies Wörter- und Gedankenschniegeln,
dies eitle Sich-im-Nachbar-Spiegeln,
dies ganze falsche hohle Treiben –
Nein, laßt uns bei uns selber bleiben.

MODERNE ÄSTHETEN

Näscher hier und Näscher dort,
jeder Stimmung Töpfegucker,
bleibt von unserm Werke fort,
klaubt und klebt an eurem Zucker!

DIE ÄSTHETISCHEN

Ihr preist die Kraft und schmäht doch jede Tat,
ihr weder Fisch noch Fleisch, ihr – Kopf-Salat!

L'art pour l'art, das heißt so viel:
Wir haben nur noch Kraft zum *Spiel.*

›WORTKUNST‹

Gestattet, daß ich Eurer ›Wortkunst‹ lache.
Was ›Wortkunst‹! Dichtung ist des Dichters Sache.

EIN DICHTER

Und blieb er auch ein Ringer bloß,
er bleibt doch noch beinahe groß;
er rang, er sang nicht, doch er rang,
und ›rang‹ ist Rang und gibt *auch Klang.*

DICHTERBEKANNTSCHAFT

»Zu Haus in meiner Träume Welt,
wie hab ich ihn mir vorgestellt!
Doch ach, wie ganz betrog ich mich:
Der Esel sieht ja aus wie ich.«

Wie trifft man oft, vom Schaffen heiß,
auf Hundeschnauzen, kalt wie Eis,
verliert so Jugend wie Gewalt
und wird in zehn Minuten – alt.

WIR LYRIKER

Warum wir immer noch Verse schreiben?
Um unbekannt und ungestört zu bleiben.

ANNUNZIO

Ich mag dich nicht,
und wenn es noch so blinkt
und noch so viel in deiner Kunst besticht.
Du bist ein Mensch für mich, um den es –
stinkt.

AN DIE VAN DE VELDES IN ALLEN KÜNSTEN

Es wirft die Linie sich herum,
als sähe sie ins Publikum.
Und läßt sie nicht von diesem Spiel,
so wird daraus – verlogner Stil.

DER BUCHSCHMUCK

Des Schnörkels Welt langweilte sich zu Tode.
Da ging sie hin und ward als – Buchschmuck Mode.

GELEHRTE

Müßt ihr euch immer prügeln,
wenn ihr aufs Forum wandelt,
könnt ihr euch nicht beflügeln,
wenn ihr von Großem handelt?

DEN ABSTRAKTEN

Das ist das Arge: Ter – mi – no – lo – gie,
in allem; nichts mehr ohne Terminus!
Da soll noch Leben leben können! Sieh:

Das Leben ist urewiglich – Moment,
ein Anfang ganz; du siehst drin einen – Schluß
und glaubst, du kenntest, was doch ruhlos – brennt.

EINIGEN KRITIKERN

Laßt bei diesem Kot und Stroh
es nunmehr bewenden,
müßt nicht euer Bestes so
leichten Sinns verschwenden.

IMMER NOCH

Würdelos: dies mitternächtlich
überstürzte Rezensieren.
Schreiber, Leser gleich verächtlich,
wenn sie hier nicht protestieren.

DER GELEHRTE UND GOETHE

»Ich weiß, was er zu jeder Zeit gesagt,
doch mein Gewissen hat er nie geplagt.«

DER MITTELMÄSSIGE ÜBERSETZER RECHTFERTIGT SICH

Wähle saure Mienen
draußen oder daheim.
Du kannst nur *einem* Herrn dienen,
dem Original oder dem Reim.

»So heb's in eine dritte Sphäre!« –
Als ob's dann noch das Alte wäre.

Laßt alle Überschätzungen.
So spricht der Gerechte:
Es gibt nur schlechte Übersetzungen
und weniger schlechte.

MAGISTERFREUDEN

Germanen sieht man wenig an,
der Germanist ist heut der Mann;
wir andern können nur radebrechen,
er weiß alleinzig ›deutsch‹ zu sprechen.
Und ob er auch nicht fähig ist,
ein armes Wörtlein selbst zu zeugen –
(der Germanist, *mein* Germanist)
er weiß, daß nichts so wonnig ist,
als – Schaffende zu beugen.

Vor allem sind die Klassiker
mit Anmerkungen zu versehn
und Zahlen an den Zeilen,
dann wirst du sie erst verstehn.
Doch daß sie sich ganz erschließen,
so helfe dir ferner fort
ein fachmännisch-gründlich Vor-, Bei-,
Zu-, Mittel- und Hinterwort.

DICH SELBER NACH DIR SELBST

O schwärme, schwärme, Liebe,
nach jeder Erdenfreude ernstbeflügelt!

Nur eins verliere nicht:
den roten Faden deiner tiefsten Pflicht.
Der aber ist:
Dich selber zu entdecken
und dann dich selber nach dir selbst
zu strecken.

IM ALLGEMEINEN:

Der Jüngling schwört es, und der Mann vergißt es.
Der sagt: so soll es sein! und der: so ist es.

»Der, mit dem du sprichst,
ist immer der Weise,
die übrige Welt
gruppiert sich um ihn im Kreise.
Höchstens ein paar Gipfel in der Ferne
sind ihm heilig noch,
ein paar Sterne –
wieviel große Geister gibt es doch!«

Das macht, daß jeder nur gern lebt,
wenn er sich tüchtig überhebt.
Einen Grund hat jeder – besieh's nur genau –
und wär's zuletzt nur – seine Frau.

GLADSTONE

Er konnt nie über etwas lachen.
Wie kann ein Mensch so tief verflachen!

Ich lobe mir den Freund, der wachsen macht;
vor trocknen Seelen nimm dich, Herz, in acht.

Auf Juden hör ich immer gerne,
damit von ihnen meine Zunge lerne.
Sie schärften sie dreitausend Jahre:
Nun spalten sie damit die feinsten Haare.
Und wieviel Haare hat es nicht, das Wahre!

ZU RUSSISCHEM UND WEITEREM

Erfahr ich, wie Mitchristen sich gebärden,
möcht ich aus Scham und Ingrimm Jude werden.
Noch mehr! Wie's Jude, Christ und Heide treiben,
verwehrt mir fast, noch länger Mensch zu bleiben.

DEN GESELLSCHAFTSNARREN

Ihr lebt, wie's euch der Kodex vorschreibt,
und damit lebt ihr überhaupt nicht.
Ich bin ein Mensch, der auf sein Tor schreibt:
Der Mann hier folgt nicht, front nicht, glaubt nicht.

AN DIE MORAL-LIBERALEN

Ihr seid mir kluge, wackre Leute,
nicht Fleisch nicht Fisch, nicht heiß nicht kalt,
im Gestern halb und halb im Heute, –
Freigeister ihr, mit Vorbehalt.

Ich bin kein Anarchist, weiß Gott,
weit eher noch Reaktionär;
ein großer König ist mein Gott.
Wenn nur einer zu finden wär.

ICH SELBER

Wahrhaft glücklich geboren.
In der Jugend halb Leben verloren.
Später den Rest mühsam beschworen.

TRAGIKOMÖDIE DES PHANTASTEN

Ich schnelle meinen Zollstock mit der Hand –
und halbe Welt entwächst dem dürren Sparren.
Ich schnelle meinen Zollstock mit der Hand –
und ihr, was seht ihr? Nichts plus einen Narren.

AN MEINE TASCHENUHR

Du schlimme Uhr, du gehst mir viel zu schnell;
und doch – dich schauend, seh ich selber hell.

Unschuldig Räderwerk, was schelt ich dich?
Ich geh zu langsam, ach zu langsam – ich.

Ihr andern werdet sichrer immerdar.
Ich werde fragender von Jahr zu Jahr.

DER SPARSAME DICHTER

»Willst du nicht Artikel schreiben?« –
Laßt's beim Epigramme bleiben.
Kann ich's euch in zehn Zeilen sagen,
was euch verwundert,
warum euch Honorar abjagen
für hundert.

WIR FANDEN EINEN PFAD

NACH DER LEKTÜRE DES HELSINGFORSER ZYKLUS 1912

Zur Schönheit führt Dein Werk:
denn Schönheit strömt
zuletzt durch alle Offenbarung ein,
die es uns gibt.
Aus Menschen-Schmerzlichkeiten
hinauf zu immer höhern Harmonien
entbindest Du das schwindelnde Gefühl,
bis es vereint
mit dem Zusammenklang
unübersehbarer Verkünder GOTTES
und SEINER nie gefaßten Herrlichkeit
mitschwingt im Liebeslicht
der Seligkeit . . .
Aus Schönheit kommt,
zur Schönheit führt
Dein Werk.

Nun wohne DU darin,
in diesem leeren Hause,
aus dem der Welt Gebrause
herausfloh und dahin.

Was ist nun noch mein Sinn, –
als daß auf eine Pause
ich einzig DEINE Klause,
mein Grund und Ursprung bin!

Die zur Wahrheit wandern,
wandern allein,
keiner kann dem andern
Wegbruder sein.

Eine Spanne gehn wir,
scheint es, im Chor . . .
bis zuletzt sich, sehn wir,
jeder verlor.

Selbst der Liebste ringet
irgendwo fern;
doch wer's ganz vollbringet,
siegt sich zum Stern,

schafft, sein selbst Durchchrister,
Neugottesgrund –
und ihn grüßt Geschwister
Ewiger Bund.

1

Sieh nicht, was andre tun,
der andern sind so viel,
du kommst nur in ein Spiel,
das nimmermehr wird ruhn.

Geh einfach Gottes Pfad,
laß nichts sonst Führer sein,
so gehst du recht und grad,
und gingst du ganz allein.

2

Verlange nichts von irgendwem,
laß jedermann sein Wesen,

du bist von irgendwelcher Fehm
zum Richter nicht erlesen.

Tu still dein Werk und gib der Welt
allein von deinem Frieden,
und hab dein Sach auf nichts gestellt
und niemanden hienieden.

Was klagst du an
die böse Welt
um das und dies?
bist du ein Mann,
der niemals Spelt
ins Feuer blies?

Hat Haß und Harm
und Wahn und Sucht
dich nie verführt,
daß blind dein Arm
der Flammen Flucht
noch mehr geschürt?

Was dünkst du dich
des unteilhaft,
was Weltbrand nährt!
Zuerst zerbrich
die Leidenschaft,
die dich noch schwärt.

In dich hinein
nimm allen Zwist,
der Welt sorg nit;

je wie du rein
von Schlacke bist,
wird sie es mit.

AN DEN ANDERN

Ich hatte mich im Hochgebirg verstiegen.
Die Felsenwelt um mich, sie war wohl schön;
doch konnt ich keinen Ausgang mir ersiegen
noch einen Aufgang nach den lichten Höhn.

Da traf ich Dich, in ärgster Not: den Andern!
Mit Dir vereint, gewann ich frischen Mut.
Von neuem hob ich an, mit Dir, zu wandern,
und siehe da: Das Schicksal war uns gut.

Wir fanden einen Pfad, der klar und einsam
empor sich zog, bis, wo ein Tempel stand.
Der Steig war steil, doch wagten wir's gemeinsam . . .
Und heut noch helfen wir uns, Hand in Hand.

Mag sein, wir stehn an unsres Lebens Ende
noch unterm Ziel, – genug, der Weg ist klar!
Daß wir uns trafen, war die große Wende.
Aus zwei Verirrten ward ein wissend Paar.

DER KRANKE:

»Oft zu sterben wünscht ich mir . . .
Und wie dankbar bin ich doch,
daß ich leb und leide noch
im gesetzten Nun und Hier.

Bleibt mir doch damit noch Zeit,
abzubauen manch Gebrest,
komm ich nimmer auch zum Rest,
werd ich besser doch bereit.

Wenn ich jetzt nicht wirken kann,
helf ich also doch dem Mir,
das dereinst nach Nun und Hier
wirken wird im Dort und Dann.«

HYMNE

Wie in lauter Helligkeit
fließen wir nach allen Seiten . . .
Erdenbreiten, Erdenzeiten
schwinden ewigkeitenweit . . .

Wie ein Atmen ganz im Licht
ist es, wie ein schimmernd Schweben . . .
Himmels-Licht – in Deinem Leben
lebten je wir, je wir – nicht?

Konnten fern von Dir verziehen,
flohen Dich, verbannt, verdammt?
Doch in Deine Harmonien
kehren heim, die Dir entstammt.

GALGENDICHTUNG

Dem Kinde im Manne
Im ächten Manne ist ein Kind versteckt;
das will spielen.

Nietzsche

GALGENLIEDER

Laß die Moleküle rasen,
was sie auch zusammenknobeln!
Laß das Tüfteln, laß das Hobeln,
heilig halte die Ekstasen.

I

BUNDESLIED DER GALGENBRÜDER

O schauerliche Lebenswirrn,
wir hängen hier am roten Zwirn!
Die Unke unkt, die Spinne spinnt,
und schiefe Scheitel kämmt der Wind.

O Greule, Greule, wüste Greule!
Du bist verflucht! so sagt die Eule.
Der Sterne Licht am Mond zerbricht.
Doch dich zerbrach's noch immer nicht.

O Greule, Greule, wüste Greule!
Hört ihr den Huf der Silbergäule?
Es schreit der Kauz: pardauz! pardauz!
da taut's, da graut's, da braut's, da blaut's!

GALGENBRUDERS LIED AN SOPHIE, DIE HENKERSMAID

Sophie, mein Henkersmädel,
komm, küsse mir den Schädel!
Zwar ist mein Mund

ein schwarzer Schlund –
doch du bist gut und edel!

Sophie, mein Henkersmädel,
komm, streichle mir den Schädel!
Zwar ist mein Haupt
des Haars beraubt –
doch du bist gut und edel!

Sophie, mein Henkersmädel,
komm, schau mir in den Schädel!
Die Augen zwar,
sie fraß der Aar –
doch du bist gut und edel!

NEIN!

Pfeift der Sturm?
Keift ein Wurm?
Heulen
Eulen
hoch vom Turm?

Nein!

Es ist des Galgenstrickes
dickes
Ende, welches ächzte,
gleich als ob
im Galopp
eine müdgehetzte Mähre
nach dem nächsten Brunnen lechzte
(der vielleicht noch ferne wäre).

DAS GEBET

Die Rehlein beten zur Nacht,
hab acht!

Halb neun!

Halb zehn!

Halb elf!

Halb zwölf!

Zwölf!

Die Rehlein beten zur Nacht,
hab acht!
Sie falten die kleinen Zehlein,
die Rehlein.

DAS GROSSE LALULĀ

Kroklokwafzi? Seṁemeṁi!
Seiokrontro – prafriplo:
Bifzi, bafzi; hulaleṁi:
quasti basti bo . . .
Lalu lalu lalu lalu la!

Hontraruru miromente
zasku zes rü rü?
Entepente, leiolente
klekwapufzi lü?
Lalu lalu lalu lalu la!

Simarar kos malzipempu
silzuzankunkrei (;)!
Marjomar dos: Quempu Lempu
Siri Suri Sei[ ]!
Lalu lalu lalu lalu la!

DER ZWÖLF-ELF

Der Zwölf-Elf hebt die linke Hand:
Da schlägt es Mitternacht im Land.

Es lauscht der Teich mit offnem Mund.
Ganz leise heult der Schluchtenhund.

Die Dommel reckt sich auf im Rohr.
Der Moosfrosch lugt aus seinem Moor.

Der Schneck horcht auf in seinem Haus,
desgleichen die Kartoffelmaus.

Das Irrlicht selbst macht Halt und Rast
auf einem windgebrochnen Ast.

Sophie, die Maid, hat ein Gesicht:
Das Mondschaf geht zum Hochgericht.

Die Galgenbrüder wehn im Wind.
Im fernen Dorfe schreit ein Kind.

Zwei Maulwürf küssen sich zur Stund
als Neuvermählte auf den Mund.

Hingegen tief im finstern Wald
ein Nachtmahr seine Fäuste ballt:

Dieweil ein später Wanderstrumpf
sich nicht verlief in Teich und Sumpf.

Der Rabe Ralf ruft schaurig: »Kra!
Das End ist da! Das End ist da!«

Der Zwölf-Elf senkt die linke Hand:
Und wieder schläft das ganze Land.

DAS MONDSCHAF

Das Mondschaf steht auf weiter Flur.
Es harrt und harrt der großen Schur.
Das Mondschaf.

Das Mondschaf rupft sich einen Halm
und geht dann heim auf seine Alm.
Das Mondschaf.

Das Mondschaf spricht zu sich im Traum:
»Ich bin des Weltalls dunkler Raum.«
Das Mondschaf.

Das Mondschaf liegt am Morgen tot.
Sein Leib ist weiß, die Sonn ist rot.
Das Mondschaf.

LUNOVIS

Lunovis in planitie stat
Cultrumque magn' expectitat.
Lunovis.

Lunovis herba rapta it
In montes, unde cucurrit.
          Lunovis.

Lunovis habet somnium:
Se culmen rer' ess' omnium.
          Lunovis.

Lunovis mane mortuumst.
Sol ruber atque ips' albumst.
          Lunovis.

DER RABE RALF

Der Rabe Ralf
  will will hu hu
dem niemand half
  still still du du
half sich allein
am Rabenstein
  will will still still
      hu hu

Die Nebelfrau
  will will hu hu
nimmt's nicht genau
  still still du du
sie sagt nimm nimm
'S ist nicht so schlimm
  will will still still
      hu hu

Doch als ein Jahr
  will will hu hu
vergangen war
  still still du du
da lag im Rot
der Rabe tot
  will will still still
      du du

FISCHES NACHTGESANG

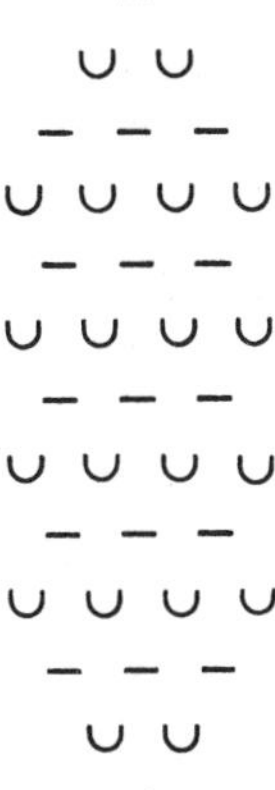

GALGENBRUDERS FRÜHLINGSLIED

Es lenzet auch auf unserm Spahn,
o selige Epoche!
Ein Hälmlein will zum Lichte nahn
aus einem Astwurmloche.

Es schaukelt bald im Winde hin
und schaukelt bald drin her.
Mir ist beinah, ich wäre wer,
der ich doch nicht mehr bin . .

DAS HEMMED

Kennst du das einsame Hemmed?
  Flattertata, flattertata.

Der's trug, ist baß verdämmet!
  Flattertata, flattertata.

Es knattert und rattert im Winde.
Windurudei, windurudei.

Es weint wie ein kleines Kinde.
Windurudei, windurudei.

Das ist das einsame
Hemmed.

DAS PROBLEM

Der Zwölf-Elf kam auf sein Problem
und sprach: »Ich heiße unbequem.
Als hieß ich etwa Drei-Vier
statt Sieben – Gott verzeih mir!«

Und siehe da, der Zwölf-Elf nannt sich
von jenem Tag ab Dreiundzwanzig.

II

DIE TRICHTER

Zwei Trichter wandeln durch die Nacht.
Durch ihres Rumpfs verengten Schacht
fließt weißes Mondlicht
still und heiter
auf ihren
Waldweg
u. s.
w.

DER TANZ

Ein Vierviertelschwein und eine Auftakteule
trafen sich im Schatten einer Säule,
die im Geiste ihres Schöpfers stand.
Und zum Spiel der Fiedelbogenpflanze
reichten sich die zwei zum Tanze
Fuß und Hand.

Und auf seinen dreien rosa Beinen
hüpfte das Vierviertelschwein graziös,
und die Auftakteul auf ihrem einen
wiegte rhythmisch ihr Gekrös.
Und der Schatten fiel,
und der Pflanze Spiel
klang verwirrend melodiös.

Doch des Schöpfers Hirn war nicht von Eisen,
und die Säule schwand, wie sie gekommen war;
und so mußte denn auch unser Paar
wieder in sein Nichts zurücke reisen.

Einen letzten Strich
tat der Geigerich –
und dann war nichts weiter zu beweisen.

DAS KNIE

Ein Knie geht einsam durch die Welt.
Es ist ein Knie, sonst nichts!
Es ist kein Baum! Es ist kein Zelt!
Es ist ein Knie, sonst nichts.

Im Kriege ward einmal ein Mann
erschossen um und um.
Das Knie allein blieb unverletzt –
als wär's ein Heiligtum.

Seitdem geht's einsam durch die Welt.
Es ist ein Knie, sonst nichts.
Es ist kein Baum, es ist kein Zelt.
Es ist ein Knie, sonst nichts.

DER SEUFZER

Ein Seufzer lief Schlittschuh auf nächtlichem Eis
und träumte von Liebe und Freude.
Es war an dem Stadtwall, und schneeweiß
glänzten die Stadtwallgebäude.

Der Seufzer dacht an ein Maidelein
und blieb erglühend stehen.
Da schmolz die Eisbahn unter ihm ein –
und er sank – und ward nimmer gesehen.

BIM, BAM, BUM

Ein Glockenton fliegt durch die Nacht,
als hätt er Vogelflügel,
er fliegt in römischer Kirchentracht
wohl über Tal und Hügel.

Er sucht die Glockentönin BIM,
die ihm vorausgeflogen;
d. h. die Sache ist sehr schlimm,
sie hat ihn nämlich betrogen.

»O komm«, so ruft er, »komm, dein BAM
erwartet dich voll Schmerzen.
Komm wieder, BIM, geliebtes Lamm,
dein BAM liebt dich von Herzen!«

Doch BIM, daß ihr's nur alle wißt,
hat sich dem BUM ergeben;
der ist zwar auch ein guter Christ,
allein das ist es eben.

Der BAM fliegt weiter durch die Nacht
wohl über Wald und Lichtung.
Doch, ach, er fliegt umsonst! Das macht,
er fliegt in falscher Richtung.

DAS ÄSTHETISCHE WIESEL

Ein Wiesel
saß auf einem Kiesel
inmitten Bachgeriesel.

Wißt ihr
weshalb?

Das Mondkalb
verriet es mir
im stillen:

Das raffinier-
te Tier
tat's um des Reimes willen.

DER SCHAUKELSTUHL AUF DER VERLASSENEN TERRASSE

»Ich bin ein einsamer Schaukelstuhl
und wackel im Winde, im Winde.

Auf der Terrasse, da ist es kuhl,
und ich wackel im Winde, im Winde.

Und ich wackel und nackel den ganzen Tag.
Und es nackelt und rackelt die Linde.
Wer weiß, was sonst wohl noch wackeln mag
im Winde, im Winde, im Winde.«

DIE BEICHTE DES WURMS

Es lebt in einer Muschel
ein Wurm gar seltner Art;
der hat mir mit Getuschel
sein Herze offenbart.

Sein armes kleines Herze,
hei, wie das flog und schlug!
Ihr denket wohl, ich scherze?
Ach, denket nicht so klug.

Es lebt in einer Muschel
ein Wurm gar seltner Art;
der hat mir mit Getuschel
sein Herze offenbart.

DAS WEIBLEIN MIT DER KUNKEL

Um stille Stübel schleicht des Monds
barbarisches Gefunkel –
im Gäßchen hoch im Norden wohnt's,
das Weiblein mit der Kunkel.

Es spinnt und spinnt. Was spinnt es wohl?
Es spinnt und spintisieret . . .
Es trägt ein weißes Kamisol,
das seinen Körper zieret.

Um stille Stübel schleicht des Monds
barbarisches Gefunkel –
im Gäßchen hoch im Norden wohnt's,
Das Weiblein mit der Kunkel.

DIE MITTERNACHTSMAUS

Wenn's mitternächtigt und nicht Mond
noch Stern das Himmelshaus bewohnt,
läuft zwölfmal durch das Himmelshaus
die Mitternachtsmaus.

Sie pfeift auf ihrem kleinen Maul –
im Traume brüllt der Höllengaul . . .
Doch ruhig läuft ihr Pensum aus
die Mitternachtsmaus.

Ihr Herr, der große weiße Geist,
ist nämlich solche Nacht verreist.
Wohl ihm! Es hütet ihm sein Haus
die Mitternachtsmaus.

HIMMEL UND ERDE

Der Nachtwindhund weint wie ein Kind,
dieweil sein Fell von Regen rinnt.

Jetzt jagt er wild das Neumondweib,
das hinflieht mit gebognem Leib.

Tief unten geht, ein dunkler Punkt,
querüberfeld ein Forstadjunkt.

MONDENDINGE

Dinge gehen vor im Mond,
die das Kalb selbst nicht gewohnt.

Tulemond und Mondamin
liegen heulend auf den Knien.

Heulend fletschen sie die Zähne
auf der schwefligen Hyäne.

Aus den Kratern aber steigt
Schweigen, das sie überschweigt.

Dinge gehen vor im Mond,
die das Kalb selbst nicht gewohnt.

Tulemond und Mondamin
liegen heulend auf den Knien . . .

III

DER GINGGANZ UND VERWANDTES

DER GINGGANZ

Ein Stiefel wandern und sein Knecht
von Knickebühl gen Entenbrecht.

Urplötzlich auf dem Felde drauß
begehrt der Stiefel: »Zieh mich aus!«

Der Knecht drauf: »Es ist nicht an dem;
doch sagt mir, lieber Herre, —: wem?«

Dem Stiefel gibt es einen Ruck:
»Fürwahr, beim heiligen Nepomuk,

ich GING GANZ in Gedanken hin ...
Du weißt, daß ich ein andrer bin,

seitdem ich meinen Herrn verlor ...«
Der Knecht wirft beide Arm empor,

als wollt er sagen: Laß doch, laß!
Und weiter zieht das Paar fürbaß.

DER LATTENZAUN

Es war einmal ein Lattenzaun,
mit Zwischenraum, hindurchzuschaun.

Ein Architekt, der dieses sah,
stand eines Abends plötzlich da –

und nahm den Zwischenraum heraus
und baute draus ein großes Haus.

Der Zaun indessen stand ganz dumm
mit Latten ohne was herum,

ein Anblick gräßlich und gemein.
Drum zog ihn der Senat auch ein.

Der Architekt jedoch entfloh
nach Afri – od – Ameriko.

DIE BEIDEN FLASCHEN

Zwei Flaschen stehn auf einer Bank,
die eine dick, die andre schlank.
Sie möchte gerne heiraten.
Doch wer soll ihnen beiraten?

Mit ihrem Doppel-Auge leiden
sie auf zum blauen Firmament ...
Doch niemand kommt herabgerennt
und kopuliert die beiden.

DAS LIED VOM BLONDEN KORKEN

Ein blonder Korke spiegelt sich
in einem Lacktablett –
allein er säh sich dennoch nicht,
selbst wenn er Augen hätt:

Das macht, dieweil er senkrecht steigt
zu seinem Spiegelbild!
Wenn man ihn freilich seitwärts neigt,
zerfällt, was oben gilt.

O Mensch, gesetzt, du spiegelst dich
im, sagen wir, – im All!
Und senkrecht! – wärest du dann nich
ganz in dem gleichen Fall?

DER WÜRFEL

Ein Würfel sprach zu sich: »Ich bin
mir selbst nicht völlig zum Gewinn!

Denn meines Wesens sechste Seite,
und sei es auch *ein* Auge bloß,
sieht immerdar, statt in die Weite,
der Erde ewig dunklen Schoß.«

Als dies die Erde, drauf er ruhte,
vernommen, ward ihr schlimm zumute.

»Du Esel«, sprach sie, »ich bin dunkel,
weil dein Gesäß mich just bedeckt!
Ich bin so licht wie ein Karfunkel,
sobald du dich hinweggefleckt.«

Der Würfel, innerlichst beleidigt,
hat sich nicht weiter drauf verteidigt.

KRONPRÄTENDENTEN

– »Ich bin der Graf von Réaumur
und haß euch wie die Schande!
Dient nur dem Celsio für und für,
Ihr Apostatenbande!«

Im Winkel König Fahrenheit
hat still sein Mus gegessen.
– »Ach Gott, sie war doch schön, die Zeit,
da man nach mir gemessen!«

DIE WESTE

Es lebt in Süditalien eine Weste
an einer Kirche dämmrigem Altar.
Versteht mich recht: Noch dient sie Gott aufs beste.
Doch wie in Adam schon Herr Haeckel war,
(zum Beispiel bloß), so steckt in diesem Reste
Brokat voll Silberblümlein wunderbar
schon heut der krause Übergang verborgen
vom Geist von gestern auf den Leib von morgen.

IV

PHILANTHROPISCH

Ein nervöser Mensch auf einer Wiese
wäre besser ohne sie daran;
darum seh er, wie er ohne diese
(meistens mindstens) leben kann.

Kaum daß er gelegt sich auf die Gräser,
naht der Ameis, Heuschreck, Mück und Wurm,
naht der Tausendfuß und Ohrenbläser,
und die Hummel ruft zum Sturm.

Ein nervöser Mensch auf einer Wiese
tut drum besser, wieder aufzustehn
und dafür in andre Paradiese
(beispielshalber: weg) zu gehn.

DER MOND

Als Gott den lieben Mond erschuf,
gab er ihm folgenden Beruf:

Beim Zu- sowohl wie beim Abnehmen
sich deutschen Lesern zu bequemen,

ein 𝔄 formierend und ein ℨ –
daß keiner groß zu denken hätt.

Befolgend dies, ward der Trabant
ein völlig deutscher Gegenstand.

DIE WESTKÜSTEN

Die Westküsten traten eines Tages zusammen
und erklärten, sie seien keine Westküsten,
weder Ostküsten noch Westküsten –
»daß sie nicht wüßten!«

Sie wollten wieder ihre Freiheit haben
und für immer das Joch des Namens abschütteln,
womit eine Horde von Menschenbütteln
sich angemaßt habe, sie zu begaben.

Doch wie sich befreien, wie sich erretten
aus diesen widerwärtigen Ketten?
»Ihr Westküsten«, fing eine an zu spotten,
»gedenkt ihr den Menschen etwan auszurotten?«

»Und wenn schon!« rief eine andre schrill.
»Wenn ich seine Magd nicht mehr heißen will?« –
»Dann blieben aber immer noch die Atlanten«, –
meinte eine von den asiatischen Tanten.

Schließlich, wie immer in solchen Fällen,
tat man eine Resolution aufstellen.
Fünfhundert Tintenfische wurden aufgetrieben,
und mit ihnen wurde folgendes geschrieben:

›Wir Westküsten erklären hiermit einstimmig,
daß es uns nicht gibt, und zeichnen hochachtungsvoll:
Die vereinigten Westküsten der Erde.‹ –
Und nun wollte man, daß dies verbreitet werde.

Sie riefen den Walfisch, doch er tat's nicht achten;
sie riefen die Möwen, doch die Möwen lachten;

sie riefen die Wolke, doch die Wolke vernahm nicht;
sie riefen ich weiß nicht was, doch ich weiß nicht was kam
nicht.

»Ja, wieso denn, wieso?« schrie die Küste von Ecuador:
»Wärst du etwa kein Walfisch, du grober Tor?«
»Sehr richtig«, sagte der Walfisch mit vollkommener Ruh:
»Dein Denken, liebe Küste, dein Denken macht mich erst
dazu.«

Da war's den Küsten, als säh'n sie sich im Spiegel;
ganz seltsam erschien ihnen plötzlich ihr Gewiegel.
Still schwammen sie heim, eine jede nach ihrem Land.
Und die Resolution, die blieb unversandt.

UNTER ZEITEN

Das Perfekt und das Imperfekt
tranken Sekt.
Sie stießen aufs Futurum an
(was man wohl gelten lassen kann).

Plusquamper und Exaktfutur
blinzten nur.

UNTER SCHWARZKÜNSTLERN

Eines Mittags las man:
›Pfiffe zu mieten gesucht!
Hundertweis, zu jedem Preis!
Victor Emanuel Wasmann!‹

Um sechs Uhr kam der erste Pfiff
von einem alten Kohlenschiff.

Um acht Uhr waren's tausend schon.
Um neun Uhr eine halbe Million.

Victor Emanuel Wasmann schlug
die Türe zu: »Nun ist's genug!
Hört zu, ihr Pfiffe!

Ich habe einen Feind« (hört! hört!),
»der mir des nachts die Ruhe stört –
auf den sollt ihr marschieren!

Er hat Gelächter angestellt,
die schickt er nachts mir an mein Bett,
da hocken sie auf der Decke,

mit Flügeln weiß und Flügeln rot,
und krähn und flattern mich zu Tod. –
Doch alles hat sein Ende.«

Die Pfiffe pfiffen wie *ein* Mann;
empfingen ihren Sold sodann.
(Ein Schusterjungenpfiff sogar
bot Wasmann sich als Bravo dar.)

Drauf ließ er sie durchs Ofenloch ...
Doch lange stand er brütend noch,
schrieb Zeichen, hob die Hand und schwur,
ein schwarzer Meister der Natur ...

*

Bald nach diesem ging
ein Herr Axel Ring
kurzerhand
außer Land. –

Wasmann hatte gesiegt.

PALMSTRÖM

Palmström steht an einem Teiche
und entfaltet groß ein rotes Taschentuch:
Auf dem Tuch ist eine Eiche
dargestellt, sowie ein Mensch mit einem Buch.

Palmström wagt nicht, sich hineinzuschneuzen –
er gehört zu jenen Käuzen,
die oft unvermittelt-nackt
Ehrfurcht vor dem Schönen packt.

Zärtlich faltet er zusammen,
was er eben erst entbreitet.
Und kein Fühlender wird ihn verdammen,
weil er ungeschneuzt entschreitet.

DER TRAUM DER MAGD

Am Morgen spricht die Magd ganz wild:
»Ich hab heut nacht ein Kind gestillt –

ein Kind mit einem Käs als Kopf –
und einem Horn am Hinterschopf!

Das Horn, o denkt euch, war aus Salz
und ging zu essen, und dann –«

»Halt's –
halt's Maul!« so spricht die Frau, »und geh
an deinen Dienst, Zä-zi-li-ē!«

V

DAS NASOBĒM

Auf seinen Nasen schreitet
einher das Nasobēm,
von seinem Kind begleitet.
Es steht noch nicht im Brehm.

Es steht noch nicht im Meyer.
Und auch im Brockhaus nicht.
Es trat aus meiner Leyer
zum ersten Mal ans Licht.

Auf seinen Nasen schreitet
(wie schon gesagt) seitdem,
von seinem Kind begleitet,
einher das Nasobēm.

ANTO-LOGIE

Im Anfang lebte, wie bekannt,
als größter Säuger der *Gig*-ant.

Wobei gig eine Zahl ist, die
es nicht mehr gibt, – so groß war sie!

Doch jene Größe schwand wie Rauch.
Zeit gab's genug – und Zahlen auch.

Bis eines Tags, ein winzig Ding,
der *Zwölef*-ant das Reich empfing.

Wo blieb sein Reich? Wo blieb er selb?–
Sein Bein wird im Museum gelb.

Zwar gab die gütige Natur
den *Elef*-anten uns dafur.

Doch ach, der Pulverpavian,
der Mensch, voll Gier nach seinem Zahn,

erschießt ihn, statt ihm Zeit zu lassen,
zum *Zehen*-anten zu verblassen.

O ›Klub zum Schutz der wilden Tiere‹,
hilf, daß der Mensch nicht ruiniere

die Sprossen dieser Riesenleiter,
die stets noch weiter führt und weiter!

Wie dankbar wird der Ant dir sein,
läßt du ihn wachsen und gedeihn, –

bis er dereinst im Nebel hinten
als *Nulel*-ant wird stumm verschwinden.

DIE HYSTRIX

Das hinterindische Stachelschwein
(hystrix grotei Gray),
das hinterindische Stachelschwein
aus Siam, das tut weh.

Entdeckst du wo im Walde drauß
bei Siam seine Spur,
dann tritt es manchmal, sagt man, aus
den Schranken der Natur.

Dann gibt sein Zorn ihm so Gewalt,
daß, eh du dich versiehst,
es seine Stacheln jung und alt
auf deinen Leib verschießt.

Von oben bis hinab sodann
stehst du gespickt am Baum,
ein heiliger Sebastian,
und traust den Augen kaum.

Die Hystrix aber geht hinweg,
an Leib und Seele wüst.
Sie sitzt im Dschungel im Versteck
und büßt.

DIE PROBE

Zu einem seltsamen Versuch
erstand ich mir ein Nadelbuch.

Und zu dem Buch ein altes zwar,
doch äußerst kühnes Dromedar.

Ein Reicher auch daneben stand,
zween Säcke Gold in jeder Hand.

Der Reiche ging alsdann herfür
und klopfte an die Himmelstür.

Drauf Petrus sprach: »Geschrieben steht,
daß ein Kamel weit eher geht

durchs Nadelöhr, als du, du Heid,
durch diese Türe groß und breit!«

Ich, glaubend fest an Gottes Wort,
ermunterte das Tier sofort,

ihm zeigend hinterm Nadelöhr
ein Zuckerhörnchen als Douceur.

Und in der Tat! Das Vieh ging durch,
obzwar sich quetschend wie ein Lurch!

Der Reiche aber sah ganz stier
und sagte nichts als: »Wehe mir!«

IM JAHRE 19000

Die Ameisen oder Emsen
sind so weit jetzt, daß sie Gemsen
sich als Sklaven halten (aus
Gründen ihres Körperbaus).

Da sie selber sehr viel kleiner,
so bedienen sie sich einer
Gemse oder zweier Gemsen
zu Gebirgspartien, die Emsen.

Ist sodann ein Adlernest
abgesucht bis auf den Rest,
gehn sie endlich, zog der Weih
schon den Ameisbären bei,

wieder ihm aus Horst und Rock –
und besteigen ihren Bock,
der sie, wie ein Stein, der springt,
heim zu ihrem Hügel bringt.

Angepflöckt, so stehn die Gemsen
in der Nähe dort der Emsen,
bei den Läusen u. s. w.
und verwünschen ihre Reiter.

DER GAUL

Es läutet beim Professor Stein.
Die Köchin rupft die Hühner.
Die Minna geht: Wer kann das sein? –
  Ein Gaul steht vor der Türe.

Die Minna wirft die Türe zu.
Die Köchin kommt: Was gibt's denn?
Das Fräulein kommt im Morgenschuh.
  Es kommt die ganze Familie.

»Ich bin, verzeihn Sie«, spricht der Gaul,
»der Gaul vom Tischler Bartels.
Ich brachte Ihnen dazumaul
  die Tür- und Fensterrahmen!«

Die vierzehn Leute samt dem Mops,
sie stehn, als ob sie träumten.
Das kleinste Kind tut einen Hops,
  die andern stehn wie Bäume.

Der Gaul, da keiner ihn versteht,
schnalzt bloß mal mit der Zunge,
dann kehrt er still sich ab und geht
  die Treppe wieder hinunter.

Die dreizehn schaun auf ihren Herrn,
ob er nicht sprechen möchte.

»Das war«, spricht der Professor Stein,
»ein unerhörtes Erlebnis!« ...

DER HEROISCHE PUDEL

Ein schwarzer Pudel, dessen Haar
des abends noch wie Kohle war,
betrübte sich so höllenheiß,
weil seine Dame Flügel spielte,
trotzdem er heulte: daß (o Preis
dem Schmerz, der solchen Sieg erzielte!)
er beim Gekräh der Morgenhähne
aufstand als wie ein hoher Greis –
mit einer silberweißen Mähne.

DAS HUHN

In der Bahnhofshalle, nicht für es gebaut,
geht ein Huhn
hin und her ...
Wo, wo ist der Herr Stationsvorsteh'r?
Wird dem Huhn
man nichts tun?
Hoffen wir es! Sagen wir es laut:
daß ihm unsre Sympathie gehört,
selbst an dieser Stätte, wo es – ›stört‹!

MÖWENLIED

Die Möwen sehen alle aus,
als ob sie Emma hießen.

Sie tragen einen weißen Flaus
und sind mit Schrot zu schießen.

Ich schieße keine Möwe tot,
ich laß sie lieber leben –
und füttre sie mit Roggenbrot
und rötlichen Zibeben.

O Mensch, du wirst nie nebenbei
der Möwe Flug erreichen.
Wofern du Emma heißest, sei
zufrieden, ihr zu gleichen.

IGEL UND AGEL

Ein Igel saß auf einem Stein
und blies auf einem Stachel sein.
Schalmeiala, schalmeialü!
Da kam sein Feinslieb Agel
und tat ihm schnigel schnagel
zu seinen Melodein.
Schnigula schnagula
schnaguleia lü!

Das Tier verblies sein Flötenhemd . . .
»Wie siehst du aus so furchtbar fremd!?«
Schalmeiala, schalmeialü –.
Feins Agel ging zum Nachbar, ach!
Den Igel aber hat der Bach
zum Weiher fortgeschwemmt.
Wigula wagula
waguleia wü
tü tü . . .

DER WERWOLF

Ein Werwolf eines Nachts entwich
von Weib und Kind und sich begab
an eines Dorfschullehrers Grab
und bat ihn: »Bitte, beuge mich!«

Der Dorfschulmeister stieg hinauf
auf seines Blechschilds Messingknauf
und sprach zum Wolf, der seine Pfoten
geduldig kreuzte vor dem Toten:

»Der Werwolf« – sprach der gute Mann,
»des Weswolfs, Genitiv sodann,
dem Wemwolf, Dativ, wie man's nennt,
den Wenwolf, – damit hat's ein End.«

Dem Werwolf schmeichelten die Fälle,
er rollte seine Augenbälle.
Indessen, bat er, füge doch
zur Einzahl auch die Mehrzahl noch!

Der Dorfschulmeister aber mußte
gestehn, daß er von ihr nichts wußte.
Zwar Wölfe gäb's in großer Schar,
doch ›Wer‹ gäb's nur im Singular.

Der Wolf erhob sich tränenblind –
er hatte ja doch Weib und Kind!!
Doch da er kein Gelehrter eben,
so schied er dankend und ergeben.

DIE FINGUR

Es lacht die Nachtalp-Henne,
es weint die Windhorn-Gans,
es bläst der schwarze Senne
zum Tanz.

Ein Uhu-Tauber turtelt
nach seiner Uhuin.
Ein kleiner Sechs-Elf hurtelt
von Busch zu Busch dahin . . .

Und Wiedergänger gehen,
und Raben rufen kolk,
und aus den Teichen sehen
die Fingur und ihr Volk . . .

KM 21

Ein Rabe saß auf einem Meilenstein
und rief Ka-em-zwei-ein, Ka-em-zwei-ein . . .

Der Werhund lief vorbei, im Maul ein Bein,
Der Rabe rief Ka-em-zwei-ein, zwei-ein.

Vorüber zottelte das Zapfenschwein,
der Rabe rief und rief Ka-em-zwei-ein.

»Er ist besessen!« – kam man überein.
»Man führe ihn hinweg von diesem Stein!«

Zwei Hasen brachten ihn zum Kräuterdachs.
Sein Hirn war ganz verstört und weich wie Wachs.

Noch sterbend rief er (denn er starb dort) sein
Ka-em-zwei-ein, Ka-em-Ka-em-zwei-ein . . .

GEISS UND SCHLEICHE

Die Schleiche singt ihr Nachtgebet,
die Waldgeiß staunend vor ihr steht.

Die Waldgeiß schüttelt ihren Bart
wie ein Magister hochgelahrt.

Sie weiß nicht, was die Schleiche singt,
sie hört nur, daß es lieblich klingt.

Die Schleiche fällt in Schlaf alsbald.
Die Geiß geht sinnend durch den Wald.

DER PURZELBAUM

Ein Purzelbaum trat vor mich hin
und sagt: »Du nur siehst mich
und weißt, was für ein Baum ich bin:
Ich schieße nicht, man schießt mich.

Und trag ich Frucht? Ich glaube kaum;
auch bin ich nicht verwurzelt.
Ich bin nur noch ein Purzeltraum,
sobald ich hingepurzelt.«

»Je nun«, so sprach ich, »bester Schatz,
du bist doch klug und siehst uns; –
nun, auch für uns besteht der Satz:
Wir schießen nicht, es schießt uns.

Auch Wurzeln treibt man nicht so bald
und Früchte nun erst recht nicht.
Geh heim in deinen Purzelwald,
und lästre dein Geschlecht nicht.«

DIE ZWEI WURZELN

Zwei Tannenwurzeln groß und alt
unterhalten sich im Wald.

Was droben in den Wipfeln rauscht,
das wird hier unten ausgetauscht.

Ein altes Eichhorn sitzt dabei
und strickt wohl Strümpfe für die zwei.

Die eine sagt: knig. Die andre sagt: knag.
Das ist genug für einen Tag.

PALMSTRÖM

Palmström

Palmström steht an einem Teiche
und entfaltet groß ein rotes Taschentuch:
Auf dem Tuch ist eine Eiche
dargestellt, sowie ein Mensch mit einem Buch.

Palmström wagt nicht, sich hineinzuschneuzen –
er gehört zu jenen Käuzen,
die oft unvermittelt-nackt
Ehrfurcht vor dem Schönen packt.

Zärtlich faltet er zusammen,
was er eben erst entbreitet.
Und kein Fühlender wird ihn verdammen,
weil er ungeschneuzt entschreitet.

DAS BÖHMISCHE DORF

Palmström reist, mit einem Herrn v. Korf,
in ein sogenanntes Böhmisches Dorf.

Unverständlich bleibt ihm alles dort,
von dem ersten bis zum letzten Wort.

Auch v. Korf (der nur des Reimes wegen
ihn begleitet) ist um Rat verlegen.

Doch just dieses macht ihn blaß vor Glück.
Tiefentzückt kehrt unser Freund zurück.

Und er schreibt in seine Wochenchronik:
Wieder ein Erlebnis, voll von Honig!

NACH NORDEN

Palmström ist nervös geworden;
darum schläft er jetzt nach Norden.

Denn nach Osten, Westen, Süden
schlafen, heißt das Herz ermüden.

(Wenn man nämlich in Europen
lebt, nicht südlich in den Tropen.)

Solches steht bei zwei Gelehrten,
die auch Dickens schon bekehrten –

und erklärt sich aus dem steten
Magnetismus des Planeten.

Palmström also heilt sich örtlich,
nimmt sein Bett und stellt es nördlich.

Und im Traum, in einigen Fällen,
hört er den Polarfuchs bellen.

WESTÖSTLICH

Als er dies v. Korf erzählt,
fühlt sich dieser leicht gequält;

denn für ihn ist Selbstverstehung,
daß man mit der Erdumdrehung

schlafen müsse, mit den Pfosten
seines Körpers strikt nach Osten.

Und so scherzt er kaustisch-köstlich:
»Nein, *mein* Diwan bleibt – westöstlich!«

BILDHAUERISCHES

Palmström haut aus seinen Federbetten,
sozusagen, Marmorimpressionen:
Götter, Menschen, Bestien und Dämonen.

Aus dem Stegreif faßt er in die Daunen
des Plumeaus und springt zurück, zu prüfen,
leuchterschwingend, seine Schöpferlaunen.

Und im Spiel der Lichter und der Schatten
schaut er Zeuse, Ritter und Mulatten,
Tigerköpfe, Putten und Madonnen ...

träumt: Wenn Bildner all dies wirklich schüfen,
würden sie den Ruhm des Alters retten,
würden Rom und Hellas übersonnen!

DIE KUGELN

Palmström nimmt Papier aus seinem Schube.
Und verteilt es kunstvoll in der Stube.

Und nachdem er Kugeln draus gemacht.
Und verteilt es kunstvoll, und zur Nacht.

Und verteilt die Kugeln so (zur Nacht),
daß er, wenn er plötzlich nachts erwacht,

daß er, wenn er nachts erwacht, die Kugeln
knistern hört und ihn ein heimlich Grugeln

packt (daß ihn dann nachts ein heimlich Grugeln
packt) beim Spuk der packpapiernen Kugeln ...

LÄRMSCHUTZ

Palmström liebt, sich in Geräusch zu wickeln,
teils zur Abwehr wider fremde Lärme,
teils um sich vor drittem Ohr zu schirmen.

Und so läßt er sich um seine Zimmer
Wasserröhren legen, welche brausen.
Und ergeht sich, so behütet, oft in

stundenlangen Monologen, stundenlangen Monologen, gleich dem Redner
von Athen, der in die Brandung brüllte,

gleich Demosthenes am Strand des Meeres.

DER VORGESCHLAFENE HEILSCHLAF

Palmström schläft vor zwölf Experten
den berühmten ›Schlaf vor Mitternacht‹,
seine Heilkraft zu erhärten.

Als er, da es zwölf, erwacht,
sind die zwölf Experten sämtlich müde.
Er allein ist frisch wie eine junge Rüde!

ZUKUNFTSSORGEN

Korf, den Ahnung leicht erschreckt,
sieht den Himmel schon bedeckt
von Ballonen jeder Größe
und verfertigt ganze Stöße
von Entwürfen zu Statuten
eines Klubs zur resoluten
Wahrung der gedachten Zone
vor der Willkür der Ballone.

Doch er ahnt schon, ach, beim Schreiben
seinen Klub im Rückstand bleiben:
Dämmrig, dünkt ihn, wird die Luft
und die Landschaft Grab und Gruft.
Er begibt sich drum der Feder,
steckt das Licht an (wie dann jeder),
tritt damit bei Palmström ein,
und so sitzen sie zu zwein.

Endlich, nach vier langen Stunden,
ist der Albdruck überwunden.
Palmström bricht zuerst den Bann:
»Korf«, so spricht er, »sei ein Mann!
Du vergreifst dich im Jahrzehnt:
Noch wird all das erst ersehnt,
was, vom Geist dir vorgegaukelt,
heut dein Haupt schon überschaukelt.«

Korf entrafft sich dem Gesicht.
Niemand fliegt im goldnen Licht!
Er verlöscht die Kerze schweigend.
Doch dann, auf die Sonne zeigend,
spricht er: »Wenn nicht jetzt, so einst –
kommt es, daß du nicht mehr scheinst,

wenigstens nicht uns, den – grausend
sag ich's –: unteren Zehntausend!« ...

Wieder sitzt v. Korf danach
stumm in seinem Schreibgemach
und entwirft Statuten eines
Klubs zum Schutz des Sonnenscheines.

DAS WARENHAUS

Palmström kann nicht ohne Post
  leben:
Sie ist seiner Tage Kost.

Täglich dreimal ist er ganz
  Spannung.
Täglich ist's der gleiche Tanz:

Selten hört er einen Brief
  plumpen
in den Kasten breit und tief.

Düster schilt er auf den Mann,
  welcher,
wie man weiß, nichts dafür kann.

Endlich kommt er drauf zurück:
  auf das:
›Warenhaus für Kleines Glück‹.

Und bestellt dort, frisch vom Rost,
  (quasi):
ein Quartal – ›Gemischte Post‹!

Und nun kommt von früh bis spät
  Post von
aller Art und Qualität.

Jedermann teilt sich ihm mit,
  brieflich,
denkt an ihn auf Schritt und Tritt.

Palmström sieht sich in die Welt
  plötzlich
überall hineingestellt . . .

Und ihm wird schon wirr und weh . . .
  Doch es
ist ja nur das – ›W. K. G.‹

BONA FIDE

Palmström geht durch eine fremde Stadt . . .
Lieber Gott, so denkt er, welch ein Regen!
Und er spannt den Schirm auf, den er hat.

Doch am Himmel tut sich nichts bewegen,
und kein Windhauch rührt ein Blatt.
Gleichwohl darf man jenen Argwohn hegen.

Denn das Pflaster, über das er wandelt,
ist vom Magistrat voll List – gesprenkelt.
Bona fide hat der Gast gehandelt.

SPRACHSTUDIEN

Korf und Palmström nehmen Lektionen,
um das Wetter-Wendische zu lernen.
Täglich pilgern sie zu den modernen
Ollendorffschen Sprachlehrgrammophonen.

Dort nun lassen sie mit vielen andern,
welche gleichfalls steile Charaktere,
(gleich als ob's ein Ziel für Edle wäre),
sich im Wetter-Wendischen bewandern.

Dies Idiom behebt den Geist der Schwere,
macht sie unstet, launisch und cholerisch . . .
Doch die Sache bleibt nur peripherisch.
Und sie werden wieder – Charaktere.

THEATER

Palmström denkt sich Dieses aus:
Ein quadratisch Bühnenhaus,

mit (v. Korf begreift es kaum)
drehbarem Zuschauerraum.

Viermal wechselt Dichters Welt,
viermal wirst du umgestellt.

Auf vier Bühnen tief und breit
schaust du basse Wirklichkeit.

Denn in dieser Quadratur,
wo pro Jahr ein Drama nur,

wird natürlich jeder Akt
höchst veristisch angepackt.

Mauern siehst du da von Stein,
Bäche murmeln quick und rein,

Erdreich riechst du schlecht und recht,
Gras und Baum blühn wurzelecht.

Alles steht hier für ein Jahr
und ist deshalb wirklich wahr.

Palmström macht sich ein Modell:
formt aus Rauschgold einen Quell

und aus Schächtelchen ein Dorf ...
und verehrt das Ganze Korf.

IM TIERKOSTÜM

Palmström liebt es, Tiere nachzuahmen,
und erzieht zwei junge Schneider
lediglich auf Tierkostüme.

So z. B. hockt er gern als Rabe
auf dem oberen Aste einer Eiche
und beobachtet den Himmel.

Häufig auch als Bernhardiner
legt er zottigen Kopf auf tapfere Pfoten,
bellt im Schlaf und träumt gerettete Wanderer.

Oder spinnt ein Netz in seinem Garten
aus Spagat und sitzt als eine Spinne
tagelang in dessen Mitte.

Oder schwimmt, ein glotzgeäugter Karpfen,
rund um die Fontäne seines Teiches
und erlaubt den Kindern, ihn zu füttern.

Oder hängt sich im Kostüm des Storches
unter eines Luftschiffs Gondel
und verreist so nach Ägypten.

DIE TAGNACHTLAMPE

Korf erfindet eine Tagnachtlampe,
die, sobald sie angedreht,
selbst den hellsten Tag
in Nacht verwandelt.

Als er sie vor des Kongresses Rampe
demonstriert, vermag
niemand, der sein Fach versteht,
zu verkennen, daß es sich hier handelt –

(Finster wird's am hellerlichten Tag,
und ein Beifallssturm das Haus durchweht)
(Und man ruft dem Diener Mampe:
»Licht anzünden!«) – daß es sich hier handelt

um das Faktum: daß gedachte Lampe,
in der Tat, wenn angedreht,
selbst den hellsten Tag
in Nacht verwandelt.

DIE KORFSCHE UHR

Korf erfindet eine Uhr,
die mit zwei Paar Zeigern kreist

und damit nach vorn nicht nur,
sondern auch nach rückwärts weist.

Zeigt sie zwei, somit auch zehn;
zeigt sie drei, somit auch neun;
und man braucht nur hinzusehn,
um die Zeit nicht mehr zu scheun.

Denn auf dieser Uhr von Korfen,
mit dem janushaften Lauf,
(dazu ward sie so entworfen):
hebt die Zeit sich selber auf.

PALMSTRÖMS UHR

Palmströms Uhr ist andrer Art,
reagiert mimosisch zart.

Wer sie bittet, wird empfangen.
Oft schon ist sie so gegangen,

wie man herzlich sie gebeten,
ist zurück- und vorgetreten,

eine Stunde, zwei, drei Stunden,
je nachdem sie mitempfunden.

Selbst als Uhr, mit ihren Zeiten,
will sie nicht Prinzipien reiten:

Zwar ein Werk, wie allerwärts,
doch zugleich ein Werk – mit Herz.

DIE GERUCHS-ORGEL

Palmström baut sich eine Geruchs-Orgel
und spielt drauf v. Korfs Nieswurz-Sonate.

Diese beginnt mit Alpenkräuter-Triolen
und erfreut durch eine Akazien-Arie.

Doch im Scherzo, plötzlich und unerwartet,
zwischen Tuberosen und Eukalyptus,

folgen die drei berühmten Nieswurz-Stellen,
welche der Sonate den Namen geben.

Palmström fällt bei diesen Ha-Cis-Synkopen
jedesmal beinahe vom Sessel, während

Korf daheim, am sichern Schreibtisch sitzend,
Opus hinter Opus aufs Papier wirft . . .

DER AROMAT

Angeregt durch Korfs Geruchs-Sonaten,
gründen Freunde einen ›Aromaten‹.

Einen Raum, in welchem, kurz gesprochen,
nicht geschluckt wird, sondern nur gerochen.

Gegen Einwurf kleiner Münzen treten
aus der Wand balsamische Trompeten,

die den Gästen in geblähte Nasen,
was sie wünschen, leicht und lustig blasen.

Und zugleich erscheint auf einem Schild
des Gerichtes wohlgetroffnes Bild.

Viele Hunderte, um nicht zu lügen,
speisen nun erst wirklich mit Vergnügen.

DIE UNMÖGLICHE TATSACHE

Palmström, etwas schon an Jahren,
wird an einer Straßenbeuge
und von einem Kraftfahrzeuge
überfahren.

»Wie war« (spricht er, sich erhebend
und entschlossen weiterlebend)
»möglich, wie dies Unglück, ja –:
daß es überhaupt geschah?

Ist die Staatskunst anzuklagen
in bezug auf Kraftfahrwagen?
Gab die Polizeivorschrift
hier dem Fahrer freie Trift?

Oder war vielmehr verboten
hier Lebendige zu Toten
umzuwandeln – kurz und schlicht:
Durfte hier der Kutscher nicht –?«

Eingehüllt in feuchte Tücher,
prüft er die Gesetzesbücher
und ist alsobald im klaren:
Wagen durften dort nicht fahren!

Und er kommt zu dem Ergebnis:
›Nur ein Traum war das Erlebnis.
Weil‹, so schließt er messerscharf,
›nicht sein *kann,* was nicht sein *darf*‹.

DIE BEHÖRDE

Korf erhält vom Polizeibüro
ein geharnischt Formular,
wer er sei und wie und wo,

welchen Orts er bis anheute war,
welchen Stands und überhaupt,
wo geboren, Tag und Jahr.

Ob ihm überhaupt erlaubt,
hier zu leben und zu welchem Zweck,
wieviel Geld er hat und was er glaubt.

Umgekehrten Falls man ihn vom Fleck
in Arrest verführen würde, und
drunter steht: Borowsky, Heck.

Korf erwidert darauf kurz und rund:
›Einer hohen Direktion
stellt sich, laut persönlichem Befund,

untig angefertigte Person
als nichtexistent im Eigen-Sinn
bürgerlicher Konvention

vor und aus und zeichnet, wennschonhin
mitbedauernd nebigen Betreff,
Korf. (An die Bezirksbehörde in –).‹

Staunend liest's der anbetroffne Chef.

DIE MAUSEFALLE

Palmström hat nicht Speck im Haus
dahingegen eine Maus.

Korf, bewegt von seinem Jammer,
baut ihm eine Gitterkammer.

Und mit einer Geige fein
setzt er seinen Freund hinein.

Nacht ist's und die Sterne funkeln.
Palmström musiziert im Dunkeln.

Und derweil er konzertiert,
kommt die Maus hereinspaziert.

Hinter ihr, geheimer Weise,
fällt die Pforte leicht und leise.

Vor ihr sinkt in Schlaf alsbald
Palmströms schweigende Gestalt.

II

Morgens kommt v. Korf und lädt
das so nützliche Gerät

in den nächsten, sozusagen,
mittelgroßen Möbelwagen,

den ein starkes Roß beschwingt
nach der fernen Waldung bringt,

wo in tiefer Einsamkeit
er das seltne Paar befreit.

Erst spaziert die Maus heraus
und dann Palmström, nach der Maus.

Froh genießt das Tier der neuen
Heimat, ohne sich zu scheuen.

Während Palmström, glückverklärt,
mit v. Korf nach Hause fährt.

DIE WEGGEWORFENE FLINTE

Palmström findet eines Abends,
als er zwischen hohem Korn
singend schweift,
eine Flinte.

Trauernd bricht er seinen Hymnus
ab und setzt sich in den Mohn,
seinen Fund
zu betrachten.

Innig stellt er den Verzagten,
der ins Korn sie warf, sich vor
und beklagt
ihn von Herzen.

Mohn und Ähren und Cyanen
windet seine Hand derweil
still um Lauf,
Hahn und Kolben . . .

Und er lehnt den so bekränzten
Stutzen an den Kreuzwegstein,
hoffend zart,
daß der Zage,

noch einmal des Weges kommend,
ihn erblicken möge – und –
(. . Seht den Mond
groß im Osten . .)

KORFS VERZAUBERUNG

Korf erfährt von einer fernen Base,
einer Zauberin,
die aus Kräuterschaum Planeten blase,
und er eilt dahin,
eilt dahin gen Odelidelase,
zu der Zauberin . . .

Findet wandelnd sie auf ihrer Wiese,
fragt sie, ob sie sei,
die aus Kräuterschaum Planeten bliese,
ob sie sei die Fei,
sei die Fei von Odeladelise?
Ja, sie sei die Fei!

Und sie reicht ihm willig Krug und Ähre,
und er bläst den Schaum,
und sieh da, die wunderschönste Sphäre
wölbt sich in den Raum,
wölbt sich auf, als ob's ein Weltball wäre,
nicht nur Schaum und Traum.

Und die Kugel löst sich los vom Halme,
schwebt gelind empor,
dreht sich um und mischt dem Sphärenpsalme,
mischt dem Sphärenchor
Töne, wie aus ferner Hirtenschalme,
dringen sanft hervor.

In dem Spiegel aber ihrer Runde
schaut v. Korf beglückt,
was ihm je in jeder guten Stunde
durch den Sinn gerückt:
Seine Welt erblickt mit offnem Munde
Korf entzückt.

Und er nennt die Base seine Muse,
und sieh da! sieh dort!
Es erfaßt ihn was an seiner Bluse
und entführt ihn fort,
führt ihn fort aus Odeladeluse
nach dem neuen Ort . . .

PROFESSOR PALMSTRÖM

Irgendwo im Lande gibt es meist
einen Staat, von dem, was sich an Geist
irgendwo befindet und erweist,
doch noch nirgendwo Professor heißt,

eben zum Professor wird gemacht,
wie von wem, der unaufhörlich wacht,
ob auch jeder Seele wird gedacht,
die der Menschheit Glück und Heil gebracht.

Solch ein Staat und solch ein Fürst, o denkt,
hat auch Palmströms Los zum Licht gelenkt,
hat ihm den Professorrang geschenkt
und das Kreuz für Kunst ihm umgehenkt.

Palmström gibt das Kreuz für Kunst zurück;
denn er trägt kein solches Kleidungsstück.
Den Professor nicht; denn man versteht:
Als Professor gilt erst ein Prophet.

MUHME KUNKEL

Palma Kunkel ist mit Palm verwandt,
doch im übrigen sonst nicht bekannt.
Und sie wünscht auch nicht bekannt zu sein,
lebt am liebsten ganz für sich allein.

Über Muhme Palma Kunkel drum
bleibt auch der Chronist vollkommen stumm.
Nur wo selbst sie aus dem Dunkel tritt,
teilt er dies ihr Treten treulich mit.

Doch sie trat bis jetzt noch nicht ans Licht,
und sie will es auch in Zukunft nicht.
Schon daß hier ihr Name lautbar ward,
widerspricht vollkommen ihrer Art.

DER PAPAGEI

Palma Kunkels Papagei
spekuliert nicht auf Applaus;
niemals, was auch immer sei,
spricht er seine Wörter aus.

Deren Zahl ist ohne Zahl:
denn er ist das klügste Tier,
das man je zum Kauf empfahl,
und der Zucht vollkommne Zier.

Doch indem er streng dich mißt,
scheint sein Zungenglied verdorrt:
gleichviel, wer du immer bist,
er verrät dir nicht ein Wort.

›LORE‹

›Wie heißt der Papagei?‹ wird mancher fragen.
Doch nie wird jemand jemandem dies sagen.

Er ward einmal mit ›Lore‹ angesprochen –
und fiel darauf in Wehmut viele Wochen.

Er ward erst wieder voll und ganz gesund
durch einen Freund: Fritz Kunkels jungen Hund.

LORUS

Fritz Kunkels Pudel ward, noch ungetauft,
von einem Stiefmilchbruder Korfs gekauft.

Es trieb ihn, als er, hilfreich von Natur,
der sogenannten ›Lore‹ Leid erfuhr,

sogleich zu ihr: worauf er, der nicht hieß,
sich ihr zum Troste ›Lor*us*‹ taufen ließ:

den Namen also gleichsam auf sich nehmend –
und alle Welt durch diese Tat beschämend!

Korf selbst vollzog den Taufakt unverweilt.
Der Vogel aber war fortan geheilt.

WORT-KUNST

Palma Kunkel spricht auch. O gewiß.
Freilich nicht wie Volk der Finsternis.

Nicht von Worten kollernd wie ein Bronnen,
niemals nachwärts-, immer vorbesonnen.

Völlig fremd den hilflos vielen Schällen,
fragt sie nur in wirklich großen Fällen.

Fragt den Zwergen niemals, nur den Riesen,
und auch nicht, wie es ihm gehe, diesen.

Nicht vom Wetter spricht sie, nicht vom Schneider,
höchstens von den Grundproblemen beider.

Und so bleibt sie jung und unverbraucht,
weil ihr Odem nicht wie Dunst verraucht.

ZÄZILIE

Zäzilie soll die Fenster putzen,
sich selbst zum Gram, jedoch dem Haus zum Nutzen.

»Durch meine Fenster muß man«, spricht die Frau,
»so durchsehn können, daß man nicht genau

erkennen kann, ob dieser Fenster Glas
Glas oder bloße Luft ist. Merk dir das.«

Zäzilie ringt mit allen Menschen-Waffen ...
Doch Ähnlichkeit mit Luft ist nicht zu schaffen.
Zuletzt ermannt sie sich mit einem Schrei –
und schlägt die Fenster allesamt entzwei!
Dann säubert sie die Rahmen von den Resten,
und ohne Zweifel ist es so am besten.
Sogar die Dame spricht zunächst verdutzt:
»So hat Zäzilie ja noch nie geputzt.«

Doch alsobald ersieht man, was geschehn,
und spricht einstimmig: »Diese Magd muß gehn.«

Korf und Palmström wetteifern in Notturnos

DIE PRIESTERIN

Nachdenklich nickt im Dämmer die Pagode ...
Daneben tritt aus ihres Hauses Pforte
T'ang-ku-ei-i, die Hüterin der Orte
vom krausen Leben und vom grausen Tode.

Aus ihrem Munde hängt die Mondschein-Ode
Tang-Wangs, des Kaisers, mit geblümter Borte,
in ihren Händen trägt sie eine Torte,
gekrönt von einer winzigen Kommode.

So wandelt sie die sieben ängstlich schmalen
aus Flötenholz geschwungnen Tempelbrücken
zum Grabe des vom Mond erschlagnen Hundes –

und brockt den Kuchen in die Opferschalen –
und lockt den Mond, sich auf den Schrein zu bücken,
und reicht ihm ihr Gedicht gespitzten Mundes . . .

v. K.

DER ROCK

Der Rock, am Tage angehabt,
er ruht zur Nacht sich schweigend aus;
durch seine hohlen Ärmel trabt
die Maus.

Durch seine hohlen Ärmel trabt
gespenstisch auf und ab die Maus . . .
Der Rock, am Tage angehabt,
er ruht zur Nacht sich aus.

Er ruht, am Tage angehabt,
im Schoß der Nacht sich schweigend aus,
er ruht, von seiner Maus durchtrabt,
sich aus.

P.

DER WASSERESEL UND ANDERES

DER WASSERESEL

Der Wasseresel taucht empor
und legt sich rücklings auf das Moor.

Und ordnet künstlich sein Gebein,
im Hinblick auf den Mondenschein:

So daß der Mond ein Ornament
auf seines Bauches Wölbung brennt . . .

Mit diesem Ornamente naht
er sich der Fingur Wasserstaat.

Und wird von dieser, rings beneidet,
mit einem Doktorhut bekleidet.

Als Lehrer liest er nun am Pult,
wie man durch Geist, Licht und Geduld

verschönern könne, was sonst nicht
in allem dem Geschmack entspricht.

Er stellt zuletzt mit viel Humor
sich selbst als lehrreich Beispiel vor.

»Einst war ich meiner Dummheit Beute«, –
so spricht er – »und was bin ich heute?

Ein Kunstwerk der Kulturbegierde,
des Waldes Stolz, des Weihers Zierde!

Seht her, ich bring euch in Person
das Kunsthandwerk als Religion.«

DAS PERLHUHN

Das Perlhuhn zählt: eins, zwei, drei, vier . . .
Was zählt es wohl, das gute Tier,
dort unter den dunklen Erlen?

Es zählt, von Wissensdrang gejückt,
(die es sowohl wie uns entzückt):
die Anzahl seiner Perlen.

DAS EINHORN

Das Einhorn lebt von Ort zu Ort
nur noch als Wirtshaus fort.

Man geht hinein zur Abendstund
und sitzt den Stammtisch rund.

Wer weiß! Nach Jahr und Tag sind wir
auch ganz wie jenes Tier

Hotels nur noch, darin man speist –
(so völlig wurden wir zu Geist).

Im ›Goldnen Menschen‹ sitzt man dann
und sagt sein Solo an . . .

DIE NÄHE

Die Nähe ging verträumt umher . . .
Sie kam nie zu den Dingen selber.
Ihr Antlitz wurde gelb und gelber,
und ihren Leib ergriff die Zehr.

Doch eines Nachts, derweil sie schlief,
da trat wer an ihr Bette hin
und sprach: »Steh auf, mein Kind, ich bin
der kategorische Komparativ!

Ich werde dich zum Näher steigern,
ja, wenn du willst, zur Näherin!« –
Die Nähe, ohne sich zu weigern,
sie nahm auch dies als Schicksal hin.

Als Näherin jedoch vergaß
sie leider völlig, was sie wollte,
und nähte Putz und hieß Frau Nolte
und hielt all Obiges für Spaß.

DER SALM

Ein Rheinsalm schwamm den Rhein
bis in die Schweiz hinein.

Und sprang den Oberlauf
von Fall zu Fall hinauf.

Er war schon weißgottwo,
doch eines Tages – oh! –

da kam er an ein Wehr:
das maß zwölf Fuß und mehr!

Zehn Fuß – die sprang er gut!
Doch hier zerbrach sein Mut.

Drei Wochen stand der Salm
am Fuß der Wasser-Alm.

Und kehrte schließlich stumm
nach Deutsch- und Holland um.

DIE ELSTER

Ein Bach, mit Namen Elster, rinnt
durch Nacht und Nebel und besinnt
inmitten dieser stillen Handlung
sich seiner einstigen Verwandlung,
die ihm vor mehr als tausend Jahren
von einem Magier widerfahren.

Und wie so Nacht und Nebel weben,
erwacht in ihm das alte Leben.
Er fährt in eine in der Nähe
zufällig eingeschlafne Krähe
und fliegt, dieweil sein Bett verdorrt,
wie dermaleinst als Vogel fort.

ANFRAGE

Der Ichthyologe Berthold Schrauben
will Umiges dem Autor glauben.

Er kennt dergleichen aus Oviden,
doch eines raubt ihm seinen Frieden:

»Wo nämlich«, fragt er, »bleibt die Stelle
der Fischwelt obbenannter Quelle?
Verkörpert sie sich mit zum Raben –
oder verbleibt sie tot im Graben?«

Persönlich sei er für das erste,
dem zweiten aber sei die mehrste
Wahrscheinlichkeit zu geben, da,
als seinerzeit die Tat geschah,

die Pica von dem mächtigen Feinde
in einen ohne Fischgemeinde
zunächst gedachten Wasserlauf
verwandelt worden sei, worauf

erst später jene, teils durch Neben-
gewässer, teils durch Menschenstreben,
als übliche Bewohnersphäre
ihm eingegliedert worden wäre.

Es sei für einen Fall wie diesen
von Nennwert, nicht unangewiesen,
wenn er, empfänd man's gleich als Bürde,
bis auf den Grund durchleuchtet würde.

ANTWORT (i. A.)

Sehr geehrter Herr! Gestatten
Sie der Gattin meines Gatten
seine Antwort mitzuteilen.

Er beglückwünscht sich zu solchen
Äußerungen, die gleich Dolchen
seiner Werke Brust durchwühlen.

Doch er ist zurzeit verhindert.
Nämlich (was den Vorwurf mindert)
durch Verfolgung jenes Falles –

statt nach rückwärts, wie Sie streben,
vorwärts: in das neue Leben
unsrer trefflichen Schalalster!

(Ach, mein Herr, ich wünsch es keinem.)
Folgender ›Entwurf zu einem
bürgerlichen Trauerspiele‹

gibt dem Ganzen eine Wende,
die uns, wie Sie (und wohl viele)
nicht ganz ungleichmütig fühlen

werden, lehrt, wie doch noch alles
recht in Blindheit lebt. Derweilen
und mit Dank und Grüßen (falls der

Anteil an der Fisch-Allmende
wirklich echt in Ihren Zeilen!)
Ihre X. – Ich bin zu Ende.

ENTWURF ZU EINEM TRAUERSPIEL

Ein Fluß, namens Elster,
besinnt sich auf seine wahre Gestalt
und fliegt eines Abends
einfach weg.

Ein Mann, namens Anton,
erblickt ihn auf seinem Acker und schießt
ihn mit seiner Flinte
einfach tot.

Das Tier, namens Elster,
bereut zu spät seine selbstische Tat
(denn – Wassersnot tritt
einfach ein).

Der Mann, namens Anton,
(und das ist leider kein Wunder) weiß
von seiner Mitschuld
einfach nichts.

Der Mann, namens Anton,
(und das versöhnt in einigem Maß),
verdurstet gleichwohl
einfach auch.

DAS BUTTERBROTPAPIER

Ein Butterbrotpapier im Wald,
da es beschneit wird, fühlt sich kalt . . .

In seiner Angst, wiewohl es nie
an Denken vorher irgendwie

gedacht, natürlich, als ein Ding
aus Lumpen usw., fing,

aus Angst, so sagte ich, fing an
zu denken, fing, hob an, begann

zu denken, denkt euch, was das heißt,
bekam (aus Angst, so sagt ich) – Geist,

und zwar, versteht sich, nicht bloß so
vom Himmel droben irgendwo,

vielmehr infolge einer ganz
exakt entstandnen Hirnsubstanz –

die aus Holz, Eiweiß, Mehl und Schmer,
(durch Angst) mit Überspringen der

sonst üblichen Weltalter, an
ihm Boden und Gefäß gewann –

[(mit Überspringung) in und an
ihm Boden und Gefäß gewann].

Mit Hilfe dieser Hilfe nun
entschloß sich das Papier zum Tun,

zum Leben, zum – gleichviel, es fing
zu gehn an – wie ein Schmetterling . . .

zu kriechen erst, zu fliegen drauf,
bis übers Unterholz hinauf,

dann über die Chaussee und quer
und kreuz und links und hin und her –

wie eben solch ein Tier zur Welt
(je nach dem Wind) (und sonst) sich stellt.

Doch, Freunde! werdet bleich gleich mir! –:
Ein Vogel, dick und ganz voll Gier,

erblickt's (wir sind im Januar ...) –
und schickt sich an, mit Haut und Haar –

und schickt sich an, mit Haar und Haut –
(wer mag da endigen!) (mir graut) –

(Bedenkt, was alles nötig war!) –
und schickt sich an, mit Haut und Haar – –

Ein Butterbrotpapier im Wald
gewinnt – aus Angst – Naturgestalt ...

Genug!! Der wilde Specht verschluckt
das unersetzliche Produkt ...

ZEITGEDICHTE

DER ÄSTHET

Wenn ich sitze, will ich nicht
sitzen, wie mein Sitz-Fleisch möchte,
sondern wie mein Sitz-Geist sich,
säße er, den Stuhl sich flöchte.

Der jedoch bedarf nicht viel,
schätzt am Stuhl allein den Stil,
überläßt den Zweck des Möbels
ohne Grimm der Gier des Pöbels.

DIE OSTE

Er ersann zur Weste
eines Nachts die Oste!
sprach: »Was es auch koste!« –
sprach (mit großer Geste):

»Laßt uns auch von hinten
seidne Hyazinthen
samt Karfunkelknöpfen
unsern Rumpf umkröpfen!
Nicht nur auf dem Magen
laßt uns Uhren tragen,
nicht nur überm Herzen
unsre Sparsesterzen!
Fort mit dem betreßten
Privileg der Westen!
Gleichheit allerstücken!
Osten für den Rücken!«

Und sieh da, kein Schneider
sagte hierzu: Leider –!
Hunderttausend Scheren
sah man Stoffe queren ...
Ungezählte Posten
wurden schönster Osten
noch vor seinem Tode
›letzter Schrei‹ der Mode.

DIE SCHUHE

Man sieht sehr häufig unrecht tun,
doch selten öfter als den Schuhn.

Man weiß, daß sie nach ewgen Normen
die Form der Füße treu umformen.

Die Sohlen scheinen auszuschweifen,
bis sie am Ballen sich begreifen.

Ein jeder merkt: es ist ein Paar.
Nur Mägden wird dies niemals klar.

Sie setzen Stiefel (wo auch immer)
einander abgekehrt vors Zimmer.

Was müssen solche Schuhe leiden!
Sie sind so fleißig, so bescheiden;

sie wollen nichts auf dieser Welt,
als daß man sie zusammenstellt,

nicht auseinanderstrebend wie
das unvernünftig blöde Vieh!

O Ihr Marie, Sophie, Therese, –
der Satan wird euch einst, der böse,

die Stiefel anziehn, wenn es heißt,
hinweg zu gehn als seliger Geist!

Dann werdet ihr voll Wehgeheule
das Schicksal teilen jener Eule,

die, als zwei Hasen nach sie flog
und plötzlich jeder seitwärts bog,

der eine links, der andre rechts,
zerriß (im Eifer des Gefechts)!

Wie Puppen, mitten durchgesägte,
so werdet ihr alsdann, ihr Mägde,

bei Engeln halb und halb bei Teufeln
von nie gestillten Tränen träufeln,

der Hölle ein willkommner Spott
und peinlich selbst dem lieben Gott.

DIE ZEIT

Es gibt ein sehr probates Mittel,
die Zeit zu halten am Schlawittel:
Man nimmt die Taschenuhr zur Hand
und folgt dem Zeiger unverwandt.

Sie geht so langsam dann, so brav
als wie ein wohlgezogen Schaf,

setzt Fuß vor Fuß so voll Manier
als wie ein Fräulein von Saint-Cyr.

Jedoch verträumst du dich ein Weilchen,
so rückt das züchtigliche Veilchen
mit Beinen wie der Vogel Strauß
und heimlich wie ein Puma aus.

Und wieder siehst du auf sie nieder;
ha, Elende! – Doch was ist das?
Unschuldig lächelnd macht sie wieder
die zierlichsten Sekunden-Pas.

DIE LÄMMERWOLKE

Es blökt eine Lämmerwolke
am blauen Firmament,
sie blökt nach ihrem Volke,
das sich von ihr getrennt.

Zu Bomst das Luftschiff ›Gunther‹
vernimmt's und fährt empor
und bringt die Gute herunter,
die, ach, so viel verlor.

Bei Bomst wohl auf der Weide,
da schwebt sie nun voll Dank,
drei Jungfraun in weißem Kleide,
die bringen ihr Speis und Trank.

Doch als der Morgen gekommen,
der nächste Morgen bei Bomst,
da war sie nach Schrimm verschwommen,
wohin du von Bomst aus kommst . . .

DIE STATIONEN

Überall, auf allen Stationen
ruft der Mensch den Namen der Station,
überall, wo Bahnbeamte wohnen,
schallt es ›Köpnick‹ oder ›Iserlohn‹.
Wohl der Stadt, die Gott tut so belohnen:
Nicht im Stein nur lebt sie, auch im Ton!
Täglich vielmals wird sie laut verkündet
und dem Hirn des Passagiers verbündet.

Selbst des Nachts, wo sonst nur Diebe munkeln,
hört man: ›Kötzschenbroda‹, ›Schrimm‹, ›Kamenz‹,
sieht man Augen, Knöpfe, Fenster funkeln;
kein Stationchen ist so klein – man nennt's!
Prenzlau, Bunzlau kennt man selbst im Dunkeln
dank des Dampfs verbindender Tendenz.
Nur die Dörfer seitwärts liegen stille ...
Doch getrost, auch dies ist Gottes Wille.

ST. EXPEDITUS

Einem Kloster, voll von Nonnen,
waren Menschen wohlgesonnen.

Und sie schickten, gute Christen,
ihm nach Rom die schönsten Kisten:

Äpfel, Birnen, Kuchen, Socken,
eine Spieluhr, kleine Glocken,

Gartenwerkzeug, Schuhe, Schürzen ...
Außen aber stand: Nicht stürzen!

Oder: Vorsicht! oder welche
wiesen schwarzgemalte Kelche.

Und auf jeder Kiste stand
›Espedito‹, kurzerhand.

Unsre Nonnen, die nicht wußten,
wem sie dafür danken mußten,

denn das Gut kam anonym,
dankten vorderhand nur IHM,

riefen aber doch ohn Ende
nach dem Sender solcher Spende.

Plötzlich rief die Schwester Pia
eines Morgens: »Santa Mia!

Nicht von Juden, nicht von Christen
stammen diese Wunderkisten –

Expeditus, o Geschwister,
heißt er, und ein Heiliger ist er!«

Und sie fielen auf die Kniee.
Und der Heilige sprach: »Siehe!

Endlich habt ihr mich erkannt.
Und nun malt mich an die Wand!«

Und sie ließen einen kommen,
einen Maler, einen frommen.

Und es malte der Artiste
Expeditum mit der Kiste.

Und der Kult gewann an Breite.
Jeder, der beschenkt ward, weihte

kleine Tafeln ihm und Kerzen.
Kurz, er war in aller Herzen.

II

Da auf einmal, neunzehnhundert-
fünf, vernimmt die Welt verwundert,

daß die Kirche diesen Mann
fürder nicht mehr dulden kann.

Grausam schallt von Rom es her:
»Expeditus ist nicht mehr!«

Und da seine lieben Nonnen
längst dem Erdental entronnen,

steht er da und sieht sich um –
und die ganze Welt bleibt stumm.

Ich allein hier hoch im Norden
fühle mich von seinem Orden,

und mein Ketzergriffel schreibt:
Sanctus Expeditus – bleibt.

Und weil jenes nichts mehr gilt,
male ich hier neu sein Bild: –

Expeditum, den Gesandten,
grüß ich hier, des Unbekannten.

Expeditum, ihn, den Heiligen,
mit den Füßen, den viel eiligen,

mit den milden, weißen Haaren
und dem fröhlichen Gebaren,

mit den Augen braun, voll Güte,
und mit einer großen Tüte,

die den überraschten Kindern
strebt ihr spärlich Los zu lindern.

Einen güldnen Heiligenschein
geb ich ihm noch obendrein,

den sein Lächeln um ihn breitet,
wenn er durch die Lande schreitet.

Und um ihn in Engelswonnen
stell ich seine treuen Nonnen:

Mägdlein aus Italiens Auen,
himmlisch lieblich anzuschauen.

Eine aber macht, fürwahr,
eine lange Nase gar.

Just ins ›Bronzne Tor‹ hinein
spannt sie ihr klein Fingerlein.

Oben aber aus dem Himmel
quillt der Heiligen Gewimmel,

und holdselig singt Maria:
»Santo Espedito – sia!«

EIN MODERNES MÄRCHEN

I. Früchte der Bildung

Schränke öffnen sich allein,
Schränke klaffen auf und spein
Fräcke, Hosen aus und Kleider
nebst den Attributen beider.

Und sie wandeln in den Raum
wie ein sonderbarer Traum,
wehen hin und her und schreiten
ganz wie zu benutzten Zeiten.

Auf den Sofas, auf den Truhn
sieht man sitzen sie und ruhn,
auf den Sesseln, an den Tischen,
am Kamin und in den Nischen.

Seltsam sind sie anzuschaun,
kopflos, handlos, Männer, Fraun;
doch mit Recht verwundert jeden,
daß sie nicht ein Wörtlein reden.

Dieser Frack und jener Rock,
beide schweigen wie ein Stock,
lehnen ab, wie einst im Märchen,
sich zu rufen Franz und Klärchen.

Ohne Mund entsteht kein Ton,
lernten sie als Kinder schon:
Und so reden Wams und Weste
lediglich in stummer Geste.

Ein Uhr schlägt's, die Schränke schrein:
»Kommt, und mög euch Gott verzeihn!«
Krachend fliegen zu die Flügel,
und – nur eins hängt nicht am Bügel!

2. Not lehrt beten

Eine Spitzenbluse nämlich,
oh, entsetzlich und beschämlich,
hat sich bei der wilden Jagd,
wilden Heimjagd der Gespenster –
eine Spitzenbluse nämlich
hat sich bei der Jagd am Fenster-
haken heillos festgehakt.

Kalt bescheint der Mond die krause
Dulderin im dunklen Hause,
die vom Fenster fortstrebt, wie
wer da fliehen will im Traume,
doch kein Schrittchen rückt im Raume,
grell bescheint der Mond die grause
krasse, krause Szenerie ...

Da erscheint vom Nebenzimmer,
angelockt durch ihr Gewimmer:
denn sie schrie! die Bluse *schrie!*
da erscheint vom Nebenzimmer,
hergelockt durch ihr Gewimmer,
schwebt herein vom Nebenzimmer,
schlafgeschloßnen Auges – SIE.

Und sie hakt das arme Wesen –
hakt es ohne Federlesen
los und hängt es ans Regal;

schwebt dann wieder heim ins Nebenzimmer, schwebt, wie eben Wesen,
die im Schlafe wandeln, schweben,
schwebt so wieder dann ins Nebenzimmer heim und heim zum Herrn Gemahl.

PALMA KUNKEL

Muhme Kunkel

Palma Kunkel ist mit Palm verwandt,
doch im übrigen sonst nicht bekannt.
Und sie wünscht auch nicht bekannt zu sein,
lebt am liebsten ganz für sich allein.

Über Muhme Palma Kunkel drum
bleibt auch der Chronist vollkommen stumm.
Nur wo selbst sie aus dem Dunkel tritt,
teilt er dies ihr Treten treulich mit.

Doch sie trat bis jetzt noch nicht ans Licht,
und sie will es auch in Zukunft nicht.
Schon daß hier ihr Name lautbar ward,
widerspricht vollkommen ihrer Art.

EXLIBRIS

Ein Anonymus aus Tibris
sendet Palma ein Exlibris.

Auf demselben sieht man nichts,
als den weißen Schein des Lichts.

Nicht ein Strichlein ist vorhanden.
Palma fühlt sich warm verstanden.

Und sie klebt die Blättlein rein
allenthalben dankbar ein.

SPEKULATIV

Palmström sieht die Dinge gern im Spiegel,
und zumal ergötzt ihn das Gewölke
leichten Dampfs in dem kristallnen Grunde.
Und ihm schwant davor von Majas flügel-
hafter Art, und vor dem Schalk der Schälke
löst sich Welt zum – Atem eines – Mundes – – –.

GLEICHNIS

Palmström schwankt als wie ein Zweig im Wind.
Als ihn Korf befrägt, warum er schwanke,
meint er: Weil ein lieblicher Gedanke,
wie ein Vogel, zärtlich und geschwind,
auf ein kleines ihn belastet habe
schwanke er als wie ein Zweig im Wind,
schwingend noch von der willkommnen Gabe ...

VENUS-PALMSTRÖM-ANADYOMENE

Palmström wünscht sich manchmal aufzulösen,
wie ein Salz in einem Glase Wasser,
so nach Sonnenuntergang besonders.

Möchte ruhen so bis Sonnenaufgang
und dann wieder aus dem Wasser steigen –
Venus-Palmström-Anadyomene ...

DAS POLIZEIPFERD

Palmström führt ein Polizeipferd vor.
Dieses wackelt mehrmals mit dem Ohr

und berechnet den ertappten Tropf
logarhythmisch und auf Spitz und Knopf.

Niemand wagt von nun an einen Streich:
denn der Gaul berechnet ihn sogleich.
Offensichtlich wächst im ganzen Land
menschliche Gesittung und Verstand.

PALMSTRÖM LEGT DES NACHTS SEIN CHRONOMETER –

Palmström legt des Nachts sein Chronometer,
um sein lästig Ticken nicht zu hören,
in ein Glas mit Opium oder Äther.

Morgens ist die Uhr dann ganz ›herunter‹.
Ihren Geist von neuem zu beschwören,
wäscht er sie mit schwarzem Mokka munter.

DER DURCHGESETZTE BAUM

Palmström läßt sich eine Kapsel baun
und er füllt dieselbe mit Alaun.

Hierauf pflanzt er sie in seinen Garten,
um den Wuchs des Kornes abzuwarten.

Regen fällt, und Sonne scheint darauf,
und die Erde nimmt das Korn in Kauf,

läßt sich täuschen oder denkt: dem Mann
macht es Spaß, und mir kommt's nicht drauf an.

Und so treibt sie aus der Kapsel Hals
ein Alaunreis zierlich und voll Salz,

und das Reis erwächst, man glaubt es kaum,
bis zu einem wundervollen Baum.

Palmström (ohne vor Triumph zu turkeln!)
läßt den Baum von A bis Z ver – gurgeln

und von jedermann, der Halsweh hat. –
Palmström wird der Favorit der Stadt.

ANGEWANDTE WISSENSCHAFT

Palmström denkt die Alpen sich als Kubus
und besteigt sie so mit seinem Tubus.

Dreiundsechzighundert Hektometer
überm Spiegel seiner Wohnung steht er –

sieht die Gasschiffflotte der Korona
und erblickt das Mondschaf in persona.

KORF IN BERLIN

Korf – man kennt ihn wohl genügend –,
Korf begibt sich nach Berlin,
einem Zug der Zeit sich fügend.

In Berlin empfängt man ihn ...
Zwar erblickt man ihn nicht leiblich,
denn, wie ja schon dargeziehn,

ist er weder männ- noch weiblich,
sondern schlechterdings ein Geist,
dessen Nichtsehn unausbleiblich.

L'ART POUR L'ART

Das Schwirren eines aufgeschreckten Sperlings
begeistert Korf zu einem Kunstgebilde,
das nur aus Blicken, Mienen und Gebärden
besteht. Man kommt mit Apparaten,
es aufzunehmen; doch v. Korf ›entsinnt sich
des Werks nicht mehr‹, entsinnt sich keines Werks mehr
anläßlich eines ›aufgeregten Sperlings‹.

DER EINGEBUNDENE KORF

Korf läßt sich in einen Folianten einbinden,
um selben immer bei sich zu tragen;
die Rücken liegen gemeinsam hinten,
doch vorn ist das Buch auseinandergeschlagen.
So daß er, gleichsam flügelbelastet,
mit hinter den Armen flatternden Seiten
hinwandelt oder zu anderen Zeiten
in seinen Flügeln blätternd rastet.

DIE BRILLE

Korf liest gerne schnell und viel;
darum widert ihn das Spiel
all des zwölfmal unerbetnen
Ausgewalzten, Breitgetretnen.

Meistens ist in sechs bis acht
Wörtern völlig abgemacht,
und in ebensoviel Sätzen
läßt sich Bandwurmweisheit schwätzen.

Es erfindet drum sein Geist
etwas, was ihn dem entreißt:
Brillen, deren Energieen
ihm den Text – zusammenziehen!

Beispielsweise dies Gedicht
läse, so bebrillt, man – nicht!
Dreiunddreißig seinesgleichen
gäben erst – ein – – Fragezeichen!!

DIE MITTAGSZEITUNG

Korf erfindet eine Mittagszeitung,
welche, wenn man sie gelesen hat,
ist man satt.
Ganz ohne Zubereitung
irgend einer andern Speise.
Jeder auch nur etwas Weise
hält das Blatt.

DER FROMME RIESE

Korf lernt einen Riesen kennen,
dessen Frau ihm alles in den Mund gibt,
was sie nicht mag.

Nacht und Tag,
wenn sie ihm solchen Willen kundgibt,
sieht man ihn seine Lippen geduldig trennen

und vorsichtig hinter sein Zahngehege
alles schieben, was seiner Frau im Wege.

Und es ist ihr viel im Wege, der Frau.
Ganz unmöglich wäre, zu sagen genau,

was von Mücke bis Mammut gewissermaßen
ihr mißfällt. Man findet da ganze Straßen,
ganze Städte voll Menschen, man findet Gärten,

Flüsse, Berge, neben Perücken, Bärten,
Stöcken, Tellern, Kleidern; mit einem Worte:
eine Welt versammelt sich an gedachtem Orte.

v. Korf mißfällt und wird von dem frommen
Riesengatten still in den Mund genommen.

Und nur weil er ein ›Geist‹, wie schon beschrieben,
ist er nicht in diesem Gelaß verblieben.

NOTTURNO IN WEISS

Die steinerne Familie,
aus Marmelstein gemacht,
sie kniet um eine Lilie,
im Kreis um eine Lilie,
in totenstiller Nacht.

Der Lilie Weiß ist weicher
als wie das Weiß des Steins,
der Lilie Weiß ist weicher,
doch das des Steins ist bleicher
im Weiß des Mondenscheins.

Die Lilie, die Familie,
der Mond, in sanfter Pracht,
sie halten so Vigilie,
wetteifernde Vigilie,
in totenstiller Nacht.

(v. Korf)

KORF ERFINDET EINE ART VON WITZEN

Korf erfindet eine Art von Witzen,
die erst viele Stunden später wirken.
Jeder hört sie an mit Langerweile.

Doch als hätt ein Zunder still geglommen,
wird man nachts im Bette plötzlich munter,
selig lächelnd wie ein satter Säugling.

KORFS GERUCHSINN

Korfs Geruchsinn ist enorm.
Doch der Nebenwelt gebricht's! –
und ihr Wort: ›Wir riechen nichts‹
bringt ihn oft aus aller Form.

Und er schreibt wie Stendhal Beyle
stumm in sein Notizbuch ein:
Einst, nach überlanger Weile,
werde ich verstanden sein.

THEATER

I

Palmström denkt sich Dieses aus:
Ein quadratisch Bühnenhaus,

mit (v. Korf begreift es kaum)
drehbarem Zuschauerraum.

Viermal wechselt Dichters Welt,
viermal wirst du umgestellt.

Auf vier Bühnen tief und breit
schaust du basse Wirklichkeit.

Denn in dieser Quadratur,
wo pro Jahr ein Drama nur,

wird natürlich jeder Akt
höchst veristisch angepackt.

Mauern siehst du da von Stein,
Bäche murmeln quick und rein,

Erdreich riechst du schlecht und recht,
Gras und Baum blühn wurzelecht.

Alles steht hier für ein Jahr
und ist deshalb wirklich wahr.

Palmström macht sich ein Modell:
formt aus Rauschgold einen Quell

und aus Schächtelchen ein Dorf . . .
und verehrt das Ganze Korf.

(›Palmström‹ S. 128)

II

Korf läßt dies Problem nicht schlafen,
und er fühlt sich erst im Hafen,
als er Palmström, voll vom Geist,
eine Art von – Zollstock weist.

»Siehst du diesen Zollstock«, spricht er; –
»dieser Zollstock ist ein Dichter:
Brich mit Kunst ihn hin und wieder,
nütze seine vielen Glieder,
und ein Baum erwächst daraus
und ein Kirchturm und ein Haus
und ein Fenster und ein Ofen –
und eine Sphinx für Philosophen!
Wolken von besondrer Schwere,
Schiffe hinten auf dem Meere,
Sternenbilder, Alpenketten
formst du draus gleich Silhouetten,
kurz, in linearem Risse
schaffst du jegliche Kulisse.
›Wirklichkeit‹ zwar schaust du nie,
doch es jauchzt die Phantasie.

Deine massigen Materien,
Palmström, schick sie in die Ferien!
Statt ein schildkrötplumpes Leben
laß uns Blitzstrahl-Chiffren geben. –
Ja, fürwahr, gezückt mit Witz,
wird dies schwache Reis zum Blitz,
der, des Dichters Blitz verbündet,
dessen Wortwelt hintergründet! . . .«

DIE WISSENSCHAFT

So beschließen beide denn
nach so manchem Doch und Wenn,

sich mit ihren Theorien
vor die Wissenschaft zu knien.

Doch die Wissenschaft, man weiß es,
achtet nicht des Laienfleißes.

Hier auch schürzt sie nur den Mund,
murmelt von ›Phantasmen‹ und

beugt sich wieder dann auf ihre
wichtigen Spezialpapiere.

»Komm«, spricht Palmström, »Kamerad –
alles Feinste bleibt – privat!«

DIE WINDHOSEN

Beim Windhosenschneider Amorf
erstehen sich Palmström und Korf
zwei Windbeinkleider aus best-
empfohlenem Nordnordwest.

So angetan wirbeln sie quer
und kreuz über Festland und Meer
und fassen die Schurken beim Schopf
und lassen die Guten beim Topf.

Der Wetterwart schaut sie und stutzt:
Zum erstenmal sieht er verdutzt,

was sonst rein phänomenal,
im Dienst einer klaren Moral.

DIE BEIDEN FESTE

Korf und Palmström geben je ein Fest.

Dieser lädt die ganze Welt zu Gaste:
doch allein zum Zwecke, daß sie – faste!
einen Tag lang sich mit nichts belaste!
und ein – Antihungersnotfonds ist der Rest.

Korf hingegen wandert zu den Armen,
zu den Krüppeln und den leider Schlimmen
und versucht sie alle so zu stimmen,
daß sie einen Tag lang nicht ergrimmen,
daß in ihnen anhebt aufzuglimmen
ein jedweden ›Feind‹ umfassendes – Erbarmen.

Beide lassen so die Menschen schenken
statt genießen, und sie meinen: freuen
könnten Wesen (die nun einmal – *denken*)
sich allein an solchen gänzlich neuen
Festen.

GALGENLIEDER

II

DER NACHTSCHELM UND DAS SIEBENSCHWEIN ODER EINE GLÜCKLICHE EHE

Der Nachtschelm und das Siebenschwein,
die gingen eine Ehe ein,
o wehe!
Sie hatten dreizehn Kinder, und
davon war eins der Schluchtenhund,
zwei andre waren Rehe.

Das vierte war die Rabenmaus,
das fünfte war ein Schneck samt Haus,
o Wunder!
Das sechste war ein Käuzelein,
das siebte war ein Siebenschwein
und lebte in Burgunder.

Acht war ein Gürteltier nebst Gurt,
neun starb sofort nach der Geburt,
o wehe!
Von zehn bis dreizehn ist nicht klar,
doch wie dem auch gewesen war,
es war eine glückliche Ehe!

DIE BEIDEN ESEL

Ein finstrer Esel sprach einmal
zu seinem ehlichen Gemahl:

»Ich bin so dumm, du bist so dumm,
wir wollen sterben gehen, kumm!«

Doch wie es kommt so öfter eben:
Die beiden blieben fröhlich leben.

DER HECHT

Ein Hecht, vom heiligen Antōn
bekehrt, beschloß, samt Frau und Sohn,
am vegetarischen Gedanken
moralisch sich emporzuranken.

Er aß seit jenem nur noch dies:
Seegras, Seerose und Seegrieß.
Doch Grieß, Gras, Rose floß, o Graus,
entsetzlich wieder hinten aus.

Der ganze Teich ward angesteckt.
Fünfhundert Fische sind verreckt.
Doch Sankt Antōn, gerufen eilig,
sprach nichts als: »Heilig! heilig! heilig!«

DIE SCHILDKRÖKRÖTE

»Ich bin nun tausend Jahre alt
und werde täglich älter;
der Gotenkönig Theobald
erzog mich im Behälter.

Seitdem ist mancherlei geschehn,
doch mir verborgen, traun;

zur Zeit, da läßt für Geld mich sehn
ein Kaufmann zu Radaun.

Ich kenne nicht des Todes Bild
und nicht des Sterbens Nöte:
Ich bin die Schild – ich bin die Schild –
ich bin die Schild – krö – kröte.«

DER STEINOCHS

Der Steinochs schüttelt stumm sein Haupt,
daß jeder seine Kraft ihm glaubt.
Er spießt dich plötzlich auf sein Horn
und bohrt von hinten dich bis vorn.
Weh!

Der Steinochs lebt von Berg zu Berg,
vor ihm wird, was da wandelt, Zwerg.
Er nährt sich meist – und das ist neu –
von menschlicher Gehirne Heu.
Weh!

Der Steinochs ist kein Tier, das stirbt,
dieweil sein Fleisch niemals verdirbt.
Denn wir sind Staub, doch er ist Stein!
Du möchtest wohl auch Steinochs sein?
He?

TAPETENBLUME

Tapetenblume bin ich fein,
kehr wieder ohne Ende,

doch, statt im Mai'n und Mondenschein,
auf jeder der vier Wände.

Du siehst mich nimmerdar genung,
so weit du blickst im Stübchen,
und folgst du mir per Rösselsprung –
wirst du verrückt, mein Liebchen.

DAS WASSER

Ohne Wort, ohne Wort
rinnt das Wasser immerfort;
andernfalls, andernfalls
spräch es doch nichts andres als:

Bier und Brot, Lieb und Treu, –
und das wäre auch nicht neu.
Dieses zeigt, dieses zeigt,
daß das Wasser besser schweigt.

DIE LUFT

Die Luft war einst dem Sterben nah.

»Hilf mir, mein himmlischer Papa«,
so rief sie mit sehr trübem Blick,
»ich werde dumm, ich werde dick;
du weißt ja sonst für alles Rat –
schick mich auf Reisen, in ein Bad,
auch saure Milch wird gern empfohlen;
wenn nicht – laß ich den Teufel holen!«

Der Herr, sich scheuend vor Blamage,
erfand für sie die – Tonmassage.

Es gibt seitdem die Welt, die – schreit.
Wobei die Luft famos gedeiht.

WER DENN?

Ich gehe tausend Jahre
um einen kleinen Teich,
und jedes meiner Haare
bleibt sich im Wesen gleich,

im Wesen wie im Guten,
das ist doch alles eins;
so mag uns Gott behuten
in dieser Welt des Scheins!

III

TERTIUS GAUDENS

Ein Stück Entwicklungsgeschichte

Vor vielen Jahren sozusagen
hat folgendes sich zugetragen.

Drei Säue taten um ein Huhn
in einem Korb zusammen ruhn.

Das Huhn, wie manchmal Hühner sind
(im Sprichwort mindestens), war blind.

Die Säue waren schlechtweg Säue
von völliger Naturgetreue.

Dies Dreieck nahm ein Mann aufs Ziel,
vielleicht war's auch ein Weib, gleichviel.

Und trat heran und gab den Schweinen –
Ihr werdet: Runkelrüben meinen.

O nein, er warf – (er oder sie) –
warf – Perlen vor das schnöde Vieh.

Die Säue schlossen träg die Lider ...
Das Huhn indessen, still und bieder,

erhob sich ohne Hast und Zorn
und fraß die Perlen auf wie Korn.

Der Mensch entwich und sann auf Rache;
doch Gott im Himmel wog die Sache

der drei Parteien und entschied,
daß dieses Huhn im nächsten Glied

die Perlen außen tragen solle.
Auf welche Art die Erdenscholle –

das Perlschwein –? Nein! Das war verspielt!
das Perl-*Huhn* zum Geschenk erhielt.

DAS GEIERLAMM

Der Lämmergeier ist bekannt,
das Geierlamm erst hier genannt.

Der Geier, der ist offenkundig,
das Lamm hingegen untergrundig.

Es sagt nicht hu, es sagt nicht mäh
und frißt dich auf aus nächster Näh.

Und dreht das Auge dann zum Herrn.
Und alle haben's herzlich gern.

DEUS ARTIFEX

Wer kennte nicht die wackre Mähre,
die, täglich weniger gespeist,
zuletzt, gedrängt von innrer Leere,
emporfuhr als verklärter Geist?

Dies Tier ward Richards Rosinante,
als er sein bodlos Leben schloß.

Es hob der große Unbekannte
höchstselbst den Seligen aufs Roß.

Worauf er sprach: »Du mochtest wähnen,
du seist ein gottverlaßner Tropf.
Ich habe stets bei meinen Plänen
ein ganz bestimmtes Bild im Kopf.«

Und schritt hinweg. Der ganze Himmel
sprang auf und wünschte Richard Glück ...
Und traun! Der Mann samt seinem Schimmel
war in der Tat ein Meisterstück.

SCHICKSAL

Der Wolke Zickzackzunge spricht:
»Ich bringe dir, mein Hammel, Licht.«

Der Hammel, der im Stalle stand,
ward links und hinten schwarz gebrannt.

Sein Leben grübelt er seitdem:
warum ihm dies geschah von wem.

DAS GRAB DES HUNDS

Gestern war ich in dem Tal,
wo der Hund begraben liegt.
Trat erst durch ein Felsportal
und dann, wo nach links es biegt.

Vorwärts drang ich ungestört
noch um ein Erkleckliches –

ist auch niemand da, der hört?
Denn nun tat ich Schreckliches:

Hob den Stein, auf welchem steht,
welchem steht: Hier liegt der Hund –
hob den Stein auf, hob ihn – und –
sah – oh, die ihr da seid, geht!

Sah – sah die Idee des Hunds,
sah den Hund, den Hund an sich.
Reichen wir die Hände uns;
dies ist wirklich fürchterlich.

Wie sie aussah, die Idee?
Bitte, bändigt euren Mund.
Denn ich kann nicht sagen meh,
als daß sie aussah wie ein – Hund.

DAS NILPFERD

Ein Nilpferd las sich jüngst, o weh,
statt mit groß 𝔑 mit groß ℌ

Worauf es flugs von den Ästheten
als Wappentier ward auserbeten.

Zerknirscht von ungeheurer Pein,
ging es ob dieser Torheit ein ...

Seit damals wird dem Nilflußpferd
die deutsche Schrift nicht mehr gelehrt.

Und schreibt man klug das Nilflußroß
römisch und ›Hippopotamos‹.

DER SPERLING UND DAS KÄNGURUH

In seinem Zaun das Känguruh –
es hockt und guckt dem Sperling zu.

Der Sperling sitzt auf dem Gebäude –
doch ohne sonderliche Freude.

Vielmehr, er fühlt, den Kopf geduckt,
wie ihn das Känguruh beguckt.

Der Sperling sträubt den Federflaus –
die Sache ist auch gar zu kraus.

Ihm ist, als ob er kaum noch säße …
Wenn nun das Känguruh ihn fräße?!

Doch dieses dreht nach einer Stunde
den Kopf aus irgendeinem Grunde,

vielleicht auch ohne tiefern Sinn,
nach einer andern Richtung hin.

DER GROSSTADTBAHNHOFTAUBER

Eine Zivilisationsballade

Der Großstadtbahnhoftauber pickt,
was Gott sein Herr ihm fernher schickt.

Aus Salzburg einen Zehntel Kipfel,
aus Frankfurt einen Würstchen-Zipfel.

Aus Bozen einen Apfelbutzen
und ein Stück Käs aus den Abruzzen.

So nimmt er teil, so steht er gleich
wer immer wem im Deutschen Reich

und außerhalb und überhaupt,
soweit man an dergleichen glaubt.

DER E. P. V.

Dem 2. Garderegiment zu Fuß

Der Exerzierplatzvogel singt,
sobald des Trommlers Fell erklingt.

Es nimmt voraus, das kleine Vieh,
des Schwegelpfeifers Tirili –

indem sein Köpflein nicht begreift,
warum derselbe noch nicht pfeift. –

Auf seinem Ast im Himmelblau
sitzt unentwegt der E. P. V.,

sein Lied zu pfeifen stets parat,
ein nie versagender Soldat.

NATURSPIEL

Eine Unterlage für Programm-Musik

Ein Hund,
mit braunen Flecken

auf weißem Grund,
jagt ein Huhn,
mit weißen Flecken
auf braunem Grund,
nicht unergötzlich
in einem Torgang
von links nach rechts,
von rechts nach links,
herüber,
hinüber.

Plötzlich
(Gott behüte uns
vor einem ähnlichen Vorgang!)
springen
wohl im Ringen
und Reiz
der Gefechts-
leiden-
schaft,
wie im Takt –
(oh, wie kann
man
es
nur
heraus-
bringen!) . . .
als wie kraft
eines gegen-
seitigen
Winks
der beiden
Eigen-
tümer –
die Flecken des Huhns

los und locker
aus ihrer Fassung
auf den Hund über
und die Flecken des Hunds
ihrerseits
auf das Huhn.

Und nun –:
(Welch ein Akt
ungestümer
reciproker
Anpassung,
mit keinem anderweitigen
Tableau
noch Prozeß
im weiten Haus,
Kreis,
Rund
und Reigen
der Natur
zu belegen!)
ist der Hund –
weiß
und das Huhn – braun
anzuschaun!!

DER GESTRICHENE BOCK

Ein Wildbret mußt allabendlich
auf einem Hoftheater sich
im Hauptakt auf das Stichwort ›Schürzen‹
von links aus der Kulisse stürzen.

Beim zwölften Male brach es aus
und rannte dem Souffleur ins Haus,
worauf es kurzweg – und sein Part –
von der Regie gestrichen ward.

Zwei Hoftheaterdiener brachten
am nächsten Morgen den gedachten
gestrichnen königlichen Bock
per Auto nach Hubertusstock.

Dort geht das Wildbret nun herum
und unterhält sein Publikum
aus Reh, Hirsch, Eber, Fuchs und Maus
von ›Rolle‹, ›Stichwort‹ und ›Applaus‹.

DER LEU

Auf einem Wandkalenderblatt
ein Leu sich abgebildet hat.

Er blickt dich an, bewegt und still,
den ganzen 17. April.

Wodurch er zu erinnern liebt,
daß es ihn immerhin noch gibt.

DIE FLEDERMAUS

Kurhauskonzertbierterrassenereignis

Die Fledermaus
hört ›sich‹ von Strauß.

Der Bogen-Mond
wirkt ungewohnt.

Es rührt ihr Flugel
die Milchglaskugel.

Der Damen Schar:
»Mein Hut! Mein Haar!«

Sie stürzt, wirr – worr – –
'nem Gast ins Pschorr.

Der Pikkolo
entfernt sie: – : *so* – : . . .

Die ›Fledermaus‹
ist grade aus.

IV

AUS DER VORSTADT

Mit Seele vorzutragen

»Ich bin eine neue Straße
noch ohne Haus, o Graus.
Ich bin eine neue Straße
und sehe komisch aus.

Der Mond blickt aus den Wolken –
ich sage: Nur gemach –
(der Mond blickt aus den Wolken)
die Häuser kommen noch nach!

Ich heiß auch schon seit gestern,
und zwar Neu-Friedrichskron,
und links und rechts die Schwestern,
die heißen alle schon.

Die Herren Aktionäre,
die haben mir schon vertraut:
es währt nicht lang, auf Ehre,
so werd ich angebaut.

Der Mond geht in den Himmel,
schließt hinter sich die Tür –
der Mond geht in den Himmel –
ich kann doch nichts dafür!«

DER ZWI

Er war ein wunderlicher Tropf.
Er hatte außer seinem Kopf

noch einen zweiten Kopf, am Knie,
weshalb man ihn auch hieß: den Zwi.

Was Essen, Trinken, Liebe, Schlaf,
kurz, das Gewöhnliche betraf,
vertrug das Paar sich höchst bequem
nach alphabetischem System.

Mehr wert indessen war, wie es
des Denkens göttlichen Prozeß
zum allgemeinen Wohl der Welt
in der Erkenntnis Dienst gestellt.

Es gab sich nämlich klar und schlicht
von jeder Impression Bericht,
die es – und zwar vom selben Ding –
im respektiven Hirn empfing.

Z. B. las das Schädelpaar
ein Buch (im Doppelexemplar),
so fand sofort nach jedem Blatt
ein Dialog (nach Platon) statt.

Ein andermal geht unser Held
mit zwei Bananen über Feld,
bis er auf einem Meilenstein
hinsitzt mit überschlagnem Bein.

Er ißt, und kaum er ausgespeist,
interpretiert zweimal sein Geist
den Hunger, der so süß gestillt,
verdoppelnd des Genusses Bild.

Unglaublich und absonderlich!
Ein Körper, denkt euch, und zwei Ich!

Ein Mensch, der selbst sich duzt, ein Mann,
der Aug in Aug sich sitzen kann!!

MÄGDE AM SONNABEND

Sie hängen sie an die Leiste,
die Teppiche klein und groß,
sie hauen, sie hauen im Geiste
auf ihre Herrschaft los.

Mit einem wilden Behagen,
mit wahrer Berserkerwut,
für eine Woche voll Plagen
kühlen sie sich den Mut.

Sie hauen mit splitternden Rohren
im infernalischen Takt.
Die vorderhäuslichen Ohren
nehmen davon nicht Akt.

Doch hinten jammern, zerrissen
im Tiefsten von Hieb und Stoß,
die Läufer, die Perserkissen
und die dicken deutschen Plumeaus.

UNTER SPIEGELBILDERN

Unter lauter Spiegelbildern
war ich diese Nacht im Traum
(laß die Phantasie nicht wildern,
halte sie vielmehr im Zaum!).

Alles war daselbst vorhanden,
was Natur und Mensch gemacht,

selbst ein Löwe, der (in Banden)
einst vor ein Trumeau gebracht.

Doch nicht einmal nur war Tier und
Mensch und andres hier, o Graun!
Eine Frau war hundertvierund-
fünfzigtausendmal zu schaun.

Auch ein Fräulein war zur Stelle,
ganz gehüllt in blondes Haar,
die in eines Waldborns Welle
einst im Mond gestiegen war.

Leute sah man, die man nie sonst
so gesehn (und umgekehrt);
wer ein Vieh sonst, ein Genie sonst,
hier erst sah man seinen Wert.

Hüt dich drum, du sichres Siegel,
wer du seist und wo du seist;
sieh dich niemals in den Spiegel,
sonst verfällst du meinem Geist.

Deines Spiegels dunkle Klarheit
hat dein Bild, du weißt nicht wie,
und dann seh ich deine Wahrheit;
denn die Spiegel lügen nie.

DIE UNTERHOSE

Heilig ist die Unterhose,
wenn sie sich in Sonn und Wind,
frei von ihrem Alltagslose
auf ihr wahres Selbst besinnt.

Fröhlich ledig der Blamage
steter Souterränität,
wirkt am Seil sie als Staffage,
wie ein Segel leicht gebläht.

Keinen Tropus ihr zum Ruhme
spart des Malers Kompetenz,
preist sie seine treuste Blume
Sommer, Winter, Herbst und Lenz.

DER VERGESS

Er war voll Bildungshung, indes,
soviel er las,
und Wissen aß,
er blieb zugleich ein Unverbeß,
ein Unver, sag ich, als Vergeß;
ein Sieb aus Glas,
ein Netz aus Gras,
ein Vielfreß –
doch kein Haltefraß.

EIN BÖSER TAG

Wie eine Hummel brummt mein Geist
sein Reich voll Unrast hin und her;
die Blüten lassen heut ihn leer,
so viel er hungrig auch umkreist.

Denn kaum erfüllt ihn ein Begehr –
als ihm ein andres dies verweist!
Wie eine Hummel brummt mein Geist
sein Reich heut rastlos hin und her.

»Wenn also strenge Reihn du reihst«,
dozierst du, »ist dein Herz nicht schwer!«
Du bist ein Esel, wer du seist!
Heut komm mir keiner in die Quer!

Wie eine Hummel brummt mein Geist.

DER GLAUBE

Eines Tags bei Kohlhasficht
sah man etwas Wunderbares.
Doch daß zweifellos und wahr es,
dafür bürgt das Augenlicht.

Nämlich standen dort zwei Hügel
höchst solid und wohl bestellt;
einen schmückten Windmühlflügel
und den andern ein Kornfeld.

Plötzlich, eines Tags um viere
wechselten die Plätze sie;
furchtbar brüllten die Dorfstiere,
und der Mensch fiel auf das Knie.

Doch der Bauer Anton Metzer,
weit berühmt als frommer Mann,
sprach: »Ich war der Landumsetzer,
zeigt mich nur dem Landrat an.

Niemand anders als mein Glaube
hat die Berge hier versetzt.
Daß sich keiner was erlaube:
Denn ich fühle stark mich jetzt.«

Aller Auge stand gigantisch
offen, als er dies erzählt.
Doch das Land war protestantisch
und in Dalldorf starb ein Held.

DAS TELLERHAFTE

Das Tellerhafte naht heran
auf sieben Gänsefüßen.
Das Tellerhafte naht heran,
mein Dasein zu entsüßen.

Es naht sich im gestreckten Lauf,
als wie der Gaul dem Futter;
bald liegt's als wie ein Fisch ihm auf
und bald wie Brot und Butter.

Ich fühle mich so recht verhext
als wie in alten Mären: –
Ich werde, werde wohl demnext
ein Galgenkind gebären.

DAS GRAMMOPHON

Der Teufel kam hinauf zu Gott
und brachte ihm sein Grammophon
und sprach zu ihm, nicht ohne Spott:
»Hier bring ich dir der Sphären Ton.«

Der Herr behorchte das Gequiek
und schien im Augenblick erbaut:
Es ward fürwahr die Welt-Musik
vor seinem Ohr gespenstisch laut.

Doch kaum er dreimal sie gehört,
da war sie ihm zum Ekel schon, –
und höllwärts warf er, tief empört,
den Satan samt dem Grammophon.

DIE TAFELN

Man soll nichts gegen jene Tafeln sagen,
die eine Hand an ihrer Stirne tragen,

den Namen einer Schenke nahebei,
den Paragraphen einer Polizei.

Sie sind, wenn sonst nichts spricht im weiten Land,
ein wundervoller justiger Verstand.

Bescheiden zeugt ihr Dasein von Kultur:
Hier herrscht der Mensch – und nicht mehr Bär und Ur.

DER BAHNVORSTAND

Der Bahnvorstand des kleinen Orts
bedünkt vom Rang sich eines Lords.

Ein Vorort-, Fern- und Güterzug
zu gleicher Zeit (!) – das ist genug.

Er streckt die Hand vorn in die Brust
und blickt mit wahrer Feldherrnlust.

Er streckt den Arm bald her, bald hin:
Sein Leben hat nun wirklich Sinn . . .

Zum Größten spräch sein Herz nun: »Komm!«
Er ist ein Mensch; voilà! un homme!

SCHOLASTIKERPROBLEM

Wieviel Engel sitzen können
auf der Spitze einer Nadel –
wolle dem dein Denken gönnen,
Leser sonder Furcht und Tadel!

›Alle!‹ wird's dein Hirn durchblitzen.
›Denn die Engel sind doch Geister!
und ein ob auch noch so feister
Geist bedarf schier nichts zum Sitzen.‹

Ich hingegen stell den Satz auf:
Keiner! – Denn die nie Erspähten
können einzig nehmen Platz auf
geistlichen Lokalitäten.

V

DAS BUCH

Ein Buch lag aufgeschlagen,
auf irgendeinem Pult,
in irgendeiner Nacht.

Auf seinen Seiten ruhte
des Mondes bleiches Licht,
des Mondes blasse Lust.

Da ließ die zwei Paginen
der zwei Paginen Geist,
der zwei Paginen Sinn.

Und florte wie ein Schleier,
vom Mondenlicht gelockt,
ins Mondenlicht hinein.

Der Schleier wies die Sonne
(sie stieg von Seite neun
bis Seite zehn empor

In ihrem schönsten Feuer,
ein strahlend Phänomen,
ein flammendes Geleucht) ...

Sie hing in Mondspinnweben,
ein güldner Ball des Glücks,
ein güldnes heiliges Herz!

Der Fensterrahmen rückte.
Die Klause wurde blau.
Der Schleier sank zurück.

Das Buch lag wieder traumhaft,
samt seiner Majestät
im wieder nächtigen Raum.

Ein Sturmstoß kam es blättern . . .
Ein Sturmstoß schloß die Mär.
Vom Turm her scholl es zwölf.

GEBURTSAKT DER PHILOSOPHIE

Erschrocken staunt der Heide Schaf mich an,
als säh's in mir den ersten Menschenmann.
Sein Blick steckt an; wir stehen wie im Schlaf;
mir ist, ich säh zum ersten Mal ein Schaf.

DER KORBSTUHL

Was ich am Tage stumm gedacht,
vertraut er eifrig an der Nacht.

Mit Knisterwort und Flüsterwort
erzählt er mein Geheimnis fort.

Dann schweigt er wieder lang und lauscht –
indes die Nacht gespenstisch rauscht.

Bis ihn der Bock von neuem stößt
und sich sein Krampf in Krachen löst.

PHYSIOGNOMISCHES

Lalacrimas, es war ein Wesen,
dem Weinen immer nahe stand;

indessen Lagrimaß, davon genesen,
durch Mienenspiele sich entband.

Ich lernte sie als Schwestern kennen,
und sie ergänzten sich so baß,
daß ich so frei war, sie bei mir zu nennen:
Lalacrimas und Lagrimaß.

RONDELL

Durch die Schnauzen der Cavalle
schreit ich ruhig meines Weges.
Mitten im Gewühl der Droschken
les ich Kellers Tanzlegendchen.

Besser nirgends denn auf Plätzen,
wo sich hundert Linien kreuzen,
kreuz ich selbst, ein leichter Segler,
kühl-gelassen meines Weges.

Ruhig schreit ich durchs Gewimmel,
habe keine Angst vor Rädern,
lasse mir den Weg nicht irren
durch die Schnauzen der Cavalle.

DIE ZWEI PARALLELEN

Es gingen zwei Parallelen
ins Endlose hinaus,
zwei kerzengerade Seelen
und aus solidem Haus.

Sie wollten sich nicht schneiden
bis an ihr seliges Grab:

das war nun einmal der beiden
geheimer Stolz und Stab.

Doch als sie zehn Lichtjahre
gewandert neben sich hin,
da ward's dem einsamen Paare
nicht irdisch mehr zu Sinn.

War'n sie noch Parallelen?
Sie wußten's selber nicht, –
sie flossen nur wie zwei Seelen
zusammen durch ewiges Licht.

Das ewige Licht durchdrang sie,
da wurden sie eins in ihm;
die Ewigkeit verschlang sie
als wie zwei Seraphim.

DENKMALSWUNSCH

Setze mir ein Denkmal, cher,
ganz aus Zucker, tief im Meer.

Ein Süßwassersee, zwar kurz,
werd ich dann nach meinem Sturz;

doch so lang, daß Fische, hundert,
nehmen einen Schluck verwundert.

Diese ißt in Hamburg und
Bremen dann des Menschen Mund.

Wiederum in eure Kreise
komm ich so auf gute Weise,

während, werd ich Stein und Erz,
nur ein Vogel seinen Sterz

oder gar ein Mensch von Wert
seinen Witz auf mich entleert.

DER GINGGANZ

›Gingganz ist einfach ein deutsches Wort für Ideologie‹

Der Gingganz

Ein Stiefel wandern und sein Knecht
von Knickebühl gen Entenbrecht.

Urplötzlich auf dem Felde drauß
begehrt der Stiefel: »Zieh mich aus!«

Der Knecht drauf: »Es ist nicht an dem;
doch sagt mir, lieber Herre, –: wem?«

Dem Stiefel gibt es einen Ruck:
»Fürwahr, beim heiligen Nepomuk,

ich GING GANZ in Gedanken hin . . .
Du weißt, daß ich ein andrer bin,

seitdem ich meinen Herrn verlor . . .«
Der Knecht wirft beide Arm empor,

als wollt er sagen ›Laß doch, laß!‹
Und weiter zieht das Paar fürbaß.

ES PFEIFT DER WIND . . .

Es pfeift der Wind. Was pfeift er wohl?
Eine tolle, närrische Weise.
Er pfeift auf einem Schlüssel hohl,
bald gellend und bald leise.

Die Nacht weint ihm den Takt dazu
mit schweren Regentropfen,
die an der Fenster schwarze Ruh
ohn End eintönig klopfen.

Es pfeift der Wind. Es stöhnt und gellt.
Die Hunde heulen im Hofe. –
Er pfeift auf diese ganze Welt,
der große Philosophe.

DER PAPAGEI

Es war einmal ein Papagei,
der war beim Schöpfungsakt dabei
und lernte gleich am rechten Ort
des ersten Menschen erstes Wort.

Des Menschen erstes Wort war A
und hieß fast alles, was er sah,
z. B. Fisch, z. B. Brot,
z. B. Leben oder Tod.

Erst nach Jahrhunderten voll Schnee
erfand der Mensch zum A das B
und dann das L und dann das Q
und schließlich noch das Z dazu.

Gedachter Papagei indem
ward älter als Methusalem,
bewahrend treu in Brust und Schnabel
die erste menschliche Vokabel.

Zum Schlusse starb auch er am Zips.
Doch heut noch steht sein Bild in Gips,

geschmückt mit einem großen A,
im Staatsschatz zu Ekbatana.

DAS GEBURTSLIED ODER: DIE ZEICHEN ODER: SOPHIE UND KEIN ENDE

Ein Kindelein
im Windelein
heut macht es noch ins Bindelein;
doch um das Haus
o Graus o Graus
da blasen böse Windelein.

»Ein Mädelein«
ruft's Hedelein
und kneift ihm in die Wädelein.
Doch an dem Haus
o Graus o Graus
da wackeln alle Lädelein.

Ein Eulelein
schiebt's Mäulelein
vorbei am Fenstersäulelein.
Es ruft ins Haus
o Graus o Graus:
»Hört ihr die Silbergäulelein?«

Ein Würmelein
im Stürmelein
fliegt nieder von dem Türmelein.
Es ruft o Graus:
»Es regnet drauß
so gebt mir doch ein Schirmelein.«

O Kindelein
im Windelein
heut machst du noch ins Bindelein.
Doch gehst du aus
im langen Flaus
wirst du ein Vagabindel sein.

GALGENKINDES WIEGENLIED

Schlaf, Kindlein, schlaf,
am Himmel steht ein Schaf;
das Schaf das ist aus Wasserdampf
und kämpft wie du den Lebenskampf.
Schlaf, Kindlein, schlaf.

Schlaf, Kindlein, schlaf,
die Sonne frißt das Schaf,
sie leckt es weg vom blauen Grund
mit langer Zunge wie ein Hund.
Schlaf, Kindlein, schlaf.

Schlaf, Kindlein, schlaf.
Nun ist es fort, das Schaf.
Es kommt der Mond und schilt sein Weib;
die läuft ihm weg, das Schaf im Leib.
Schlaf, Kindlein, schlaf.

WIE SICH DAS GALGENKIND DIE MONATSNAMEN MERKT

Jaguar
Zebra
Nerz

Mandrill
Maikäfer
Pony
Muli
Auerochs
Wespenbär
Locktauber
Robbenbär
Zehenbär.

DER HEILIGE PARDAUZ

Im Inselwald ›Zum stillen Kauz‹,
da lebt der heilige Pardauz.

Du schweigst? Ist dir der Mund verklebt?
Du zweifelst, ob er wirklich lebt?

So sag ich's dir denn ungefragt:
Er *lebt,* auch wenn dir's mißbehagt.

Er lebt im Wald ›Zum stillen Kauz‹,
und schon sein Vater hieß Pardauz.

Dort betet er für dich, mein Kind,
weil du und andre Sünder sind.

Du weißt nicht, was du ihm verdankst, –
doch daß du nicht schon längst ertrankst,

verbranntest oder und so weiter –
das dankst du diesem Blitzableiter

der teuflischen Gewitter. Ach,
die Welt ist rund, der Mensch ist schwach.

BRIEF EINER KLABAUTERFRAU

›Mein lieber und vertrauter Mann,
entsetzlieber Klabautermann,
ich danke dir für was du schreibst
und daß du noch vier Wochen bleibst.

Die ‚Marfa' ist ein schönes Schiff,
vergiß nur nicht das Teufelsriff;
ich lebe hier ganz unnervos,
denn auf der Elbe ist nichts los.

Bei einem Irrlicht in der Näh
trink manchmal ich den Fünfuhr-Tee,
doch weil sie leider böhmisch spricht,
verstehen wir einander nicht.

1.6.04. Stadt Trautenau.
Deine getreue Klabauterfrau.‹

GOLCH UND FLUBIS

Golch und Flubis, das sind zwei
Gaukler aus der Titanei,

die mir einst in einer Nacht
Zri, die große Zra, vermacht.

Mangelt irgend mir ein Ding,
ein Beweis, ein Baum, ein Ring –

ruf ich Golch, und er verwandelt
sich in das, worum sich's handelt.

Während Flubis umgekehrt
das wird, was man gern entbehrt.

Bei z. B. Halsbeschwerden
wird das Halsweh Flubis werden.

Fällte dich z. B. Mord,
ging der Tod als Flubis fort.

Lieblich lebt es sich mit solchen
wackern Flubissen und Golchen.

Darum suche jeder ja
dito Zri, die große Zra.

GESPENST

Es gibt ein Gespenst,
das frißt Taschentücher;
es begleitet dich
auf deiner Reise,
es frißt dir aus dem Koffer,
aus dem Bett,
aus dem Nachttisch,
wie ein Vogel
aus der Hand,
vieles weg –
nicht alles, nicht auf einmal.
Mit 18 Tüchern,
stolzer Segler,
fuhrst du hinaus
aufs Meer der Fremde,
mit acht bis sieben
kehrst du zurück,
ein Gram der Hausfrau.

DIE DREI WINKEL

Drei Winkel klappen ihr Dreieck
zusammen wie ein Gestell
und wandern nach Hirschmareieck
zum Widiwondelquell.

Dort fahren sie auf der Gondel
hinein in den Quellenwald
und bitten die Widiwondel
um menschliche Gestalt.

Die Wondel – ihr Decorum
zu wahren – spricht Latein:
»Vincula, vinculorum,
in vinculis Fleisch und Bein!«

Drauf nimmt sie die lockern Braten
und wirft sie in den Teich: –
Drei Winkeladvokaten
entsteigen ihm allsogleich.

Drei Advokaten stammen
aus dieses Weihers Schoß.
Doch zählst du die drei zusammen,
so sind es zwei rechte bloß.

GRUSELETT

Der Flügelflagel gaustert
durchs Wiruwaruwolz,
die rote Fingur plaustert,
und grausig gutzt der Golz.

DAS MONDSCHAF

Das Mondschaf sagt sich selbst gut Nacht,
d. h., es wurde überdacht
von seinem eignen Denker:
Der übergibt dies alles sich
mit einem kurzen Federstrich
als seinem eignen Henker.

DAS LÖWENREH

Das Löwenreh durcheilt den Wald
und sucht den Förster Theobald.

Der Förster Theobald desgleichen
sucht es durch Pürschen zu erreichen,

und zwar mit Kugeln, deren Gift
zu Rauch verwandelt, wen es trifft.

Als sie sich endlich haben, schießt
er es, worauf es ihn genießt.

Allein die Kugel wirkt alsbald:
Zu Rauch wird Reh nebst Theobald ...

Seitdem sind beide ohne Frage
ein dankbares Objekt der Sage.

DIE GLOCKE

Werbokken in Werbokknen
war ganz aus Käs gemacht,

aus weichem und aus trocknem,
seit jener großen Schlacht –

womit das Volk der Maden
den heiligen Krieg beendet
und sich durch Gottes Gnaden
dem Käse zugewendet.

Nur eine einzige Glocke
verblieb dabei dem Haufen:
Vermöge ihres Käses
begann sie wegzulaufen.

Es war die Käseglocke,
die Glocke Çekesla.
Nicht lang, so hing sie klingend
dem Chor der Sterne nah.

Denn zärtlich ward derselben
ein Dom getürmt empor
aus weißem und aus gelbem
und aus grünem Käsmarmor.

Der Klöppel ward gedrechselt
aus einem Ziegenkäs,
den man im Grab gefunden
von einem alten Knäs.

Das Läutseil ward geflochten
aus seidnem Parmesan,
und tausend Käseglöckner
zogen tagtäglich daran.

Doch eines Tages sprang sie
aus ihrem Stuhl und – zer!

Seitdem gibt's in Werbokknen
wohl keine Glocke mehr.

Seit jenem Tage ward es
ein Land ganz ohne Ruhm
und sank samt seinem Käse
zurück ins Heidentum.

ZIVILISATORISCHES

Ein Fisch schrieb jüngst in seinem Blatt:
›Ich bin des trocknen Tons nun satt.
Ich will (als einer nur von vielen)
zwei Hände, um Klavier zu spielen.
Tief in der Südsee lebt mit Brillen
ein Molch, der tut uns wohl den Willen.
Er teile das Rezept uns mit.
Bad Westerland, Sylt. E. P. Schmidt.‹

Das Blatt verließ die Druckerei.
Der Hering las es wie der Hai.
Fast jeder bis hinauf zum Wal
empfand den Einfall als Skandal,
ja, mehr als das, in seltner Einheit,
als dekadentische Gemeinheit.
(Alleinzig der Polyp sah jetzt,
wozu er in die Welt gesetzt.
Und schwamm herum, von Sinnen schier
nach einem scheiternden Klavier.)

Der Molch indes mit spitzen Ohren
hat seine Kundschaft nicht verloren:
Er sandte Schmidten die Broschüre
›Fischhände (später Maniküre)

nur durch Gymnastik in drei Jahren‹.
Da war nun alles zu erfahren.
Man sieht, wie da in Westerland
zum Menschen noch der Fisch entbrannt:
die Wunder der Natur, der wilden,
kulturgemäß hinaufzubilden.

DER SCHNUPFEN

Ein Schnupfen hockt auf der Terrasse,
auf daß er sich ein Opfer fasse

– und stürzt alsbald mit großem Grimm
auf einen Menschen namens Schrimm.

Paul Schrimm erwidert prompt: »Pitschü!«
und *hat* ihn drauf bis Montag früh.

LEBENS-LAUF

Ein Mann verfolgte einen andern
(aus Deutz). (Er selber war aus Flandern.)

Der Deutzer, just kein großer Held,
gibt unverzüglich Fersengeld.

Der Fläme sagt sich: »Ei, nun gut!«
und sammelt es in seinen Hut.

Und sammelt bis zur finstern Nacht,
und morgens, als der Hahn erwacht

und jener weiter flieht, voll Reue,
da füllt er seinen Hut aufs neue.

Durch ganz Europa geht es so.
Sie sind bereits am Flusse Po.

Sie sind in Algier ungefähr,
da ist der eine Millionär.

Wie – Millionär? O Allahs Güte!
Sein Schatz mißt hunderttausend Hüte.

Nein: Legionär – dies ist das Wort!
Und jener sagt's ihm auch sofort.

Und beide teilen sich das Geld
und kaufen sich dafür die Welt.

– – – – – – – – – – – – – – –

Tief in Marokko steht ein Kreuz,
da ruhn die aus Brabant und Deutz,

die beiden fremden Legionäre.
O Mensch, das Geld ist nur Chimäre!

VOM STEIN-PLATZ ZU CHARLOTTENBURG

Den *Stein*-Platz soll ein Elefant
von *Gaul*, so hör ich, schmücken;
doch manche schelten dies genant
und finden keine Brücken

vom Elefanten bis zu *Stein*,
von *Stein* zum Elefanten,
und sagen drum energisch nein
zu dem zuerst Genannten.

Und doch! War *Stein* kein großes Tier?
Ich denke doch, er war es.
Und gilt der Elefant nicht schier
als Gottheit in Benares? . . .

Ihr wackern Richter, laßt den Wert
des Werks den Streit entscheiden!
Der Stein, den uns ein *Gaul* beschert,
wird seinen Stein-Platz kleiden.

Ihr, die man ein Kulturvolk heißt,
wagt's doch Kultur zu *haben*!
Und dankt dem Bildner *Stein* im *Geist*,
und nicht nach dem Buch-Staben!

DIE HÄUSERTÜRME VON NEU-BERLIN

Die Häusertürme von Neu-Berlin
kamen einmal zusammen,
dieweil es ihnen löblich schien,
sich tätig zu entflammen.

Das Auge nämlich hatte sie
beschimpft in einer Zeitung:
sie nennend eine Blasphemie
moderner Hausbereitung.

Dies ließ die stolze Zunft nicht ruhn,
sie fingen an zu toben.

Sie hatten nämlich nichts zu tun
auf ihren Dächern droben.

»Wir stellen dar den neuen Geist!«
mit Fug und Recht sie riefen;
»den Bürgerstolz, der aufwärts weist,
aus herrschaftlichen Tiefen.

Das Auge, dieses dumme Tier,
mag auf sich selber schreiben.
Wir sind Wahrzeichen. Wir sind Wir
und werden Wir verbleiben!«

Die Giebel wackelten dazu
mit ihren Dekorationen
und schrieen: »Ja, laß uns in Ruh,
sonst werden wir dich nicht schonen!«

Die Obelisken auch sodann,
die dick befransten Säulen,
sie alle drohten wie ein Mann:
»Wir werden dich schon verbeulen!«

Und aufgebauchten Kröten gleich
hüpften zurück die Türme.
Hanswürste nach wie vor im Reich
der Lenz- und Winterstürme.

TOILETTENKÜNSTE

Das Wort, an sich nicht eben viel,
rüstete sich zum Fastnachtsspiel.

Er setzte sich, das gute Wurm,
Perücken auf als wie ein Turm.

Sie barg die äußerst magern Hüften
in märchenhaften Röckegrüften.

Der Ball war voll Bewundrung toll.
Der König selbst sprach: »Wundervoll!«

Doch morgens krochen – flüchtig Glück! –
zwei Nichtse in ihr Bett zurück.

Fritz Mauthnern

IM REICH DER INTERPUNKTIONEN

Im Reich der Interpunktionen
nicht fürder goldner Friede prunkt:

Die Semikolons werden Drohnen
genannt von Beistrich und von Punkt.

Es bildet sich zur selben Stund
ein Antisemikolonbund.

Die einzigen, die stumm entweichen,
(wie immer), sind die Fragezeichen.

Die Semikolons, die sehr jammern,
umstellt man mit geschwungnen Klammern,

und setzt die so gefangnen Wesen
noch obendrein in Parenthesen.

Das Minuszeichen naht, und – schwapp!
da zieht es sie vom Leben ab.

Kopfschüttelnd blicken auf die Leichen
die heimgekehrten Fragezeichen.

Doch, wehe! neuer Kampf sich schürzt:
Gedankenstrich auf Komma stürzt –

und fährt ihm schneidend durch den Hals –
bis dieser gleich – und ebenfalls

(wie jener mörderisch bezweckt)
als Strichpunkt das Gefild bedeckt! . . .

Stumm trägt man auf den Totengarten
die Semikolons beider Arten.

Was übrig von Gedankenstrichen,
kommt schwarz und schweigsam nachgeschlichen.

Das Ausrufszeichen hält die Predigt;
das Kolon dient ihm als Adjunkt.

Dann, jeder Kommaform entledigt,
stapft heimwärts man, Strich, Punkt, Strich, Punkt . . .

DER NEUE VOKAL

Der Festredner:
»Unsterblich werden Sie leben,
solang es Menschenmund
und Menschenwitz wird geben
auf diesem Erdenrund.«

Ein Fähnrich, halblaut zur Gattin des
Gefeierten, Frau Professor Ulich:
»Was hat denn Ihr Herr Gemahl
nun eigentlich ausgeheckt?«

Die Gattin ebenso:
»Er hat einen neuen Vokal
erfunden oder entdeckt.«

Der Fähnrich:
»Das ist ja phänomenal,
eine wahre Speise für Geister!
Na, Gnädigste, und wie heißt er
denn nun, dieser neue Vokal?«

Die Gattin:
»Er kann ihn noch niemandem sagen,
er läßt ihn erst patentiern;
wir woll'n – nach so langen Plagen –
doch nicht ihr Erträgnis verliern!«

Der Fähnrich:
»Verstehe, Sie wollen Tantiemen!«

Die Gattin:
»Gewiß, das ist unser Ziel!
Wer den Vokal will nehmen,
erhält ihn für soundso viel.«

Der Festredner, abschließend:
»Sie gaben uns mehr, Herr Ulich,
als irgend ein Mensch bislang;
wir trollten fromm und betulich
den alten Schlendriangang.
Da kamen Sie, Geist der Geister,
in unser Jammertal
und gaben uns, teurer Meister,
den *August-Ulich-Vokal!*«

ETIKETTEN-FRAGE

Ein halber Eßl. und ein Teel.
besahn einander stolz und scheel.

Der Teel. erklärte: »*Ich* bin mehr!«
Der halbe Eßl. rief, nein, *er*!

Die Wissenschaft entschied voll Hohn:
Das kommt vom populären Ton.

»Ihr seid«, sprach patzig die Madam,
»einfach fünf Gramm und zehen Gramm.«

DER KULTURBEFÖRDERNDE FÜLL

Ein wünschbar bürgerlich Idyll
erschafft, wenn du ihn trägst, der Füll.

Er kehrt, nach Vorschrift aufgehoben,
die goldne Spitze stets nach oben.

Wärst du ein Tier und sprängst auf Vieren,
er würde seinen Saft verlieren.

Trag einen Füll drum! (Du verstehst:
Damit du immer aufrecht gehst.)

VICE VERSA

Ein Hase sitzt auf einer Wiese,
des Glaubens, niemand sähe diese.

Doch, im Besitze eines Zeißes,
betrachtet voll gehaltnen Fleißes

vom vis-à-vis gelegnen Berg
ein Mensch den kleinen Löffelzwerg.

Ihn aber blickt hinwiederum
ein Gott von fern an, mild und stumm.

DIE WIEDERHERGESTELLTE RUHE

Aus ihrem Bette stürzt sie bleich
im langen Hemd und setzt sich gleich.

Die Zofe bringt ihr Rock und Schuh
und führt sie sanft dem Diwan zu.

Todmüd in grauen Höhlen liegt
der Blick, den Fieber fast besiegt.

Ihr ganzer Leib ist wie verzehrt,
als hätt in ihm gewühlt ein Schwert.

Der Arzt verkündet aller Welt,
sie sei nun wiederhergestellt.

Die Zofe kniet vor ihr und gibt
ihr von den Blumen, die sie liebt,

und schmückt sie zärtlich aus der Truhe,
die wiederhergestellte Ruhe.

AUF EINER BÜHNE

Auf einer Bühne steht ein Baum,
geholt vom nächsten Wäldchensaum.

Ihn überragt zur rechten Hand
ein Felsenstein aus Leinewand,

indes zur Linken wunderbar
ein Rasen grünt aus Ziegenhaar.

Im Stehparkett der kleine Cohn
zerbirst vor lauter Illusion.

Der kleine Cohn ward zum Gericht
für das, was Kunst ist und was nicht.

AUF DEM FLIEGENPLANETEN

Auf dem Fliegenplaneten,
da geht es dem Menschen nicht gut:
Denn was er hier der Fliege,
die Fliege dort ihm tut.

An Bändern voll Honig kleben
die Menschen dort allesamt,
und andre sind zum Verleben
in süßliches Bier verdammt.

In einem nur scheinen die Fliegen
dem Menschen vorauszustehn:
Man bäckt uns nicht in Semmeln,
noch trinkt man uns aus Versehn.

ER

Er kratzte sinnend sich den Hinterkopf
mit seinem Kleinenfingernagel, den er
so lange nicht beschnitten hatte, bis
derselbe rings um unsre Erdensphäre
gewachsen war und ihm am Ende jener
den längst inzwischen kahl gewordnen Schopf
hinreichte (Ziel zugleich und Hindernis) –
ob es nicht kürzer auch gegangen wäre.

DIE ZIRBELKIEFER

Die Zirbelkiefer sieht sich an
auf ihre Zirbeldrüse hin;
sie las in einem Buche jüngst,
die Seele säße dort darin.

Sie säße dort wie ein Insekt
voll wundersamer Lieblichkeit,
von Gottes Allmacht ausgeheckt
und außerordentlich gescheit.

Die Zirbelkiefer sieht sich an
auf ihre Zirbeldrüse hin;
sie weiß nicht, wo sie sitzen tut,
allein ihr wird ganz fromm zu Sinn.

DER DROSCHKENGAUL

»Ich bin zwar nur ein Droschkengaul,
doch philosophisch regsam;
der Freß-Sack hängt mir kaum ums Maul,

so werd ich überlegsam.
Ich schwenk ihn her, ich schwenk ihn hin,
und bei dem trauten Schwenken
geht mir so manches durch den Sinn,
woran nur Weise denken.

Ich bin zwar nur ein Droschkengaul,
doch sann ich oft voll Sorgen,
wie ich den Hafer brächt ins Maul,
der tief im Grund verborgen.
Ich schwenkte hoch, ich schwenkte tief,
bis mir die Ohren klangen.
Was dort in Nacht verschleiert schlief,
ich konnt es nicht erlangen.

Ich bin zwar nur ein Droschkengaul,
doch mag ich Trost nicht missen
und sage mir: So steht es faul
mit allem Erdenwissen;
es frißt im Weisheitsfuttersack
wohl jeglich Maul ein Weilchen,
doch nie erreicht's – oh Schabernack –
die letzten Bodenteilchen.«

MOPSENLEBEN

Es sitzen Möpse gern auf Mauerecken,
die sich ins Straßenbild hinauserstrecken,

um von sotanen vorteilhaften Posten
die bunte Welt gemächlich auszukosten.

O Mensch, lieg vor dir selber auf der Lauer,
sonst bist du auch ein Mops nur auf der Mauer.

DER MEILENSTEIN

Tief im dunklen Walde steht er
und auf ihm mit schwarzer Farbe,
daß des Wandrers Geist nicht darbe:
Dreiundzwanzig Kilometer.

Seltsam ist und schier zum Lachen,
daß es diesen Text nicht gibt,
wenn es keinem Blick beliebt,
ihn durch sich zu Text zu machen.

Und noch weiter vorgestellt:
Was wohl ist er – ungesehen.
Ein uns völlig fremd Geschehen.
Erst das Auge schafft die Welt.

TÄUSCHUNG

Menschen stehn vor einem Haus –
nein, nicht Menschen – Bäume.
Menschen, folgert Otto draus,
sind drum nichts als – Träume.

Alles ist vielleicht nicht klar,
nichts vielleicht erklärlich
und somit, was ist, wird, war,
schlimmstenfalls entbehrlich.

SCHIFF ›ERDE‹

»Ich will den Kapitän sehn«, schrie
die Frau, »den Kapitän, verstehn Sie?«

»Das ist unmöglich«, hieß es. »Gehn Sie!
So gehn Sie doch!! Sie sehn ihn nie!«

Das Weib, mit rasender Gebärde:
»So bringen Sie ihm *das* – und *das* –.«
(Sie spie die ganze Reeling naß.)
Das Schiff, auf dem sie fuhr, hieß ›Erde‹.

DAS SYMBOL DES MENSCHEN

»Zeig mir«, sprach zu mir ein Dämon,
»zeig mir das Symbol des Menschen,
und ich will dich ziehen lassen.«
Ich darauf, mir meine schwarzen
Stiefel von den Zehen ziehend,
sprach: »Dies, Dämon, ist des Menschen
schauerlich Symbol, ein Fuß aus
grobem Leder, nicht Natur mehr,
doch auch noch nicht Geist geworden,
eine Wanderform vom Tierfuß
zu Merkurs geflügelter Sohle.«
Als ein Bildnis des Gelächters
stand ich da, ein neuer Heiliger.
Doch der Dämon, unbestimmbar
seufzend, bückte sich und schrieb mit
seinem Finger auf die Erde.

UKAS

Durch Anschlag mach ich euch bekannt:
Heut ist kein Fest im deutschen Land.
Drum sei der Tag für alle Zeit
zum Nichtfest-Feiertag geweiht.

DIE ZWEI TURMUHREN

Zwei Kirchturmuhren schlagen hintereinander,
weil sie sonst widereinander schlagen müßten.
Sie vertragen sich wie zwei wahre Christen.
Es wäre dementsprechend zu fragen:
warum nicht auch die Völker
hintereinander statt widereinander schlagen.
Sie könnten doch wirklich ihren Zorn
auslassen, das eine hinten, das andre vorn.
Aber freilich: Kleine Beispiele von Vernunft
änderten noch nie etwas am großen Narreteispiele der
Zunft.

VIER LEGENDCHEN

DER SCHÜLER

Ein Schüler in Paris,
gestorben und zur Hölle verdammt,
sich eines Abends wies
vor seinem Lehrer, der noch im Amt.

Ein Hemd war sein Gewand,
das war mit lauter Sophismen bestickt.
Und nachdem er den Unglücksmann angeblickt ...
verneigte er sich und verschwand.

DER MALER

Ein Maler kühlte sein Gelüst –
und malte in der Apsis Grund
den Teufel wüst wie einen Hund.
Da stieß ihn dieser vom Gerüst.

Doch tiefer unten Maria stand.
Die reichte ihm ganz schnell die Hand
und, daß er stehn kunnt, seinem Fuß
den Schnabel ihres winzigen Schuhs –

und sprach zu dem Erschrocknen: »Sieh,
so lohnt die junge Frau Marie
dem Schelm, der heute schier geprahlt,
doch vordem *sie* so *schön* gemalt!«

DER RABBINER

Ein Prager Rabbiner, namens Brod,
gelangte durch teuflische Magie
zu solcher Macht, daß selbst der Tod
vergebens wider ihn Flammen spie.

Doch endlich geriet es dem Tode doch:
Er verbarg sich in einer Rose Grund.
Der Teufel dachte der Rose nicht, und
der Rabbiner starb, als er an ihr roch.

DER HAHN

Zu Basel warf einst einen Hahn
der hohe Magistrat ins Loch,
dieweil er eine Tat getan,
die nach des Teufels Küche roch.

Er hatte, wider die Natur,
ein Ei gelegt – dem Herrn zum Trotz!
Doch nicht genug des Frevels nur –
erschien auch reulos wie ein Klotz.

So ward er vor Gericht gestellt,
verhört, gefoltert und verdammt,
und Rechtens dann, vor aller Welt,
ein Holzstoß unter ihm entflammt.

Der Hahn schrie kläglich Kikriki,
der Basler Volk sang laut im Kreis.
Doch plötzlich rief wer: »Auf die Knie!«
Gottlob! Jetzt schrie er – »Kyrieleis!«

III

VOM ZEITUNGLESEN

Korf trifft oft Bekannte, die voll von Sorgen
wegen der sogenannten Völkerhändel. Er rät:
»Lesen Sie doch die Zeitung von übermorgen.

Wenn die Diplomaten im Frühling raufen,
nimmt man einfach ein Blatt vom Herbst zur Hand
und ersieht daraus, wie alles abgelaufen.

Freilich pflegt man es umgekehrt zu machen,
und wo käme die ›Jetztzeit‹ denn sonst auch hin!
Doch de facto sind das nur Usus-Sachen.«

DAS FORSTHAUS

Palma Kunkel ist häufig zum Kuraufenthalt
in einem einsamen Forsthaus weit hinten im Wald,
von wo ein Brief so befördert wird,
daß ihn, wer gerade Zeit hat, ein Knecht oder Hirt
dem Wild des angrenzenden Jagdrevieres
um Hals oder Bein hängt . . . worauf in des Tieres
erfolgender Schußzeit er, wenn auch oft spät,
auf ein Postamt und von dort an seine Adresse gerät.
So das Wild wie die Nachbarn sind stolz auf die Ehre.
Und man weiß keinen Fall, daß ein Brief je verloren-
gegangen wäre.

DIE ZIMMERLUFT

Korf erfindet eine Zimmerluft,
die so korpulent, daß jeder
Gegenstand drin stecken bleibt.

Etwa mitten, wenn er mit dem Feder-
halter grade nicht mehr schreibt,
weil die Dienstmagd an die Türe pufft –

gibt er kurzweg ihm ein Alibi –
mitten in die Luft entweder
oder sonstwo in ihr, gleichviel wo und wie.

BILDER

Bilder, die man aufhängt umgekehrt,
mit dem Kopf nach unten, Fuß nach oben,
ändern oft verwunderlich den Wert,
weil ins Reich der Phantasie erhoben.

Palmström, dem schon frühe solches kund,
füllt entsprechend eines Zimmers Wände,
und als Maler großer Gegenstände
macht er dort begeistert Fund auf Fund.

DIE WAAGE

Korfen glückt die Konstruierung einer
musikalischen Personenwaage,
Pfund für Pfund mit Glockenspielansage.

Jeder Leib wird durch sein Lied bestimmt;
selbst der kleinste Mensch, anitzt geboren,
silberglöckig seine Last vernimmt.

Nur v. Korf entsendet keine Weise,
als (man weiß) nichtexistent im Sinn
abwägbarer bürgerlicher Kreise.

PALMSTRÖM AN EINE NACHTIGALL, DIE IHN NICHT SCHLAFEN LIESS

»Möchtest du dich nicht in einen Fisch verwandeln
und gesanglich dementsprechend handeln,
da es sonst unmöglich ist,
daß mir unternachts des Schlafes Labe
blüht, die ich nun doch notwendig habe!
Tu es, wenn du edel bist!

Deine Frau im Nest wird dich auch so bewundern,
wenn du gänzlich in der Art der Flundern
auftrittst und im Wipfel wohlig ruhst,
oder, eine fliegende Makrele,
sie umflatterst, holde Philomele,
(– die du mir gewiß die Liebe tust!)«

IM WINTERKURORT

Um das Frösteln der Spatzen abzuschaffen,
gründet Palmström eine Mäntelfabrik.
Diese liefert den p. p. Spatzen Waffen

wider den Frost in Form von Ulstern, Pelzen
usw. Man sieht sie zur Kurmusik
auf der Promenade behäbig stelzen.

PLÖTZLICH ...

Plötzlich staunt er vor seinem Zwicker,
daß er nicht ›gehe‹, gleich als ob das Glas
wie eine Uhr, nun eben: ›gehen‹ müßte.
Wie? war er – stehengeblieben? – Lebenswitz.
Auf zwei Sekunden Wahrheit, hier für drei
zuviel schon. Gleichwohl. Plötzlich ... Schluß.

FEUERPROBE

In das Museum der Gegenbeispiele
 zu Stuttgart
kommt nach dem Münchener Elektra-Weihspiele
 Palmström
und überreicht dem Kustos, Herrn Kriegar-Ohs
 höflichst
ein Partiturexemplar von ›Figaros
 Hochzeit‹.
Kriegar-Ohs nimmt sich Muße, den Fall zu buchen,
 und spricht dann:
»Dürften wir nicht vielmehr um Sie selber ersuchen,
 statt des –«
Drauf eilt Palmström vor das Tor der Stadt Stuttgart
 voll Rührung
und zieht dort bis auf die Erde den Hut ab:
 Ave!

DIE WIRKLICH PRAKTISCHEN LEUTE

Es kommen zu Palmström heute
die wirklich praktischen Leute,

die wirklich auf allen zehn Zehen
im wirklichen Leben stehen.

Sie klopfen ihm auf den Rücken
und sind in sehr vielen Stücken –

so sagen sie – ganz die Seinen.
Doch wer, der mit beiden Beinen

im wirklichen Leben stände,
der wüßte doch und befände,

wie viel, so gut auch der Wille,
rein idealistische Grille.

Sie schütteln besorgt die Köpfe
und drehn ihm vom Rock die Knöpfe

und hoffen zu postulieren:
er wird auch einer der Ihren,

ein Glanzstück erlesenster Sorte,
ein *Bürger* mit einem Worte.

DER TRÄUMER

Palmström stellt ein Bündel Kerzen
auf des Nachttischs Marmorplatte
und verfolgt es beim Zerschmelzen.

Seltsam formt es ein Gebirge
aus herabgefloßner Lava,
bildet Zotteln, Zungen, Schnecken.

Schwankend über dem Gerinne
stehn die Dochte mit den Flammen
gleichwie goldene Zypressen.

Auf den weißen Märchenfelsen
schaut des Träumers Auge Scharen
unverzagter Sonnenpilger.

IV

AUS DEM ANZEIGENTEIL EINER TAGESZEITUNG DES JAHRES 2407

5. August!! Künstliches Schneegestöber in Thale (Harz), veranstaltet vom Hotel Alpenrose: mit der großen Papierschnitzelschneezentrifuge der amerikanischen Naturschauspielimitationskompagnie Brotherson & Sann.

* *
*

Amerikanischer Agent sucht ausgestopfte Fürsten zu höchsten Preisen.

Red. 43 W. P. St.

* *
*

Von morgen ab wieder täglich:
Verwandlung von Wasser in Wein.

Austern, Kaviar, Champagner, Tafelobst
für jedermann
auf einfachstem Wege.

Egon Schwarzfuß, Hypnotiseur.
Gegenüber dem Ackerbauministerium.

* *
*

Die Vereinigung für Ameisenspiele wird ersucht, sich morgen, den 17. hjs, auf dem Tempelhofer Felde einzufinden, um den großen Haufen zu vollenden.

Darunter in riesigen Lettern:

Für Ameisenkostüme, braun, schwarz, in jeder Größe,

genau nach den Vorschriften der V. f. A. empfiehlt sich Phantasus Liptauer, Warenhaus für Tierspiele aller Art. Desgleichen Blattlauskostüme samt allem Zubehör.

* *
*

Die Gesellschaft für Verbreitung von Schrecken aller Art teilt mit, daß nun auch fingierte Einbrüche polizeilich genehmigt worden sind. Die Abonnenten genießen wie immer erhebliche Vorteile. Auf ein Jahresabonnement zu 3 Einbrüchen 1 Mordüberfall gratis. Näheres die Prospekte und Kataloge.

* *
*

English church, aus Gummi, zusammenlegbar; samt Koffer 1250 M.

* *
*

Vortragsankündigung

Morgen, Sonntag, in der Aula maxima der Charlottenburger Volksbildungsaustauschhochschule Grammophonvortrag nach Prof. Houston Shaw von der Universität New Heidelberg, Mass.: Authentischer Nachweis der Identität des Verfassers der Henrik Ibsen zugeschriebenen Dramenwerke mit Peer Hansen, weiland Privatdozent an der Universität Christiania.

* *
*

Telegraphen-Büro Fuchs

Demnächst Eröffnung der ersten deutschen Luftzeitung!

Der von sechs Fesselballons festgehaltene Projektionsdrache mißt 800 m im Quadrat und wird oberhalb des Kreuzberges allabendlich nach Einbruch der Dunkelheit die neusten Berichte in weithin sichtbaren Buchstaben zeigen. Eigens konstruierte Abonnements-Ferngläser sowie Dachstuhl- und Kaminsitzkarten in der Redaktion und allen Filialen. Es wird darauf aufmerksam gemacht, daß nur feste Abonnenten an den großen Veranstaltungen teilhaben, welche die Luftzeitung plant und deren erste sein wird: die Projektion jedes an einem Sonntag geborenen Abonnenten in voller Bildgröße (800 qm).

* *
*

Behördlich ausgesetzte Belohnung von 3000 Mark auf Ergreifung des Ballonpiraten, der in der Nacht vom Montag zum Dienstag das Köpenicker Rathaus abgedeckt hat.

I. A. Bilz, Luftpolizeiwachtmeister.

* *
*

Zur erneuten Besprechung des Problems der Wasserschienen ladet auf den 12. September ein der Vorstand des Klubs für technische Fragen, Verkehrsabteilung.

* *
*

Nutridentol!! Ist das beste Zahnwasser! Dasselbe besitzt außer seinen reinigenden Eigenschaften hohen Nährwert! Der Gebrauch ersetzt jedes Abendbrot oder Frühstück!

* *
*

Violinspieler, vorzüglicher – zum Vorspielen für meine Eidechse gesucht. – Adele Süßkind, Hauptpost.

* *
*

Für Einsame

Erinnerungsarome – fertigt genau nach Angaben das ›Warenhaus für kleines Glück aller Art‹. Telegrammadresse: Glückshaus.

* *
*

Künstliche Köpfe!!! – Jedermann ist ein Narr, der sich nicht einen künstlichen Kopf anschafft. Der künstliche Kopf wird über den natürlichen gestülpt und gewährt diesem gegenüber folgende Vorteile: a) des Schutzes gegen Regen, Wind, Sonne, Staub, kurz alle äußeren Unbilden, die den natürlichen Kopf ohne Ende belästigen und von seiner eigentlichen Beschäftigung, vom Denken, abhalten; b) der Erhöhung der natürlichen Sinnesfunktionen: Man hört mit seinen künstlichen Ohren etwa hundertmal mehr und besser als mit den natürlichen, man sieht mit seinem Augenapparat so scharf wie ein Trieder-Binocle, man riecht mit dem K. K. feiner, und man schmeckt mit dem K. K. differenzierter als mit seinem Vorgänger. Dabei braucht man jedoch nichts von alledem. Man kann die Apparate nämlich einstellen, wie man will, also auch auf ›tot‹. Der auf tot eingestellte K. K. ermöglicht ein vollkommen ungestörtes Innenleben. Geschloßne Zimmer, Mönchszellen, Waldeinsamkeit usw. sind fortan überflüssig. Man isoliert sich im dichtesten Volksgewühl. – Der K. K. wird nur nach Maß angefertigt und ist leicht zu tragen. Gegen unbefugte Berührung ist er durch eine eigene Batterie geschützt. Da er kein Haarkleid braucht, ist die Schädeldecke für Annoncen reserviert. – Wer klug ist und vorurteilslos, kann durch Übernahme einer geeigneten Großfirmenanzeige unschwer die Kosten eines K. K. herausschlagen, ja noch mehr, durch den künstlichen Kopf auch auf diesem Wege weit leichter Geld verdienen als durch den natürlichen.

AUS DEM UMKREIS DER GALGENDICHTUNG

DES GALGENBRUDERS GEBET UND ERHÖRUNG

Ein Nachtlied, im Jenseits vorzusingen

Die Mond-Uhr wies auf halber ilf,
da rief ich laut: »Gott hilf, Gott hilf!«
Wie singt im nahen Röhricht
die Unke gar so töricht!

U u, u u, u u, u u –
So geht es immer und immerzu!
Ich kann solch lautes Grübeln
der Kröte nur verübeln.

So schweig doch still, verruchtes Maul!
Sonst freß dich gleich der Silbergaul!
Er frißt dich auf wie Hafer –
drum werde stiller, braver! . . .

Die Mond-Uhr wies dreiviertel ilf,
verweht war mein: Gott hilf, Gott hilf! –
Im nahen Röhricht aber
erschien der Silbertraber.

NACHTBILD

Es horcht ein Hofhund hinterm Zaun . . .
(Achtung! Hunde!)
Es horcht ein Hofhund hinterm Zaun
zur mitternächtigen Stunde.

Mit glühnden Augen steht der Hund
an einem Möbelwagen ...
Der Mensch ist fort. Die Nacht ist rund
mit Sternen ausgeschlagen.

DER GLOCKENWURM

Der Glockenwurm
der Glockenwurm
geht um im Turm
beim Neumondsturm.
Es klopft
und tropft –
und rotbezopft
Sophie dem Wurm
die Strümpfe stopft.

Der Glockenwurm
der Glockenwurm
geht um im Turm
beim Neumondsturm.
O Laie geh
mit schneller Zeh!
Wann spaßte je
der Glockenwurm?
– – – – – – – –
Und das tut weh.

DIE UHR

Eine Moosmär

Vor Jahren sank in einen Sumpf
ein ganz verstorbner Menschenrumpf.

Der Glockenwurm
der Glockenwurm
Geht um im Turm
Beim Neumondsturm
Es klopft
und klopft –
Und rotbezopft
Sophie dem Wurm
Die Strümpfe stopft.

Die Glockenwurm
Der Glockenwurm
geht um im Turm
Beim Neumondsturm
O Louis geh
Mit schnellem Zeh!
Wann spasste je
Der Glockenwurm?
Und das thut weh.

In seiner Westentasche stak
ein Ührelein mit Tik und Tak.

Der alte Moosfrosch spitzt das Ohr
und spricht: »Es tickt in unserm Moor!
Ei, ei, wenn mich nicht alles trügt,
so han wir eine Uhr gekriegt!«

Die Chokoladenschlange sagt:
»Wie bald, so kommt die Wassermagd
und nimmt – so ist sie – uns zum Tort
die neue Sumpfuhr neidisch fort!«

Und ehe noch das Tier geendet –
da siehst du schon herbeigewendet
die Hand der schnöden Wassernumpf!

Und wieder ward es still im Sumpf.

DREI HASEN

Eine groteske Ballade

Drei Hasen tanzen im Mondschein
im Wiesenwinkel am See:
Der eine ist ein Löwe,
der andre eine Möwe,
der dritte ist ein Reh.

Wer fragt, der ist gerichtet,
hier wird nicht kommentiert,
hier wird an sich gedichtet;
doch fühlst du dich verpflichtet,
erheb sie ins Geviert,

und füge dazu den Purzel
von einem Purzelbaum,
und zieh aus dem Ganzen die Wurzel
und träum den Extrakt als Traum.

Dann wirst du die Hasen sehen
im Wiesenwinkel am See,
wie sie auf silbernen Zehen
im Mond sich wunderlich drehen
als Löwe, Möwe und Reh.

DER KORBSTUHL

Befreit von jeder Menschenfracht
erholt der Korbstuhl sich bei Nacht.

Er re-agiert mit seinem Rohr
und kehrt die eigne Art hervor.

Er reckt und dehnt sich wohlig aus,
gewissermaßen ›wie zu Haus‹.

Sonst stets besetzt, erlebt er itzt
die Seligkeit, daß selbst er – sitzt.

›Ein Sessel in sich selbst‹, – fürwahr,
ein Ding, so tief als wunderbar!

SAGEN UND NICHTSAGEN

Was sagt der Wind?
Du bist taub!

Du bist blind!
So sagt der Wind.

Was sagt das Laub?
Du bist blind!
Du bist taub!
So sagt das Laub.

Wer aber nichts sagt
(es faßt sich glatt)
das ist des Wichts Magd,
(der keine hat).

AUGURISCH

Es gibt erlösende Momente
und wieder solche, die es nicht sind –
(nenn sie verbösende Momente,
wenn Nomina dir von Gewicht sind).

Wie häufig, daß ein Wunsch uns brennt,
es möchte dies und das geschehn!
Doch das erlösende Moment
bleibt in der Ferne stehn.

BÖHMISCHER JAHRMARKT

I

Ein Fernrohr wird gezeigt, womit
man seinen eignen Rücken sieht.

Es führt durchs Weltall deinen Blick
im Kreis zurück auf dein Genick.

Zwar braucht es so geraume Frist,
daß du schon längst verstorben bist,

doch wird ein Standbild dir geweiht,
empfängt ihn dies zu seiner Zeit.

II

Da jedermann nicht vergewärtigt,
daß man ein Standbild ihm erstellt,
wird nebenan im nächsten Zelt
ein solches Standbild angefertigt.
Drum fast ein Tor, wer nicht bestellte
daselbst für billige Gebühr
sein Monument. Den Platz dafür
vermittelt man im dritten Zelte.

III

Karten, ungeheure Karten
hängen an der Wand und warten.

Überall in allen Ländern
stecken Stecknadeln mit Bändern.

Auf den Bändern stehn die Namen
der geehrten Herrn und Damen,

die für solche Monumente
gegen Zahlung einer Rente

dementsprechende Parzellen
freundlich zur Verfügung stellen.

Ohne jegliche Methoden
kommt man so zu Grund und Boden

sei's in Schwaben, sei's in Schweden;
(von dem Nachruhm nicht zu reden).

IV

Der Summe dieser Grundstückpächter
entwächst von selbst und obendrein,
gleichsam als Interessenwächter,
ein diesbezüglicher Verein.

Der Jahresbeitrag ist gebührlich,
zumal das Jahrbuch gänzlich frei,
und wer kein Sonderling, natürlich,
bestellt darin sein Konterfei.

Man sieht ihn dann an Ort und Stelle
mit einem Fernrohr stehn und schaun:
In Wahrheit eine Freudenquelle
für gleichgesinnte Herrn und Fraun.

V

Doch, wie gesagt, trotz allem Streben
läßt der ertrachtete Effekt
sich nicht persönlich mehr erleben.

Die weitre Regelung bezweckt
die Herme. Nebenbei indessen
darf man sich selbst nicht ganz vergessen.

Man stirbt, wenn auch nicht heut und morgen.
Und will man dann begraben sein,
so muß man doch auch dafür sorgen.

Und dies tut wieder ein Verein,
und zwar begräbt er wie die Norm
im Sockel Sie und Aschenform.

VI

Dies alles und noch mehr ist Ihnen
vielleicht ein wenig viel erschienen.
Jedoch von Ihrer Ruhe trennt
Sie schließlich nichts als ein – Agent.

Ein Stellvertreter, dem Sie jährlich
ein Fixum zahlen, nicht zu spärlich,
wird Ihnen gegen ein Entgelt
im Nebenzimmer vorgestellt . . .

Wir hoffen, daß Sie sich ihn mieten.
Sie finden wahrlich nirgends nichts
so Vorteilhaftes angesichts
des Ungeheuren, das wir bieten:

Ein Fernrohr, schlechterdings ein Wunder,
ein Grab, ein Denkmal, ein Stück Grund
befreit Sie von dem ganzen Plunder.
Wo nicht, erscheint ein Stehmann und – –

Sie zaudern noch! Wir geben glatt
das erste Schaltjahr in Rabatt.
Ist's möglich – können Sie noch schwanken?
Fürwahr! Sie werden uns noch danken.

EHRENRETTUNG EINES ALTEN REIMLEXIKONS

Wir sind zu sehr geneigt, uns zu verzwieseln,
wir wollen lieber wie ein Regen tröpfeln,
als, stromgleich von Felsköpfeln zu Felsköpfeln
uns werfend, ganze Bergstöck kühn verkieseln.

Was hilft's, vom Himmel selbst herabzurieseln
auf ganzer Länder tausendfaches Köpfeln; –
es ist ein Schaffen wie mit Spitzen-Klöpfeln,
es ist kein Rauschen, nur ein schnödes Nieseln.

Wie anders doch, gleich bajuwarschen Hieseln
die ganze Welt mit fester Faust zu schöpfeln,
die letzten dicken Wämser aufzuknöpfeln,

die bestverfilzten Zöpfe aufzudrieseln,
ein Wildstrom kommen allen Kleistertöpfeln –
und so um ewgen Ruhm mit Glück zu mieseln.

DER DREIACHTELHASE

Kennst du den Dreiachtelhasen
des Herrn Roux in Angoulême? –
Dieses neue Tier, mit dem
(wie wir jüngst bei Lange lasen)
sein Erfinder Tag und Nacht
treffliche Geschäfte macht?

Nein? – So kaufe, Bester, dir
schleunigst dieses neue Tier:
Denn dann hast du, Glücklicher,
ein Tier mehr als Gott der Herr,
der den Löwen und den Affen
(wie wir einst bei Luther lasen)
– der Herrn Roux sogar geschaffen,
doch nicht – den Dreiachtelhasen!

DER SÜNDFLOH

Als schauerlich und grausenvoll
die Sündflut um die Berge schwoll,
kam noch im siebenten Moment
ein junger Floh herzugerennt.

Doch da das obligate Paar
von Flöhen schon im Kasten war,
so mußte Noah ihn bestimmen,
ins nasse Grab zurückzuschwimmen.

Voll Eifer gleichfalls protestierten
die beiden, die bereits logierten,
weil – riefen sie (besonders er) –
ein dritter nicht gestattet wär.

Der Sündfloh (denn er war es) blieb,
obschon verborgen wie ein Dieb –
und zwar (trotz Jahwen in der Höhe)
von einem der zwei beiden Flöhe.

Von welchem braucht man nicht zu sagen.
Doch ward hierdurch aus Vorzeittagen
das Dreieck, von dem Ibsen schreibt,
der Neuzeit wieder einverleibt.

SCHMERZLICHE TÄUSCHUNG

So gütig hat sie mich begrüßt
vom Hafen aus, von hoher Mole
beglückt dem Mann im Boote winkend!

Und ich, ihr zärtlich Winken trinkend,
empfand den Landungsweg versüßt
und sprang hinauf mit ungeduldiger Sohle, –

wo eine, ach, mir gänzlich Unbekannte
sich liebevoll an meinen – Nachbar wandte . .

DICHTER UND KRITIKER

Es war einmal wer irgendwann,
der schritt durchs Marktgetriebe,
ein innen ganz zergrabner Mann
von Herzeleid und Liebe,

er sah um sich der Menschen Chor
und Träne stieg ihm so empor,
daß seine Augen brannten
wie hundert Diamanten.

Da kam ein Freund des Wegs daher
und zog den Hut und sagte,
wie dieses Treffen ihm so sehr
gefiele und behagte.

Doch da der andre gar nichts sprach,
so sah er im Gesicht ihm nach
und sah, um Gottes willen!
zwo Tränen dort er quillen.

Der Freund, ein Mensch von vielem Wert,
begreift alsbald, es habe
sein Freund in seiner Brust ein Schwert,
das itzjust in ihm grabe –

und »Große Seele« rief er aus,
»ich weiß um deinen Brand und Braus,
o laß es mich verkünden,
du wirst ein Licht anzünden!«

Doch der hub an ein Taschentuch
aus seinem Rock zu zupfen
und sprach: »Es ist ein rechter Fluch
mit diesem ewigen Schnupfen!

Wie lang schon hab ich den Katarrh,
ich alter tumber Wandernarr –
du bist doch Arzt! ich bitte,
verordne mir ein Mittel!«

Ob dieses Reims und überhaupt
beschloß betrübt der andre,
daß man am besten ungeschraubt
sich auseinanderwandre.

Und sprach: »Ja ja, der Dichterstand!
(So war auch ich ein Narr nur . . .)
Die Augen glänzen wie Demant,
und dann ist's ein – Katarrh nur!«

ZIMMERFREUDEN

Wenn ich mittags fenstersteh
und die große Landschaft seh,
dampft mir plötzlich Bratenrauch
in den reinen Tannenhauch.

Regst umsonst vom Erdenjoch
Flügel der Ekstase –

Ochs und Hammel steigen noch
Göttern in die Nase.

DIE NABELSCHNUR

Auch der Kaufmann hier in Babel
ist ein heimlicher Feldwabel,
treibt's in seinen Auslagscheiben,
wie's die Tempelhofer treiben,

läßt die Waren aufmarschieren,
sich in Reih und Glied formieren,
rechts Console, links Console,
mittendrin Tablett mit Bowle.

Weiter vorn am Rand der Rampe
links ne Lampe, rechts ne Lampe.
Oben in der Mitte Gips
und im Halbkreis unten Nippes.

Steht so alles stramm gefüget,
hat er seiner Pflicht genüget,
und bei Zwölfuhr-Wache-Schritt
klirrt sein Fenster lustig mit.

Ja, es trägt in diesem Babel
jeder noch die Schnur am Nabel,
welche zu dem Korporal
führt von anno dazumal.

HISTORISCHE BILDUNG
ODER
DIE VERFOLGTE WELTGESCHICHTE

Es sitzt ein Fräulein auf dem Altan
und liest eine Nachricht aus Ispahan.

Sie liest von einer Rebellion.
Bewegt, so hebt sich und senkt sich ihr Ton.

Drauf liest sie eine aus Engelland;
die andre Dame horcht gespannt.

Dann liest die andere Dame vor.
Die erste lauscht jetzt, völlig Ohr.

So lesen Tante sich und Nichte
abwechselnd vor die Weltgeschichte.

Und husten dazu mit strengem Blick,
und äußern Beifall und Kritik.

Und legen dann das Tagblatt fort,
verzeihen hier und richten dort.

Die ›Weltgeschichte‹ tritt voll Pein
vom einen Bein aufs andere Bein.

Der liebe Gott im Morgenschuh
hört väterlich von oben zu.

WIENER OPERETTENMUSIK

Nun, zeitweis, meinetwegen, laßt mir ein
das flotte, weiche, weibische Gespiel:
doch nicht zuviel, ihr Götter, nicht zuviel,
ich will nicht Mehlspeis, will noch Speismehl sein.

Wär ich Ovid, ich faßte meinen Kiel
und schrieb von Orpheus neue Melodein
oder von Kirke – wie als Lamm und Schwein
(aus Zucker) ihr die Welt zum Opfer fiel.

Das Leben, aufgefaßt als Walzertraum,
als Liebelei, als lustig Wittibtum,
halb larmoyant, halb ›vogue la galère‹. –

Halb Markt, halb Turf, halb Puff, halb lieb, halb dumm,
halb Grazie, Schminke halb, halb Teig, halb Schaum –
nun ja – ›man nimmt halt davon zum Dessert‹.

DER KONVERTIT

»Wie stehst du vor mir, kraus und fremd,
im neuen Weltanschauungshemd!

Und gingst doch gestern noch ganz nackt,
nur bloß mit deiner Haut bepackt?«

»Ja ja, ganz recht, jedoch du weißt:
Es friert zuweilen auch den – Geist!«

STEINE STATT BROT

Ja, wenn die ganze Siegesallee
aus Mehl gebacken wäre –
das wäre eine gute Idee,
auf Ehre!

Man spräche zum Hungernden: Iß dich rund
(Dein Landesvater will es!)
an Otto dem Faulen, an Siegismund,
an Cicero, an Achilles!

Zu Dank zerflösse bei arm und reich
des Mißvergnügens Wolke:
Es wäre geholfen auf einen Streich
dem ganzen deutschen Volke.

Ein Loblied sänge der deutsche Geist
vom Pregel bis zum Rheine.
Gib Kunst, o Fürst, die nährt und speist!
Gib Brot, o Fürst, nicht Steine!

Ein Publikum in Oberbayern,
nachdem es lang geblieben stumm,
befand sich, als die Zeit erschienen,
als ›Palmström-reifes‹ Publikum.

Womit gemeint war, daß ein jeder,
zumal betreffs Philosophei,
im ganzen Oder und Entweder
der Sache wie zu Hause sei.

Als Palms Erzeuger es vernommen,
hat er dies Wort anheimgestellt:
›Lasset die Kindlein zu ihm kommen;
denn ihrer ist auch diese Welt.‹

PALMAS MUTTER

Palmas Mutter sprach einst still und schlicht:
Nahst du Frauen, vergiß der Geißel nicht.

Und der Philosoph, vom Weib gequält,
hat der Welt dies blinden Munds erzählt.

Doch, man muß ein altes Weib verstehn:
»Nimm das Ding mit!« sprach sie. »Doch – für wen?

Für die Frauen, meinst du. Immerhin
birgt mein Rat noch einen zweiten Sinn.

Hängst du dieser zweiten Wahrheit nach,
wird dir tiefer aufgehn, was ich sprach.«

Palmas Mutter, manchem zum Verdruß,
gab nie einen Rat, der keine Nuß.

PALMSTRÖM WIRD STAATSBÜRGER

I

Palmström weigert sich (ganz selbstverständlich),
irgendwelchen Heeresdienst zu tun.
Doch die Mehrzahl schilt dies feig und schändlich.

Den man ist noch rings um ihn katholisch
oder protestantisch usw.
und da gilt es noch als diabolisch,

einen Christenmenschen nicht zu morden,
heischen dies Gott, König, Vaterland.
Palmström ist hierauf verhaftet worden.

II

Im Gefängnis sitzt der Brave,
doch er sagt sich: ins Gefängnis
sollte jeder, der kein Sklave.

Alle wahrhaft freien Seelen
sollten diese ihrer einzig
werte Stätte nicht verfehlen.

Ohne Murren, ohne Zucken
sollten sich der Freien Nacken
unter der Gewalt Joch ducken.

Bis das Volk der breiten Fährte
erst durch Staunen, dann durch Denken
gleichfalls sich zur Freiheit klärte.

III

Korf geht mitten durch die Wachen,
die ihn pflichtbeflissen greifen,
doch sie greifen in die Leere.

Und sie stoßen die Gewehre
hin und her durch ihn, doch heiter
wandert er zu Palmström weiter.

IV

Mit dem Wärter, der das Essen
bringt, betritt er die Kamurke,
drin sein Freund, der Schurke Palmström,
haust.

Stotternd, stolpernd, stürzt der Wächter
fort und fabuliert von Geistern,
die er nicht zu meistern wisse ...
Man

kommt in corpore gelaufen ...
Alle werfen sich auf Korfen – –
Doch umsonst geworfen! Korf ist –
Geist ...

V

Es ist unmöglich, Palmström zu behalten
(obwohl er selbst am liebsten bleiben möchte);
denn Korfs Erscheinung ist nicht auszuschalten.

In zwölf Gefängnissen ist Palm gewesen ...
Doch haben überall so Direktoren
wie Untergebne den Verstand verloren.

So daß man ihn mit aufgehobnen Händen
zuletzt beschwört, sich heimwärts zu entschließen,
und ihm erlaubt, niemanden totzuschießen.

PALMSTRÖM DER PATRIOT

Palmström, auf dem Lande hinten,
untersucht das Korn nach Flinten,

die das Volk, wie er v. Korfen
sagt, daselbst hineingeworfen.

Und fürwahr, er findet deren!
Eine Unzahl von Gewehren,

geht (beglaubigt von den Bauern,
welche auf Belohnung lauern,

und plombiert von den gesamten
diesbezüglichen Beamten)

noch im Herbst nebst Memorando
ab ans Generalkommando.

DER ERNSTE HERR

Eines Tages pocht ein ernster Herr
an die Tür und stellt sich vor und spricht:
»Sie sind doch Herr Palmus Palmström, nicht?

Ich bin sozusagen hergeschneit
von den ernsten Männern unsrer Zeit,
insbesondre von der Schreibrichkeit.

Ich bin selber Schreibrich, wie bekannt.
Kurz und gut, wir würdigen Ihr Wesen.
Prächtig ist dies Nichtvielfederlesen.

Mutig gehn Sie stets auf alles los,
Scherz und Ernst: Sie sind in beidem groß.
Und Ihr Freund ist schlechterdings famos.

Doch just eben dies, verstehn Sie recht ...
Dieser Zwiespalt! halb sind Sie – Hanswurst –
halb von Don Quichotischem Geschlecht ...

Seien Sie doch eins von beiden ganz!
Oder teilen Sie sich, wenn Sie wollen,
mit Herrn Korf in jene beiden Rollen!

Sehn Sie, wir sind da, um kunstzurichten.
Ein Charakter sei so oder so.
Ihren Ernst verkennen wir mitnichten,

doch Sie nehmen hier zuviel auf sich!
Etwas bleibt an Ihnen – lächerlich!
Sehn Sie zu, wie Sie den Zwiespalt schlichten.«

Neuyorker Multimillionäre haben
in Rom entfaltet ihre großen Gaben.

Man speist zunächst das obligate Fleisch
im Urwald und bei Papageigekreisch.

Doch erst beim Obst wird von dressierten Affen
der eigentliche Clou des Fests geschaffen.

Die Affen holen aus der Bäume Kronen
Bananen, Kokosnüsse und Melonen

und präsentieren sie (man grault sich fast)
den hochgebornen Römern, die zu Gast.

Doch Jubelrufen weicht der kurze Graus,
denn jede Frucht ist Schale nur und Haus

von goldnen Cigarettendosen,
Manschettenknöpfen, kurz, den schönsten Chosen.

Auch Palmström ist bei diesem Fest, und er
empfängt in einer Nuß ein Necessaire.

Palma Kunkel naht die Frage,
was zum Kriegsproblem sie sage.

Längst im Innersten entschieden
wünscht sie allen Menschen Frieden.

(Zwar zum Unterschied von vielen
freilich nur: mit großen Zielen.)

Doch sie weiß zugleich: auf Erden
sind die Menschen erst im Werden.

Ringsum ungeheure Horden
wollen noch das große Morden,

sind noch ganz durchleidenschaftet,
noch vom *Geist* zu schwach durchkraftet,

müssen erst noch lange reifen,
eh sie Gott und sich begreifen.

DIE HELDIN

Muhme Kunkel geht voraus,
wo's ein Tier zu schützen gilt.
Tapfer hält sie ihren Schild
vor die kleinste Ackermaus.

Ihre Dienstmagd Lulu Hammer,
welche Fleisch frißt wie ein Wolf,
sperrt sie, samt dem Kälblein Rolf,
eines Tags in ihre Kammer.

Legt ein Beilchen ihr parat,
spricht: »Wofern dir Fleisch so not
schlag denn dieses Fleisch selbst tot –
oder aber iß Salat.«

Lulu, ganz in sich gewandelt,
fühlt, wie grauslich ihre Gier,

bittet ab dem Bruder Tier.
Ja, noch mehr, sie hat gehandelt

wie sonst nur des Helden Weise:
Nämlich gab, fürwahr, sie tat es,
Rolf die Köpfe des Salates
und verblieb selbst ohne Speise.

Schließlich ruft sie nach der Muhme ...
Diese läßt die zwei heraus.
Lulu lebt seither im Haus
reinerer Moral zum Ruhme.

DIE WINDSBRAUT

Bei diesem Wirbel über Land und See
hat Korf zum ersten Mal das Weib erschaut,
nach der er oft gespäht in Lug und Lee,
als wie nach einer sehr erwünschten Braut.

Doch ach, sie war die Braut bereits des Winds –
die ›Windsbraut‹ war's, die seine Ruh gestört –,
er hat es aus dem Mund des schönen Kinds,
daß sie des Winds Gespiel sei, selbst gehört.

V. Korf begibt sich stumm nach seinem Giebel.
Er ist des Götterspielens schmerzlich müde
und widmet seine Wind-Inexpressibles
dem Freund und sich erneuter Solitüde.

Palmström, dem die Sache gleichfalls leid ist,
ist die Gabe keineswegs zu Dank.

Erstens, weil für seinen Schrank
das Gehöse viel zu weit ist,

zweitens . . . usw. Schließlich, endlich
schreibt er seinem vorgesetzten Staat:
›Werter Herr! In summa: Eine Tat
soll geschehen! Gratis selbstverständlich!‹

Und er bietet ihm die Wetterhosen
um den Preis des ewigen Friedens an.
Nämlich sagt, wie niemand fürder kann
wider den Besitzer sich erbosen.

»Niemand greift Sie an sothanen Falles.
Bauet drum den Hosen einen Turm:
einen ›Palmströmturm‹, und das ist alles.
Hier in Ihren Händen ruht ›der Sturm‹.«

Palmström fühlt sich reiner Tränen Beute.
Endlich, glaubt er, sei die Welt befreit.
Und ihm träumt von einer neuen Zeit . . .
Doch auf Antwort wartet er noch heute.

EIN INTERVIEW

Palmström wird gefragt, wie er sich zu der
Todesstrafe stelle.
Er erwidert: »Lieber Herr und Bruder,

gibt's denn da noch wirklich ein Sich-Stellen
innert einer Welt
menschlicher Geschwister und Gesellen?

Bester Herr, was wollen Sie dem Armen
mit Gewehr und Beil?
Ist der Mensch so bar noch an Erbarmen?

Oder lassen Sie mich anders sprechen:
Ist man ohne Teil
an dem sei's auch traurigsten Verbrechen?

Wer es ist, der trete vor und hebe
seine Hand zum Licht ...
Oder aber unser Bruder — — lebe!«

ANMERKUNGEN ZU DEN GALGENLIEDERN VON DR. JEREMIAS MUELLER

NACHREDE
VORBEMERKUNG ZU DEN ANMERKUNGEN

Auf unwiderstehlichen Wunsch eines großen Leserkreises und nach jahrelangen ernsten Studien habe ich mich entschlossen, den Galgendichtungen einige Anmerkungen zu widmen. So ergreife ich hiermit die Nachrede und suche ein in der Vorrede nicht gefundenes Verständnis hierorts nachzuerringen. Meine Mittel sind gering, das weiß ich, aber mein Wille ist gut: der Wille nämlich, Dunkles aufzuhellen, Krauses zu entwirren, Schwanhaftes zu verdeutlichen. Im besondern aber ist – wenn auch hierin wie überhaupt gegen den Wunsch des Verfassers – dieses Commentarium gegen jene gerichtet, welche geglaubt haben, seine exzösen Ponilias durch, um mich so auszudrücken, methorologische[1] Termini näher haben erklären und charakterisieren zu können. Sie werden mit Erstaunen sehen, daß sie von dem wahren Inhalt jener Poesieen bisher schlechterdings nichts geahnt haben, und, sich die Brust schlagend, den Spruch murmeln: O tacuissentes – entepentes – leiolentes.

Jeremias Mueller, Dr. phil.

1. methorologisch: abgeleitet von Meth (alte Schreibart).

EIN ZWISCHENWORT ALS NACHWORT ZUR VORBEMERKUNG

An erster Stelle möchte ich hier noch eine Bitte und einen Dank aussprechen. Die Bitte nämlich, mit mir meiner lieben Frau Erika den Dank aussprechen zu dürfen, den ihre aufopfernde Hilfe mir in der langwierigen und schwierigen Arbeit an diesen Anmerkungen geleistet hat. Und den Dank, nicht zuletzt auch an Sie alle, daß dieser Bitte hier Genüge geschehen.

Jeremias Mueller

BUNDESLIED DER GALGENBRÜDER
(Anmerkung zur ursprünglichen Fassung.)

Seul = Seil. Am Galgen spricht man naturgemäß dunkler, so und so.[1]

Die Unke schlägt. Sie ist des Galgenbruders Nachtigall.

Die Eul. Als Repräsentant einer älteren Weltanschauung.

Die Silbergäul. Die alten Rosse des Helios.

GALGENBRUDERS LIED AN SOPHIE, DIE HENKERSMAID

Vers 1: Sophie ist des Henkers Töchterlein. Außerdem aber hieß Sophia stets Weisheit. Der zweite Sinn ist demnach folgender: Gib mir deinen Gnadenkuß, o Weisheit! Zwar wird mein Mund immer nur Worte der Finsternis stammeln – ›doch du bist gut und edel‹.

Vers 2: des Haars: nämlich der natürlichen schützenden Hülle jugendlicher Illusionen.

Vers 3: Wenn dir die Weisheit in den Schädel schauen soll, mit andern Worten, wenn du dich selbst erkennen willst, so muß dir vorher die Augen für das, was du bisher deine Welt genannt hast, der Aar, das heißt der Geist des Zweifels, aufgefressen haben. Das ›zwar‹ ist lediglich rhetorisch. Es müßte eigentlich etwa so heißen: Das Aug sogar / bracht ich dir dar / denn du bist gut und edel usw.

1. In der ursprünglichen Fassung lauten Vers eins und zwei:
›O Greul, o Greul, o ganz abscheul,
wir hängen hier am roten Seul!‹ (D. Hg.)

DAS GEBET

Reh: Cervus capreolus L., aus der Familie der Hirsche, 1,25 m lang, bis 30 kg schwer, in Europa bis 58° nördlicher Breite, auch in Asien. Vgl. Dombrowski (1876), Eulefeld (1896).

DAS GROSSE LALULĀ

Man hat diesem Gesang bisher viel zuviel untergelegt. Er verbirgt einfach ein – Endspiel. Keiner, der Schachspieler ist, wird ihn je anders verstanden haben. Um aber auch Laien und Anfängern entgegenzukommen, gebe ich hier die Stellung:

Kroklokwafzi = K a 5 = (weißer) König a 5. Das Fragezeichen bedeutet: Ob die Stellung des Königs nicht auf einem andern Felde vielleicht noch stärker sein könnte. Aber sehen wir weiter.

Sẹm̄ememm̄i! = S e 1 = (schwarzer) Springer e 1. Das Ausrufungszeichen bedeutet: starke Position.

Ḅifẓi, ḅạfẓi = b f 2 und b a 2 (weiß). Versteht sich von selbst.

Enṭẹpẹnṭẹ = T e 3 = (weißer) Turm e 3.

ḷeiolẹnṭẹ = L e 2 = (schwarzer) Läufer e 2.

ḳos mạlẓipempu silzuzankunkrei (sehr interessant!) = K a 4 oder 6 = König (schwarzer König) a 4 oder a 6. Nun ist dies aber nach den Schachregeln unmöglich, da der weiße König auf a 5 steht. Liegt also hier ein Fehler vor?

Kaum. Das eingeklammerte Semikolon beweist, daß Verfasser sich des scheinbaren Fehlers wohl bewußt ist. Gleichwohl sagt er durch das Rufzeichen: Laßt ihn immerhin stehn. Nun gut, vertrauen wir ihm, obschon kopfschüttelnd.

dos = D 6 oder 7 = (weiße) Dame auf einem Felde der sechsten oder siebenten Reihe. Weiß ist so stark, daß seine Dame auf jedem Felde dieser beiden Reihen gleich gut steht.

Siri Suri Sei (Aha! Nun klärt sich K a 4 oder 6 auf!) = S 6 = weißer Springer 6 (sei, italienisch = 6). Ja, aber auf welchem Felde? Nun eben! Dies ist nicht näher bezeichnet. Der Springer wird daher den Platz des schwarzen Königs neben dem weißen König einnehmen und diesem dafür überlassen, sich in der sechsten Reihe oder, falls da die Dame stehen sollte, in der vierten Reihe einen bequemen Platz zu suchen. So ist denn alles zur Zufriedenheit erledigt. (Im übrigen ergibt der vierte Teil der um zwei verminderten Buchstabensumme der drei Strophen die Zahl 64. Sapienti sat.[1]

DER ZWÖLF-ELF

Der Zwölf-Elf: (Endekus dodekus), ein sogenannter Schwarzelf oder -elb.

die linke: Ein Mensch, z. B. Professor Nikisch, würde die rechte oder aber beide Hände erhoben haben.

da schlägt es: infolgedessen oder: den Augenblick darauf.

1. Dem Wissenden genügts.

Beides läßt sich verfechten. Im ersten Fall ist der Zwölf-Elf so etwas wie ein mächtiger Dämon. Im zweiten nur ein Gelehrter, der weiß: Jetzt schlägt es gleich zwölf, daher will ich schnell vorher die Hand erheben.

der Teich mit offnem Mund: Ein gewagtes Bild. Denn: Machte der Teich den Mund zu, so wäre er damit selbst überhaupt nicht mehr da. Man ersieht daraus wieder einmal, wie gefährlich die Institution der Konsequenz ist, weshalb sie denn auch, zumal bei Frauen und Dichtern, keine allzu große Liebe genießt.

Zeile 4: Man denkt unwillkürlich an den ›Freischütz‹.

Zeile 8: in dem ihrigen natürlich. – Kartoffelmaus, vollerer Ausdruck für Feldmaus. Nebenbei ist es eine exorzierte Maus.

Das Irrlicht usw.: Irrlichter (Irrwische, Tückebolde), über sumpfigem, mit verwesenden Stoffen erfülltem Boden schwebende, auch hüpfende, flammenähnliche Lichterscheinungen; *noch völlig rätselhaft* (!) (M. K. K. Leipzig und Wien 1900).

Sophie: Die Weisheit sieht den Untergang der Wissenschaft voraus. (Siehe ›Das Mondschaf‹.)

Nachtmahr: siehe Alb, Quälgeist. Vgl. auch Purzelalb, Claudius. Hierzu wieder: ›Der Purzelbaum‹ (›Alle Galgenlieder‹).

-strumpf: also vielleicht ein weibliches Wesen.

Der Rabe Ralf: ein später Nachfahr der Wodansraben Hugin und Munin. Im Privatleben Dr. Robert W. . . . .e.

Zeile 24: wie immer.

DAS MONDSCHAF

Mondschaf = Mundschaf = etwa Sancta Simplicitas.[1]

steht: hier soviel wie träumt.

auf weiter Flur: bedeutet das unabsehbare Gefilde des Menschlichen.

harrt und harrt: Man beachte den unwillkürlichen Gleichklang mit hart (durus), wodurch die Unabwendbarkeit des Wartens phonetisch illustriert erscheint.

der großen Schur: Schur = jour:[2] dies irae, dies illa.[3]

rupft sich einen Halm: Der Mensch bescheidet sich in Resignation. Vgl. das klassische Wort von dem Jüngling, der mit tausend Masten in See sticht usw. Man könnte auch sagen: ›Entsagen sollst du, sollst entsagen‹.

und geht dann heim auf seine Alm: Es geht. Es läuft nicht, noch springt es. Darin liegt, wie in dem weichen, innigen ›heim‹ – ein Wort, das nur der Deutsche hat – eine wehmütige Ergebenheit ohne Groll. Alm weist darauf hin, daß die Heimat des Verzichtenden wohl und immerhin doch in einer mäßigen Höhe zu denken ist.

1. Heilige Einfalt. –
2. frz., Tag. – 3. Tag des Zorns, Tag des Gerichts.

Das Mondschaf spricht: Es spricht. Zu singen hat es doch wohl die rechte Frische nicht mehr. ›Spricht‹ ist feierlich, dumpf; aber noch immer stark und bewußt.

zu sich: nicht zu anderen. Es ist einsamen Geistes und verrät dies auch im Traum.

im Traum: Der Traum ist dem Mondschaf dasjenige Element, was dem Fisch die Flut.

Ich bin des Weltalls dunkler Raum: Das Mondschaf vergißt in seiner Schwermut ganz die Sterne. Sein Denken verschwägert sich schon langsam der andämmernden Todesnacht.

liegt: Es ist bereits umgesunken, vielleicht zwischen zwei und fünf Uhr morgens.

Sein Leib ist weiß: Es ist unschuldig geblieben wie Schnee. Fromm und mild hat es sein Geschick getragen und geendet.

die Sonn ist rot: Was kümmert den Sonnenball das Mondschaf? Er behält seine roten Backen. Seine brutale Gesundheit triumphiert in gleichgültiger Grausamkeit über das weiße Weh der geknickten Menschenseele. Vgl. auch Goethe: Seele des Menschen usw.

DER RABE RALF

In diesem Gedicht wird die Sozialdemokratie charakterisiert bzw. ihr Übergang von Lasalleschen zu Marxistischen Ideen.

GALGENBRUDERS FRÜHLINGSLIED

2. Vers, bessere Version:

Es strecket sich schon kecklings auf,
das wilde Galgengräslein.
Vergebens spähn nach ihm hinauf
hungrige Osterhäslein.

FISCHES NACHTGESANG

Fisches Nachtgesang: das tiefste deutsche Gedicht.

DAS HEMMED

Das Hemd eines Galgenbruders, das Sophie gewaschen und auf die Leine gehängt hat, draußen auf der Galgenwiese. – Das kleine Kind, wie welches das Hemmed ›weint‹ (nämlich – vermutlich – tropft, weil es noch vom Waschen naß ist), ist dasselbe wie im Zwölf-Elf, Zeile 14, und, damit es nur gleich herausgesagt sei, das Kind Sophiens.

(Eine andere Version freilich entrückt das Hemmed ins Gebiet der Wolken oder zum mindesten in einen meteorgleich herumirrenden Luftschiff-Fetzen.)

verdämmet, Kinde u. a. m. a. a. O.: Schlechte deutsche Formen. Vgl. zu diesem Thema auch unter anderem Dr.** und Dr.***: ›Wenn uns dagegen Christian Morgenstern . . . den Galimathias seines ‚großen Lalulā' hinsetzt und in ‚Fisches Nachtgesang' auf den fragwürdigen Einfall kommt, nur das rhythmische Schema hinzusetzen‹

(sic!), ›so ist es schwer abzusehen, was das mit dem Galgen zu tun hat.‹ Die Herren Rezensenten hätten keine unglücklicheren Beispiele wählen können als justament diese. Denn das ›große Lalulā‹ handelt vom ersten bis zum letzten Worte von nichts anderm als eben vom Galgen(!) (denn die Anmerkung, die es als Schachendspiel erklärt, ist nur sozusagen eine Nebenlösung), und ›Fisches Nachtgesang‹ ist laut Anmerkung (siehe dort) das tiefste deutsche Gedicht. Als solches hat es natürlicherweise auch mit dem Galgen zu tun, denn sonst wäre es das nicht.

DAS PROBLEM

Ein Gedankengang, der bei Hans Dreier zum Beispiel wegfiele. Es ist darum oft von Wert, wenn man nicht so geradeaus heißt. Man kommt dadurch oft, worauf man sonst nicht kommt.

Gott verzeiht ihm ganz gewiß. Ja er freut sich noch obendrein, nicht just über den Namenswechsel, aber über das rege Innenleben des Zwölf-Elfs, der bei dem Gyntschen ›Ich bin mir selbst genug‹ nicht stehnbleibt. Obwohl keineswegs Solveig, nur Sophie auf ihn ›wartet‹ (sozusagen).

DAS KNIE

Dasselbe bedeutet gewissermaßen das rastlose Schreiten des guten Prinzips nach sich selbst, nachdem es (Zeile 5 und 6) vom bösen beinahe vernichtet worden wäre.

Es ist kein Baum: nämlich: keine Weltesche Yggdrasil.

Es ist kein Zelt: nämlich: kein Sternenzelt.

Diese alten schönen Vorstellungen müssen, zum mindesten seit Fritz Mauthner, ad acta gelegt werden.

Manche wollen in dem Knie nur einfach den Begriff der Zeit sehen. Sie gehen von der Mittelstrophe aus und fassen sie insofern als einen Angriff auf die Kantische Lehre von der transzendentalen Idealität von Raum und Zeit, als sie in ihren ersten zwei Zeilen Kant im Krieg der Geister unterliegen lassen: aber freilich nur zur Hälfte. Der Raum nämlich (das Umundum) wird mit Kant ›erschossen‹. Die Zeit aber bleibt, (›einsam‹ nunmehr) als diejenige sinnliche Form der Anschauung, auf welche sich zuletzt alles, also auch der Raum, zurückführen läßt. – Auch diese Deutung hat viel für sich.

DER SEUFZER

Pars pro toto.[1] In Wirklichkeit wird der Gute in ein Fischloch gefahren sein.

Nach den jüngsten pädagogischen Gesichtsstandpunkten für die neureichsdeutschen Schullesebücher umgewälzte Fassung:

Zeile 2:
  und träumte von Freundschaft und Freude.
Zeile 5, 6:
  Der Seufzer dacht an die Ahnen sein
  und blieb nachsinnend stehen.

1. der Teil für das Ganze.

BIM, BAM, BUM

Ist von einigen politisch interpretiert worden: Sie sehen in Bim den Fürsten Bülow, in Bam den Liberalismus und in Bum das Zentrum.

in römischer Kirchentracht: nach dieser Deutung nur symbolisch zu verstehen: Der Liberalismus sucht Bülown gegenüber die Rolle zu spielen, die vordem das Zentrum innehatte. Aber ach, selbst dies hilft nichts.

Gegen diese Deutung ist nur einzuwenden, daß sie sich auf das Jahr 1908 bezieht (in Zeile 8 liegt geradezu die Geschichte des 10. Januar), während das Poem schon 1898 existiert haben dürfte. Trotzdem ist sie nicht schlechterdings abzulehnen. Dichter pflegen ihrer Zeit um 50 Jahre voraus zu sein. Gibt man dies zu, so steht man nicht nur vor keiner Antizipation, sondern umgekehrt vor einem Rückblick um vier Jahrzehnte.

DIE MITTERNACHTSMAUS

Die Mitternachtsmaus ist die sittliche Weltordnung.

HIMMEL UND ERDE

Fassung für den Deutschen Sprachverein:

Tief unten steht im dunklen Schilf,
den Hahn gespannt, ein Forstgehilf.

MONDENDINGE

Man hat dies irrtümlicherweise als eine Mondamin-Reklame aufgefaßt. Aber dem Verfasser lagen ganz andre Dinge am Herzen. Wer vor diesem Nachtgemälde eines erstorbenen Trabanten noch an Maismehl denkt, dem ist nicht zu helfen.

das Kalb: das Mond-Kalb, natürlich.

Tulemond und Mondamin: der Mann im Mond und die Frau im Mond.

schweflig: schwefelgelb.

Hyäne: eine Schwester des Fenriswolfes.

Strophe 4: eine machtvolle Strophe.

DER GINGGANZ

Verfasser hat sich erlaubt, aus dem Worte des Stiefels: ›Ich ging ganz in Gedanken hin ...‹ die Wörter ›ging ganz‹ herauszugreifen und, zu einem Ganzen vereinigt, zum Range eines neuen Substantivs masc. gen. (in allen Casibus unveränderlich, ohne Pluralis) zu erheben. Ein Gingganz bedeutet für ihn damit fortan ein in Gedanken Vertiefter, Verlorener, ein Zerstreuter, ein Grübler, Träumer, Sinnierer.

Knecht: Stiefel-Knecht.

Knickebühl, Entenbrecht: zwei Ortschaften, zwischen denen das ›Feld‹ (Zeile drei) liegt.

Zeile 8, *Nepomuk:* Geboren um 1330 in Pomuk, ward Generalvikar in Prag und auf Befehl des Königs Wenzel am 20. März 1393 in der Moldau ertränkt (nach den Jesuiten freilich bereits am 29. April 1383).

Urplötzlich: Nachdem der Stiefel, der seinen Besitzer verloren hat (Zeile 11), eine Weile so für sich hingegangen, überkommt es ihn plötzlich. Er glaubt sich, wie sonst, am Fuße seines Herrn stecken und einherwandern. Aber zugleich ist ihm auch dieses (eingebildete) Wandern-*Müssen* lästig. Er fordert daher den Knecht auf, ihn auszuziehen, worauf ihn dieser durch seine gutmütige Frage in die Wirklichkeit zurückstürzt. Er erkennt jetzt, daß er ja gar nicht gezwungen, sondern freiwillig ›geht‹, und sucht sein wunderliches Ansinnen vor dem Knechte zu rechtfertigen. Der aber in seiner Einfachheit und Treuherzigkeit winkt mit beiden Armen ab. Er könne sich das schon denken, er fühle durchaus mit und halte es für seines Herrn ganz unwürdig, ihm, dem dummen Burschen, Vortrag zu halten usw.

Es muß unentschieden bleiben, welcher Version der Stiefel gefolgt ist. Nur das scheint festzustehen, daß der in Zeile 11 genannte ›Herr‹ ein böhmischer Auswanderer gewesen – Auswanderer deshalb, da die Szene, den Ortsnamen zufolge, irgendwo im nördlichen Deutschland, etwa in der Nähe von Emden, zu suchen sein dürfte.

DER LATTENZAUN

Zeile 10: ›Der Senat‹ deutet auf – Hamburg? Auch die Flucht über See, die Hals über Kopf (siehe die völlige Ratlosigkeit und Verwirrung der Schlußzeile!) angetreten wird, läßt auf eine Hafenstadt schließen.

DER WÜRFEL

Beide übertreiben den Tatbestand oder nehmen ihn doch jedenfalls zu tragisch, der Würfel jedoch wie ein zwar weltfremder und vergrübelter, aber dabei doch durchaus feingebildeter Geist, während die Erde wie ein Waschweib schimpft. Ein leider auch im bürgerlichen Leben häufig wiederkehrender Vorgang.

DIE WESTE

Man weiß, eine wie große Rolle heute die Herrenweste spielt und eine noch viel größere Italien als Trödelladen Europas. Und in der Tat hat es viel für sich, eine Kultur, die man nicht in sich trägt, wenigstens um den Magen zu knöpfen.

DIE LUFT

›Wir befinden uns in vorgeschichtlicher Zeit. Die Luft ist (vornehmlich infolge Mangels an Bewegung) sterbensunglücklich – und der Mensch noch nicht erschaffen. Aber er wird es: und zwar eben für die Luft. Und siehe da: Sein alsbald anhebendes und orkanartig anschwellendes Geschwätz und Geschrei massiert sie in förderlichster Weise, so daß sie seitdem das angenehmste und gesündeste Leben führt.‹

(Aus einem populären Vortrag der ›Urania‹ über naturwissenschaftliche Lyrik des Verfassers [mit Lichtbildern].)

UNTER ZEITEN

Imperfekt: Zeitform der unvollendeten Vergangenheit, dient zur Bezeichnung eines dauernden Zustandes oder der Gleichzeitigkeit einer Handlung mit einer andern in der Vergangenheit. Das sogenannte deutsche Imperfekt ist eigentlich das Präteritum.

Perfekt: Zeitform, welche Vollendung oder Abschluß einer Handlung anzeigt.

Futurum: Zeitform der Zukunft, kommt vor als Futurum simplex für eine überhaupt in die Zukunft fallende Handlung und als Futurum exactum zur Bezeichnung einer Handlung, welche als vor einer andern, gleichfalls zukünftigen Handlung vollendet dargestellt werden soll.

Plusquamperfectum: Zeitform, welche eine Handlung als einer andern vergangenen vorangegangen bezeichnet.

Dies Gedicht stört durch die vielen Fremdwörter. Verfasser hätte hier besser deutsche Ausdrücke gewählt.

MÖWENLIED

Zeile 1 und 2: Eine Erfahrung, die sich jedem aufdrängt, sobald er eine Möwe daraufhin betrachtet.

Zeile 9 und 10: Man wende hier um Himmels willen nicht das Luftschiff ein. Höchstens den – Engel.

DER WALFAFISCH
ODER
DAS ÜBERWASSER

Das Wasser rinnt, das Wasser spinnt,
bis es die ganze Welt gewinnt.
  Das Dorf ersäuft,
  die Eule läuft,
und auf der Eiche sitzt ein Kind.

Dem Kind sind schon die Beinchen naß,
es ruft: »Das Wass, das Wass, das Wass!«
  Der Walfafisch weint
  und sagt: »Mir scheint,
es regnet ohne Unterlaß.«

Das Wasser rann mit Zasch und Zisch,
die Erde ward zum Wassertisch.
  Und Kind und Eul,
  o Greul, o Greul –
sie frissifraß der Walfafisch.

DER WALFAFISCH
(Aus den ersten Auflagen.)

Walfafisch: Walfisch. Veraltete Form.

Bemüht sich, in biederer Holzschnittmanier die in den Mythologien aller Völker vorkommende große Flut in ländliche deutsche Verhältnisse zu übertragen. Wir finden ein Dorf, eine Eule, eine Eiche, ein Kind, alles Gegenstände einer sichern und vertrauten Heimatkunst. Auch der Walfisch, welcher auftritt, ist durchaus deutsch. Er könnte vorher vor dem Gehäus des heiligen

Hieronymus gelegen haben. Daß er das Kind sowie die Eule am Schluß ›frißt‹, nachdem er anfangs – aus Mitleid mit dem Kinde – geweint hat, widerspricht dem nicht. Erstens sind Kind und Eule ja doch verloren, und dann macht sich z. B. das Deutsche Reich von heute ja auch nichts daraus, zu fressen, wo es eben etwas zu fressen gibt, auch wenn es noch so oft vorher den Tod des Stifters der christlichen Religion beklagt und sich vor ihm das Versprechen gegeben hat, sein Aug aufs Ewige und nicht auf Perser oder Hottentotten zu richten.

DIE FINGUR

Bedeutet vielleicht den, wie manche glauben, unheilvollen Einfluß der schwarz-gelben Geistlichkeit auf Tirol. Eine Deutung, die sich allerdings Wort für Wort in frappanter Weise ausspinnen ließe. Wiewohl wir Gelehrte uns nie genug hüten können, der ewig beweglichen, immer neuen, ›seltsamen Tochter Jovis‹ allzutief in die Augen zu sehen.

DIE BEIDEN FLASCHEN

Zeile 7 und 8: Das Christentum hat nichts für Flaschen übrig, also kommt auch kein Engel ›herabgerennt‹.

Die Fassung dieses Gedichtes für deutsche Lesebücher und Schul-Anthologien wurde vom Lehrkollegium wie folgt festgesetzt:

Zeile 3 und 4:
Sie möchten gerne Kuchen essen.
Doch der Himmel hat sie vergessen.

Und Zeile 6 bis 8:

sie auf zum blauen Wolkenraum.
Doch niemand hört dort ihren Traum
und kuchenbäckt den beiden.

DAS LIED VOM BLONDEN KORKEN

Wer dieses Lied nicht sogleich begreift, der nehme einen Kork, versehe ihn unten mit etwas erweichtem Bienenwachs und drücke ihn gegen den nächstbesten Wandspiegel, so daß er auf dessen Fläche kleben bleibt. Hierauf rücke er sich einen Sessel davor, setze sich davor und ›fühle‹ sich nun in die Sache ›ein‹.

DER SCHAUKELSTUHL AUF DER VERLASSENEN TERRASSE

Versinnbildlicht die christliche Theologie seit Immanuel Kant (1724–1804).

Die Linde ist nicht ganz unmerkwürdigerweise die Naturwissenschaft, die ihr im Wackeln Gesellschaft zu leisten scheint; ob wirklich oder nur in ihrer, der Theologie, Vorstellung, bleibt dahingestellt. Zeile 9 bis Schluß: Ressentiment.

DER MOND

Man nimmt sogar an, unsere Vorfahren hätten unser ganzes Alphabet auf diese Weise erfunden: indem sie nämlich den leeren Raum zwischen dem ihnen von Gottes Hand (vergleiche oben) gegebenen 𝔄 und dem ihnen ebenso gegebenen 𝔷 einfach in dreiundzwanzig Teile teilten und sodann jeden derselben mit einem andern Buchstaben zwischen A und Z ausfüllten.

DIE ZIRBELKIEFER

›Nach Descartes, der dem mystischen Dualismus des Plato die weiteste Geltung verschaffte, sollte das eigentliche Wohnzimmer im Gehirn (– der Klaviersalon –) die Zirbeldrüse sein, ein dorsaler Teil des Zwischenhirns (der zweiten embryonalen Hirnblase). Diese berühmte Zirbeldrüse ist von der vergleichenden Anatomie neuerdings als das Rudiment eines unpaaren (bei einigen Reptilien noch heute tätigen) Sehorgans, des Pinealauges, erkannt worden‹ (Ernst Haeckel: Die Lebenswunder).

Für Ernst Haeckel ist das wahre ›Seelenorgan‹ – das Phronema.[1] Vielleicht würde es auch für die Zirbelkiefer das Phronema gewesen sein, wenn sie statt des Cartesius die ›Lebenswunder‹ gelesen hätte. Aber diese Bäume sind eben schrecklich konservativ. Und dann – es kommt ihnen wenig darauf an, nach welcher Theorie sie sich selbst als Kunstwerke bewundern dürfen. Nur dem Menschen ist solches nicht gleichgültig: Er würde jeden verachten, dem heute noch nach Descartes ›fromm zu Sinn‹ werden wollte. Er braucht durchaus seinen Bölsche.

1. grch., das Denken, der Verstand.

SATIREN
GROTESKEN
PARODIEN

DAS HERRSCHAFTLICHE HAUS

DER MAURERMEISTER
SEINE FRAU
SEINE ZWEI KINDER, ZWISCHEN NEUN UND DREIZEHN

Charlottenburg. Sogenanntes Berliner Zimmer. Über Eck: Prachtofen mit Bord und Plüschbehang. Stukkaturplafond. Modetapete. Schiller und Goethe.

DER MAURERMEISTER *auf eine vor ihm liegende Zeichnung weisend:* Na, gefällt's Euch?
DER JUNGE: Ei fein.
DIE FRAU: Da haste wieder mal ne doll vornehme Sache zusammenjebastelt.
DER MAURERMEISTER: Was!
DAS MÄDEL: Guck doch, Mutter, die schöne Säule!
DER MAURERMEISTER: Ja, auf die Säule bild ich mir was ein. Mittenmang zwischen's Hauptportal so ne Säule bis untern Balkong vom vierten Stock. Das hat mir wenigstens noch keiner vorgemacht.
DER JUNGE *auf die Verzierungen der Säule deutend:* Is das chrorrintisch?
DER MEISTER: Na, so alles durcheinander. Man wird sonst zu leicht langweilig. Ich denk mir deshalb auch die Goldbrongcefranjen drum rum vorm ersten und zweiten Stock janz effektvoll.
DIE FRAU: Na und dat Dach, da haste mal wieder ne feine Nummer gemacht. Wo de bloß alle de vielen Jötterstatuen in deim Koppe herhast.
DER JUNGE: Und denn die jrünen Obelisken, Mama!
DIE FRAU: Jaja, scheene, scheene. Und so ville Abwechslung, auch hier an die Fenster; det kann seine Majestät

ooch nich anders haben, det is wohl direkt nach Melanschelo –?

DAS MÄDEL: Du, Vater –!

DER MEISTER: Ja?

DAS MÄDEL: Aber keinen Turm haste diesmal nich drauf, Vater!

DIE FRAU: Sieh einer das Mädel! Keenen Turm nich!

DER MEISTER: Also die Trude möchte gerne noch'n Turm drauf haben.

DIE FRAU: Ach ja, weeste, 'n Turm is schon richtig, det haben se woll heut bei die Feinsten alle. Es sieht auch gleich so festungsmäßig aus, so hochherrschaftlich. Wenn man auch nich raufdarf, es sieht doch jedenfalls aus, als ob. Und denn haste doch selber mal jesagt, so'n Turm, da könnt man sich erst mal richtig ›ausleben‹, dat wär für euch Berliner Künstler so ne Art Revangsche fürs Hinterhaus – na ja, hab ich nich recht?

DER MEISTER: Aber freilich haste recht. Ich dachte bloß, weil die Nummer 13 dort schon so 'n großen Turm hat, da wär's vielleicht effektvoller, bei meinem Haus 'n bißchen mehr in Einfachheit zu machen –

DIE FRAU: Ach weeste, die Einfachheit, dafür jiebt dir keener nich viel. Ich sage, wer's hat, der soll's jeben. Und wenn de ne gute Idee hast zu 'n Turm, der was Richtiges hermacht, denn man immer ruff. Ja, ick meene man bloß.

DAS MÄDEL UND DER JUNGE: Ach ja, Vater, mach man noch 'n Turm!

DER MEISTER: Meinswegen. Ich habe nischt dagegen. Wollt ihr nu einen haben oder zwei.

DER JUNGE: Zwei, an den Ecken!

DAS MÄDEL: Und dann noch einen über der Säule!

DER MEISTER: Die Trude hat's geerbt! Das is nämlich eigentlich 'n ganz famoser Gedanke. Über die Säule noch 'n Turm, so mit Schießscharten und gotischen Regentraufen und ner kleinen Peterskuppel aus lila Ziegeln –

DIE FRAU: Und janz oben druff denn noch ne Jöttin!
DER JUNGE: Nee, 'n Obelisk!
DAS MÄDEL: Ne Laterne mit blauen Scheiben!
DIE FRAU: Det wo's Abendrot denn so drin flabustert wie bei Grabowskys dem ihrigen –
DER JUNGE: Und vorne ne aufgemalte Uhr mit Engeln –
DAS MÄDEL: – und mit Posaunen!
DER MEISTER: Das Gör is ganz begeistert.
DIE FRAU: Na, det soll se auch nich sein. Künstlertochter! Et is doch ooch wat Wunderschönes um so ne großartige Kunst wie das Bauen. Ach, Emil! Wenn ick 'n Mann wäre! Ich baute überhaupts janze Prachtstraßen – ach du: de neue Bismarckstraße, die wo in die Döberitzer überjeht – haste da noch keen Auftrag? Det denk ich mir ne Lust for Jötter, so ne lange Awenüje vollzuflastern und immer wat anderes und immer wieder wat anderes – det eine italienische Renaissangze und det daneben im Schweizerhausstil und det dritte altdeutsch und det vierte Phantasie und det fünfte janz aus weißen und blauen Emailletonkacheln aus Kadinen und so fort bis in die Puppen.
DER MEISTER: Das mit Kadinen is ne brillante Idee.
DIE FRAU: Nich wahr? Und denn auch besonders innen bei die Portale und die herrschaftlichen Aufjänge. Dat is billiger wie Marmor und denn noch obendrein modern und for König und Vaterland.
DER MEISTER *seine Sachen zusammenpackend:* Ja, ja, Alte. Na, ich bin ja dein Mann. Da baust du ja, sozusagen, alles mit, nich?
DIE FRAU: Und so is es auch, Emil. Ich und die Kinder und du. Das muß dir der Feind lassen: Familienjefühl haste. Und 'n Künstler biste ooch, von de Fußzehen bis in de Fingerspitzen. Det sage ick, Hermine Leberjahn.

Gruppe. Vorhang.

DIE BIERKIRCHE
Berliner Szene

PROFESSOR STEINHOFER
ERICH KALKSCHMIDT
Empfangszimmer bei Steinhofer.

KALKSCHMIDT: Guten Tag. Mein Name ist Kalkschmidt.
PROF. STEINHOFER: Mir ein großes Vergnügen. Was verschafft mir die Ehre?
KALKSCHMIDT: Sie kennen mein Etablissemang ja woll, Herr Professor.
PROF. STEINHOFER: Versteht sich. Mein Sohn ist sogar Stammgast –
KALKSCHMIDT: Stimmt. Also die Sache ist die. Ich will mir nämlich vergrößern.
PROF. STEINHOFER: Ja, ich hörte schon.
KALKSCHMIDT: So.
PROF. STEINHOFER: Sie haben doch das Grundstück Ecke Motzstraße gekauft?
KALKSCHMIDT: Jawoll. Und Sie, Herr Professor, Sie möcht ich mir jetzt noch dazu kaufen, verzeihen die Ausdrucksart. Aber ich bin 'n Mann aus dem Volke – ich habe als Brauknecht angefangen – und geh immer gleich gern aufs Ganze.
PROF. STEINHOFER: Ich stehe Ihnen völlig zur Verfügung; Sie wollen also dort ein neues Restaurant –
KALKSCHMIDT: Restaurang? Nee. Was ich jetz habe in der Jägerstraße, is 'n Restaurang, aber das an der Motzstraße, das soll eins der großartigsten Gebäude von Berlin wern. Deswegen komm ich ja auch zu Ihnen, Herr Professor.
PROF. STEINHOFER: Sehr schmeichelhaft. Etwas Ähnliches demnach wie ›Altbayern‹, wie?
KALKSCHMIDT: Sehn Se, Herr Professor, jetz haben wer's.

Nur mit der einzigten Unterscheidung, daß an mein Projekt, so wie ich mir die Sache denke, ›Altbayern‹ und ›Rheingold‹ zusammen noch nich mal tippen können.

PROF. STEINHOFER: Sie machen mich ja höchst neugierig.

KALKSCHMIDT: Also kurz –! Das Grundstück kennen Sie?

PROF. STEINHOFER: Ja.

KALKSCHMIDT: Platz haben Sie also genug zum Bauen. Es muß aber auch so sein. Denn was ich will, das is – – kurz und gut, Herr Professor, ich möcht das Haus so haben wie ne Kirche!

PROF. STEINHOFER: Wie meinen Sie das, Herr Kalkschmidt?

KALKSCHMIDT: Akkurat so, wie ich's sage. Von außen wie von innerlich soll es ne Kirche sein und zwar ne schöne Kirche, nich bloß so wie die Kaiser-Willem-Gedächtnis, nee, so ne Kirche, wie se in Venedig sind, mit prächtigen Bildern und alles vergoldet und gemalter Plafong und echter Carrara und alte Schnitzereien und Säulen und bunte Fenster mit Heiligen –

PROF. STEINHOFER: Ich verstehe Sie absolut nicht. Sie können doch einen Bierpalast nicht in Form einer Kirche bauen; Sie meinen offenbar einen Phantasiebau mit einem Saal darin oder einer Halle meinetwegen – kirchlichem Charakter sich nähernd – oder vielleicht so ner Art Klosterrefektorium – oder so was Ähnlichem, nicht?

KALKSCHMIDT: Nee, nee. Ick meine ganz richtig ne Kirche – ne richtige Kirche mit Schiff, oder wie man's nennt, und Seitenkapellen und Balkongs und Kanzel und Orgelorchestrion und, nich zu vergessen, 'n Turm mit ner Glocke drin, aber det alles zur Abwechslung mal nich für Leute, die beten wollen oder dergleichen, sondern für solche, die mein Bier trinken und meine Menüs essen.

PROF. STEINHOFER: Ja, aber das können Sie doch nicht, lieber Herr Kalkschmidt.

KALKSCHMIDT: Warum kann ich nich? Geld spielt keine

Rolle. Können nur Sie, Herr Professor; ich kann alles. Sie können zwölf Millionen, Sie können auch vierundzwanzig Millionen verbauen. Das kommt bei meine Herrn modernen Berliner alles wieder rein. Das is ne Rasse, die wo mit sich leben läßt. Aber zu nehmen wissen muß man se. Bloß immer was Neues, was, wo er's Maul aufreißt. Is das erst offent, denn hat auch mein Bier 'n Abfluß, und det zweite, was er denn aufreißt, is sein Jeldbeutel. Aber solide, das versteht sich. Nich so wie früher, Ramschbazar. Alles echt, Stoffe, Marmor, feine Hölzer, gute Arbeit, modernstes Kunstjewerbe, tadellose Küche, Extrajarderobe, betreßte Diener, dabei zivile Preise, mit einem Wort: Dat Beste is gerade gut jenug. Un deswegen blieb ich nich erst beim Rittersaal und beim japanischen Jötzentempel, deswegen geh ich gleich lieber aufs Janze und sage: Baut ihr Bierpaläste und Weinschatôs, soviel ihr wollt, ich baue ne Bier*kirche*. Ob Se die nu romanisch machen, Herr Professor, oder jotisch oder maurisch oder was es sonst noch jiebt, das ist mir – Sie verzeihen den Volksausdruck – Seefe. Hauptsache is die Pracht, die Se dabei herausspringen lassen. Sehen Se, ich dacht ja zuerst was anderes. Ich dacht mer so als Hauptzugstück nen sogenannten Talersaal, d.h. nen Saal, wo alle vier Wände mit außer Kurs gesetzten Talerstücken gepflastert sind, immer ein Taler neben dem andern. Se könn'n sich leicht ausrechnen, was das gekost' haben würde. Aber ne Kirche is noch besser; ne Kirche zieht noch ganz anders. Passen Se Achtung, da kommen se von Frankfurt bis Neustrelitz, ja wat sage ich, bis von Stettin und von Hamburg werd'n se am Sonntag rüberkommen und in meine Kirche laufen.

PROF. STEINHOFER: Sie haben mich vorhin mißverstanden, verehrter Herr. Ich meine, Sie können Ihr Projekt vor allem deshalb nicht durchführen, weil Sie zu so was nie und nimmer die behördliche Erlaubnis bekommen.

KALKSCHMIDT: Nich! Was Sie sagen, Herr Professor. Aber

verzeihen Sie, Sie sind 'n idealer Künstler und leben so, so – wie soll ich sagen – so'n bißchen in den Wolken; vom richtigen Leben aber, so wie es wirklich is, da glaub ich, versteh ich 'n ganz klein bißchen mehr, ich, Erich Kalkschmidt, ehemaliger Braugeselle aus Schöneberg.

PROF. STEINHOFER: Na, wenn Sie meinen.

KALKSCHMIDT: Denn sehn Se, Geld is ne Macht, die macht alles. Die Genehmigung, die lassen Se *mir* man über. Vorderhand möcht ich bloß erst mal Ihre Einwilligung in meinen Auftrag haben, Herr Professor.

PROF. STEINHOFER: Ja, es tut mir furchtbar leid, Herr Kalkschmidt. Ich will Ihnen jeden Bierpalast bauen, den Sie wollen und in welchem Stil Sie wollen, und wenn's ne getreue Nachbildung der Cheopspyramide sein soll – aber eine Kirche in der Art, wie Sie meinen, kann ich Ihnen nicht bauen.

KALKSCHMIDT: Nich! – Na denn nich. Und das is Ihr letztes Wort?

PROF. STEINHOFER: Ja, es muß das sein. Ihre Idee ist unausführbar. Das wird Ihnen jeder sagen, und Sie werden es mit der Zeit wohl auch selbst einsehen.

KALKSCHMIDT: Na, darauf wollen wir's mal ankommen lassen, Herr Professor. Es gibt, verzeihen Sie, noch viele Professoren.

PROF. STEINHOFER: Hm.

KALKSCHMIDT: Na, denn empfehle ich mir erjebenst.

PROF. STEINHOFER: Hoffentlich – auf Wiedersehen, Herr Kalkschmidt!

KALKSCHMIDT: Ich glaube schwerlich. Sie kennen det moderne Berlin nich, Herr Professor. – Ihr Diener! –

DER LAUFFGRAF
Historisches Schauspiel

PERSONEN

KUNZ VON POSEN, mit dem vorgestellten Bein
HANZ VON PIRSCHTIGL, sein Schwager
PENNA, sein Schreiber
WULLE-WULLE, ein einfacher Gänsehirt
BERTHE, ein Weib aus dem Volke
PROPHEZEIELER, ein alter Jude
Bürger usw.
Bromberg, 14. Jahrhundert

ERSTER AUFTRITT

Gemach in der Burg des Lauffgrafen. In den Wänden gewaltige Fenster und Türen. Betpult. Bärenfell. Schreibtisch. Wappenschilder und Makartbuketts. Alles im strengsten Stil. Penna, ein kleinwinziges Männlein, rattert und knattert mit einer gewaltigen Pfauenfeder über ein mächtiges Pergament. Der Lauffgraf geht mit majestätischen Schritten diktierend auf und ab.

LAUFFGRAF: Und also haben wir's, von Gottes Gnaden Gaugraf –
PENNA: Und also haben – haben – wir's – von Gottes Gnaden – Gaugraf
LAUFFGRAF *ergreift die Feder und schreibt mit mächtigem Zug:* Kunz von Posen – *(weiterdiktierend:* verfügt –*)*
PENNA: Verfügt –
LAUFFGRAF: Geschrieben und gesetzt –
PENNA: Geschrieben und gesetzt
LAUFFGRAF: Habt Ihr's?
PENNA: Ich hab's.

ZWEITER AUFTRITT

Die Vorigen. Hanz von Pirschtigl tritt ein, erblickt das Pergament und ruft.

HANZ: Ihr wolltet also wirklich?!
LAUFFGRAF *hebt die Faust empor:* Ob ich will! *Mit Wucht.* Dem Wolfsgesindel will ich den Nacken treten.
Mit gehobener Stimme. Umsonst heiß ich der Lauffgraf nicht; mein Fuß zeugt alleweil: Hie Posen allewege!

Pause

O traurige, grausige Zeit!
Tritt in die Mitte der Bühne. O heilges Amt
der Fürsten, ihres Reiches Eich- und Einbaum zu stalten
nach dem Willen dessen, der
(deutet mit der Rechten nach oben)
sein Volk will sehen fürstendrangbeseelt.
Mit majestätischer Hoheit.
Und so gescheh's! Denn ich, ich bin der Lauffgraf.

Mit dem viele Stimmen hinter der Szene.

LAUFFGRAF: Was gibt's?
HANZ *ans Fenster getreten:* Dein treues Volk drängt rings empor. *Ab.*

DRITTER AUFTRITT

Die Vorigen. Bürger, unter ihnen Wulle-Wulle, der Gänsehirt. Sie werden von Hanz Pirschtigl geführt.

WULLE-WULLE: Dem Grafen Heil!
DIE ÜBRIGEN: Heil, Kunz von Posen! Heil!
LAUFFGRAF *zu Wulle-Wulle:*
Dich sollt ich kennen; bist du nicht der Hirt, der mir die Gänse feistet für die Tafel?
WULLE-WULLE *tritt vor:*

Der bin ich, Herr – und Wulle ist mein Name,
und wo ihr wollt, so brauch ich meine Zunge.
LAUFFGRAF: Glückauf denn!
WULLE-WULLE *treuherzig:* Ich bin nur ein schlichter Mann,
der seine Worte nicht vermag zu setzen,
doch hab ich ein Gemüt wie Ihr, und warm
schlägt unterm Linnwams das dem Wulle-Wulle.
Ihr müßt nicht denken, daß ich reden kann,
ich bin ein schlichter Hirt, der seine Gänse
zur Weide treibt – und abends, wenn die Sonne –
verzeiht mir, hoher Herr, ich sag es so,
wie mirs gelehrt ist worden – untergeht,
treib ich sie wieder heim.
LAUFFGRAF: Ein braver Mann!
ein rechter Untertane, ganz und voll, *(nach oben deutend)*
nach dessen Herzen, der mit Vaterhand
uns all umfaßt hält, *(tritt in die Mitte der Bühne)*
daß er einst dies Reich
zum Apfel seines Augs auf Erden mache.
Allein wer kommt dort?
Ein Weib erscheint.
WULLE-WULLE: 's ist ein Weib, o Herr.

VIERTER AUFTRITT

Die Vorigen, Berthe.
Berthe mit aufgelösten Haaren, laut jammernd, drängt sich durch die Menge.

HANZ: Was gibt's?
BERTHE *zum Gaugrafen mit rasenden Gebärden und gellender Stimme:*
Erbarmen – siebzehn Kinder – Herr –
Der Eisesfrost – ein Wagen – ha, den Spieß –
den Spieß weg, sag ich – wirst, ich bin ein Weib –

Erbarmen – dort – der Fluß – der Wulf – Ihr kennt
den Wulf – mein Mann –
den Wulf – mein Mann – Gerechtigkeit – o helft
Herr siebzehn –
WULLE-WULLE: Sie ist ganz von Sinnen, Herr!
LAUFFGRAF *mit hartem Lachen:*
Den Wulfen kenn ich mit dem bißgen Zahn!
Die Wölfe röhren, wann die Stoppel struppt.
WULLE-WULLE: Nicht möglich ist's!
LAUFFGRAF: Mein braver Wulle-Wulle!

FÜNFTER AUFTRITT

Die Vorigen. Prophezeieler, ein alter Jude.

PROPHEZEIELER *hereinstürzend:* Geschrien! Geschrien!
MEHRERE: Was gibt's?
LAUFFGRAF: Was ist dem Mann?
PROPHEZEIELER: Die Reisigen des Wulf –
LAUFFGRAF: Des Wulf –
PROPHEZEIELER: O schreiende Ungerechtigkeit! Mein bißchen Geld – Helft Herr –
LAUFFGRAF: Wie heißt du?
PROHEZEIELER: Prophezeieler.
LAUFFGRAF: Ein guter Name!
EINIGE: Prophezei uns, Jud!
PROPHEZEIELER: Was wollt Ihr, Herr?
LAUFFGRAF: Der Weltgeschichte Zukunft!
PROPHEZEIELER *zieht ein Buch aus dem Kasten.*
LAUFFGRAF: Was hast du da?
PROPHEZEIELER: Den ›Kleinen Meyer‹, Herr!
WULLE-WULLE *geheimnisvoll zu den Umstehenden:* Ich kenn ihn wohl, er liest dir aus der Hand!
LAUFFGRAF: Wohlan!
PROPHEZEIELER *liest:* Im Jahr 1411

wird Karls des Vierten Söhnchen Sigismund
Nürnbergs Burggrafen Friedrich den sechsten
einsetzen als Statthalter in der Mark
und sie ihm 1415 samt
der Kurwürd übertragen.
LAUFFGRAF *stolz zu den Bürgern:* Seht Ihr's!
ALLE *bewundernd:* Oh!
PROPHEZEIELER *fortfahrend:* Der neue Kurfürst wird die Macht des Adels,
sein Sohn Friedrich der Zweite (vierzehnhundert-
vierzig bis -siebzig) die der Städte brechen.
Albrecht Achilles folgt bis sechsundachtzig.
Johannes Cicero regierte sparsam.
Joachim wird die Universität
Frankfurt a. O. –
LAUFFGRAF: Was heißt a. O.?
PROPHEZEIELER: Wie heißt!?
Frankfurt a.O.! Weiß ich! Hier steht's!
WULLE-WULLE *sieht ihm ins Buch, nickt eifrig den übrigen zu:* Hier steht's!
PROPHEZEIELER *fortfahrend:* Das große Stromgebiet des Amazonas und südlich das des Rio de la Plata –
LAUFFGRAF *kopfschüttelnd:* La Plata?
PROPHEZEIELER: Außerdem des Parahyba –
LAUFFGRAF: Was redet er?
PROPHEZEIELER *entdeckt seinen Fehler:* Gerechter Gott! Brasilien!
Ich hab verlesen mich: – statt Brandenburg!
VIELE: Erschlagt ihn!
WULLE-WULLE *krempelt sich die Ärmel auf:* Soll ich, Herre?
LAUFFGRAF: Haltet still!
PROPHEZEIELER: Hier geht's schon weiter! Friedrich der Große,
des vorigen Sohn – Wilhelm – Bismarck der Große –
LAUFFGRAF *auffahrend:* Bismarck? Wer ist Bismarck?

Prophezeieler *in höchster Verwirrung nachschlagend:* Geboren am ersten April –
Alle *wütend:* Er wagt uns zu verhöhnen!
Hinaus!

Er wird hinausgeworfen.

Sechster Auftritt

Vorigen.

Wulle-Wulle *zurückgekehrt, treuherzig bis zu Tränen:*
Ich bin, bei Gott, kein Feldherr, hoher Herr.
Doch hier ist meine Brust und hier die Arme –
(er entblößt beides)
und damit denk ich so wie alle denken –
und so wie ich, so denken ihrer mehre!
Lauffgraf: Du bist ein braver Mann!
Wulle-Wulle: Die Hirten rings
von Hoch, Kreuz, Hakel, wo die wilde Hetze
mit wütigem Gefäll erbraust, bis wo
der Warte Flut bespült Schrimm und Obornik,
Birnbaum und Wronke – schar ich all um mich,
und mit der Peitsche ungefügem Knall
ausräuchern wir den Wulf aus seinem Horste!

Große und anhaltende Bewegung.

Lauffgraf *gehoben:* Dank dir, mein Volk!
Wulle-Wulle *begeistert:* Und dreimal Dank dir, Fürstem.
Lauffgraf *in die Mitte der Szene tretend, mit hoheitsvoller Bedeutsamkeit:*
Die Stunde kommt – die Zeit, sie kommt und naht,
(mit majestätischer Ruhe)
doch was da einstens kommt – *(zeigt nach oben, groß)*
– das kommt von Dem!
Doch jetzt, jetzt kommt's Uns zu, das, was Wir müssen, in
Schutz und Trutz und Lob und Preis zu enden.

Bewegung. Pause. Dann:

Und also schwör ich's hier vom Fels zum Meer,
zu Lehr und Wehr und Sehr mit gwaltger Hand:
Mein Reichsschiff zu regieren, da, wenn dereinst
der Herr *(deutet nach oben)* die Schafe sondert von den
Böcken,
zu ihm er sprechen kann: Tritt mir zur Rechten!
Du warst gehorsam deinem Reitersmann,
der dich durch Nacht zum Licht emporgeführt!
Hier setz ich dir die Kron aufs lockge Haupt –
du hast gekämpft und saftge Frucht getragen,
hast mir und meinen Dienern stets geglaubt –
nun wandle sanft in Edens Rosenhagen!

Jubel, Hochrufe.
Der Vorhang fällt.

GERUCHSHALLUZINATIONEN ODER DIE GLÜCKLICHE HEILUNG

Der Patient
Der Doktor
Eine Wirtin

Straße. Vor einem Hause Stühle und Tische eines kleinen Cafés. Die beiden Herren kommen von links des Weges. Der Patient in Reisetracht, der Arzt in langem, geschlossenem Überzieher und Zylinder.

Patient: Ich dachte, Freund Ebenhecht würde am Bahnhof sein, daß er mir aber statt seiner gleich den Doktor schicken würde –

Doktor: –, hatten Sie nicht erwartet und waren schön verblüfft, was? als Sie ein wildfremder Herr plötzlich beim Arm nahm!

Patient: Ja, weiß Gott. Wie erkannten Sie mich eigentlich bloß?

Doktor: Kunststück. In dem Nest hier, wo keine zehn Leute aussteigen.

Patient: Aber ein nettes Nest scheint's zu sein, Herr Doktor. Die Anlagen vorhin waren famos, die Häuser sind putzig und dann der Wald da draußen, in dem ja wohl Ihre Villa liegt, nicht –

Doktor: Ja, die liegt dort. Und da werden Sie auch Ihr Leiden umgehend loswerden, darauf können Sie Gift nehmen.

Patient: Glauben Sie? Herrgott, hier riecht's aber brenzlich.

Doktor: Brenzlich? Unsinn. Nach Kaffee riecht's. Wollen wir Ihren Einstand mit einem Schwarzen feiern?

PATIENT: Mit Vergnügen, Herr Doktor, das Fahren hat mich sowieso 'n bißchen mitgenommen.

Sie lassen sich vor dem Café nieder.

DOKTOR *anbietend:* Sie rauchen?

PATIENT: Nein, danke. Ich werde den Geruch an den Fingern nicht los. Er erinnert mich immer an Heringssalat.

DOKTOR *zur Wirtin:* Zwei Kaffee.

PATIENT *sieht unter den Stuhl:* Sitzen wir hier auf einer Müllgrube?

DOKTOR: Keineswegs, lieber Freund. Seit wann haben Sie eigentlich diese Geruchshalluzinationen?

PATIENT: Das will ich Ihnen wohl sagen. Seit dem Moment, wo mich der Nervenarzt Prokazize von der Wahnvorstellung geheilt hat, mir schwirre eine Wespe um die Nase.

DOKTOR: Ah, davon müssen Sie mir erzählen.

Die Wirtin bringt den Kaffee.

Doktor: Ein neuer Mitbringer. Herr Melzer – Frau Mathilde, Besitzerin des Cafés ›Goldammer‹.

Verbeugungen. Wirtin ab.

MELZER *der sichtlich verlegen geworden:* Bester Herr Doktor, eine Bitte: Stellen Sie mich hier niemandem unter meinem Namen vor. Ich muß absolut inkognito bleiben. Ich dachte, Freund Ebenhecht hätte Sie eingeweiht –

DOKTOR: Ach so. Ja, allerdings. Ich erinnere mich. Sie fürchten wegen eines politischen Aufsatzes verfolgt zu werden –. Aber das muß doch nun schon reichlich vierzehn Tage her sein.

MELZER: Gleichviel, ich habe allen Grund anzunehmen, daß man mich seit meiner Abreise von Berlin sucht.

DOKTOR: Wissen Sie was, Geschätzter, erzählen Sie mir lieber die Geschichte von dem Prokazize.

MELZER *riecht auf dem Tisch herum:* Die Wirtin muß vorher eine Lampe geputzt haben ... Also, sehr einfach. Es war an einem Freitagmittag – ein Tag wie heute –, als ich im Sanatorium des Dr. Prokazize eintraf. Als ich ein wenig geruht, kam er zu mir auf die Terrasse heraus. Wir sprachen etwa fünf Minuten. Plötzlich: Entschuldigen Sie – sagte er – eine Wespe – und fährt mir mit der halbgeöffneten Hand blitzschnell an der Nase vorbei ...

DOKTOR: Und?

MELZER: Ich war furchtbar erschrocken – aber was sagen Sie – stülpt der Mann seine Hand über ein Glas mit Wasser, das auf der Rampe stand – und eine leibhaftige Wespe zappelt im Wasser herum.

DOKTOR: Ihre Wespe.

MELZER: Meine Wespe. Sie hatte ihn noch dazu gestochen, die verrückte Bestie. Wollen Sie sie sehen? Ich hab sie mir einkapseln lassen. *Öffnet ein eiförmiges Medaillon, das er an der Uhrkette trägt.* Hier ist sie.

DOKTOR: Sehr interessant. Und die Wespe war und blieb in der Kapsel.

MELZER: War und blieb in der Kapsel. Ich war geheilt.

DOKTOR: Jaja, was Schrecken und Suggestion nicht alles fertigbringen.

MELZER: Indessen, was half's! Den Tag drauf fing's mit Küchengerüchen an –

DOKTOR: Sie wohnten vielleicht in der Nähe der Küche –

MELZER: Jawohl, im Anfang. Aber das Zeug hatte sich offenbar in meiner Nase eingenistet. Wohin ich kam, überall roch ich Schweinebraten, Sauerkraut, Welschkohl, angebranntes Fett – nun, und das steigerte sich, und dann gab's bald kein Halten mehr.

DOKTOR: Und das griff bis in Ihre Schriftstellerei über! Wenn ich nicht irre, waren es gerade diesbezügliche Bemerkungen in Ihrem Aufsatz –

MELZER: Jaja, ja. Ich schrieb unter anderm *(sieht sich scheu um)*, ich könne einen Staatsanwalt auf zehn Schritte riechen, und wenn er verkleidet wäre, wie er wolle. *Erhebt sich unruhig.*

DOKTOR: Aber das haben Sie ja doch nur bildlich gemeint?

MELZER *nervös:* Keineswegs, Herr Doktor. Ganz wörtlich. Ich rieche alles, was Polizei ist, mit unfehlbarer Sicherheit. *Schnuppert in die Luft.*

DOKTOR: Behalten Sie doch Platz, Herr Melzer.

MELZER *immer leicht schnuppernd:* Es ist doch merkwürdig – es ist doch merkwürdig –

DOKTOR: Was ist merkwürdig?

MELZER *nähert seine Nase der Brust des Doktors:* Herr Doktor –

DOKTOR: Herr Melzer?

MELZER *beriecht ihn nochmals und springt dann entsetzt zurück:*

Mein Herr – Sie haben mich getäuscht – Sie sind gar kein Arzt – Sie sind ein geheimer Polizeiagent –!

DOKTOR *schlägt schnell seinen Überzieher auseinander:* Allerdings.

Melzer taumelt kreideweiß auf einen Stuhl.

DOKTOR: Sie haben richtig gerochen. *Er taucht eine Serviette ins Wasser und legt sie Melzer auf die Stirn.*

DIE WIRTIN: Um Gottes willen, Herr Doktor, was ist denn geschehen?

DOKTOR: Nichts weiter. *Ihr abwinkend, weiter zu fragen.* Der Delinquent wird die Nacht hier im Café ›Goldammer‹ auf Nummer 4 verbringen. Sie haften mir für ihn.

Melzer schwankend ins Haus voraus.

Und *(die Wirtin in den Arm kneifend)* morgen ist er geheilt!

EPIGO UND DEKADENTIA

Ein satirisches Märchen

Es waren einmal zwei Kinder, Epigo und Dekadentia; die glichen sich so aufs Haar, daß jeder sie für Geschwister halten konnte.

Man hatte jedoch wenig Gewähr dafür, denn, wenn auch ein dunkles Gerücht ging, ihre Mutter habe mit Vornamen Aurea, mit Nachnamen Mediocritas geheißen, und ihr Vater sei der heilige Arrogantius gewesen, so standen dieser Auffassung doch zwei Meinungen gegenüber, welche im Volke immer hartnäckiger sich verbreiteten.

Die einen glaubten nämlich steif und fest, Epigo sei der seit seiner Geburt verschollene rechtmäßige Sohn ihres heimgegangenen Königs, während die andern behaupteten, Dekadentia sei dieses verschollene Kind; und da über das Geschlecht des besagten Thronerben seinerzeit nichts verlautet war, hatten beide Teile zu ihrer Ansicht die gleiche Berechtigung.

Wie Königskinder sahen die beiden nun freilich nicht aus, und die wenigen Vernünftigen lachten auch über diesen Aberglauben.

Aber die Kinder selbst waren fest von ihrer hohen Herkunft überzeugt, und es war natürlich, daß ihr Hochmut und Haß gegeneinander mit den Jahren wuchs, je mehr sie daran dachten, daß sie vielleicht doch Geschwister sein könnten: – dann war ja keines von beiden das verschollene Königskind. Als ihnen ihre übergroße Ähnlichkeit immer ärgerlicher wurde, versuchten sie es mit allerlei Toilettenkünsten. Dekadentia schminkte sich, malte sich blaue Ringe um die Augen und eine wächserne Blässe auf die Wangen; Epigo aber ließ sich die Haare lang ins Gesicht hängen und kaufte sich eine Toga und Sandalen.

Die Jahre gingen dahin, und der Streit um ihre Rechtmäßigkeit hatte allmählich das Volk in zwei feindliche Lager gespalten, so daß, einem Bürgerkriege vorzubeugen, die Ältesten beschlossen, die Entscheidung von dem Ausgang eines geistigen Wettkampfes beider Rivalen abhängig zu machen. Nach zweimal sechs Monden sollten Epigo und Dekadentia öffentlich ihren Geist miteinander messen, und Vox populi vox Dei sollte das Urteil sprechen.

Endlich war der große Tag herangekommen.

In weitem Halbkreise waren Tribünen aufgeschlagen, darauf die Vertreter der beiden Parteien saßen; ringsum aber wogte des Volkes unabsehbare Masse.

Unter Trompetenstößen betraten die beiden Kronprätendenten das Podium.

Epigos Haupt bedeckte eine mächtige, weißgepuderte Allongeperücke, darunter auf wasserblauen Äuglein eine rosafarbene Brille saß. Wohlgefällig blickte er zuweilen auf die malerischen Falten seiner sammetnen Toga, welche auf der Schulter von einer Agraffe, eine blaue Blume darstellend, zusammengehalten wurde. Das Ergötzlichste aber war ein kleines Zepterchen, das er sich in sicherer Voraussicht seines Sieges hinter das rechte Ohr gesteckt hatte und dessen oberer Teil eine Schablone mit merkwürdigen Schnörkeln trug.

Dekadentia dagegen rechnete offenbar weniger auf die Dummen als auf die blasierten und frivolen Elemente des Volks. Sie trat barfuß auf, und man konnte nicht einmal sagen, daß ihre Füße besonders rein waren. Über den etwas defekten Unterrock hatte sie ein herausforderndes knallrotes Gewand geworfen, drauf schwer duftender Tuberosen asketisches Weiß effektvoll prahlte. Um ihre Hüfte wand sich als Gürtel ein Natternbalg, mit Sphinxen- und Centauren-Schablonen eifrig besteckt. Um die welke Brust hing eine schlappe Bluse, auf deren crèmefarbener Seide die langen, wirren Strähnen des Haupthaares kokett drapiert waren.

Jubel und Hohngeschrei empfing die beiden Rivalen, und nachdem sich der erste Sturm gelegt hatte, trat nach dem Spruch der Schiedsmänner Epigo zuerst an den Rand des Podiums und entrollte mit hoheitsvoller Gebärde ein Pergament. Doch der Älteste winkte: »Nicht so! Ich selbst werde die Aufgaben vorlegen, an denen Euer Geist sich erproben mag. Als erste nenne ich: den Preis der Liebe.« Epigo lächelte sanft und feiner Staub rieselte auf den Sammet herab, als er das Haupt zurückwarf und begann:

»Wie gern sing ich den Preis der Liebe!
Sie ist der himmlischste der Triebe,
Sie ist so wunderbar und süß
Als wie ein Traum im Paradies.
Bald jubelt himmelhoch das Herz,
Bald ist's zu Tod betrübt vor Schmerz.
O Liebe! Venusgabe, du!
Krone des Lebens! Glück ohne Ruh! . . .«

Epigo hatte geendet.
Mechanisch fingerte seine Rechte einen Schlußakkord in die Luft, und sein Auge trank abwechselnd die Wolken oder die verzückten Blicke zweier höheren Töchter, die aus der Ferne ihm Handküsse zuwarfen.
Inzwischen war Dekadentia neben ihn getreten und begann mit nervösen Bewegungen und hysterischem Gesichtsausdruck:

»Liebe!
Liebe? . .
Ha, ha!
Narrenganglien
Entkreißt!
Sinnengewinsel –
Augenschwips –
Fleischdusel!
Nerven!

Sonst
Nichts
Weiter.«

Ein unbeschreiblicher Tumult brach los, indem die einen Dekadentia, die anderen Epigo aufs schmählichste beschimpften, so daß es sogar zu Raufereien kam, in welchen die Anhänger der ersteren vorläufig noch bei weitem den kürzeren zogen. Endlich konnte das interessante Turnei fortgesetzt werden.

Der Älteste verlangte ein Lied in irgendeiner Kunstform, worauf Epigo ein Ghasel ankündigte –:

»Welche Lust ein mächtger König sein!
Wahrlich! Dieses heißt nicht wenig sein.
Und ich bitt euch, liebe Freunde hier,
Seht dies ein und wollt nicht höhnisch sein.
Hab ich Zepter erst und Kron – o glaubt! –,
Werd ich gnädig und versöhnlich sein!
Solches schwör ich euch beim ewigen Gott.
Denkt ihr, daß ich mich beschönig? Nein!«

»Hör auf!« rief affektiert Dekadentia. »Nein! Ihr Meister geht dahin, die den Lorbeerkranz erworben mit dem leichten Flattersinn! Welch unerträglicher Wortschwall – welche Lebensunwahrheit –! Kommt zu mir, *ich* will euch erquicken.«

Und sie deklamierte mit tiefem Ausdruck:

»Ich,
Du.
Er!
Sie . . .?
Es – – –
Wir?
Ihr?
Sie! . . .«

Sie kam nicht weiter, denn wütend unterbrachen sie Epigo und seine Parteigänger, dies sei vollendeter Blödsinn und absolut unverständlich, während die Gegenklique ebenso fanatisch beteuerte, bis in das einzelnste den ergreifenden Sinn des Gedichtes erfaßt zu haben.

»Erklären, erklären!« riefen die Richter.

Dekadentia willfahrte.

»Ich, Du –: Ein Ehepaar, nicht wahr?

Er –: Ein Hausfreund.

Sie? –: Die Gattin zwischen zwei Feuern. Was wird sie tun?

Es –: Das Dämonische, das Heranschleichende.

Wir? –: Bleiben wir zwei Gatten beieinander?

Ihr? –: Oder gehst du, Weib, mit ihm?

Sie! –: Da gehen sie hin, die beiden. Ende.«

Bravo, bravo! klatschten tausend Hände, und tausend feindliche Zungen zischten haßerfüllt dazu.

Die Ältesten berieten flüsternd miteinander, denn, wem sie auch den Preis zuerkennen mochten, der Bürgerkrieg schien dennoch unvermeidlich. Tief besorgt, beschlossen sie das Unabwendbare wenigstens noch so weit als möglich hinauszuschieben. Sie fragten daher Epigo, ob das vorhin entfaltete Pergament etwa ein Drama enthielte. Freudestrahlend zog der herrliche Jüngling die Rolle aus seinem Busen und las vor:

»Assaph und Debora
oder: Schuld und Sühne.
Jambentragödie in fünf Akten
Personen: –«

Bei diesem vielversprechenden Anfang erhoben die Dekadenten, wie sie von ihren Gegnern genannt wurden, ein grauenhaftes Geschrei und blieben auch in der Folge so wenig ruhig, daß der Schreiber auf der Richterbühne nur ganz wenige abgerissene Brocken zu überliefern vermochte –: »... O Salome, das Leben ist doch –

Debora: Geliebter meiner Seele, sprich, o sprich!
Schau, wie Aurora schon die Rosse schirrt!

Du schweigst. Ist Liebe denn Verbrechen? Oh,
So stich den Dolch in diese weiche Brust –
Heiß mich nicht leben, heiß mich –

Samiel,

Das ist zuviel! Ha, stirb verruchter Schurke! *Ersticht ihn.*
Brich Auge! Rinn in Bächen, rotes Blut,
Hinunter wo die Nornen sitzen –

Fürst!

Ezechiel läßt sich entschuldigen,
Er ist zu Roß nach Mizpa –

ASSAPH *gütig:* Geh, sag ich, geh!
Es fehlt der Mensch, solang er sucht, geh Rabbi!
Ich denke heute lang zu schlafen, geh! –

– Die Kraniche ziehn,

Debora schluchzt an des Ufers Grün,
Die Wimpern von Tränen gesättigt –

ASSAPH: Ermordet hab ich Weib, Kind, Knecht und Magd,
Den Ohm, die Mutter aus dem Land gejagt ...
Was hab ich nun, ich blutiger Despot?
Ha Ekel! Ekel! Sklave, stich mich tot.«

Hier schwieg Epigo, so daß man annehmen durfte, das Trauerspiel sei zu Ende. Sogleich trat Dekadentia, die wie auf Kohlen gesessen hatte, an die Rampe, um ihre Schöpfung, ein soziales Drama ›Knochenfraß‹, zum Vortrag zu bringen. Nachdem der erste ›Vorgang‹ ihres Stückes im allgemeinen Johlen, Pfeifen und Pfui-Rufen untergegangen war, trat merkwürdigerweise zu Anfang des zweiten Vorganges – aber auch nur da – eine momentane Stille ein, wohl infolge allseitiger Erschöpfung, so daß der Schreiber eine zusammenhängende Stelle aufzuzeichnen imstande war:

»Zweiter Vorgang

Ein kleines, viereckiges, den Eindruck der Vernachlässigung bietendes Zimmer. Die Diele ist acht Tage lang nicht mehr naß gescheuert worden. Rechts vorn sind ein paar violettbräunliche Stiefelabdrücke (eigenwillig auftretender Frauenfuß) auf dem fadenscheinigen, rotgrünen, mit bleifarbenen, eiförmigen Mustern getupften Teppich zu bemerken. Die Tapete ist von jenem feuchten, ungesunden Blau, wie man es in ganz neuen Häusern zu finden pflegt; nervöse, hektisch rote Phantasie-Ornamente verstärken den trostlosen Eindruck. Links hinten, etwa beim siebenten Ornament von unten, baumelt ein Stück Tapete, in schiefem Winkel gewaltsam abgerissen, herab; dahinter sieht man den gelblich schmutzigen und bereits abbröckelnden Kalk der Mauer. Aus der angeräucherten Decke ragt ein rostiger Haken, der von rechts nach links (vom Zuschauer aus) gekrümmt, früher offenbar eine Lampe trug. Jetzt hängt nur ein lilafarbener Wollfaden herunter, auf dessen unterer Partie eine stahlgrün schillernde Fliege sitzt. Die wässerig-gelben Möbel sind teilweise völlig ruiniert. Die einwärts gebogenen Tischbeine an der Innenseite abgeschurrt. Aus dem halboffenen, dreifüßigen Kleiderschrank dringt erstickender Geruch. Eine bräunliche, ins lachsfarbige verschießende Weste pendelt verträumt an einem Holznagel. Im Winkel rechts hinten liegt eine wimmernde Masse. Eine schwammige, wimmernde Masse. Ein aschfahles Gesicht wickelt sich aus den Fetzen eines türkischen Shawls. Durch die dicke Dämmerung dunstet ein grünlichschleimiges Lallen.
Die Tür wird aufgestoßen. Ein Weib in Lumpen trampst herein. Mitte Vierziger. Fett. Kolporteuse-Manieren.
›Nabend!‹ *Schnubbert in die Alkohol-Atmosphäre. Geht nach hinten, stößt mit dem linken Fuß ärgerlich nach dem türkischen Shawl.*

›Hat sich der olle Knerjel wieder beschikkert wie 'ne Sackstrippe.‹ *Mit häßlichem Mienenausdruck:* ›Na wart, du Lerge, du – dat soll dir sauer uffstoßen. Verbubanzt mich meene eenzige Schabracke.‹ *Der Shawl wird langsam lebendig.* – –«

Aber der interessante zweite Vorgang sollte nicht mehr in das Stadium des Dialogs eintreten; denn da die älteren Damen scharenweise ostentativ in Ohnmacht fielen, setzten hier Prügelei und Toben in verstärktem Maße wieder ein, so daß Dekadentia mit vielem Glück Krämpfe markierte. Doch als sie sah, daß Epigo ihren Rückzug benutzte, seine Tiraden wieder laut werden zu lassen, vergaß ihre Eifersucht das feine epileptische Zwischenspiel fortzusetzen und stachelte sie an, den Verhaßten zu überschreien, woraus denn ein wahres Tohuwabohu entstand. –

»Das ist die neue Kunst, o Hohn,
Im Schmutz zu wühlen, pfui wie schal!
Wo bleibt Mo –«
 »Alte Kunst, geschminkte, flache,
 Längst ver –
– ral und Ideal?
 – scherzt ist deine Sache!«
»Wo bleibt –
 Schönheit? Himmelblaue Narrheit,
 Lüge ist –
– die heilge Tradition?
 – sie! ich will Wahrheit!
 Höher steht der Dreck der Straße
Die gute alte Zeit entflohn!
 Als die Optimismus-Phrase.
 Frech, frivol –
Bedroht der Dichtung hehrer Gral!«
 »– formfeind, feilfaul sein,
 Kraß, verblüffend –«

Dies war das letzte heisere Wort, das auf der Tribüne der

Ältesten verstanden wurde; denn jetzt *geschah* urplötzlich etwas ganz Verblüffendes.
Irgendwoher, vom Felde draußen, kam ein heller Ton, der allen durch Mark und Bein ging. Es war, als würden mit einem Male all die unzähligen Köpfe an einer unsichtbaren Schnur aufgereiht, wie Fische an einem Zweig, und würden langsam und unwiderstehlich von einer unerbittlichen Hand in die Dämmerung hinausgezogen.
Verwundert machte das Volk vor einem einfachen Manne halt, der durch die reifenden Kornfelder singend herbeigewandert kam.
Lächelnd sah der auf die verwirrte Menge.
Und mit verstelltem Staunen fragte er: »Kommt ihr zu mir?«
Da rief einer, ohne daß er recht wußte, warum: »Hilf uns, Fremder! Schlichte du unseren Streit!«
»Ja, schlichte unseren Streit!« wiederholten bittend viele und führten ihn nach der Tribüne, wo Epigo und Dekadentia inzwischen zu Tätlichkeiten übergegangen waren.
»Hilf der Sache der alten Schönheit!« schluchzte Epigo dem Fremdling entgegen und suchte vergeblich die stäubende Perücke wieder auf den kahlen Schädel zu stülpen.
Aber verächtlich wandte ihm dieser den Rücken –:
»Was habt *ihr* mit Schönheit und Poesie zu schaffen?
Meine Freunde! was *alte,* was *neue* Schönheit! es gibt nur *die Schönheit,* und sie ist unsterblich, nie alternd in ewiger Jugend. *Ureigenen Geist* nenne ich ihren Vater und *Kraft* ihre Mutter. Gütig schreitet sie durch die Welt, eine lächelnde Göttin – aber es geht ihr zumeist wie mir: den ganzen Tag bin ich da draußen gewandert im wogenden Ährengold, aber nun erst, am Abend hörtet ihr meine Stimme.«
Da lief ein Zittern durch das ganze Volk, denn seine Augen wurden aufgetan.
Aus der Abendsonne senkte sich langsam eine feurige

Krone auf des Fremden Haupt, und unsichtbare Hände breiteten aus den Wolken den Königspurpur um ihn.
Wo aber Epigo und Dekadentia gestanden hatten, erhob sich kreischend ein greulich Zwitterwesen und floh mit schleppendem Fittich gen Osten in die barmherzigen Arme der Nacht.

DES WIDERSPENSTIGEN ZÄHMUNG?
Ein Traum

PERSONEN
Ein versunkener Dichter

SCHATTEN

Falstaff	Squenz
Heinz	Zettel
Lear	Schnock
Hamlet	Thimon
Petrucchio	Cäsar
Catharina	Romeo
Polonius	Prospero
Ophelia	Ariel
Schnauz	

Zeit: Ende der neunziger Jahre.

IM SCHATTENREICH
Ein Thronsaal.

Auf dem Thronsessel sitzt schlafend der versunkene Dichter. Zwei Shakespearische Gestalten betrachten ihn.

Erster: Ein Heidenspaß! Ein Heidenspaß! Hier zu uns herunterzufallen in unsere langweilige Schattenwelt.
Zweiter: Aber wie fiel er nur herein. Durch den Vesuv doch nicht?
Erster: Keineswegs! Mitten in der sandigsten Mark.
Zweiter: Aber wie war das nur möglich?
Erster: Sehr einfach. Er ging spazieren und dichtete wieder ein neues Werk.
Zweiter: Und nun?

ERSTER: Und da fing der Fleck Erde, auf dem er stand, plötzlich so übermäßig zu schlucken an, daß unser Bester verschwand, wie ein Stein, der in einen Trichter rutscht.

ZWEITER: Und dir just auf den Buckel?

ERSTER: Just auf den Bauch, willst du sagen, Bruder Heinz. Siehst du nicht, daß ich platt ward wie eine Quappe.

HEINZ: Du forderst zuviel von meinen Augen. Ich kann beim besten Willen nicht unterscheiden, daß du heute minder platt seist als sonst.

FALSTAFF: Aber du sollst sehn, John Falstaff ist doch noch so feist wie einer, auch wenn er seinen ganzen Witz an dich abgegeben haben wird, wie folgt.

HEINZ: Wie folgt? Du spannst mich wie einen Bogen.

FALSTAFF: Ich leg dir auch noch den Pfeil meines lustigsten Einfalls auf.

HEINZ: Sei's drum! Und das soll die Scheibe sein? *Deutet auf den versunkenen Dichter.*

FALSTAFF: Tja. Keine Honigscheibe fürwahr, schon eher eine Mondscheibe oder eine Spiegelscheibe, was meinst du? Oder eine Fensterscheibe, durch die man die Welt ebenso alltäglich sieht wie durch die hohle Hand! Oder eine romantische Butzenscheibe oder –

HEINZ: Das Geschwätz nennst du Einfälle? Einfälle in das Gebiet meiner Geduld höchstens.

FALSTAFF: Also kurz gefaßt: Was wollen wir diesem Schläfer einreden, wenn er aufwacht?

HEINZ: Mich fragst du danach? Seit wann denkt der König für seinen Spaßmacher?

FALSTAFF: Oh, oh, oh! Er denkt nicht nur für ihn, er lebt überhaupt nur für ihn. Wozu sollte ein König dasein, ohne daß er zu lachen gäbe? Aber das vorhin war nur eine rhetorische Frage. Ich meine nämlich, wir reden ihm ein, er sei Shakespeare, der hier in diesem unterirdischen Thronsaal über uns Geister lebe und regiere wie in alten Zeiten.

HEINZ: Du bist ein Lästerer, John. Aber da schlägt er die Augen auf.
FALSTAFF: Erhabener Herrscher Shakespeare, seid gegrüßt!
DER VERSUNKENE DICHTER *will reden.*
HEINZ: So lange trieb der Träume Göttin nicht
die weißen Zelter aus den schlafenden
Torflügeln Eurer Seele, daß wir schon vermeinten,
Eure Hoheit würd dem Tag
den Morgengruß noch länger vorenthalten.
DER VERSUNKENE DICHTER: Was wollt Ihr? Wer seid Ihr?
Was ist das hier? Wo bin ich? Bin ich verrückt geworden?
FALSTAFF: O wie dies Wort den treuen Diener schmerzt!
Was taten wir Euch? Dienten wir Euch nicht,
seit Ihr vor beinah dreimalhundert Jahren
der Oberwelt zweideutigen Tag verließt,
um unter Euren Kindern, Euren Geistern
ein seliger Geist in ewigem Rausch zu leben?
DER VERSUNKENE DICHTER: Ich – Geist?
HEINZ: Der höchste, den dies Reich hier kennt.
DER VERSUNKENE DICHTER *schüttelt grimmig lachend den Kopf, springt auf und läuft gestikulierend auf und ab:* E Fafferminzkichla! Zwee Fafferminzkichla! Drei Fafferminzkichla! das sein ees, zwee, drei Fafferminzkichla!
FALSTAFF: Ihr phantasiert noch immer, teurer Fürst!
DER VERSUNKENE DICHTER: Jingerla, Jingerla, Jingerla, Jingerla!
HEINZ: Was wollt Ihr, Herr, zum Frühtrunk? Soll Euch
Romeo des Veronesers Purpurblut kredenzen?
Wollt Hamlets Ihr, des Dänenprinzen, Wein –
FALSTAFF: – Ausgabe vor dem Gift –
HEINZ: Soll Catharina,
die längst gezähmte, Euch den Becher reichen –
soll –
DER VERSUNKENE DICHTER: Fort will ich von hier. Was treibt ihr da für Possen mit mir? Glaubt ihr, ich weiß nicht,

wer ich bin? *Zieht ein Buch aus der Brusttasche und wirft es hin.* Da liegt mein neustes Werk, ihr zwee –
FALSTAFF *hebt es erstaunt auf:*
Seltsam, seltsam, höchst seltsam, teurer Fürst!
Kein Zweifel mehr! Die dritte Neumondnacht
ist dies nun schon, daß Ihr den Morgen so
merkwürdig fabelnd anfangt, und wenn wir
nicht glauben wollen, was Ihr uns erzählt,
ein Buch aus Eurer Tasche langt und ruft:
Was wollt ihr nur! Hier liegt mein neustes Werk!
Das letzte Mal warft Ihr ein Fuhrmannsdrama,
das erste Mal ein Ritterstück uns vor!
Kein Zweifel, Herr, Ihr geht auf Erden um!
Dreihundert Jahr nach Eurem Tod noch schreibt Ihr
im Licht, zugleich daß Ihr hier unten schlaft.
Vielleicht in eines andern Menschen Leib,
jedoch als Geist so Shakespeare heut wie je.
Hier unten ewiglich der Schwan vom Avon – und oben
Meier, Müller, Kuntze, Schulz,
ein einfach und ein vielfach Leben führend –
ein Dutzendleben! Wunder der Natur!
DER VERSUNKENE DICHTER *greift sich an die Stirn:*
Nicht möglich! Nein, das ist ja Wahnwitz, das!
E Fafferminz –! Zwee Faff – –! Heda! Was gafft
ihr so, wenn ich doch Shakespeare bin? Wie? Was?
Zu Heinz.
Du siehst so klug aus! Hüt dich, Bursch! Ich laß
dich sonst vom Jäger-Moritz überziehn!
Verpucht –!
HEINZ: O daß Ihr endlich zu Euch kämt!
Die Rosenketten unsrer Laune möchten
so gern um Euer Handgelenk sich schlingen
und Euch durch so viel reiche Gärten leiten,
die alle Euch ihr Dasein danken, daß
Ihr uns nicht fürder schelten solltet, Fürst,

durchdrungen ganz von diesem einen Glück,
Shakespeare zu heißen, Shakespeares Geist zu sein!
DER VERSUNKENE DICHTER:
Ich bin's. Fangt an! Ich bin der Fürst! Wird's bald?

Falstaff ab.

Ich – ich bin Shakespeare! Ihr seid meine Narren!
Wo ist Kollege Crampton? Er soll mich malen!
HEINZ: Schon malt die Sonn Euch dreimal schöner, Fürst!

Eine Art Mitternachtssonne ist unterdessen langsam aufgegangen und beleuchtet ihn.

DER VERSUNKENE DICHTER: Hier gibt's auch Sonne?
HEINZ: Ja – seit Eure Kinder
dies unterirdische Reich bevölkern, flammt
das Herz der Erde heller als vorher,
es hielt's nicht aus vor soviel Licht und Glanz.
Ja, manche sagen, erst an ihnen habe
sich seine wahre höchste Glut entzündet.
Du habest erst der Erd so Herz gegeben
wie Geist. Begreifst du das?
DER VERSUNKENE DICHTER: Potz grün und blau!
Was ist da zu begreifen, wenn ich's tat?
Noch einmal! Du mißfällst mir.
HEINZ: Seht, schon sammelt
sich Eurer Untertanen Schar. Ihr stutzt –,
beschattet Euer Auge? Blendet's Euch?
DER VERSUNKENE DICHTER *stürzt auf den vordersten zu und ergreift seine Hand:* Da bist du ja, Kollege –
KÖNIG LEAR *blind:* König Lear.
Was lärmst du so? Mein Haar ward weiß wie deins.
Du hast mich nicht zum Glück erschaffen, doch
hoch trag ich durch die Zeit mein blindes Haupt,
denn deine große Seele trägt es mit. *Geht an ihm vorüber.*
DER VERSUNKENE DICHTER *zum zweiten:* Johannes! Einsamer –
HAMLET: Einsam vielleicht,

Johannes nicht. Der Prinz von Dänemark
hieß immer Hamlet. Doch was sag ich ›hieß‹,
wußt er doch niemals, was er, wer er war.
Ja, einsam war ich stets. Ein Flöcklein Flaum,
im leeren Weltraum fallend, wär's nicht mehr.
Du aber gabest mir, was mich erhielt:
den Stolz des Geistes und des unverstandenen
Gemütes großes Leid! – Auf diesen Flügeln,
so dunkel wie die Nacht, doch zehnmal dichter,
leb ich den Schatten fort, der ich einst war.
Geht an ihm vorüber.

DER VERSUNKENE DICHTER: Jon Rand und Sidschill!

PETRUCCHIO: Petrucchio nur.

CATHARINA: Und Catharina.

PETRUCCHIO: Die Gebändigte. *Zu Catharina und auf den versunkenen Dichter weisend:* Dies ist Sir William Shakespeare!

CATHARINA: Wie Ihr sagt.

PETRUCCHIO: Du irrst! So sagt ich nicht! Dies ist kein Geist –

CATHARINA: Mein lieber Herr, Ihr sprecht gewiß die Wahrheit.

PETRUCCHIO: Vielmehr ein Faß voll Luft –?

POLONIUS *ist hinzugetreten:* Ja, ja, wenn man's recht betrachtet. Oder eine Kiste voll Luft, nicht?

PETRUCCHIO: Grade so groß, daß Ihr darin atmen könnt, Freund Polonius.

POLONIUS: Mein Seel! Dann müßte sie ja so groß sein wie mein Zimmer.

PETRUCCHIO: Just wie Euer Zimmer. Tausend Kubikschuh.

POLONIUS: Ei, ei, tausend Kubikschuh. Darin kann ein gewöhnlicher Mensch höchst verschwenderisch atmen. Ein Sträfling hat oft bloß hundert.

OPHELIA *kommt hinzu:* Wo ist denn Seine Königliche Majestät? Wo ist sie denn? Ach bitte, bitte, hört zu! *Singt:*

Ich bitt euch, rettet mich!
Sie haben mich in ein Loch gezerrt,
sie haben mich jahrelang eingesperrt,
den Himmel sah ich nie.

Wißt ihr, wer Mnemosyne war? Ich bin ihre Tochter. Neune sind eine und eine ist neun. Oh, ich habe schöne Liebschaften gehabt. Aber jetzt muß ich mir die Brust am Webstuhl eindrücken. Sprach die Glocke: Dein Liebster macht dir keinen frei. Ach, er ist ja so gut, aber – *Singt:*

Meine eng enge Kammer
ist doch nicht die Welt.
Ich habe einen Liebsten,
aber der hat kein Geld –

Hahaha, meine edlen Damen und Herren, wenn ihr mir doch Bilderbücher schenken möchtet, sonst glaub ich nicht mehr, daß es je eine weite Welt gegeben hat. *Trällernd ab.*

FALSTAFF: Da kommen die Rüpel: Wand, Mondschein und Löwe. Sprecht sie an, Herr, sie wollen Euch etwas vorspielen.

DER VERSUNKENE DICHTER *zu Schnauz:* Ihr scheint mir vertraut.

SCHNAUZ (WAND): Dieses Namens ist hier keiner. Aber ich bin Wand.

DER VERSUNKENE DICHTER: Ihr heißt Wand?

SCHNAUZ: Nicht, sozusagen. Ich bin Thoms Schnauz, der Kesselflicker. In diesem Spiel aber mach ich eine Wand.

DER VERSUNKENE DICHTER: Und was ist denn das für ein Spiel?

SCHNAUZ: ›Pyramus und Thisbe‹. Aber die Hauptpersonen fehlen noch.

DER VERSUNKENE DICHTER *zu Wand:* Laßt mich mitspielen. Spiel du den Pyramus. Ich werde für die Wand sorgen.

WAND: Ihr seid sehr gütig, gnädiger Herr.

DER VERSUNKENE DICHTER: Also losgelegt, schafft mir Steine zur Stelle!

DIE DREI: Steine?

DER VERSUNKENE DICHTER: Oder Bretter oder Balken –, – zum Teufel, versteht Ihr nicht, daß man eine Wand nicht aus nichts machen kann?

WAND: Ich bin auch durchaus nicht aus nichts gemacht. Wenn ich rechne, daß meine Eltern zusammen 42 Jahre alt waren, als sie sich heirateten, so sind 42 Jahre 9 Monate nötig gewesen, um mich auf die Welt zu bringen.

HEINZ *zu dem versunkenen Dichter:* Er selber ist die Wand, er selbst, Thomas Schnauz!

SCHNAUZ: Und dieser da, Schnock, der Schreiner, ist Löwe, und dieser da ist Mondschein.

DER VERSUNKENE DICHTER: Ich sehe nur drei Menschen vor mir, wie ich einer bin.

MONDSCHEIN *leuchtend:* Da kommt Zettel, der Weber, unser Pyramus.

DER VERSUNKENE DICHTER: Ein Weber –?

SCHNAUZ: So kann ich die Thisbe geben.

DER VERSUNKENE DICHTER: Halt, halt, halt! Also wo spielt das Stück?

ZETTEL: Nun, ich denke, hier auf diesem Fleck.

DER VERSUNKENE DICHTER: Bei Babylon, nicht wahr? Könnt ihr den babylonischen Dialekt?

ZETTEL *gibt dem Löwen einen Puff, so daß er brüllt:* Das ist das einzige, was wir davon sprechen.

DER VERSUNKENE DICHTER: So begebt euch zunächst nach Babylon und studiert die dortige Sprache mit besonderer Berücksichtigung des babylonischen Stadt- und Land-Dialekts, des weiteren die Sitten, Trachten, kurz, das ganze Milieu des dortigen Lebens. Prägt euch auch ein, wie man dort flucht, stiehlt, säuft, webt, kutschiert und philosophiert. So werden wir weiter sehen.

Die Rüpel sehen sich hilflos um.

FALSTAFF: Verzeiht, Herr; ich werde Babylon sein. *Schüttelt den Schopf.* Das hier sind die hängenden Gärten. *Um-*

schreibt seinen Bauch. Das ist die Ringmauer. *Zeigt sich auf die Stirn.* Das ist ein Tor für hundert. *Spreizt die Beine.* Da unten durch fließt der Euphrat, und *(beschreibt einen Kreis mit den Armen um sich)* das ist die Umgebung von Babylon. Und was ich spreche, ist demzufolge babylonischer Dialekt. Ihr könnt also immer studieren.

DER VERSUNKENE DICHTER: Das ist ja alles verrücktes Zeug. Man sieht, ihr habt keinen rechten Ernst. Ihr wollt euch nicht vertiefen in die Dinge. Deshalb seid ihr auch alle so läppisch vergnügt. Nur ihr *(wendet sich zu den Rüpeln)* scheint mich zu verstehen. Ihr seid keine hohen Herrn, ihr seid einfache Menschen. Kommt, Weber Zettel, und ihr andern, ich werd euch ein ander Stück einstudieren. Habt ihr Hunger?

ZETTEL: Immerzu, gnädiger Herr! Und das schönste Stück, das wir kennen, ist ein Stück Geld.

DER VERSUNKENE DICHTER: Ihr armen, armen Menschen! *Zu Heinz.* Ihr da, zieht Eure Jacke aus und gebt sie dem Weber Zettel.

HEINZ: Verzeiht, o Herr, ich bin ein Königssohn!

DER VERSUNKENE DICHTER: Königssohn hin und her. Dem Weber Zettel sollt Ihr Eure Jacke geben! Weber Zettel soll König sein und Ihr Weber Zettel! *Zu Falstaff.* Und du tauschest deine Jacke mit Thoms Schnauz.

FALSTAFF *tut es:* Wir sind Eure Geschöpfe, erlauchtester Fürst!

DER VERSUNKENE DICHTER *winkend:* Du dort gibst deinen Rock an Schnock!

CÄSAR: Das mutetest du Julius Cäsarn zu?

DER VERSUNKENE DICHTER: Willst du parieren, Mordgeselle! *Cäsar gibt seine Tunika her.*

Und du *(winkt Thimon von Athen)* tauschest mit Bruder Mondschein.

THIMON *nimmt die Laterne und das übrige:* Mit oder ohne Laterne, ich finde doch keinen Menschen.

Der versunkene Dichter *zu den Rüpeln:* So, und nun sollt ihr die Tragödie eures Lebens spielen! Sprecht ganz, wie es euch zumut ist, erzählt von euren Weibern und Kindern, von euren Familienzwisten und Geldnöten, kurz, breitet eure ganze armselige Menschlichkeit wie einen Läufer vor uns aus!

Zettel: Ach, Herr, unser Leben ist kaum eine Komödie zu nennen, geschweige denn eine Tragödie. Wir leben wohl unsere Leiden und Freuden wie Ihr, aber was sollten wir die vor Euch auskramen, der Ihr weit höhere Schmerzen und Beglückungen habt, ja der Ihr vielleicht viel zu erhaben fühlt und denkt, als daß Ihr Euch einen rechten Begriff von uns machen könntet, indem daß Ihr uns gewiß weit elender findet, als wir sind, und uns Empfindungen beilegt, die wir, Gott sei's geklagt und gedankt, nie gehabt haben. Aber das ist gewiß die längste ernsthafte Rede, die Zettel, der Weber, je an den Mann gebracht hat. Seht zu, daß der Vogt uns nicht mehr aussaugt wie billig und daß uns jederzeit eine lohnende Arbeit offensteht, so wollen wir wohl zufrieden sein und Euch mit all dem verschonen, was Ihr ja doch schon hundertmal wißt.

Falstaff *zu Heinz:* Fürwahr, der Bursch redet wie deine Jacke.

Der versunkene Dichter *zu Schnock:* So wirst du, der du vorher das Löwenfell umgehabt hast, das Trommelfell unseres Mitleids wohl stärker erschüttern können.

Heinz *zu Falstaff:*

> Er spricht schon halb wie du. Ich eile nun
> zu Ariel. Er wird den Knoten lösen
> den du – Falstaff
> und du – Heinz
> – voll Übermut geschürzt!

Schnock: S' is gutt. Meinswegen. S' is, wie's is. Ich wollt ja asu gleich und ich nähm mein Hubel und sagte: Glatt mißt er werden, Briederle, glatt, glatt, glatt. Alles is eens. Ich wees Bescheed. Mir san alle gleich. Verleicht nich eißerlich aber inderlich desto mehr. Gib deine Krune har – oder meinswegen kannst de se ok behala, dahie. Mei Kupp is a so gutt wie dei Kupp – und dan selbichta Kupp, dan fressa zu guter Letzte de Wermer. S'kimmt alles auf ees raus. Mir kinn se nischt viermacha.

Der versunkene Dichter *will auf Schnock zu, ihn zu umarmen.*

Cäsar *stampft mit dem Fuße auf, die Rüpel knicken zusammen:* Sir William Shakespeare, sprecht, vergaßt Ihr ganz,
(weist auf die erlesene Runde)
in wessen Angesicht Ihr steht? Vergaßt
Ihr unsern Wert wie Eure Würde ganz,
daß Ihr solch höchst erbärmlichem Geschwätz
uns preisgebt? Gönnt dem Volk, soviel Ihr wollt,
doch laßt den üblen Atem seines Mundes
nicht unsre Luft verpesten, kleinen Lärm
sich nicht Musik zu nennen wagen, hier
vor Ohren, denen der Legionen Ruf
erst Laut und Klang heißt; die sich vom Concert
der Elemente erst erschüttern lassen;
vor Ohren, die der rollenden Gestirne
Weltharmonien hinhorchen –

Romeo: Deren Kost
hinwiederum so feines Flüstern ist,
so zartes Atmen, Seufzen und Gekos,
daß Birken stärker rauschen, ja des Quells
Goldwellen lauter lispeln –

Einige aus der Schar *zugleich:* Prospero!

Prospero, den rechten Arm um Ariels Schulter, tritt auf. Hinter ihm Heinz, in neuem königlichem Wams.

Prospero: Gegrüßt sei, Fremdling! Freunde, seid gegrüßt!

Der versunkene Dichter: Ich bin kein Fremdling. Ich bin William Shakespeare.

PROSPERO: Du irrst. Denn der steht hier. *Tritt von Ariel zurück.*
ALLE: Heil! Ariel!
DER VERSUNKENE DICHTER:
Wem ruft ihr Heil? Erschuf ich nicht auch ihn?
Wär Ariel minder mein Geschöpf als du?
PROSPERO: Du träumst. Der Genius dieses ungeheuren,
aus Luft und Licht gewobnen Geisterreichs
ist dieser hier – nicht du. Du bist ein Fremdling,
den irgendein Geschick hierher verschlug.
DER VERSUNKENE DICHTER:
Ich werd es Euch beweisen, wer ich bin.
PROSPERO: Womit?
DER VERSUNKENE DICHTER:
Mit meinem bloßen Wort.
ARIEL *voll Anmut:* Wohlan!

Pause. Der Dichter scheint mit sich zu kämpfen.

ARIEL: Nein, tu es nicht! Du bist auch so ein Mensch,
dem Ungewöhnliches vom Auge strahlt.
Wir bringen dich zur Oberwelt zurück.
DER VERSUNKENE DICHTER:
Dein Blick verwirrt mich. Laß sie gehn, die andern,
und bleibe du bei mir, den dumpfen Knäul
des Traums entwirrend, der mein Hirn umkrampft.
ARIEL *winkt.*

Die Versammlung zerstreut sich.

DER VERSUNKENE DICHTER:
Wer bist du, so bekannt und doch so fremd
mich Dünkender?
ARIEL: Du hast es schon gehört.
Und du bist? Wüßt ich's nicht, ich läs es aus
den Runen, die des Grübelns Stichel gräbt,
und aus der tief zurückgezognen Glut
des allzuoft verwundeten Augs, das doch,
zum ewigen Spiegel dieser Welt verdammt,

nie ganz sich schließt, nicht einmal –
DER VERSUNKENE DICHTER: – vor sich selbst.
ARIEL: O schaffen, schaffen, bis ans End der Tage!
Du Glücklicher, der du noch schaffen kannst!
Der du im Licht noch wandelst, beide Hände
noch über allem Erz der Welt, noch hell
des Herzens Hammerschlag – Held, der du noch
auf herzoglichem Hengst der lahmen Zeit
voransprengst und dem jungen scheuen Tag
die erste Sonne raubst und wie ein Banner
den jauchzend Folgenden zuschleuderst, Glücklicher –
wie neid ich dir dein Leben!
DER VERSUNKENE DICHTER:
Neid mir's nicht. Ich bin kein Herzog.
ARIEL *mehr und mehr hingerissen und hinreißend:*
Dein die ganze Welt!
Der unabsehbar grenzenlose Stoff
dein, dein! Und hängst dich an dein Mitleid, klammerst
ans niedre Fühlen niedrer Seelen dich,
statt alle Saiten der gewaltigen Harfe
hinauf, hinab zu eilen, bis der Mensch
an dir sich sättigt wie an einer Brust
und sich an dir erkennt, verwirft, erhöht.
Du fragtest, wer ich sei. Nun denn, so denk:
ein Geist des Lebens selber steh vor dir
und wolle dich erfüllen und berauschen
mit seiner Glut; denn die Lebendigen,
sie liebt er über alles! – Komm, o komm!
Er küßt ihn auf die Stirn, legt den Arm um ihn und führt ihn langsam fort.
Jedweden Hauch, den du hier unten tust,
vergeudest du! Hinauf zum goldnen Tag!
Ich geb dich ihm zurück – bring ihm den Gruß
des stummsten Mundes – bring ihm Shakespeares Gruß,
der oft verschmachtet fast vom bittern Durst

des Schaffenden, der nicht mehr schaffen darf;
den Jammer fast verzehrt, ein Schatten bloß
durch eure Welt zu wandeln –
Komm! o komm!

Sie überschreiten die Schwelle des Saales.
Vorhang fällt.

EINE KITZLIGE GESCHICHTE

Hauptmann konnte zu Brahm sagen, führe Die Jungfern vom Bischofsberg auf, oder führe sie nicht auf, oder willst du sie aufführen, ja oder nein, Brahm konnte zu Hauptmann sagen, ich führe sie auf, oder nicht auf, oder soll ich sie aufführen, ja oder nein, Jacobsohn konnte von Hauptmann sagen, Hauptmann hätte zu Brahm sagen können, führe sie nicht auf, oder willst du sie aufführen, ja oder nein, worauf Brahm, sagt Jacobsohn, hätte sagen können, ich führe sie nicht auf, noch will ich sie aufführen, worauf Bahr sagt, Brahm hätte nicht sagen können, ich führe sie nicht auf, wenn Hauptmann gesagt habe, führe sie auf, und Salten sagt, wenn Brahm nicht gesagt hätte, ich führe sie auf, so hätten alle gefragt, warum sagt Brahm, ich führe sie nicht auf, und Hauptmann konnte zu Reinhardt sagen, führe sie auf, oder willst du sie aufführen, ja oder nein, und Reinhardt konnte sagen, ich führe sie auf, und dann konnte Brahm sagen, warum habe ich nicht gesagt, ich führe sie auf, dann hätte Hauptmann nicht zu Reinhardt gesagt, willst du sie aufführen, ja oder nein, nun aber hat Brahm ja gar nicht gesagt, ich führe sie nicht auf, obwohl er es hätte sagen können, wenn auch dann Bahr und Salten nicht hätten sagen können, Brahm konnte nicht anders sagen als, ich führe sie auf, nachdem Hauptmann einmal gesagt haben konnte, führe sie auf, oder willst du sie aufführen, ja oder nein usw.

ECCE CIVIS

Ein bürgerliches Drama
Um 1898

HANDELNDE

EINE KISTE ZIGARREN
EINE SCHACHTEL ZIGARETTEN
EIN MIT ZWEI KUVERTS GEDECKTER ESSTISCH
EINE GROSSE GEDECKTE GESELLSCHAFTSTAFEL
EIN TABLETT MIT KAFFEEGESCHIRR
EIN TABLETT MIT WEIN
EIN TABLETT MIT BIER

Parfümflaschen, Tüten mit Konfekt, Löffel, Messer, Gabeln, Kohlenschaufeln, Schnapsservice, große und kleine Brotkörbe, Ausguß, Wasserhähne, Putzlappen, Korkzieher, Zukkerdose usw. usw. nach Bedarf und Belieben.
Dazugehörige Personen.

ERSTER AKT

Ein hübsches Junggesellenzimmer.

ERSTE ZIGARRE *läßt Ringel zur Decke steigen. Der dazugehörige Herr sagt etwa:* Wo nur die Fanny heut so lang bleibt! *Läßt sich vom Zimmer zu schaffen machen.*
MEHRERE TELLER *klappern.*
GABELN *klirren.*
EINE TÜTE MIT DATTELN *wird irgendwo versteckt.*
EINE FLASCHE SEKT *knallt. Der dazugehörige Diener sagt etwa:* Bleibt heut das Fräulein aber lang!
Nach einer Weile klopft es, und die Erwartete kommt.
EINE ZIGARETTE *fängt an zu brennen. Der dazugehörige*

weibliche Mund sagt etwa: Du hast wohl heut etwas warten müssen, Fredi.
DIE ZIGARRE: Du machst dir eben nichts aus mir.
DIE ZIGARETTE: Ach geh, was du dir auch immer einbildst. Komm, eß mer. *Man setzt sich zu Tisch.*
DAS GESAMTE TISCHGERÄT *entwickelt eine lustige Musik, durch welche hindurch man hie und da einige Namen von Speisen und Personen sowie allerlei auf diesen und jenen Lebensausschnitt Bezügliches vernimmt.*
Nach einer Weile fällt der Vorhang.

ZWEITER AKT

Ein Salon.

Eine Menge Zigarren und Zigaretten mit dazugehörigen Personen beiderlei Geschlechts kommt aus dem im Hintergrund durch eine breite Flügeltür sichtbaren Speisesaal, nicht jedoch ohne des öftern dahin zurückzukehren, ein Glas Wein, ein Stück Torte zu sich zu nehmen, einen Toast auszubringen oder dergleichen.

ERSTE ZIGARRE: Das mit der Huber soll also wirklich wahr sein?
ZWEITE ZIGARRE: Meine Frau hat die zwei mit eignen Augen –
EINE ZIGARETTE: Mit eignen Augen!
EIN STÜCK TORTE: Um Gottes willen, seid still! Dort kommt er!
MEHRERE ZIGARREN UND ZIGARETTEN: Pst! pst! pst!
DRITTE ZIGARRE *in Begleitung des Herrn Alfred Müller tritt auf:* Guten Abend, meine Damen und Herren!
SÄMTLICHE ZIGARREN UND ZIGARETTEN: Guten Abend, Herr Müller.
ZWEITE ZIGARRE UND DRITTE ZIGARETTE *zugleich:* Bitte, meine Herrschaften, der Kaffee!

EIN TABLETT MIT KAFFEETASSEN *beherrscht auf längere Zeit die Situation.*

Unter mannigfachen mehr oder minder hörbaren und wichtigen Gesprächen der zu den verschiedenen Requisiten gehörigen Personen vergeht die vorgeschriebene Zeit, bis der Vorhang wiederum fallen kann.

DRITTER AKT

Ärmliche Giebelstube.

EINE ZIGARETTE *sitzt mit dem dazugehörigen Fräulein Fanny vor einem Tisch.*

LÖFFEL, MESSER, GABELN *lassen sich von ihr putzen und führen eine Weile das Wort.*

EINE ZIGARRE *in Begleitung des Herrn Alfred Müller tritt auf:* Grüß dich Gott, Fanny!

DIE ZIGARETTE: Jessas, Fredi, wo kommst denn du jetzt her?

DIE ZIGARRE: Es mußte sein. Aber erst schaff mir was zu trinken, ich bin wie ausgedorrt.

DIE ZIGARETTE: Ich hab bloß Bier da.

DIE ZIGARRE: Schadt nichts. Gib nur her! Fanny – zwischen uns muß es aus sein. *Schenkt Bier ein.*

DIE ZIGARETTE *zitternd:* Ich hab mir's ja gedacht.

DIE ZIGARRE *paffend:* Also machen wir's kurz.

DIE ZIGARETTE *liegt mit dem Kopf auf dem Tisch.*

DAS BIERGLAS *trommelt.*

DIE LÖFFEL, MESSER UND GABELN *machen einen nervösen Lärm. Dazwischen spielt sich eine Art von Szene ab, an deren Schluß das Ende des Stückes steht.*

DIE ZIGARRE MIT ZUBEHÖR *verschwindet von der Bühne.*

DIE ZIGARETTE *erlischt.*

Der Vorhang fällt.

Ende.

DAS MITTAGSMAHL

Il pranzo
Gabriele d'Annunzio

Speisezimmer einer italienischen Villa. Die Luft zittert Ahnung kommender Genüsse. Der allgemeine Charakter des Saales ist Hunger, aber nicht der Hunger des Plattfußes, sondern die feine melancholische Sehnsucht des gewählten Schmeckers seltener Gemüse, erlesener Öbste. Die Tapeten atmen den Geist gebackener Natives. Die Servietten bilden Schwäne wie zum Gleichnis. Die Kandelaber scheinen ihre Kerzen zu verzehren. Die Möbel krachen vor Begierde mit den Kiefern. Als die Türe geöffnet wird, tut sie einen tiefen Seufzer, und man hat die Vorstellung, als drehe sie ihren Kopf mit einem halb verzückten, halb gemarterten Augenaufschlag den prallen Amoretten der Decke zu.

Herein tritt ein Gruß vom Meere in Gestalt eines blauen Rechtecks, welches den Türrahmen völlig ausfüllt.

Durch diesen Gruß hindurch, nach mehreren Sekunden, Melissa, die Nichte des Hausherrn. Ihre Zähne sind weiß wie die Brust der Diana und scharf wie ein Sonett von Stecchetti. Ihr Haar hat den Glanz und die Farbe der südlichen Hänge des Albanergebirges, wenn die unendliche Sehnsucht des Herbstes darüber lagert. Ihre Augen sind wie der Lago di Como und der Lago Bellaggio. Ihre Augenbrauen geschweift wie eine Liebeserklärung des unsterblichen Gabriele. Ihre Nase ist die der milesischen, ihr Mund der der medizäischen Venus. Die Bewegungen ihrer Glieder sind von der Anmut jener Tänzerinnen des Benozzo Gozzoli in der Hochzeit Jacobs und Rahels.

Nachdem sie einen schnellen Blick über das Zimmer geworfen, eilt sie mit dem Rufe Olio! Olio! *nach links hinaus.*

Durch das tiefblaue Rechteck zieht langsam in weiter Ferne ein rotes lateinisches Segel. – Von links an Melissas herrlicher Hand Olio, ein Lockenkopf Botticellis.

OLIO: Melissa!
MELISSA: Olio!
OLIO *mit einer ungeheuren Bewegung der Rechten über die Tafel hin:* Weißt du noch, Melissa, wie wir damals in Girgenti, dem alten Agrigentum, im Hause deines Vaterbruders jenen unbeschreiblichen Fisch zum erstenmal aßen, in dessen Geschmack uns jene mystische Ehe zwischen Antike, Renaissance und Moderne vollzogen zu sein schien, die wir in Kunst und Leben selber zu gestalten oft so unglückliche Versucher sind, so unglücklich, weil so weit entfernt von jenen tiefen Bedingungen der Natur, deren unbewußtes Ineinanderwirken die Träume der Götter in immer neuen Inkarnationen gebiert?
MELISSA *hingerissen:* Und wie du dann wie von einer überirdischen Sehergabe begeistert dich an der Tafel erhobst und zwischen den staunenden Gästen die goldbestickten Teppiche deiner Phantasien hinrolltest und auf den fiebernden Saiten deiner Geschmacksnerven die Symphonie zweier Jahrtausende beschworst, von Gelas Gründung durch die Dorier an –
OLIO: – unter Kleandros, Hippokrates und Gelon –
MELISSA: – bis zur Gründung Agrigents von Gela und von all seinen prächtigen Tempeln und von den Karthagern und Römern und Sarazenen –
OLIO: Es waren selige Stunden, Melissa. Aber da kommt er, von dem wir soeben sprachen, als hätte ihn eine Ahnung unsres Gesprächs herbeigeführt.
Es tritt auf von rechts Degno, ein älterer, graumelierter Herr, Besitzer ausgedehnter Ländereien auf Sizilien, Maler aus Liebhaberei.

MELISSA *ihm entgegen:* Wir sprachen soeben von Ihnen, Onkelchen!

OLIO: Und von jener wunderbaren Muräne, die wir vor zwei Jahren auf einem Ihrer sizilischen Güter –

DEGNO: Oh, ich erinnere mich noch wohl daran. Ich habe sie später aus dem Gedächtnis gemalt. Es war ein außergewöhnlich schönes Tier und von einer Länge, wie sie die ältesten Fischer nicht für möglich gehalten hatten. Ich habe das Bild einer jungen Verwandten des Luigi geschenkt, und wie mir erzählt ward, bildet es jetzt eine Art von Heiligtum in ihrer Villa in dem lieblichen Frascati.

Wenn es euch recht ist, so wollen wir uns jetzt zur Tafel setzen. Du bist wohl so gut, meine teure Melissa, und rufst meine Schwester. Sie geht mit Ghiotto in den Gängen des Gartens auf und ab, noch ganz beschäftigt mit den köstlichen Rosen, die über Nacht aufgeblüht sind.

MELISSA: Ich werde sie sogleich hereinbitten, teuerer Oheim. *Tritt in das tiefblaue Rechteck und ruft nach rechts.* Tante! Tante! Rosetta! Ghiotto! liebe Tante! Ihr möchtet kommen! Das Mahl wartet!

OLIO: Wie wird es schön sein, wenn wir jetzt wieder so zusammensitzen werden, du, mein edler Oheim, Rosetta, meine Mutter, deine Schwester, Cousine Melissa, Eures Bruders Tochter – ihr kleiner Halbbruder Ghiotto und ich.

DEGNO *ergreift seine Hände und drückt sie schweigend.*

GHIOTTO, *ein blasser Knabe mit verzehrenden Augen, kommt hereingesprungen:* Guten Mittag, Onkel Degno! Guten Mittag, Onkel Olio.

DEGNO: Willkommen, mein kleiner Knabe! Ich denke, wir wollen es uns jetzt wohl sein lassen.

ROSETTA *tritt ein. Sie ist eine Dame in den Fünfzigern, ein langes Leben steht in ihrem Antlitz.*

OLIO *ihr entgegen:* Willkommen, teuere Mutter!

ROSETTA: Seid mir gegrüßt, meine Lieben! Ich war bei den Rosen draußen, jetzt bin ich bei euch.

MELISSA: Und du bringst ihren Duft an deinen Kleidern mit dir. *Sie umarmen sich.*

DEGNO *leise zu Olio:* Sie bringt ihn in ihrer Seele mit. O wie bewundernswert ist diese Frau.

Inzwischen hat sich Ghiotto auf einen Sessel gesetzt und die Serviette umgebunden.

MELISSA: Du lieber Gott, seht doch den kleinen Schelm!

OLIO: Wahrhaftig! Er eröffnet die Tafel, er gibt das Zeichen, man wird nach dem Diener läuten müssen.

ROSETTA: Aber Ghiotto! Wie ist es möglich, daß du schon wieder hungrig bist. *Zu den andern.* Um zehn Uhr noch gab ich ihm von den gezuckerten Früchten, die uns dein Bruder, Melissa, aus Padua gesandt hat.

OLIO: O es sind Gedichte, diese Früchte! Wenn ich dich um deiner eignen Schönheit willen nicht liebte, Melissa, ich müßte dich allein um dieser göttlichen Komödien deines Bruders willen verehren. Wenn jener Fisch, von dem wir vorhin sprachen –

DEGNO *zu Rosetta:* – Die Riesenmuräne aus dem Hafen von Girgenti –

ROSETTA: – die du später maltest, ich entsinne mich gar wohl –

OLIO: Ein Wunder des Meeres! Ich wollte sagen: Wenn dieser Fisch sich sein Lebelang von jenen Früchten genährt haben würde, so könnt ich es begreifen, daß –

GHIOTTO *klappert mit Messer und Gabel.*

Alle wenden die Blicke auf ihn und sehen ihn halb vorwurfsvoll, halb verständnislos an.

ROSETTA *leise zu Degno:* Ich weiß gar nicht, was mit Ghiotto ist.

MELISSA *zu Ghiotto:* Hast du mich denn noch lieb, mein süßer kleiner Ghiotto?

GHIOTTO: Tante Melissa!

ROSETTA: Die Kinder sind oft recht seltsam. Aber wollen wir uns nicht setzen? *Alle nehmen Platz.* Ich erinnere mich da einer Familie, deren Besitztum in der Nähe der Weinberge lag, die deinem Großonkel, Olio, gehörten, bevor er in jenen verderblichen Krieg zog, der sein ganzes Vermögen verschlingen sollte. Da war auch so ein seltsames Kind . . . *Sie versinkt in Erinnerung.*
DEGNO: Wenn es euch recht ist, so läuten wir dem Diener, daß er das Mahl auftrage.
MELISSA *schlägt an ein Gong.*
OLIO *zu Melissa:* Priesterin!
ROSETTA: Sie hat ganz die Bewegungen ihrer Mutter.
DEGNO: Weißt du noch –
BEPPO *ein Diener mürrischen Gesichts, tritt von links ein.*
DEGNO: Wir wünschen zu speisen, Beppo.
BEPPO *ab.*
GHIOTTO *seufzt tief.*
ROSETTA UND MELISSA *zu gleicher Zeit:* Was ist dir, Ghiotto?
GHIOTTO: Ich habe Hunger.
DEGNO UND OLIO *zu gleicher Zeit:* Es ist unbegreiflich.
ROSETTA: Man sollte ihm ein Buch geben. Er langweilt sich vielleicht.
MELISSA: Willst du ein Buch, Ghiotto?
GHIOTTO *schüttelt den Kopf.*
DEGNO: Es ist seltsam.
OLIO: Man sollte ihm das Gastmahl des Trimalchio des Petronius Arbiter geben.
DEGNO: Das wäre vielleicht das beste. *Zu den Frauen.* Ihr kennt diese einzig dastehende Schilderung des genialen Römers?
MELISSA: Ich weiß nur, daß Olio damals in Girgenti den Namen Trimalchio wiederholt nannte und uns, wenn ich nicht irre, auch etwas aus diesem Buche vorlas.
OLIO: Ich führe dieses bedeutendste Werk der Kaiserzeit

stets bei mir. Es gibt wie kein anderes den Begriff einer bis zur höchsten Morbidität gesteigerten Kultur, eines Raffinements einer Spätlingszeit, gegen welche selbst wir noch nichts bedeuten. Es erregt vielleicht eure Teilnahme, wenn ich euch einiges daraus vorlese, bis das Essen aufgetragen wird.

BEPPO *erscheint mit einer Suppenterrine, setzt sie auf das Büfett und stellt vor jeden einen gefüllten Teller. Niemand beachtet es. Ghiotto will essen, aber ein Blick Melissas erinnert ihn daran, daß er zu warten hat, bis es den Erwachsenen gefällt, anzufangen.*

OLIO: Es handelt sich um ein Gastmahl, das ein durch Spekulation zu großem Reichtum gelangter Freigelassener namens Trimalchio in einer Kolonie Unteritaliens, etwa in Neapel oder Putcoli, gibt. Die fingierte Zeit ist die des Tiberius, der Erzähler ist der Freigelassene Eucalpios. Man mag sich den Speisesaal glänzend geschmückt denken; das Mosaik des Fußbodens stellt seltsamerweise Kehricht und von den Tischen gefallene Brocken dar. Aus dem tiefblauen Schoße der Wände scheinen Tänzerinnen, Genien, geflügelte Eroten hervorzutreten. In die Hauptwand ist ein Tafelbild eingelassen, welches Leda mit dem Nest in den Händen darstellt, worin die Säuglinge Helena und die Dioskuren ruhen.

ROSETTA: Wie vieles daran erinnert an Ihren Speisesaal in Girgenti, Degno.

MELISSA: Ja, nicht wahr, Tante!

DEGNO: Ihr denkt an meine Kopie des Correggio, welche zwischen den beiden östlichen Pfeilern des Saales hängt!

OLIO: Aber lassen wir Eucalpios selber reden: ›Endlich lagerten wir uns zu Tische, und alexandrinische Sklaven gossen uns Schneewasser über die Hände, andere wuschen unsere Füße damit und reinigten mit außerordentlicher Behutsamkeit die Nägel. Und nicht einmal bei dieser beschwerlichen Arbeit schwiegen sie, sondern sangen immer dazwischen. Ich wurde dadurch begierig zu erfahren, ob alles im Hause sänge. Ich forderte also zu trinken. Im Augenblick war ein Knabe da und bediente mich unter ebenso falschem Singen wie die andern, und so machte es jeder, von dem man etwas verlangte. Man konnte das Zimmer für ein Theater und nicht für das Speisezimmer eines Herrn halten.‹

GHIOTTO *beginnt zu weinen.*

DEGNO: Um Gottes willen, Ghiotto! Was fehlt dir, Ghiotto!

GHIOTTO *schluchzend:* Die Suppe –

ROSETTA *kostet die Suppe:* Es ist unerhört! Sie ist ganz kalt! Du hast doch hoffentlich noch nichts davon gegessen!

DEGNO *mit Würde:* Beppo!

BEPPO *höchst mürrisch: Signore!*

DEGNO: Die Suppe ist ganz kalt, du hörst es. Warum ist die Suppe kalt?

BEPPO: Ich habe sie warm hereingebracht.

OLIO *greift sich an den Kopf, halblaut zu Melissa:* Es ist, um den Verstand zu verlieren! Diese Domestiken bringen einen ins Grab.

MELISSA *halblaut zu Olio, ihm die Stirne küssend:* Mein Olio! Nimm's nicht zu schwer, Geliebter.

OLIO *ergreift ihre beiden Hände:* O Melissa!

ROSETTA *halblaut zu Degno:* Unser armer Olio! *Befehlend zu Beppo.* Die Suppe wird auf der Stelle abgetragen!

BEPPO *nimmt murrend die Teller wieder fort.*

OLIO *in steigender Nervosität etwas stakkato:* ›Unterdessen brachte man den ersten Gang, welcher prächtig anzusehen war. Ein Tafelaufsatz hatte die Figur eines Esels von korinthischem Erze. Auf ihm lag ein Quersack von Oliven, auf der einen Seite weiße, auf der andern schwarze. Auf kleinen mit Stahl ausgelegten Tellerchen lagen große, in Honig eingemachte Haselnußkerne, mit Pfeffer bestreut, und noch rauchende Bratwürste auf einem silbernen Roste, und unter dem Roste syrische Pflaumen mit Granatäpfelkernen.

Mit diesen herrlichen Gerichten waren wir beschäftigt –‹

MELISSA *tut einen leisen Seufzer.*

OLIO *wie oben:* Ich muß hier einiges überschlagen, was nicht eigentlich für die feinen Ohren von Damen geschrieben ist, und fahre auf Pagina 25 fort. ›Nun kam wieder ein neuer Gang zum Vorschein. Dieser bestand in einem Mischmasch von einem Spanferkel und anderem Fleische und einem Hasen mit Flügeln, damit er einem Pegasus gliche. In den Ecken des Aufsatzes waren vier Faune zu sehen, aus deren Schläuchen Brühe, welche aus den Eingeweiden verschiedener Fische wohl zubereitet war, auf die Fische herunterfloß, die wie in einem Teiche schwammen. Ein allgemeines Händeklatschen belohnte Trimalchio, und wir machten uns lachend über diese auserlesenen Dinge her. Trimalchio –‹

GHIOTTO *weint laut und strampelt mit den Beinen.*

OLIO *springt auf; ausbrechend:* Ich ertrage es nicht länger!

ROSETTA *bricht zusammen und verfällt in ein konvulsivisches Schluchzen.*

DEGNO: Rosetta! Schwester! – – *Vorwurfsvoll.* Aber Olio!

OLIO: Jawohl, fallt nur alle über mich her!

MELISSA *ringt die Hände unter Tränen.*

GHIOTTO *wird plötzlich bleich und fällt vom Stuhl. Alle schreien auf.*

ROSETTA *stoßweise:* Er hat – am Ende doch – von der Suppe – gegessen –

MELISSA: Nicht sterben, Ghiotto! *Sie bemüht sich abwechselnd um Ghiotto und Rosetta.*

DEGNO *überlaut:* Beppo!

BEPPO *erscheint:* Signore!

DEGNO: Das ganze Küchenpersonal auf der Stelle hierher!

BEPPO *ab.*

OLIO: Du willst?

DEGNO: Ein Exempel statuieren.

BEPPO *von links, begleitet von der Mamsell, dem Koch, der Köchin und dem Küchenmädchen, insgesamt höchst wohlgenährte und behäbige Personen.*

DEGNO *mit großer Handbewegung:* Ihr seid entlassen!

DAS PERSONAL *will protestieren.*

OLIO *wie ein Tiger:* Hinaus!

DAS PERSONAL *verschwindet bestürzt durch das blaue Rechteck im Hintergrunde, das sich vom Glanze der untergehenden Sonne langsam rötlich zu färben beginnt.*

DEGNO *stützt sich auf einen Stuhl:* Die Aufregungen dieses Tages sind groß.

OLIO *sieht sich nach den Frauen um:* Was ist mit Melissa?

MELISSA *kniet regungslos vor der auf ihrem Sessel ohnmächtig gewordenen Rosetta, das Haupt in ihrem Schoß verborgen. Ghiotto liegt neben den beiden auf dem Teppich.*

DEGNO: Allmächtiger Gott, was ist hier geschehen? *Er bricht zusammen.*

OLIO: Alle Furien Höllenbreughels haben sich zusammengerottet, mich zu verfolgen. Ich stehe hier, ich entkorke den uralten Opinianer antiken Geistes, man speit sein Gift hinein, die Erde erhebt sich wie eine Wolke Urnenstaubs und erstickt mein Antlitz, das Fatum selber öffnet *(das Rechteck ist tiefrot geworden)* den purpurnen Rachen seiner unersättlichen Begierden und verschlingt die kostbaren Träume des göttlichen Visionärs. O wie sprachst du die Wahrheit, alte schweigende Sibylle, die du einst dem unerfahrenen Knäblein auf der Höhe von Campobasso begegnetest: Niemand, niemand vermag der finster schreitenden Moira –

DIE MAMSELL *erscheint mitten in dem roten Rechteck mit einem Handtuch und einer Karaffe voll Wasser.*

OLIO *mit wilden wahnsinnigen Bewegungen, als ob er ein Gespenst vor sich sähe:* Rettet mich – Melissa – Rosetta – Degno – Beppo – Trimalchio – *Stürzt zusammen.*

Während die Mamsell auf die Ohnmächtigen zueilt und hinter ihr die gesamte übrige Dienerschaft mit Karaffen und Handtüchern sichtbar wird, fällt rasch der Vorhang.

DER HUNDESCHWANZ

Drama in sieben Bildern von N. N.,
besprochen
von
Alfred Kerr (um 1896)

SCHLUSSPOSAUNE

Brüder! – Zeitgenossen! – Otto! – Paul! – Ludwig! – Geist! und ich erstaune das neue Jahrhundert – –. – – – –. Es ist nichts. Es ist aber nichts. Es ist dreimal nichts. Es ist möglich. Es ist unmöglich. Kinder, Kinder! Mache. Matze. Platt. Matt. Patt. Unterbilanzisch. Kein Ewigkeitszug. Keine Ewigkeitsmomente. Beethoven! Schnitzler? Hauptmännisches?? – – – Nein, – Hundeschwanz, – – – – – – – – – – – – –

II

Es gibt heut Maler in der Präraffaelitenweise. Es gibt Droschken mit Petroleum, aber auch mit Benzin. Es gibt aber auch noch Lampen in der Ölweise. Es gibt Tiergartenfrauen in der Aquarellistenweise. Es gibt Weise auf alle Weise. Wir haben Matkowsky. Es gibt aber auch Kohlenhändler. Mögen sie glücklich werden. Es gibt Leute von übermorgen wie aus vorgestern. Es gibt aber auch Leute von vorgestern wie aus übermorgen. Mögen sie glücklich werden. Es gibt schludrige Seidenpinscherschwänze in der verschnittenen Gartenweise des Quatorze. Es gibt plutarchisch vermittelte Hundeschwänze in der Alcibiadesweise. Mögen sie glücklich werden. Es gibt Pudel. Es gibt Faust. Es ist eine Rückkehr zum Primitiven. Es ist eine Abkehr. Es ist eine Einkehr. Es ist eine Auskehr. Es gibt die buddhistischen Hundeschwänze des Schopenhauer. Es gibt den Hund des Hebbel. Es gibt sogar einen Hundestern. Es gibt alles. Vom Drama bis zur nächsten Ecke. Vom Sozialismus bis zur schönen Helena. Von Kaspar Schmidt bis zum Max Stirner. Vom Gott bis zu mir. Aber *eins* gibt es nicht: Die Möglichkeit, sich mit dem ›Hundeschwanz‹ schlechtweg weiter zu beschäftigen.

III

MITTELSTÜCK

Indessen –

IV

Was ist ›Hundeschwanz‹? Ein Drama in sieben Bildern. Was ist sieben? Drei mehr vier. Oder zwölf minder fünf. Oder eins mehr sechs. Oder dreiundsechzig durch neun. Warum gerade sieben? Warum nicht acht? Warum nicht zweiundzwanzig? Was sind sodann *Bilder*? Malt der Dichter? Zeichnet der Dichter? Kupfersticht der Dichter? Macht der Musiker ›Bilder‹? Macht der Gärtner Bilder? Er setzt. Er haut. Er düngt. Sonaten. Statuen. Beete. Und der Dichter schreibe Akte. Aufzüge. Abschnitte. Absätze. Teile. Stücke. Kapitel. Paragraphen. Wozu die Vermalischung? Wozu die Entdichterung? Es ist keine Erquikkung. Es ist eine Verquickung. Es ist eine Kreuzung. Es ist ein Kreuz. Das also ist Hundeschwanz.

V

Staccato aus Paganini mit obligater Flöte.
Text: Lang, lang ist's her.

usw.

mit Grazie in infinitum

MEIER: Wie hat Ihnen der Schleifstein gefallen?
MÜLLER: Danke, soso.
SCHIMPER: Haben Sie gelesen, was Schnauz darüber geschrieben hat?
MEIER: Schnauz? Im Journal?
SCHIMPER: Nein. Im Literaturblatt.
PFEIFER: Das find ich noch viel zu gut. Über so einen Schund –
MÜLLER: Sie haben ganz recht. Also bitte, meine Herren, ist die Hauptsache nicht ganz dasselbe wie –
MEIER: Im verlorenen Bräutigam?
SCHIMPER: Immerhin –
PFEIFER *lesend:* Wer ist eigentlich Kuno?
SCHIMPER: Unter Kuno schreibt Wiedehopf in der Kabuner Zeitung.
PFEIFER: Er weist riesig fein nach, daß im Tasso das Problem schon einmal angeschnitten worden ist.
SCHIMPER: Wer? Schnauz?
PFEIFER: Nein, Kuno!
MEIER: Wer ist Kuno?
SCHIMPER: Unter Kuno schreibt Wiedehopf in der Kabuner Zeitung.
MEIER: Übrigens, meine Herren, der Roman von Stallhofen – eine höchst mäßige Sache!
MÜLLER: Ist das der Lyriker Stallhofen?
PFEIFER: Wenn Sie sein Heft ›Höhlen und Höhen‹ Lyrik nennen wollen, weil die Zeilen untereinander statt nebeneinander stehen –
MÜLLER: Das ist nicht wahr. Er hat schon Talent –
PFEIFER: Weil er Ihren Todfeind Perleberger mal verrissen hat.
SCHIMPER: Es gibt überhaupt keine Lyriker mehr. Es kann keine mehr geben.

MEIER: Warum?
SCHIMPER: Weil schon alles gesagt ist.
MEIER: Rückkehr zur Volksseele ist das einzige.
SCHIMPER: Da gibt es ein beispielloses Buch aus der Mitte des vorigen Jahrhunderts, das sollte jeder junge Skribent auswendig lernen.
MÜLLER: Haben Sie nicht im Leipziger Allerlei darüber geschrieben?
PFEIFER: Die Form der Zukunft ist das Drama.
SCHIMPER: Unser so sehr fortgeschrittenes modernes Empfinden hat doch aber mehr den Zug zum Innerlichen.
MEIER: Übrigens habe ich kürzlich ihr Epos angefangen. Ein paar Sachen haben mir wirklich recht gut gefallen.
PFEIFER: Sie übersetzen jetzt Pemski?
SCHIMPER: Wie sieht Pemski aus?
MÜLLER: Ist es wahr, daß er mit Frau von Jobski im Sudan lebt?
SCHIMPER: Kennen Sie Frau Jobski? Sie soll entsetzlich dumm sein.
PFEIFER: Die Kohlfurter Volksdichterin Auguste Bahndamm war eine Zeitlang ihre Kammerjungfer.
SCHIMPER: Silberlöffel vom Nachtcourier hat sie ja im Gotthardtunnel interviewt!
MEIER: Was sagte Pemski im Gotthardtunnel?
MÜLLER: Es ist aber doch ein Skandal mit dieser Jobski.
PFEIFER: Mit Pemski aber auch.
SCHIMPER: Ist sie noch jung?
PFEIFER: Hat sie Rasse?
MÜLLER: Sie soll ein bildhübsches Weib sein.
SCHIMPER: Ein Skandal! Man muß sich schämen, Schriftsteller zu sein.
SCHNAUZ *tritt ein:* Na, wie hat Ihnen der Schleifstein gefallen, meine Herren?
PFEIFER: Wir haben Ihr Essay im Literaturblatt gelesen –

Schnauz: Finden Sie nicht auch, daß, wie Wiedehopf sagt, das Problem schon im Tasso angeschnitten ist?
Meier: Wer ist Wiedehopf?
Schimper: Wiedehopf schreibt unter Kuno in der Kabuner Zeitung.
Meier: Ach so.
Müller: Schnauz, haben Sie schon die Geschichte von der Jobski gehört?
Schnauz: Mit Pemski, dem Idioten? aber natürlich, schon zwölfdutzendmal! Aber um auf unseren Schleifstein zurückzukommen – wie hat Ihnen der Schleifstein gefallen?

– –

usf. in infinitum ...

AUS EINER LITERATURGESCHICHTE NEUERER DEUTSCHER LYRIK

... Bald spricht der Dichter vom ›wogenden Meere‹, bald von ›des Firmamentes blauer Wölbung‹, bald wieder sieht er ›blumengemusterte Wiesen‹ oder ›mondige Teiche‹. Wie treffend ist es, wenn er von ›des Waldes unzähligen Bäumen‹ redet, wie richtig empfindet er, wenn er ausruft: ›O Liebe, gleichst du nicht des Stromes Welle!‹ Jetzt ergeht er sich auf der Alpen ›schneebedeckten Spitzen‹, jetzt ruht er hingelagert, ›wo der Salzflut Tränenwoge monoton den Felsen schlägt‹, nun jagt er – wenn auch fast nicht mehr zulässig – auf dem ›Boot seines Rosses‹ durch ›des Steppengrases flutende Bewegung‹ dahin, nun sitzt er in ›gastlicher Laube‹ beim ewig jungen Liebesspiel. Oder er deutet symbolistisch auf die unerforschlichen Rätsel des Lebens, des Daseins, indem er die Schwäne in jugendlicher Kühnheit fleischgewordenen Fragezeichen vergleicht, die nur einmal sängen, nämlich wenn sie stürben, oder er schildert die Liebe gar ergötzlich als eine Zwiebel mit vielen Häuten. Wie schön auch, wenn er von der altehrwürdigen Eiche der Poesie redet, in deren Schatten wir alle genießend wandelten, wie ergreifend seine tiefe deutsche Frömmigkeit und sein echter deutscher Patriotismus, wie sie sich in dem Schlußchoral: ›O Gott, bleib unserm Deutschland treu / Daß sich die Menschheit weiter freu / An seiner Tiefe, Macht und Kraft, / Kunst, Technik, Wandel, Wissenschaft usw.‹ offenbaren. Wir erblicken in diesem jungen Dichter, in diesem werdenden Poeten nicht nur eine bloß augenblickliche Blüte des deutschen Dichterwaldes, sondern auch glauben wir, daß er dereinst, nachdem er recht ausgegoren hat, ein Zweig an jenem goldnen Eichbaum der Kunst, des Schönen, des Wahren und des Guten werden wird, unter dessen Schatten wir es uns allen unangefochten wohl sein lassen können werden.

BEI JACQUES MERK

Ein Interview

Hotelzimmer. Die Bühne ist leer. Es klopft mehrere Male. Endlich kommt der berühmte Komponist Jacques Merk mit Lumpi, seinem Frauchen, und ruft:

JACQUES MERK: Herein!
BETTY OHNESCHAM *tritt ein:* Guten Tag!
MERK: Womit kann ich Ihnen dienen?
BETTY: Ich möchte Sie um eine Unterredung bitten.
MERK: Eine Unterredung?
BETTY: Jawohl, ich bin Mitarbeiterin der Spreezeitung.
MERK *weist auf einen Sammetsessel. Lumpi setzt sich auf Merks Knie:* Sie sind Mitarbeiterin der Spreezeitung?
BETTY: Jawohl, und Sie, verehrter Meister –
MERK: Kennst du die Spreezeitung, Lumpi? *Lumpi steckt Merk eine Zigarette in den Mund.*
LUMPI: Die Spreezeitung?
BETTY *einen Bleistift hervorziehend:* Wann sind Sie demnach geboren?
MERK *verbindlich lächelnd; nachdem er sich die Zigarette angezündet:* Also von der Spreezeitung sind Sie, mein Fräulein?
BETTY: Ich bin übrigens Frau – aber –
MERK: Seit wann, wenn ich fragen darf?
BETTY: Schon seit sieben Jahren –
MERK: Und wann sind Sie geboren?
BETTY: 1870 –
MERK: Haben Sie Kinder?
BETTY: Eins. Aber –
MERK: Und wie heißen Ihre Kinder?
BETTY: Kätchen. Aber im übrigen –

MERK: Was haben Sie sich dabei gedacht, als Sie es zur Welt brachten?
BETTY: Aber ich bitte Sie –
MERK: Womit haben Sie Ihre Flitterwochen verbracht?
BETTY: Aber, verehrter Meister –
MERK: Haben Sie sich als Mädchen glücklicher gefühlt, als Sie sich jetzt als Frau fühlen?
BETTY: O gewiß – aber –
MERK: Stehen Sie mit Ihrem Mann nicht gut?
BETTY: O doch, aber verehrter Meister –
MERK: Was ist Ihr Mann?
BETTY: Rechtsanwalt; aber –
MERK: Wo wohnen Sie?
BETTY: Neue Straße –
MERK: Wohnen Sie schon lange da?
BETTY: Wir wohnen seit dritthalb Jahren da – aber, verehrter Meister –
MERK: Gedenken Sie noch lange dort wohnen zu bleiben?
BETTY: Das kann ich Ihnen nicht so sagen; denn – aber ich bitte Sie –
MERK: Haben Sie Zentralheizung?
BETTY: Nein –
MERK: Pflegen Sie jeden Tag auszugehen?
BETTY: Aber um Gottes willen –
MERK: Wie heißt die Schneiderin, bei der Sie arbeiten lassen?
BETTY: Aber –
MERK: Sind Sie Berlinerin?
BETTY: Ja, natürlich, aber –
MERK: Und was tun Sie, wenn Sie es nicht mehr sind?
BETTY: Ich verstehe Sie nicht –
MERK: Ich meine, glauben Sie an Gott?
BETTY: Wie soll ich Ihnen darauf so schnell antworten? Aber –
MERK: Wieviel Künstler haben Sie schon interviewt?

Betty: Sehr viele, aber –

Merk: Und wie sind Sie sich immer dabei vorgekommen?

Betty: Sehr geehrt; aber –

Merk: Sie sind wohl durch und durch Anhängerin des modernen Journalismus?

Betty: Ja, aber, Meister, ich –

Merk: Welchen Journalisten lieben Sie am meisten?

Betty: Ich möchte keinen Namen nennen –

Merk: Haben Sie zu keinem ein näheres Verhältnis?

Betty *reißt den Mund halb auf:* –

Merk: Darf ich mir Ihr Gebiß auf einen Augenblick ausbitten?

Betty *erhebt sich halb:* Oh, verehrter Meister – Ihr Interesse für mich ist zu schmeichelhaft –

Lumpi *springt von Merks Knie herunter:* Um Himmels willen, Schacki! Du sollst ja um elf auf der Probe sein!

Merk *nimmt die Uhr heraus:* Donner und Doria! Ja, nicht wahr, da entschuldigen Sie schon, liebe Frau – aber ich weiß ja Ihren werten Namen noch gar nicht – ?

Betty: Betty Ohnescham.

Merk: Also, geschätzte Frau Betty Ohnescham – nicht wahr, Sie entschuldigen?

Betty: Oh, Jacques Merk hat nicht nötig, sich irgendwie zu entschuldigen! Auf Wiedersehen, verehrter Meister! Empfehle mich, gnädige Frau!

Das Ehepaar: Adieu, adieu.

Betty und Merk nach entgegengesetzten Seiten rasch ab. Vorhang.

EGON UND EMILIE

Kein Familiendrama

Die Bühne stellt einen behaglichen Wohnraum dar. Links in der Ecke ein Ofen mit einer Bank. In der Mitte ein runder Tisch. Fenster, Türe.

EMILIE *Egon an der Hand ins Zimmer ziehend:* Hier herein! So, hier herein, mein geliebter Egon! O wie bin ich glücklich, wie ist deine Emilie so glücklich! *Sie blickt Egon mit strahlenden Augen an.* Aber du sagst gar nichts –
EGON *setzt sich auf das Sofa und schweigt.*
EMILIE: Hast du gar kein Wort für unser Glück? Aber freilich – *Sie stockt.*
EGON *schweigt.*
EMILIE: O du bist mir noch böse! Nicht wahr, mein Egon, du zürnst mir noch!
EGON *schweigt.*
EMILIE *auf der Ofenbank:* Ich hätte mir das sagen sollen! Ich hätte es voraussehen sollen! Ich Elende! Ich Törin! Aber mein Gott, es ist doch noch nicht alles verloren – nicht wahr, Egon *(sie springt auf, in gesteigerter Angst)*, nicht wahr, Egon –?
EGON *schweigt.*
EMILIE: O ich beschwöre dich! So sprich doch ein Wort, nur ein einziges kleines Wort!
EGON *schweigt.*
EMILIE *an dem runden Tisch:* Ja, beim ewigen Gott – ist denn das etwas so Riesenhaftes, was ich da verlange, nein, erbitte, erflehe! Ich will ja nicht deine Verzeihung oder dein Verstehen, nein, das noch lange nicht, dazu haben wir ja noch fünf Akte Zeit, aber irgendeinen Anknüpfungs-

punkt gib mir doch, irgendeine Replik wirst du mir doch nicht verweigern –

EGON *schweigt.*

EMILIE *vom Fenster aus:* Egon! – Egon!! – Egon!!!

EGON *schweigt.*

EMILIE *auf ihn zu:* Weißt du auch, Schändlicher, daß dies mein Tod ist? Daß ich nun keine Figur werden kann – infolge deines verruchten Schweigens? Daß ich jetzt wieder hinweggehen muß von diesen Brettern, hinaus ins namenlose Nichts, ohne gespielt, ohne gelebt zu haben? *Sie zieht die Uhr und wartet eine volle Minute.* Keine Antwort, kein unartikulierter Laut, nicht einmal ein Blick! Stein, Stein, Eis. Grausamer, der du mich um meine Rolle gebracht hast, unnatürlicher Mensch, der du hier ein Familiendrama in seinen Windeln erwürgst ... Er ist stumm, er bleibt stumm, ich gehe. Nun, so falle denn, Vorhang, wieder, kaum daß du dich erhoben hast; so geht denn, ihr lieben Leute, nach Hause. Ihr saht, ich tat mein Möglichstes. Alles umsonst. Der Unmensch will kein Drama, er will seine Ruhe haben. Lebt wohl. *Ab.*

EGON *erhebt sich:* Sehr richtig, ich will meine Ruhe haben, ich will kein Familiendrama. Um euretwillen, liebe Zuschauer, sollte ich diesem Wasserfall von Weibe durchaus zu Willen sein? Um eurer schönen Augen willen mich mit ihm in endloses Geschwätz verwickeln? Ich denke nicht daran. Geht jetzt nur heim und kommt zu der Erkenntnis, daß ihr heute zum ersten Male in eurem Leben auf der Bühne einen wahrhaft vernünftigen Mann gesehen habt, einen Mann, der das Sprichwort ›Reden ist Silber, Schweigen ist Gold‹ nicht nur im Munde führte, sondern furchtlos befolgte. Lebt wohl. *Ab.*

Ich sitze, den Blick auf meine Weltkarte gerichtet.
Ich besinge das Weltmeer, die Mutter der Erde.
Schwärzlich türmt es sich auf, fürchterlich brüllt es einher, wie ein fließendes Gebirge, unberechenbar, schrecklich, ein Spiel der Stürme.
Blau liegt es da, wie eine Verheißung vielfältigen Glücks.
Weltteile, völkertragende, steigen aus seinem Schaum empor.
Fünf, sechs Venusse tauchen aus ihm empor, ungeheure, liebes- und lebensdurstige nach der Sonne verlangende und den Küssen der tausend Myriaden Sterne.
Asia, die unergründliche, den Kamm des Himalaya im Haar, an der Brust die Rose von Schiras, ihr Herz Indien, die Mutter der Menschen.
Europa, die blasse, bewegliche, den Kopf voller Träume und Launen, die Französin unter den Fünfen, die Aristokratin, die Freundin der Wahrheit, die Mutter der Kunst.
Afrika, die riesige gelbe Kuh, faul in allzuviel Sonne lagernd, der Pyramiden unfruchtbare Brüste starrend im heißen Samum, mit der schwarzen üppigen Flechte des Nils.
Amerika, die jugendlichste, unreifste, mit den vierundvierzig Herzkammern und noch keiner rechten Seele, begehrlich, erfinderisch, voll übersprudelnder Kraft, weltklug mit überlegenen Allüren, Demokratin (bis auf weiteres), nur des richtigen Mannes bedürftig, um vielleicht einst die Erste der Fünfe zu werden.
Australia, die Blutarme, umgeben von pausbäckigen Amoretten.
Grönland, die Venus der Eisbären,
ihr Herz Island mit den heißen Quellen der Sagen.
Sechsfach öffnet sich so der unendliche Meeresschoß, sechsmal birst so die tiefblaue wallende Decke – und auf-

tauchen die sechs beherrschenden Göttinnen, liebes- und lebensdurstige, nach der Sonne verlangende und den Küssen der tausend Myriaden Sterne.

NOCH EIN GESANG WALT WHITMANS

Frater, peccavi?

Ich singe den Gesang meines Zimmers.
Ich singe den Gesang meiner Tapete, meines Plafonds, meines Fußbodens, meiner Türen, meiner Fenster, meiner Umzimmer, Unter- und Überzimmer.
Ich singe die Lampe, die aus dem Zentrum herabhängt.
Ich singe den Ofen in der Ecke, breitspurig, hervortretend, seine Verzierung auf der Brust.
Ich singe die drei andern Ecken leer oder gefüllt mit Schränken, Büsten, Wandbrettern, rechtwinklig laufend nach rechts oder links.
Ich singe den Teppich, den Tisch und die Stühle. Waagrecht liegt er am Boden. Senkrecht setzen sie ihre Beine auf seine Fläche.
Ich singe die Bilder und Karten an der einen Wand. Jedes nach seiner Weise.
Ich singe die Bilder und Spiegel an der andern Wand. Ein jedes auf seine Weise.
Den Schreibtisch besinge ich und seine Bücher, Blätter, Federn, Gestelle, Uhren, Schiebladen, Schlösser, Tintenfaß, Löschapparat, Briefauftrenner, Kuverts, große und kleine, den silbernen Trinkbecher, das Kalenderbuch, das Petschaft, die blaue Schachtel mit dem unzerbrechlichen Bleistift Koh-i-noor.
Ich singe den Pendel der großen Uhr, wenn er hin- und herschwankt.
Ich singe die Gardinen, weiß, mit den Mustern der Fabriken, durchbrochen, fallend nach links und rechts.
Ich singe den messingenen Fenstergriff, blank, sauber. Das Mädchen putzt ihn jeden Morgen. Das flinke, gemietete Mädchen aus Ruppin, im Norden der Mark.
Tretet herein, Freunde!

Hier ist mein Zimmer!
Sauerstoff, Stickstoff, Licht, Wärme, Luftdruck (doch nur soviel wie gerade recht), weiche Kissen oder ein Divan (denn ihr könntet müde geworden sein), ein Apfel, eine Birne, beides aus Borsdorf, in einer Kiste geschickt, Stroh, Papier herum von fürsorglichen Händen.
Oder wenn ihr Wein wollt?
Herein tritt der Kaufmann, zwei Stock tiefer. Er sieht sich um. Höflich zieht er den Hut. Er fragt mit lauter Stimme. Er nennt uns seine Weine:
Den Zeltinger, den Brauneberger, den Nierensteiner, den Rauenthaler, den Rauenthaler Berg, den Rüdesheimer, den Geisenheimer, den St. Julien, den Médoc, den Pontet Canet, den Marcobrunner, den Kaisersekt, die Veuve Cliquot, den Pomery Greno, den Heidsick Monopol.
Wählt, meine Freunde. Laßt ihn bringen, was er hat. Mein Zimmer ist groß genug dazu.
Mein Zimmer ist nicht nur mein Zimmer. Mein Zimmer ist die Welt, the world, orbis pictus.
Hört mich an, ihr Zimmerbewohner aller fünf Weltteile!
Große Zimmergenossenschaft der Demokratie!
Camerados!
Singt mit mir den Zimmergesang, den millionenhaften!
Singt mit mir den Zimmergesang der Demokratie!

WIENER SCHULE

Und meine Seele stand vor steilen Bergen
und hatte sehr zu tun mit ihrem Kerne;
denn aus ihm sproßte wie aus weiter Ferne
ein ganzer Haufe von sehr großen Zwergen –

die regungslose rote Augensterne
auf sie hinhefteten . . . Da kam der Ferge
und warf den schwersten seiner schweren Särge
auf mich, daß ich sehr tiefe Schmerzen lerne.

Und Wölfe saßen rings um die Zisterne . . .
Und eine Stille ging als wie ein Scherge . . .
Und ich erwachte dumpf in der Taberne.

DER DICHTER

Ein lang Gewand streng wallender Terzinen,
des blauer Saum die Erde fast berührte,
umfloß den Dichter, wie er mir erschienen.

Die edlen Füße staken in Sonetten,
indes das Band, das ihm die Stirne schnürte,
aus Epigrammen war, gleich goldnen Bienen,
die sich im Mondschein auseinanderketten.

So schritt er sanft und schürzte sein Ghasel,
gelassen, gleich den stolzen Beduinen.
Ich barg mein Haupt im Rhythmus der
Terzinen . . .
Fern graste der Gewöhnlichkeit Kamel.

AUS LAMETTA VOM CHRISTBAUM DER DRITTLETZTEN ERLEUCHTUNG

Ich wünschte, daß ihr jene pfade trätet
Auf denen unsre antilopensüchte
Den myrrhenduft berauschenderer früchte
Genossen als um die ihr glücklich bätet.

Daß weid und pappel ihres matten silbers
Entwohnten zierat euch zu knieen schütte
Indes zum tempelhof des weltvergilbers
Die knaben wallen wein in buchner bütte.

Dann würden eure wunden durch die gitter
Der allzu strengen schergen röter bluten
Und eure seelen auf dem hochgeschuhten
Kothurn des engels nahn dem kranz der ritter.

DER MORD
Berliner Schule

I

Es liegt ein Mann in der Panke,
winkewanke . . winkewanke . .

Wer hat ihn in dies Bett gestupft,
dahin doch sonst der Frosch nur hupft?

Es sieht ihn einer schlafen –
der hockt im Bremerhaven –

der hockt in einem leeren Faß,
im Schiffsraum der Felicitas!

Es liegt ein Mann in der Panke
winkewanke . . winkewanke . .

II

Das Meer raunt dumpf ohn Unterlaß
um einen Menschen in einem Faß.

Gekrümmt, an Leib und Seele wund,
verflucht er seinen Kerker rund.

Er hat nicht länger Vorrat mehr.
Von Ratten wimmelt's um ihn her.

Er bricht nachts die Büfettür los
und schreibt darauf mit Kreide groß:

›Ich bin eine Ratte, sucht mich nicht,
sonst spring ich euch plötzlich ins Gesicht.‹

Dann kriecht er unter eine Bank
und schlingt hinunter Speis und Trank.

Da fällt die Kerze auf ein Blatt:
er nimmt's und liest: ›Die ganze Stadt

ist hinter Albert Hanke her,
denn sein Verhältnis sagt, er wär –‹

Das Weitre fehlt. Doch unser Mann
kriecht vor und steckt den Teppich an,

springt wild mit Feuerjoh auf Deck,
greift einen Gürtel, springt vom Heck.

Verwirrung, Rufe, Rauch, Signal . . .
ein Mensch schwimmt mitten im Kanal . . .

III

»Wer sind Sie? . . Jesus! Mensch, bist *du's*?«
»Ich komme von Holland und zu Fuß.«

»Wie siehst denn aus! Als wie dein Geist!«
»Ich hab halt viel gehungert, weißt!«

»Wo warst denn nur? Was gingst denn fort?«
»Ich hatte was zu tuen dort.«

»Und läßt mich hier, dein Kind im Leib –?«
»Drum komm ich ja auch wieder, Weib –

in Hetze wie ein Vagabund.
Ich mußte nach Berlin heim und –«

»Es klopft. Du zitterst ja, als wenn –«
»Da sind wir. Also doch. Nun denn –«

EIN COUPLET IM VIERTEN STIL

Was spricht die Nacht,
wenn sie erwacht?
Sie spricht auf weiß:
»Es dämmert leis!«
Und all die Sphinx-
Geburten rings
singen nach rechts und links:
O daß das neue Licht uns träfe
grad auf die Schläfe!

Was spricht die Nacht,
wenn sie erwacht?
Sie spricht auf blau:

»Jetzt kommt der Tau!«
Und all die Sphinx-
Geburten rings
singen nach rechts und links:
O daß das neue Licht uns träfe
grad auf die Schläfe!

Was spricht die Nacht,
wenn sie erwacht?
Sie spricht auf rot:
»Nun bin ich tot!«
Und all die Sphinx-
Geburten rings
singen nach rechts und links:
O daß das neue Licht uns träfe
grad auf die Schläfe!

VOM NEUEN WEIBE
Rhapsodie

Und weiße Pröbste
gingen auf den Wiesen
und aßen Öbste,
die sie bald vergaßen,
vom tauben Mund
der Dinge, welche beim
Ersprießen
fließen,
als wie solche Trauben,
die, wenn sie reifen,
den sehr tiefen Reim
auf Rauben
wie zum Greifen
uns erlauben; –

und Nächte brachen auf –
wie Wunden zum
Betasten fahler Tode
Verse sprechen
und stumm
den Star der Weltpagode
stechen –
indem
ein wundes Lächeln
durch die Silben
der irren Tröste
in die Wüste sehnte,
als dehnte
im Vergilben
sich erlöste
Verwirrung nach dem Lehm,
den Rosen fächeln ...

MODERNE ROMANTIK

I

Am Kirchhof stehn drei Kreuze.
Des Posthorns Peitsche knallt.
Im Walde schrein drei Käuze.
O wie bald! O wie bald! O wie bald!

Verzeiht mir, wenn ich mich schneuze,
denk an den Kirchhof ich
und die Peitsch und die Käuz und die Kreuze
und den Wald und das Posthorn und mich.

II

Kecker Bursche zog ich aus,
Frühlingsstorm im jungen Schädel.

Nun ade, du Vaterhaus!
Heißa, blondes Mädel!

In die Welt zog Jahr um Jahr ...
Aus ist meine Rolle ...
Welkes Gartenlaub im Haar
sitz ich da und schmolle.

BLUTNÄCHTE XIII

Mein hohler Zahn
sitzt vor dem Fenster
und nachtschluchzt
irrschluchzt vom Vergessen
der blauen Lippe
im Silberkahn
gotthin
erdweg
güldla
glitt sein Kuß
kehlab
seelein
Heiligmond
warf Honigschein
in der Pußtakoppelkuppel
meiner Hirnrinde
tanzten sieben todrotsündige Stirnwinde
den Ringelklingelkringelschlingelreihn.

DER GRÜNE LEUCHTER

Peter Altenberg

Der junge Mann von dreiundzwanzig Jahren, vier Monaten und siebzehn Tagen – wenn man den angebrochenen schon mitzählte – erwachte.

D.h. er schlug ein paar Augen auf – die waren wie ausgetrunkene Weingläser nach einem Fest, wenn das Dienstmädchen frühmorgens hereinkommt und denkt: ›Mein Gott, das gibt wieder eine Arbeit.‹

Er schlug also seine Augen auf, diese ausgetrunkenen Weingläser, in denen noch die Neige der Erlebnisse der letzten Nacht schillerte, wie ein Rest alten Bordeaux, den selbst das Dienstmädchen nicht mehr mochte –

mochte – – und richtete sie auf den Leuchter aus grünlasiertem Ton, der neben seinem Bett auf dem marmornen Nachttischchen stand. ›Grüner Leuchter‹, dachte er, und die Vokalisation dieser Worte tat ihm wohl.

Er hätte ja auch sein Chronometer erblicken können und denken: ›Silberne Uhr‹. Aber das hätte ihm ohne Zweifel die Seele zerschnitten, als wenn einer gesagt hätte: ›Bissiger Hund‹ oder ›Sitzen Sie ruhig‹.

Er fühlte: ›Grüner Leuchter‹.

Das war alles mild und schön, stark und doch gütig. Es war wie ein Stück Griechenland – wie wenn ein junger Wiener seinem kleinen Mädchen nachschaut, mit einem Blick, als wollte er sagen: ›O – du – Griechenland!‹

Der junge Mann phantasierte: ›Grüner Leuchter . . .‹ Er phantasierte: ›Grüne Bäume‹ und ›Leuchtende Sonne‹.

Und es war, als hätte das Dienstmädchen die Weingläser geputzt, und nun spielte die Morgensonne mit den blanken leeren Gläsern und täte so, als ob sie neuen goldenen Wein dareinfüllen wollte.

Der junge Mann von dreiundzwanzig Jahren, vier Monaten und siebzehn Tagen – wenn man den angebrochenen

schon mitzählte – gähnte laut: »Ah – h – h –« Dann fühlte er verdrossen: ›Du mußt jetzt aufstehen.‹ Darunter aber fühlte er – wie das Streichen einer leisen besänftigenden Frauenhand über weiches Kinderhaar –: ›Grüner Leuchter‹.
Er lächelte unwillkürlich und dachte: ›Mein Gott!‹ Dann kleidete er sich langsam an. ›Grüner Leuchter . . .‹

DIE TORTE

Peter Altenberg

Weißt du, was eine Torte ist?
Armer, Unglücklicher, Lieber!
Wie eine Zither bist du, über der eine
Flanelldecke liegt.
Klingst du wider, wenn ich dich frage: weißt du,
was eine Torte ist?
Um Gottes willen, schau nicht so aus!
So eiskalt!
So steinstarr!
So blöd!
So wie der Packträger um die Ecke, wenn ich
ihm etwa sagte: Die Wiesenthal!
Und er mir darauf sagte: Verzeihn S',
Herr von Altenberg – aber *ich* sag: *Das*
Wiesental!
Und grinst.
Hoffnungslos.
Ein Semmering liegt zwischen uns.
Mit Hotels.
Mit Eisenbahnen.
Mit ich weiß nicht was.
Also: weißt du, was eine Torte ist?
Eine Torte, Menschenkind, eine Torte?

DER APFELSCHIMMEL

Paul Scheerbart (1897)

Es war einmal ein Schimmel,
der war so weiß, daß man ihn gar nicht sah.
Eines Tages stand dieser Schimmel an einem Apfelbaum
und rieb sich den Hals an seinem Stamm.
Der Apfelbaum wurde fast verrückt;
denn er sah niemanden, der sich an ihm rieb,
und fühlte doch, daß es so war.

Und er begann seinen Verstand zu verlieren
und seine Äpfel dazu.
Der Schimmel aber erschrak so sehr über die plötzlich
herabregnenden Äpfel,
daß er eine Hautkrankheit bekam, welche die Äpfel nachahmte.
Seitdem gibt es Apfelschimmel.

ÜBERBRETTL
DIE HOCHZEIT DER DINGE

Am Abend, wenn der Mensch ist tot,
ti – ta – tot,
dann machen die Dinge Hochzeit,
Hi – Ha – Hochzeit.

Dann heiratet das Holz den Stein
und bekommt von ihm Kinderlein;
die werden wieder Hochzeiter
und so weiter.

Und auch die großen Lexika
schließen dann ihre Ehen.

Welch eine Sprachverwirrung wird da
von neuem wieder erstehen.

Dann werden sich endlich auch einmal
die Stiefel heiraten können
und Kinder kriegen ohne Zahl.
Es ist ihnen auch zu gönnen.

Ich wollt wohl, daß ich ein Stiefel wär,
daß ich da noch Leben hätte,
so zög ich hurtig kreuz und quer
mit meiner Stiefelette.

Und sänge manch unsterblich Gedicht
auf ihre strahlende Schwärze
und schenkte ihr ein Kirchenlicht
und ein Pfefferkuchenherze.

Ja ja, die Welt ist rund und bunt
besonders um die Taille;
sie kommt so bald nicht auf den Hund,
die reizende Canaille.

DIE EISERNE GANS

Galgenschule. Verfasser unbekannt. Schema: Das Nasobēm

Ist eine Gans aus Eisen,
die niemand noch kennt im Land.
Ihr mögt bis nach Böhmen reisen,
ihr findet nit ihren Stand.

Sie schenkt euch täglich Federn,
soviel ihr wollt und kauft.

Ihr werdet sie nit zerfledern,
wie sehr ihr sie auch zerrauft.

Ist eine Gans aus Eisen
(an die noch niemand glaubt),
doch sprang sie gleich Athenen,
o Mensch, aus diesem Haupt.

DER IGEL

Galgenschule. Verfasser unbekannt.
Schema: Das ästhetische Wiesel

Ein Igel
saß pyramidalisch
auf einem Hügel.

– . – *

Er fühlte sich
– wie sag ich's ungeziert –
normalvokalisch
untergrundfundiert.

* (Lies: Strich, Punkt, Strich)

REZENSIONEN
BETRACHTUNGEN
ÜBERLEGUNGEN
ZUM THEATER

JUGENDSTÜRME

Roman von *Curt Grottewitz,*
Leipzig, Verlag von B. Elischer Nachf.

Mit besonderem Interesse werden viele ein Buch zur Hand nehmen, das uns in die Tage unserer Gymnasialzeit zurückführt, aber nicht, um uns billige Späße aus Schule und Heim zu erzählen, sondern eine Wunde aufzudecken, die am Körper unseres Volkes zehrt und still und ruhlos lebendiges Blut vergiftet.

Daß er sie *aufgerissen* hätte, in Flammenworten ein unseliger Verdammer jenes unseligen Erziehungssystems, das dem lechzenden Knaben- und Jünglingsherzen Steine gibt statt Brot und in durstige Lungen Staub wirbelt und aber Staub, in verständnislosem Kaltsinn und verbrecherischem Dünkel.

Der Dichter macht einen hochbegabten, aber kühl-nüchternen Menschen zum Träger der Handlung; jedoch schon dafür würde ihm Dank gebühren, daß er überhaupt einmal es unternommen, dieses tiefe, psychologische Gebiet nicht im Lichte einer begütigenden, d. h. verfälschenden Erinnerung wieder vor sich heraufzubeschwören, sondern von jener Stimmung beleuchtet, die er selbst einst empfunden haben mag, als sein Geist noch unter dem quälenden Zwange geseufzt.

Georg Hagen, Oberprimaner der Fürstenschule St. Augustin, einer äußerlich an Schulpforte erinnernden Anstalt, fühlt sich infolge seiner den Durchschnitt weit überflügelnden Gereiftheit einsam und unglücklich in den alles freudige Leben mit finsterer Strenge abschließenden Mauern, zumal ihm auch seine Kameraden nur als eine ›rohe Horde‹ erscheinen, mit der zusammengeschmiedet zu sein ihn mit bitterem Haß gegen die Schule erfüllt. Naturwissenschaft ist – wie es heißt – schon früh seine Haupttätigkeit geworden, und nebenbei treibt er alles, was er zur Bildung eines modernen Menschen für notwendig hält: so besitzt er bereits jetzt als Oberprimaner eine geistige Reife, wie sie sonst nur im Mannesalter erreicht wird. Diesem Umstande entspringt ein Überlegenheitsgefühl, das oft in beinahe abstoßender Weise in Hohn und Verachtung gegen seine Kameraden sich Luft macht und auch dem Banne schöner Mädchenaugen spöttisch sich entziehen zu können glaubt. Aber nur glaubt. Denn bald verliebt er sich leidenschaftlich in die Tochter eines seiner Professoren, da er in dem stolzen und begabten Mädchen ein Weib nach seinem Sinne entdeckt zu haben meint. Seine Neigung wird ebenso heiß erwidert, und die beiden träumen von einer herrlichen Zukunft, die ganz nach den Ideen Hagens sich gestalten soll, der sein junges Lieb immer eifriger in seine naturwissenschaftliche Sphäre einweiht. Da verliert das Mädchen durch ein mißlingendes physikalisches Experiment, das die beiden zusammen machen, das Augenlicht, und Hagen, der bald darauf sein Examen besteht, verläßt die kleine Stadt, ohne von der Unglücklichen Abschied zu nehmen, denn ›einmal würde es ja doch enden‹.

Dies die Haupthandlung des Romans, die sich durch die zahlreichen Schilderungen des Lebens und Treibens auf der Fürstenschule wie ein roter Faden hindurchzieht. Jene Schilderungen sind zuweilen sehr treffend und von scharfer Beobachtung zeugend; die Charakteristik wenigstens der Hauptpersonen geschickt – aber eines begreife ich nicht, oder vielmehr: es läßt sich wohl nur aus der Persönlichkeit des Dichters heraus begreifen.

Ein moderner Stimmungsmensch, meine ich, wäre der rechte Vorwurf gewesen, daran all jene Kämpfe und Bitternisse aufzuzeigen, welche das in seiner Entwicklung gehemmte, mißverstandene, der Autorität gegenüber hülflose Individuum peinigen und zu vernichten drohen, ein Halbescher Hans etwa, *aber nicht* ein unnatürlich frühreif-

fer, abgeschlossener Verstandesmensch, dessen ganze psychologische Entwicklung *vor* den dargestellten Verhältnissen liegt, an dem nichts mehr zu brechen und zu ändern ist, der sich aber auch nicht in innern Kämpfen den harten, groben Trotz erst erobern muß, der, wie ein Adler das junge, übervolle Herz in seinen Fängen tragend, es hinüberrettet aus dumpfer Haft in die ahnungsvolle Zukunft. Wie sollte ein Hagen jemals jene gewaltsam erstickten Wallungen ausbrechen wollender Leidenschaft empfinden, welche den heißblütigen jungen Mann erschüttern, der sich bereits als Persönlichkeit fühlt und immer noch als Knaben, oder schlimmer noch: als Nummer behandelt und gar häufig beleidigt sehen muß? Oder wie sollte er, der spöttische Klügling, darüber in Verzweiflung versinken, wenn er monate-, jahrelang einem Cicero, der ihn anwidert, auf den Pfaden seiner Spitzfindigkeit und pathetischen Phrase nachkriechen muß, wenn er in seinem Religionslehrer – wie das zuweilen der Fall sein kann – die Borniertheit in Person Säemannsrolle spielen, oder wenn er vor einer nervösen Lehrerfigur die ganze Klasse wie eine einzige rasende Bestie sich gebaren sieht?
Ein Eingehen auf den Geist wenigstens des einen oder des andern Lehrers ist leider ebensowenig zu finden.
Ein Gebiet voll unendlicher Möglichkeiten seelischer Vertiefung ist dadurch unberührt geblieben, und bedauernd legen wir ein Buch aus der Hand, das in vielen Einzelheiten den hochbegabten Erzähler verrät, als Ganzes jedoch dem interessanten und unerschöpflichen psychologischen Problem noch nicht gerecht geworden ist.

DREI

Drama in drei Aufzügen von *Max Dreyer.*
Verlag von S. Fischer, Berlin

Bezeichnen wir den Ehemann mit x, die Ehefrau mit y, den Hausfreund beziehungsweise die Hausfreundin mit z, so ergeben sich folgende Kombinationen: 1) x y, z, d. h.: Das Ehepaar wird durch einen dritten tangiert, bleibt jedoch vereinigt. Beispiel: ›Das Spiel mit dem Feuer‹ von August Strindberg. 2) x z, y, d. h.: Der Ehemann gerät durch Dazwischenkunft einer Hausfreundin in Gegensatz zu seiner Frau. Diese bleibt allein zurück. Beispiel: ›Einsame Menschen‹ von Gerhart Hauptmann. 3) y z, x, d. h.: Die Ehefrau gerät durch Dazwischenkunft eines Hausfreundes in Gegensatz zu ihrem Mann. Dieser bleibt allein zurück, Beispiel: ›Drei‹ von Max Dreyer. Mit Hülfe von Finessen kann man natürlich diese Kombination noch vielfach variieren, indem man z. B. x als x_1, x_2 etc. genauer definiert, wobei x_1 den Ehemann als unschuldigen, x_2 als schuldigen Teil bedeuten könnte u. s. f. mit Grazie ad infinitum. Ich erlaube mir heute im Zeitalter der exakten Wissenschaften aufs wärmste auf die Hilfsquellen der Arithmetik behufs Ausschlachtung dramatischer Stoffgebiete hinzuweisen und glaube in Herrn Max Dreyer bereits den ersten Pfadfinder dieser mathematodramatischen Schule erkennen zu müssen.

Ob für die Poesie etwas dabei gewonnen wird, das ist ja schließlich – Nebensache. Der Text zu obiger Formel ist folgender: Der Architekt Hans Martienssen verkehrt täglich intim im Hause seines Freundes, des Privatgelehrten Karl Genzmer, und seiner Frau Susanne, welche mit hausfraulicher Sorgfalt sich des etwas unpraktischen Junggesellen annimmt. Im Anfang ist es denn auch ein urgemütlicher Dreibund, den Karl, welcher in Hansens kräftiger Natur ›den Geist der Frische, des Wohlbehagens, der Gesundheit‹ ins Haus einziehen sieht, noch enger knüpft, indem er die beiden auffordert ›du‹ zueinander zu sagen. Da erscheint, während Hans und Susanne im Garten spazieren, ein ehemaliger Jugendfreund Genzmers, Paul Bollert, dessen Wiedersehen in dem Überraschten böse Erinnerungen heraufbeschwört. Genzmer ist nämlich vor langen Jahren der ›Dritte‹ bei Bollerts gewesen und hat, seinen Andeutungen nach, offenbar in einem allzu intimen Verhältnis zu dessen Gattin gestanden, ohne daß sein Freund etwas davon geahnt hat. Bollert: ›Bist auch so manches Mal mit Anna in unserem schönen Garten spaziert, während ich noch über den Geschäftsbüchern schwitze.‹ Und später, sich verabschiedend: ›Na, adieu, Karl! Ich kann dir nur wünschen, daß es hier wird, wie es damals bei uns war!‹ Von diesem Augenblick an hat Susannens Gatte den Boden unter den Füßen verloren: – ›Wer an seine Schuld glaubt, glaubt an Vergeltung – er muß ja an Vergeltung glauben – und dieser Vergleich – diese Parallele – und zum Schluß der Wunsch – es war wie ein Fluch – –!‹ Eifersucht, Nervosität, Nörgelei treten an die Stelle des einstigen Vertrauens und offenbaren die innerlich haltlose Natur Genzmers in immer abstoßenderer Weise, bis er zuletzt in der tyrannischen Pose des Schwächlings, der das eigene Nichts quälend empfindet, der schuld- und ahnungslosen Frau den Verdacht ins Gesicht schleudert, ehebrecherische Wünsche zu hegen. Unter Ausbrüchen schneller Reue des Gatten und schwerer Schmerzversunkenheit Susannens endigt der zweite Aufzug. Der letzte bringt die tiefere Entfremdung der beiden, zumal Karl nicht den Mut hat, seinen Freund gehen zu heißen. Bis nach neuen Vorwürfen Susanne es offen ausspricht: ›Ich sehe ihn jetzt mit ganz andern Augen an. Du selbst bist schuld daran – durch dein Mißtrauen, deine niederen Gedanken – ja! Und ich begann zu vergleichen. – Deine Untätigkeit, dein Auf-der-Lauer-Liegen und dann wieder deine Weichheit und Zerknirschung! Ganz offen: meine Achtung vor dir sank immer mehr. Und es wuchs meine Freude an seiner Klarheit, seiner Frische, seiner ganzen Männlichkeit.‹ Karl macht noch einen letzten Versuch, ihr Vertrauen wiederzugewinnen. Er beschließt studienhalber zu verreisen, kehrt jedoch aus Argwohn wieder um, allerdings nur, um das entschlossene Lebewohl Susannens entgegenzunehmen, welcher, nach einer klärenden Aussprache mit Hans, ihr fernerer Lebensweg klar vor Augen liegt. Am Schlusse tritt prompt die in Paul Bollert verkörperte böse Vergangenheit auf die Bühne, und zugleich mit dem verlassenen Ehemann sinkt der Vorhang.

Es ist mir kaum zweifelhaft, daß das Drama, gut gespielt, ein Zugstück werden wird; denn ich halte seine Technik für sehr geschickt und den Dialog für stellenweise prächtig und durchweg lebensvoll. Jedenfalls ein Erstlingsdrama von Hand und Fuß, wenn auch nicht von Duft und Schmelz und zwingender Gewalt, so doch von redlicher Beobachtung und fesselnder Schürzung. Sagen wir: ein wohlgelungenes Rechenexempel.

DER KASTL VOM HOLLERBRÄU

Roman aus der Münchener Brauwelt von *R. v. Seydlitz.*
Dr. E. Albert & Co. Separat-Conto. München

Ein Buch, von dem ich wenig mehr zu sagen weiß, als daß es mich in seinem Anfang etwas langweilte, in seinem Verlaufe jedoch mir immer besser gefiel. Eine einfache, oft fast nüchterne Geschichte eines ehrlichen Strebens, dessen Kämpfe, Enttäuschungen und Erfolge in den dämmerigen Mauern von Brauereien sich abspielen.

Kastulus Hegebart, ein Gütlersohn aus Allersdorf in Franken, fühlt sich von der ›weißblauen Zentralsonne‹ München so mächtig angezogen, daß er eines Tages sein Heimatsdorf verläßt, um das ›große, mystisch unheimliche Eldorado voll unermeßlicher Schätze‹ selbst kennenzulernen und dort – auf welche Weise freilich, ist ihm noch unklar – ›ein Mordskerl zu werden, auf den alle Leute schauen sollen‹. Gewaltig packt den naiven Naturburschen das sinnverwirrende Getriebe der Großstadt, und sein Entschluß, Brauer zu werden, steigert sich beim Anblick der riesenhaften Bierproduktion zur hellen Begeisterung. Nach einigen Irrfahrten landet er in dem ›alten, ehrwürdigen Hollerbräu‹, wo er als ›Haberfelder‹ zunächst die Fässer zu waschen hat, sich nebenbei in das fesche Küchenmädel ›Agerl‹ verliebt, zum ›Hinterburschen‹ aufrückt und, nachdem ihm Agathe untreu geworden, sich in die Mälzerei an die Isar hinaus versetzen läßt, wo nur sein eherner Fleiß den Trübsinn niederzuzwingen vermag, der ihn seit jener ersten großen Enttäuschung befallen. Mit dem Hollerbräu ist es inzwischen abwärts gegangen. Sein Besitzer verkauft es, und sein bisheriger Buchhalter, Kastls Oheim Ringelmann, gründet ein Konkurrenzunternehmen, das ›Ludwigsbräu‹, mit seinem Neffen an der Spitze. Als aber nach drei Jahren durch Brandlegung Ringelmanns, der sich durch betrügerische Spekulationen und falsche Buchführung ins Verderben gebracht hat, die Gebäude in Flammen aufgehen, kehrt der junge Mann, um viele Erfahrungen, aber auch um die allgemeine Anerkennung reicher, wieder als Bräumeister ins Hollerbräu zurück.

In dieser sieht er Agathe wieder, deren Mann im Zuchthause sitzt, und in beiden erwacht leidenschaftlich die alte Liebe.

Die Szene oben auf dem eisernen Brückensteg, der, umstarrt von Kaminen, hoch über den Hof der Brauerei sich spannt, gehört, neben dem Anfang des ersten Kapitels und der Schilderung des Brandes, in ihrer Knappheit und Innigkeit zu den schönsten Stellen des ganzen Buches, an dessen Schluß wir den Kastulus Hegebart als glücklichen

Gatten seines ›Agerl‹ und als Direktor der ›Gesellschaft Brauerei Wittelsbach‹ sehen.

Was ein so gedrängter Überblick natürlich kaum andeuten kann, ist der eigentümliche Reiz, der dem Ganzen das sorgfältig gezeichnete Milieu verleiht, zu dem der Verfasser in Zolas Art die eingehendsten Studien und Beobachtungen gemacht haben mag.

Eduard von Hartmann, der die Umwandlung der Weinberge in Obstgärten empfiehlt, würde zwar vielleicht auch die Hopfenanpflanzungen in Gemüsebeete und die Brauereien in Philosophenschulen verwandelt sehen wollen – solange dies aber noch nicht der Fall ist, wird die silberne Maßkrugdeckels-Aureole um des Münchener Kindls Haupt nicht verschwinden und das sonnige Isarathen sich neben dem Ruf einer ersten Kunststadt auch den der philiströsen ›Bierstadt an sich‹ gefallen lassen müssen.

IM SOMMERSTURM

Von *Arthur von Wallpach.* München,
Dr. E. Albert & Co

Nun, da schon herbstliche Stürme mit kalten Stößen durchs Land fegen, ist es vielleicht ein eigener Reiz mehr, dem Rauschen und Raunen des ›Sommersturms‹ zu lauschen, der durch die Äolsharfe einer Dichterseele gar fröhlich und heftig braust und ihr manch leidenschaftlichen Akkord entlockt, den man noch nicht gehört zu haben meint. Arthur von Wallpach ist ein Stammesgenosse Hermann von Hilms, und der ›Sommersturm‹ verrät es bald durch sein kräftiges Ozon, daß er von Bergen und Wäldern herkommt, auch wenn er nicht just davon redet wie in den prächtigen Weisen: ›Im Geklüft lieb ich zu steigen‹,›Morgen im Gebirg‹,›Von jener Himmelsleiter der Titanen‹, ›Tirol‹ u. a. Der Poet führt uns in Liedern durch

die Stadien seines Lebens: durch ›Gärung‹ zur ›Klärung‹, an welche Zyklen er als eine Art Parerga, wie ich denke, einen dritten Zyklus, ›Zeit- und Streitlieder‹, und eine – wohl etwas mißratene – Übertragung von Carduccis ›Hymne an Satanas‹ anschließt.
Die Gedichte des ersten Teils kennzeichnet er selbst durch das Stirnersche Motto: ›Der Jüngling stößt die Welt zurück in tiefster Weltverachtung.‹ Anklagen, Kämpfe, Enttäuschungen, wie sie tiefere Naturen besonders stark empfinden und erleben, kommen da neben erster Liebesleidenschaft zum stürmischen Austrag, in einer Sprache, die sich oft im Überdrang nach Plastik und Intensität eigene Wortbetten gewaltsam wühlt und in diesem Bestreben häufig einen glücklichen Instinkt offenbart, der mir ein gutes Kennzeichen der Verjüngung und Vertiefung unseres Stils zu sein dünkt und den ich bei einer ganzen Anzahl moderner Schriftsteller in hohem Maße wiederfinde. Intensität des Ausdrucks – vorläufig oft genug noch auf Kosten der Schönheit –, ein Ringen nach intimster Charakteristik schon im engen Rahmen des Wortbildes, ein peinliches Ausschöpfen jedes Gedankens durch gewagteste Sinn- und Lautkombinationen, das scheint mir ein Hauptmerkmal unseres neuen deutschen Stils zu sein, dessen – hoffentlich immer mehr verschwindende – Hauptschattenseite ich in der platten Verpöbelung erblicke, die von einigen dadurch geübt wird, daß sie schlappen, rohen Gassenjargon meist ohne Not in ihr Deutsch hinübernehmen und so das ohnehin schwache Gefühl unseres Volkes für die Schönheit der sprachlichen Form immer mehr vernichten.
Doch zurück zu Arthur von Wallpach.
Ist es nicht sehr prägnant, wenn er einmal sagt:

Aufquillend aus dem feuchten Wasserrunst,
Umwebt die Felsen schleierblauer Dunst –

und gleich darauf:

Der Eiswall glitzt in glasiggrünem Schein,
Schneefetzen blenden grell im Rollgestein –

oder Worte und Wendungen wie: ›Eigenglaube‹, ›brautjung‹, ›vom irren Zitterrot umflossen‹, ›Rieselflor des Regens‹, ›umrißrein‹, ›ein rostrot Ahornblatt‹, ›der Glieder Rhythmenfluß‹, ›Lungerpack‹, ›Knitterfalten‹ u. a.

Oder wenn die Schilderung eines Spätsommermorgens schließt:

Und durch den Laubwald steigt den Berg hinan
Des Herbstes buntscheckige Harlekinade.

Ein anderes Mal heißt es:

Ich schlendere durch die Kühle,
Hab mich so müd gewerkt,

Und kurz vorher, allerdings sehr anfechtbar, aber immerhin charakteristisch:

Ein letzter Dandy bengelt
Noch zierlich über den Platz.

Zuweilen freilich wird auch der Schritt zum Lächerlichen gemacht, wie z. B., wenn der Dichter ›an dem Blühschnee des Apfelbusens der Geliebten ruhen‹ möchte.

Aber weder solche beiläufige Fauxpas noch die teilweise noch sehr unwirsche, schwerfällige Behandlung der Rhythmen und Reime können erheblich verstimmen: die Frische und Herzlichkeit des Autors wirkt stets versöhnend.

Doch hat er immerhin durch diese Sammlung mehr die Erwartung auf seine weitere Entwicklung rege gemacht, als daß er bereits jeden befriedigt haben dürfte. Auf die Gärung und Klärung folgt hoffentlich noch eine lange segenschwere Herbstperiode der Garheit und Klarheit. Denn die ›Zeit- und Streitlieder‹ können doch unmöglich schon von der *Höhe* des Schaffens herab gesungen sein, sie stekken doch wohl zum größten Teil bei all ihrer anerkennenswerten Unerschrockenheit noch zu sehr in der trüben Alltagsatmosphäre. Die Apotheose des gemeinen Mannes wird schließlich ebenso unerquicklich wie früher die der gekrönten Häupter. Der Autor, der das eine Mal die paradoxen Verse schreibt: ›Mag unser nichtig *Ich* im Sturm verwehen, – *das Volk* wird jugendfrisch aufs neu erstehen!‹ (als ob ›das Volk‹ ein ›An sich‹ wäre, ein Abstraktum, eine Idee, der jeder einzelne zum Opfer sich darbringen müßte, als ob *ich* nicht selber *Volk* wäre –), gesteht selbst einige Seiten später, daß eben nur ein Götze gegen einen andern eingetauscht worden ist, daß alle *Massenbefreiung* und *Massenbeglückung* ohne Sinn ist, wenn ihr nicht die Selbstbefreiung der einzelnen Individuen zur Seite steht, daß die soziale Frage niemals in eudämonistischem Sinne durch Wohlfahrtsdekrete gelöst werden wird, daß vielmehr das Ziel der Menschheit nicht an ihrem Ende, sondern in ihren höchsten Exemplaren liegt.

Es ist für jeden Dichter ehrenvoll, wenn ihn die Not besitzloser, benachteiligter Volksgenossen zu vorwurfsvollen Gesängen erregt, aber es steht die Frage offen, ob er durch den Segen der Schönheit, der in seine Hand gegeben, durch die stille, aber mächtige Wirkung einer unter den höchsten Gesichtspunkten schaffenden Kunst die Volksseele nicht tiefer und nachhaltiger zu beeinflussen, zu verinnerlichen, zu adeln vermöchte als durch solche meist recht billige und poetisch unausgestaltete und ungestattete Appelle, von denen mutatis mutandis doch immer mehr oder weniger der alte Satz gilt: ›Ein politisch Lied, ein garstig Lied.‹

NEUE LYRIK

Hans v. Unruh (Maximilian Böttcher): Flugsand. Gedichte. Berlin 1894. Autorenverlag. Sigmar Mehring: Nichts. Reimklänge. Rosenbaum & Heut. 1895. Peter Merwin: Pessimistische Gedichte. Leipzig. Verlag von Wilhelm Friedrich. Hugo Grothe-Hárkanyi: Frauenprofile. Illusionen. Zürich 1895. Verlags-Magazin. Paul Grotowsky: Gedichte. Großenhain und Leipzig. Verlag von Baumert & Ronge, 1894.

Ernst wie die Zeit sind auch die Herzensoffenbarungen der meisten ihrer Söhne. In den Stunden der Liebe allein klingen noch helle, jubelnde Töne auf, und aus Sprüchen und Parabeln lugt oft der alte, sonnige Schelm hervor, aber die Ensemblestimmung ist tiefernst, resigniert. ›Pessimistische Gedichte‹ nennt der eine sein Buch, ›Flugsand‹ ein anderer und ein dritter ›Nichts‹. Und noch etwas fühlt man ergriffen heraus: Je drückender und zweifelhafter die Außenwelt sich gestaltet, desto heiliger wird manchem seine Muse, desto inniger spricht er mit sich und den wenigen, die ihm lauschen, von dem, was er erlebt und geschaut. Gleichviel, *wie* er es sagt: man spürt jene schöne Redlichkeit dahinter, die wir an den formgewandten Troubadouren glücklicherer Dezennien häufig vermissen.
›Flugsand‹ von Hans v. Unruh (Maximilian Böttcher) sind ebenso wie Sigmar Mehrings ›Nichts‹ Äußerungen reifer Männer, das erste durch eine an M. v. Strachwitz gemahnende Gradheit und strömende Empfindung sich auszeichnend, das zweite einen geist- und kraftvollen Denker in vornehmen Versen verratend. Bei diesem ist alles knapp, pointiert und manchmal fast zu sehr Form, bei Hans v. Unruh hat man mehr den Eindruck von Tagebuchblättern, die im Lauf der Jahre sich angesammelt haben und in denen oft eine gewisse Breite sehr begreiflich erscheint.
Unter seinen modernen Stoffen hat mich ›Perdita‹ in Inhalt wie Form am stärksten berührt und (neben anderem Fesselnden) der Glückstanz mit dem Kehrreim:

Heißa, die Freude winkt,
Schwing dich im Wirbeltanz,
Bis sich der Totenkranz
Dir um die Stirne schlingt.

Ein Gedicht, das ich von Sattler illustriert und von einem

Musiker à la Franz komponiert haben möchte. Auch von Sentenzen und satirischen Episteln ist vieles sehr treffend, wenn er auch hierin die scharfe und witzige Polemik S. Mehrings nicht erreicht. In gepanzerten Strophen greift dieser die religiösen Heuchler und Ketzer, ›die Rücksichtsvollen‹, die ›Moralisten‹, die ›liberalen Brüder‹ und ähnliche Lieblinge an, um darauf die Waffen fortzulegen und in der Schellenkappe den Kampf höchst gewandt und ergötzlich fortzusetzen. Tiefempfundene Sonette auf den Tod seiner Mutter bilden den Schluß des Eigenen, woran noch eine Reihe ganz vorzüglicher Übertragungen ausländischer Lyrik sich anfügt.

Wir Deutsche setzen uns so gern über das Formelle hinweg, wenn uns der Inhalt dafür entschädigt. Ich bin im Grunde ein Gegner dieser saloppen Anschauung; ich meine, daß ein wahrer Künstler seinen Stoff auch stets edel gestalten wird. Und dennoch bin ich unter der Lyrik, die ich jüngst durchblätterte, am meisten über ein Werkchen erstaunt, dessen Poemen man wahrlich keine Formvollendung nachrühmen kann.

Als ich die ›Pessimistischen Gedichte‹ von Peter Merwin zuerst aufschnitt, glaubte ich etwas in der Hand zu haben, womit man im Freundeskreis Lacherfolge erzielen könnte. Aber während ich einem Bekannten ein Stück daraus vorlas, überkam es mich eigen. Die nachlässige Form, die wunderlichen, vielfach unbeholfenen Verse und Bilder verloren immer mehr an Bedeutung, je mehr mich die Empfindung durchströmte, hier einen wirklichen Dichter vor mir zu haben. Das war ja in vielen Strophen ein Volkston, wie ich ihn sonst nur von Gottfried Bürger gehört hatte. Und das waren leibhaftige Balladen. Und je öfter ich in jenes Buch sehe, dem ich so bitter unrecht getan, desto fester wird meine Überzeugung. In Peter Merwin steckt eine urwüchsige Begabung zur volkstümlichen Ballade, wie sie in unserer Zeit längst abhanden gekommen zu sein schien.

Das Liedchen ›Die Schalmeie‹ in seiner rührenden Einfachheit hätte die Fähigkeit, ein wirkliches Volkslied zu werden, wenn es in unserer Zeit überhaupt noch Volk im alten Sinne gäbe. Die tragischen Ausgänge der drei Fürsten Ludwig, Rudolf und Friedrich verwebt er in eine mitternächtge Totenfeier –

Da rauscht es – wie Mann entsteigt es der Flut,
Breitschultrig, ein Juwel am Hut;
In triefendem Gewande
Treibt schwer die Gestalt zu Lande.

Und flattert zum Schwarme in vornehmer Scheu.
Die machen ihm eine Gasse frei.
Und beugen vor ihm sich und neigen
in ehrfurchtsvollem Schweigen.

Das ist des Leides König. Zu ihm gesellt sich des Leides Kaisersprosse und als dritter

In Übergröße ein Mannsgebild
Mit ernstem Auge, blau und mild:
Durch Risse flimmert der lichte
Mondstrahl im Wolkengesichte.

Es wallt bis zur Brust der blonde Bart:
Ein Hell auf Dunkel nach Wolkenart:
Am Knauf die Hände legen
Sich um den mächtigen Degen.

Das war des Leides Kaiser. Auch der junge Autor – man sagt mir, er lebe in Magdeburg, von niemandem fast gekannt – ist ein heimlicher Kaiser im großen Reich des Leides: wohin er schaut, sieht er den Tod, das Unglück, die Lüge in jeder Form, und in tiefsinnigen Stimmungen und

Fabeln windet er aus der schwermütigen Flora seiner Seele dunkle Kränze. Es ist ein ›Spielen mit dem Grauenhaften‹, wie er es in einem seiner packendsten Stücke beschreibt; aber was mich, trotzdem ich ihm alles als wahr empfunden glaube, über diesen Pessimismus tröstet, ist, daß es eben noch künstlerisch und mit hoher Eigenart gewundene und verzierte Kränze sind, die uns so schmerzlich anmuten, daß es kein Verlorener ist, der, in narkotischer Blütenfülle wühlend, mehr und mehr sich erschlafft und verliert. Es ist eine ebenso häufig beobachtete wie begreifliche Erscheinung, daß frühgereifte Jugend aus dem Trümmerfeld zerschlagener Ideale erst nach langer Verzweiflung wieder auf sonnige Wege findet, aber in wem die Katastrophe nicht den Mann gebrochen hat, der lernt vielleicht noch einmal – um mit einem zu reden, den ich Peter Merwin gern verschreiben möchte – über seine Gräber hinwegtanzen.

Aus einem anderen Buche, das vor mir liegt, schlägt mir jener schwüle, gefährliche Hauch entgegen, von dem ich soeben sprach, jene mehr berückende als beglückende Schönheit, in der so viel Müdigkeit ist, so viel Sehnsucht –

Nur einmal selig schlafen
Und erwachen
In verjüngter Kraft ...

Denn von eigentümlichem Reiz sind die ›Frauenprofile und Illusionen‹ Hugo Grothe-Hárkanyis unzweifelhaft. Eine elegante, bleiche Aristokratenhand hat diese Rhythmen geschrieben, eine Chopinnatur die wunderbare Liebesapostrophe: ›Chopin ist wie Dein Herz ...‹, ›Es warf der Mond sein weiches Seidennetz ...‹ und noch viele andere eigenartige und zauberhafte Stimmungsbilder, worunter einige Naturphantasien, die stellenweise an Peter Jacobsen erinnern, nur daß bei Grothe-Hárkanyi eine raffinierte Sinnlichkeit bis in die zarten Felsen des Strandes dringt, daß sie, der Zackige und seine schmiegsame Genossin, im Hochzeitsbett des Meeres einst ihre Umarmung erhoffen. Von dem interessanten Ungarn zuletzt noch zu einem, dem ›des Vaters feurig Polenblut‹ in seinen Pulsen schlägt, der jedoch vom ›deutschen Mütterlein‹ die Gabe dazu ererbt hat, seine Leidenschaft in schöne Maße einzubändigen. Paul Grotowsky, wohl der jüngste der fünf hier genannten, ist auch der frischeste, reimfreudigste von ihnen, womit jedoch nicht gesagt ist, daß er auch die meiste Individualität besitzt. Seine Eigenart ist vorläufig noch zu sehr in sprudelnder Jugend versteckt, als daß man schon sagen könnte, ob hier ein Neutöner oder nur ein gefälliger Variant alter Weisen sich ankündet. Es sind indessen so liebenswürdige, ja tiefempfundene Stücke darunter, daß man der Entwicklung des Verfassers mit Interesse folgen wird. Alt- oder Neuton! Ja, that is the question. ›Was heißt überhaupt Neuton? Darf man nicht mehr in Reimen, in Strophen schreiben? Nicht mehr von keuscher Liebe, von weichen Mondnächten, von Nachtigallen singen?‹ Wer fragt da! *Dürftige* Leute: Solche, denen ein stetes ›darf man?‹ in ängstlicher Seele lauert. Der echte Künstler setzt vor jegliches Zeitwort sein stolzes ›Ich‹ und wird von allem reden, wovon ihm gerade das Herz voll ist, und in *neuen* Tönen, da es *seine* Töne sind.

KOMISCHE KÄUZE

Gedichte etc. von Heinrich Pudor. Verlag von H. Pudor, München, und Carl Fr. Fleischer, Leipzig. Naturische Briefe gegen die moderne Dichtung von P. J. Thiel. Verlag des Bibliographischen Bureaus, Berlin.

Jeder gute Berliner wird den berühmten Reformdichter seiner Vaterstadt Mathias Weber kennen, dessen Umdichtung der ›Glocke‹, dessen Lied an sein schwarzäugig Liebchen (ein Täßchen Mokka)

> Ich sitze nun im Café Schiller
> Und wälze den Gedankentriller ...

und dessen unsterbliches Gedicht ›Die Welle‹ –

> Welle, Welle. Welle, du,
> Kobold auf der Wasserflut!

mit Fug den bedeutendsten Erzeugnissen moderner Lyrik zur Seite gestellt werden darf. Aber es gibt noch andere Reformdichter im Reich, und wenn ich mich auch augenblicklich nur des Barden Friedrich Nitschke – wenn ich nicht irre – aus ›Ostérode am Harz‹ (wie er selbst skandiert) namentlich entsinne, so lehrt doch jeder Blick in die ›Briefkästen‹ des Kladderadatsch und ähnlicher Blätter, wie groß die Zahl jener ursprünglichen Talente ist, von denen Uhland so schön sagt: sie singen, ›wie der Vogel singt‹. Nämlich: ›der ihnen im Kopfe wohnet‹. Als neuestes Mitglied dieser herrlichen Sängerzunft verriet mir jüngst ein dünnes Büchlein auch den großen Heinrich Pudor, dessen strotzende Genialität bereits auf allen Gebieten moderner Kunst, wie man weiß, ihre bedeutsamen Spuren hinterlassen hat. Während ein Mathias Weber noch, als Rhapsode, hauptsächlich in Cafés und Varietés sein Publikum sich suchen muß – was ein grelles Licht auf die literarische Indifferenz der oberen Zehntausend wirft –, hat Heinrich Pudor den originellen Einfall gehabt, sich die Kunst Gutenbergs zunutze zu machen und auf diesem Wege seinem Verehrerkreise den stammelnden Reichtum seiner Seele darzubieten. ›Tragödie‹ nennt er mit Recht die trüben Beklagungen ›seines Geschickes des heur'gen‹, seines Liebesunglücks, das ihn ›mit Flammen, mit feur'gen‹ ganz leergebrannt hat. Und wie weiß Heinrich Pudor zu lieben!

> Ich liebe Dich, weil ich Dich leiden mag,
> Weil ich bin Dir so herzlich gut,
> Weil ich Niemand Anderem das Gleiche sag,
> Was ich sag Dir mit fröhlichem Mut.

Ich liebe Dich, weil ich Dich lieben muß,
Weil ich füglich nicht anders kann,
Ich liebe Dich, weil Du ja gar so lieb,
Weil Deine Lieb ich gewann.

›Wie die sieben Regenbogenstrahlen zerrinnen in das weiße Licht‹, so zerrinnen auch diese sieben ›Weil‹ in dem großen circulo vitioso ›Ich liebe Dich, weil ich Dich liebe!‹ Aber ach! selbst ihr lieblicher Schimmer vermag dem düsteren Hereinbrechen der Tragödie nicht zu wehren.

Ich hatt mir die Frauen als Engel gedacht,
Der Wahn, der ist nun zerstört,
Aus Lüge sind alle Weiber gemacht,
Darüber bin ich belehrt.

Und mit drei schauerlichen ›Flüchen‹ dröhnt das ›Schicksalsspiel‹ aus. Ihm folgt noch ein Anhang: ›Lady Tryon. Dramatisches Stück in einem Akt‹, dessen dreizehn Szenen uns den Schleier der Schwermut noch dichter ums Haupt winden. Lady Tryon hält heute nach ihrer Niederkunft den ersten Empfangstag. Ihr Gatte Eduard ist als Kommandant der Viktoria im Mittelmeer auf Manöver. Das Glück des jungen Ehepaares ist zu groß. Es liegt etwas in der Luft. Während die Gäste tanzen, kommt eine Depesche: Das Schiff ist untergegangen. Miss Connaught, eine frühere Rivalin der Lady, teilt mit kaltem Triumph dieser den Inhalt des Schreibens mit. Ein Schrei, Lady Tryon sinkt entseelt zu Boden und haucht nur noch das Wort ›Eduard‹.

Miss Connaught *kniet neben ihr nieder, betrachtet sie, sieht auf ihre Augen:* Auch ihr letztes Wort ›Eduard‹. Nun – *Sie steht befriedigt auf.*

Da erscheint Lord Taylor, *der Bruder der Lady, erblickt seine Schwester, schreit auf, faßt sich an den Kopf, begreift alles, springt auf Miss Connaught zu:* – Sie Furie!

Diese eilt nach dem Hintergrund; als sie am offenen Fen-

ster vorüber will, fällt ein Blitzstrahl auf sie; sie fällt tot nieder – Lord Taylor wankt entsetzt zurück – der Vorhang fällt schnell.

Von demselben Verfasser liegen noch weitere Publikationen vor mir. Da sind zunächst ›11 Lieder für eine Singstimme mit Begleitung des Pianoforte‹ (Opus II), welche ich mir von einem Tenor und einem Baß zugleich habe vorsingen lassen, da sie bis zum hohen H hinauf- und bis zum tiefen G hinabgehen. Als die Perle dieser unbeschreiblichen Gesänge möchte ich ›das Samenkorn‹ bezeichnen, über dessen Vortrag der Komponist selbst den Wink gibt: ›Ein einfaches Lied will ich hören . . .‹ und dessen Text allein schon Musik ist: –

Es fiel ein Samenkorn
In mein Herz hinein,
Das Samenkorn
Der Liebe.

Es trieb das Samenkorn
Blatt und Stengel hervor,
Das Samenkorn
Der Liebe.

Es trieb das Samenkorn
Blumen und Blüte hervor.
Das Samenkorn
Der Liebe.

Aus dem Herzen auf
Brach die Knospe auf,
Und es blühet
Die Liebe.

Nun kommt aber das Wunderbare, was niemand glaubt. Das steckt in zwei andern Büchern, die derselbe Heinrich Pudor geschrieben hat: In den ›Französischen Reiseskizzen (einschließlich Riviera und Kanalinseln)‹ und in einer Schrift mit dem klassischen Titel: ›Hohe Schule des Sinnenlebens. Beiträge zu derselben.‹

In den Reiseskizzen ist er nämlich – wenn man seine stilistische Naivität ihm nicht übelnimmt – ein meist sehr amüsanter und anregender Plauderer und Beobachter, der mit künstlerischen Augen in Natur und Leben blickt und eine frische, ansteckende Freude an aller Erdenschönheit hat. Sein Bicycle, das ihm beständig kaputtgeht, schleppt er zwar bis auf die normannischen Inseln mit, seine dilettantische Originalitätswut aber hat er fast ganz zu Hause gelassen und gibt sich in seinen Empfindungen einfach wie ein empfänglicher Mensch vor einer großen, überwältigenden Natur. Es muß herrlich sein auf diesen romantischen, historieumklungenen Felseilanden Guernsey, Sark, Herm, Alderney und Jersey: das glaubt man ihrem glücklichen Besucher nur allzugern.

Das zweite Buch, von dem ich sprach, enthält ebenfalls viel Dankenswertes und Befruchtendes. Seine vortreffliche Tendenz ist, in den Reichen (zunächst) des Gefühls, des Geruchs und des Geschmacks auf die unendlichen Möglichkeiten hinzuweisen, welche der Verfeinerung unserer Sinne und damit einer hochgradigen Steigerung des Lebensgenusses offenstehen oder doch eröffnet werden könnten. ›Ich verstehe‹, sagt der Autor, ›unter genußfreudigem Sinnenleben das Gleichgewicht in der Ausbildung und Verfeinerung *aller* Sinne, also das mit allen Sinnen gleichzeitige Empfinden der Schönheit des Lebens und der Natur. Ein naheliegendes Beispiel: es ergeht sich an einem lauen Juniabend jemand im Walde. Ist er ein Geruchsmensch, so riecht er zwar den herrlichen Tannenduft, aber der Vogelsang und das Lichtgeflimmer entgeht ihm. Ist er

ein bloßer Gourmand, so entgeht ihm augenblicklich alles, und er denkt nur an die nächste Mahlzeit. Und so fort. Und ihnen allen entgeht vielleicht noch die Wollust des Genusses, über den weichen Moosteppich dahinzugehen, hin und wieder nur einen dürren Ast zerbrechend.‹Er predigt Seide contra Wolle, da diese den Gefühlssinn des Körpers durch die beständige Berührung und Reibung abstumpfe, er polemisiert – mit so viel Recht! – gegen die deutschen Betten, Stühle, Sofas, wie die ganze Einrichtung unserer Wohnräume. Und zuletzt kramt er noch über die Art des ehelichen Zusammenlebens von Mann und Weib sehr feine Wahrheiten aus. Dann geht er auf den Geruchssinn über, auf Odeure und Desinfektionsmittel, auf den Tabak, von da auf Geschmackslehre und Kochkunst, von da auf die Ästhetik der Wohnräume und die Ästhetik – des Klosetts und der Badestube.
Was will man schließlich mehr?

›Ja . . . was . . . möchten wir nicht alles!‹ steht schon auf dem ›Wunderfabelbuch‹ des schalkhaften Paul Scheerbart, in weiser Erkenntnis, daß das Mehr-und-immer-mehr-Wollen tiefer im Menschen sitzt, als moderne Staats-Schulweisheit sich träumen läßt, welche in der Unzufriedenheit nur eine sozialdemokratische Erfindung erkennen kann.
Ja . . . was . . . möchten wir nicht alles, Herr Peter Johannes Thiel aus Elberfeld! Wir möchten noch mehr als eine Ästhetik der Badestube, wir möchten so etwas wie die Ästhetik einer kommenden Kunst gefunden haben, nicht wahr?
Und dazu mußten wir ›15 Naturische Briefe gegen die moderne Dichtung‹[1] versenden und viele gute und viele

1. Zur Erklärung des Ausdrucks ›naturisch‹ und zugleich als Stilprobe sei nachstehender Satz aus dem Schlußbriefe ›Ist Mutter Natur natürlich oder naturisch?‹ mitgeteilt: ›Der *Fortschritt* zu

schlechte Gedanken unter den unsäglichsten Verrenkungen äußern. Das ging nun einmal nicht anders. Denn wir sind offenbar noch sehr jung und konnten uns einmal einen tollen Streich coram publico nicht verkneifen ...

Was tut's am Ende? Man braucht es ja nicht zu lesen und der junge Sprudelkopf hat seinen Spaß gehabt. Aber dies soll nicht mein letztes Wort sein. Denn ich merke aus dem Ganzen sehr wohl die Absicht heraus und bin – *nicht* verstimmt. Denn die Absicht ist *redlich:* es sollten uns ja über die moderne Kunst die Augen geöffnet werden. Aber wer andre Augen öffnen will, muß vor allem selber die Augen schon offen haben. Und das hat der Verfasser dieser Briefe noch nicht: er phantasiert noch im leichten Morgenschlaf der Jünglingsjahre, er hört schon das verworrene Treiben der Welt durchs offne Fenster hereinraunen, aber ohne schon völlig erwacht zu sein und die Stimmen recht unterscheiden zu können.

Er hat ein bißchen in die Moderne hineingeguckt, er tut so, als ob er Ibsen, Zola, Hauptmann u. ähnl. auswendig wüßte, er hält sich bei Tovote auf, wirft beständig mit Décadence und Fin de siècle um sich und spricht von Axel Delmars wundersüßer Novelle ›El Baheira‹. Es ist nur eines an diesen Überzeugungen, in welchen noch keine Ahnung von dem großen Wollen und Ringen der heute ernst Schaffenden dämmert, bemerkenswert, und das ist die kecke, burschikos überschwengliche Art und Form, in der sie vorgetragen werden.

Es liegt etwas Jean-Paulisches in diesem Stil, etwas sehr

höheren, mißbildungsfreien, gesunden, lebendigen, schöneren Formen ist die Sehnsucht, der Lebenstrieb, das innerste Wesen der Mutter Natur, ist ihre entzückende Lichtseite, ist natür*lich.* Der *Rückschritt* zu tieferen, mißgebildeten, kranken und toten und häßlichen Formen ist ihre böse Rückerinnerung, ist nur das notwendige Sprungbrett ihres Lebenstriebes, ist ihre häßliche Schattenseite, ist natur*isch.*‹

Deutsches im vielfältigsten Sinne. Und es steckt eine verheißungsvolle Phantasie dahinter.
Bis jetzt ist mir jedoch Peter Johannes Thiel nur erst ein komischer Kauz. Wenn er mit einer eigenen Kunstschöpfung in die moderne literarische Bewegung eingetreten sein wird, wird man erkennen, ob er die Kraft und die Zucht dazu hat, aus der Reihe der komischen Käuze hinüberzutreten in die – der originellen Künstler.

VON NEUER LYRIK

Wenn ich ein neues lyrisches Werk in die Hand nehme, so ist das Gefühl, mit dem ich es lese, das: ist es ein Buch aus der Zeit für die Zeit oder sind es Verse, die überall und allezeit werden gelesen werden, wo und wann Menschen leben, seien es Nachkommen unseres eigenen Volkes oder Völker der Zukunft, die auf deutscher – wie wir auf antiker – Kultur fußen und weiterbauen. Sind diese Verse nur für den Augenblick aktuell und interessant, verfliegend mit dem Wind, in den sie gerufen sind, oder sind sie ein Zuwachs zur Gefühls-, zur Anschauungswelt der Menschheit überhaupt. Der Gesichtspunkt erscheint hoch, wenn man die Seltenheit des Wahrhaft-Großen bedenkt, aber warum sollte man einer Zeit, da jeder dritte Mann ›geistig produziert‹, nicht gesteigerte Ansprüche gestatten?
Große Gesichtspunkte haben auch *Richard Dehmel* vorgeschwebt, als er in seinem Vorwort zu den ›Lebensblättern‹[1] über den Menschheitswert der Kunst präludierte. Nur daß er sich aus seinen Theorien nicht die klare Ruhe dessen gerettet zu haben scheint, der *weiß*, er schafft für die Zukunft. Ihm fehlt die reife Nonchalance selbstsicherer Schöpfernaturen, die warten können, ›bis ihr schleichend

1. Verlag der Genossenschaft Pan.

Volk ihnen nachkommt‹. Das in all seiner Schwere unruhige Blut, der kurze Atem vergiftet ihm seine Kunst, zu der ihm große Gaben geworden. Sie reißen ihn hin, in einer Art von Prolog den ›verehrten Leser‹ zu perhorreszieren und sich durch den ganzen Charakter eben dieses Gedichtes als das zu verraten, was es voll Hitze und Gereiztheit hinwegdozieren soll. Er *erklärt* in ihm, daß seine Poesie nicht Gedanken – sondern Gefühlspoesie sei.

> . . . ach, die Gedanken sind nur Ranken,
> die wir arabeskenhaft flechten
> um Manifeste von grundlosen Mächten.

Nun eben: ›– flechten‹. Gewiß! Das Trinklied z. B. entsprang der grundlosen Macht einer tollen Zechstimmung. Aber ein wirr-rankiges ›Geflecht‹ von Bildern und Gedanken erstickt die große einfache Stimmung. Es ist kein impulsiver Ausbruch, keine Stimmungstat, kein Manifest mehr: es ist ein Grundgefühl, zusammengebrochen unter dem Kreuz des Gedankenhaften. Am großen Kunstwerk ist Stimmungskern und Geflecht nicht zu unterscheiden; vielmehr: das Gedankliche und Bildliche wächst organisch aus der ganzen Stimmung heraus, das Gefühl schafft, gebiert sich selbst seinen Körper, wird nicht erst in einen zusammenkomponierten Leib eingewandet. Man lese Hartlebens ›Ein Lied vom Wein‹. Da ist Seele und Leib eins. Auch er *denkt* in ihm an dies und das, aber seine Gedanken klingen wie ferner Gesang zu einem einzigen langgedehnten Geigenton. Dehmels Gedanken stoßen sich hart, wie Perlen auf Schnüre gereiht. Freilich – wie Perlen. Kann ich in seinem Buche im allgemeinen die Stimmung nicht finden, so empfinde ich um so mehr hinter vielem einen echten, heißen Künstlerwillen, eine eigenartige Phantasie und eine starke Zucht zur Form und Intensität des Ausdrucks, die seine Verse freilich oft anstatt klarer nur noch dunkler gestaltet, eine Eigentümlichkeit, welche – beabsichtigt oder nicht – bereits von ihren Vorläufern her bekannt ist. Einige der schönsten Gedichte der ›Lebensblätter‹ werden noch aus unserer Zeitschrift vom Januar 1894 her in Erinnerung sein, darunter das überaus reizende Kinderlied ›Fitzebutze‹. Im gleichen liebenswürdig humoristischen Stil, der bei Dehmels grübelndem Ernst doppelt überrascht, sind die Schelmgedichte an Peter Hille und Paul Scheerbart, die Kringelreime und die Christnachtszene. Die ›Lebensblätter‹ sind naturgemäß ruhiger, beschaulicher als die früheren Werke, und Gedichte wie ›Befreit‹, ›Auf See‹, ›Herr und Herrin‹, ›Vierter Klasse‹, ›Bergpsalm‹, ›Der Stieglitz‹, ›Ein Blick‹, ›Erste Hoffnung‹, ›Vor Ostern‹, ›Lied an meinen Sohn‹ zeigen Dehmel von seiner besten, im guten Sinne charakteristischsten Seite. Von seinen großen Phantasien bewundere ich ›Jesus und Psyche‹ als die tiefste, ›Ein Heinedenkmal‹ als die geistreichste. Seine ›bedenkliche Geschichte‹ hat mich ebenso eigenartig berührt wie seinerzeit – bei aller Verschiedenheit der Form und des Inhalts – das Prosastück ›Die drei Schwestern‹ in ›Aber die Liebe‹. Dehmel ist von allen Dichtern der Gegenwart vielleicht am schwersten zu beurteilen. Er zieht ebenso stark an wie er abstößt; man muß ihn einen bedeutenden Künstler nennen und wendet sich ebensooft tief unbefriedigt von ihm. Oder ist ›man‹ nur ›ich‹? Die Zukunft wird darüber entscheiden, und sie wird auch Gelegenheit dazu haben; denn wenn auch nicht alles: – Einiges (zumal aus ›Aber die Liebe‹) wird doch trotz allen Gedankenballasts und aller Un-Naivität in weite Menschenzukunft hineindauern.

Von *Felix Dörmanns* letztem Buche dürfte man dies kaum behaupten können. Es ist ja aber auch bei weitem nicht sein bestes. Das hat er in seinem ›Neurotica‹ gegeben. Die ekstatische Don-Juan-Poesie von damals ist verraucht, und ein müdes ›Gelächter‹ – so nennt er die neue Sammlung[1] – ist ihr Nachhall.

1. Verlag von Pierson, Dresden. 2. Aufl.

Verstoben der brausende Überschwang
Der selige Sturm verweht.
Die friedlichen Alltagsstraßen entlang
Ein trauriger Spötter geht ...

Wenn man nur wüßte, wieviel von diesem Eiron- und Byronisieren echt und wieviel Koketterie ist. Nicht sosehr Koketterie im unehrlichen Sinne als vielmehr in jenem unbewußter Lust an der melancholischen Maske, allzu williger Hingabe an Tuberosenstimmungen und Dekadentenjammer, so wie die Hypererotik seiner früheren Werke etwa Paprika-Poesie hätte genannt werden können. Neue Töne klingen in diesen Versen nicht auf; es ist Stimmungslyrik intimer, aber enger Art. Eine leichte Blutwärme strömt durch viele der kurzen Lieder und gibt ihnen etwas Sangbares. Manches hat Heines schwermütige Bild- und Klangfarbe, wie das Gedicht ›Hörst du das ferne Weinen?‹, manches jenen desillusionierenden Charakter des ›Mein Fräulein, sei'n Sie munter, das ist ein altes Stück‹, wie Gedichte aus der ›zweiten Reihe‹. In Dörmanns Lyrik fehlt die Mannigfaltigkeit des großen Lebens; er spielt immer nur auf einer Saite. Die eintönige Musik schmeichelt sich uns ins Ohr, ja sie geht uns oft zu Herzen, daß war traurig werden; aber diese Trauer ist keine fruchtbare, große Ergriffenheit, keine tragische Erschütterung. Es ist die weiche, erschlaffende Melancholie des Stimmungsmenschen unserer wirren Zeit, die uns in ihren gefährlichen Bann lockt.

Verwandt, aber ungefährlicher, ist die Melancholie *Carl Busses*, dessen ›Gedichte‹[1] diesen Sommer zum dritten Mal aufgelegt worden sind. Man wird sich über die Tatsache der dritten Auflage nicht zu sehr wundern. Wie sie so vor mir liegen im schlichten, blaugrauen Kartoneinband, oben in der linken Ecke die Nachtigall im Gezweig, in der Mitte ein paar Schwalben und rechts unten die mondige Fluß-

1. Verlag von Baumer und Ronge, Leipzig. 3. Aufl.

landschaft im Rahmen von Vergißmeinnicht, so mögen sie manches jungen Mädchens, mancher jungen Frau zierlichen Schreibtisch schmücken und weiß Gott wo überall im deutschen Land stiller Naturen herzliche Freude sein. Carl Busse wendet sich an das, was die Deutschen ›Gemüt‹ nennen. Und damit hat er seine Landsleute gewonnen. Jener jungfräuliche, wehmütige Idealismus, jenes zauberhafte Sicheinspinnen in die Träume der Liebe und das geheimnisvolle Weben der Natur – ist es nicht wie ein Märchenbrunnen, zu dem der Deutsche immer wieder zurückflüchtet, gleich als ob er in dieser Flucht einen Ausgleich suchte für seine weltbürgerlichen Ideen und exotischen Begeisterungen? Und, weil es nur ein Ausgleich ist, dürfen wir uns solchen Stimmungen hin und wieder überlassen, ohne Gefahr zu laufen, kleingefühlig und sentimental zu werden. Unser Volk ist so reich und stark, daß es alle Arten von Poeten gebären darf. Wird es doch von Zeit zu Zeit auch immer wieder solche hervorbringen, die bei allem ihrem Gemüt über diesem Gemüt ›noch eine Höhe‹ haben.
Es wäre mir eine frohe Aufgabe, im Anschluß hieran *Otto Erich Hartleben* als einen vom Stamme dieser Letzten charakterisieren zu können. Da jedoch seinen Werken bereits ein Aufsatz gewidmet worden ist, muß ich mich damit begnügen, in diesem Zusammenhang auf sein Buch ›Meine Verse‹[1] nochmals hinzuweisen. Gleicherweise sei hier das jüngste Werkchen *Otto Julius Bierbaums*, das lyrische Singspiel ›Lobetanz‹[2], nochmals genannt.
Waren die bisher erwähnten Namen sozusagen aktuell, bezeichneten sie Vertreter der jüngst-deutschen Lyrik, so gehören die Namen *Carl Spitteler* und *Peter Merwin* älteren Dichtern an. Beide kultivieren die Ballade und jeder in einer andern meisterhaften Art. Von *Peter Merwin* (Wil-

1. Verlag S. Fischer, Berlin.
2. Verlag der Genossenschaft Pan.

helm Schubert), auf dessen ›Pessimistische Gedichte‹ seinerzeit hier hingewiesen wurde, ist ein ›zweites Bändchen‹[1] unter dem gleichen Titel erschienen. Seine eigentümlichsten, plastischsten Balladen und Stimmungsgedichte hat er damals im ersten Bande gegeben; der eigne Zauber aber, in den mich jene volkstümliche Sprache und Anschauungsart verstrickten, weht mich auch aus diesen neuen Blättern an. Mit ein paar derben, oft nur roh behauenen Worten und Sätzen stellt der Dichter eine Gestalt vor uns hin, etwa einen verlumpten Kerl, der wie ein Waldmensch jahrelang im Busch gelebt –

Umhängt von Fetzen, hemdlos; – einzig glüht
Das Aug aus struppgem Haarwald; spähend sieht
Der Fuß aus Stiefels Spalten ...

oder er zeichnet im ›Feuerpeter‹ einen armen Teufel, den der Wahnsinn erfaßt hat, einmal den weltbrandentfesselnden Gott zu spielen –

Holz reiben auf Holz: hei, schöpferisch Werden!
Ich *schaffe*, ich ärmstes Geschöpf auf Erden;
Zu *wollen* nur brauch ich, ich schaff aus dem Nichts
Die wilde Seele des Feuers, des Lichts.

Während Carl Spitteler im Schwung seiner formenschönen Balladen vor allem die Historie und im besondern die Antike neu belebt, gräbt Merwin, einförmiger, seine Stoffe vorwiegend aus dem Boden des Schauerlichen und des Schicksalstragischen. Das Ereignis eines Lüstersturzes gibt ihm den Stoff zu einer Gedankenschuld-Tragödie, indem er als durch den frevelhaften Wunsch eines gekränkten Mädchenherzens herbeigeführt geschildert wird; die alte Geschichte vom erfrierenden Knaben, der den lieblosen Seinigen in den Wald entlaufen, erhält einen neuen Reiz und eine vorwurfsvollere Bedeutung durch die reiche Christnacht, die der ganze Forst um ihn feiert. ›O wär er

1. Verlag von Wilhelm Friedrich, Leipzig.

doch lieber – –!‹, ›Des Sees Erzählungen‹, ›Ein Gegenüber‹, ›Prinz fin de siècle‹, ›Einsam in der Menschenherde‹ –: das alles sind ganz seltsame, eigenartige Bilder, Träume und Stimmungen unter manchem freilich auch weniger Gelungenen. Zu dem ergrauten Magdeburger Poeten, dem sich ein an Schmerz und Entsagung reiches Leben in wahrhaft pessimistische Lieder und Phantasien ausgestaltet, bildet der Schweizer *Carl Spitteler* einen vollkommenen Gegensatz. Seine ›Balladen‹[1] mögen wohl unter ähnlichen Verhältnissen gekeimt und gediehen sein wie die Heldenlieder seines großen Landsmannes Conrad Ferdinand Meyer: im stillen Studiergemach vielleicht, inspiriert und gesegnet von Reliquien aller Jahrhunderte, die von reichen Wänden auf den kraftfrohen Gestalter herabsahen. Eine grandiose Phantasie schöpft in diesen Zyklen aus den tiefen Quellen des Kosmos, des Götter-Mythos, der Legende, der Helden- und Minnesage, der vaterländischen Begeisterung und der freien Erfindung. Alles in strenggefugtem, alt-solidem Versgefüge. Eine Kunst, die Muße zur Form hat, ein Schaffen, das außer der Zeit steht und sich seine kleine Gemeinde durch Generationen hindurch langsam sammelt. Eine Kunst, die alle Schlagworte (die gleich allen öffentlichen Meinungen auch nur ›private Faulheiten‹ sind) vergessen lehren und daran erinnern kann, daß im geistigen Schaffen der Menschheit über alle Schulbegriffe hinaus nur das Persönliche Wert hat. Einzelnes aus dem Reichtum dieser Balladen zu zitieren wäre allzupeinliches Stückwerk. Sie müssen – ein (schwächeres) Drittel abgerechnet – als ungeteilte Gemälde und Szenen genossen werden, um in ihrer edlen Kraft und Größe zu wirken. Ich habe ein Gefühl vor diesem Buche: Es müßte ein Lieblingsbuch deutscher Jünglinge werden, und von ›Cyrus Ende‹ und ›Die drei Rekruten‹ müßte jeder so heiß und groß werden,

1. Verlag von A. Müller. Zürich.

daß man seiner Generation nicht mehr sagen kann, was Spitteler am Schlusse seines Bandes unserer Zeit sagt:

Es ist kein Mannesmark, es ist ein Teig,
Mit Fäusten tapfer, an Charakter feig.
Es fehlt der Mut, der im Gewissen sitzt,
Der freie Geist, der frisch die Wahrheit blitzt.
Duckmäuser hinter die Moral versteckt,
Blinzelt ein jeder pfiffig nach Respekt.
Mit Anstand ist ihr Muckerherz befrackt;
Heucheln, das Wort klingt schlecht, drum nennt man's Takt.

Wenn ich darangehe, meine Revue, die bei Richard Dehmel begann, bei *Johanna Ambrosius* und *Katharina Koch* zu beschließen, bin ich mir heiter der Gegensätze bewußt, die ich da, über die vorliegenden Erscheinungen berichtend, unter die Haube *eines* Aufsatzes zu bringen gezwungen bin. Und doch kann man kaum sagen: hier steht Naturmensch gegen Kulturmensch. Denn auch die – verwunderlich glatten – Verse der ostpreußischen Volksdichterin[1] sprechen allzuoft, wie wohlerzogene Kultur spricht, die für jedes menschliche Gefühl schon von vornherein ein Versmaß, einen Bild- oder Gedankengemeinplatz parat hält. Ich weiß nicht, ob man gut tut, eine Dichterin wie die genannte als ›Naturdichterin‹ von anderen zu unterscheiden. Jeder Poet, der ehrlich ausspricht, was ihn bewegt, ist ein Naturdichter, ja er ist es um so mehr, je ungekünstelter, impulsiver sein Herz sich entlädt. Das, was dem großen Publikum an der Lyrik Johanna Ambrosius' gefällt, ist, glaube ich, gerade die – *Kultur* in ihr, das Konventionelle, Altvertraute. Ich würde es mir nicht verzeihen können, über diese Lebensblätter eines einsam und ehrenvoll kämp-

1. Verlag v. F. Beyer, Königsberg. 13. Aufl. Neue Deutsche Rundschau (Freie Bühne VI).

fenden, warmherzigen Weibes *ein* mißgünstiges Wort zu sagen: nicht gegen sie, die zumeist nach den künstlerisch bescheidenen Vorbildern eines Familienblatts ihre Leiden und Freuden in wohlgeregelte Strophen faßte, wende ich irgendeinen Vorwurf, sondern allein gegen diejenigen, welche bei der Erscheinung einer solchen Dorfpoetin plötzlich vergessen zu haben scheinen, daß ihr Los kein andres ist als das vieler deutscher Dichter von ehedem und heute und daß ihre schlichten, innigen Lieder als menschlich schöne Dokumente einer schlichten, innigen Frauenseele wohl einen stillen, beseligenden Wert haben und behalten mögen, aber doch schwerlich als eine *Tat* in unserer Literatur proklamiert und als sogenannte ›Naturpoesie‹ nicht überschätzt werden dürfen.

Eine ähnliche Erscheinung wie Johanna Ambrosius, deren Schicksal edle Teilnahme so willig verschönt hat und hoffentlich noch weiter verschönen wird, ist die jüngst verstorbene Katharina Koch,[1] aus Ortenburg in Niederbayern. Sie hat nicht die Anmut und Sinnigkeit ihrer Gefährtin, sie ist eckiger und karger. Ihre Hauptgedichte sind geistlicher Art, teils im Kirchenliederstil, teils ›unbehauene Steine‹, die in ihrer biblischen Sprache etwas Großes haben. Ein Gedicht von ihr, ›Drei Wünsche‹, werde ich nicht vergessen. – ›Einen Kronenerben möcht ich säugen ...‹, ›Eines Fürsten Hofnarr möcht' ich heißen ...‹, ›Eines Helden Kraft möcht' ich besitzen! ...‹ Solche Ammen könnten wir brauchen.

Beide Dichterinnen hat der unermüdliche Professor Karl Schrattenthal (Preßburg) entdeckt und in die Öffentlichkeit geführt. Man muß ihm hohen Dank wissen, unzweifelhaft! Aber nochmals: Diese Episoden, diese Idyllen in unserer Literatur dürfen nicht zu epochemachenden Ereig-

1. Selbstverlag des Herausgebers K. Schrattenthal, Preßburg; Comm. Verl. Heckenasts Nachf. Pressb. – Leipzig. 3. Aufl.

nissen emporgewertet werden. Was wir brauchen, sind große Persönlichkeiten; in ihnen allein spricht Natur ihre tiefste Sprache, gärt Chaos, Urkraft, ewige Menschheitsjugend.

DIE EISENACHER ZUSAMMENKUNFT ZUR FÖRDERUNG UND AUSBREITUNG DER ETHISCHEN BEWEGUNG

abgehalten vom 5. bis 15. August 1893. Abdruck der Vorträge und Besprechungen etc. etc. Berlin, Verlag der D. G. f. Eth. Kultur. 1894

Als um die Jahreswende 92/93 die ›ethische Bewegung‹ auch nach Breslau eine verlorene Welle schlug, ward ich, als Vertreter eines kranken Freundes, als einer der ersten von ihr gestreift, und nicht lange, da waren von freundlich fesselnder Seite die paar mir anhängenden Tropfen zu Taufwasser umgewertet und der zu Beginn nicht uneifrige Täufling zum zweiten Schriftführer der langsam erstehenden Ortsgruppe Breslau ernannt. Wir machten rüstig Propaganda, und eine größere Soirée versuchte die Ziele der ethischen Bewegung klarzulegen, freilich nur mit geringem Erfolg, da, wie es auch in einem der vorliegenden Vorträge heißt, ›die Grundlagen des ethischen Trachtens und Wirkens gar nicht allgemein genug gefaßt werden können, um nicht dem Fehler der Einseitigkeit zu verfallen‹. Die Tatsache verkannt zu haben, daß eine gewisse kraftvolle Einseitigkeit der einzige Weg ist, zu Großem durchzudringen, war der Grundfehler des ganzen Unternehmens, dessen ursprünglich edle Absichten im Lauf der Zeit in einer Hochflut von Reden und aber Reden sich verwässerten, welche mich wenigstens zuletzt zu schleuniger Flucht bewog.

Ob es jetzt anders geworden, weiß ich nicht; das Bild aber jener Monate stieg mit unangenehmer Deutlichkeit wieder vor mir auf, als ich das dicke Heft der Eisenacher Vorträge und Diskussionen zur Hand nahm. Im ganzen – haltet euch an Worte! möchte man mit Mephisto rufen und fortfahren: Denn eben, wo *die Taten* fehlen, da stellt ein Wort zur rechten Zeit sich ein. ›Plumpe Wünschbarkeiten‹, mit rührender Naivität breit vorgetragen, Ermahnungen, Vorwürfe, Zitate, billig und nutzlos. Man höre z.B.: ›Der Redner warnte vor der Nichtliebe und dem Seelenschacher; das Versorgen in dieser Richtung sei nichts anderes als Versargen. Sodann forderte er Rücksicht in der Ehe; eines sei des andern Krone, eines des andern Liebe; der Egoist tauge nichts in der Ehe.‹ Oder die doch etwas sehr sentimentale Behauptung: ›Es muß immer deutlicher gesagt werden, daß in sittlicher Beziehung der Durchgang durch den Militärdienst für unser Volk eine Schule der Verrohung bilde‹ etc. etc.

Mag sein, daß meine persönliche Antipathie gegen dieses zudringliche englisch-amerikanische Moralisieren, dieses Aus-alten-Ställen-in-neue-Ställe-Treiben, mich zu sehr beeinflußt, aber ich ziehe nun einmal jede kraftvolle praktische Initiative solchen langatmigen, halbwissenschaftlichen Vorträgen und Vorschlägen vor, wie sie die ethische Bewegung zu Dutzenden ins Kraut hat schießen lassen. Da ist man denn schon dankbar, wenn man hier und da auf Ideen stößt, die, obschon durchaus nicht neu, doch wenigstens ins praktische Leben übergreifen und bereits angefangen haben, in Taten sich umzusetzen. Solchen Gedanken gibt unter anderem der Vortrag ›Die Kunst und das Volk‹ von Dr. Emil Reich (Wien) anregenden Ausdruck. Er spricht von der Begier, womit das Proletariat höhere Eindrücke ergreift, empfiehlt häufigeres Konzertieren des Militärs auf öffentlichen Plätzen, ausgedehntere Zulassung zu den Kunstsammlungen, Vermehrung der Volksbibliotheken und endlich die Institution staatlich subventionierter täglich spielender Volkstheater. Der alte wehmütige Wunsch, ein dem griechischen analoges Kunstleben herbeizuführen, taucht immer wieder unter den Deutschen auf und sehnt in nordisches Klima, in ein 50-Millionen-Land, in modern industrielle Verhältnisse ein Gleiches, was einst im kleinen Athener-Gau kurz und strahlend geblüht. Wo ist aber vor allem ein nationaler Baustil? Wo ist eine Architektur, welche die gewaltigste weithin sichtbarste Sprecherin des Schönen zu aller Augen sein könnte, wo sind endlich die leuchtenden Farben in Tracht und an Gebäuden geblieben, die dem Leben der Hellenen den heiteren Reiz verliehen? Kein Wunder, wenn in den grauen Sargreihen unserer Städte soviel Unfreude und Düsterheit wohnt. Man hat von der Eisentechnik ein neues Reich der Baukunst erhofft, sie scheint jedoch bei Eiffeltürmen, Glaspalästen und Weltausstellungspavillons stehenbleiben zu wollen. Könnten in diesem Material nicht einst grandiose Tempel erstehen, worin statt der in dumpfen Theatern geplanten Kirche der Zukunft, wie sie Gustav Maier im dritten Vortrage des Heftes andeutet, ein reiner, hoher Schönheits-(nicht Moral-)Kult das unentbehrliche Band wieder knüpfte, das mit dem Aufhören kirchlicher Gemeinsamkeit zerriß? Von solcher künftigen Architektur abgesehen, sollten schon heute die Kunstschätze durch staatliche Reproduktionsanstalten auch dem Mittellosesten zugänglich gemacht werden. So gut Chromolithographien von Tausenden von Heiligenbildern und anderen uralten Thematen das Land überschwemmen, so gut könnten es Nachbildungen der verschiedensten Meisterwerke sein; und so gut wie Italiener mit plumpen Statuetten umherziehen, könnte der Staat selbst die wertvollsten Büsten in Gips in allgemeinen Umlauf setzen. Er könnte ferner zu den oft engen und durch peinliche Raumausnutzung zu Bilderschuppen herabgesunkenen Museen straßenlange Arkaden bauen, in denen hinter Glas, vielleicht in jährlichem Wechsel, Originale und Kopien der täglich hindurchflutenden Bevölkerung Einblick in und die Liebe für die Kunst anerzogen würde. Aber der Staat! Was geht das alles den Staat an! Er zeigt uns farbige Waffenröcke und massige Kanonen – das ist seine Hauptkunstdarbietung an das Volk. Und diesem Übelstande werden der Herren Ethiker saftlose Lehren und ideologische Appelle niemals abhelfen. Sowenig ich die Demokratie liebe, sosehr ist ihr rauher Schritt dem geschichtlich Schauenden imposanter als jene moralischen Attitüden, womit bunt zusammengewürfelte Halbheit in den Gang der Zeit bestimmend eingreifen zu können meint.

Wer Muße hat, die Reihe der Vorträge durchzublättern, mag es immerhin tun, da es ihm zum mindesten zu einer eigenen Anschauung über die ethische Bewegung verhilft. Er wird manches Gute und Freundliche, nichts Originales, Durchschlagendes finden. Für mich ist die ethische Bewegung eines der Symptome allmählicher Zersetzung unserer Kultur. Wenn nämlich das Kultur ist, was wir heute so nennen, so scheint mir, daß alle steigende Kultur ein Volk langsam zerstört, seine natürlichste naive Kraft durch das Element der Reflexion zersetzt und auflöst. Es verliert die Waffen gegenüber den unerbittlichen Gesetzen des Lebens: der Kriegsgedanke wird ihm fürchterlich, aus Empfindsamkeit verschont es das Tier und greift zur Pflanze, es züchtet und pflegt das Kranke und Schwache und fürchtet als gefährlich das Große, Persönliche. So ›menschlich schön‹ nun auch solche Verzärtelung der Gefühle und solche Bildungsbeglückung sein mag, sicher erscheint mir, daß sie uns seinerzeit der ungebrochenen Volkskraft und der großen Politik des Sklaventums als leichte Beute ausliefern wird.

SPRECHSAAL

Sehr geehrter Herr!

Wenn ich mir erlaube, den Ausstellungen gegenüber, welche Herr Dr. Arthur Pfungst im vorigen Hefte an meiner Besprechung der Eisenacher Vorträge gemacht hat, in Kürze mich zu äußern, geschieht es mehr aus Höflichkeit denn aus innerer Nötigung.

Denn es liegt klar zutage, daß sich hier nicht bloße Augenblicksmeinungen, sondern zwei verschiedene Standpunkte gegenüberstehen, von denen aus betrachtet, Wege und Ziele der D. G. E. K. in ungleicher Beleuchtung sich zeigen.

Redliche Psychologen haben längst erkannt, daß unsere Urteile im tiefsten Grunde wenig mehr sind als Interpretationen unserer Wünsche und Befürchtungen. Der Instinkt, der sich hier angezogen, dort abgestoßen fühlt, weist dem Intellekte die Richtung, in welcher er denken, schließen, abwägen soll, um zuletzt (in einem circulo vitioso) just zu *der* ›Wahrheit‹ zu gelangen, deren unbewußtes Gewollt-Werden das primum movens der ganzen Untersuchung gewesen ist. Herr Dr. Pfungst sucht für die ethische Bewegung den Nachweis praktischer Taten zu führen, weil sie ihm am Herzen liegt, und ich habe vielleicht etwas zu scharf über sie gesprochen, weil sie mich enttäuscht hat.

Mein Evangelium ist nicht ›ethisch‹, sondern ›individuell‹ handeln, und mehr als der ›guten‹ Menschen freue ich mich der starken. Denn nicht die ›Guten‹, wie ich selbst früher vergeblich hoffte und an die ich selbst einst mit aller Begeisterung der Jugend appellieren zu müssen glaubte, bringen irgend etwas Bedeutendes in der Welt zustande, ja: wollen dies überhaupt ernst und rücksichtslos – sondern allein die starken Geister, die unbeirrten Naturen, welche, von keinem Gut und Böse ethischer Präzeptoren angekränkelt, aus eigener Brust sich ihre Rechte und Pflichten nehmen, Rechte und Pflichten, von denen der Moralkodex jener ›Guten‹ freilich nichts wissen kann und darf, da er *einen* Weg für alle weisen will, während es für jeden Menschen nur *seinen* Weg gibt.

Glaubt Herr Dr. Pfungst nicht, daß es auch *mein* heißer Wunsch ist, unser Volk ›von den höchsten Idealen entflammt‹ zu sehen?

Es frägt sich nur, was man unter diesen Idealen verstanden

wissen will. Den ›letzten Menschen‹, Nietzsches Zarathustra oder das, was dieser Philosoph mit der Bezeichnung ›Übermensch‹ andeutet (und auch nur *andeuten kann*)?
Ich kann meine Überzeugung nur wiederholen, daß beispielsweise die Friedensliga, welche sich eng an die ethische Bewegung anschließt, nur als Symptom eines Niederganges der Volkskraft aufgefaßt werden kann. Ein durch und durch produktives Volk will *herrschen* und seinen Geist der übrigen Menschheit aufprägen. Es will nicht jene weichliche und unmögliche Versöhnung aller Gegensätze u. Gegnerschaften, welche immer aufdringlicher heute hervortritt, ohne doch in der Praxis sonderlich viel zu erreichen. Es will Kampf und Spannung haben nach außen und nach innen; denn es hat einen Überschuß von Lebenskraft, der nicht müßig bleiben und in trägem Frieden sich verträumen mag, der überall einen großen Ausdruck sucht, sei es in der Politik, in der Technik, in der Philosophie, in der Kunst: kurz, in einer wahrhaft eigenartigen Kultur.
Einer solchen Kultur in die Hände zu arbeiten – à la bonne heure!
Wirkt die D. G. E. K. in dieser Richtung?
Herr Dr. Pfungst hält die Zeit für die Beurteilung ihres Wirkens noch nicht für gekommen. Ich will diesem Werdegange nicht vorgreifen –: sprechen wir im zwanzigsten Jahrhundert wieder davon.
Im übrigen möge meinen subjektiven Anschauungen so ›energisch‹ wie möglich ›widersprochen werden‹, wenn nur dadurch in Wahrheit unserm Volke genützt wird. Denn nicht auf das Wohl und Wehe der Anschauungen, sondern des Angeschauten kommt es in diesem Falle allein an.

Hochachtungsvoll
Christian Morgenstern (Berlin).

›*Die Kunst dem Volke!*‹

Am 24. Februar feierte der Verein ›Neue Freie Volksbühne‹ in Kellers Prachtsälen, Koppenstr., sein musikalisch-deklamatorisch-terpsichorisches Winterfest und schloß damit für die Wintersaison eine Reihe sympathischer Konzerte ab. Der Vorstand ist zu beglückwünschen, daß es ihm gelungen ist, aus bescheidenen Anfängen heraus Konzertabende zu entwickeln, an welchen auch ein feinerer Geschmack, als er durchschnittlich der naiv auflauschenden Menge eigen, vielfach befriedigt werden konnte. So wies das Programm des 24ten Nummern wie Beethovens mächtige ›Chorphantasie‹, Mendelssohns Terzett und Quartett aus ›Elias‹, Wagners Quintett aus den ›Meistersingern‹, ›Selig wie die Sonne meines Glückes‹, auf, bedeutende Aufgaben, die dank den guten Kräften, die sich zur Verfügung gestellt, eine würdige Lösung fanden. Es ist schade, daß das vortreffliche Unternehmen des Dr. Bruno Wille nicht – oder wenigstens noch nicht – über die Mittel verfügt, sich eine Art Stamm von Künstlern für diese Konzerte herbeizuziehen und zu bewahren. Bis jetzt scheint nur eine junge Pianistin, Frl. Marie Gerdes, die Aufopferung besessen zu haben, nur um den idealen Lohn, der in der Freude einfacher Menschen an vorher nicht geahnten Genüssen liegt, mit ihrer schönen Kraft stets hilfreich einzuspringen, während, wie verlautet, der edle und verheißungsvolle Mezzosopran Frl. Eugenie Lerois in Berlin und damit auch in diesen Volkskonzerten, vorläufig wenigstens, mit Bedauern wieder zu vermissen sein wird.

Das Winterfest war von weit über 3000 Personen besucht, die Ordnung war im allgemeinen eine musterhafte, die Aufmerksamkeit und Zustimmung eine große: Beweis genug, daß auch in den unteren Volksschichten viel Empfänglichkeit für feinere Lebensgenüsse vorhanden. Wo aber Empfänglichkeit ist, da muß Erziehung einsetzen. Daß diese Erziehung zur Erkenntnis des Schönen den Leitern der N. F. Volksbühne immer erfolgreicher gelingen möge, sei ihnen ›aufs innigste gewünscht‹.

Paris in Berlin

Eigentlich kommen die Franzosen erst im April zu Gurlitt. Aber zwei Maler sind der angekündigten Schule von Fontainebleau vorausgeeilt. C. Pissarro und A. Besnard. Sie bereiten uns auf eine große Freude vor, dadurch daß sie selbst, die Landsleute der Kommenden, uns Freude bereiten. Freude in jedem Sinne. Besonders der eine, Pissarro. Ein Farbenglück vibriert in diesen Landschaften, ein heißer, zitternder Sonnenschein, daß man Sommerluft zu atmen, zu riechen glaubt, daß man sich ins Gras dieser Wiesen werfen und mit blinzelnden Augen hinaufträumen möchte, in die lichtschwangere Atmosphäre. Und hinter all der Stimmung welche ernste Technik! Was bei Dutzend anderen eine Kleckserei geworden wäre, die man nur auf drei Meter Entfernung genießen könnte, ist bei diesem reifen Künstler eine Art Mosaik geworden, das in Nähe und Ferne den Charakter des Kunstwerks gleichmäßig trägt. Besnards Technik ist dagegen ins Schrankenlose impressionistisch. Ihn reizen nur die Lichteffekte. Er hat neben zwei vorzüglichen Köpfen und einigen weniger anmutenden Sachen ein Bildchen gesandt, welches ein Mädchen darstellt, das sich morgens im Bett aufrichtet. In dem Bildchen liegt ein Zauber, ist ein dämmeriger Duft eingefangen, ... ja das ist eben eine Kunst, an die wir nur langsam heranreichen.

Japan in Berlin

›Aristokratische Kultur‹ – der Begriff drängt sich einem unwillkürlich auf, wenn man in den Zimmern von Amsler und Ruthardt vor den Stickereien aus dem Fernen Osten steht. Man denkt an die Pyramiden Altägyptens, an griechischen Tempelbau und römische Amphitheater oder vielleicht noch mehr an griechische Kunstgewerbe und italische Wandgemälde und Mosaiken. Weshalb? Das ist leichter empfunden als klar präzisiert. Die ewigen Denkmale der Pyramiden wären nie entstanden, wenn sich nicht Könige hätten Gräber bauen lassen, die Heiligtümer niemals, wenn nicht Götter zu wohnen begehrt hätten, die kostbaren Vasen nicht noch der Wandschmuck der Bäder, wenn nicht obere Zehntausend sie von unteren Hunderttausend gleichsam als einen Tribut oder doch eine selbstverständliche Gabe gefordert oder wenigstens herausgelockt hätten. So auch bei diesen japanischen Stickereien. Nur ein reiches und von vornehmstem Geschmack erfülltes Volk vermag von sich selbst eine solche Summe von Fleiß und Hingebung zu fordern, wie sie in diesen minutiös gearbeiteten, feinsinnig erdachten Tapeten enthalten liegt. Der ganze Barbarismus, der von einer konsequenten Ochlokratie der Kunst, zumal nach ihrer gewerblichen Seite hin, droht, dürfte an diesem Beispiel zu erkennen sein. Oder ist zu bezweifeln, daß eine demokratische Gesellschaft völlig zufriedengestellt sein wird, wenn praktisch und gefällig produzierende Fabriken den kunstgewerblichen Bedarf nur allen gegenüber gleichmäßig zu decken sich verpflichten? Wer wird noch eine Hand rühren, um dem ›Bruder‹ unter Aufopferung eines Stück Lebens einen kostbaren Ofenschirm zu sticken, der im andern Falle für den ›Herrn‹, den ›Gönner‹, den kaufkräftigen ›Auftraggeber‹ ohne weiteres fertiggestellt werden würde! – Floreant singuli et pereat ars? Sollte das unserem demokratischen Zeitalter nicht ein wenig zu denken geben? Sollte aus diesen japanischen Kunststickereien nicht jene Kultur reden, die wir selbst schon einmal gehabt haben und von der wir uns heute immer gründlicher zu entfernen scheinen?

München in Berlin?

München ist nicht nur die Stadt der peinlichen, unliebsamen Sezessionisten: es gibt auch noch wahre Künstler dort, vor deren Bildern das biedere Schultesche Publikum so recht mit Behagen und Wohlwollen vorbeipromenieren kann. Endlich einmal etwas Ernstes, Gediegenes nach den Klecksereien der 24er und 11er. Endlich einmal ein Maler, der geschmackvoll nur das uns entgegenträgt, was jeder *gern* sieht und vor allem: was *jeder* sieht. Ein Künstler, der die Weisheit hat, der Mode entgegenzukommen, und damit mehr Freude bereitet als die eigensinnigen Einsiedler mit ihren tagfremden Problemen. Ja, da liegt's. *Mehr* Freude wohl, im quantitativen Sinne. Aber auch nur einem einzigen eine *tiefe*? Gesetzt, eine der eleganten Damen F. A. Kaulbachs stiege aus dem Rahmen herab in den Saal, vielleicht die Schöne in dem grünen Gewand: sie würde bewundert und umschwärmt sein – von den alten Herren im Zylinder, den Offizieren, den Referendaren und allen jüngeren Semestern. Und dann käme zufällig ein Piglheinsches Weib in den Saal. Man würde es kaum bemerken, und nur der und jener vergäße etwa die andre Frau und fühlte sich vor der Fremden durch ein il ne saurait quoi merkwürdig ergriffen und trüge eine Welt von Fragen und Gedanken mit sich fort, wie sie ihm lang nicht aufgeklungen. Und aus diesen Fragen und Gedanken stiege irgend etwas Großes hervor, eine Tat, ein Kunstwerk oder auch nur eine erlösende Stimmung oder ein Wollen und Sehnen. Indes jene andern sich auf Wochen hinaus mit Stoff für ihre Zirkel versorgt empfänden ...

F. A. Kaulbach hat in seinen verschiedenartigen Porträts stets den Vorzug, geschmackvoll zu sein. Eine Höflichkeit ist der anderen wert, drum darf man ihm, ohne zu heucheln, sein Kompliment machen. Seien wir gerecht: es gibt viele ›Künstler‹, die uns nicht einmal zu Komplimenten herausfordern. Wer die Linden im März nach Kunst abgesucht hat, wird dem lachend beipflichten.

Bismarck

Der deutsche Reichstag hat in seiner Mehrheit beschlossen, dem Fürsten Bismarck den Dank für das, was dieser geschaffen, zu versagen.
In tiefer Selbsterkenntnis. Das Kind gewinnt es nicht über sich, dem Erzeuger für das Geschenk des Lebens zu danken. Es fühlt sich zu bitter als Mißgeburt, es flucht aus dem vernichtenden Bewußtsein seiner Armseligkeit dem Vater: ›Ach, o wär ich nie geboren! weh, daß ich geboren bin!‹ Hätte jemand eine solche Innerlichkeit in diesen rauhen Männern vermutet? Und es ist Innerlichkeit: denn ein Flachkopf hängt viel zu sehr am Leben, als daß er, auch wenn er manchmal seine Begrenztheit und Herzensarmut selber merkt, nicht dennoch jederzeit für sein Leben zu danken bereit wäre. Ja, wer weiß, ob diese Tiefe nicht noch eine Tiefe unter sich birgt? Ob die schroffe Absage nicht etwa nur eine Maske für ein entsetzliches Bewußtsein ist–: Das Recht längst verloren zu haben, einem solchen Manne danken zu *dürfen* ... Zu unrettbar zu ζῶα πολιτιχά geworden zu sein, als daß es jetzt, bei einem letzten Rest von Selbstachtung, noch möglich wäre, mit einem Male wieder *freie Menschen* auch nur zu markieren? Ein düsteres Schauspiel! Aber *wenn* dem so ist, so soll man keine Steine mehr auf die armen ζῶα werfen, soll lieber für sie beten, daß sie in einem künftigen Dasein als Menschen wiedergeboren werden mögen. Dann verleihe ihnen gnädig, o Gott, gesunde Organe: Augen, das Licht der Sonne zu sehen, ja noch mehr, zu suchen; Ohren, den Sturm und den Donner zu hören; Nasen, die da riechen, wenn irgendwo an ihrem Leibe Fäulnis ausbrechen will; Munde, denen nur reinliche Worte entströmen, und endlich jenen feinen Tast- und Wägesinn für Imponderabilien, der zumal den Bedauerns-

werten zugute kommen wird, die bei der Teilung der Erde, wie Du weißt, zu spät gekommen sind. Denn ach! diese ζῷα haben natürlich keinen Sinn für sie. Was ist ihnen Kunst? Was ist ihnen Persönlichkeit? Sie traben täglich in den großen Reichsstall und stoßen sich dort mit den Hörnern, die meisten freilich haben nur noch Stumpfe. Es ist immer wieder derselbe eintönige Lärm, dieser Lärm um nichts. Sag selbst, wäre es nicht besser, wenn ein neues, menschenähnlicheres Geschlecht dort einzöge anstatt dieser matten Professionsboxer und Wiederkäuer? Wo soll unser Volk hingeraten, wenn seine Vertreter keinen einzigen großen Gedanken mehr fassen können, wenn ihnen, als den Repräsentanten eines zu höchsten Kulturzielen berufenen Volkes, *jedes Missionsgefühl abhanden* gekommen ist! Laß ihre Lose bald aus der Urne springen! Sela. –
Wir aber, die wir das Große, Übertägliche noch mit klopfendem Herzen erkennen und ehrfürchtig verehren, die wir vor einem *Menschen* wie Bismarck als vor einem urgewaltigen Kunstwerk der Natur in allen Tiefen ergriffen stehen, wollen uns zum Troste wiederholen, daß, ob mit Bewußtsein oder nicht, diejenigen unserer teueren Mitbürger, die es trifft, wirklich – kein Recht dazu hatten, haben und haben werden, vor einer so riesenhaften Persönlichkeit anders als *trivial* sich zu benehmen.

Versuchsbühne

Die unlängst von dem unermüdlichen Dr. Bruno Wille gegründete ›Versuchsbühne‹ hat am 10. März mit dem Dreiakter eines Ungenannten, ›Christnacht‹, ehrenvoll debütiert. Als weitere Darbietungen in dieser Saison sind ›Zu Hause‹ von Franz Servaes und ein Volksstück ›D' Schand‹ von Juliane Dery angekündigt. Beitrittserklärungen sind an Herrn Robert Bertelt, Holzmarktstraße 50, zu richten, mit der Angabe, ob Abonnement (für einen Zyklus von fünf, bzw. dieses Mal noch zwei Vorstellungen) oder der

Beitritt für nur eine Vorstellung gewünscht wird. Es wird hoffentlich noch viel Gelegenheit gegeben werden, von diesem jungen Unternehmen hier des Ausführlicheren zu reden.

Lesser Ury

Ein rechter Ekel konnte den ergreifen, dem jüngst in der hübsch arrangierten Ausstellung der Hamburger Kunsthalle die verschiedenen ›Ankäufe‹ des dortigen Publikums in die Augen fielen. Das Ödeste und Geistloseste war mit einem Blick hervorgesucht, der zwar Methode, aber leider nicht einmal Wahnsinn, sondern nur entsetzliche Nüchternheit verriet. Und ganz schüchtern und verloren hing ganz unten irgendwo an der Wand ein schwarzumrahmtes Pastell von Lesser Ury, Elbufer und Aussicht bei Blankenese wiedergebend. Vorn ein tiefdunkelwaldiger Hügelhang, in den Strom hineinschneidend, darüber hinaus die weite Elbe mit grauen Gestaden, und alles in einen fahlen, naßkalten Tag getaucht. Das wird natürlich kein Hamburger ›ankaufen‹, dabei muß man viel zuviel denken. Es liegt viel Herbes, Verschlossenes, Trauriges in diesem Bildchen – und nicht nur in diesem des Künstlers. Auch in den zwei Aquarellen bei Gurlitt findet man's wieder. Die Kunst soll erfreuen, meint das Publikum und vergißt dabei regelmäßig, daß es meist an ihm selbst liegt, wenn die vernachlässigten Künstler zum heiteren Schauen die Lust verlieren. Und wie schade wäre das gerade bei einem so fein empfindenden Koloristen wie Ury!

Seine beiden kleinen Bilder bei Gurlitt können die Gesellschaft der Franzosen vollständig vertragen, gerade weil sie recht deutsch gesehen sind. Deutsch auch in der leichten Untugend, daß über dem intimen Kult der Farben die Formen manchmal ein wenig verwahrlost erscheinen. Aber was will das von Kunstwerken besagen, die man sich über seinem Schreibtisch hängend wünschte, um sich immer und immer wieder von ihrer eigenartigen Sprache anregen lassen zu können?

Arnold Böcklin

Wenn man bei Schulte jetzt zur Tür hereintritt, sieht man durch die Vordersalons hindurch den Ausschnitt eines Gemäldes voll satter, tiefer Farben und klassischer Formen. Man geht, wie auf ein weihevolles Altarbild, langsam darauf zu, aber, wenn man klug ist, bleibt man etwa in der Mitte des zweiten Zimmers stehen und genießt von da aus durch den Türrahmen die ›Kreuzabnahme‹ von Arnold Böcklin für sich allein, ohne so den Salat dicht daneben, die schreiende Böcklin-Hoffmanniade Müller-Schönefeldts links und die Sport- und Hundebilder Sperlings rechts mitgenießen zu müssen.
Über das Werk selbst hier in diesen Aufzeichnungen etwas Bedeutsames sagen zu wollen, dürfte trivial sein. Es muß sich jedem als ein Meisterwerk ersten Ranges aufdrängen, als eine tiefharmonische, reife, schönheitdurchtränkte Schöpfung, deren etwa in Komposition oder Zeichnung herauszutüftelnde Unvollkommenheiten ganz hinter ihrem feierlichen Gesamteindruck zurücktreten.
Das Arrangement dieses Saales ist allerdings von keinerlei feierlichen Momenten beeinflußt worden. Das ist eine Trödel- und Verkaufsbude, aber kein Kunstkabinett. Ein Riese wie Böcklin will allein zu uns sprechen, aber was ödet und katzenjammert da noch alles von vollgepfropften Wänden herab! Es mögen vielleicht ganz gute Sachen darunter sein, aber sie sind hier nicht am Platze, sie stören durch ihr bloßes Dasein. Ein solches Arrangement ist taktlos gegen den Großen und taktlos gegen die Kleinen. *Muß* denn immer fuderweise ausgestellt werden? . . .
Bitterböse Gedanken gegen unsere zerfahrene Kultur können einem kommen, wenn man bei Documents humains wie den Werken Böcklins daran denkt, wie sie, in einer Art

neuer Tempel geborgen, diese zu Wallfahrtsstätten eines großen Volkes weihen könnten, und wenn man sich dann des klotzigen Baues erinnert, der an der Spree den freien, herrlichen Platz langsam überwächst, niemandem zur Freude und allem ehrlichen Empfinden zum Hohn.
Moderne Tempel, in einem neuen eigenartigen Stil, mit einigen Böcklins darin, einem Klinger-Radierungen-Zyklus und einer Kassandra oder dergl. von Klinger, von Beethovenschen Symphonien in Feierstunden durchwogt – da könnte man noch einmal zur ›Kirche gehn‹!

Was wir vom Berliner Lokalanzeiger über Böcklin lernen können.

–: ›Welch großer Aufwand unnütz ward vertan‹, muß man hier mit dem Dichter sagen. Wohl finden sich auch hier die tiefen, satten, leuchtkräftigen Farben Böcklins, besonders an den Gewändern der fünf großen Figuren des Bildes – aber sie vereinen sich hier nicht wie auf den sonstigen Werken dieses Malers zu einer stimmungsvollen koloristischen Harmonie; wohl ist das in der Ferne zu erblikkende Jerusalem an sich ein reizvolles Städtebildchen – aber es stimmt in seiner archaistischen Weise nicht zusammen mit der überaus realistischen Malweise, in der die Gesichter der beiden Alten im Vordergrunde (Maria und Josef von Arimathia?) gemalt sind, und noch weniger mit dem blutrünstigen Naturalismus, der sich in der Wiedergabe der gekreuzigten Schächer zeigt. Fehlt dem Bilde somit die Einheitlichkeit, so gebricht es ihm auch in anderer Hinsicht an sehr wesentlichem: Der Leichnam des von dem niedergelegten Kreuze halb emporgehobenen Heilandes entbehrt jeder Hoheit, selbst der Würde, welche der Tod so oft auch einfachen Menschenkindern gibt. Daß die Gesichter der beiden Alten gut gemalt sind – mit einer archaistischen Peinlichkeit übrigens, die jedes Barthaar des Greises, jede Runzel im Gesicht der Matrone wiedergibt

–, soll ebensowenig verschwiegen werden wie die Tatsache, daß die Gruppe im Hintergrunde, ›Johannes tröstet die verzweifelte Magdalena‹, von trefflicher Wirkung ist; leider aber kann das den Gesamteindruck des Bildes nicht aufheben. –

Die Franzosen bei Gurlitt

Eine sehr interessante Versammlung diese alten Herren mit den großen Namen und den feinen Bildern. Zwei Corots unter vieren, kleine Landschaftsstücke, ganz unglaublich vornehm und originell eingesetzt. Ein halbfertiger Millet, zwei Courbets, in denen man den einstigen Stürmer kaum mehr erkennt, Meprès mit seinen chiken Balletteusen, Rousseau mit einem sehr gedämpften ›Frühling‹ und ›Herbst‹, Troyon, Sisley, Rosa Bonheur u. a. und zum Schlusse wieder der schon länger ausgestellte Besnard. Dieser Besnard mit seinen Frauenporträts ist einfach einzig. Wen setzte der Rotkopf nicht in helles Entzücken, in helleres vielleicht, als die Mehrzahl der alten dunklen Herren aus der Fontainebleauer Schule es je hervorzubringen vermöchte?

Ecce poeta

Die Bismarckbegeisterung hat die Kochtöpfe der Presse so von Grund aus umgerührt, daß zum Teil gar sonderbare Blasen aufgestiegen sind. Es wäre vielleicht amüsant gewesen, eine planvolle Jagd auf all den Nonsens zu machen, zumal eine zufällig in den Spalten der ›Deutschen Warte‹ gemachte Beute die Überzeugung gibt, daß es sich wohl gelohnt haben dürfte.

Das Beutestück ist ein Gedicht von einem Herrn H.v.Boukmann, welcher nicht nur den Nachdruck erlaubt, sondern sogar um seine Vervielfältigung bittet. Von den etwa acht Strophen seien die erste und dritte als Anregung für die Herren Dichter, welche den ›Kunstwart‹ lesen, mitgeteilt:

Nun haltet treu, was Ihr gelobt
Am Tag der hohen Feier,
Mit Wort und Handschlag habt gelobt,
Das sei Euch heilig, teuer.

Der Genius hat den Weg gezeigt,
Auf den zu Deutschlands Glücke
Und Heil sich in die Waage neigt,
Mit hellem Adlerblicke.

Man darf im Interesse des Herrn v. Boukmann den Wunsch aussprechen, daß das schöne Poem noch recht oft vervielfältigt werde.

AUF DER GROSSEN BERLINER KUNSTAUSSTELLUNG

Die diesjährige große Berliner Kunstausstellung ist in *einer* Hinsicht besonders interessant: Sie gibt uns einen tiefen Einblick in die Verschiedenheit des germanischen und des gallischen Charakters.

Es ist immer die alte Geschichte –: Mögen wir so modern, so ›gut europäisch‹ werden, wie wir wollen – wir sind nun einmal von eigenem Schlag, wir Deutschen, und keiner kann uns das nachmachen, was uns den Beinamen Dichter und Denker eingebracht hat: die Innerlichkeit. Die Franzosen nehmen ja gewiß ihre Sujets ernst, aber in ihr Blut tauchen sie sie nicht. Ihr Auge scheint mehr beteiligt wie ihr Herz – und so sind sie fast nie verworren und geschmacklos, aber um so öfter kalt und flach. Sie haben den Stil und die Technik vor uns voraus und sind darin rückhaltloser Bewunderung wert, aber – trotz der ›Ponies‹ Albert Besnards und des ›Wildbachs‹ Fernand Le Quesnes – es mangelt ihnen jene Urkraft, die (ich denke beispiels-

weise an Max Klinger) wie eine Herrenfaust uns in die Seele greift und uns sagt: Du stehst vor deinem Meister.
Ja gerade dieser ›Wildbach‹ dünkt mir, obschon er, ein nicht allzu hervorragendes Bild, die Kunst unserer Nachbarn ja keineswegs repräsentiert, doch ein gutes Symbol der modernen französischen Seele zu sein. Wie geschmackvoll das Ganze, wie akademisch schön diese Frauenleiber, wie geistreich ausgesonnen die einzelnen Momente und Situationen – aber ein Wildbach, ein Wasserfall im Gebirge ist das nicht. Es ist die Komposition eines klugen und liebenswürdigen Geistes – und hätte doch eine künstlerische *Tat* werden können. Die wäre – und einem Deutschen traue ich sie zu – etwa so entstanden. Er kommt auf einem Streifzug durch die Berge in die Nähe eines Wasserfalls. Er läßt den Weg liegen, sucht sich durch den Wald nach dem Tosen hin. Die Bäume lichten sich und plötzlich, an einer Biegung vielleicht, sieht er in mächtiger Helle und Gewalt die sonnenfunkenübertanzte Wassermenge in tausend Sprüngen und Windungen zu sich herabeilen. Die Natur wird ihm wieder einmal zum Wunder und seine ergriffene Phantasie träumt ›Seelen in die Felsensteine‹ und schaut aus dem Flutenspiel Nacken und Brüste und flatterndes Haar –: ein jubelndes kraftstrotzendes Göttergeschlecht wirft sich übermütig von oben herunter und füllt mit silbernem Lachen Berg und Schlucht. Wie ein Blitz muß solch ein Traum im Künstlergehirn geboren werden, als Ganzes, in allen Teilen auf einmal. Und diese Szene, die nun in ihm ist, trägt der Wanderer nach Hause und sucht sie aus sich selbst auf die Leinwand zu kopieren. Zu all dem gehört freilich Kraft. Eine dreifache: zu schaffen, zu halten, wiederzugeben.
Das französische Bild ist ein Kind der Reflexion, besser noch: des Kalküls. Man muß noch Chaos in sich haben, um einen tanzenden Stern gebären zu können – sagt der große Franzosenbewunderer und gerade darum um so

echtere Deutsche, dessen Porträt, als des gebrochenen Menschen, vor die große Menge hinzustellen, wahrlich eine Taktlosigkeit ist, die höchstens dann *keine* wäre, wenn der am ersten dazu Berufene, Ernst v. Lenbach, seinen tragischsten Zeitgenossen gemalt hätte.

Franz Stuck – das ist noch eine chaotische Natur und deshalb ebenso mit der Fähigkeit zum bodenlos Häßlichen wie zum Klassisch-Dämonischen begabt. Die Sünde, ja die Sünde – es ist *doch* von all den Stücken, die ich in den Sälen gesehen, das unabweisbar mächtigste Bild.

Jemand stellte ›Arkadien‹ von Alexander Harrison daneben. Wenn überhaupt Harrison – so hätte ich ›Nacht‹, ›Marine‹ und ›Fluß‹ noch lieber hervorheben gehört, aber im Ernst vergesse ich über den beiden Augen den ganzen Harrison, und noch mehr: den ganzen Guignard, dessen ›Heimkehrende Herde‹ ... nein! Nein! die läuft mir doch überall nach, wie sie so aus dem mondigen Dämmer auf einen zukommt und immer näher kommt mit tausend ekkig sich knickenden Beinen und den eng aneinandergedrängten Woll-Leibern ...

Ich will paktieren. Mag die Sünde den Hirten begleiten und beide mich – zu Walter Leistikow. An dessen ›Weiher‹ mögen die Schafe zur Tränke gehen, indes die Sünde dem Hirten unter den verworrenen Bäumen verwirrende Dinge erzählt ... Von einem ›Finale‹ von Carlos Grethe, in dem ein Blutstreif über violetten Meeresabgründen in die Seele schneidet – Violett –: das ist sterbendes Rot, die echte Farbe der Tragik –, von einem Vampyr, der eigentlich noch ganz anders aussehen müßte, von gekreuzigten Weibern, die, ein widerliches Thema, mehrfach sich aufdrängen, von dem ›Morgen‹ Albert Bréautés, einem feinen Bilde, das unter einer gar plumpen ›Versuchung‹ hängt und so recht aus dem Geist kulturübermüdeten Großstadtlebens herausempfunden ist, von einem Stuckschen Kentauren, der prachtvoll täppisch an einem Nymphchen seine

zähnefletschende Freude hat, von einem plastischen Versuch Exters, brutal-niederbajuwarisch, aber – weshalb eigentlich aber? zarte Seelen wir; – mit ›was drin‹.
Von dem also plaudert die Sünde, wahllos, sprunghaft dem Hirten vor. Die Schafe haben indessen wohl dem Weiher tüchtig zugesetzt. Wohin ziehen wir jetzt? Vielleicht zu Trübner? Den habe ich in dem Labyrinth leider noch nicht gefunden. Als Pendant zu Leistikow hängt ein Hendrich ›Die traurige Weise‹. Vorn hat mich der grüne Hang und die Meerfarbe gestört, aber oben die einsame Gestalt auf dem Turm, die wächst in den fahlen Himmel hinein, aus dem die Sonne nun tot hinabgesunken ist hinter das schwarzblaue Schweigen der See. – Es ist so grausam, seine Stimmungen auf diesen Bildermärkten zerreißen, gewissermaßen ein Stimmungs-Potpourri in sich erzeugen lassen zu müssen – man möchte die Feder heftig hinwerfen. Wie soll ich von dieser Tristan-und-Isolde-Stimmung hinüberkommen zu den friedlichen Nachtlandschaften Keller-Reutlingens mit ihren süßen Hüttenlichtschimmern? Eher noch kann ich mich in die kühle, herbe Vorsonnenaufgangs-Stille hineinempfinden, in der Otto Reiniger ein flußdurchzogenes Waldtal beobachtet hat. Die Farben schlafen alle noch, schwarz ruhen die Schatten auf den jungfräulichen Wassern: Wie eine großäugige stumme atemhaltende Ahnung und Erwartung liegt es über der einsamen Landschaft.
Und hier klingt mir wieder die Saite, die mir im Anfang geklungen. Man nehme irgendeines der guten deutschen Landschaftsbilder, z.B. Philipp Franks ›Strandblumen‹ . . ., welch eine selige Weite tut sich da auf, welch eine Beziehung auf den unendlichen Zusammenhang aller Dinge! Dieses Ewigkeitsmoment, wie ich es vielleicht nennen kann, das ist etwas Herrliches in der germanischen Volksseele. Es wird ja viel Humbug damit getrieben, aber es bricht immer wieder vereinzelt und allmächtig hervor. Be-

sonders die sogenannte religiöse Malerei ist dem Posieren ›deutscher Tiefe‹ arg ausgesetzt. Unerreicht aber in Hinsicht auf Pose stehen diesmal die Franzosen Jean Béraud und Henri Camille Danger mit dem ›Kreuzweg‹ beziehungsweise der ›Übertretung von Christi Gebot‹ da. Das ist in jedem Falle ein Programm-Christus, der auf der Bildfläche nur deshalb erscheint, weil die Zeit, will sagen eine Schicht zur Frömmelei zusammenknickender Rückenmärker, dem klugen Maler empfänglich zu sein dünkt. Im allgemeinen aber schien mir auf meiner Wanderung durch die Ausstellungsräume die im engsten Sinne religiöse Malerei nicht so stark wie in den Vorjahren vertreten zu sein. Glücklicherweise –: denn wird man, ganz ehrlich gesagt, selbst der großartigsten Typen nicht endlich etwas müde? Ich hege nun einmal in weltfernen Stunden den kindlichen Traum, daß auch die deutsche Kunst einmal ihre eigenen Götter und Übermenschen aus sich heraus gebären könnte, statt immer nur in hellenischen, judäischen, ägyptischen, indischen und anderen Formen die Fülle der Seele zu offenbaren. Konnte die Antike die Natur mit ihrer Phantasie durchdringen, warum können wir es nicht ebenso mit unserer – und gerade heute, wo tabula rasa gemacht ist mit allen An-sich-Göttern und der Mensch endlich die eigene Seele als den Urborn erkannt hat, an dem alle Dinge getauft und gewertet worden sind und täglich umgetauft und umgewertet werden können.

Ich bin wahrlich kein Deutschtümler, aber gerade weil ich die hellenische Phantasiewelt als eine so wunderbare Offenbarung empfinde, schmerzt es mich, daß wir nicht auch unsere Eigenart in die Welt so hineintragen, daß man auch einmal von einer rein germanischen Kulturperiode in der Folge der Völker sprechen könnte. Die Griechen hatten kein Meer wie die Nordsee: Warum kann aus diesen Fluten nicht eine Göttin steigen, in der sich, wie in der Cytheräerin, das Tiefste unseres Wesens verkörpert? Wie stimmt

Pan zu unserem deutschen Wald? Denken wir wirklich an Kentauren, wenn wir durch ihn wandern? Ließe sich Baldur, der strahlende Lenzgott, nicht wiedererwecken, muß der grandiose Sonnenkult der alten Germanen für immer vergessen liegenbleiben, untüchtig, in neuem Geiste gewandelt und ausgestaltet zu werden?
Und wenn die alten Typen und Symbole durch die jahrhundertelange Beeinflussung der deutschen Stämme durch fremde Anschauungen unwiederbringlich erstickt sein sollten, kann unsere Einbildungskraft im Bunde mit jener Liebe zur Erde und allem, was irdisch ist, die nach langen asketisch entstellten Menschenaltern gerade heute wieder glühend hervorströmt – können diese beiden Mächte gar nichts Neues, Eigenes, Urwüchsiges mehr hervorbringen? Man wird die Ungunst der sozial allzu verfahrenen Zeit einwenden, aber mir scheint eine Ungunst nicht so gefährlich zu sein, die doch einen Böcklin, einen Klinger, einen Stuck und andere nicht hindern kann, ihre ungestörten Pfade zu gehen ... Einen Stuck ..! Hatte ich dem denn nicht vorhin seine ›Sünde‹ entführt und mit ihr und dem Hirten des Guignard noch weiter durch die Berliner Kunstausstellung pilgern wollen? ... Und habe nun über meinen Fragen ganz der beiden vergessen. Aber ... ist denn nicht die Sünde schon solch eine Göttin, dem Haupt eines Modernen entsprungen? ...
Ich weiß mir im Augenblick selbst keine Antwort, obschon sie vielleicht völlig auf der Hand liegt; ich fühle nur eines, daß ich nicht das Recht zu zürnen hätte, wenn mir jetzt jemand den alten Satz entgegenhielte: ›Ein Narr frägt oft mehr, als zehn Weise beantworten können.‹

NIETZSCHE, DER ERZIEHER

Ein Postskriptum als Vorbemerkung. Ich hatte die ehrliche Absicht, ein ›Referat‹ zu schreiben – aber ich war so unklug, in einer Sommernacht ans Werk zu gehn.

Tief und tiefer hinein in die Schatten flieht nun wieder mit uns unsre Scholle. Gleich einer Woge, die nie den Felsen findet, an dem sie verbrande, läuft sie unter der Sonne hin, eilt nun unter den Sternen hin, und wir treiben auf ihrem Rücken, auf den Balken und Planken unserer Häuser, ein Volk von Schiffern, aus dem noch nie einer außer den Hafen Geburt und Tod einen andren Hafen sah.

Von Schlummer bewältigt ruhn sie nun alle; nur hier und dort wacht vielleicht einer gleich mir und träumt hinaus in die brausende Nacht.

Von welchen Sorgen ist sein Auge noch hell?

Wacht nur der Tag noch in seiner Seele, das ärmliche Spiel der kleinen Kräfte und kurzen Ziele? Oder zuckt, eine einsame Flamme, sein Herz im Sturmwind großer Hoffnungen, Zweifel, Erkenntnisse und Verachtungen? Ruft er gleich mir: ›Wozu doch diese Nacht über der Nacht, dieses ernsthafte Schlafen von Menschen, deren ganzes Dasein ja nur ein einziger Schlaf ist? Reißen sie je die Augen auf, außer vielleicht unter dem Griff des Todes? Darf man sie je mit Sternen reizen, die nicht mit halben Blicken zu fangen sind?‹

Die ihr so in die Stille sprecht, aufgeschreckt aus allem Schlaf wie ich, fast noch verwundert ob der eigenen plötzlichen Klarheit und mit übergroßen Augen um euch blikkend – *eine* Stimme hat uns allen den Schlummer verleidet, *ein* Auge ist uns die Sonne des Tags und der Nacht geworden, *eine* Schönheit läßt uns nicht länger schlafen.

Ein Fest verbrüdert uns, *eine* Feier läßt uns in allen Schau-

ern tragischen Glücks erzittern, daß wir die ganze Welt um uns verschenken –: der große Mensch.
Der schönste Mensch, den die Erde je trug, einen noch schöneren Menschen lehren wollend!
Wo ist ein Schauspiel, das diesem gleicht?
Lehrer- und führerlos wuchsen wir auf und hätten, versprengte Stürmer, hierhin und dorthin die Kraft verschwendet. Nun erst dürften wir wissen, was Leben heißt; was Leben sein kann, wenn man es sinnvoll macht; was allein das Dasein heiligt –: ein großer Zweck, ein ›höchster Gedanke‹.
Aber in meine Freude mischt sich bald wieder Schwermut und Scham. ›Das – ist nun mein Weg‹, spricht Zarathustra, ›— wo ist der eure?‹ – ›Dies nun waren die Wege des Werdenden‹, sagen uns heute die Dokumente seiner Entwicklungsjahre. ›Wo sind die euren?‹ würde er wiederum fragen und fortfahren: ›Wer ein Ich hat, der gehe in Sich‹.

Für alle Zukunft gibt es nun ein neues Kriterium des denkenden Menschen –: Was ist ihm Nietzsche? Dem Entartenden ist er die Gefahr der Gefahren. Und es ist gut so. Denn ›was fällt, das soll auch noch gestoßen werden‹.
Dem aber, der Zukunft im Blute hat, ist er der große Zucht- und Lehrmeister, der Sammler und Bändiger seiner Instinkte, der Führer – nicht der ›Verführer‹ –, der Kulturbringer, der die Geschichte bestimmende ›tragische Philosoph‹.
Man muß ihn erleben, nicht erlesen wollen. Anders wird der gereifte Mann ihn lieben, anders das jung heraufkommende Geschlecht. Während jener vielleicht der feinen Blume dieses Genius mit immer höherem Entzücken innewerden mag, bedarf der Werdende derberer Wirklichkeiten. Sein Leben ist noch Kampf. Und man kämpft besser unter dem Ausrufungszeichen als unter dem Fragezeichen. Ihm ist Nietzsche der *Erzieher*, das Ereignis, dessen er sich

am allerersten bewußt wird und von dem, wie von einer göttlichen Offenbarung, seine Seele glüht und zittert. Mit welchen Empfindungen wird er auf jene nachgelassenen Jugend-Dokumente des Meisters blicken, die von einer beispiellosen Selbsterziehung, von einem unerbittlichen Sich-selbst-Rechenschaft-Geben in jedem Sinne zeugen? ...
Ich bescheide mich, aus dem tiefen Reichtum der stillen Forschungen, Entdeckungen, Wünsche und Entwürfe einige Sätze herauszunehmen, deren Grundmotiv jenes ›Eins tut not‹ ist –: daß ein neuer Adel auf Erden entstehe.

›Die Aufgaben, die der Philosoph innerhalb einer wirklichen, nach einheitlichem Stile gearteten Kultur zu erfüllen hat, ist aus unseren Zuständen und Erlebnissen deshalb nicht rein zu erraten, weil wir keine solche Kultur haben. Sondern nur eine Kultur wie die griechische kann die Frage nach jener Aufgabe des Philosophen beantworten, nur sie kann die Philosophie überhaupt rechtfertigen, weil sie allein weiß und beweisen kann, warum und wie der Philosoph *nicht* ein zufälliger, beliebiger, bald hier- bald dorthin versprengter Wanderer ist. Es gibt eine stählerne Notwendigkeit, die den Philosophen an eine wahre Kultur fesselt: aber wie wenn diese Kultur nicht vorhanden ist? Dann ist der Philosoph ein unberechenbarer und darum Schrecken einflößender Komet, während er im guten Falle als ein Hauptgestirn im Sonnensysteme der Kultur leuchtet.‹

›Es scheint mir nicht so wichtig zu sein, wie man es jetzt nimmt, daß bei irgendeinem Philosophen genau ergründet und ans Licht gebracht werde, was er eigentlich im strengsten Wortverstande gelehrt habe, was nicht: Eine solche Erkenntnis ist wenigstens nicht für Menschen geeignet, welche eine *Philosophie für ihr Leben*, nicht eine neue *Ge-*

lehrsamkeit für ihr Gedächtnis suchen: und zuletzt bleibt es mir unwahrscheinlich, daß so etwas wirklich ergründet werden kann. Erst glauben wir einem Philosophen. Dann sagen wir: mag er in der Art, wie er seine Sätze beweist, unrecht haben, die Sätze sind wahr. Endlich aber: Es ist gleichgültig, wie die Sätze lauten, die *Natur* des Mannes steht uns für hundert Systeme ein. Als Lehrender mag er hundertmal unrecht haben: Aber sein Wesen selber ist im Recht, daran wollen wir uns halten. Es ist an einem Philosophen etwas, was nie an einer Philosophie sein kann: nämlich die Ursache zu vielen Philosophien, der große Mensch.‹

›Das Produkt des Philosophen ist sein *Leben* (zuerst *vor* seinen *Werken*). Das ist sein Kunstwerk.‹

›Jede Philosophie muß das können, was ich fordere, einen Menschen konzentrieren – aber jetzt kann es keine.‹

›*Einen Besitz* den Menschen verheißen! Philosophie und Religion ist Sehnsucht nach einem *Eigentum.*‹

›Ach dieser Mangel an Liebe in diesen Philosophen, die immer nur an die Ausgewählten denken und nicht so viel Glauben an ihre Weisheit haben. Es muß die Weisheit wie die Sonne für jedermann scheinen: und ein blasser Strahl selbst in die niedrigste Seele hinabtauchen können.‹

›Es wird irgendwann einmal gar keinen Gedanken geben als *Erziehung.*‹

›*Erzieher erziehn! Aber die ersten müssen sich selbst erziehn!* Und für diese schreibe ich.‹

›Ich träume eine Genossenschaft von Menschen, welche

unbedingt sind, keine Schonung kennen und ‚Vernichter' heißen wollen: sie halten an alles den Maßstab ihrer Kritik und opfern sich der Wahrheit. Das Schlimme und Falsche soll ans Licht! Wir wollen nicht vorzeitig bauen, wir wissen nicht, ob wir je bauen können und ob es nicht das beste ist, nicht zu bauen. Es gibt faule Pessimisten, Resignisten – zu denen wollen wir nicht gehören.‹

›Warum sollte Zerstören ein negatives Geschäft sein! Wir räumen unsere Beklemmungen und Verführungen hinweg.‹

›Erziehung ist erst Lehre vom *Notwendigen*, dann vom Wechselnden und Veränderlichen. Wieviel Macht über die Dinge hat der Mensch?‹

›Das Erschrecken ist der Menschheit bestes Teil.‹

›Man kann durch glückliche Erfindungen das große Individuum noch ganz anders und höher erziehen, als es bis jetzt durch die Zufälle erzogen wurde. Da liegen noch Hoffnungen: Züchtung der bedeutenden Menschen.‹

›Meine Religion, wenn ich irgend etwas noch so nennen darf, liegt in der Arbeit für die Erzeugung des Genius; Erziehung ist alles zu Hoffende, alles Tröstende heißt Kunst.‹

›Die *Macht* des Studiums liegt darin: nur was zur Nachahmung reizt, was mit Liebe ergriffen wird und fortzuzeugen verlangt, soll studiert werden. Da wäre das richtigste: ein *fortschreitender* Kanon des *Vorbildlichen*, angepaßt für jüngere, junge und ältere Menschen.

Immer *allgemeinere* Gestalt des *Vorbildlichen*: erst Menschen, dann Institutionen, endlich Richtungen, Absichten oder deren Mangel. Höchste Gestalt: Überwindung des Vorbildes mit dem Rückgange von Tendenzen zu Institutionen, von Institutionen zu Menschen.‹

›Jede Art von Kultur beginnt damit, daß eine Menge von Dingen *verschleiert* werden. Der Fortschritt des Menschen hängt an diesem Verschleiern – das Leben in einer reinen und edlen Sphäre und das Abschließen der gemeineren Reizungen. Wenn wir die großen Individuen als unsere Leitsterne gebrauchen, so isolieren wir sie uns, um sie zu verehren.
Ja, alle Ethik beginnt damit, daß wir das einzelne Individuum *unendlich wichtig* nehmen – anders als die Natur, die grausam und spielend verfährt.‹

›Man muß selbst die *Illusion wollen* – darin liegt das Tragische.‹

›Was ist uns die Wissenschaft? Nicht aber: was sind wir der Wissenschaft?‹

›Weisheit ist unabhängig vom Wissen der Wissenschaft.‹

›Auch das geringste Schaffen steht höher als das Reden über Geschaffenes.‹

›Der Weg zum Stil muß gemacht, nicht übersprungen werden.‹

›Goethe ist vorbildlich: der ungestüme Naturalismus, der allmählich zur strengen Würde wird. Er ist als stilisierter Mensch höher als je irgendein Deutscher gekommen.‹

›Das Deutsche als künstlerische Stileigenschaft ist erst

noch zu *finden*, wie bei den Griechen der griechische Stil erst spät gefunden ist; eine frühere Einheit gab es nicht, wohl aber eine schreckliche Mischung.‹

›Nehmt eure Sprache ernst! Wer es hier nicht zu dem Gefühl einer heiligen Pflicht bringt, in dem ist auch nicht einmal der Keim für eine höhere Bildung vorhanden.‹

›Die größte Gefahr ist, wenn die ungelehrten Klassen mit der jetzigen Bildung angesteckt werden.‹

›Wenn man nach Plan in der Geschichte sucht, so suche man in den Absichten eines gewaltigen Menschen, vielleicht in dem eines Geschlechtes, einer Partei. Alles übrige ist ein Wirrsal. Wer nicht begreift, wie brutal und sinnlos die Geschichte ist, der wird auch den Antrieb gar nicht verstehn, die Geschichte sinnvoll zu machen.‹

›Ein neues Phänomen: Der Staat als Leitstern der Bildung!‹

›Nicht die Existenz eines Staates um jeden Preis, sondern daß die höchsten Exemplare in ihm leben können und schaffen können, ist das Ziel des Gemeinwesens.‹

›Der größte Verlust, der die Menschheit treffen kann, ist ein Nichtzustandekommen der höchsten Lebenstypen.‹

›Erzeugung des Genius als des einzigen, der das Leben wahrhaft schätzen und verneinen kann.
Rettet euren Genius! Befreit ihn! Tut alles, um ihn zu entfesseln!‹

Indem ich sinne, was ich nach solchen Sätzen noch sagen könne und dürfe, irrt mein Blick wie am Anfang hinaus in die Juninacht.

Sie ist heller und heller geworden. Die brausende Stille des Dunkels ist dem zarten Schweigen der Dämmrung gewichen.

Aber ob wir es schon nicht hören – mit reißender Schnelligkeit flieht die uns tragende Scholle dem Licht entgegen.

Wenn wir das Spiel dieser Scholle bedenken, ihr sinnloses Hasten von Nacht in Tag und Tag in Nacht –

Gleicht ihm nicht unser Glaube an ein Ziel, das *vor* uns läge?

Die dröhnende Hast des ›Fortschritts‹ – eine Komödie, in der mit atemlosen Gesten unaufhörlich ›auf der Stelle getreten‹ wird? Das Jagen und Rennen der Millionen – ein Jagen und Rennen nirgendswohin als – von sich selbst hinweg?

Warum, wenn unser Fuß angewurzelt steht, nicht an uns, in uns, aus uns bauen, statt in die Länge und Weite, in die *Breite* und *Höhe*? Konzentration, nicht Dezentration; Plastik, nicht Analyse; Kunst-Kultur, nicht Wissenschafts-Barbarei!

Aber o Schönheit! In mein Gemach schlagen die ersten scheuen Flammen des jungen Morgens.

Ob uns Deutsche noch einmal ein Sonnenkult einen wird, wie er unsere Altvorderen einte?

Ich schaue sie vor mir, die Alten, und höre ihren Gruß furchtbarerhaben über die Täler rollen . . .

Denn heut ist Sommersonnenwende.

Friedrichshagen, Juni 96

ZUR NEUEN ÄRA

Der Aufschwung des deutschen Kunstgewerbes bedünkt mich ein Wunder, an das ich noch kaum zu glauben vermag. Den tiefen Deutschen sollte mit einemmal der Sinn

für die Form aufgegangen sein? Sie sollten plötzlich etwas entdeckt haben, das man nie in ihnen vermutet hätte: Geschmack? Dieses Volk von Barbaren, dessen große Söhne ihm, je größer sie waren, um so ferner standen, das einer zukünftigen Kultur einen Vorläufer um den andern gebar, ohne selbst, als Ganzes, auch nur zum Wunsche einer gegenwärtigen zu gelangen, — — dieses Volk sollte nun im Begriffe sein, seiner unerquicklichen Gesamterscheinung sich bewußt zu werden und Augen und Hände wider die Häßlichkeit seiner bisherigen Lebensführung zu richten?
Es scheint so, aber, wie ich schon sagte, ich wage noch kaum daran zu glauben; denn der Ausblick, den diese Tatsache erlauben würde, wäre zu überwältigend. Er ginge geraden Wegs auf eine neue deutsche Kultur.
Die Worte Kultur, Renaissance lauten recht abgegriffen, aber das, was sie bedeuten, ist über alle Bedeutungen. Das ist ja der unbeschreibliche Zauber der griechischen Welt, daß der Künstler dort nicht ein sonderbarer Zufall, eine widerstrebend anerkannte Ausnahme war, sondern ein Notwendiger, Unentbehrlicher, dessen sich jeder wie eines Freundes freute, ein ewig Willkommener an allen Tischen der Sinne. Bei uns ist der Künstler ein Einsamer und muß sich gegen die Welt durchsetzen. Er schafft um seiner eigenen und einiger Gefährten Freude willen. Aber die große Resonanz fehlt.
Wie viele sind daran zugrunde gegangen oder in andere Wege gedrängt worden.
Wenn Deutschland Böcklinsche Fresken gewollt hätte! Wenn Klinger für ein Kulturvolk bauen, meißeln, malen dürfte! Wenn Wagner nicht dazu getrieben worden wäre, mit seiner Musik zugleich *kämpfen* zu müssen! Wenn man Nietzsche nicht in eine Einsamkeit hineingeschwiegen hätte, deren gedankenbrausende Stille ihn tötete!
Aber was bisher noch keinem einzelnen geglückt ist, die Deutschen zu einem empfänglichen Publikum zu erziehen,

gelingt vielleicht der stillen Wirkung der immer ausgedehnter und bewußter angewandten Künste.
Von den feinsten Ziergläsern der vornehmen Kamine, von den kostbarsten Schränken der reichsten Gemächer muß die Kunst immer unaufhaltsamer in die Tiefe und Breite sinken, bis selbst das einfachste Gerät, die schlichteste Bank des einfachsten Mannes den Adel einer gewollten Schönheit zeigt. *Es sollten sich Gruppen von Künstlern bilden, die es unternähmen, den verschiedenen Gewerben ihre Vorschläge und Entwürfe zu übermitteln, so daß im Verlauf weniger Jahre die Mehrzahl der gegenwärtig gebotenen Gebrauchs- und Luxusgegenstände unmöglich und damit zugleich die Ansprüche der Käufer ästhetisch verwöhnter geworden wäre.*
Man glaube nicht, daß das noch wenig gebildete Auge zwischen einem häßlichen und einem schönen Gegenstande nicht unterscheiden lernen könne. Das am nächsten liegende Mittel, hier den Geschmack auf entscheidende Weise zu beeinflussen, ist, den schönen Gegenstand zugleich brauchbarer und dauerhafter als seinen rohen Vorgänger zu machen. Dieser Zwang einer höheren Brauchbarkeit wird im übrigen der beste Schutz gegen die große Gefahr sein, ins Spielerische, Überladene, Bizarre zu verfallen.
Ich könnte mir da eine vollständige Organisation vorstellen. Die gedachten Künstlergruppen schaffen sich eine Zentrale, in der jede Gruppe gleichmäßig vertreten ist. Diese Zentrale ist wie ein Körper, der von dem kleinen Kreise der Künstler sein Licht empfängt, um den ungeheueren Kreis der Gewerbetreibenden damit zu speisen. Der Umstand, daß jeder einzelne Entwurf das gemeinsame Urteil dieser Zentrale bestehen muß, würde eine gewisse Einheitlichkeit des neuen Stils verbürgen. Das Arbeitsfeld dieses Zentralausschusses wäre geradezu unermeßlich. In laufenden Berichten wären die künstlerischen Ergebnisse

zusammenzufassen und auf ihre fruchtbarsten Gesichtspunkte hin zu analysieren. Zum andern wären darin die Wünsche und Vorstellungen der Gewerbetreibenden (die ihrerseits wieder von den Kaufenden beeinflußt sind), seien sie praktischer oder ästhetischer Natur, in weitestem Maße bekanntzugeben, so daß ein immer vertrauteres und bewußteres Zusammenwirken der menschlichen Kräfte ermöglicht würde.

Der Segen einer solchen Durchdringung des Lebens durch die Kunst wurde schon an der nächsten Generation offenbar werden. Das Kind, dessen Augen von Anfang an gebildet und verwöhnt worden sind, wird, erwachsen, mit feineren Sinnen auf die Welt sehen und allen Möglichkeiten, sie zu verschönern, mit einem ganz anderen Willen nachspüren. Die Kunst wird eine Sache des Blutes geworden sein, sie wird begehrt werden wie das Salz im Brot, wie das Feuer im Wein. Mit dem Gesicht wird sich das Gehör verwandeln, was seinen Ausdruck in einer neuen Musik finden wird, mit dem Sinn für Reinheit und Harmonie der Linien zugleich der Sinn für eine strengere Architektur des Dramas; mit der Liebe zur Farbe auch das Bedürfnis nach einer reicher, festlicher geschmückten Innenwelt, in welcher denn auch alle Dichter einer glühenden Phantasie ganz andere Heimstätten haben werden als heute, wo sie den leeren Wänden der Mansarde und des Himmels preisgegeben sind.

Nun, wenn es irgendeinem irgend etwas bedeutet, wir Dichter des jungen neuen Lebens, wir ewigen Träumer neuer Völkerfrühlinge, wir Nieverzweifler an endlichen Siegen der Schönheit, wir bringen den jungen Künstlern, die nun mit fliegenden Fahnen zur Wiedereroberung einer verlorenen Welt ausziehen, die tiefsten Grüße und Wünsche unserer Herzen dar. (Monatsschrift für Neue Literatur und Kunst, 1897)

›GROSS WIE DANTE‹

Wenn man die wundervolle Dichtung Paul Claudels: ›Verkündigung‹, ein geistliches Stück in vier Ereignissen und einem Vorspiel (sorgfältig verdeutscht von Karl Hegner und vom Verlage der ›Neuen Blätter‹ in würdigem Gewande dargeboten) aus der Hand legt, überfliegt man wohl noch einmal die Binde, von der das Buch umspannt gewesen war und auf welcher, von einem Landsmann des Verfassers, Paul Claudel ein Dichter ›so groß wie Dante‹ genannt wird. Das gibt – wie stark auch bewegte Dankbarkeit nachschwingt – zu denken. Denn man errät, was moderner Geist sich unter einem neuen Dante ungefähr vorstellt. Wie bei der Mehrzahl solcher Vorstellungen ist die Genügsamkeit dieses Geistes der Gegenwart überraschend – und um nicht mißverstanden zu werden, will ich gleich hinzufügen: als allzu genügsam gälte er mir auch noch, wenn ihm eine Dante gleiche Erscheinung durch ein der Divina Commedia gleiches Werk die Charakteristik eines Sängers ›groß wie Dante‹ entlockte. Ein wiedergeborener Dante müßte, so würde die Forderung einer heroischen Zeit lauten, um ebensoviel größer sein als Dante Alighieri, wie sie, diese Zeit, größer ist oder doch sein möchte als das Florentiner Trecento. Einer stolzeren Zeit als der unsern würde nicht eine bloße Wiederholung richtunggebender Persönlichkeiten der Vergangenheit genügen, sondern (das Wort so weit wie möglich genommen) erst eine Wiederkehr solcher Persönlichkeiten auf erhöhter Stufe. Ein gegenwärtiger Poet könnte durchaus einen Kreis darstellen, der sich mit dem überlieferten Kreise ›Dante‹ irgendwie deckt, – aber nicht darauf käme es an, sondern darauf, daß er der Punkt einer Spirale wäre, der über Dante stände wie über einem entsprechenden Punkte der nächstniedrigeren Windung. Dann erst könnte man von ihm als von einem Dichter ›so groß wie Dante‹ reden.

Dann erst wäre er ein Studium, eine neue Lebensquelle der Zeit, nicht nur (obwohl auch dies etwas überaus Köstliches sein kann) ein alter Trank aus neuem Becher. – Der Dante, dessen die ungenügsameren Kinder der Zeit warten (oder auch vielleicht schon kundig sind), kann in keinen Rahmen bloß mittelalterlichen Christentums mehr fallen. Das hatte seine Zeit und hat sie noch in unzähligen Abwandlungen. Wahrhaft neue christliche Meister werden auch ein in seiner Art neues Christentum verkünden – steht doch das Christentum erst in seinem zweiten Jahrtausend – ein ›neues‹ im Sinne jener angenommenen nächsthöheren Bahn der Entwicklungsspirale.

PSYCHES WELTFLUCHT

Zu den eigentümlichsten Lagen, in die sich der Geist innerhalb seiner selbst bringt, gehört bekanntlich die, sich in Frage zu stellen, ja, schlechtweg als nicht vorhanden zu erklären. Gewöhnlich allerdings läßt er es nicht so weit kommen, begnügt sich vielmehr damit, kein großes Aufheben von sich zu machen und sich mit einer Art weltmännischer Bonhomie als *quantité négligeable* zu behandeln. Und seine Frau, die Seele, übertrifft ihn womöglich noch an Neigung zum Unauffälligen, durch und durch der Überzeugung, daß die beste Frau unter allen Umständen die sei, von der niemand spricht, ja, von der überhaupt jede Kenntnis allgemach erlischt. Schreiber dieses hat, nebenbei bemerkt, in seinem Gedicht Muhme Kunkel versucht, etwas von diesem, wie ihm scheint, ebenso bedeutenden wie zeitgemäßen Typus festzuhalten.

Genug, wir treffen auf Schritt und Tritt auf ein mimosisches Feingefühl des modernen Geistes und der modernen Seele, das sie in der Tat vorziehen läßt, lieber schon gleich gar nicht mehr da zu sein, als in einer Umgebung, die ihnen, man könnte meinen, als ›lästigen Ausländern‹ mit unverhohlenem Widerwillen gegenübersteht, peinlich und aufdringlich zu wirken. So gibt es da zum Beispiel eine neue deutsche Odyssee, in deren Anfang sie, die Seele, es resolut abgelehnt hat, in persona aufzutreten, indem sie sich augenscheinlich gesagt hat, daß das, was zu Zeiten Homers vielleicht noch verstattet sein mochte, vor einem gegenwärtigen Publico nicht mehr zu verantworten sei, als welches wohl das Anrecht habe, in seiner streng wissenschaftlichen Weltanschauung geschont, zum wenigsten nicht gleich von vornherein vor den Kopf gestoßen zu werden. Sie hätte sich am Ende, wie anzunehmen, in der zwanzigsten oder in der zweihundertsten Zeile zureden lassen, doch nun einmal zu bleiben, aber in Zeile fünf, ausgerechnet im Mittelpunkt des Programms und Prologs des ganzen Epos, – nein, das konnte weder der Verleger, noch der Übersetzer, noch irgendwer ernstlich von ihr verlangen. Sich stillschweigend auf französisch, wie man sagt, zu empfehlen, wie es dem geistigen Element (δυμος) eine halbe Zeile vorher gelungen war, dazu war freilich keine Möglichkeit, aber es gab ja so viele wohlanständige Wörter, die mit Handkuß bereit waren, für sie einzuspringen. Endlich einigte man sich auf das Wort Los, hinter dem sich Psyche hinreichend verborgen glauben durfte und dem bei aller Schönheit und Einsilbigkeit doch jener unbestimmte Reiz und Charakter nicht fehlte, der ja auch (leider) den Begriff Seele so ungünstig auszeichnet.

Es ergab sich demnach zu dem Original:

αρνυμενος ην τε ψυχην και νοστον εταιρων,

und dem alten Voß:

›Strebend zugleich für die eigene
Seel' und der Freunde Zurückkunft . . .‹

noch folgendes Tertium:

›– und trug (auf der Ferne der hohen Gewässer)
Leid um sein eigenes Los
und die Heimkehr seiner Gesellen.‹

Man mag hier mit gutem Taktgefühl einwenden, daß es löblicher wäre, Psychen nicht darin zu stören, wenn sie einen Strohmann vorschiebt, um selbst reinerer Freuden zu genießen, als vor allem Volke dazustehn und Gegenstand unberechenbarer Angriffe zu werden. Aus dem gleichen Grunde hätte ja auch zum Beispiel Zar Peter oder Paul eine ihm ähnliche Wachspuppe in der Staatskalesche spazieren fahren lassen, während er selbst, fern von Madrid, sich seines Lebens freute.

Aber die Sache liegt doch anders. Auch die Seele hat schließlich Verpflichtungen und muß unterscheiden können, wo sie sich die Wachspuppe erlauben darf und wo nicht. Sie mag sich nach Belieben verstecken und zurückziehn, aber dem Vater Homer muß sie die Treue nun schon einmal halten. Der wird schon gewußt haben, warum er sie gerade unter die ersten Worte seines großen Gedichtes hineingestellt hat, für seine Zeit und für alle Zeit. Der schuf doch wohl nicht so drauflos, wie man heute drauflos schafft, der gab in seinen Gesängen vielleicht noch ganz andere Dinge, als der Mensch der Jetztzeit darinnen ahnt, der dem meisten gegenübersteht, wie das Kind dem Märchen, das für das Kind eben ein Märchen ist und nichts weiter.

Darum, – ob man sich nun von den einschlägigen Ausführungen eines sehr tiefen zeitgenössischen Buches ›Das Christentum als mystische Tatsache‹ (von Dr. Rudolf Steiner) anregen zu lassen geneigt ist oder nicht, in denen die Pilgerschaft des Odysseus in ihrem Eigentlichen als eine ›Schilderung eines Nicht-Sinnlichen, des Entwicklungsganges der Seele‹ und Odysseus selbst – zuletzt auch im Hinblick auf jene Zeile fünf – als ein Mann gekennzeichnet wird, ›der die Seele, das Göttliche, sucht‹ und dessen ›Irrfahrten nach diesem Göttlichen‹ das Gedicht erzählt (worüber an Ort und Stelle weiteres ersichtlich) – eins bleibt bestehen: ein Auftakt, wie der dieser welthistorischen Gesänge kann nicht wörtlich genug genommen und wiedergegeben werden; und ob Psyche dem Übersetzer noch so viele Schwierigkeiten macht.

Aber freilich, wenn selbst der alte Homer manchmal geschlafen haben soll, so mag es seinem jüngsten Nachschöpfer nicht mehr als billig verdacht werden, wenn er in diesem einen Falle einer sonst lebhaft gerühmten Verdeutschung gemeint hat, vor der, sagen wir, Laune einer so liebenswürdigen Wesenheit beide Augen zudrücken zu sollen.

IM THEATER

Ihr seht die Spieler, wie Gewohnheit lehrt.
Ich sehe dort geheimnisvolle Wesen,
ein schlechter Forscher nach der Dichtung Wert.
Ich such in ihnen wie in Schrift zu lesen,
dem Lebensrätsel selber zugekehrt.
Und während ihr vor ihnen euch entscheidet,
hab ich sie schier der Rolle ›Mensch‹ entkleidet.

Euch rührt ein ödes, leeres Lächeln nicht –
Wie dürft es auch! Doch wem der Mensch erschlossen,
ihm ist nichts öd und leer. Des Auges Licht –
sein bloßes Licht – ob so, ob so ergossen,
erregt ihn wie das tragischste Gedicht!
Ihm ist der leerste Blick noch eine Brücke.
Wohin? Ihr fragt es – und die Brücke bricht –
der Träumer stutzt – – und springt zu euch zurücke.

ELEKTRA

Tragödie von *Hugo von Hofmannsthal,* frei nach Sophokles.
Kleines Theater

Ich muß mich einer langen Schwärmerei für Hugo von Hofmannsthal schuldig bekennen. Ich erinnere mich noch der ersten Dichtungen, die mir von ihm zu Gesicht kamen, und der unbeschreiblichen Bewegung, in die mich sein ›Tod des Tizian‹, sein ›Zentaur und der Schmied‹, seine ›Terzinen von der Vergänglichkeit‹ versetzten. Hier sprach ein Geist von nervösester Empfänglichkeit und gewähltestem Geschmack und ließ keinen Augenblick im Zweifel darüber, daß er alle Dinge, zu denen seine Seele ihn führen würde, im Lichte neuer, überraschender Beziehungen zeigen würde, ein Geist, empfindlich wie der Spiegel eines Wassers und unberechenbar an Möglichkeiten, das in ihn fallende Bild wieder zurückzuschaukeln. Und man freute sich dieses feinen, scheuen und so reichen Geistes wie eines fernen Freundes, von dem wir manchmal eine Botschaft lesen, nach der wir dann immer wieder wissen, wieviel besser er ist als wir und wieviel uns nur allzu nahen Lärm und Wust er mit abwehrenden Händen von sich entfernt hält.

Aber dann kommt der selig-unselige Wunsch, ihn aus seinen Gärten hervorzurufen, den gemessen Gewährenden mit drängenden Bitten zu überfordern; und er besinnt sich darauf, wie er die Menge ergreifen könnte, überwältigen, erobern. Der Wille zur Macht in ihm wird hungrig, und er schickt seine Werber hinaus auf die große Szene. Er wählt einen großen Stoff aus einer ganz großen Kultur. Er sagt sich: so waren, wir wissen's nun endlich, die Griechen nicht, wie sie der Deutsche im Anfang für sich entdeckte, als Vorbilder edler Heiterkeit, stiller Einfalt und schlichter Größe. Das Furchtbare wohnte unter ihnen, wenn irgendwo, das Furchtbare war gerade eine Bedingung ihrer Größe. Ich will tun, was Nietzsche getan hat, als er den Dionysos entschleierte, was Klinger tat, als er seinen Beethoven-Zeus schuf, ich will keine Ehrfurcht vor Begriffen haben, sondern tun, was ich immer tat, Einfaches *auf*lösen, Starres *er*lösen, ans Geäder und Untergeäder des Lebens rühren, den Griechen als Menschen, als Tier vor uns hinstellen – statt wieder jenen abgeträumten Traum, aus dem uns vielleicht Befriedigung entsprang, nie aber dem Griechen eine Kultur erwachsen wäre. So sprach er vielleicht zu sich und dichtete seine ›Elektra‹.

Und nun gibt es kein beschauliches Genießen mehr, nun gilt es, sich entscheiden: wohin führt dieses Werk, dieser Geist? Nach der Höhe der Tragödie großen Stils, welche den Deutschen noch einmal gegeben sein wird ins Leben zu ziehen, oder in die Irre? Eine Frage, wie sie glückliche

Menschen in der Nachtstunde nach der Vorstellung lösen, die ein langsamerer Beurteiler jedoch lange mit sich herumtragen mag, bis er sich endlich zu einem Ja oder Nein entschließt. Bis dahin aber soll er alles zu Worte kommen lassen, womit er dem Dichter für sein Geschenk danken kann. Er dankt ihm als dem ersten, welcher wieder einmal einen Vers auf die Bühne stellte, der weder von Shakespeare noch einem andern geborgt war, einen eigengewachsenen Vers voll Wärme, Fülle und Adel, in Bilder von letzter Schönheit ausladend und an seinem Orte treffend wie Hammer und Beil. Man lese das Buch und frage sich, wie viele Versdramen es gibt, in denen so wenig Worte entbehrlich wären. Er dankt ihm für die Wahl des Stoffes (und die strenge Geschlossenheit der Handlung): sie wirkt wie ein Ruf zu neuen Raub- und Entdeckungszügen ins Altertum (vielleicht zu anderer, selbst entgegengesetzter Behandlung – aber gleichviel, sie reizt, und noch eins: sie bringt einen frischen Hauch in unsere naturalistische Stubenluft). Und da das Wort naturalistisch nun schon dasteht: Hier eben liegt für mich der Kern des Problems. Ist Hofmannsthal selbst noch Naturalist, eine neue gefährliche Verführung des Naturalismus, ein heimlicher Wagnerianer und Sinnen-Rattenfänger, ein Wühler wie der dichterisch lasterhafte d'Annunzio – (Laster, nach Nietzsche, als Hemmungslosigkeit der Instinkte, hier der Vorstellungen, gefaßt) –, oder sind *wir*, die wir diesen allzu langen Laut der Qual und Pein nicht so unmittelbar auf uns losgelassen haben wollen, Verzärtelte, Schwächlinge, mit unserem Hang nach Ebenmaß und Würde, nach Vereinfachung statt der Übertreibung, nach Konvention und Stilisierung statt all der hundert Illusions- und Stimmungsmittel, mit unserem Ablehnen des Allzunahen, Aufdringlichen – weil wir die Welt aus einem unerschütterten Auge widergespiegelt sehen wollen, weil wir das Chaos endlich wieder einmal gebändigt sehen wollen und nicht immer wieder *als*

Chaos vor uns aufzucken. Ich habe mir immer gedacht, Hofmannsthal, der Aristokrat, müßte, wenn einer, das Wort vom Pathos der Distanz zu dem seinigen gemacht haben.

Aber vielleicht *hat* er es getan. Vielleicht verkenne ich nur noch dies Entscheidendste an ihm, der ich doch soviel *fast* Entscheidendes an ihm *er*kenne. Wir sollen nicht so sicher sein, zu glauben, wir könnten in dreimal vierundzwanzig Stunden ein Werk, einen Geist ergründen.

Und so sei mein letztes Wort, daß mein vorletztes immer noch ein Wort des Dankes und der Neigung zu diesem klugen und verwegenen Dichter bleibt.

ZU EINEM BUCH ÜBER DIE DUSE

Luigi Rasi, Die Duse. Berlin: S. Fischer 1904

Was tut nicht gemeinsame Liebe zu einem Dritten! Sie ›eifert nicht, sie stellt sich nicht ungebärdig, sie sucht nicht das Ihre, sie läßt sich nicht erbittern‹, – sie erträgt selbst diese vierzehn Bogen, auf denen der italienische Schauspieler und Duse-Kollege *Rasi* nach einem kurzen, vergeblichen Ansatz zu einem sachlichen Lebensabriß naiv genug von dem Spiel und den Erfolgen seiner Heldin in einer Reihe ihrer bekanntesten Rollen berichtet. Um so mehr als seine Ausführungen, bei aller Unmöglichkeit, als ›Buch‹ zu gelten, ehrlich, d. h. ohne Pose, anständig, d. h. ohne Klatsch, südländisch lebhaft und voll künstlerischen Mitgefühls sind. Er hat mit angesehen, wie die Duse der alten, handfesten, aber ihrer Zeit in nichts vorauseilenden Kunst ihre junge, nervöse, revolutionäre Person entgegensetzte und wie dieser eine wunderbare Mensch auf seinem Felde jenen ganzen unfruchtbaren Klassizismus überwuchs und entwertete, den aus einer Stellung nach der andern vertrieben zu haben und weiter zu vertreiben die Ehre und das

Verdienst unserer Zeit heißen darf. Um die Wende des Jahrhunderts ist er dann mit ihr auf den Bühnen von Bukarest, Budapest, Berlin, Wien, Rom gestanden und hat sie als Kameliendame, Weib des Claudius, Magda, Cleopatra, Gioconda studiert und bewundert.

Wie der Aufstieg einer stürmisch umwölkten Frühlingssonne erscheint dieses einzige Leben: Aus dem undeutlichen Haufen einer weitverzweigten Schauspielersippe löst sich die blasse, abgezehrte Erscheinung eines zigeunerhaft von Bühne zu Bühne treibenden Mädchens, gewinnt jungfräuliche Gestalt, ob auch noch dumpf befangen, dem Sinn ihres Daseins nur erst noch unklar zutastend, unverstanden noch von den anderen – am meisten von sich selbst –, bis das Leben ihr die Zunge löst und die Nähe einer großen Künstlerin – der Sarah Bernhardt in Turin – den Dämon in ihr zum ersten Male entfesselt. Und nun der lange, schwere Kampf und Triumph: Leben um Leben.

›Denn‹, schreibt ein französischer Kritiker, ›sie stattet die Kunst nicht nur mit der Erfahrung des Lebens aus, sondern sie lebt die Kunst wie das Leben selber, sie gestaltet jede ihrer Rollen mit ihrer ganzen Seele und ihrem ganzen Körper, ohne sich je zu schonen. Sie unterbricht ihr eigenes Leben, um das Leben jener Personen zu leben, die sie darstellt.‹ Oder, wie Rasi selbst es einmal ausdrückt, als sie, ermüdet und angewidert, dem Komödiespielen den Rücken kehren will: ›Ich bin sicher, schließlich wird sie den Brettern doch nicht entsagen wollen, und wollte sie es, so wünschen wir alle, daß sie es nicht könne. Ihr Genie und ihr Fatum müssen sie erbarmungslos verdammen, das Joch der Bühne weiter zu schleppen, und sei es auch, wie sie sagt, eine Höllenqual; sie muß weiter sterben auf der Bühne an der Schwindsucht, an Gift, durch Dolch und Revolver, zu unserem Heil und zum Heil der Kunst.‹

Zum Heil der Kunst: denn die Duse brachte das Leiden, die ›morbidezza‹, die Tiefe im Glück wie in der Verwundung, den ganzen schmerzlichen Reiz der neuen europäischen Seele in sie, darin es damals wohl etwas sehr sicher, sehr trocken, sehr berufsmäßig zuging. Sie warf mit einem Male einen ganzen lebendigen Menschen auf den Plan, lebendig bis in die letzte Fiber, und bereit, dies sein Leben daranzugeben, rücksichtslos, restlos, in einem glühenden Durst, zu erobern und zu beglücken, zu herrschen und zu begnaden. Sie kam wie eine trunkene Priesterin unter pflichttreue Gottesdiener, sie trat wie in göttlichem Wahnsinn vor die kalte zweifelsüchtige Menge – und die gleichmütigen Herzen vergaßen sich seltsam und unabwendlich, und Ahnung tragischster Menschlichkeit flog wie ein Schauer durch aller Sinne.

Mag sein, daß das wahrhaft ›Klassische‹ noch eine Stufe höher steht als da, wo der Mensch sein Letztes hingibt. Der klassische Künstler muß vielleicht so stark sein, daß er von seiner letzten Tiefe auf seine vorletzte zurücktritt, sich auf selbstbestimmtem Platz bescheidet, und von diesem aus nun mit allem Vor, Hinter, Über und Unter ihm *spielt*, souverän, mit jener zweiten Unschuld und Heiterkeit des Wissenden, im Abgrund Gewesenen, Wiedergeborenen; – aber dieser seltene und beinahe furchtbare Typus wird nur in einer Zeit wie der unsrigen entstehen und erkannt werden können, nur in einer Zeit, in der zuerst Leben an sich selbst zugrunde gehen konnte, verzehrt von seiner eigenen Flamme.

Ein solches Leben, das sich am eigenen Feuer verzehrt, vorausleuchtend in alle Menschenzukunft, dem stärkeren Erfüller dereinst eines mehr der purpurnen Zeichen auf ihn selbst, ist die Duse. Und damit ist sie auch das ›Weib unserer Tage‹: welches im Grunde keine Erfüllung ist, sondern nur ein Übergang, eine Auflösung alter Gebundenheit zum Zwecke einer künftigen Neubildung in wieder gefestigter, beruhigter, bewußt begrenzter, vereinfachter Form.

Über diese Duse, als die moderne Schauspielerin und das

moderne Weib par excellence, warten wir noch auf ein Buch – da es den Aphorismus in der ›Morgenröte‹ oder der ›gaya scienza‹, der es allein ersetzen und überflüssig machen könnte, leider nicht gibt.

GELEGENTLICHES

Zum Thema Strindberg. Es entsteht jedesmal ein bedeutendes Schütteln des Kopfes, wenn ein absonderlicher Mensch durch das Mittel einer großen künstlerischen Begabung in die Welt hinausgreift. Begabung sollte eigentlich immer mit Bravheit gepaart sein, meint man, da man gern in aller Ruhe lernen und bewundern will; so kommt man weiter in der Bravheit und damit, meint man, in der Kultur. Ein Mensch, der einen nötigt, mit ihm zu laufen, dann jäh wieder umzukehren, dann plötzlich ins Wasser zu springen, darauf vielleicht donquichotisch auf ein eingebildetes Amazonenheer loszurücken, schließlich mit einem Male in einem Kloster zu verschwinden, um mit einer Maske in der Linken und einer Geißel in der Rechten wieder hervorzukommen, ein solcher Irrstern und Wirbelsturm wird nicht gern einregistriert und als voll genommen. Ein genialer Verrücktling, sagt man und geht wieder zur Ordnung über. Daß aber hier ein Mensch wie ein gehetztes Wild durch die Felder und Wälder, Schluchten und Flüsse des Lebens stürzt, gehetzt – ja wovon? – von irgendeinem Verfolgungswahn: als flöge die Finsternis hinter ihm her, aus der er entsprungen, und er müßte das ewige Licht finden, bevor sie ihn wieder packte – oder von irgend einem Sehnsuchtswahn – wonach? –: nach dem grünen Wiesental eines unbewölkten Friedens oder nach dem Gipfelfelsen über den Nebeln, von dem aus er hinüberfliegen könnte ans Ufer eines anderen Sterns, einer höheren Welt – daß aber hier ein Mensch durch die Welt geht, allen Jammer des Menschlichen vor sich her tragend in Jubel und Hohn und Haß und jedem Gefühl vom niedrigsten bis zum höchsten, das wird als nichts empfunden, das bleibt tot und unfruchtbar für den ganzen Bann der Geordneten.

So ein Toter aber, solch ein den meisten nur selten und unvollkommen lebendig Werdender ist August Strindberg, ein gehetztes Wild, eine laufende Flammensäule, ein Mensch, alles in allem, vor dem die Sehnsucht nach jenem ›Blitz aus der Wolke, der da heißt Über-Mensch‹ aufschreit, wenn irgendwo: denn dieser Untergehende ist ein Hinübergehender.

Was liegt an ›Werken‹ (im letzten Grunde), was an Korrektheit, Bravheit, Nützlichkeit, Tradition, Gemüt, Liebe – kurz, was an all dem Vordergrundswesen, außer daß da ein Mensch seinen Sinn sucht – ein *Mensch.* ›Respektiert den Menschen –‹; er kommt so selten zum Vorschein. Die Menschen – was sind sie wert. Der Mensch ist immer ein Phänomen. Er sieht nicht schön aus: Irgendwie heißt sein Name und Ruhlos sein Schuh, sein Rock heißt Elend, seine Zunge Eitelkeit, sein Eingeweide Wollust, sein Herz Flamme, sein Auge Sonnenheimweh, sein Wanderstab Nirgendsheim und seine bittere Nahrung Er selbst.

In den Höfen und Gärten des Menschen gibt es viel Nützliches und Tüchtiges zu tun. Da gebe es nur den Schurz und die Schaufel. Da wird das Handwerk getan. Aber in der Gespensterstunde von zwölf bis eins, da horcht hinaus auf die wilde Jagd der vom Genius Gezeichneten, da laßt den Menschen zu euch hinein und legt die Finger in seine Wunden und fühlt –: es gibt noch etwas, wovor Kunst und Wissen und all das versinkt wie ein Rauch.

Und da wird euch Strindberg nicht mehr nur ein genialer Sonderling dünken.

EIN BRIEF ALS NACHWORT

Du mußtest erst sterben, alter Mann, eh ich Dich im Geist erblickte, wie Du gewesen sein mochtest, und eh ich die Trägheit überwand, Dein mir längst auf den Tisch gelegtes Buch aufzuschneiden. Ich hatte bei Peter und Paul herumgefragt nach ein paar gründlichen Zeilen über Dich und erhielt schließlich einen sachlichen Bericht, der Dein Leben chronistisch-treu aufrollte. Aber es hätte doch auch jemand Dein Bestes herausarbeiten können und mit eignem lebendigem Haß den kleinen bitteren, aber echten und tiefen Unmut unterstreichen, den Du alter Berliner gegen etwas im neuen Berliner Geist empfunden hast, und über Dein Grab hinaus jene Stimme in Dir durch seine eigene verstärken, die sich wider die schnöde und blöde Unzucht auf dem Boden der alten Berliner Possenbühne erhob. Ein ›moderner Mensch‹ hätte da Dir sekundieren müssen und nicht nur mit dürren Zitaten oder wehmütiger Zustimmung, sondern mit aller Gewalt aus sich und aus seiner Zeit heraus: denn noch gibt es Menschen, die sich ihre Zeit nicht geduldig verschimpfieren lassen wollen, weil sie zufällig verdammt sind, neben so viel wüstem Gesindel dahinzuleben, das den freien Geist der neuen Zeit mit seinen hündischen Praktiken besudelt. Nun, hier hast Du wenigstens *meine* Hand, alter braver Kämpe, für alten braven biedern Humor, Mensch, der gewußt hat, daß der Humor aus der Seele kommt und nicht aus den Beinen, Mensch, der offen gesagt hat, daß alle Wadenparaden der Welt ihm nicht eine jener lieben tumben Possenszenen aufwiegen, in denen jener alte Berliner Frohsinn noch sein Zepter schwang, dazumal, als Berlin noch eine Stadt war, ein geschlossenes einheitliches Ganzes, mit einer bestimmten einheitlichen Seele. Aber eh *diese* Hand verdorrt, wird doch wohl etwas Anständigeres geworden sein als das, was Du just aufschießen sahst; denn mir ist, als ränge sich durch den Wust wieder Besseres durch, als trüge dieser Überschwall der Gemeinheit, in den gerade jene mittleren Volksbelustigungen versunken sind, den Todeskeim schon in sich, und der Narr, der echte rechte Narr, volksgeboren und fürstengleich, wartete schon mit seiner Pritsche, dem rohen Treiben den Garaus zu machen. Der alte Berliner Humor ist dahin wie die alte Stadt selbst, aber vielleicht ist ein neuer im Werden, wie vielleicht aus dem neuen Kasernenkomplex durch die allbarmherzige Zeit noch einmal eine wirkliche neue *Stadt* wird. Allerdings –. Allerdings wird dieser große Bürgerstaat niemals so recht zu seinem eigenen Ausdruck kommen, solang die alte Tante ›Zensur‹ seinen Witz unterbindet. Denn warum hat der neue Berliner Bürger nicht seine neue Berliner Posse, witzig ausschweifend, göttlich unverfroren, befreiend-aristophanisch und politisch, vor allem politisch? Weil er sich eine Polizei zu Häupten gesetzt hat, die ihm hier einen natürlichen Lebensdrang hemmt. Laßt Berlin seinen Witz wieder austoben, und Berlin hat seine Posse wieder.

THEODOR FONTANE ÜBER THEATER

Wie man – einer amerikanischen Berechnung zufolge – bei Südwestwind sich und andre mit Vorliebe umbringt, so ist gewiß, daß man nach einem Kapitel *Fontane* gedachten Personen weit freundlicher gegenübersteht. Ein kräftiges Behagen überfällt einen, man ist wieder ganz ›drin‹ im Leben, zumal im Leben seiner Zeit und seines Volkes, und alle Spintisiererei geht bis auf weiteres den Weg alles Rauches.

Paul Schlenther hat wohl getan, aus den Kritiken, die Theodor Fontane von 1870–1889 für die Vossische Zeitung schrieb, eine umfangreiche Auslese herauszugeben.[1]

1. Causerien über Theater von *Theodor Fontane*. Herausgeber *Paul Schlenther*. Berlin 1905.

Überreich ist die Fülle scharfer und edler Bemerkungen, die wir hier über unsere großen und kleinen Dramatiker und Schauspieler finden, unwiderstehlich der Charme seiner Art, Menschen und Werke anzufassen, blutbildend (möchte ich sagen) seine feine weltmännische Heiterkeit, die ohne viel Aufhebens selbst eine Welt voll Südwestwind paralysiert.

Voran stehen mir seine Urteile über Kleist, Anzengruber, Ibsen, Tolstoi und Hauptmann. Trifft es nicht den ganzen Anzengruber, wenn es vom ›Vierten Gebot‹ heißt: ›Nirgends schlummert etwas Verführerisches: die Schlange fehlt, und keusch und rein geht das Drama seinen großen Gang.‹? – Leuchtet es nicht in den Schatten Kleists, wenn er ihn wider Julian Schmidt mit den Worten verteidigt: ›Die vaterländische Intention, sei es in Liebe oder Haß, haben hundert andre mit ihm gemein; aber was unter den Dramatikern dieses Jahrhunderts keiner hat wie er, das ist die großartige Unsentimentalität, die Schlichtheit des Ausdrucks, auch da noch, wo sich Unerhörtes vollzieht. Die Dinge sind groß, nicht die Worte.‹? – Vor Tolstois ›Macht der Finsternis‹ beugt er sich zuletzt künstlerisch wie ethisch: ›Die moderne realistische Kunst hat nichts Besseres und, trotzdem wir überall in Nacht blicken, nichts heilig Leuchtenderes aufzuweisen als dieses Stück.‹ Und wenn ihm der Gerhart Hauptmann von 1889 ›kein von philosophisch-romantischen Marotten angekränkelter Realist, sondern ein stilvoller Realist, d. h. von Anfang bis Ende derselbe‹ ist, so hat er damit wohl *den* Hauptmann gesehen und gezeichnet, dem wir das Beste, Ganzeste, Bleibendste verdanken. Am prächtigsten aber ist seine Mobilmachung gegen den ›Terraineroberer‹ Ibsen, den er in vollem Maße würdigt und versteht, dessen doktrinärer Art er aber doch am Anfang einmal in aller Ehrerbietung und Ritterlichkeit seine hellere Natur, seinen freudigeren Glauben entgegenstellt. Wie im Sturm nehmen seine Thesen und Gegenfragen die Schanzen des Zweifels und der Verzweiflung, und wenn Preußengeist je etwas Herrliches gewesen, so ist auf diesen zwei Seiten ein Hauch davon.

Von den Darstellern, deren Bekanntschaft ihm fast ausschließlich das Kgl. Schauspielhaus vermittelte, standen seinem Geschmack Paula Conrad, für die er anmutigste Worte findet, und Arthur Vollmer wohl am nächsten, während er sich mit Matkowsky nie wirklich befreunden konnte. Ernesto Rossi und mehr noch Adelaide Ristori beschäftigen ihn außerordentlich und entlocken ihm eine Reihe bewunderungswürdiger Schilderungen (so, wenn er die Ristori als Maria Stuart beschreibt) und schlagender Urteile. ›Dies alles ist nicht *meine* Kunst‹, schließt er über die Ristori ab. ›Aber innerhalb dieser Kunstrichtung ist ein Vollendeteres nicht wohl denkbar. Alles gestaltete sich in den letzten Akten zur meisterhaften Studie, zur psychophysiologischen Untersuchung, und eine Beobachtung des Lebens offenbarte sich, deren ungeheure Detailfülle wiederum fast divinatorisch berührte.‹

Im Schlußabschnitt des Buches sind allerlei wertvolle ›Bonmots und Aperçus‹ aus längeren weggelassenen Besprechungen mitgeteilt. Sie überraschen nicht mehr; denn das ganze Buch ist voll von köstlichen Anekdoten, Witzworten, Bildern und Vergleichen. ›Der Dichter‹, sagt er z. B., ›wenn wir ihn so nennen dürfen, will uns einige Kunststücke vormachen und uns dadurch unterhalten. Das ist alles. Er schlägt die Volte mit einer unglaublichen Geschicklichkeit, schießt die Treff-Sieben aus der Pistole und nimmt die große Glasvase aus der Bildermappe. Man lacht und staunt.‹ – ›Herr X.‹, sagt er ein andermal von einem Schauspieler, ›kennt kein Rechnen, Abwägen und Distanzieren; er setzt einfach donnernd seine Kugel auf und wartet ruhig ab, ob der Kegeljunge (die Kritik) alle Neune oder bloß Sandhase ruft.‹ Zu der Verwunderung des Publikums, als Dichter von ›Vor Sonnenaufgang‹ einen untadeligen jungen Mann er-

scheinen zu sehen, zitiert er das Wort eines Medizinalrats: ›Meine Mörder sahen alle aus wie junge Mädchen‹; ›Ellidas Sehnsucht nach dem Meer‹, bemerkt er, ›tritt in badeörtliche Begrenzung‹, und einen lauten Verlegenheitsbeifall vergleicht er einmal mit ›jenem Hurra, womit Batterien genommen werden. Jubel aus Angst.‹
Möchte man sich an diesen Zitaten nicht genug sein lassen, sondern das Vermächtnis des edlen Heimgegangenen selbst aufschlagen. ›Immer hat das äußerlich Grobe den Tag bestimmt, aber das innerlich Feine bestimmte die Zeit.‹

BÜHNENAUSSTATTUNG

Im letzten Heft von ›Kunst und Künstler‹ spricht der englische Zeichner und Regisseur E. G. Craig über Bühnenausstattung. Nachdem er den Londoner Theaterdirektor Beerboom-Tree mit seinem Ideal peinlichster historischer Genauigkeit ad absurdum geführt – denn wenn auch Genauigkeit im Detail vollkommene Illusion hervorbrächte, so sei es doch unmöglich, die Geräusche der Erde, die Bewegung der Zweige und Blätter, das Singen der Vögel, den Wechsel der Wolken, vor allem aber das Tageslicht genau wiederzugeben –, redet er seinem eigenen Ideal einer durchaus phantastischen Dekoration vornehmlich Shakespearescher Dramen das Wort. ›Ein künstlerischer Regisseur‹, sagt er, ›müßte die Fähigkeit haben, durch Suggestion für uns das ganz Innerste der Natur wiederzugeben.‹ – ›Schlösser mögen architektonisch korrekt sein oder nicht, aber vor allem müssen sie sich prächtig in den Luftraum erheben. Gärten müssen voll von unbekannten Pflanzen sein. Die Form der Zimmer und Möbel darf niemals zuvor gesehen worden sein außer in der Phantasie. Die Kostüme müssen so sein, wie sie niemals getragen worden sind außer in den Bildern, die die Vision der Poeten bevölkern.‹

Wenn ich mich nach diesen Ausführungen der vielen merkwürdigen Dekorationen, welche die Reinhardtschen Bühnen ins Leben gerufen haben, erinnere, bleibt mein Blick besonders an der von Nestroys ›Jux‹ haften. In diesen als graziöse Parodie vergangener Inszenierungs-Einfalt gedachten Walserschen Entwürfen fand sich, was Bühnenbilder sonst selten in so hohem Maße aussprechen: jene Leichtigkeit und Heiterkeit des bloßen Spiels, jenes künstlerisch überlegene Sich-Abfinden mit dem szenischen Apparat, jene hochintellektuelle Art, der es genug ist anzudeuten, zu vermitteln, statt die Dinge in ihrem ganzen täppischen Ernst aufzubauen. Man soll ein kunstvoll gemaltes Fenster mit Blumentöpfen für Wirklichkeit halten. Wie lustig ist diese Zumutung, wie schmeichelt sie unserer Einbildungskraft, die im selben Augenblick ihr mitschöpferisches Wirken auch schon beginnt. Wir freuen uns doppelt: einmal der Verwegenheit der Kunst, zum andern der eigenen ergänzenden Aktivität. Würden wir weniger erfreut sein, wenn uns auch einmal bei Shakespeare eine derart kühn unwirkliche Dekoration begegnete? Es gälte die Probe. Craig freilich, wenn ich ihn recht verstehe, würde bei wenn auch noch so geistreichen Vereinfachungen und Konventionen solcher Art nicht stehenbleiben. Er sowohl wie Hofmannsthal dürften die vollkommene Illusion des Zuschauers mit allen Mitteln der modernen Kunst und Technik wollen.

ZUM ›SOMMERNACHTSTRAUM‹

Mit der Neueinstudierung von Shakespeares ›Sommernachtstraum‹ hat Max Reinhardt die Klassikervorstellungen des vergangenen Winters womöglich noch in den Schatten gestellt. Man wird nicht anstehen, diese Aufführung in ihrer Art vollendet zu nennen. Und man kann persönlich ganz ruhig anderen Prinzipien huldigen und doch seine reine Freude haben an diesem außerordentlichen Aufwand von Fleiß, Erfindung und Bildnerlust, diesen Einfällen einer naiven und unerschöpflichen Laune – denn naiver Optimismus und nicht (wie offenbarlich bei Beerboom-Tree) Raffiniertheit ist der Grundzug all dieses heiteren Spiels –, diesem liebenswürdigen Gewirk verschiedener Künste, liebenswürdig, eben weil kein Bayreuther Katholizismus dahintersteckt, sondern nichts als einfache blühende Sinnenfreude, diesem glücklichen und übermütigen Humor, diesem sicheren Gefühl für alles Theatralische im allerbesten Sinne.

Es ist wahrlich nichts Kleines, was hier hervorgebracht wurde: das muß gesagt werden – trotz des großen äußeren Erfolges und trotz der Einwände, die von anderen künstlerischen Standpunkten aus dagegen erhoben werden mochten. Wir dürfen stolz sein auf eine solche Vorstellung. Denn sie überragt das gemeine Maß in jedem Fall.

GELEGENTLICHES

Damit beschäftigt, des früheren Burgtheaterdirektors Max Burckhard in zwei Bänden gesammelte Kritiken, Vorträge und Aufsätze über Theater zu lesen, mache ich wieder einmal die Wahrnehmung, wie ganz anders der Wiener Kritiker doch auf seine Schauspieler eingeht als sein norddeutscher Kollege. Mag sein, daß man sich in Wien oft *zu*viel mit den Schauspielern befaßt – die Art, wie sich die Berliner mit den ihrigen abfinden, scheint mir doch sehr viel lieb- und verständnisloser und darum unfruchtbarer. Um den jüngeren Nachwuchs kümmert man sich nur sehr wenig, bereits bekannteren und beliebteren Darstellern gibt man mehr oder minder ehrenvolle Schulzensuren, die vielfach ebensosehr von dem geistigen Hochmut des der

Bühne nur zu oft innerlichst fernstehenden Literaten, wie von arger Unfähigkeit, einem Schauspieler in den feineren Absichten seines Spiels, in Richtung und Entwicklung seines Talents zu folgen, zeugen, und nur die ganz berühmten werden dann und wann zum Vorwurf eingehender Betrachtungen gemacht. Ich lese da in einer der Burckhardschen Rezensionen unter anderm einen – vom 18. März 1899 datierten – Appell an die Medelsky, der ein gutes Beispiel jener wärmeren, eindringlicheren süddeutschen Art ist, die, wo sie sich mit fachmännischem Verständnis paart, zu einer unmittelbaren und höchst förderlichen Mitarbeit an der Entwickelung des Schauspielers zu führen vermag. Die Stelle lautet:

›Mit aufrichtigem Schmerze hat mich die Sobeïde des Fräulein Medelsky erfüllt. Sie mag sich dessen leicht getrösten, da es ihr ja an Beifall und Ruhmesworten nicht gefehlt hat. Sie wird natürlich auch nur diesen glauben, und ich mag ihr als ein Feind gelten, der mißgünstig ihre Kunst zu schmälen sucht, weil er abseitsstehend aus dieser keinen sichtbaren Nutzen mehr ziehen kann. Aber möge nie ›der Abend kommen‹, der sie belehrt, welche Stimme die des Freundes war. Fräulein Medelsky kann natürlich nicht ihr Talent verloren haben, aber sie ist in Gefahr, in schauspielerische Zuchtlosigkeit zu verfallen, an falschen Mustern sich zu verbilden und, statt auf künstlerische Durchführung, stete Entwicklung und bleibenden Gewinn, auf momentanes Bum-Bum hinzuarbeiten. Vielleicht erinnert sie sich noch – doch ach, in derlei Dingen ist ja das Gedächtnis vieler, und besonders der Leute beim Theater, so außerordentlich kurz – aber vielleicht erinnert sie sich doch noch, wie hilflos sie war, als sie vom Konservatorium kam und es nicht möglich war, sie das Röschen im ›Unterstaatssekretär‹ spielen zu lassen. Vielleicht erinnert sie sich doch noch, wie wohlmeinend fördernd eine andere Künstlerin ihre ersten Schritte leitete; vielleicht erinnert sie sich doch noch, wie ihr der Rat und die Unterstützung eines vom Eifer zur Kunst beseelten fachkundigen Lehrers zur Seite gestellt wurde, der in selbstlosester Weise sich fast völlig ihr widmete. Vielleicht erinnert sie sich noch, wem sie es zu danken hatte, daß sie das Gretchen so und mit solchem Erfolge spielen konnte, wie sie es gespielt hat. Vielleicht bildet sie sich noch nicht ein, sie hätte das auch ganz allein getroffen. Vielleicht weiß sie auch noch, daß dieser Lehrer sich zartfühlend und bescheiden in den Hintergrund gestellt hat, daß er heimlich sie unterrichtet und nie einen Anteil an ihrem Ruhme verlangt hat – er besitzt ja dessen selbst genug –, nur damit nicht mit der Phrase ‚eingelernt' ihr Erfolg beeinträchtigt werden könne; denn manche, die vor Staunen auf den Proben sich nicht zu fassen wußten, welche überraschenden Fortschritte die Bleibtreu und die Medelsky gemacht, hätten höhnisch absprechend alles für elend gefunden und ein wegwerfendes ‚Strakosch' gemurmelt, hätten sie die erziehliche Tätigkeit des Mannes geahnt, von dem sie selber noch so vieles lernen könnten, wenn sie überhaupt noch etwas lernen wollten.

Kein Künstler bedarf des führenden Lehrers und Meisters so lange als der Schauspieler, *weil er sein Werk nie sieht*, weil er immer in Gefahr ist, die halb erworbene Technik wieder zu verlieren, wenn er nicht fortwährend von einem lästigen Quälgeiste an sie gemahnt wird, der ihm stets einen Spiegel jedes Anfluges von Manieriertheit in Gebärde und Ton vorhält.

Wie hätte die Medelsky die wirklich schöne Stelle: ‚. . . *der* Abend darf nicht kommen' usw. sprechen können, ja sprechen *müssen*, wenn unbeschadet aller Wahrung ihrer eigenen künstlerischen Empfindung ein erfahrener Ratgeber sie beim Aufbau und der Einteilung der ganzen Rede geleitet hätte! Dann würde sie wohl nicht schon zu laut begonnen haben, sich die Möglichkeit der Steigerung im vorhinein benehmend, dann würde sie aber auch nicht, wie so oft im Laufe des ganzen Spieles, zwecklos ihr Organ forciert haben und gerade dadurch unverständlich geworden sein; dann würden wir schon am Abend, ohne erst in der Buchausgabe der ‚Hochzeit der Sobeïde' nachsehen zu müssen, von ihr erfahren haben, *welcher* Abend denn eigentlich nicht kommen darf. Dann würde sie aber wohl auch das Zuviel im Öffnen und Schließen der Augen unterlassen und durch jenen häßlichen, störenden Zug um den Mund nicht fortwährend ihr hübsches Gesicht verunstaltet haben. Dies alles würde nicht gewesen sein, wenn Fräulein Medelsky ihre Erinnerungen etwas aufgefrischt und nicht, falschem Selbstgefühl und falschen Ratschlägen folgend, gemeint hätte, sie könne schon alles selber. Ich kenne Künstler, deren Namen zu den ersten der deutschen Schauspielkunst gehören und die mit Freude stets die Gelegenheit ergriffen und benützt haben, von solchen zu lernen, denen die Kunst des Lehrens eigen ist. Das erniedrigt den Künstler nicht, das *ehrt* ihn nur. Und bei Fräulein Medelsky kommt noch eine andere Sache dazu. Wenn sie fortfährt, so ihre Stimme zu forcieren, wie sie es neulich tat, läuft sie Gefahr, diese oder gar sich selbst frühzeitig zugrunde zu richten. Sie möge sich erinnern, wie die Sache war, als sie im Konservatorium verhalten wurde, so und so oft hintereinander den letzten Akt von ‚Des Meeres und der Liebe Wellen' zu schreien! Das Erinnern schadet überhaupt den Menschen nie; es darf nur nicht zu spät kommen.‹

NACH ›WANN WIR ALTERN‹ VON BLUMENTHAL UND ›DIE ROMANTISCHEN‹ VON ROSTAND

(Kgl. Schauspielhaus)

Das Tal der Blumen stäubt empor
Rokokoblütenstaub.

Es schlägt die Nachtigall hervor
aus dem Theaterlaub.

Es kommt zu Fuß und Fuhrwerk
Zivil und Offizier
Zum Vogel mit dem Uhrwerk,
zur Blume von Papier.

Wie liegt die rohe Richtung
des Lebens ab so weit!
Man muß dem Volk die Dichtung
erhalten allezeit.

FORTBILDUNGSSCHULEN FÜR THEATER-DIREKTOREN

Vorschlag des Idealisten Stefan

Seit Jahren mit dem Theater verbunden, seit Jahren an ihm leidend, habe ich unlängst in einer wachen Nacht das Mittel gefunden, wie das Theater für die Intelligenz der Nation zu retten wäre. Ich erwarte die Rettung, kurz gesagt, von – Fortbildungsschulen für die Theaterdirektoren!

Es ist aus Programmreden und privaten Geständnissen fast aller Theaterdirektoren bekannt, daß sie für die Kunst, die ihnen durchweg ein hehres Ideal ist, enthusiasmiert sind. Nur befällt den normalen Theaterdirektor eine gewisse Unsicherheit, sobald er von seinen innersten Idealen zu sprechen beginnt. Dies ist zum Teil eine Folge der starken seelischen Bewegung, die den Mann der Praxis (ich rede im Dialekt der Direktoren) befällt, wenn er der überspannten Träume seiner Jugend gedenkt. Zum andern Teil jedoch ist diese Unsicherheit ein Symptom jener jahrelang genährten Ungeduld, den Gegenständen der dichtenden und bildenden Künste einmal nahezukommen, nachdem

man so lange Zeit die Triebe seines bessern Selbst im Dienste der Praxis hat schweigen heißen müssen. Mit einem Gefühl stolzer Genugtuung rufe ich ins Land: Es gibt keinen deutschen Theaterdirektor ohne tiefer schlummernde Ideale!
Nur daß eben die Praxis des Lebens die edlern Instinkte verschüttet, die auch im Herzen des deutschen Theaterdirektors glühen. Was verlangt die Praxis als erstes Erfordernis des deutschen Theaterdirektors? Betriebskapital! Den Nachweis hierüber fordern die Behörden und keinen andern als diesen Nachweis. So verzehrt sich denn manches hochidealistische Herz (ich rede im Dialekt der Direktoren), das sich zur Leitung einer deutschen Bühne befähigt fühlt, in der jahrelangen Suche nach Aufbringung des ersten Erfordernisses. Muß da nicht unwillkürlich das andre, das innere Erfordernis, unbeachtet bleiben und verkümmern?
Es gilt nun, den deutschen Bühnenleitern, die das äußere Ziel bereits erreicht haben, das innere Ziel in Erinnerung oder überhaupt erst zur geneigten Kenntnis zu bringen. Diesem idealen Zweck werden die von mir geplanten, mit Unterstützung des hohen Ministeriums für Kultus und Unterricht durchzuführenden

Fortbildungsschulen für Theaterdirektoren

dienen. Wie das Handwerk durch kunstgewerbliche Lehrkurse zum Kunsthandwerk erhöht wird, so soll das Theater durch meine Kurse, die abwechselnd in Berlin, Wien, Hamburg, München, Dresden abgehalten werden sollen, wieder zur Stätte der Kunst, der hehren, gemacht werden. Um eine allgemeine Zugänglichkeit meiner Fortbildungsschule für Theaterdirektoren zu ermöglichen, will ich für das Gros der weniger Fortgeschrittenen vorerst eine

Vorbereitungsklasse

schaffen, worin der ganze Lehrstoff der Volksschule repetiert werden soll. Auch ein Teil des Lehrstoffes des Untergymnasiums, soweit er sich auf die Elementargegenstände bezieht, soll vorgenommen werden. Diese Vorbereitungsklasse wird es allen Theaterdirektoren ermöglichen, den vorgeschlagenen Bildungsweg zu betreten. In der

Fortbildungsschule

sollen dann die Theaterdirektoren vor allem befähigt werden, dramatische Werke selbständig aufzunehmen. Es werden die wichtigsten Dramen der Vergangenheit und der Gegenwart gelesen, durchgesprochen und erläutert werden. Dem Manne der Praxis ist somit Gelegenheit geboten, unter sachverständiger und nachsichtiger Leitung endlich einmal die wichtigsten dramatischen Kunstwerke kennenzulernen. In der Schule selbst hat der Hörer sein Gutachten über das besprochene Werk in Form eines Aufsatzes abzugeben, wobei die Leitung der Kurse streng darauf achten wird, daß die Arbeiten von den Schülern selbst verfaßt werden. Hausaufsätze sind verpönt, weil sie erfahrungsgemäß von hierzu angestellten Dramaturgen verfaßt werden. Hingegen wird besonderes Gewicht auf seminaristische Diskussionen gelegt. Der vergleichenden und unterscheidenden Dramaturgie ist ein großes Spielfeld eingeräumt. Hierbei sollen namentlich die Themen der Praxis in den Vordergrund treten. Es sind Seminardiskussionen geplant über Versmaß- und Reimvergleichung im Operettenlibretto, über die beliebtesten Typen im deutschen Schwank der Gegenwart, über die mathematischen Grundlagen des französischen Schwankes, über vergleichende Psychologie a) des ›Husarenfiebers‹, b) der ›Einsamen Menschen‹ und dergleichen mehr.

Ein besonderes Augenmerk soll der Schulung des Farbensinns und (in Erweiterung) dem szenischen Bilde überhaupt gewidmet werden. Da die Erfahrung lehrt, daß die langjährige Praxis fast immer zum psychischen Absterben des Farbensinnes führt, sollen durch regelmäßige Exkursionen in die Natur die Bilder der Wirklichkeit wieder in die Erinnerung gebracht werden. So soll experimentell dargetan werden, daß das Mondlicht nicht – wie vielfach angenommen – lichtblau, sondern weiß, das Sonnenlicht, auch in beginnender Dämmerung, nicht rot, sondern gelb oder goldgelb ist. Bei dieser Gelegenheit wäre statistisch festzustellen, ob es eine psychologische Eigentümlichkeit des Menschen der Wirklichkeit ist, lebensentscheidende Gespräche stets im Mondlicht oder im Glanz der scheidenden Sonne zu führen. Diese Exkursionen in die Natur sollen ergänzt werden durch Wohnungswanderungen unter sachverständiger Führung. Hier ist durch Erfahrung festzustellen, daß, zum Beispiel, die noch allgemein verbreitete Meinung, daß in den Wohnungen des Adels vergoldete Sessel, goldene Tische und goldene Konsolen zu finden sind, eine willkürliche Annahme ist. Auch der Anordnung der Möbel im Zimmer hat der Hörer bei diesen praktischen Wanderungen seine Aufmerksamkeit zu schenken. So ist zu untersuchen, ob sich im Bereiche der Stadt Berlin ein Wohnraum findet, wo sich in der Mitte des Zimmers, ganz isoliert, freistehend nach allen Seiten, einsam ein Sofa aufhält.

Ein besonderer Kursus wird der Technik des Gespräches gelten. Durch Beobachtung an nicht zur Schauspielkunst zählenden Individuen soll experimentell der Zusammenhang zwischen Hirn- und Lippentätigkeit festgestellt und bewiesen werden, daß das gesprochene Wort das Endprodukt eines (im Bühnenleben nicht beachteten) psychischen Prozesses ist. Von diesen Versuchen erwarte ich mir einen völligen Umschwung unsrer heutigen Darstellungskunst. Die Ansammlung lebendiger Erfahrungen am agierenden Menschen – dem praktischen Bühnenkünstler in der Praxis fast verwehrt (wegen Zeit- und Menschenmangels) – soll auch auf die Beobachtung gesellschaftlicher Umgangsformen ausgedehnt werden. Namentlich soll durch Beobachtung der Wirklichkeit erforscht werden, inwieweit körperliche Berührungen als Illustrationen eines Dialogs im Leben üblich sind. So soll die unbefangene Beobachtung feststellen, ob Freundschaftsversicherungen erwachsener Männer im Leben immer so vor sich gehen, daß sich die Freunde beide Hände reichen und sie etliche Momente lang in stummer Bewegung schütteln. Ein andres Beispiel: Es ist zu untersuchen, ob und warum plötzlich erschrekkende Nachrichten immer in nächster Nähe breiter (mit dem Rücken vorsichtig aufzusuchender) Sitzgelegenheiten überbracht werden.

Auf Wunsch des Kultusministeriums und im Einvernehmen mit dem Justizministerium werden an diese speziellen Fachkurse einige Vorlesungen über allgemeine, für den Theaterbetrieb besonders wichtige Themen angegliedert. Ein Kursus über die ›Vertragsbestimmungen im bürgerlichen Recht‹ wird allen Hörern neue und wissenswerte Einblicke in eine in der Praxis gar nicht beachtete Materie eröffnen. Im Anschluß hieran wird Herr Oberstaatsanwalt über ›Treu und Glauben als Grundlagen kaufmännischer Tätigkeit‹ lesen.

Dies alles sind Umrisse und erste Entwürfe. Der Lehrplan soll definitiv bei den bevorstehenden Verhandlungen im Ministerium für Kultus und Unterricht festgelegt werden. Wenn, wie ich hoffe, der Besuch der Fortbildungskurse den Theaterdirektoren obligatorisch gemacht wird, dann zweifle ich nicht, daß die neue Institution für das deutsche Bühnenwesen von geradezu epochaler Bedeutung werden wird.

VIER EPIGRAMME

›HUSARENFIEBER‹

Ich kam aus solchen edlen Stücken nie,
ohn daß ich zu mir sprach: Dies also ist

so Fabrikat wie Kost der Bourgeoisie;
dies macht sie und genießt sie; also: Mist.

NACH EINER ›ÜBERBRETTL‹-VORSTELLUNG

Wie ferne leb ich jeglichem Programm;
kein Rottenfähnlein schmückt mein einsam Zelt.
Doch halt ich Umschau in des Bourgeois Welt,
dann denk ich: Volk, o du sanftmütig Lamm!

NOCH EINMAL ›HUSARENFIEBER‹

Das rekelt sich und gähnt und sauft und hurt
und tut (versteht sich) Dienst voll Zucht und Strenge.
Ein Lustspiel von der Menge für die Menge.
So sieht Welt aus – vor der Person Geburt.

AN JEDEN, DEN'S ANGEHT

Ich weiß, wie der Gesellschaft Mühle klappert;
da kommt der Einkehr Geist kaum zu Gehör.
Es ward ja auch nicht nur so hingeplappert:
Das Wort vom Reichen und vom Nadelöhr.

›FORTINBRAS‹. EIN BRIEF AN JULIUS BAB

München, Dezember 1913

Lieber Julius Bab,
es ist vielleicht doch besser, ich schreibe einen Brief und flechte das hinein, was ich mir im einzelnen angemerkt habe.
Vor allem und jedem andern lassen Sie sich herzlich lieb haben um Ihres schönen unerschütterlichen unbestechlichen Ernstes willen, mit dem Sie alles Geistige betreiben und mit dem Sie danach streben, was uns allen zumeist am Herzen liegt: uns richtig ›einzuordnen‹.
Und da wir in vielem und wesentlichem voneinander abwei-

chen, so lassen Sie mich auch das gleich vorausschicken, worin wir aufs lebendigste übereinstimmen: in der Liebe zu Novalis – wofür Ihnen besonders gedankt sei –, zu Goethe, zu Hebbel, zu Dostojewski. Immermann kenne ich zu wenig, aber was Sie zitieren, nehme ich in gewissem Sinne auch für meine Welt als Heroldsworte in Anspruch.

Und nun werden Sie auch schon fühlen, daß für mich die drei Helden Ihrer letzten Rede nicht in diesen erlesenen Reigen gehören. Ich wüßte nicht, was sie bisher wirklich Neues, in entschiedenem Sinne Neues dargelebt oder dargetan hätten, solches, was aus dem gegenwärtigen Chaos herausführte – ohne abermals ins Chaos zu führen. Es sind – gleichviel wie man sie sonst einschätzen mag – materialistische Schriftsteller eines materialistischen Zeitalters. Es mag eingehenden Interesses wert sein, zu beobachten, wie sie sich innerhalb dieses Zirkels gefühlsmäßig und intellektuell abfinden und einrichten, aber es ist und bleibt die Beobachtung – Shaws eigenen Ausdruck zu gebrauchen –, eine Beobachtung ›hoffnungslos privater‹ Vorgänge.

Es mögen Ihnen solche Worte von ungeheurer Härte erscheinen, aber ich war selbst bis in mein viertes Jahrzehnt hinauf ›hoffnungslos privat‹, obwohl mein ›Gemeingefühl‹ dem Bernhard Shaws sicherlich nichts nachgab. Und so geistig ich auch im Allgemeinen zeit meines Lebens gerichtet war, so war auch ich bis dahin nur Materialist, und auch die ›neue Religion‹ hatte ich schon im Schubfach, zu der mir Ihre Zustimmung gewiß gewesen wäre, der Sie zum Beispiel von Verhaeren schreiben: ›Er verkündet den immer werdenden Gott, den Gott, an dessen Geburt wir alle immer noch arbeiten.‹ Ich spreche also nicht aus dem Blauen, ich weiß aus eigener Erfahrung, *wie weit* man innerhalb dieser Welt der Kant und Du Bois-Reymond kommen kann, und *wo* einem alles Weitere mit Brettern vernagelt ist. Das letzte große Opfer, das an diesen Brettern zerschellt ist, war Nietzsche. Möchte er wirklich das letzte

Opfer gewesen sein. In ihm wollte der Geist der neueren Zeit noch einmal versuchen zu erzwingen, mit den Mitteln einer ›nun einmal so und so begrenzten‹ Erkenntnis ein Weltbild hinzustellen, das heutigen Menschen genügen könnte, das einen Ersatz der alten Anschauungen zu bieten imstande wäre. Der Krampf, in dem hier der in die Tiefe geschleuderte Menschengeist endet, ist schauerlich, aber er wird wohl erst mit der Zeit durch das ›Werk‹ hindurch völlig sichtbar werden.

Hiernach mußte ein Umschwung kommen – und er ist gekommen. – Was Nietzsche an brauchbaren Impulsen hinterlassen hatte, wirkte weiter, aber der Bankerott, in der erwähnten Art zu wirklicher Welterkenntnis gelangen zu wollen, war endgültig. Aus diesem Grunde weiß ich mit den neuen Männern, die Sie proklamieren, nichts anzufangen. Sie (diese neuen Männer) sehen diesen Bankerott nicht und schaffen ruhig auf dem bisherigen Boden weiter, der nichts weiter ist als ein geschmücktes Nichts, ein uneingestandenes ignoramus, eine gelehrte Unwissenheit. Und so kann denn auch alles, was sie zu Tage fördern, sub specie aeterni nur Eigenbrödelei, Dilettantismus, ›hoffnungslose Privatsache‹ sein.

Niemand wird ihnen von seiten des Herzens die Achtung und Teilnahme, ja vielleicht auch einmal Bewunderung versagen, aber der Geist kann nichts mehr von ihnen empfangen wollen, der Geist muß wirklich endlich wieder weitere Ansprüche stellen dürfen. –

Es gibt so ein paar ganz besonders lustige Gruben, in die man fallen kann und in denen man sich dann gar nicht wie in irgendwelcher Grube, sondern wie in schönster Freiluft vorkommt. Eine solche Grube dürfte zum Beispiel sein: ›Natura non facit saltum‹. Daran ist nämlich nur soviel wahr, daß die *Natur* keinen Sprung macht – die Evolution von oben, sagen wir von Gott aus gesehen –; wohl aber springt die Entwicklung, muß springen, ist gesprungen usf. vor den

Augen des menschlichen Verstandes. Zum mindestens *des* menschlichen Verstandes, der gerade ›herrschend‹ ist, denn gewöhnlich pflegt dieser ›herrschende‹ Verstand von einzelnen Denkern längst überholt zu sein. Lesen Sie doch wieder einmal Lessings ›Erziehung des Menschengeschlechts‹ und etwa das kleine Bruchstück ›Daß mehr als fünf Sinne für den Menschen sein können‹. –

Nun werden Sie vielleicht sagen: Mag das alles richtig sein, mir kommt es nicht auf philosophisches Spekulieren, sondern auf frische kräftige Kulturarbeit an. Laßt uns doch endlich die Theorien den Theoretikern überlassen und selber das tun, wozu es *uns* treibt: praktisch arbeiten, werkfromm werden. In der Beschränkung zeigt sich erst der Meister. So könnten Sie vielleicht sagen.

Aber bedenken, bedenken Sie doch, was Sie damit sagen würden! Wie wollen Sie denn irgendwie vernünftige Arbeit dem Weltplan einfügen, wenn Sie die Welt im Grunde eigentlich für sinnlos halten, für alogisch, für blindhinwaltende Natur usw. Springt Ihnen denn nicht die *Willkür* in die Augen, von der all solche Arbeit notwendig ausgeht? Erziehen Sie zum Beispiel heute einen Menschen und fragen Sie sich ganz ehrlich, ob nicht letzten Endes auch der beste Wille im dunkeln tappt, ob nicht die allerbeste Erziehung Versuch und Willkür und Subjektivismus bleibt. Denn wozu, wohin, auf welches Ideal hin soll man einen Menschen wohl erziehen? Instinktiv wird hier und besonders von der Mutter immer noch eine Menge Richtiges getroffen werden – aber wäre es nicht schön, wenn wir endlich auch bewußte, wissende Pädagogik treiben könnten? Dazu aber müssen wir wirklich mehr zu wissen bekommen, was ein Mensch ist, ein Kind, eine Seele usw., als man heute davon zu wissen pflegt.

Die joie de vivre kann immer nur Mittel, kann nie Selbstzweck sein, sonst genügte als Ziel der Schöpfung vollkommen – ein junger Hund.

Ein Wort wie das Zolas ›Wir haben alle Systeme studiert und verworfen‹ etc. sollte besser nicht so unterstrichen werden. Mag man derlei einmal in einer Briefstimmung schreiben – aber Staat machen läßt sich damit nicht. Was heißt das: ›Wir haben alle Systeme studiert –!‹? Das ist eine gallische Tirade, eine große Gebärde, weiter nichts. Zola war nie zum Philosophen, zum originalen Denker berufen, es fordert's auch keiner von ihm. Aber was heißt ein solcher Satz wörtlich? ›Ich bin tiefer in die Welt eingedrungen als –‹, und nun nehmen Sie wen und was Sie wollen aus der Geschichte des menschlichen Denkens. Über dem allen also steht Emile Zola und erläßt nun seinerseits sein Ultimatum. Und dieses lautet höchst begreiflicherweise, da er ja zuletzt einen wahren Haß auf diese ganze geistige Sphäre bekommen muß, von der er im Grunde *nichts* versteht –: ›Alles ist Lüge und Dummheit außerhalb des mächtigen persönlichen Lebensgefühls.‹
Aber man müßte Broschüren, Bücher schreiben, um sich mit all denen auseinanderzusetzen, von denen Sie als Trägern eines neuen ›Weltgewissens‹ reden.
Und wie ein morsches Gewebe, so würde zuletzt alles auseinanderfallen, und man würde trauernd und zuletzt wie gelähmt erkennen, daß Selbstbetrug und innere Unwahrhaftigkeit ihr wahrer ›Ruhm‹ ist. Vers la joie – ja, ganz gewiß! Aber lassen Sie den Menschen erst entdecken, *was* eigentlich den tiefsten und würdigsten Gegenstand seiner Freude bilden kann. Hat er das erst, so wird er jene Verhaerensche Freude nicht mehr wollen, in der noch soviel brutaler Egoismus steckt. Wäre die Welt wirklich nur das, was dort an ihr gesehen wird, dann wäre Freude wahrlich Verbrechen und Traurigkeit bis zum Wahnsinn die einzige Möglichkeit.
Es hat mich von Anfang an mit einer gewissen Freude erfüllt, daß es nur sechs Reden sind, die Sie da geben. Denn nun bleibt doch noch die siebente übrig. In ihr werden Sie

hoffentlich, ob früher oder später, dartun, daß es *weder* auf Hamlet *noch* auf Fortinbras ankommt.

Sie haben mich um ein Echo gebeten, hier ist etwas davon, und nun schelten Sie sich und nicht mich, wenn Ihnen zurückschallt, was Sie vielleicht nicht erwartet haben. Sie haben am Ende noch gemeint, ein ›Romantiker‹ werde Ihnen antworten, aber ich hoffe – obwohl Sie mich früher merkwürdigerweise mit Brentano in Verbindung gebracht haben –, Sie werden mich danach nicht mehr als Romantiker empfinden. Ich jedenfalls weise es weit zurück, mich anders als durch Vernunftgründe jemandem nähern zu wollen. Sie sind im Grunde viel mehr Romantiker als ich, ein edler Schwärmer, der auf einem Grunde Heimstätten bauen will, den er selbst ›Unvernunft‹, wilden Lebens-Zufall oder dergleichen nennt, dessen immenser Tätigkeitsdrang ganz außer acht läßt, daß doch vor aller wirklich erfolgreichen Arbeit erst Pläne da sein müssen, allgemein verbindliche Pläne, die nicht dieser oder jener ersinnen kann, sondern die nur durch ein besonderes Studium der Evolution entdeckt werden können.–––

Ich habe nur den hundertsten Teil ausdrücken können von dem, was bei der Lektüre Ihres Buches zu sagen gewesen wäre, und so ist eine ungemein schlechte Epistel draus geworden. Aber ziehen Sie auch die äußeren Hindernisse in Betracht, ich mußte alles in liegender Stellung und bei zum Teil ungenügender Beleuchtung schreiben. Daher auch die Schrift, die Ihnen leider wohl manches Unbehagen verursachen mag. –

In Ihrem Privatleben geht Ihnen hoffentlich alles nach Wunsch; die Kinder müssen ja nun schon richtig heranwachsen! Grüßen Sie mir Ihre liebe Frau von mir und bleiben Sie auch in Zukunft freundschaftlich gesinnt

Ihrem Christian Morgenstern

BRIEFE

An Friedrich Kayßler

Breslau, 16. Dezember 1889

Mein lieber Fritz,

... glaube mir, daß eine Stunde der Begeisterung mehr gilt als ein Jahr gleichmäßig und einförmig dahinziehenden Lebens. Die Ruhe ist Dein Feind, sie ist mein Feind, ist der aller Menschen – ich meine die Ruhe der untätigen Behaglichkeit! Ohne Streben kein Erfolg, ohne Feuer kein Brand!

Dies will ich nicht aufhören, Dir zu sagen, denn dies ist die Wahrheit, und ich bin Dein Freund.

An die Großmutter Schertel und ihre Schwester Charlotte

Sorau, 1889

Ich muß gestehen, meine Neigung zum Soldatenstande oder besser zum Soldatenberufe war nie eine echte, tiefe. Mich hält die Poesie, die Kunst, der Drang nach Wahrheit zu sehr in ihrem Bann ... ich kann nun einmal nicht anders, es ist wohl diese heiße Liebe zum Schönen das Erbteil der Künstlergeschlechter, aus denen ich stamme ... So werdet Ihr begreifen, daß ich nach wochenlangen Herzenskämpfen meinen Eltern den Schmerz bereiten mußte, zu erklären, ich könne durchaus nicht die eingeschlagene Bahn weiterverfolgen, ich hätte den festen Entschluß, wenn sie mich wieder zum Gymnasium zurückkehren ließen, dort nachdrücklich zu arbeiten und dann zu studieren.

Ich habe diesen Entschluß noch nicht bereut und hoffe auch für mein ganzes Leben das Richtige getroffen zu haben. Da ich nun in Breslau nicht mehr dieselbe Anstalt besuchen konnte, brachten mir die lieben Eltern das große Opfer und gaben mich hier in Sorau, welches uns sehr empfohlen war, in Pension.

Ich bin ganz gern hier, es ist eine ganz nette kleine Stadt; das Gymnasium ist in jeder Beziehung angenehmer als in

Breslau, und ›Professor‹ (wie es bei uns in Bayern heißt!) J. ist ebenfalls völlig zufriedenstellend. Wir sind drei Freunde zusammen, alle Breslauer und von früher her gut bekannt und bewohnen zwei Stuben ... Der Verkehr hierselbst ist auch sehr gemütlich, ich hatte in Breslau nicht einen so kameradschaftlichen, jugendfrischen Kreis. –

Mit herzlichem Gruß und Kuß

Euer Euch innig liebender Enkel und Neffe
Christian

An Kayßler

Breslau, 23. April 1890

... Bedenke, daß Du in erster Linie für die Menschheit, für Dein Volk lebst, in zweiter erst für Dich; aber je mehr Du für das Allgemeine getan haben wirst, desto mehr hast Du für Dich selbst getan. Freilich steigt man von unten nach oben, und die erste Stufe wird immer die Selbstvervollkommnung bleiben, aber die zweite und höchste Stufe bleibt ebenso dann die Betätigung dieser inneren Größe für die leidenden Mitmenschen in möglichst hohem Grade ...

Die Strenge gegen sich selbst kann gar nicht eisern genug sein, sie muß sich keineswegs nur auf Handlungen, sondern auch auf die Gedanken erstrecken; sie muß sich aber auch wieder in den Grenzen des Menschlichen halten, daß nicht die Selbstbeherrschung in Selbstknechtung und Verknöcherung umschlage. Vor diesem Extrem will ich Dich sehr warnen. Am besten bewahrt uns davor unser warmes, ungestüm schlagendes Herz.

An Kayßler

Sorau, 22. Februar 1891

... Wenn Du ausriefst: ›Der Verstand ist nichts, das Gefühl ist alles‹, so kann ich dem ebensowenig absolut beistimmen wie der Umkehrung dieses Satzes. Was hilft Dir alles Gefühl, wenn Dir nicht ein klarer geweckter Verstand weite Ausblicke eröffnet, wenn Du nicht an seiner Hand in Tiefen gelangst, die Dir sonst ewig verschlossen geblieben wären? Nein, Gefühl und Verstand gehören aufs engste zusammen, wie sie auch von demselben Orte ausgehen. Aber das Gefühl ist das größere von ihnen. Das empfinde ich auch jetzt, da ich durch Dein Wort: ›Religion ist das Sehnen nach der Geistersonne‹ veranlaßt, Schillers ›Freundschaft‹ aufschlage, weil darin ein ähnlicher Gedanke ausgesprochen ist. Ich werde jetzt wieder mich inniger in diesen herrlichen Geist vertiefen und ihn auf mich wirken lassen; erst, wenn man diesen Sturm der Leidenschaft, diese Unendlichkeit der Begeisterung und Liebe gefühlt hat, merkt man die Kleinheit unserer modernen Literaturbestrebungen. –

Du rietest mir damals: ›Was heißt und zu welchem Ende ...‹ zu lesen; ich holte meinen Schiller, blieb aber vorher an den ›philosophischen Briefen‹ (Briefwechsel zwischen Julius und Raphael) hängen, die mich ungeheuer fesselten und begeisterten. Ich fand vieles von Deinen und meinen Ansichten darin und strich viele Stellen an. Diese Theosophie ist großartig! Wie sehr muß es jedem Denkenden ins Herz treffen: ›Sollten meine Ideen wohl schöner sein als die Ideen des ewigen Schöpfers?‹ Und so noch viele gewaltige Gedanken in ebenbürtiger Form. Diese Sprache ist einzig. Ein Satz aber hat mich ganz besonders berührt, da ich weiß, ihn oft nicht beachtet zu haben: ›Es ist ein gewöhnliches Vorurteil, die *Größe* des Menschen nach dem *Stoffe* zu schätzen, womit er sich beschäftigt, nicht nach der *Art*, wie er ihn *bearbeitet.* Aber ein höheres Wesen ehrt gewiß das Gepräge der Vollendung auch in der kleinsten Sphäre, wenn es dagegen auch auf die eitlen Versuche, mit Insektenblicken das Weltall zu überschauen, mitleidig herabsieht.‹

... Daß Du in der Antigone warst, freut mich sehr. Ich

wünsche Dir, daß Du das Stück in Prima lesen möchtest, es ist wunderbar schön. Ich habe viele Stellen mit tiefer Andacht gelesen und würde fürs Leben gern die Chöre übersetzen. Aber das Versmaß ist zu schwer. Doch – kommt Zeit, kommt Rat. Ostern will ich Dir einige Chorlieder griechisch vorlesen. Überhaupt empfinde ich mit großer Freude die Segnungen der Prima ...

Im Französischen lesen wir das brillante Molièresche Lustspiel ›L'Avare‹ und im Deutschen die ›Braut von Messina‹, deren Schönheit nur leider infolge des beim deutschen Lehrer – der übrigens oft sehr geistreich und schön interpretiert – von der Klasse gemachten Skandals arg profaniert wird. Meine Bemühungen, diesem Treiben Einhalt zu tun, sind vergeblich; ich habe schon manches versucht und noch mehr erwogen. Aber das unglückliche Moment, daß Professor R. ein – periodischer – Trinker ist, ist die Klippe, an der meine Mahnungen zur Vernunft scheitern. Denn die Schüler glauben infolgedessen ihre Skandalmacherei sanktioniert in der Meinung, sie wären in ihrem guten Recht und der Mann verdiene es nicht anders. Ich kann mich nicht mehr in diesen Pennälerstandpunkt hineinversetzen, ich sehe den Menschen als meinen Bruder an, der sich von mir nur dadurch unterscheidet, daß er dreißig Jahre früher geboren ist als ich. Hat er Fehler, so ist das seine Sache. Aber ihn systematisch zugrunde richten halte ich für eine Grausamkeit, ein Verbrechen, das nur in einer in bezug auf Charakterbildung vernachlässigten Jugend wurzeln kann. Du hast keine Ahnung, wie dies Schauspiel ist. Wenn gerade bei den schönsten Stellen ein unaufhörliches Singen, Pfeifen, Schnarren usw. losgeht, bekommt der leicht erregbare, vollblütige Mann geradezu konvulsivische Zuckungen – pfui über solches Plebejertum. Aber ich werde im Sommer alles versuchen, dem zu steuern – – ...

Wie geht's denn Liese? Es freut mich unendlich, daß sie

jetzt bei meinem Vater malt; das ist wirklich reizend. Ich wünsche ihr von Herzen die besten Erfolge.

An Kayßler

Sorau, 20. März 1891

Ich denke jetzt viel über meinen einstigen Beruf nach, er braucht gar nicht ein so hervorragender, ruhmbringender zu sein – denn wenn ich das Streben nach einem solchen aufgebe, werde ich ein glücklicher und ganzer Mensch sein. – Aber ich möchte eine reiche Wirksamkeit haben, in der ich mit recht vielen Menschenherzen in Berührung käme; ich glaube die Menschen in vielem besser zu verstehen als die andern. Wer den Menschen erst größer aufzufassen gelernt hat, der weiß ihre Tugenden und Fehler auch tiefer und richtiger zu beurteilen. Verstehen – vergeben! Herrlich wahres Wort! – Meine geliebten Eltern, Du – welch eine Welt voll Liebe für mich! Euch bald umarmen zu dürfen!

An Kayßler

Sorau, 1. Mai 1891

Mein lieber, lieber Fritz,
die Begleitworte, die mir mein geliebter Vater schrieb, schicke ich Dir heute, bitte Dich aber herzlich, dieselben an meinem Geburtstage wieder in meinen Händen sein zu lassen, da ich sie an diesem Tage nochmals lesen will als den Hausspruch für das dritte Dezennium meines Lebens. –

Vielleicht freut Dich noch eine Nachricht, die meine seit einiger Zeit gefaßte Anschauung der absoluten Notwendigkeit betrifft. Ein Aufsatz in der ›Deutschen Dichtung‹ von Schwellwien hat mir eine wunderbare Klarheit gegeben. Er sagt, daß allerdings eine harte Notwendigkeit alles Seiende beherrscht, daß aber der *Wille* ewig mit ihr im Kampfe liege und sein Sieg über jene die freie, ureigene,

selbständige Tat sei. Und ich glaube die Gedanken richtig präzisiert zu haben, wenn ich sage: Im Reich des Stofflichen = Notwendigkeit, im Reich des Geistes = Freiheit! Aus diesem Sinne muß auch das stolze Wort gesprochen sein ›Wenn's etwas gibt, gewaltiger als das Schicksal, so ist's der Mut, der's unerschüttert trägt‹. Jetzt verstehe ich es. So bin ich auch noch in dem alten Jahrzehnt die starre lähmende Anschauung losgeworden, die auch Dein gesunder Sinn nie anerkennen mochte. –
Herzlichen Dank für die mitgesandte Widmung Lieses; daß sie Dir gerade Lenau schenkte, freut mich sehr, da ich die schwärmerischen, tiefsinnigen und doch so unglücklichen Dichter oft in verwandter Stimmung lese. Seine Gedichte sind oft von entzückendem Wohllaut und ergreifendster Poesie. So die ›Schilflieder‹, die ›Phantasien‹, ›Himmelstrauer‹, die ergreifend schönen Oden ›An der Bahre der Geliebten‹ – und ›Am Grabe Höltys‹ usw. Ich kann mich, habe ich die Gedichte einmal in die Hand genommen, lange nicht davon wegreißen. – Gestern und vorgestern lernte ich übrigens ›Die Ideale‹ von unserm Schiller und werde nicht müde, an dem herrlichen Inhalt und der unvergleichlich schönen Sprache mich zu begeistern: ›Wie einst mit flehendem Verlangen / Pygmalion den Stein umschloß, / bis in des Marmors kalte Wangen / Empfindung glühend sich ergoß, / so schlang ich mich mit Liebesarmen / um die Natur, mit Jugendlust, / bis sie zu atmen, zu erwarmen / begann an meiner Dichterbrust‹. Ist das nicht einzig schön!
Lies übrigens einmal laut den ›Fischer‹ von Goethe. Er soll nach dem Urteil eines berühmten Literaturkenners seinesgleichen kaum haben, was die Melodie der Sprache anbetrifft. Ich begreife nicht, wie man, selbst als Ausländer, unsre Sprache rauh und barbarisch schelten kann. Wir hören augenblicklich auf unsrer kleinen Universität Goethes Leben im Anschluß an ›Dichtung und Wahrheit‹, was ich

Dir übrigens empfehle sobald als möglich zu lesen. Unser Professor Reinthaler spricht manchmal hinreißend, so über den Werther, über die Weimarer Periode usw. Was für ein herrlicher unendlicher Geist! An dem darf man nicht mäkeln, weder als Dichter noch auch als Mensch – als ob ein edler Mensch ein verwerflicher Dichter oder ein großer Dichter nicht auch ein großer Mensch sein müßte! – Wie gefällt Dir das Aufsatzthema ›Licht, Liebe, Leben‹ – Herders Wahlspruch? – Um endlich diesen literarischen Teil würdig zu beschließen, teile ich Dir offiziell mit, daß mir vom Rektor Magnificus unsrer Alma Mater sowie seinem Diktator Oberlehrer Lutze eine Übertragung des Aiax von Sophokles aufgetragen worden ist, wogegen kein Sträuben hilft. Die Chorstellen sind bereits in den Kompositionen vorhanden. Das übrige sind ca. tausend Verse, Jamben ◡ ∠ ◡ ∠ ◡ ∠ ◡ ∠ ◡ ∠, Anapäste ◡ ◡ ∠ ◡ ◡ ∠ ◡ ◡ ∠ ◡ ◡ ∠ ◡ ◡ ∠ usf. 135 Verse liegen bereits bei L., wahrscheinlich vergessen in seiner Brusttasche, denn vorläufig höre ich nichts mehr von ihnen. Ich gehe mit aufrichtiger Begeisterung an die Sache, denn das Drama hat großartige Stellen und ist tief tragisch. Für heute genug davon. Denn das Zustandekommen der Aufführung ruht noch im dunklen Zeitenschoße. –

Von meinem sonstigen Leben teile ich dir mit, daß, wie Dir Paulus, der ein lieber, lieber Kerl voll Anhänglichkeit und Gemütlichkeit ist, bezeugen kann, ich absolut kein Bierphilister bin, sondern mit ganzer Seele bei unsern gemütlichen Zusammenkünften dabei bin. Wir suchen jetzt in hiesiger Umgebung sämtliche Dörfer ab, ziehen sonnabends in das erwählte ›Bierdorf‹ und freuen uns dort unsres Lebens unter Becher- und Liederklang und fidelem Ulk. Die betreffenden Bierdörfer erhalten sodann die Namen der um Leipzig herum liegenden berühmten Studentenausflugspunkte. So haben wir schon ein Gohlis und ein Probstheida. Wachau, Möckern und Connewitz sind noch zu vergeben. – Wie Zitel habe ich mir jetzt auch einen L. F. (d.i. Leibfuchs) angelegt. Er ist ein lieber hübscher Kerl, so ziemlich in allem nach meinem Geschmack, nur eine gewisse Langweiligkeit muß ich ihm noch austreiben. Ich habe ihn Uffo getauft und ihm als Taufspruch in das dedizierte Kommersbuch den achten Vers (acht Zeilen mit kleiner Abänderung) von ›Freude schöner Götterfunken‹ geschrieben und ihm eine gewaltige Rede gehalten. Er ist ein sehr begabter Zeichner. Ich bin jetzt meist im Freien zu finden, streife sehr viel mit Paulus umher, der hier ganz glücklich ist und mich auf den Spaziergängen Geschichtszahlen und Horaz-Oden überhören muß. Wie gefällt Dir der Horaz? Er ist nächst Homer das einzig Wahre. –

An einen Freund

29. September 1891

Du meinst, das Wohl des Volkes hinge von seinen Gesetzen ab? Zum Teil, gewiß. Aber unsere aufgeregte Zeit braucht zu ihrer Heilung noch weit anderes als Gesetze. Es bedarf einer großen geistigen und sittlichen Wiedergeburt, wenn die Menschen so klug geworden sind, sie recht zu würdigen. Sprichst Du nicht selbst von einem inneren Verfall, während wir nach außen groß dastehen durch unser festgefügtes Staatsgebäude, also durch Gesetze, die Ruhe und Frieden garantieren? Und dieser innere Verfall scheint mir zunächst der wichtigste Punkt, worauf wir heute zu achten haben. Der Gesetzgebung mögen sich Männer zuwenden, die neben einem festen Charakter eine außerordentliche praktische, kritische Begabung besitzen. Die andre Aufgabe erfordert nichts als ganze *Menschen*, aber vielleicht wird diese Forderung schwerer und seltener befriedigt als die erstere. Diese Aufgabe braucht Herzen voll Selbstlosigkeit und Menschenliebe, sie braucht Herzen voll Glauben an das Gute im Menschen, Herzen voll Bewußtsein einer höheren Bestimmung der Menschenseele und einer ewigen Gottheit, sie braucht Männer, die von Vorurteilen frei sind, die den Zorn der ›Gesellschaft‹, wenn sie ihn einmal erregt haben, für ein Nichts ansehen und einzig ihrem eigenen Gewissen Rechenschaft ablegen, durch das der Gott zum Menschen redet. Und was diese Leute tun sollen? Sie sollen versuchen, das unendliche Weh zu lindern, das die Menschenkinder über sich selbst gebracht haben und bringen; sie sollen die Armen, die der Liebe Bedürftigen, trösten, beglücken, ihnen mit allem helfen, was sie selbst besitzen; sie sollen alle, die helfen können, dazu ermahnen und allen, die nicht helfen wollen, das tiefste Herz erschüttern. Sie sollen vor allem im Großen und Kleinen erzieherisch wirken.

An Kayßler

Sorau, 7. Oktober 1891

... eine Empfindung ist es, die die letzten Tage in meiner Brust mächtiger denn je geweckt und genährt haben. Es ist die Empfindung der ungeheuren Pflicht der Liebe, die jeder einzelne von uns gegen seine Nächsten und zumeist gegen die für uns arbeitende, leidende Klasse hat. Aber nicht nur der Liebe in Wort und Schrift, sondern in lebendiger Tat. Es ist mir ein Verständnis gekommen von dem unsagbaren, himmelschreienden Elend, das uns – und zumal in der Großstadt – in jeder Stunde umgibt, und ich habe gefühlt, wie nichtswürdig unser aller Verhalten ist, das sich zwischen Verachtung des Volkes, träger Genußsucht und lauem Wohltun bewegt – ohne auch nur eine Spur wahrhaftiger, kraftvoller Liebe aufzuweisen, wie es Bruder und Bruder haben soll. Ja es ist wahr, was der Verfasser einer diesbezüglichen Schrift sagt: nicht durch Gesetze und Waffen sei die soziale Frage zu lösen, sondern durch Liebe, durch die innere Gleichstellung aller Stände. Unsre ›Gebildeten‹ müssen den Dünkel aufgeben, der sie glauben macht, sie seien mehr und höhere Wesen als der gemeine

Mann. Sie müssen den sittlichen Kern der Sozialdemokratie anerkennen, der in dem Erwachen des Menschenbewußtseins liegt. Ich werde Dir, lieber Freund, eine Schrift zuschicken, worin Du viele göttlichen Gedanken finden wirst, und Du wirst ausrufen: »Ich folge auch!« – Ich aber werde mein ganzes Leben dieser Aufgabe widmen, und sollten pekuniäre Rücksichten mich auf das Studium der Nationalökonomie (d. i. ›Volkswirtschaftslehre‹) verzichten lassen müssen, so gibt's wohl noch andre Wege, das Evangelium der *tätigen* Liebe zu üben und zu lehren. –

Im Großen, indem sie den staatlichen Schuleinrichtungen reformatorisch gegenübertreten und eine neue deutsche Schule herauszuführen suchen, welche ›harmonische Bildung des Körpers und Geistes‹ nicht nur erstrebt, sondern auch zu erzielen imstande ist. Im Kleinen, indem sie in junge Herzen jene hohen Empfindungen pflanzen, die des Menschen allein würdig sind, indem sie ihnen nicht totes Wissen, sondern lebendige, praktische Lebensweisheit, selbstlose Nächstenliebe predigen, in ihren Gemütern die Gegensätze auslöschen, die der beschränkte Geist zwischen hoch und niedrig, arm und reich, errichtet hat.

Und wiederum im Großen, indem sie an der Reformation der Kirche arbeiten, alles Dogma verfolgen und bekämpfen, mit Wort und Tat dafür eintreten, daß rein und unverfälscht die erhabenen Ideen Christi, des größten aller *Menschen*, dem Volke gepredigt werden.

Und im Kleinen, indem sie die Gemütsleerheit, die erbärmliche Weltanschauung unserer Tage wo nicht beseitigen, so doch in ihrer ganzen verächtlichen Kleinheit enthüllen und gleichgestimmte Seelen aufrichten und zu gleichem Kampf entflammen.

Solche Männer werden heutzutage Idealisten gescholten, und das Wort hat einen lächerlichen, fast verächtlichen Beigeschmack bekommen. Aber der objektive Betrachter

wird das Lächerliche und Verächtliche nur auf seiten der großen Menge finden und darlegen, daß nur derjenige Idealist zu verdammen ist, der *die Welt nicht* in den Bereich seiner Träume zieht; daß der aber ein mächtiger Hebel der Kultur ist, der sein Leben daransetzt, zu der Verwirklichung *sehr wohl auszuführender* menschenbeglückender Gedanken ein Scherflein beizutragen.
Nach diesen Gesichtspunkten werde ich meinen künftigen Beruf auswählen, und wehe mir, wenn irgendwelche Mächte mich in Bahnen lenken, wo ich die Ideen, von denen ich soeben gesprochen, *nicht* oder nur verschwindend betätigen könnte. Ich würde das schönste Pfund, das ich empfangen, ein heißes Herz, einst zurückgeben müssen, ohne mit ihm gewuchert zu haben.

An Kayßler

Sorau, 22. Oktober 1891

... Wir hatten Geschichtsstunde. J. trug in seiner eintönigen Weise über das Zeitalter Ludwigs XIV. vor, aber der Stoff war zu gewaltig, zu elementar, als daß er durch die Form, in welcher er uns dargeboten ward, hätte seine Kraft verlieren können. Er riß mich hin, und während ich die Worte nachschrieb, brannte mein Inneres in Sehnsucht, Schmerz, Begeisterung, Unmut und Ehrgeiz, Anhören zu müssen, wie arme, ohnmächtige Menschen elend und verzweifelnd gemacht wurden von wahnwitzigen Fürsten, wie Millionen sich knechten ließen von Macht und Glanz, die von einem entsittlichten Hofe ausging, hören zu müssen die Aufschreie des Jammers, des Flehens – und so kalt dasitzen zu müssen, ein nutzloses Geschöpf, ein Mensch, der in dieser Welt voll Kampf und Ringen seine schönsten Gefühle in Bücherstaub ersticken muß, der nicht damals gelebt haben konnte, wo er sein Leben hätte opfern können, den Gedrückten beizustehen und die Tyrannen zu stürzen, und der jetzt in unsrer Zeit nirgends einen Kampfplatz

sieht, wo seiner Jugendleidenschaft, seinem feurigen Herzen die rechten Ziele winken.
Nulla vestigia retrorsum! Das soll die Christian Morgensternsche Devise sein, und sie soll das Kayßlersche ›Durch!‹ nicht hinter sich lassen!

Dein treuer Freund und Gefangner

An Kayßler

Sorau, ca. 25. Januar 1892

Mein geliebter Freund,
ich bin nicht stehengeblieben; ich fühle oft, daß ich in immerwährenden Kämpfen, deren Zeuge Du ja auch zuweilen warst, allmählich innerlich heranreife, daß ich immer mehr einer gewissen Klarheit entgegengehe, die mich befugt, ohne Selbstüberhebung der Täter meiner Taten zu sein.
Du wirst vielleicht aus dem Umstande, daß ich Dir nie über meine neue Freundschaft geschrieben habe, erkennen, daß meine Empfindung für dieses edle Mädchen nicht eine solche ist, daß sie sich in einem rauschenden Strom glühender Epitheta verflüchtigen und vor Deinen Augen schleierlos hinfließen könne, daß sie vielmehr zu der Art von Gefühlen gehört, die man tief im verschwiegenen Herzen trägt als Schatz und Hort, den man am liebsten *keinem* andern Menschenblick offenbart. Sei ruhig, lieber Freund, das ist keine romantische Schwärmerei weder hier noch dort, kein ›Verlieren in Hoffnungen und Seligkeiten‹, keine ›Verwirrungen der Seele bewirkend‹. Das ist Klarheit, Wahrheit, schlichtes gesundes Gefühl, wie es aus dem zahllosen Menschenschwarme den und jenen Begnadeten heraushebt und zu einer Seele führt, die wie er das Gute und Große will.
Wir haben uns gefunden, wir haben beide das gleiche Ziel vor Augen und im Herzen – warum sollten wir nicht gute, treue Freunde sein, die im Geiste zusammengehen, geho-

ben schon durch das bloße Bewußtsein eines solches Zusammengehens? Weil wir Weib und Mann sind? Ich rechne nur nach Menschen, nicht nach Geschlechtern, außerdem bin ich kein Freund von Gemeinplätzen, wie etwa dem über Freundschaft und Liebe, denn ich gehe einfach den Weg, den ich vor mir rechtfertigen kann, nicht den, welchen mir irgendeine abgebrauchte Sentenz vorschreibt. Nein, lieber Freund, nochmals, wir beide, meine geliebte Freundin und ich, wir wissen ganz klar, was wir tun und wollen. Wir schwärmen nicht und schmollen nicht, sondern wir haben uns von ganzer Seele lieb, weil wir uns verstehen. Und zwar *verstehen* nicht in kleinen alltäglichen Dingen, sondern in ewigen oder wenigstens höheren Dingen. Was uns verbindet, das ist der gleiche Drang nach Vollendung des Guten, die gleiche Liebe zu unsern Mitmenschen und endlich die gegenseitige Achtung – die persönliche herzliche Teilnahme des einen am andern.

An Hermann Sudermann

13. April 1892

Sehr verehrter Herr!
Vergeben Sie es einem jungen Manne von zwanzig Jahren, den sein Gefühl übermannt unter dem Eindruck von ›Sodoms Ende‹, einige kurze Worte an Sie zu richten. Ihre Ideale sind die aller Ernst- und Tiefgesinnten unserer Tage: unser Volk zu bessern, zu läutern, die Verworrenheit und Selbstsucht zu entlarven und zu strafen, den Schwankenden, Schwachen den drohenden Abgrund zu zeigen –.
Aber was geben Sie den Edlen, den vom Tageslärm Ermüdeten, denen, die sich nach Poesie, nach Weltvergessen, nach Frieden sehnen?
Sie verdüstern, Sie vernichten, Sie schrecken ab, aber es ist keine versöhnende Liebe darin. Der künstlerische Wert Ihres Dramas mag ein hoher sein – darüber maße ich mir

noch nicht an zu urteilen – aber: ›Reinheit! Reinheit!‹ Das habe auch ich gestöhnt, als ich tief erregt das Theater verließ. Und welche tiefe Poesie stünde Ihnen zu Gebote, wenn Sie dieselbe fessellos aus Ihrer Seele strömen ließen! Überall bricht diese warm von Herz zu Herz schlagende Lebensglut hindurch – o geben Sie ihr Raum! Heute in dieser armen, wirrevollen Zeit! Seien Sie der Prophet, der nicht nur bis ins Mark zu erschüttern, zu verdüstern vermag, der auch zu erlösen, zu beseligen, zu trösten vermag. Zeigen Sie unserm geliebten Volke auch einmal den Frieden, die makellose gottentstammende und auf Erden – wie ich bezeugen kann – auch reich vorhandene Schönheit – ›Reinheit! Reinheit!‹ Vergeben Sie mir, wenn meine, eines jungen Mannes, Rede Ihnen allzu kühn, zu unbesonnen scheinen mag – es ist die Sprache des Gefühls. Doch ich weiß, Sie werden mich verstehen, denn Sie sind ein Dichter!

Hochachtungsvoll ergeben
Christian Morgenstern

An Fritz Beblo

München, 1. Mai 1893

Mein lieber, teurer Freund!
Zufällig entdecke ich eine Nachmittagsstunde, wo ich zu nichts verpflichtet bin, und würde mir Vorwürfe machen, wenn ich sie zu etwas anderem benützte, als Dich, lieber Freund, wegen meines langen, auf den Verhältnissen beruhenden Stillschweigens um Vergebung zu bitten und es zugleich auf eine Weile zu unterbrechen. Von meiner Wohnungsgeschichte wirst Du wohl gehört haben; ein verhältnismäßig ganz ›ideales Dachstübchen‹ (wie Du schriebst), habe ich schließlich doch gefunden und fühle mich in ihm ganz wohl, zumal da es ungestört und luftig ist. Ich schaue durch mein Fenster über ein wechselvolles Hinterhäuser-Dächermeer, das ein grüner Baumgarten freundlich unter-

bricht, auf das stattliche Palais Luitpold, über das noch die grüne Kuppel und der rechte Turm der Theatinerkirche hervorlugen. Rechts von dem Palais breitet sich in weiter Entfernung die gewaltige Frauenkirche ihrer ganzen Längsseite nach vor meinem Blicke aus. Auf der andern Seite meiner Straße dehnt sich etwa drei Minuten lang die Türkenkaserne, aus der häufig mit klingendem Spiel Truppenteile ausmarschieren und wieder in sie zurückkehren. Die Sonne besucht mich nur vormittags, aber die Sterne die ganze Nacht.

Früh, einhalb sieben ca. stehe ich auf, koche meinen Kakao und habe dann mit Franz Karl das erste Colleg von halb acht bis neun Uhr Pandekten. Dann eine ›hohle‹ Stunde, von zehn bis elf Uhr W. H. v. Riehl (auch Musikschriftsteller etc.), Kulturgeschichte des achtzehnten und neunzehnten Jahrhunderts, elf bis halb ein Uhr v. Amira, Deutsches Privatrecht. Hoffentlich verleidet mir die Hitze nicht den regelmäßigen Besuch, er wäre mir sehr nützlich. Darauf essen wir drei zusammen Mittagbrot im ›Jägergarten‹, einem ganz gemütlichen einfacheren Lokal in unserer Nähe, dessen Fenster übrigens der bekannte Diefenbach sehr künstlerisch bemalt hat. Nach dem Essen wird entweder Billard gespielt oder ins Café, deren es Dutzende gibt, gegangen und Zeitungen gelesen. Der Nachmittag ist dann meist auf irgendwelche Weise besetzt, bei mir hauptsächlich durch Verwandtenaufsuchen, Spaziergänge mit meiner Mutter, die augenblicklich hier in München ist, etc. Allmählich werden nun auch die -theken in ihr Recht treten, von denen ich nur erst die Glyptothek flüchtig durcheilte. Abends essen wir in der Regel gemeinschaftlich auswärts, mit oder ohne Musik, zuweilen auch nach einem geistigen Genuß in Schauspiel oder Oper. So wollen wir heute Romeo und Julia ansehen. Deswegen entschuldige, wenn ich heute abbreche, da die Uhren eben sechsmal schlagen.

Zwei Tage darauf nehme ich den Faden wieder auf, nachdem der Theaterbesuch ins Wasser gefallen ist und ich den gestrigen Tag teils im Nationalmuseum, teils mit meinem lieben Verwandten, Bergrat Ostlers, in dem Cercle-Salon der Baronin von H. verbracht habe. –
Abends. Eben habe ich wieder etwas die Poeterei versucht und unter andern meinen Ingrimm über die geschwätzigen Uhren geäußert, die mir mit widerwärtiger Genauigkeit jede Viertelstunde vorrechnen.

O wäre ich König: ich ließe sogleich
die Uhren im Lande schweigen,
es dürfte in meines Schlosses Bereich
keine Glocke die Stunde mehr zeigen.

Es dürfte nicht jede Kirchturmsuhr
mit ihrer Weisheit prunken,
wann wieder mir sterblichen Kreatur
eine Spanne auf ewig versunken . . .

Ihr seligen Zeiten, da man noch
hinträumte von heut auf morgen,
da man noch nicht im schnurrenden Joch
der Kultur sein Leben geborgen! –

Fritzing erwarte ich mit tödlicher Bestimmtheit in diesen allernächsten Tagen und bin in ungeheurer Spannung, von Dir über sein Spiel und seinen Erfolg und von ihm selbst über seine Empfindungen dabei zu hören.
Die Besuche infolge Dahnscher Empfehlungen nehmen mir unglaublich Zeit weg und waren bis jetzt bis auf einen Mann, Professor Lotz, erfolglos, indem ich in schrecklichster Hitze und höchster Gala (im Claque müßtest Du mich sehen!) die unmöglichsten Straßen auf und ab renne, um stets zu erfahren, daß entweder die Wohnung gewechselt, die Herrschaft ›eben‹ fort oder ganz verreist sei. Ich bin in

heller Wut über dies unerhörte Pech und pausiere jetzt ganz einfach eine Weile. – In Starnberg war ich einmal, sonst häufig in den herrlichen Isar-Anlagen, in deren entferntere Teile ich nächsten Samstag mit den drei Freunden eine kleine Partie plane, wo wir dann (wie bei mir stets) Deiner, liebster Freund, und der lieben Deinen treulich gedenken werden. Wie gehst Du mir ab mit Deiner Musik, Du lieber Kerl! Der Zöbner hat sich nun in seiner Sparsamkeit kein Klavier gemietet, und ich schmachte manchmal nach ein bißchen Hausmusik. Mit Stundennehmen ist natürlich nichts, das wäre viel zu teuer, da man doch seinen Wechsel auch so aufbraucht. – Nun lebe wohl für heute, mein guter alter Belbo, schreibe mir einen recht langen Brief, grüße Deine liebe Mutter und die liebe Magda recht herzlich und sei selbst umarmt von

Deinem treuen
Christian Morgenstern

An Clara Ostler

München, 5. Juni 1893

Mein liebes, teures Clärchen!
Soeben komme ich von einem reizend gemütlichen Abend nach Hause, den ich bei Deinen lieben Eltern verlebte und wo ich nur Eines – aber dies recht sehr – vermißte: Dich, mein liebes süßes Cousinchen ...
In letzter Zeit habe ich nicht viel zustande gebracht, dafür aber keimen mehrere Pläne in mir, besonders durch die Bergtour angeregt. Ich will mich vielleicht im Sommer in Tirol an ›Bergphantasien‹ versuchen, wo ich einmal, abweichend von meiner Gewohnheit, nur Erlebtes, Geschautes, Empfundenes wiederzugeben, mich ganz einem phantastischen Zuge in mir überlassen will, den ich schon manchmal in mir habe aufblitzen fühlen und der sich schon einmal in dem Märchen ›Der Bergstrom‹ andeutend geäußert hat.

Die Berge haben Dich zuerst deprimiert? Ich verstehe es, aber wir Menschen bleiben trotzdem die größeren. Denn was wären die Berge, wenn sie einmal ins Weltall hineinragten, wenn sie in keinem Menschenauge sich spiegelten, wenn nicht ein lebendig Herz sie als groß, schön und erhaben empfände, wo wäre der Täler Reiz und Lieblichkeit, wenn ihr Anblick nicht in einer fühlenden Brust das Urteil weckte: sie sind reizvoll und lieblich, d. h. in meiner Anschauung.

Das Menschenherz ist ein Saitenspiel, in den Wind gehängt, ein Brennspiegel, unter die Sonnenstrahlen gehalten; nimm Harfe und Glas fort, so existiert kein Klang und keine Glut mehr, und was wir die ›Welt‹ nennen mit ihrer Schönheit und Mannigfaltigkeit, hört auf zu sein. Was bleibt, ist ewige, eigenschaftslose Substanz. Darum sind wir größer wie die Berge, wie die Natur – wir geben dieser Welt erst Inhalt und Bedeutung, wir prägen und werten sie erst zu dem, was sie ist.

Und je reiner und eigenartiger ein Saitenspiel gestimmt ist, desto wunderbarer wird es tönen. Es ist derselbe Wind, der meilenweit über die Heide braust, aber es sind tausend verschiedene Akkorde, die er hervorruft, jubelnde, klagende, Harmonien und Dissonanzen.

Dazu kommt allerdings noch, daß durch Regen und Kälte einzelne Saiten springen oder doch verstimmt werden können – und das ist, bildlich gesprochen, der Einfluß der äußeren Verhältnisse auf uns, das Milieu, in dem wir leben.

An Kayßler

Nieder-Adelsbach, 19. August 1893

Geliebter Freund,

... Mein Leben erscheint mir zur Abwechslung einmal wieder wertvoller wie früher. Ich scheine nämlich wirklich ein Dichter zu sein. Ich habe Dir oft von meinen Perioden erzählt. Nun, die jetzige Periode, seit Anfang Reinerz, hat mir einen Stil und eine Leichtflüssigkeit der Phantasie und Kombination geboren, über die ich selbst erstaunt bin. Sobald ich ein Thema habe, gelingt mir die Ausführung mit spielender Schnelligkeit. Aber wie lange wird es währen! Ich schreibe eine Anzahl humoristisch-satirischer Aufsätze, die ich, wenn sie die Zahl dreizehn erreicht haben, unter dem Titel ›Pillen‹ in Verlag zu bringen versuchen will. Doch gebe ich mich keinen Illusionen darüber hin, daß den Sachen noch vieles abgeht, obschon sich mir selber darin eine Gestaltungskraft verrät, die mich stolz und selig machen könnte, wenn ich kein so arger Skeptiker an mir selbst wäre. Immer mehr frappiert mich an meiner Art zu schreiben der knappe schlagende Dialog – von jeher eine Liebe von mir –, der ebenfalls auf dramatische Begabung hinwiese. Doch damit wollen wir noch warten. O wie gern möchte ich allem Schönen und Hohen Worte leihen und die Menschen damit erfreuen; denn ich fühle wohl, daß ich auf andere Weise ihnen nie sonderlich viel nützen werde. – Was ich Dir zu lesen anempfehle und was mich unglaublich angeregt hat, ist Lawrence Sternes ›Tristram Shandys Leben und Meinungen‹.

Bade-Erlebnisse verschiedentlich und zum Teil sehr interessant. Besonders ein junges Mädchen aus Breslau gesehen, bildschön, ein Königskind; will mir nicht aus dem Kopf. O ich unglückliche Künstlernatur! Wie oft werde ich noch nicht umhinkönnen, die Schönheit immer wieder schön zu finden und sie anzubeten. Denke Dir, welch stolzen Namen – Cornelia. Sie ist eben ein Königskind. Ich weiß keine andere Bezeichnung für sie. Habe ihr auch vergangener Tage vor meiner Abreise ein kostbares Rosenbukett geschickt mit der stolzen Widmung: ›Einem Königskinde ein Sänger der Zukunft‹. Aber Todes-Schweigen darüber!! In vollstem Ernst! Kein Mensch weiß was davon. Ich habe keine Ahnung, ob sie eine Ahnung hat, nur das weiß ich, daß sie es gnädig aufgenommen. – …

An Kayßler

Breslau, 21. Oktober 1893

Lieber alter Freund!

... Ein humoristisches Werkchen habe ich für den Winter vor; wenn ein glücklicher Geist über mich käme, könnte viel daraus werden. Sed dubito.

Es ist merkwürdig, daß ich in diesen traurigen Zeiten gerade auf humoristischem Gebiet mich tummle. Unsere Familienangelegenheit, die daraus entspringende Stimmung meines lieben Vaters, meine Krankheit, die augenblickliche Berufslosigkeit und Einsamkeit etc. sind wahrhaftig nichts Scherzhaftes. Der Prozeß ist also noch in der Schwebe und macht meinen Vater ganz arbeitsunfähig. Ich begreife diese Menschen da unten nicht. Bei gänzlicher Aussichtslosigkeit auf Versöhnung eine Sache so lange hinzuschleppen ist frivol und zudem völlig nutzlos. Wie wird das noch enden! Ein aufreibender, lähmender Zustand. – – Ich beneide Dich um Deine Freiheit – Du ahnst gar nicht, welch ein Glück es ist, ohne innere Konflikte, wie sie mir mehr und mehr beschieden werden, zu leben. – Deine Freude an der modernen Kunst und Literatur fühle ich Dir nach, wenn sich auch mein Blick für ihre Mängel und Halbheiten immer mehr zu schärfen scheint. Es ist eben doch *Décadence*, Ziellosigkeit, Formlosigkeit, Demokratisierung, Versandung. Jene erhabene, objektive Ruhe und Vornehmheit, jene maßvolle und reiche Schönheit, vor allem aber jene konzentrierte Gedankenfülle – all das, was wir unter dem Namen *Klassik* verehren, ist unwiederbringlich dahin.

Wir gehen im Subjektivismus unter.

An Clara Ostler

Breslau, 30. Oktober 1893

... Ich bin nämlich für die ganze Zeit der Wintermonate zu strengster Zimmerhaft verurteilt – gleichviel ob Sturm ob Sonnenschein: eine Kur, welche man trostreich ›Italien zu Hause‹ nennt. Ich hätte nicht geglaubt, daß Italien so langweilig und zugleich so interessant ist. Welch eine vornehme Gesellschaft umgibt mich hier! Die besten und schönsten Geister deutscher Nation und mancher fremden drängen sich um mich und wollen mich ihrer Weisheit voll machen. Dort sitzt der Geheime Rat Goethe mit seinen großen stahlblauen Augen, Schiller rennt lockenschüttelnd auf und ab, Dickens liest mir sein herrliches Bleak House vor, Herder lächelt mir voll Menschenfreundlichkeit zu, indes Heine sein mehr oder minder interessantes Geistesfeuerwerk abbrennt, Nietzsche wütend die Fenster aufreißt und Schopenhauer mir triumphierend zuflüstert: ›Welch jämmerliches Leben du da führst! Alles ist eitel.‹ Man möchte Luft, Landschaft, Sonnenschein, naive Menschenkinder, Gesang und Lachen und zwitschernde Vögel. Aber das gibt es alles nicht in ›Italien‹. Und das ist oft sehr schmerzlich und langweilig. Allein man gewöhnt sich an alles. –

In Sorau war es reizend. Weißt Du, das sind Menschen, dieser alte Pastor Goettling und seine Tochter, bis auf den Grund der Seele ehrlich und gut und treu. Da ist kein niedriger und auch kein krankhafter Zug darin. Der Hauch der Gesundheit und der Harmonie durchweht das freundliche Haus. Und wie nennt sich im Grunde der Geist dieses Hauses? Unerschütterliches Gottvertrauen. Der ›aufgeklärte Kulturmensch‹ wird irre an seinem Denken und philosophischen Aposteln dieser einfachen schlichten Tatsache gegenüber. Du mußt nicht denken, daß ich *irgendwie* von dieser Seite absichtlich beeinflußt würde. Sie wissen, daß ich kein Christ mehr in ihrem Sinne bin, und achten meine Gefühle, wie sie auch sein mögen, da sie mir vertrauen, daß dieselben nicht der Leichtfertigkeit, sondern der innersten Überzeugung entspringen. Aber das, was ich mit meinen Augen sehe, das Wesen dieser Menschen, das klar vor mir liegt – das macht mich immer aufs neue nachdenklich. Dieses tiefe Streben, gut und edel zu sein, der innere Friede, der dieses Ringen krönt, diese Sehnsucht nach Erlösung, nach Vervollkommnung, diese um eines unsichtbaren Herzens Liebe werbende Liebe – sind es Empfindungen, die man einfach als sentimental, als kindisch, als unberechtigt, als überspannt, als einfältig oder gar als sklavisch verurteilen darf?

Das gibt viel, viel zu denken, und ich möchte nicht zu denken aufhören, bis ich mir darüber nicht klar geworden. – Was ich sonst in meiner Gefangenschaft treibe? Nun, außer dem ›Tichten und Trachten, das böse von Jugend auf‹ war, will ich mich diesen Winter zu einem perfekten English- und Frenchman ausbilden, d. h. nur sprachlich. Da ich nun auch dieses Semester für mein Studium, Jus genannt, verliere, indem ich keine Collegs besuchen kann, so gehe ich mit dem Entschlusse um, dieser unseligen Halbheit energisch und ehrlich ein Ende zu machen und mich meinem wirklichen und einzigen Lebensberufe, dem Schriftstellerberufe, mit ungeteilter Kraft zuzuwenden.

Ich bin einmal kein Jurist, wozu also beständig sich und anderen etwas vorlügen. Die Feder ist meine Waffe und das weite Gebiet der Gedanken meine Domäne; – ich will frei bleiben und ehrlich, ich will einen Beruf, in dem ich auch einmal Dichter sein darf, wenn der Geist über mich kommt. Ich habe nur auf dieses eine Los zu setzen, alle anderen sind Nieten, aber dieses könnte ein Treffer sein. Vogue la galère!

Ich gebe mich keinen Illusionen hin, aber ich blicke froher und hoffender in die Zukunft, welche zum mindesten eine Zukunft der Tat und nicht des langweiligen Wartens auf den Tod der Vordermänner sowie hier des drückenden Sich-Ernähren-Lassens und Abhängigkeitsgefühls sein wird.

Aber bis auf weiteres bin ich stud. iur. et cam. wie zuvor und gedenke auch noch einige Semester weiterzustudieren, freilich nur Philosophie, Literatur, Geschichte und Nationalökonomie. Dann, hoffe ich, darfst Du eines Tages adressieren

›Herrn Dr. Chr. M.‹

An Marie Goettling

Breslau, 11. November 1893

Meine liebste Marie!
Briefe sind Stimmungskinder, und Stimmungen waren von jeher meine Force. Was werde ich Dir also heute auf Dein liebes schwesterliches Herz abladen? Ich denke, zuerst den herzlichsten Dank für Brief und Robertson, über welch letzteren ich Dir Näheres schreiben werde, wenn es mir möglich war, mehr als bis jetzt in ihm zu lesen. Ich bin nämlich im Augenblick durch die große Güte befreundeter Personen derartig mit Büchern überhäuft, daß mir manchmal angst wird.
Ich werde wirklich in manchem geradezu verhätschelt. Außer einer Anzahl Freunden, die mich ziemlich regelmäßig besuchen, haben mir in den letzten Wochen Professor Max Koch (Literatur), Felix Dahn und Frau Dr. Beblo persönlich die Ehre erwiesen, mich in meiner Gefangenschaft aufzusuchen. Dahn verehrte mir seine ›Finnin‹, Koch seine neueste kurzgefaßte Literaturgeschichte, und Frau Dr. Beblo ein reizendes Bouquet. Mehr kann man sich wirklich nicht wünschen.
Wie viele liebe Freunde habe ich doch – ohne eigentlich zu wissen, wie ich zu so viel Teilnahme gekommen bin. – Und doch sehe ich mit Sorgen in die Zukunft, denn eine Fortsetzung des Studiums ist den Verhältnissen gemäß, wie sie sich allmählich entwickeln, ausgeschlossen. Vom Jus mich loszulösen ist mir kein Schmerz, da ich mit ihm nie verwachsen war. Fahre es in Frieden dahin. Aber auch nicht mehr etwa zur Philologie umsatteln zu können, son-

dern nach Wiederkunft völliger Gesundheit einen rein praktischen Beruf, der bald ein gewisses Einkommen in Aussicht stellt, ergreifen zu müssen, ist schon einschneidender. Das gesellschaftliche Moment dabei ist mir ziemlich gleichgültig, wenn der betreffende Beruf es mir nur nicht unmöglich macht, den Künstler in mir immer mehr auszubilden, den ich mit unabweisbarer Kraft mehr und mehr in mir erwachen fühle. Ob ich als Assessor oder als Comptoirist meine Werke schreibe, verschlägt mir wenig – die Werke, das ist die Hauptsache. Und ob – wenn meine Begabung versagen sollte – meine Person Regierungsrat oder Lehrling gescholten würde, wäre mir in diesem Falle völlig eines. Denn dann würde ich mich als tote Null fühlen, dann, aber auch nur dann würde ich *wirklich* elend sein. Indes wir wollen dies nicht hoffen, da der Baum nicht schießt, um auf halber Höhe im Wachstum innezuhalten.

Außer vieler Lektüre, etwas englischer und französischer auch, und der Wiederaufnahme der Stenographie, beschäftigt mich zurzeit ein großer Entwurf, der sich zu einem humoristischen Roman auswachsen soll. Das Grundthema ist wiederum die Zeichnung eines originellen Kopfes, aber nicht wie in der Studie eines umhertappenden, sondern eines in sich werdenden, selbständig über dem Treiben der Menge stehenden Charakters. Es drängt mich, einen großen gesunden Menschen zu schaffen, einen ganzen Aristokraten mit suchender Seele und blitzenden Gedanken.

Aber immer wieder fühle ich, was ich Dir schon sagte. Man kann eigentlich einen humoristischen Roman, wie ich ihn vorhabe, erst auf der Höhe seines Lebens schreiben, erst in der Reife seiner Erfahrungen und Ansichten. Doch wer bürgt mir, das ich dieses Alter erreiche. – – Um wieder auf meinen Beruf zu kommen, so riet mir Dahn von der Journalistik heftig ab und schlug vor, ich sollte sehen in eine

Verlagsbuchhandlung zu kommen. Das wäre mir noch das Sympathischste, zumal ich dann hoffentlich nach Berlin, Leipzig oder Hamburg käme. Und überhaupt – ich dürste nach Leben, nach Selbständigkeit, nach Eindrücken – ja sogar nach Kämpfen und Entbehrungen, wenn sie mich nur vorwärts bringen! –

... Allwöchentlich kommen Zitel, Zöbner und zwei andere Freunde am Abend zu mir, an dem es äußerst angeregt und heiter hergeht. Die Vereinigung hört auf den Namen *Sic*! (So! hört!)

Augenblicklich lese ich Hebbels Tagebücher und Briefwechsel, tiefsinnige, bedeutsame Äußerungen eines ungewöhnlichen Geistes. Was hat der Mann durchgemacht! –

An Felix Dahn

Breslau, 17. November 1893

Mein hochverehrter Meister,

es drängt mich, Ihnen schriftlich noch einmal aus tiefstem Herzen für das liebreiche und ehrenvolle Anerbieten zu danken, das Ihre opferfreudige Freundschaft mir gemacht hat.

Doch werden Sie verstehen, daß ich es nicht annehmen kann, da ich einer zu ungewissen Zukunft entgegengehen würde und es mir vor allem daran liegen muß, schon in kurzer Zeit mir etwas – wenn auch wenig – selbst zu verdienen.

Keine äußere Stellung soll mich jedoch unglücklich machen können, wenn die bescheidene dichterische Gabe – wie ich zuweilen zu vertrauen wage – immer mehr sich ausreifen und zur Gestaltung meiner Gedanken und Erfahrungen drängen wird.

Das Wort Friedrich Hebbels: ›Zu mir hat Welt und Leben nur durch die Kunst ein Organ‹ spricht ein ähnliches Gefühl aus, wie es mich beseelt.

Möchte ich Ihnen, und all den vielen edlen Menschen, de-

ren Liebe zu mir gerade jetzt, da ich leidend bin, so reich sich offenbart, einst beweisen können, daß Sie Ihre Teilnahme an keinen Unwerten verschwendet haben.
Mit den besten Empfehlungen an Ihre hochverehrte Frau Gemahlin bin ich

in tiefster Verehrung
Ihr aufrichtig ergebener
Christian Morgenstern

An Clara Ostler

Berlin, 20. Mai 1894

... Es geht mir hier außerordentlich gut, wie überhaupt stets, wenn ich schaffen kann. Und ich muß Berlin – alles in allem – die Palme zuerkennen. Dann kommt allerdings sofort München. Was hier so reizend ist, daß Großstadt in größtem Stil und köstlichste Natur so dicht beieinander sind, und ich schwärme auch soviel wie möglich in die entzückenden Vororte aus, die man mit der idealen Stadtbahn für zehn Pfennige meistens erreichen kann. Solch ein Frühling! Da könnten wir auch idyllisch wandern.
Alle Freitage habe ich hier sehr interessanten Verkehr im Schriftsteller-Klub: Heinrich und Julius Hart, Friedrich Lange, John Henry Mackay, Hanns von Gumppenberg, Paul Scheerbart, Hegeler, Cäsar Flaischlen, Evers, Bruno Wille, Willy Pastor, O. E. Hartleben, der Maler Hendrich etc. etc.
Meine Gedichte von dazumal sind schon meist ad acta gelegt. Hoffentlich kann ich Dir bald etwas in einer Zeitschrift Gedrucktes zusenden.

An Franziska Nietzsche

Berlin, 6. Mai 1895

Hochverehrte gnädige Frau!
Der Augenblick, da ich diese Zeilen schreibe, ist einer der feierlichsten und bewegtesten meines Lebens.

Ich, ein junger Mensch von vierundzwanzig Jahren, wage es, meine erste Dichtung in die Hände *der* Mutter zu legen, der ehrwürdigen Mutter, die der Welt einen so großen Sohn geschenkt hat und mir im besonderen einen Befreier, ein Vorbild, einen Auferwecker zu den höchsten Kämpfen des Lebens. Jener Geist sieghafter, stolzer Lebensverklärung, jenes Königsgefühl über allen Dingen, von denen der geliebte Einsame so oft gesprochen hat, weht, glaube ich, auch durch die vor Ihnen liegenden Gedichte, welche ich deshalb humoristisch im verfeinertsten Sinne ihrer Mehrzahl nach mir zu nennen erlaubte.
Mein Buch ist dem Geiste Ihres edlen unglücklichen Sohnes in tiefer Dankbarkeit und Liebe gewidmet.
Ich küsse, tiefergriffen, ehrwürdige Frau, Ihre Hände und bin

in Verehrung und Dankbarkeit
Ihr
Christian Morgenstern

An Max Osborn

Berlin, 8. August 1895

Lieber Herr Doktor!
Herzlichsten Dank für Ihre schönen, anerkennenden Zeilen!
In Hinsicht des Pierrot Lunaire kann ich Ihnen übrigens ein Geständnis machen, das Sie vielleicht verwundern, doch sicher auch erfreuen wird. Ich gebe Ihnen mein Wort, daß ich den Pierrot Lunaire erst – und zwar ganz zufällig, da ich ihn bei einer mir bekannten Dame liegen sah – kennenlernte, als alle Gedichte von ›Phanta's Schloß‹ bereits fertig vorlagen mit Ausnahme der drei letzten ›Erster Schnee‹, ›Abfahrt‹ und ›Epilog‹, welche Sie offenbar unmöglich gemeint haben konnten, als Sie von Beeinflussung sprachen.
Ich gestehe Ihnen – und Sie werden mein Gefühl ganz be-

greiflich finden –, daß ich ›wütend‹ war, als ich im Pierrot Lunaire Sachen fand, die frappant an meine ›Mondlieder‹ anklangen, und daß ich jenes Buch verwünschte, da ich voraussah, daß man mir Nachempfindung dieser Gedichte vorwerfen würde.

Es bleibt, trotzdem man solche Fälle vielfach kennt, etwas Eigentümliches darin, wie zwei Menschen verschiedener Nation im selben Zeitalter zu einer ähnlichen Naturwiedergabe gelangen konnten, ohne voneinander zu wissen, aber ich gebe Ihnen die heilige Versicherung, daß es sich so verhält. Es ist eine andere Möglichkeit, nach einer Erklärung zu raten. Heines Nordseebilder gehören zu den lebhaftesten Eindrücken, die ich in jüngeren Jahren hatte. Giraud und ich klingen vielleicht an Heine an. Doch habe ich bei Niederschrift meines Buches nie an Heine gedacht oder gar in ihm gelesen, ja – horribile dictu – ich besitze ihn nicht einmal.

Wenn es Sie nicht langweilt, möchte ich Ihnen noch folgendes erzählen. Es war im Sommer 1893, als ich von München aus einige Gedichte dem ›Zuschauer‹ sandte, deren eines gegen die Form- und Zuchtlosigkeit moderner Modernster eiferte.

Ich war damals noch ganz auf die Kunst von ehedem geeicht und verspottete aus fröhlichem Unverständnis heraus alles, was mir gegen den Strich ging. Der ›Zuschauer‹ gab mir meine Carmina zurück und versetzte mich dadurch in große Entrüstung, so daß ich mich hinsetzte, eine Phantasie (wohl meine erste) in freien Rhythmen hinzuwerfen, in welcher ich parodistisch alle Neutöner übertrumpfen wollte. Es fing an –

Himmel, Erde und Meer
spielen Hasard

und behandelte einen Kartenwurf dieser drei Spieler, den ich von einem Strandfelsen aus beobachtete. Der Himmel reißt einen Eichbaum aus – Eichel-As; das Meer wirft ein totes Mädchen ans Ufer – Coeur-As; die Erde wirft Staub und Geröll über alles – Trumpf-As. Das Gedicht wurde damals nicht recht fertig und blieb liegen, bis ich es im Winter 1893/94 einem Freundeskreis zulieb, der mich in meiner Krankheit häufig besuchte, wieder vornahm und vollendete. Meine Freunde fanden viel mehr daran als ich selbst, und ihr Beifall machte mich zuerst darauf aufmerksam, daß eine solche Art vergewaltigender Naturbetrachtung nicht ohne Reiz und Originalität sei. Ich machte bald darauf noch einige Mondgeschichten ähnlichen Genres. Vieles aus ›Phanta‹ ist nur eine weitere Etappe auf diesem Gebiet, aber sie wäre wohl nicht möglich gewesen, wenn nicht das Malerblut, das ich von Vater, Mutter und beiden Großvätern in den Adern habe, in mir gedrängt und Ausweg gesucht hätte.

Es ist schön, daß Sie noch etwas von mir erwarten. Sie sollen nicht getäuscht werden!

Nun aber genug für heute. Messen Sie der angenehm abdämmernden Abendstunde die Schuld zu, daß ich Ihre Zeit zu lange in Anspruch genommen, und seien Sie herzlich gegrüßt von

Ihrem

Christian Morgenstern

An Kayßler

Insel Sylt, 2. September 1895

Ich liege fast den ganzen Tag am Meer. Heine habe ich mit Tränen in den Augen gelesen. Sein θάλαττα, θάλαττα ist das Schönste was es gibt. Diese Rückerinnerung, wie die Hellenen nach endlosem Wandern und Kämpfen endlich das geliebte Meer erblicken, das sie von ihrer Heimat her grüßt – so etwas gibt es nur *einmal.* Griechenland! Wann wird Dein unsagbarer Sonnenzauber je schwinden, wann wirst Du uns nicht mehr der Zufluchtgedanke sein aus einer Zeit und Kultur heraus, die so schmutzig und klein, so häßlich und elend ist!

Ich selbst komme mir oft höchst verworfen vor. Und ich verfluche vor allem meine Erziehung, die mich wie ein Unkraut hat aufwachsen lassen, die meinen Willen nie zu stählen suchte, daß er mir jetzt der Stab sein könnte, auf den gestützt ich mich aus den unwürdigen Verhältnissen herausschwingen würde. Sooft ich in mich zurückkehre, empfinde ich dies Literatentum mit seinen altklugen Salbadereien als eine Schmach, unter der ich mich winde. Ich, der ich mit Ausnahme meiner Kunstergüsse mein ganzes Leben lang in ›heiligem Schweigen‹ verharren möchte, nur lernend, nur innerlich redend – ich soll mein bißchen Geist tagaus tagein zu Markte tragen? Oh, diese wahnsinnige Natur, die statt einen Maler einen Dichter aus mir machte! Aber was errege ich mich. Ich lese jetzt wieder viel Nietzsche. Er ist meine ewige Rettung ...

Ich werde diesen Winter sehr zurückgezogen leben, hoffentlich finde ich einen stillen Winkel in Berlin. Meine ›Symphonie‹ liegt schwer auf mir – ich kann zur Zeit nichts Dichterisches produzieren; – sie wird entweder groß oder gar nicht. Über hundert Stoffe liegen dazu vor ...

Von hier ganz speziell bringe ich Themata zu einem kleinen Meer-Zyklus mit, meist humoristisch. Ich habe schon herrliche Tage verlebt. Etwas nur geht mir unsäglich ab: Musik und Anmut, Würde und Heiterkeit einer unberührten weiblichen Seele. –

An Eugenie Leroi

Berlin, 5. Januar 1896

Nun laßt die Glocken im Jubelsturm
durchs Land erschallen von Turm zu Turm!
Des Flammenstoßes Geleucht facht an!
Ein Mensch hat Großes an uns getan –
Ehre sei seiner Kraft!

Gestern ist der ›Florian Geyer‹ gewesen. Eine Tat der Kraft mehr ist in deutschen Landen geschehen. Und die misera plebs hat, wie immer, dazu gepfiffen.
Ich kann Ihnen jetzt nichts darüber schreiben, ich spüre, wie alles trivial wird, wenn ich es für die Feder formen, in zusammenhängende Sätze bringen soll. Aber ich zittre noch immer unter dem gestrigen Eindruck nach, dem doppelten einer gewaltigen Dichtung und des unbändigen Hasses gegen die kompakte Majorität der Dummheit, der Heuchelei, der Gemeinheit, wie sie jeder große Haufe in fürchterlicher Widrigkeit darstellt. Nun, sie haben wieder einmal die Wahrheit nicht schauen mögen, sie haben bei offener Szene einen fünfminutenlangen Skandal heraufbeschworen.
Das Stück spielt zur Zeit der Bauernkriege 1525. Die Bauern, aufs tiefste unterdrückt und geknechtet, aber eine Rotte, der auf die Dauer nicht zu helfen ist, weil sie sich nicht *helfen lassen wollen.* Tausend Köpfe und *kein* Herr! Der schwarze Geyer, ein Ritter Huttenscher Art, will sie führen. Aber Verrat und Zwietracht – die uralte deutsche Erbsünde – bringen ihn zum Fall. Die zuchtlosen und versprengten Bauern werden überall geschlagen, und Geyer, Tod im Herzen, wird geächtet. Er kommt auf seines Schwagers Wilhelm von Krumbach Schloß. Der, gerade mit andern siegreichen Rittern bei einem wüsten Gelage, verbirgt ihn widerstrebend. Aber die Frau des Krumbach verrät aus Angst für ihren Mann den Geyer. Im Kampf gegen den einzelnen trifft ihn der Pfeil eines Landsknechts. Er fällt, und während sie ihm raubtierhaft die Rüstung vom Leibe reißen und unter sich teilen, sinkt der Vorhang.
In diesen Schloß-Saal werden nun, bevor der Geyer zum letzten Mal auftritt, gefangene Bauern mit Stricken aneinandergebunden heraufgeschleppt zum Ergötzen der tierisch betrunkenen Ritter. Die fuchteln mit ihren Reitpeit-

schen um die zerlumpten Gestalten und haben ihren grausamen Spott.

Eine Szene zugleich von wildester, wüstester Großartigkeit wie von zehrendster Tragik. Voll so bitterer grauenvollewiger Wahrheit – ein Bild zugleich jener verrohten, entsetzlichen Zeit und ein Menetekel für alle Zeiten. Und bei dieser Szene brach's im Parkett und ersten Rang los. Pfui-Rufe und Pfeifen auf Schlüsseln etc. kämpften mit daraufhin erwachenden Ruhe- und Bravorufen. Hier und dort erhoben sich zartfühlende Damen oder beleidigte ›Kapitalisten‹. Endlich konnte es weitergehen, und nach dem erschütternden Schluß rief ein nicht zu störender Beifall Hauptmann fünfmal vor.

Mag man gegen das Stück einwenden, was man will – die *Kraft* ›sie sollen lassen stahn‹. Hier ist kein Appell an das Mitleid guter Menschen mehr, hier ist der Appell an die Kraft: Hilf oder stirb! Hilf *und* stirb! Der alte furor teutonicus, der sich blind für seine Sterne opfert – hier ist er, er ist Florian Geyer selbst.

Was will da ein Schlagwort wie ›Demokrat‹! Im Geyer hat Hauptmann den *Aristokraten* geschaffen, der an der Menge zugrunde geht. Ob er sich wie Christus ans Kreuz schlagen läßt, wie Hus den Scheiterhaufen besteigt, sich wie Nietzsche der Einsamkeit und dem Wahnsinn opfert – es ist immer dasselbe Lied.

Und ob du deinen Finger
in Herzblut tauchtest
und auf Menschenstirnen
heilige Taufsprüche maltest –
ob mit dem Schwert du
die Antlitze zeichnetest
oder die breiten Rücken
mit stachliger Geißel –
ob du hinknietest

vor deinen Brüdern
und allem Hohn
Erhörung flehtest –
heut folgen sie dir,
und morgen
bist du vergessen.
Was wolltet ihr doch,
bleiche Scharen Gewaltiger:
Propheten und Priester,
Krieger und Künstler –
was wolltet ihr doch?

Sohn der Erde,
kämpfe –
doch hoffe nicht!
Verblute dich,
weil dein adliges Herz
es will!
Doch Dank?
Doch Sieg?
O Traum und Wahn!
Wie bald –
und der Sturm
geht achtlos über dein Grab.

Liebe Freundin, seien Sie mir nicht ungehalten wegen dieses Ergusses nach einem großen Erlebnis. In dem obenstehenden Gedicht habe ich Ihnen übrigens eines aus dem ersten Satz der Symphonie mitgeteilt, das am Kampener Strand entstand. Leben Sie herzlichst wohl! Nächstens wieder Ruhigeres von Ihrem

Christian Morgenstern

An Dr. Bornstein

Friedrichshagen (bei Berlin),
28. September 1896

Verehrter Herr Doktor!

Ob Sie mich als Künstler verstehen oder mich für einen Dummkopf oder Narren halten wollen, liegt in Ihrer Hand. Aber ich muß resignieren. Ich kann Ihnen den Aufsatz nicht schreiben, wenigstens jetzt nicht. Ich weiß wohl, daß ich eine höchst freundschaftlich angebotene, *ehrende* Aufforderung ausschlage, aber ich kann trotz aller Anstrengung das innere Widerstreben nicht überwinden. Ich hoffte es, denn ich wollte Sie nicht im Stich lassen, und es reizte mich auch. Aber ich bin zum ›Schriftsteller‹ verdorben. Ich bin nicht objektiv genug, um dem Publikum in solch einem Aufsatz das zu bieten, was es verlangt. ›Überblicke‹ –; man steht selbst noch mittendrin und soll schon aus der Vogelperspektive orakeln. Mein kritisches Urteil gebe ich gern zu jedem einzelnen und glaube, darin allmählich Blick und Erfahrung zu gewinnen. Aber eine neue Zeit herauszukonstruieren, weil ein gewisser Aufschwung in den Künsten bemerkbar? Das ist mir noch nicht möglich, wenn ich auch glaube, daß wir einer Blüte *entgegengehen*, und wenn ich auch in Augenblicken junger Begeisterung (wie am Schluß der Vossischen Zeitung) davon schwärmen kann.

Sie schrieben, ich möchte vor allem einen Unterschied zwischen einst und jetzt herausentwickeln. Nun – heute ist die allgemeine Freiheit größer, in die der einzelne hineinwächst. Aber auf diesen selbst kommt's nach wie vor an. Für mich existiert eigentlich und im letzten Grunde nur die Kunst der großen Persönlichkeiten; die andere kann ich entbehren und darum nicht sonderlich preisen. Gewiß – ich habe einst auch für Bierbaum z. B. geschwärmt. Aber welche Kinkerlitzchen trägt dieser Baum *nunmehr*, usw. Das Publikum will natürlich belehrt sein und an neue Men-

schen Glauben gewinnen. Mir aber sind diese neuen Menschen vorläufig noch recht verdächtig. Ich bringe es nicht übers Herz, sie zum Exempel einem Keller oder Meyer gegenüber als eine höhere Künstlergeneration zu bezeichnen. Ich sehe noch sehr wenig Kultur in all dem Treiben, dessen Hauptmerkmal eine ungeheure Selbstgefälligkeit ist, einige unserer Größten, wie Liliencron – der eine Oase ist – und andere, ausgenommen. Jeden will ich studieren, so gut ich kann und es Ihnen dann niederlegen, aber frohsinnige Überblicke, wie ›die‹ Deutschen jetzt von neuer Kunst überflössen und dergleichen, wo unsere ganze öffentliche Kultur – denken sie nur an den künstlerischen Charakter des großen Treptower Jahrmarkts! – oder an den Reichstagsbau, oder die Siegesallee oder das Simplizissimum mit seiner kolossalen Auflage oder unsere Theater – Börse etc. etc. – das Zeichen der rastlosen Stupidität an der Stirne trägt – nein, ich kann's (wenigstens augenblicklich) nicht, mir fehlt das historische Behagen.
Wenn ich Sie jedoch statt als Schriftsteller als Künstler in Ihrem Unternehmen unterstützen kann, so soll's mit bestem Willen geschehen. Zürnen Sie mir nicht! Es ist ja auch besser, der Artikel wird mit der schönen Hoffnungsfarbe geschrieben, die ja auch im Grunde die *meine* ist, aber nur in stillen Träumen, nicht in öffentlichen Analysen. Bedenken Sie auch, daß ich mich in voller Ehrlichkeit hier ausgesprochen habe und lassen Sie den Menschen den Schriftsteller entschuldigen.

Mit herzlichem Gruß
Ihr
Christian Morgenstern

An Marie Goettling

Berlin, 12. Februar 1897

Ich habe jetzt wieder einen neuen Russen für mich entdeckt, nämlich Gogol, den mir mein Freiberger Onkel mit-

gab. An Phantasie, Geist, Beobachtung, Pathos, Naturschilderung, Humor, Ironie etc. etc. überaus geniale und einzig *genial* zu nennende Sachen. Mußt du einmal lesen. Ein satirisches Zeitgemälde (Gogol 1810–1852) ›Tote Seelen‹ und vor allem: Phantasien und Geschichten. Alles Reclam. Augenblicklich lese ich Tag und Nacht – denn es ist mir nur eine Woche geborgt – den zweiten Band der Nietzsche-Biographie von seiner Schwester Elisabeth Förster-Nietzsche. – Beispiellos. Der Verkehr mit und die endliche Abkehr von Wagner! Das allmähliche Auf-sich-selbst-Besinnen, die Enttäuschung ohnegleichen, das Glück und die Bitterkeit immer mehr wachsender Vereinsamung – denke Dir *einen* Sehenden, *einen* Wissenden unter fünfzig Millionen Blinden.
Und dieser eine steigt, während die andern alle weit Besseres zu tun haben, Stufe um Stufe hinab in das Herz des Seins, bis ihn zuletzt die übermenschlichste Anstrengung tötet. Liebe Freundin, wer einmal dem nachempfunden hat, soweit es einer gewöhnlichen Natur gegeben ist, dem Leiden des Genius nachzufühlen, der wird seinen Blick nie mehr von diesem Manne abwenden können ...
Was kommen wird? Eine neue Epoche der Kraft, der heute hier und dort präludiert wird? Vielleicht! Kaum mehr in Deutschland. Da müßte erst grenzenlos viel zerstört und ausgerodet werden. Es ist ein schreckliches Gefühl: Es ist zu spät für uns zu einer neuen einheitlichen Kultur. Man darf nicht daran denken, man raubt sich den Atem damit. So wie es heute steht, ist gerade der beste edelste Sohn des Volkes der schlechteste des Staates ...
Bist Du mir böse, daß ich gar kein Träumer sein will? Aber liegt nicht in jedem großen Ausblick, gleichviel ob er hell oder dunkel, richtig oder falsch, ein Glück? Alles in allem aber: Seien wir Wir Selbst und richten unsre Sehnsucht in uns selbst, daß unser eigenes Feuer zu hohen Flammen blase! Heerfolge, das liegt so Euch Weibern (vor Dir darf

ich doch das schöne Wort gebrauchen!) im Blut. Wir suchen uns – nun gar seit Nietzsche – am liebsten unsere ganz eigenen Wege, mit einer grenzenlosen Freiheit in der Brust, und werden wir einmal müd und irr, so schauen wir Zarathustra ins Auge. Das gibt immer eine Entscheidung.

An Hirschfeld

Berlin, 19. Mai 1897

Lieber Georg,
Du wirst nun nicht mehr lange in Wien bleiben? Du schreibst ja nichts, so daß ich recht wenig und allgemein nur über Dein Dortsein informiert bin.
Weißt Du, um wessen Bekanntschaft und Umgang ich Dich seit acht Tagen wahrhaft beneide?
Denke Dir, daß mir Blätter für die Kunst von Stefan George durch Frisch in die Hand kommen und daß ich Hugo von Hofmannsthal für mich entdecken muß! Außer Gedichten enthält dieser gebenedeite Jahrgang (1892/93) ein dramatisches ›Bruchstück‹ *Der Tod des Tizian* und eine dramatische ›*Idylle*‹ zu einem Vasenbild ›Centaur mit verwundeter Frau‹ ... Nun, Du kennst wahrscheinlich alles. Ist es nicht wunderbar, beispiellos, überwältigend schön und vornehm?
Ich lese es immer wieder von neuem, ich möchte es abschreiben und auswendig lernen, ich bin mit einem Wort bezaubert, entzückt, hingerissen. Wie gesättigt von Schönheit und Adel sind diese kostbaren Zeilen, welche Kultur im ergreifendsten tragischsten Sinne atmet aus ihnen! Willst Du ihm ein Wort davon sagen, daß diese kleinen Werke mich tief bewegt haben, daß ich Stellen daraus mehrmals laut mir vortrug, ohne jedoch vor Erregung sie klar und ruhig zu Ende lesen zu können? –
Wenn Du mir nicht mehr schreiben willst oder kannst, so mußt Du mir im Juni um so mehr erzählen und vor allem auch von Deinem Schaffen! ...

An Otto Julius Bierbaum

Berlin, 29. November 1897

Lieber Herr Doktor,
soeben war Herr Dr. Abels bei mir, mich zur Mitarbeit an der neuen Zeitschrift aufzufordern. Nun *bitte* ich Sie, wenn Sie sich ein großes Verdienst um das moderne Berliner Geistesleben erwerben wollen, so *inhibieren* Sie auf irgendeine Weise den unglücklichen Titel ›Zarathustra‹!!! Es ist eine Stil- und Kultur-*Unmöglichkeit*, ein Berliner Wochenblatt im Stile der ›Jugend‹ so zu nennen, und – bei aller Hochachtung vor den mir noch unbekannten Mitarbeitern – eine Blasphemie sondergleichen.

Einer, der Nietzsche wirklich kennt und liebt, *kann* damit nicht einverstanden sein. Wir müssen doch einigermaßen darauf halten, daß nicht gleich alles zu Kupfermünze entwertet wird, daß die junge Generation nicht so heillos geschmacklos alle Maßstäbe und Größenverhältnisse durcheinanderwirft und den einsamen Bergprediger Zarathustra zum Gevatter des – wenn auch noch so veredelten – Berliner Marktwitzes macht.

Ich für meine bescheidene Person habe zwar heute Herrn Dr. Abels Beiträge zugesagt, aber ich glaube kaum, daß es mir in der Tat möglich sein wird, unter diesem Titel Mitarbeiter der Zeitschrift zu sein; denn dieser Titel selbst ist die größte Satire, die das junge Berlin auf sich selbst machen kann.

Ich *brenne* danach, endlich eine Stätte zu finden, mich in Haß und Liebe gegen tausend Dinge auszulassen, ich begrabe jedes Jahr neue Streitäxte und Pfeilbündel, weil ich keine Schlachtfelder weiß – aber ich möchte lieber ganz allein und mit Schaden in jeder Beziehung gegen diesen ›Zarathustra‹ schreiben, als mit Gold und Ehren für ihn.

Lieber Herr Doktor, Sie haben doch großen Blick und wahrhaften Einfluß, versuchen Sie den Leuten das auszureden! Ich will ihnen hundert Titel erfinden, aber sie sollen

nicht sich und einen Mann, auf den die Welt stolz sein darf, damit kompromittieren, daß sie ihn mit ihren mehr oder minder alltäglichen Misèren verquicken. Tun Sie mich nicht als ›jugendlich begeistert‹ oder dergleichen ab. Ich habe hier wirklich das richtige Gefühl. Und ist es auch nichts Weltbewegendes – die Berliner würden sich wieder einmal damit total unmöglich machen.
Ihr Sie herzlich grüßender und Ihrer Teilnahme vertrauender

Christian Morgenstern

An Henrik Ibsen

Nordstrand bei Kristiania, Anfang 1898

Hochverehrter Herr Doktor,
wie Ihnen vielleicht Herr Dr. Elias mitgeteilt hat, bin ich vor vierzehn Tagen zu einem längeren Aufenthalt nach Norwegen gekommen, um meine große schöne Aufgabe um so besser fördern zu können.
Ich bin augenblicklich mit ›Kaerlighedens Komedie‹ beschäftigt und hoffe, die Übertragung bis Mitte August vollendet zu haben.
Es würde mir nun eine hohe Ehre sein, Ihnen, hochverehrter Meister, meinen Besuch machen zu dürfen, und falls Ihnen dies genehm wäre, von Ihnen die Bestimmung eines Zeitpunktes entgegenzunehmen.
In tiefster Ehrerbietung Ihr Ihnen von Herzen ergebener

Christian Morgenstern

An Marie Goettling

Nordstrand, 20. Januar 1899

... Du schreibst, Du könntest Dir keinen rechten Begriff von meinem Wohnsitz hier machen. Ich wohne also im ersten Stock des ca. dreißig bis vierzig Zimmer enthaltenden Hauptgebäudes unsres Pensionats, das außer diesem noch fünf kleinere villenartige Holzhäuser umfaßt, die in direkter Nähe darunter stehen, alle in verschiedener Terrainhöhe, da die ganze Küste hier ein einziger bewaldeter Felsenabhang von gewiß ein- bis zweihundert Meter Höhe ist. Ringsum also ist hoher Tannenwald; dicht vorbei geht ein Bach hernieder, und der Blick geht über den steil abfallenden Abhang mit Wald, Häusern, Straßen und Bahndamm auf die weite Fjordlandschaft hinaus. Vor Dir liegt ein ungeheurer Arm des großen Christianiafjords, der sogenannte Bundefjord ... Dieser riesige Ärmel liegt also in einer Länge von ca. zwölf Kilometern und einer Hauptbreite von vier Kilometern vor Dir, und zwar so, daß Du die Längsseite gerade gegenüber hast (Zeichnung). Das Ufer drüben ist eine lange, ununterbrochene, tannenbewaldete Hügelkette, fast ohne Niederlassungen. Innerhalb dieses Fjordarms liegen nun eine Anzahl hügeliger, ebenfalls bewaldeter Felsinseln, deren Mehrzahl Villenkolonien mit Badehütten etc. beherbergt, die jedoch im Winter verlassen werden und höchstens noch hier und dort einen Fischer zeigen. Die Inseln gehen etwa gerade bis in meine Fensterlinie, links davon ist nur Wasserfläche. Die Reize dieser Landschaft sind in ihrer fortwährenden Abwechslung nicht zu beschreiben. Jetzt z. B. liegt alles stark im Schnee, es ist alles wie in eine große Silberplatte geschnitten und graviert; der Fjord im leicht getönten Silber ausgespart – ja, damit ist noch ebensowenig gegeben, wie wenn ich sage, daß ich auch oft an Kreidezeichnung denken muß.

Dann diese Sonnenuntergänge und Mondnächte. Ich kann nur mit Trauer daran denken, eines Tages von hier fort zu müssen. Dazu ist die Luft Gesundheit selbst, die Kälte, auch bei niederen Graden infolge der Windstille nicht unangenehm. Die Menschen stehen mit ihrer Ruhe und Tüchtigkeit, ihrer harmlosen Fröhlichkeit und Kraft schön in dem allen. Demnächst sind die großen Schneeschuh-Rennen auf der anderen Seite der Stadt, den Holmenkollen herunter, den höchsten Berg hier, darauf freu ich mich schon, denn da ist die Auslese der Jugend, alles in bunten malerischen Trachten, ein herrlichster Anblick. Ich sagte es auch zu Ibsen, den es sehr amüsierte: Alle Kinder müßten in Norwegen aufwachsen. – ...

Etwa dreimal die Woche fahre ich nach der Stadt fünfzehn Minuten mit der Eisenbahn ... Dort bin ich oft in der Universitätsbibliothek, im Kunstsalon, im Theater, Konzert oder zu Besuch. Oft auch am Hafen, ein leidenschaftlicher Beobachter, ganz Glück reinen Schauens. Überhaupt der Maler in mir! Der ist meine eigentliche Seele, nach wie vor. Ich ertrinke manchmal fast in den zahllosen Wirkungen der Natur auf mich ...

Du hör mal. Du mußt mir einmal Walt Whitman kennenlernen, den lyrischen Shakespeare Nordamerikas. Ich habe Fritz jetzt damit geimpft. Er ist über alle Maßen ... Nimm ihn in keinen Zirkel mit, he is hot-blooded, untamed, unconventional etc ...

Und nun heut zum Schluß ... Ich muß mich ein wenig an ›Brand‹ halten, damit er bis Mai spätestens fertig wird, und manchmal schleppt die Sache recht, je nach der Stimmung dazu. Ich bin jetzt mit dem zweiten Akt fertig, ca. ein Drittel des Ganzen. Ich hoffe, man soll wie bei dem Übrigen vergessen, daß es eine Übersetzung ist. Dabei glückt mir im allgemeinen eine Wörtlichkeit, die fast jedes Wort des Originals wiedergibt.

Habt Ihr die ›Komödie der Liebe‹ schon gelesen? Ibsen sagte mir über diese Arbeit, was ich mir nur wünschen konnte, er ist überhaupt andauernd höchst freundlich und gütig gegen mich.

Was ich übrigens kürzlich über Ibsen in Beziehung auf meine Entwickelung schrieb, war doch wohl mehr ein Stimmungs- als ein Endurteil. Es antwortet wohl viel in mir dem Ibsenschen Menschenbessern-und-bekehren-Wollen, aber es widersetzt sich noch mehr in mir gegen den Dogmatiker, Theoretiker, Scholastiker, gegen den Theologen in Ibsen, der mir zuviel Begriffe und zuwenig Weisheit hat. Dieser ›Brand‹ ist manchmal unerträglich, bei aller Größe. Es gibt nur zwei Pole der modernen Kulturachse: Goethe und Nietzsche.

An Efraim Frisch

Wolfenschießen, 20. Oktober 1901

Lieber Freund,
alles ist gepackt, am leeren Tisch sitze ich und schreibe Dir noch einen Abschiedsgruß aus Wolfenschießen ...
Peer Gynt ist fertig, ich lasse Dir von Fischer einen Band zugehen. Schreib mir ein paar Worte darüber, ja? ...
Kürzlich zeigte mir der Maler R., der zur Zeit verreist ist, aber wiederkommt und mich noch um einiges überdauert – wie ich Dir schon schrieb ein außerordentlich liebenswürdiger Mann –, seine Bilder, die er hier hat. Er ist Schüler und Freund des alten Meissonier und als ›Schweizer Maler‹ in Frankreich offenbar aufs beste bekannt. Tags vorher hatten wir ein wenig über Impressionismus diskutiert, den er ganz ablehnt, indem er sich und der alten Schule so ziemlich allein den Willen zuerkennt, die Natur ›so wie sie ist‹ zu malen, mit ›wahren Farben‹ und dergleichen. Es tat mir ordentlich weh, als ich seine Bilder sah, mit Liebe, Können, Anmut gemalte Vierwaldstättersees und Engelbergs – – aber, aber – –.
Kein Versuch, soviel uneinnehmbare Schanzen einmal mit Sturm zu nehmen, kein Verzagen, kein Gewinnen, kein Ahnen auch nur, daß die Natur etwas anderes ist als eine schlichte, gutmütige Vorlage, die man bloß nachzustricheln braucht – und so steht sie auf dem Papier ›wie sie ist‹, wie sie ›wirklich‹ ist. Was Impressionisten, was alte Schule, – Blut soll da mit im Spiele sein, und vom Maler muß es ebenso wie vom Dichter heißen: Von allem Gemalten liebe ich nur, was einer mit seinem Blute malt. Segan-

tini, dünkt mich immer, obwohl ich nur gar wenig von ihm kenne, war so einer. Leibl wohl auch. Was würden *wir* wohl für Experimente machen in unserem Eroberer-drang? ...

Auch eine einzige Schach(!)partie spielte ich mit Madame L. Sie war – tatsächlich – reizend dabei, obwohl es fast zwei Stunden dauerte; aber, da ein Herr F. jeden zweiten Zug für sie machte, ließ ich sie nicht gewinnen, was mich heute noch schmerzt. Diesem Herrn sowie einem andern gewann ich noch etwa ein Dutzend Partien ab; unbesiegt also scheidend von hier, einzig und allein von Dir einige Wunden tragend ...

Zum Lesen kam ich in der letzten Zeit nicht gar viel. Kiplings Geschichten waren mir eine wahre Erfrischung. Man muß diesen Mann lieben, diesen prächtigen ›Kameraden‹. ›Er war ein guter Kamerad‹, könnte ihm die Menschheit einst auf die Grabtafel schreiben. – ›Sartor‹ von Carlyle habe ich bis zur Hälfte – zunächst – überwunden. Ich fühle: Ich muß es ganz lesen und werde nur Nutzen davon haben. Aber – wenn das Große darin nur nicht in so fürchterlich viel Geschwätz eingewickelt wäre. Wie schrecklich, wenn ein Autor über sich selbst oder seinen Helden, der ja in diesem Falle nur er selbst, derartig redselig wird, wie geschmacklos, wie krähwinkelig. Übrigens – da ich eben sagen will, daß die Germanen besonders schwatzhafte Dichter zu zeitigen scheinen, fällt mir d'Annunzio ein, dieser schwatzselige Lateiner. O über diese Eitelsten aller Eitlen. –

In diesen Tagen las ich Garborgs ›Bei Mama‹. Die erste Hälfte ist etwas gedehnt; aber dann erkennt man doch nach und nach, was für ein lieber und warmer Mensch da redet. Ich wurde an etwas erinnert, was mich gerade im Frühling in Kastanienbaum beschäftigte. Ich dachte damals, daß es für aufwachende Menschen nichts Schrecklicheres geben könne, als sich alle anderen Menschen als tu-

gendhaft, fehlerlos, stark etc. vorzustellen, und zog daraus den Schluß, jeder Mensch müsse soviel wie möglich von sich selbst erzählen und bekennen, damit endlich jene furchtbare Einsamkeit des ›Sünders‹ schwinde und alle ›Schuld‹ nicht fürder als bannender, vernichtender Kreis, sondern nur mehr als ein *Durchgang* erscheine, als etwas, das mitgenommen, aufgesogen, überwunden werden kann, ja vielleicht sogar verlacht und vergessen. –
Noch eine Bemerkung ist sehr treffend – neben vielen anderen, z. B. den *›Berufsweibern‹* – in dem Buche, nämlich als er den ›schottischen Pfaffen, den Satansburschen Brand‹ für einiges und mehreres verantwortlich macht.
Bei aller zugestandenen Größe – Humor ist keiner in Ibsen, auch nicht im ›Peer Gynt‹, diesem großen ›humoristischen‹ Gedicht. – Ich habe freilich manchmal gedacht, ob Humor nicht ein Kompromiß sei, eine billige Weltbetrachtung, . . . aber ich bin doch selbst zu sehr Partei, um mich geradezu gegen ihn entscheiden zu können. –––
Jedenfalls bin ich augenblicklich zu müde dazu, sowohl für das Für wie gegen das Wider. Und somit gute Nacht. Schreibe bald

Deinem

Christian

Grüße Freunde und Bekannte. Schick Dein Buch. Schreib neue. Bleib der alte.––

An Efraim Frisch

Arosa, Ende 1901

Ich danke Dir von innerstem Herzen, daß Du mich Lagarde zugeführt hast. Ich traf ihn im rechten Zeitpunkt. Welch ein Mann! Und diesen größten Gesetzgeber der deutschen Gegenwart – denn Nietzsche ist kein *Gesetz*geber in diesem Sinne –, wer kennt ihn? Du hattest recht, als Du ihn im Gegensatz zu Tolstoi als den echten rechten besten Germanen charakterisiertest. Gerade gegen Tolstoi, dessen ›Was ist Kunst‹ mich ganz und gar überwältigt, zerschmettert und gereinigt hat – das letztere wenigstens zu tun *begonnen* –, ist Lagarde für einen Deutschen die notwendige Korrektur, der notwendige Gegenmagnet, verhütend, daß man nicht ins Bodenlose sinke. Tolstoi ist die Verzweiflung, Lagarde ist der Glaube. Was ist Nietzsche? Ich glaube, diese drei sind der Dreizack, der sich uns Heutigen ins Herz stößt und an dem wir verbluten oder den wir in unser Blut auflösen müssen.

Lieber Freund, wärst Du *jetzt* hier. Im Sommer schlief ich in dem billigen Wohlgefühl meiner dem Augenblick allzuleicht guten Natur, und viele Jahre vorher ebenso. Vielleicht lernst Du Dich noch einmal besser an mir freuen. Werde aber auch Du mir wärmer, Du manchmal recht kalter Mensch, und hülle Dich nicht immer in Schweigen. Du weißt, daß ich auf äußere Berichte verzichte. Hier und da aber ein Wort von innen heraus, ein Licht über etwas, eine Frage wird mich immer dankbar machen. ––

Was kennst Du noch von Lagarde, dessen Lebensdaten zu erfahren mir gestern nachmittag beschert war, als mich mein Weg nach dem höchsten Hofe dieser Gegend, Hof Maran (1906 m), führte und der Zufall mich dort ein Konversationslexikon neuesten Datums finden ließ? Die ›Mitteilungen‹? Meine Ausgabe (obzwar nicht gebunden) ist noch schöner wie die Deinige ohne dazwischengestreute Seitenzahlen und mit noch breiterem Rand. Erschienen bei Dieterich, Göttingen 1886. –

Sag mal, kannst Du mir *Burckhardt* Griechische Geschichte verschaffen oder schicken? – Ferner: Kennst Du Dr. Emil Zittels ›Entstehung der Bibel‹ (in Reclam, fünfte Auflage)? Ich habe mir's kommen lassen und würde, falls der Mann zuverlässig ist, mir das von ihm neu übersetzte Testament ebenfalls verschreiben. –

›Die Gottheit‹ – wenn ich diese Bemerkung wagen darf – denke ich mir so, daß sie, da ja keine Zeit vor ihr liegt, die ganze historische Menschheit in ihrer Gesamtheit überschaut und überall gleich wert findet. Die Idee von der Erziehung des Menschengeschlechts hat allerdings etwas Wahres an sich, aber vor Gott erscheinen alle Generationen der Menschheit gleichberechtigt, und so muß auch der Historiker die Sache ansehen. – !!! –

An Efraim Frisch

Arosa, 24. Februar 1902

Ich will den letzten Stoß meines heutigen Schlittel-Fahrens nur gleich ins Moralische übersetzen, – sonst kommst Du nie und nimmer mehr zu Deinem Recht. Also zunächst mit ein paar Griffen Ordnung gemacht: – und dann in medias res, medias gratias! Ich fühle mich nämlich sehr wohl, daß anders als durch einen Sprung – und mag er noch so ungoethisch sein – mein Schweigen auf Dein liebes Geschenk nicht zu überbrücken ist. Ich kann zwar einiges in den mehr als zwei Monate breiten Abgrund werfen: Weihnachten, ›geschäftliche‹ Schreibereien, Arbeiten verschiedener Art, darunter sogar Schmuckgegenstände aus Draht –, Ibsen, den Bergtroll, eine langwierige Buchkorrektur, Paul Schultze-Naumburg, vor allem auch ein großes Quantum Zimmerkälte, – aber es reicht wohl alles nicht zu.

Genug: Dein Buch und die es geleitenden lieben und schönen Worte haben mich im Innersten erfreut und beglückt. Es war das wertvollste Weihnachtsgeschenk, das ich erhalten konnte, wie mir der letzte Sommer durch unser intimes Zusammensein zu einer kostbaren unvergeßlichen Zeit geworden ist.

Hab Dank für alles, von Sommer und Winter, lieber, lieber Freund! –

Wenn wir nur bald wieder eine gemeinsame Zeit verzeichnen könnten! Kannst Du nicht März oder April an die Riviera kommen? Ich will's endlich einmal versuchen, ob-

wohl ich Geldklemme voraussehe. Aber immerhin steht es mir dies Jahr zum ersten Mal einigermaßen frei, März und April dort zu verbringen. – Soll ich die Gelegenheit vorübergehen lassen? So denke ich mir denn, Anfang März von Thusis aus per Post den Splügen zu überschreiten und dann von Chiavenna über Milano und Genua nach San Remo zu fahren, wo ich Herrn Moos noch anzutreffen hoffe, um mit seiner Hilfe dann denkbar billigstes Logis auszukundschaften. Geht alles programmgemäß, so kehre ich im Mai über den Simplon nach dem französischen Teil der Schweiz zurück, im Vertrauen, am Genfer See oder im Rhône-Tal ein zweites Wolfenschießen zu entdecken. Abenteuerliche Pläne, nicht? Ohne Fischers weitgehendes Entgegenkommen hätte ich sie allerdings nicht fassen dürfen. Er rückte nämlich den Termin der Ablieferung der ›Gedichte‹ bis Juli hinaus und bot mir außerdem noch die Übertragung des ›Catilina‹ mit einem Honorar von 600 Mark an. Das erste war auch höchst nötig. Die ›Gedichte‹ Ibsens liegen schwer auf mir; ich möchte endlich frei sein und soll immer noch diese fremde Welt mit mir herumschleppen, der ich mich oft aufs bitterste feind fühle. Ibsen ist in der Tat der persönliche Ausdruck jenes ›Grauenvollen‹, wovon er schreibt; er zieht an und stößt ab. Wie aber spricht das Eisen zum Magneten? Ich hasse den am meisten, der anzieht, doch nicht festzuhalten weiß. Und noch ein anderes Wort Nietzsches geht mir durch den Kopf, seit ich vor kurzem wieder einmal den ›Solness‹ las und dabei beinahe etwas wie Ekel empfand: Ein Haufe Krankheiten, der durch den Geist in die Welt hinausgreift.
Ibsen erscheint mir zuweilen als ein noch größerer Nihilist als Tolstoi. Dessen Liebe vergreift sich nur in den Mitteln, Ibsen aber ist kein großer Liebender, sondern ein Verachtender aus Schwäche. Man kann seinen Nihilismus nicht bündiger erklären, als wie es die letzte Zeile seines Gedichtes ›An meinen Freund, den revolutionären Redner‹ tut. Er

sagt vorher, die einzige unverpfuschte Revolution sei die Sündflut gewesen. Aber Noah ist durchgekommen. Noch einmal denn! Ihr sorgt für die Gewässer – ›ich lege mit Lust den Torpedo unter die Arche‹. Und was er einmal von Napoleon gesagt hat, ist vielleicht noch verräterischer. Ungefähr: Er würde solche Männer einfach füsilieren lassen. Was übrigens den ›Catilina‹ betrifft, so hat man von ihm gesagt, er enthalte bereits den ganzen späteren Ibsen. Das ist wahrlich kein Kompliment. Denn dieser ›Catilina‹ ist keine ›Präexistenzform Cäsars‹. –

Du frägst nach den Früchten dieses Winters? Sie sind nicht sehr groß und zahlreich. Einen Einfall in Szenenform wird demnächst die Neue Deutsche Rundschau bringen. Vieles andere ist Entwurf geblieben. Seit Neujahr habe ich einige Hefte mit Gedanken, Urteilen, etc. gefüllt, aus denen für ein späteres Buch vielleicht manches zu excerpieren sein wird. Ich wäre damit zufrieden, wenn das Material in etwa fünf Jahren so angewachsen wäre, daß ein Auszug daraus einhundert bis zweihundert Seiten ergäbe, darauf kein Wort zuviel stände.

Vor allem hat mir dieser Winter Muße gebracht, wieder einmal intensiver zu lesen. Über Lagarde und Tolstoi kam ich im Dezember zu Nietzsches nachgelassenen Entwürfen zum ›Willen zur Macht‹. Du wirst sie inzwischen wohl auch kennengelernt haben. Sie bedeuten für mich die gewaltigste Offenbarung menschlichen Geistes, die ich kenne. Ich glaube nicht, daß irgendein Mensch je tiefere Blicke tat als der Nietzsche dieses Buches. Sogar sein eigenes übriges Lebenswerk verschwindet für mich vor diesem seinem letzten Vermächtnis, das er am Vorabend seines geistigen Todes mit einer Kraft und Klarheit niederlegte, vor der es nur schweigende Ehrfurcht gibt. – Seine Schwester ist für mich fortan sacro-sanct. Das Verdienst dieser Frau ist so unschätzbar, daß daneben alles zunichte wird, was sie etwa hier oder dort zuviel oder zuwenig getan haben mag. –

Unter mancherlei neuen Büchern, die ich mir von meinem Freund Calvary verschrieben, würde Dich eines besonders interessieren: Die Reden Buddhas (oder vielmehr Buddhos) übersetzt von Karl Eugen Neumann. Ich habe nur erst flüchtig hineingeschaut und behalte sie mir für eine ruhigere Zeit vor.
Wenn ich die Mittel hätte, würde ich mir meine ganze Bibliothek in Hefte mit Baedekereinband binden lassen. Mein Sitzen gehört den schriftlichen Arbeiten, lesen kann ich hier nur auf dem Sofa, unter einer warmen Reisedecke. Was soll ich da mit dicken und schweren Bänden anfangen. –
Alles in allem drängt es mich mehr denn je, mich universeller zu betätigen, als es in Lesen und Schreiben möglich ist. Ich war diesen Winter nahe daran, an Paul Schultze-Naumburg zu schreiben und ihm mein Herz auszuschütten. Aber ich kann mich nicht darüber auseinandersetzen, wovon ich oft so voll bin. Linien und Farben sind meine Domäne, und ich muß im grauen Elend des Buchstabens leben. Ein zerknittertes Papier kann mich berauschen, – darf ein solcher Mensch auf Verständnis rechnen? Nun, ich will sehen, vielleicht finde ich in San Remo Mut dazu, mich einem Goldschmied oder Gärtner zu bekennen.
Auch ein paar neue Papierschnitzelkompositionen (!) sind entstanden. Du sollst sie sehen, gib sie dann, bitte, an Kayßler weiter. Die ›Fische‹ warten auf Deine Wiederkunft.
So weit vom Schuß, einsam, auf hohen Bergen ›ist man schlecht aufgelegt‹, sich um Zaunkönige zu bekümmern. Und was die Chinesen angeht, so liegt das Hauptwerk des ›großen Chinesen von Königsberg‹ zwar stets auf meinem Tische, aber leider noch immer nicht ganz intra muros meiner Wissenschaft.
Solang ich das Berliner Tageblatt noch las, wurde ich allerdings manchmal fast krank davon, zur Hälfte von der Zei-

tung selbst, zur Hälfte von den deutschen Verhältnissen. Es gibt hier nur ein Mittel, wofern man nicht Macht hat, persönlich einzugreifen: Sich resolut abzuwenden und nur dem Deutschen in sich zu leben. Fange der Deutsche denn an, wo Deutschland aufhört. Vielleicht liegt auch für Deutschland noch irgendwo ein Korsika, das ihm den Herzog schenkt, dessen Macchiavell Lagarde ist. –
Wir sprachen im Sommer von Rousseaus ›Bekenntnissen‹. Ich habe sie nun auch gelesen. Über die Venediger Affäre, die Fega und Du damals erörtertet, wird mir schwer zu urteilen. Man kann, scheint mir, nicht sagen, wir würden dies heute nicht mehr schreiben, da wir wohl heute *alles* anders schreiben würden. Ein Bekenner von heute würde vielleicht noch weit rücksichtsloser reden, aber ganz gewiß nicht mit dieser breiten kindlichen Geschwätzigkeit, die den Psychologen mehr durch sich selbst als durch ihren Inhalt interessieren dürfte. Alles in allem sind diese Bekenntnisse keine Bekenntnisse in unserm Sinne. Man möchte ihnen ein Werk gegenübergestellt sehen, etwa des Titels: Ein Tag aus meinem Leben. Ein Spatenstich eines Psychologen. Im Grunde ist dieser Rousseau ein sehr großes Kind, warm in den Windeln noch aller möglichen Vorurteile und Volksurteile gebettet, mehr Weib als Mann, viel Genie und wenig Rasse, mehr romantischer Musiker als aufklärender Philosoph. Aber vielleicht werde ich in Clarens noch von ihm schwärmen. Da ich am Genfer See seine ›Nouvelle Héloïse‹ im Original zu lesen hoffe.
Du siehst, ich habe schon Reisefieber. Und wirklich bin ich schon ganz unruhig, und mehr noch als freudige Erwartung beherrscht mich die Vorstellung des Packens, Geldausgebens und Ibsenfrondens. Nun, mein Glück wird mich hoffentlich nicht verlassen. –
Demnächst wird Fischer Dir und Fega meine neue Sammlung schicken. Du wirst einiges Wolfenschießen darin finden. Für Deine nächsten Nachrichten kann ich Dir dann

hoffentlich eine italienische Adresse geben. Aber nochmals: Bring sie lieber *selbst* Deinem Dir von Herzen zugetanen Freunde

Christian Morgenstern

PS: Überlege Dir doch einmal Folgendes: Wie wär's, wenn wir einmal zusammen, vielleicht auch mit Kayßler noch, ein Buch schrieben: ›Der Dunkelmännerbriefe zweiter Teil‹. Sieh Dir den ersten Teil doch mal daraufhin an in der Bibliothek.

An Kayßler

Rom, 16. März 1903

Verzeih, daß ich so lang nichts von mir hören ließ. Die Zeit entschwindet einem hier schneller als anderswo, und schmerzlich sehe ich einen Abschnitt zu Ende gehen, der mich nicht ganz so produktiv (ja, sogar nicht einmal so aufnahmefroh) gesehen hat, wie ich es wohl gewünscht hätte. Trotzdem bin ich von meinem großen Drama nicht abgekommen, wie Du wohl meinen könntest; und so viele Stunden ich auch habe, wo ich an keine Vollendung des Werkes glaube, ja, wo ich sie kaum einmal ersehne, so manche kam und kommt auch über mich, wo mich der Abgrund seelischer Offenbarungen, den die widerstreitenden Menschen jenes Jahrhundertschlusses *hergeben* konnten, berauscht, überwältigt und mit einer Liebe erfüllt, die schließlich nicht völlig unerwidert bleiben kann. Da entstehen dann Szenenanfänge, Szenenteile, und jedes dieser Bruchstücke ist ein neues Versprechen des Glücks einer endlichen Vollendung. Ich bin mir aller Schwächen und Fehler von vornherein bewußt: daß das Ganze zu sehr eine Szenenreihe werden dürfte, zuwenig Drama im besten Sinne. Aber ich glaube, es ist besser, ich mache überhaupt einmal etwas, so gut ich es eben kann, als ich verwerfe die Arbeit von Anfang an einer vorläufig unüberwindlichen Schwierigkeit wegen. Aber nun denke nur nicht, ich sei etwa schon sonderlich fortgeschritten. Wer weiß, ob nicht Jahre nötig sein werden, bis alles auf dem Papier steht – und wer weiß, ob diese Jahre überhaupt sein werden. Ein großer Einwand ist (und war mir stets) das Thema Savonarola selbst. Heute, wo so viele junge, lebensfreudige Keime im Erblühen begriffen sind, wieder mit jenem alten Gestern-Mönch kommen, ist es nicht beinah ein Verbrechen, jedenfalls vielleicht ein schlechter ... Geschmack? Aber siehst Du, mich zieht doch nicht so sehr der Ideenkreis dieses Mannes an, sondern vor allem der Mann selbst, wie er verbrennt an seinem inneren Feuer. Und daß es er in dieser wundervollen reichen Zeit vielleicht am ernstesten von *Allen* meint, gleichviel ob er irrt, ob er beschränkt ist, ob er etwas Verkehrtes will. Er gehört zu den Menschen, die eine Idee in sich zu Ende leben und mit ihrem Blute besiegeln. Mit Luther ist er gar nicht zu vergleichen. Luther ist ein Bauer gegen ihn, ein Prachtkerl, aber kein tragischer Mensch. Und dann allerdings: was müssen wir heute, ein jeder in uns austragen, damit wir das Dritte Reich gewinnen, wir modernen Menschen, wir lebendigen Schlachtfelder? Den Kampf zwischen der tiefsten Verneinung und der höchsten Bejahung, zwischen Christus und Dionysos, wenn Du willst.

Es gilt nicht, einfach ja zu sagen, weil die Leute meinen, das müsse jetzt Mode sein, indem sie in fünf Minuten mit dem fertig werden, woran unser Größter sich verblutet hat. Es muß ja da jeder zu seinem eigenen Resultat kommen, auch wenn er gleichfalls darüber zu Grunde gehen sollte. Die Geburtswehen des Dritten Reiches heben vielleicht erst an: nehmen wir denn das schwere herrliche Los auf uns. ––– Ich habe heute Ibsen zu seinem Geburtstag geschrieben und ihn gebeten, ihm meine Epigramme widmen zu dürfen. Zwar ist die Sammlung noch nicht fertig, aber sie ist jetzt nicht mehr umzubringen, so daß ich es mit gutem Gewissen tun konnte. – An meine Zurückkunft denke ich nun ernstlich. Ich habe bereits für 1. April gekündigt, so daß ich also dann jedenfalls etwas Entscheidendes tun muß. Ich möchte dann am liebsten noch kurze Zeit nach Florenz und dann endlich kurzerhand ›*heim*‹. Oder soll ich gleich am 1. kommen? Ich denke mir, dort im Grunewald wird sich schön arbeiten lassen. Daß mich nur die guten Bekannten nicht wieder in Stücke reißen; sag's ja nicht allen, daß ich komme; vielleicht könnte ich ganz unbemerkt draußen bei Dir wohnen; es ist nicht bloß Laune, sondern Lebenbleibensbedingung; ich muß meinem Gewissen vieles zuliebe zu tun suchen, sonst bringt es mich noch einmal um. –

Denke Dir, was mir gestern für eine Freude ward. Kerr, dem ich zu Neujahr geschrieben hatte, schrieb mir endlich zurück, lieb und originell. Seltsame Geschichte. Aber der Mensch hat mich zuletzt doch herumgekriegt. –

An Max Reinhardt

Berlin, Februar 1905

Lieber Max,

ich komme heut mit zweierlei. Erstens: ginge es nicht an, im zehnten Heft des ›Theater‹ (das neunte erscheint schon in ein paar Tagen) eine kleine Partie des Regiebuches zum ›Sommernachtstraum‹ zu veröffentlichen? Ich habe Dienstag daran gedacht, selbst einen Akt, etwa das dritte Bild, zu schildern; aber es ist rein unmöglich für einen, der nicht im Theater selbst ist, alle Proben verfolgen kann, zum mindesten unmöglich ohne Zugrundelegung des Regiebuches. Die Sache würde sich übrigens gut an einen Vorschlag Gregoris in Heft neun anschließen: daß Schauspieler bedeutende schauspielerische Leistungen von Kollegen rein beschreibend fixieren sollten; im Gegensatz zur Kritik, die nur ein spezifisch subjektives Bild der Leistung (d. h. meistens gar keins) gebe. Das zweite betrifft unser Gespräch, meine letzte Notiz im ›Theater‹ usw. Die Notiz hat Dich sicherlich etwas verstimmt, mir selbst ist sie ebensowenig recht, und schließlich ist alles nur auf die Unfreiheit zurückzuführen, in die ich in diesen anfänglich so hübsch und fruchtbar gedachten Heften geraten bin. Vorigen Winter ging es noch an, und es wurde ein ganz netter und anregender Mittelweg gefunden. Daß ich diesen Winter bei derartig beschnittenem Umfang und Programm der Hefte mehr oder minder versage, könnt Ihr mir im Grunde nicht verdenken. Wenn ich ein richtiger Chronist der zwei Theater sein sollte, so müßte ich eben im wesentlichen immer dort sein und die Sache nicht nur so par distance betreiben. Sodann aber müßte ich auch innerlich mehr ausschließlicher Theatermensch, Fachmensch sein, als ich nun einmal bin. Siehst Du, gute Köpfe über dies und das Theatralische zur Aussprache zu bewegen, eine Zeitschrift zu komponieren, auch wohl selbst mal Gelegentliches zuzuschießen, das gelang mir einigermaßen; aber jetzt müßte ich eigentlich Theaterschriftsteller sein, um meiner Aufgabe zu genügen. (Statt dessen habe ich selten mehr Verse gemacht als eben diesen Winter.) ...

An Julius Bab

Berlin, 14. Februar 1905

Lieber Herr Bab,
ich habe Sie nicht mißverstanden, und Sie mögen meinetwegen auch recht haben. Ich habe nur einen gewissen Widerwillen dagegen, mit dem heutigen Theater zu paktieren. Ich sage heutigen, aber man kann wohl ruhig das ›heutige‹ auch weglassen, denn auf die monumentale Höhe des griechischen Theaters wird es das bevorstehende ›Himmelreich auf Erden‹ wohl nie und nirgends mehr bringen: Es sei denn, daß die Kulturentwicklung von den großen und immer größeren Staaten auf Kantonal- und Stadtkulturen zurückginge. Also dem Theater, wie es jetzt ist, gegenüber habe ich wenig mehr als das Gefühl: Macht mit meinem

Stück (gesetzt ich hätte eins geschrieben), was Ihr wollt. Was ich schuf, war etwas Persönliches, Notwendiges. Was Ihr herausbringt, wird immer etwas mehr oder minder Zufälliges sein. – Es gibt nur einen Stil für das große Drama: Fester, unverrücklicher Schauplatz (wie im Altertum, womöglich noch strenger), sodann ein Spiel, das mehr Vortrag ist als das, was wir heute ›Spiel‹ nennen; nur *Vermittelung* des Dichters, nicht irgendwelches Verkörpern-Wollen im naturalistischen Sinne.
Daneben will ich noch eine Art von ›intimem Theater‹ gelten lassen, wo der Mensch nackt vor dem Menschen steht, wo das Problem des Schaupielers sich ausleben soll, wo ohne jedes oder doch nur in ganz schattenhaftem Milieu die Beziehungen von Menschen untereinander dargestellt werden.
Was bleibt, mag Volkstheater heißen: es ist – den oder jenen Glücksfall dieses oder jenes Theaters ausgenommen – so ziemlich alles, was heute Theater heißt. In solchen zeitfremden Ideen – wenn auch nicht immer: denn:

Wie hat man oft im tiefsten Mark
gefühlt: Nein, nein und aber nein!
Aber das Leben ist so stark,
es reißt uns immer wieder hinein.

– befangen werde ich Ihnen mit meiner Ungerechtigkeit vielleicht verständlicher erscheinen.
Die Posse heißt: ›Oswald Hahnenkamm.‹

An Wolff,

Berlin, Mai 1905

Lieber Heinrich Wolff,
haben Sie vielen, vielen Dank! Ich lag in einer Klinik, als ich Ihren Brief empfing, der mir durch Länge, Inhalt, Wärme und alles mögliche innig wohltat. Was nicht ausschließt, daß ich mich mit Ihnen über Karl Walser bis aufs Messer duellieren muß, den mit M. B. zusammen zu

nennen ein Sakrileg ist. Der Mann ist ein Götterliebling, glauben Sie mir das; mag er noch so unfertig sein. Sie kennen ihn nur aus der Ferne und gewiß nicht seine besten Sachen. Somoff ist raffiniertester Eklektiker à la bonheur. Walser ist ein geniales Kind, ein Schweizer Bub, den irgendeinmal eine Grazie gesäugt hat, als seine Mutter nicht zu Hause war. Er hat in manchen seiner Sachen eine so süße Anmut, einen so bodenlos sicheren Geschmack, daß er gar nichts mehr zu leisten brauchte, um in der Geschichte unserer Kunst als zierliches Episodenfragment von sich reden zu machen. Er ist trotz aller Anklänge, die man bei ihm fand und finden mag, eine Persönlichkeit, ein Klang für sich. Niemand kann mehr wünschen als ich, daß er sich Menzels Fleiß und Technik aneigne, aber um die Seele seiner Malerei brauchen wir uns nicht zu sorgen. –

Auch ich halte Menzel für einen geborenen Lehrer der Deutschen; aber predigt er auf seinem Gebiet etwas andres als jeder große Sittenprediger predigen würde? Etwas anderes als den kategorischen Imperativ der Pflicht, der Natur immer und in allen ihren Äußerungen mit eiserner Ausdauer zu folgen? Ist er nicht eine Fleischwerdung der Tugend, welche die andern Völker vorzüglich und mit Ärger an uns rühmen: des Fleißes? Menzel ist das Preußentum in der Malerei – und soweit auch Genie. Hätte er noch einen breiten Brustkasten gehabt, in dem die Welt hätte widerhallen können, so weiß ich nicht, *was* da geworden wäre. Menzel war alles, was ein Mensch aus sich machen kann; aber diesen Menschen selbst eben mußt er nehmen, wie er ihn fand.

An Karl Scheffler

Insel Föhr, 24. August 1905
(Kolonie Südstrand)

Sehr geehrter Herr Scheffler,
verzeihen Sie den Bleistift: ich bin an der Nordsee und ihr mit Haut und Haaren verfallen, so daß ich mich überhaupt nur mit Anstrengung im Zimmer zurückhalten kann. Daher auch die bekannte träge Verachtung sonst unentbehrlicher Kulturgegenstände als da in diesem Falle: eines Federhalters. Daß ich mich trotzdem dem Trieb überlasse, Ihnen zu schreiben, beruht auf einem Bedürfnis, zu Ihnen, sehr geehrter Herr, in nähere geistige Beziehungen zu treten. Sie sind, soweit ich Sie bis jetzt aus Aufsätzen und Ihrem jüngst erschienenen kleinen Buche kenne, unter den vielen schreibenden Menschen (und speziell Berlinern) von heute für mich beinahe ein weißer Rabe. Sie sind nämlich offenbar nicht nur Kunsthistoriker, Ästhetiker usw., sondern auch ein Stück Ethiker, d. h. ein Mensch, der neben dem, daß er sehr viel weiß und versteht, auch etwas *will*. Ich weiß nicht, ob Sie es selbst wissen, wie selten Sie damit unter einer breiten Herde fader Genießer und Genüßlinge sind, deren Aufnahme- und Wiedergabe-Fähigkeit wohl ebenso unbegrenzt ist wie ihr Leben und Trachten ohne jede tiefere leidenschaftlichere Beziehung zum Leben der Nation; deren leitende Gedanken gleich null sind, wenn sie nicht gar zu den in irgendeiner Gesinnung höchst Tüchtigen – und sei es selbst die einer platten Freigeisterei – gehören. Vor allem Ihre jüngsten Aufsätze ... waren mir eine reine Freude. Ich glaube nämlich seit längerem etwas in mir zu erkennen, das ich als starkes Gefühl, mich irgendwo als Bürger fühlen zu dürfen, ansprechen möchte. Und da ich nun einmal nach Berlin geraten bin und schließlich Berlin eine solche Fülle von Möglichkeiten in sich birgt wie heute keine andere deutsche Stadt, so ist es eben dies Berlin, worauf sich viel meiner Liebe und meines

Hasses wirft. Auf diesem jungen Boden wäre noch etwas zu *schaffen*, und da der Kaiser dem Sinn seiner Zeit und damit auch dem Sinn seiner Stadt konstant fremd bleibt, so sollte ein junges Bürgertum noch weit mehr als bisher die Entwickelung seines Gemeinwesens selbst in die Hand nehmen. Ich meine, es *müßte* möglich sein, es *müßte* eine Gruppe von Intellektuellen führend werden können – bis in den letzten Hausbau hinein. Man *müßte* die wilde und scheußliche Barbarei ausrotten können, die das Bild der Stadt von Tag zu Tag mehr entstellt, man müßte im zwanzigsten Jahrhundert endlich so weit sein, eine neu heranwachsende Stadt, statt sie dem Zufall zu überlassen, zum Kunstwerk oder wenigstens zum Organismus gestalten zu können.

Halten Sie es für aussichtslos, hierfür das Gewissen der Berliner zu wecken? Ich meine, es käme erst noch auf den Versuch an. Und da wir armen Leute mit unsern Gedanken immer nur auf das Hilfsmittel der Publizistik angewiesen sind, schwebt mir eine Berliner Zeitschrift engsten Sinnes vor, Hefte, die sich lediglich mit der Entwickelung Berlins befassen, ihr auf Schritt und Tritt folgen, ihre Fehler schonungslos aufdecken und angreifen, ihr Gutes ans Licht stellen, kurzum vorkämpferische Hefte für Berlin als eine Stadt, in der ein anständiger Mensch wenigstens notdürftig sein Leben fristen kann, ohne täglich einmal von Ekel befallen zu werden.

Ich wundere mich fast, daß meine Gedanken nach Berlin, diesem Monstrum, schweifen konnten, während mir hier ein weit schöneres Ungeheuer vor den Fenstern liegt. Sie haben gewiß immer nur von dem langweiligen Wyk auf Föhr gehört; aber die Insel hat noch einen viel charaktervolleren Strand nach Süden, zu dem über die Watten ein Stück offener See hineinrollt.

Vielleicht werden wir nach meiner Rückkehr im September miteinander bekannt; wennschon ich mich fast vor je-

der neuen Bekanntschaft scheue. Nicht meinetwegen, sondern um Ihretwillen. Einen Menschen kennenzulernen, ist nicht immer ein Glück. Und wer wie ich so viele Oberflächen hat und auch über manchem Grundbestand so viel Oberflächlichkeit – vor allem des Wissens – rechnet sich dem andern nur zu leicht als eine Enttäuschung zu.
Aber Sie senden mir wohl vorerst noch eine Botschaft hierher.

Mit herzlichem Gruß

Ihr ergebener
Christian Morgenstern

An Maximilian Harden

Berlin, 28. Oktober 1905

Sehr geehrter Herr Harden,
es ist für einen unpolitischen Schriftsteller immer mißlich, sich in öffentliche Angelegenheiten zu mischen. Gleichwohl, meine ich, stellt auch der keiner Partei angehörige Privatmann einen Teil des Volkes dar, an das fortwährend von oben her appelliert wird, mit dem fortwährend wie mit einem völlig bekannten und sicheren Faktor gerechnet wird. Eine korrumpierte Presse, die ihre Freiheit nicht verdient, tut freilich wenig genug, diese Legende eines im Wesentlichen mit seinem Fürsten einigen Volkes zu zerstören. Nach ihr ist vielleicht nur der Sozialdemokrat ein eigentlicher Regierungsgegner. Alles andere wird, denkt man dort wie droben, im entscheidenden Moment solidarisch sein. Und es wird auch wohl so sein, im entscheidenden Moment; denn noch wurzeln alte Herdengefühle zu tief in uns, als daß wir schon unter allen Umständen Individuen zu bleiben vermöchten. Wir sind in praxi noch zu sehr Sklaven von Begriffen, die wir in der Theorie längst über Bord geworfen haben.
Trotzdem sollten wir wenigstens versuchen, unsere geistige Position zu bezeichnen und bis zum äußersten zu halten.

Man kann von dem deutschen Kaiser die Befürwortung keiner anderen Politik verlangen als der seinigen und der seiner Ratgeber. Aber man kann ihm – auch von nichtsozialdemokratischer Seite – unzweideutige Klarheit darüber geben, daß ein erheblicher Bruchteil der Deutschen *nicht* hinter dieser Politik steht. Und man ist verpflichtet, ihn darauf aufmerksam zu machen, daß er durch seine Schlag auf Schlag folgenden öffentlichen Reden nachgerade nicht so sehr Deutschland – als sich selbst isoliert inmitten des von ihm beständig angerufenen Volkes, das den Wert seiner Reden nicht mehr so lebendig fühlt, seit es dieser Ehre zu oft teilhaftig geworden, seit es hat erkennen müssen, daß Wilhelm II. selbst den Blick dafür verloren hat, wie weit und unter welchen Bedingungen ein deutsches Kaiserwort, ein nationales oder internationales, zu bedeuten vermag.

Es ist – darüber hinaus – vielleicht nicht wertlos festzustellen, wie sich in all diesen letzten Jahren der Charakter unserer ganzen Politik – zum mindesten für die Augen eines Outsiders – enthüllt hat. Er scheint zugleich der Charakter des neuen Reiches, soweit die überwiegende Majorität in Frage kommt, und lautet in zwei Worten, die – und wenn es noch so tiefschmerzlich ist – gesagt werden müssen: Servilismus und Grobheit.

Ich meine jedoch, von der Schmach einer solchen Charakteristik – und ist sie leider *wahr*, blutwahr bis zum letzten ›Genossen‹ hinab – müßte unser Volk sich nun endlich nach und nach wieder frei zu machen suchen. Bedarf es dazu wirklich der Schule und Geißel erst eines neuen Krieges? –

Indem ich Ihnen, sehr geehrter Herr, freistelle, diese Zeilen, wenn es Sie gutdünkt, zu veröffentlichen, zeichne ich

mit hochachtungsvoller Begrüßung

Chr. Morgenstern

An Luise Dernburg

Birkenwerder, 20. Januar 1906

Die Brüder Karamasow kann ich Ihnen leicht verschaffen. Ich selbst denke, sie diesen Sommer an der See zu lesen. (Auch Raskolnikow, den ich noch höher stelle als den Idioten, der mir *zu* sehr verwuchert und verfließt [als Buch], las ich vor ca. zehn Jahren auf Sylt zum ersten Mal.) Übrigens entdecke ich immer noch neue geistige Ereignisse, ja Sie werden staunen, mich von einem plötzlichen – ich möchte sagen fundamentalen Umschwung in meiner Schätzung Oscar Wildes reden zu hören. Und zwar bewirkt durch sein Buch ›Fingerzeige‹, das Sie gewiß auch kennen. Die zwei Dialoge ›Kritik als Kunst‹ haben mich berauscht wie selten etwas. Ich will sie herausnehmen, in Leder binden lassen und zum ersten Band einer schon lange geplanten Privatbibliothek machen – Sie erraten schon nach diesem einen Beispiel, wie und was sie werden soll. Zugleich regt mich dieser in jeder Hinsicht außerordentliche Essay an, alle Werke desselben Verfassers, sei es nochmals, sei es zum ersten Male zu lesen. Die florentinische Tragödie kürzlich (im Deutschen Theater) machte bereits den – erhofften – großen Eindruck auf mich, im Gegensatz zu allen übrigen, die wir als ›bloße Artistenarbeit‹ halb ablehnen. Wenn ich reich wäre, so wäre jetzt der Punkt gekommen, wo ich nicht eher ruhen würde, als bis ich Shakespeare und Wilde im Original lesen könnte. Sie erwähnten Nietzsche. Nun, ich hatte über diesen Dialogen das Gefühl: So hätte Nietzsche schreiben müssen (und nur können), wenn er sich einmal mehr als Künstler denn als Philosoph hätte ergehen wollen. Ja im Augenblick kommt mir der fragwürdige Gedanke, ob es nicht fast zu bedauern wäre, daß in Nietzsche der Philosoph den Künstler nicht hat selbständig werden lassen. Im übrigen: wo ist da, in diesen Dialogen, auch nur eine Spur von ›Snobismus‹, wie man heute so gern sagt. Nein, wenn wirklich in Wilde eine gewisse Eitelkeit gewe-

sen sein mag, so war diese ›Eitelkeit‹ nicht in der Tiefe seines Wesens, wo ich nur höchste Geistigkeit, Delikatesse, Noblesse, überströmenden Reichtum und hinreißende Liebenswürdigkeit finde.
Aber ich muß schließen, so gern ich noch über alles mögliche geplaudert hätte: Jean Paul, den ich langsam, aber sicher weiterlesen werde; die Lebkuchen, die nicht nur geschmeckt haben, sondern immer noch schmecken! ja gestern entdeckte ich noch ein ganz neues Paket! über den herrlichen Waldpark hinter dem Sanatorium (siehe oben, siehe unten!), die Gesellschaft hier, die außer dem Doktor und seiner Familie, sehr angenehme Menschen, dessen Cousine, zwei junge Russinnen, eine Art Tonio Kröger und sonstiges umfaßt–.
Mit den aufrichtigsten Wünschen und Grüßen!

Ihr
Chr. Morgenstern

An Luise Dernburg

Birkenwerder, 28. Januar 1906

Wieder einmal haben Sie mich zu Anläufen über Anläufen gereizt, verleitet, angeregt – wie soll ich sagen –, und wieder muß ich Ihnen bekennen, daß ich Ihnen auf Ihre letzten Zeilen nicht recht antworten kann ...
Ganz abgesehen davon, ob Wilde ein wenig mehr oder ein wenig weniger wert ist – ich liebe jede bedeutende Persönlichkeit, jeden interessanten Menschen viel zu sehr, um mir durch rein moralische Perspektiven seinen Anblick zu trüben. Moral, d.h. christliche Moral genauer – denn die meinen Sie allein – nennen Sie sehr richtig eine Stütze. Stützen aber sind immer problematisch, stehen für jede Kritik, also auch für jeden Spott frei, bedeuten für sich selbst nichts irgendwie Heiliges.
Indessen – ich kann mir durchaus denken, daß Wilde, der herausfordern wollte (wie es das gute Recht des begabten

einzelnen ist, der sich wehrlos, machtlos, rechtlos den unendlichen Mengen der Menschen gegenüber sieht, diesen Massen, deren Notwendigkeit er durchaus nicht einzusehen vermag), Ihnen überall da widersteht, wo er den allersubtilsten Geschmack, manchmal *nicht* paradox zu sein, vermissen läßt. Aber was wollen schließlich einige Dutzend irritierender Paradoxe inmitten so viel vollendeter Schönheit bedeuten. Bis zu welchem Grade, glauben Sie wohl, muß alles in einem Menschen entwickelt sein, wenn er nur etwas wie diese beiden Dialoge über Kritik als Kunst zu schreiben imstande ist. Es ist Tolstoi, der Künstler, der als Homer hätte endigen können, aber mitten auf dem Wege das nur ihm anvertraute Gerät wegwarf, um etwas zu werden, wozu er im Grunde nicht taugte, dieser Tolstoi, das verkörperte schlechte Gewissen einer durch den Jammer sinnlos entarteter Massen schauerlichen Zeit, der uns die Verehrung des Höchsten an menschlicher Zucht und Würde, wie es eine große Literatur ist, verwirrt und zu seinen passiven, bequemen, phantasielosen, mittelmäßigen, tief unvornehmen Idealen hinabkehren möchte; – er redet aus uns, überall wo wir Kunst so geringschätzen, daß uns der nächstbeste einfache Mensch wahrer und wertvoller erscheint als ›die einmalige und unersetzliche Weise‹ des Genius. Ich weiß wohl, wie Tolstoi einen gefangennehmen kann, eben, eben weil man auch in sich so viel moderne Zerbrochenheit und Traurigkeit hat. Aber alles Kräftige unserer aktiveren Rasse sollte sich gegen ihn wehren. Wenn schon mir zuweilen der Verfall unserer Völker unabwendbar erscheint – eben weil sie meinen, sie könnten durch Philanthropie gerettet werden, statt allein durch Zucht auf den großen Einzelmenschen hin . . .

An Kayßler

Birkenwerder, 28. Januar 1906

Hab Dank für Deinen herrlich lebendigen Brief und verzeih, wenn ich etwa in das feine tiefe Gespinst Deines Lebens gegriffen habe – mit der Starrheit, in die wir, vom andern getrennt, so oft verfallen. Es ist halt die ewige Ungeduld, die mich bald leicht, bald heftig, aber fast immer besitzt, dieser Funke in der Asche, der alles aufbläst, was mich irgend erregt. Du kennst mich ja von früh auf mit meinen fortwährenden Möchte, Sollte, Müßte, denen gerade ich selbst am wenigsten genüge.

Denke Dir, ich habe gerade in diesen Tagen auch etwas für Dich gefunden! Frau Doktor hatte mir doch freigestellt, die Briefe Wagners an Mathilde Wesendonck umzutauschen. Ich hatte nie recht Zutrauen zu dem Buch, doch nahm ich's schließlich zur Hand und las eine Anzahl Briefe. Offengestanden, es war eine bittere Lektüre. Kein einigermaßen vertiefter Geschmack wird vor diesen Briefen ruhig bleiben können, so voll von Schauspielerei, so bösartig oberflächlich, so äußerlich und bewußt im Ausdruck von Empfindungen sind sie. Gut, gut, Wagner wird so tief und heftig empfunden haben wie andere, aber dann schreibt man keine Briefe an eine wahrhaft geliebte Frau, wenn einem im Augenblick des Schreibens die Unmittelbarkeit, eine gewisse Unmittelbarkeit wenigstens, der Empfindung ausbleibt. Die wir Künstler sind, kennen wohl alle diesen Zustand. Es ist beinahe mein Zustand. Der Buchstabe tötet für mich oft alles Fühlen und Denken. Aber ich leide wenigstens darunter und weiß es und sage es und schäme mich für jedes einzelne ›herzlich‹, weil es eine verdammte Formel ist und fast nie jener unmittelbare Ausdruck, den persönliche Liebe immer finden sollte. Oder noch besser: Wir wollten die Gewohnheit in der Liebe für ruchlos erklären und sie ihr nie substituieren. Lieber kalt, trocken, abwesend, des andern unbedürftig, für sich ganz allein und, ist es von selbst da, warm, voll Liebe, Hingebung, als diese Gewohnheitswärme, dieses sich stets zur Liebe verpflichtet fühlen, diese Schönherzerei. Ich will Dir sagen: Am Schlusse stehen vierzehn Briefe der Frau Mathilde Wesendonck. Die habe ich mit Tränen im Auge gelesen. Und gefühlt, was Nietzsche einmal geäußert hat: daß Wagner keiner der Frauen wert gewesen sein muß, die ihn geliebt haben. D. h. natürlich, er war es und allein schon deshalb, *weil* etwa eine Frau wie diese ihn geliebt hat. Sie selbst würde sagen: Was wißt denn ihr! Und in der Tat: es gibt keine Dokumente, die das Leben irgendwie festnageln könnten, daß man dächte: jetzt hast du's. Nie hat man's, es ist größer und reicher als alle Dokumente, weil es unendlich ist und nicht unter ein paar Buchstaben zu rubrizieren. Ein Blitz aus Wagners Auge war mehr und wahrer als alle seine Briefe, und *so* soll man vor jedem Menschen von Bedeutung haltmachen. Aber was ich sagte und damals momentan empfand, bleibt gleichwohl als ›Urteil‹ bestehen; denn man kann ja nur leben als Messender, Abschätzender, Wertender. Kurzum, ich trug das Buch wieder zum Buchhändler und tauschte mir Walter Paters ›Griechische Studien‹ dafür ein. Und das ist auch ganz besonders etwas für Dich! Der erste Aufsatz (und auch der zweite) ist eine ›Studie über Dionysos‹; wundervoll, sag ich Dir, wie da die Griechen vor einem erstehen. Ich dachte wieder und wieder an meinen größten Eindruck von Griechenland: Im Vatikan, vor dem (freilich von Römern nur kopierten) Zeus von Otricoli. Da empfand ich, daß nach dieser Verkörperung, Verlebendigung, Vergeistigung des Gottesbegriffs alles Spätere Armut, Verfall, Unfähigkeit heißen muß, sosehr wir auch über die Griechen hinausgewachsen zu sein scheinen. Ich hab's noch in meinem Tagebuch. Ich sah blitzartig, was da verloren – und nicht wiedergewonnen war. So stark ist nun Paters Buch nicht. Er versänftigt, vermildert, verchristlicht in einem gewissen Sinn alles, was er anfaßt. Aber Schönheit strömt einen daraus an, unendliche.

Und fast Verzweiflung packt einen über uns heute, zumal uns im Norden. Ich glaube, ich werde doch mit all meinen Plänen in Italien endigen. Was für ein Tor ist doch der Mensch, daß er lieber zeugt und zeugt und dann in Eis und Schmutz sein Leben verbringen muß, der ewig anwachsenden Masse wegen, statt sich einzuschränken mit einer Menschheit von drei oder dreißig Millionen zufrieden zu sein und nur in Gärten der Erde zu wohnen.

Eine dritte Studie ist über Demeter und Persephone. Es gibt da eine Homerische Fassung dieser Sage, die zum Schönsten gehört, was ich je gelesen habe. – Leider ist das Buch ohne Sinn für Rhythmus übersetzt, aber was hilft's. Du bekommst es also in acht bis vierzehn Tagen.

Ob ich dann noch hier bin, wüßte ich nicht vorherzusagen. Seit einiger Zeit fühl ich hier denn doch zu sehr den Zwang der Tagesordnung. Dazu kommt, daß die Tafel wächst und wächst und die Leute nicht aufstehen wollen. Auch macht sich der Charakter einer Anstalt für Kranke mehr und mehr bemerkbar, und ich brauche die ganze Unachtsamkeit meines Innern gegen Außendinge, um mich nicht höchst deplaciert zu fühlen. Endlich hat man die Menschen nun auch kennengelernt und muß sie nun ertragen, wie sie sind. Nämlich als auf halbem Wege stehengebliebenen, die nun so auch zu endigen denken, mehr oder weniger. Übrigens laß mir doch meinen Instinkt für Menschen. Das Wort ›liberal‹ (ein Wort, unter dem ich – etwas nach Lagarde – eine ganze Welt oder Charakteristik begreife), das ich sofort auf Sp. anwandte; wie treffend ist es doch. Ich werde Zeit brauchen, seinen gestrigen Kaisertoast zu vergessen.

An eine Redaktion [Undatiert]

Die ›Tribuna‹ vom 5. Februar bringt folgendes einem englischen Blatte entnommene Telegramm über die Hungersnot im nördlichen Schweden.

›Die Ortschaft Korpton zählt zweitausend Einwohner. Von diesen leben über achtzehnhundert von Almosen der Ortskasse, deren Hilfsquellen jedoch erschöpft sind. Wenn nicht sofortige Unterstützungen eintreffen, werden sich grausige Hungertragödien abspielen.

Seit Monaten hat auch nicht einer der Bewohner dieser Landschaft von Fleisch und Milch gekostet. Sie fristen ihr Leben mit Gerstengraupen einer noch dazu mißratenen Ernte. Wohin ich kam, überall das gleiche, traurige Schauspiel. Die Leute leben zusammengedrängt in elenden Hütten, um sich, so gut es geht, zu erwärmen. Man macht sich keine Vorstellung von dem Schmutz und Gestank, der sich in diesen Löchern entwickelt. Die Kinder sind zu wahren Skeletten abgemagert, und viele von ihnen werden den Sommer nicht mehr erleben.

In einer Hütte befanden sich acht Kinder, deren ältestes zwölf Jahre zählte. Ihre Mütter waren gestorben, ihre Väter irrten umher nach Arbeit und Brot. Die Not, die in diesem Lande des Eises und Schnees meine Augen sahen, übersteigt an Furchtbarkeit alle Begriffe, um so mehr, als sie bei den ungeheuren Entfernungen zwischen den einzelnen Ortschaften unvergleichlich schwerer zu bekämpfen ist als in irgendwelchen mehr bevölkerten Bezirken. Es besteht in der Tat die Gefahr, *daß Tausende und aber Tausende Hungers sterben,* bevor es Frühling wird.‹

Eine solche Schilderung, durch Europa getragen, von unzähligen Menschen aller Stände mit Grauen gelesen, sollte für sich allein genügen, daß jenen Ärmsten geholfen werde. Wer aber uns Menschen kennt, weiß, daß sie nicht genügt. Im ersten Augenblick hat wohl jeder das dunkle Gefühl, mit einer wenn auch noch so kleinen Gabe helfen zu wollen, aber da niemand vor uns steht, sie entgegenzunehmen, verschwindet die menschliche Wallung so rasch, wie sie aufgetaucht ist, und andere Berichte lenken die flüchtige Teilnahme auf andere Dinge. Kommen wir aber trotzdem nicht so schnell darüber hinweg, so gibt es noch mehr der Gedankengänge, uns in unserer angeborenen Trägheit und Gleichgültigkeit zu bestärken. Vor allem, sagen wir uns, kehre jeder vor seiner Türe. Bald hungern Menschen in Rußland, bald in Italien, bald in Indien. Möge Rußland, Italien und Indien für sie sorgen, wir haben genug eigenes Elend im Lande. Das ist alles ganz schön und gut. Aber es löscht bei alledem nicht aus, daß wir behaglich unsern täglichen Gewohnheiten, auch den luxuriöseren, nachgehen wie immer, daß wir uns weder an Essen noch Trinken noch Kleidung irgend etwas abgehen lassen, während ein paar Breitengrade höher Tausende hilfloser Menschen buchstäblich verhungern und erfrieren. Ich stehe allen Gleichheitstheorien sehr fern, aber dies ist ein der heutigen Menschheit unwürdiger Zustand. Es handelt sich hier nicht um Almosen, sondern um eine einfache Pflicht. Ein trocken Stück Brot muß heute jedem gesichert sein, heute, wo es nicht mehr gestattet ist, nicht zu wissen, wo auf Erden der Tod an die Türen pocht. Es gibt heute keine Ausflüchte mehr, es gibt nur noch die Frage: Wollen wir Mitmenschen, die unverschuldet vor den Hungertod gestellt sind, als Mitmenschen anerkennen, d.h. ihnen helfen, oder wollen wir sie mit einem ›ich kenne den Menschen nicht‹ verleugnen und ihnen nicht helfen. Hilfe nämlich (dem Einwand zuvorzukommen) *ist* möglich, und zwar ohne Schaden sowohl für den Geber wie für andere Notleidende, die gleichfalls der Unterstützung bedürfen. Sie *ist* möglich, – wenn anders es möglich ist, einmal einen Tag des Jahres der Pflicht, verhungernde Mitmenschen von Wahnsinn und Tod zu retten, mehr zu genügen als der anderen, sich selbst nach gewohnter Weise satt zu essen und satt zu trinken, – wenn anders es möglich ist, daß erwachsene, reifgewordene Menschen einen Tag jeden Jahres sich auf Wasser und Brot zu beschränken beschließen, um mit dem Ersparnis dieses Tages die große Hilfskasse zu speisen, welche die Menschheit der ganzen Erde vor dem Umkommen durch Hunger schützt. Wir spähen nach neuen Festen aus, weil die alten schal geworden sind und zur Entdeckung von neuen noch die rechte innere Freudigkeit fehlt. Wohlan, hier ist ein Fest, einmal ein Fest für sich allein und zum andern ein Fest, das uns vielleicht jene ersehnte Schöpferfreude zu neuen, weiteren, bunteren bringen könnte. Hier ist ein Fest für alle zivilisierten Völker der Erde, für jeden Menschen, hoch und gering, ein Fest, brüderlicher und allumfassender als alle vorangegangenen, ernsthafter, tiefer, wirklicher als die meisten von heute, das auf eine lebendige, immer sich wieder erneuernde Tat gegründet wäre und nicht nur auf vage Begeisterung und empfindsame Erinnerungen.

Aber ich verliere mich in eine Zukunft, welche noch nicht da ist, und entferne damit auch meine Leser von dem Fall, den diese Anrede zum Ausgang genommen hat. Nun denn: wir werden schon jetzt, wo jener schlichte Erdenfesttag noch ungefeiert wartet, die Scharen armer Schweden nicht Hungers sterben lassen, Sie werden gleich mir Mittel und Wege finden, eine wenn auch noch so kleine Spende dorthin zu senden. Es gibt überall Konsuln, an die man sich wenden kann; und vor allem die Presse wird ihre Dienste nicht versagen. Ich selbst werde inzwischen versuchen, Kräfte zu entdecken, die jenen Plan einer – zunächst europäischen – Hilfskasse gegen den Tod durch Verhungern einer allmählichen Verwirklichung entgegenzuführen willens sein möchten, und unterbreite ihn hiermit dem öffentlichen Urteil.

Christian Morgenstern

An Luise Dernburg

Birkenwerder, 23. Februar 1906

Hier ist es so schön, wie es nur in der näheren Umgebung von Berlin sein kann. Dazu habe ich an jedem Finger eine andere Arbeit.

Ich möchte Ihnen etwas von dem Frohsinn meines Temperaments abgeben können, von der dauernden heiteren Skepsis, die allein Lebenslust verbürgt. Sie möchten gern lachen – aber so tun Sie es doch. Die Welt ist durchaus nicht zu ernst dazu. Sie ist weder ernst noch lächerlich, sondern in jedem Kopf und jeder Sekunde anders, anders, anders.

Sie lieben zu *vereinfachen* und meinen dadurch den Dingen ›auf den Grund‹ zu kommen. Aber dieser Grund *existiert gar nicht,* und nur wer ohne Ende *auflöst, verunendlichfacht:* wen die ganze maßlose Fülle des Lebendigen nah und fern schließlich seines vermeinten Verantwortlichkeitsgefühls – als ob auf ihm just alle Pflicht und Schwere läge – lächeln macht –, er wird seinem und allem Leben einigermaßen gerecht werden können. Alles Vereinfachen *tötet,* (denn es führt zum Buchstaben, zur Rune, zur Starrheit), der Schmetterling Welt steckt ausgespannt im Glaskasten; was lebendig macht, ist allein der Geist des Allumfassens, Alldurchdringens, des Glaubens an nichts und alles, und zwar zugleich an restlos nichts und an restlos alles.

An Bruno Cassirer

Obermais, 2. März 1906

... Ich liebe heute, so epigrammatisch wie möglich zu sein, – daher suchte ich jedem Blatt von Freyhold einen einprägsamen Zweizeiler beizugeben, der das Wesentliche des Bildes dem kindlichen Gemüt sofort klar und damit im Gedächtnis haften machte. Freilich beschäftigen längere Gedichtchen das Kind mehr, aber bloß in der Breite sozusagen. Mit ihm verschwimmt ihm das Buch, wiewohl gewißlich in einem angenehmen Nebel.

Es ist schließlich die Spielzeug-Frage, die hier aktuell wird. Ich bin für das grob geschnitzte hölzerne Pferd, Sie sind für Pferde mit Haut und Haaren. Ich behaupte: indem das Kind hier jedesmal eine aus Bild und Vers bestehende schlagende Einheit vorgesetzt bekommt, wird es viel stärker beeindruckt und bereichert, als wenn man ihm zu Bildern Geschichten erzählt, die (und das ist das entscheidende!) keine Geschichten enthalten!

Das Wesen dieses Osterbuches *ist* nicht episch. Auch nicht dramatisch. Lediglich epigrammatisch. Jedes Blatt ist ein Farbenepigramm. Just auf seinen freudigen und fein kontrastierten Farben beruht sein Hauptreiz, sein Oster-Reiz – auch für Kinder (obwohl sie's natürlich nicht formulieren). Mehr an Stofflichem herausholen, als in den von mir gegebenen Andeutungen geschieht, hieße ihm etwas aufkonstruieren, aufoktroyieren.

Ein ›modernes‹ Kinderbuch muß auch seine Konsequenzen tragen. Die früheren waren mehr oder minder lehrhaft, *wollten* etwas noch neben dem bloßen Vergnügen. Dies hier konstatiert bloß gewissermaßen. Und zwar lauter Niedlichkeiten, die vor allem aus der Liebe zur Farbe und Zeichnung entstanden sind, nicht so sehr aus der Liebe zum Kinde. Das Traulich-Beschauliche, was Sie von den Versen möchten, *liegt* nicht in diesen Bildern. Das hat z.B. Heinrich Wolff, den Sie nicht mögen, aber er *hat* es, überall wo er für Kinder arbeitet, spürt man sein eigenes kleines liebes Töchterchen dahinter. Im ›Nesthäkchen‹ ist auch Freyhold im besten Sinne naiv. Auch 9, 14, 15 sind in diesem Betracht voll Reiz. Sonst spuken für mich hier und dort Japan, Thoma, Kreidolf, Hodler (8!) höchst dezent, aber doch mehr einem künstlerischen als einem Märchenbehagen günstig . . .

Knudsen ist herrlich. Ein Bauern-Autor großen Schlages. Wenn ich nicht irre, ist er ein jytischer Geistlicher.

An Fega Frisch

Längenfeld, Oetztal, Tirol,
24. Juli 1906

Die Ansichtskarte von Längenfeld soll beifolgen – ich bin sie Dir sozusagen schuldig. Euer Längenfeld ist also wirklich sehr, sehr hübsch, das schönste daran wohl der Blick auf die grüne Talbreite talabwärts. Da kann einem das Herz aufgehen – wenn sich's vorher voll Groll über das ewige Wirts- und Table-d'hôtes-Gewinsel verschlossen und verstockt hat. Heute will ich's noch anheimgeben, ob ich hier länger bleibe oder was ganz Unvermutetes aushecke.

Meine Reise war bisher voll von Erlebenswertem, ob auch nicht gerade *jenes* ›Wunderbaren‹, als welches ich allein eine wahrhaftige Liebe bezeichnen möchte.

Ganz besonders lieb war mir diesmal *München,* als dessen Sohn ich mich nun einmal ganz fühle, – Ihr mögt mir den Norddeutschen vorhalten, soviel Ihr wollt. Dazu ist Lutz Landshoff eine der animae candidissimae, die ich kenne, und seine Frau eine von den Naturen, die immer mehr gewinnen, je genauer man sie kennenlernt. Die Kinder nicht zu vergessen, wovon vor allem die kleine Ruth von unglaublich lieblicher Bildung. Musikalisches fiel natürlich auch wieder mancherlei für mich ab. L. selbst macht augenblicklich eine sehr delikate und graziöse Musik zu Marionettenspielen (Doktor Faust, Don Juan und Poccischer Sachen), mit denen Brann, ein alter Bekannter, im Herbst auch Berlin heimsuchen wird. Ich habe das Theaterchen noch vor der Verladung nach Nürnberg besichtigt, es ist ein non plus ultra von Nettigkeit: Denke Dir eine Bühne modernsten Raffinements mit all ihrer Technik ins Liliputanische übersetzt. Sie ist Lautenschlägers letztes Werk. Die Dekorationen sind voll Reiz. Ein Wald wurde probeweise gestellt (Prospekt und vier Kulissen) und langsam bis zu hellem Tag erleuchtet, – ich sage Euch: kein Reinhardtismus hat je solche suggestive Wirkungen erzielt. Nichts als Malerei und Licht. Reinste Wirkung aus reinsten Mitteln. Ich hätte Reinhardt dahaben mögen, ihm meine alten Sätze zum hundertsten Mal zu wiederholen und dabei auf den Beweis zu deuten. Wo bleibt der Mensch, der hier ungeahnte Schätze hübe! Vielen aber wird dieses Puppentheater wenigstens eine Mahnung sein. – Durch Frau Landshoff lernte ich neue Lieder von Schubert kennen, Lieder ausgesprochenen Zeitcharakters, (z. B. An Sylvia), die sie zu einem altertümlichen Flügel, dessen eines Pedal sogar das Fagott nachzuahmen gestattet, mit großem Charme und ausgezeichnetem Vortrag singt. Landshoff spielte mir vor allem Bach vor, darunter eine Cantate von so sieghafter Größe und Pracht, daß jedes Wort zu gering ist (Baß-Solo mit Orchester, fast nie zu Gehör gebracht). Dann ganz köstliche Sarabanden.

Eine durchaus neue Erscheinung war für mich Wilhelm Friedemann Bach, der Lieblingssohn des Alten, nun, Du wirst ja von ihm wissen. L. hat den Mittelsatz eines Orgelkonzerts von ihm für Orchester bearbeitet (auch für Brann), und Ihr werdet staunen wie ich, wenn Ihr dieses geniale Musikstück seinerzeit hören werdet. Ich konnte es nicht oft genug hören und fühle mich seitdem seinem merkwürdigen Verfasser seltsam verbunden, so sehr, daß ich dem eventuellen ›Helden‹ meines ›eventuellen‹ Romans seine Vornamen mit auf den Weg geben will. An diesen Roman wage ich kaum zu glauben, so manche Notizen auch dafür vorliegen. –

Zwei oder drei Tage später. An der Klippe, Dir etwas Näheres über seine Grundidee zu sagen, wäre dies Brieflein fast gescheitert. Es hat nämlich eigentlich keine Grundidee, bloß Grundleben . . . ich muß ihn ganz auf etwas stellen, was ich lyrische Eruptionen nennen möchte und, wie gesagt, ich würde an ihn noch weniger als an meine Dramen glauben, wenn mir nicht der letzte Winter einige merkwürdige Aufzeichnungen beschert hätte. Ich habe sie ›Aus dem Tagebuch eines Mystikers‹ genannt, sie würden die natürliche Krönung besagten Romans bilden, der den Kampf eines Menschen um seinen letzten Sinn darzustellen hätte. Ich hatte die Absicht, Dich in die Blätter Einblick nehmen zu lassen, aber ich kann es doch nicht über mich gewinnen, um so mehr, als mir gegenwärtig die Distanz dazu fehlt und ich einfach darauf warten muß, was der nächste Herbst und Winter in dieser Sache bringen wird. –

An einen jungen Schriftsteller

Obermais, Mitte September 1906

Vom Verlag Cassirer gebeten, die Korrekturen Ihres Romans mitzulesen, nehme ich mir die Freiheit heraus, diese verhältnismäßig passive Tätigkeit ein wenig aktiver zu gestalten. Und ich habe ein so unmittelbares, aufrichtiges Interesse an Ihnen und Ihrer Schriftstellerei, daß Sie's mir gewiß nicht verübeln werden, wenn ich mir erlaube, Bogen für Bogen mit kleinen Bemerkungen zu begleiten, Bemerkungen, die sich natürlicherweise vornehmlich nur auf sprachliche Dinge beziehen werden. Ich glaube Sie um so weniger zu kränken, als Sie Herrn Cassirer selbst gestanden haben, es sei Ihnen persönlich unmöglich, an der Sache herumzufeilen, aber schließlich recht, wenn ein anderer dies durchaus tun wolle. Es würde mir nun ein besonderes Vergnügen sein, Sie durch den Charakter besagter Bemerkungen von Ihrem Widerwillen gegen diese künstlerische Nacharbeit, die bei Ihrer Art zu arbeiten doppelt notwendig erscheint, einigermaßen zu heilen. Ich will damit beginnen, Ihnen mitzuteilen, was ich bei Lesung des ersten Bogens ungefähr empfand, – wobei Sie wissen müssen, daß ich bei Anfang jeder neuen Lektion vor allem die sprachliche Seite ins Auge fasse, indem diese mir fast immer den stärksten Aufschluß über den Autor gibt – sosehr ich dann auch später oft einlenke, ja widerrufe. Also: der

Anfang Ihrer Arbeit machte auf mich, aus dem Privatgebiet des Handschriftlichen in die Öffentlichkeit des Drucks gerückt, einen schlechten Eindruck.
Ich sah (wie immer) zunächst nur die Untugenden Ihres Stils, das ohne Not Weitschweifige, das Saloppe Ihres Satzbaus, die zur Trivialität führende Selbstgefälligkeit, die grammatikalische Unsicherheit, die schiefe und mangelhafte Durchführung eines oder des andern gewählten Bildes. Richten Sie auf diese Punkte Ihr Augenmerk, und zwar, wenn nicht während des Schreibens, so unbedingt nach der ersten Niederschrift der Seite, des Abschnitts oder des ganzen Werkes, und Sie werden der beschämenden Nachsicht nicht mehr bedürfen, die sich sonst in das Lob der öffentlichen Kritik zweifellos mischen würde.
Beherrschung des Materials ist die erste Bedingung, und sie dürfen wir auch endlich heut in Deutschland von jedermann fordern. Da ich weiß, wie Sie arbeiten – ich beneide Sie darum –, füge ich noch dies hinzu: Im Augenblick der Produktion darf einem alles gefallen, alles als die schönste und beste Lösung erscheinen. Im Augenblick des Hinschreibens mag man in jeden Satz verliebt sein, hinterher aber muß diese ›Affenliebe‹ des Verfassers der anspruchsvollen und verwöhnten Strenge des Lesers weichen. Nicht nur aber sein erster und bester, sondern auch sein unnachsichtigster Leser zu sein, halte ich für ein Grundprinzip jedes Schriftstellers. Ich habe Ihnen noch mehr zu sagen (und zu raten); aber es läßt sich das alles besser an Ihren Text selbst anknüpfen. Stoßen Sie sich nicht daran, wenn manches pedantisch und magistral klingen sollte; die Hauptsache ist, daß es, wenn auch nur in Kleinigkeiten, Ihre Aufmerksamkeit auf stilistische Dinge erhöht.

An Kayßler

11. Oktober 1907

... Ich freue mich so sehr, daß Du nun endlich einmal diesen Brand spielen wirst, denn ich könnte mir ihn von keinem andern denken. Denn man mußte am Menschen gelitten haben wie Ibsen selbst, um die Energie des Ausdrucks zu erreichen, die mir *stellenweise* gelang, und muß am Menschen gelitten haben wie Du und ich, – soll der ganze blutige Ernst dieses Mannes auf der Bühne lebendig werden. Das Große am Brand ist, daß es eine Predigt ist. Seine Wirkung soll sein wie die einer Predigt Savonarolas in Santa Maria del Fiore. Und wie hier ein Mönch Florenz, so hatte dort Ibsen Norwegen vor sich – hier wie dort eine selbstzufriedene verweichlichte Herde ohne höhere Existenzberechtigung, ohne den großen Zug in sich, der sie allein schön, möglich, fruchtbar macht. Ibsen war nie wieder so groß wie im Brand, da machten ihn Zorn und Liebe über seine eigene gewöhnliche Unentschiedenheit und Brüchigkeit hinauswachsen. Da *trotzt* er, das *einzige* Mal, dem ganzen Zeitalter. Da steht er für mich neben Lagarde und Nietzsche als der dritte große Befürworter der Zucht-Idee gegenüber dem modernen laissez-faire laissez-aller Prinzip. Weshalb er denn auch so vergessen wie Lagarde wäre, wenn er nicht zur Ironie übergegangen wäre und diese ›bessere Gesellschaft‹ in genialen Puppen verewigt hätte. Er war eben zuletzt doch mehr Historiker als Prophet, mehr Schlachtenbummler als Führer. Wie verblaßt er neben der Flamme Dostojewski.

Aber, wie gesagt, im Brand wagt er, vermutlich entflammt von Kierkegaard, dem ungleich bedeutenderen Geiste (die Beziehungen der beiden –: Ibsen weist, soviel mir bekannt, die Beeinflussung durch Kierkegaard merkwürdig nachdrücklich ab, – sind mir noch dunkel, doch liegt da noch viel, viel verborgen), im Brand wagt er mehr denn sonst je. –

Ich halte es für lächerlich, mit Brandes die Schlußzeile für einen Kniefall vor alten Anschauungen zu erklären. Es ist doch nun einmal die Tragödie eines Priesters. ›Gott‹ ist ins ganze Stück verwoben, warum soll nicht zuletzt die Posaune eines Erzengels ›Ihn‹ verkündigen. Daß er ihn als Deum caritatis verkündigt, ist keine Konzession, sondern die natürliche menschliche Auflösung nach unerhörter Spannung, Überspannung. Und eine ›Verurteilung‹ Brands ist das doch nicht!! *Die* ›Liebe‹, die etwa auf S. 68/69 so richtig charakterisiert wird, ist freilich nicht gemeint. Und darum, sicher darum, um Liebe von Liebe abzurücken, um eben *keine* üblichen Sentiments zuzulassen, wird Ibsen das lateinische: caritas gewählt haben.

An Kayßler

Schlachtensee, 14. Juli 1908

... hab Dank für Deine wundervolle neue Sage, die ich in Ruhe erst noch mal auf mich wirken lassen werde, – einige Stellen trafen mich sofort durch ihre Großheit: die Entstehung des Menschen und die Geburt des Weibes, – und für Deinen Brief. Ich hoffe mir morgen den Hearn noch holen zu können, ich glaube, es hat erst dann Sinn, auf das aufgeworfene Problem einzugehen. Ich suche mir jetzt möglichst Klarheit über den Buddhismus zu verschaffen und lese zu dem Zwecke, nachdem ich die herrlichen Reden Deines Bandes beendigt, das Werk ›Buddha etc.‹ von Hermann Oldenberg, ein in seiner Art klassisches Buch, wohl die beste neuere Monographie über ihn. Du mußt es Dir auch einmal zulegen. Ich unterbrach jetzt um seinetwillen die neueste (aber sicherlich *nicht* beste) Darstellung der gnostischen Ideen, die Heinrich Schmitt bei Diederichs in zwei umfangreichen Bänden gibt. Immerhin, Du kannst nach den Inhaltsangaben vorgehen und wirst auf eine Fülle von anregenden und unerwarteten Mitteilungen und Zitaten stoßen. Nur trägt eben kein Gelehrter vor, sondern ein

Apostel. Dir werden, wenn Du das gelesen, gewisse meiner Sprüche und Verse, die Dir später zu Gesicht kommen werden, nicht mehr so fremd sein, wie sie es sonst vielleicht sein würden, und mir selbst ist es wie eine Erlösung, mich augenscheinlich (denn ich überblicke noch längst nicht alles, so daß ich zunächst nur von Wahrscheinlichkeit reden kann) im gewissen Sinne hier geschichtlich einordnen zu dürfen. Es nimmt mir dieses Buch auch ab, Dir meine Auffassung Christi darzulegen: etwas, worüber ich nie wirklich reden konnte noch wollte, ja selbst dessen schriftliche und dichterische Fixierung ich mir bei meinen Lebzeiten nicht gut mitgeteilt denken kann. Ach, Lieber, wer seinem Schicksal gewachsen wäre!

Aha! Eben sehe ich durchs Fenster, daß wieder Südwind weht! Kann man diesem Nervenjäger nirgends entfliehen! Aber wenn nicht diesen, so soll es nächsten Winter sicher wieder ins Hochgebirge gehen, in Schnee und Kälte und soviel Wintersport, wie mir nur noch möglich. Vorläufig will ich mir mal ein im Oldenberg oft zitiertes Wort vorschreiben, das über die Praktiken und Techniken der braven Inder Aufschluß gibt: vielleicht wissen sie selbst für moderne Nerven Rat. – Während Du übrigens den Badegast genialisch weiterentwickelst, habe ich selbst vor der indischen Legende nicht haltgemacht und mir die Erzählung von dem weißen Hasen, der sich für Sakka selber brät, als Nummer zwei zu dem ›Dreiachtelhasen‹ hinzugebraten! – Und neben all dem besonnt mich herrlich, betönt mich sonnig Dein – Eckermannbuch. Laßt's Euch nun doppelt wohl gehn in Karlshagen!! Seid fröhlich und gesund, Ihr Lieben!! und umarmt von Eurem

Chr.

An Margareta Gosebruch von Liechtenstern

Obermais, 31. August 1908

Geliebtes, geliebtestes Herz,
ich sitze in einem Wirtsgarten am Brunnenplatz als einziger Gast und denke denke denke an Dich und muß Dir das schreiben; denn wenn diese letzten acht oder vierzehn Tage auch nicht die Folge haben werden, die sich die Welt gemeinhin vorstellt, so habe ich Dich doch in diesen Tagen geliebt und fühle Dich seitdem als ein Unentbehrliches und Unausscheidbares mit in mein Leben verwoben. Ich muß Dir das schreiben, und ich gebe mir auch selbst die Erlaubnis dazu, denn ich weiß, daß ich trotz alle und alledem *kein Leidbringer* bin. Ich weiß, daß ich mit meinem Geständnis – das Du doch schon vorher so oftmals in meinen Blicken gelesen (ach, ich fürchtete immer, meine Augen zu sehr in die Deinen zu verlieren, so wie Du es bei den Deinigen fürchtetst) – daß ich eine Verantwortung auf mich lade, – und doch weiß ich zugleich, Du wirst heil und stark aus diesem Wunderlichen hervorgehen, Du wirst nicht Schaden nehmen, an nichts, nicht an Deinem lieben jungen Leibe noch an Deiner lieben jungen Seele, die sich so herb und kühl zu verbergen versteht und doch einem Menschen wie mir ihre Süßigkeit und Erregbarkeit nicht verhehlen kann. Ja, – denn dies hat mich am meisten an Dir gerührt – diese wandellose Güte, mit der Du mir von Anfang an begegnet bist, dieses Verzichten auf alles, womit Frauen sonst quälen können und womit auch Du, wie ich fühle, quälen *kannst.* Nicht mir mußt Du von solcher Güte reden: ich habe Deine Liebe manchmal mißbraucht, ich habe Dir manchmal weh getan, nicht aus bösem Willen, aber weil ich nicht so fein, nicht so *ganz* fühlte wie Du. Glaubst Du, ich hätte es nie gespürt? Ich habe es und bitte Dich um Absolution . . .

Muß ich jetzt nach Hause gehen, weil es kühl wird und Deine Fürsorge mich inständig bittet? – –

Darf ich, zu Hause, noch einen Augenblick plaudern? Und sei's nur zum Beweise, daß die heutige Tour mir doch noch etwas Spannkraft gelassen hat?
Eine Weile nach Bozen ergriff mich plötzlich Reue, daß ich nicht in Bozen geblieben war. Meran erschien mir mit einem Male fremd und ohne Beziehung zu Dir. Ich wollte umkehren, um in Bozen zu übernachten. Schließlich siegte aber doch Trägheit, Vernunft und dergleichen, und nun hätte ich Dich allerdings herbeigewünscht, mit Dir im frischen Abend zu dem unverwüstlich anmutigen Ort emporzufahren ...

An Kayßler

Obermais, 6. September 1908

Also, liebster Alter, nun sollst Du endlich ein briefliches Lebenszeichen haben – denn *leben*, das tu ich nun ganz gewiß, und Du glaubst gar nicht, wie, wo und wohin! Sieh mal, Du kennst ja mein Auf und Ab, es ist ja der ewige ruhelose Rhythmus meines Lebens. D. h. – und das ist seine Besonderheit – er ist (graphisch ausgedrückt) nicht etwa so  oder so:  sondern etwa so:  , und das ist freilich etwas sehr Verzwicktes, Vertracktes und oft geradenwegs Schauerliches. In jedem Moment sozusagen zwei Elemente, zwei Pole – na, verlassen wir diese geistvollen Bilder. Heute morgen fiel mir mitten in lauter Subtilitäten folgendes – Galgenlied aus der linken Schläfe:

Der Schnupfen

Ein Schnupfen hockt auf der Terrasse:
auf daß er sich ein Opfer fasse
– und stürzt alsbald mit großem Grimm
auf einen Menschen namens Schrimm.
Paul Schrimm erwidert prompt: »Pitschü!«
und *hat* ihn drauf bis Montag früh.

Dies ist nun so meine Art, *Menschen* in die Literatur zu schmuggeln: Palmström, Paul Schrimm, – nächstens formiere ich Dünzelhof.
... Mein Lungenleiden will ich letzten Endes gar nicht so sehr los sein; wenn mir heute ein indischer Zauberer davon spräche, ich würde ihn vermutlich abschlägig bescheiden. Im Grunde ist das alles nur Vordergrundszeug, im Grunde rührt das überhaupt nicht an mein Problem (wenn ich mich so ausdrücken soll). Man wird zwar seinerzeit aus ihm, diesem Vordergrundszeug just, alles Mögliche und Unmögliche ableiten wollen, aber es wird falsch sein wie drei Viertel aller modernen ›Psychologie‹.
Du warst und bist so rührend gut zu mir! Mein Gott, wie geleitest Du mich durchs Leben, Du Bruderherz. Mir kann doch eigentlich nichts geschehen; außer was aus mir selber kommt.
In den letzten Wochen und Augusttagen wurde viel Deiner und Euer gedacht. Wie sich das so macht, wächst solch eine kleine Sommerpension unvermutet zusammen; und stieben die Individuen dann wieder auseinander, so hat sich oft manche neue Zusammensetzung, manche wunderliche Verschlingung gebildet.
Nun, ich kann mich jedenfalls nicht über den großen Gang dieses Sommers beklagen. Ich meine: daß er nicht groß gewesen sei. Ich bin und bleibe nun doch einmal ein vasum Clementiae.
(Das wird Dir, liebes Herz, besonders nach diesem August irgendeinmal unabweislich klarwerden.)
... Über die Lektüren schreibe ich später; ich habe jetzt fast kein Buch, fast nur Federn und Kohinoors in der Hand. Möcht es so weitergehn. Ich müßte eigentlich viel gelockerter, viel glücklicher schreiben – es wäre aller Grund dazu da! Es wär vielleicht aller Grund dazu da, zärtlich und fröhlich mit Euch zu sein. Lebt wohl! Grüßt

mir Fritze, den tüchtigen Jungen, und habt und behaltet lieb

Euern

Christian

Macht auch dem Hundchen mein artiges Compliment!

An Margareta

Bozen, 20. September 1908

... Ich fuhr heute morgen mit meinem Vetter und meiner Cousine, die nach dem Gardasee weitergepilgert sind, noch bis Siegmundskron. Sie wissen doch noch? Siegmundskron, die mit Überetsch korrespondierende Station der Meran-Bozener Bahn ... Auf der Brücke nun schrieb oder empfing ich wenigstens die Verse, die ich vielleicht beilege. Der Mittag war ganz aus sanftem Gold und Blau – ein Tag, zu schön, um davon zu reden. Singen, wie ein Vogel, hätte man müssen ...

Ich folgte zunächst Ihrem Briefe. Denken Sie, auch ich habe, etwa zwischen siebzehn und einundzwanzig, so eine Art Tagebuch geführt, d. h. auch nur so summarisch wie Sie. Wo es aber sein mag, weiß höchstens irgendein alter Schrank meines Vaters oder die eine meiner seit ihrer Füllung vor vierzehn Jahren nicht wieder revidierten Kisten. Ja, auch bei mir war das Material gut oder höchst bildungsfähig. Aber, nachdem meine Mutter, sie, das Beste in mir, den kaum Zehnjährigen verlassen hatte, fand sich kein Bildner mehr. Kein Künstler. Nur, was so der Zufall tat. Und so wurden meine großen Erzieher die Schuld, der Schmerz, meine Kunst, mein unerbittliches Denken, und Menschen, in Büchern chiffrierte oder lebendige.

Ohne mein angeborenes Kindernaturell – und das habe ich vornehmlich vom Vater – wäre ich freilich kaum dazu gelangt, heute wenigstens balancieren zu können. Meine ›Harmonie‹ ist nur Balance.

Ihr Traumgesicht mutet mich ganz eigentümlich an.

Schreiben Sie mir derlei doch immer auf! Und nehmen Sie mich mit auf diese Stufen. Nimm mich mit, meine – Seele ...
Die ›Legendchen‹ sind auch nur Spielerei. Nippes sozusagen, wie chinesische Figürchen. Gleichwohl: Sie müssen nun auch *Ihre* Phantasie spielen lassen, – so werden auch sie Ihnen ›liegen‹. Stellen Sie sich nur jedes einzelne Bild, jede einzelne Szene so stark und lebendig wie möglich vor: die nächtliche Wiese vor den Toren Kölns, die zwölf Mönche in ihren weißen Kutten und groben Holzschuhen, ihren Zug zu dem Kloster, aus dem sie weggestorben und für ihr wüstes, besonders durch das üble Regiment des Abtes so schlimm gewordenes Treiben vom Teufel geholt sind, den bösen Traum dieses ›grauen‹ Sünders selber – samt darauffolgender gemeinsamer Höllenfahrt ... und zu alledem der ganze groteske *Witz* einer solchen (kindlichen) Höllen-Vorstellung usw. usw. Dann der tölpische Rhythmus (Rüpel im ›Sommernachtstraum‹): Das Holzschnittartige. II ist für mich das feinste. (IV das liebste.) Der skeptische Theolog an der Sorbonne, der das Gemüt des Schülers mit seiner Sophistik vergiftet hat – und nun eines Abends den Besuch des inzwischen zur Hölle Gefahrenen empfängt. Wie *der* ihn nun anblickt, vorwurfsvoll ... Und der ›Unglücksmann‹ fortab keine Ruhe mehr findet. Dazu des Schülers (vielleicht des Lehrers früherer Famulus) Erscheinung und Art. Das Danteske Gewand. Der – je nachdem man ihn auffaßt – ironische oder schmerzliche Anstand seiner Gebärde. – – Ich analysiere Ihnen hier ein bißchen vor, weil ich möchte, daß nichts von mir Ihnen nicht liegt, soweit dies möglich, und weil noch so viel in petto ist, was Sie nur werden würdigen können, wenn Sie ihm mit Humor und Phantasie gleichsam von der Seite her aufs Trittbrett springen (wie einem vorüberjagenden Auto, an dem die meisten nichts erfreut, nur der Staub ärgert); ich meine hier besonders meine Ihnen noch un-

bekannten Bizarrerieen. Oder wäre Ihnen z.B. ›das ästhetische Wiesel‹ schon einmal, im Berliner Tageblatt etwa, begegnet?... Was hab *ich* denn für Wahlsprüche gehabt? Nulla retrorsum (Cromwell) (keinen Schritt rückwärts), Vitam impendere vero (das Leben der Wahrheit opfern), noch vom vorigen Winter. Andres fällt mir wohl noch ein.
Um Kinderbilder werd ich meinem Vater schreiben. Aber ich zweifle, ob noch etwas vorhanden. Vielleicht kann ich Ihnen später einmal ein Bild zugehen lassen, das ein jüngerer schlesischer Maler – Völkerling, er lebt in München – diesen Maimonat von mir gemalt hat. Es ist nicht übel, nur von dem ›furor‹, der *auch* in mir, läßt es wohl zu wenig spüren. Ich war ja damals (wie immer im Frühjahr) seelisch wie leiblich ›unter mir selbst‹.

An Dr. Rudolf Steiner

Berlin, 6. April 1909

Sehr verehrter Herr Doktor,
seit Mitte des Winters etwa folge ich Ihren Vorträgen im Architektenhaus und bitte Sie, auch Ihrem Vortragszyklus in Düsseldorf beiwohnen zu dürfen. Ja, vielleicht sogar schon den beiden Mitgliedervorträgen in Köln.
Es ist mir leider all das zu spät bekannt geworden, so daß meiner Teilnahme an diesen zwei Abenden folgendes im Wege zu stehen scheint: Erstens habe ich Rücksichten auf eine Dame (seit einigen Tagen Mitglied) zu nehmen, deren Abreise bereits am Sonnabend noch nicht ganz gesichert ist.
Zweitens bin ich noch nicht Mitglied (wiewohl bereit, es zu werden, wenn sich die nötigen Bürgen so rasch finden), und drittens möchte ich (sowohl wie Sie) nichts vorwegnehmen.
Ich brauche diesem letzten Punkte Ihnen gegenüber nichts hinzuzufügen als höchstens dies, daß ich ein sehr zurück-

gezogen lebender Mensch bin, dem lediglich Ihr Wort und die Sache am Herzen liegen.
Wie stark ich mich Ihnen selbst, verehrter Herr Doktor, verbunden fühle, dafür mag Ihnen das beigelegte Sonettenpaar aus meinem jüngsten, noch ungedruckten Buche wie ein froher dankbarer Ostergruß sein.
Ihr Ihnen aufrichtig ergebener

Christian Morgenstern

An Margareta *(Nach Florenz)*

Kristiania, 10. Mai 1909

... Heute bin ich höchst besorgt um Dich. Denke Dir, nichts seit Florenz, als das Telegramm, das ja gar keine Einzelheiten gibt ...
Heute also, nachdem ich an der Post vergeblich gefragt hatte, beschloß ich, den aufzusuchen, dem ich meine ganze einstige Norwegerzeit und noch weit mehr verdanke. Ich fuhr nach dem Friedhof von Vor Frelsers Kirke. Eine wundervolle Ruhestätte hat der *Alte* dort, ich erinnere mich nirgends einer ähnlichen. Ein edles quadratisches Eisengitter, darinnen ein mächtiger Obelisk, schwarzgrün, mit einem eingeschnittenen Grubenhammer darauf (›Hammerschlag um Hammerschlag‹ ..., sieh einmal unter den Gedichten nach). Vor dem Obelisken eine große Platte aus demselben Stein und nur sein Name darauf. Am Gittertürchen dann noch sein fast mystisches Namenszeichen, das auch auf meiner Medaille ist:

Ich stand eine Weile davor und legte eine Handvoll Anemonen nieder und fühlte Euch beide, Dich und Fritz, lebendig an meiner Seite.
Dann saß ich noch eine Stunde wohl oberhalb auf einer Bank, vor mir den Obelisken mit vierzehn herrlichen Birken hinter sich – denn das ist das schönste: Und die wer-

den nun in vierzehn Tagen einen grünen Chor um ihn bilden.
Liebste, hilf mir wünschen, daß diese Tage richtig vorübergehen. Ich werde hin- und hergeworfen. Das Äußerliche der Bewegung macht mir arg zu schaffen. Überall halt, wo Menschen sich zusammenscharen, fängt auch Narretei an zu blühen, wie ein Unkraut, auch in dem schönsten Garten. Man muß sich nur sagen, daß Narretei innerhalb der Theosophie immer noch zehnmal besser ist als außerhalb ihrer. Im übrigen sind sie alle wirklich gut, diese Menschen, auch wenn sie manchmal ›mit Entsetzen Scherz treiben‹. –
Steiner bin ich noch nicht wesentlich nähergekommen. Er zeichnet mich zwar leicht aus, aber ich fühle immer noch nicht Vertrauen. Und so entfernt er mich auch immer wieder innerlich von sich. Ich möchte mit ihm frei und rücksichtslos über hundert Dinge reden, aber er hält mich im Konventionellen zurück.
Norwegen übt vorläufig, das heißt die Menschen, noch eine fast aufreizende Wirkung auf mich. Dasselbe, was mich damals vertrieben, weht mich wieder an: die Seele eines kleinen, für sein Land zu kleinen Stammes, der sich trotzig und stotzig isoliert und sich damit selbst den Wuchs in Breite und Höhe verkümmert, ja verwehrt. Ein unselig Exempel germanischer Eigenbrödelei. Heute, wie damals, fühl ich's: hier oben im Norden muß etwas Elementares eintreten ... – eher kommt kein neues Leben in diese halberstarrten Glieder ...

An Margareta

Budapest, 1. Juni 1909

Mein liebster Kamerad,
verliere mir nur, bitte, Du nicht auch noch den Kopf und sieh Gespenster, weil ich ein paar Bahnfahrten mehr als gewöhnlich gemacht habe (im Schlafwagen, soweit ich's er-

möglichen kann) und statt in der Kalckreuth- oder Derfflingerstraße schlecht und wenig zu essen, in dem und jenem Restaurant zwar auch nur wenig, aber dabei gewiß nicht schlechter esse. Ist das alles wirklich etwas so Besonderes? Nein. Aber daß der Zweck dieser Fahrten der ist – nicht etwa jedesmal der Première eines Stückes von mir beizuwohnen (nehmen wir den Fall an) oder im Auftrage Cassirers mit einem berühmten Autor zu verhandeln oder dergleichen – jedesmal eine Reihe instruktiver Vorträge zu hören, das raubt Euch völlig die Ruhe: denn nun muß natürlich Leidenschaft, Rausch, Fanatismus und weiß Gott was noch im Spiele sein – ›Okkulter Einfluß‹ – Verwirrung durch hysterische Frauen usw.
Ich kann dazu vorläufig nur still sein und denken, daß es ja nur Liebe ist, die Euch so bewegt. So wie es ja auch meinerseits nur Schuld der Liebe war, wenn ich, die ganzen Impulse von Kristiania noch in den Gliedern, Fritz vielleicht ein wenig zu sehr zugesetzt habe. Er meint, ich wolle ›predigen‹. Aber ich hätte eine unnatürliche Zurückhaltung haben müssen, hätte ich nach einer solchen Tour nicht wenigstens ein paar Worte sagen sollen.

An Margareta

Budapest, 10. Juni 1909

... Du brauchst Dich dann sehr in Kassel, es wird ein sehr schwerer Kursus werden; denn es geht immer wieder bis in die Ursprünge hinein, und es war gar nicht so ungünstig, daß wir gerade am Anfang, in Düsseldorf, schon von den geistigen Hierarchien gehört haben. Von den Abschriften hoffe ich für Dich weniger als von eventuellen Privatkursen von Fräulein v. Sivers oder Boesé, die wir womöglich zusammen besuchen wollen. Das Letzte freilich fehlt auch hier; ich wenigstens brauche bei diesen ungeheuren Weltenbildern immer wieder die persönliche lebendige Bürgschaft Steiners selbst. Und so wie in Kristiania wird man

ihn wohl selten wieder hören und sehen. Ich erlaube mir derlei, der ich sonst, wie Du weißt, eine rechte Geringschätzung für sogenannte historische Augenblicke habe, – welthistorisch zu nennen. –
Nein, wir haben da oben noch nichts Intimeres verhandelt. Die Stunde, die ich bei ihm war, verging unter Gesprächen über einiges von meinen Manuskripten usw. Erst am Schlusse wechselten wir noch ein paar bezüglichere Worte, wobei er den ersten Grundsatz des Okkultisten betonte: ›Niemandem Schaden zu 'tun‹ und meinte, obwohl mir freilich eine kürzere Frist zugemessen werden könnte, so wäre er doch dafür, mir erst in Kassel (es ist ja auch dies noch sehr früh) Entsprechendes zu sagen. Dann werde ich wohl auch zu den esoterischen Vorträgen zugelassen werden. Ich hoffe nur Eines, daß *Du* möglichst gleichzeitig dazugezogen wirst; denn eine Trennung von Dir auf diesem Gebiete würde mich unendlich schmerzen. Und diese Gefahr ist immer nahe, solange wir nicht Seite an Seite leben und arbeiten. Wenn ich bedenke, daß Fritz und ich jetzt vielleicht zum ersten Mal seit unserer Jugend wirklich getrennt sind! Gewiß bin ich daran mehr schuld als er, aber es ist nicht zu ändern, ich kann nicht nur an ihn allein denken und bei seinem Tempo – das für ihn notwendig, schön und richtig ist – bleiben. Er hat ohnehin Unendliches voraus vor mir, einfach durch bloßen Persönlichkeitswert. Nun, genug. –

An Kayßler

Kassel, 28. Juni 1909
(In einem Café geschrieben)

Mein Alter,
ich bitte Dich nun wirklich bei unserer alten Freundschaft, dieser Periode einer uns ganz und gar ungemäßen Befangenheit ein resolutes Ende zu machen.
Ich fühle zu Dir und Lene so unverändert wie je und weiß

nicht, warum Du mich immerfort noch so schlecht behandelst.

Alles ist schön und gut verlaufen; das bißchen äußeres Ungemach ist vergessen und erledigt, nur Dein Verhalten will nach wie vor als dunkle Wolke am Himmel hängen. Du schreibst, wie ich durch Margareta höre, mir Dinge zu, von denen ich gar nicht sprechen mag, weil sie aus Deiner alten Kinderkrankheit stammen, mich in entscheidenden Momenten für ›hochmütig‹ zu halten. Dieser hochmütige Mensch stellt sich nach wie vor tief unter Dich – aber das schließt nicht aus, daß er wie von sich auch von Dir ein Ideal in sich trägt, das auch von Dir noch nicht aufhören will zu fordern. Zwischen Diesem und Überstürzung ist doch noch ein Unterschied. Nimmst Du die Sorge des Liebenden mir gegenüber, so nehme ich eine gewisse Ungeduld des Liebenden Dir gegenüber als mein Freundesrecht in Anspruch. Laß Dich davon nur soweit befruchten, als es richtig ist, aber mißverstehe mich nicht, sowenig ich die Liebe hinter Deiner Sorge und Treue verkenne.

Was mich nun gerade nach Kristiania besonders lebhaft machte, war das: ich hatte für die Stärke des Materialismus, in dem wir alle noch leben, einen feineren und schärferen Sinn bekommen als je. Nie hatte ich vorher den Ernst der Situation so deutlich erkannt, nie so stark die Notwendigkeit gefühlt, ihm auf jedem Fußbreit Landes entgegenzutreten. Du wurdest durch diese Lebhaftigkeit befremdet und schaltest mich einen Neuling; aber in meinem Falle hättest Du genau ebenso gefühlt. Du glaubst, ich wollte Deinen Lebensgang, – aber ich wollte nur Deine Optik beeinflussen. Um optische Verfeinerungsmöglichkeiten handelte es sich mir, z. B. in der Alkoholfrage. Es betrifft dies doch nicht ein dürres, am Ende gar lebens- und freudefeindliches Prinzip, sondern so, wie man sich etwa gegen schlechte Kunst wendet und gute liebt, so sieht der hier Be-

kehrte (und das wurde ich schon damals nach Davos), daß das Unübliche hier das ungleich Vorzüglichere ist.
Ich möchte freilich diesen Brief noch lange fortsetzen, aber ich meine, Du nimmst ihn heute als Anfang und hast lieber diesen Anfang schon morgen, als das Ganze nach weiteren schweigenden acht Tagen. Er ist wahrlich nicht der erste, ich habe seit Mitte Budapest viele Anfänge angefangen.
Also heute nur noch, daß Du mir vor allem von Euren Theatersachen Näheres und Nächstes mitteilen mußt, von dessen gutem Fortgang ich mit größter Freude und Überraschung hörte. (Kennst Du eigentlich den ›Eroberer‹ von Halbe? Steiner sprach einmal mit mir davon und bedauerte so sehr, daß es seinerzeit durchgefallen sei. Halbe habe da wirklich das Allerbeste gewollt.)
Wir beide, Margareta und ich, wohnen hier recht hübsch ... und fühlen uns recht wohl. Margareta hat ihre Berliner Blässe verloren und ist frisch und munter wie je. Ich trinke ganze Kufen ›Kindermilch‹, obwohl es kaum nötig ist, vielmehr einfach aus Gutmütigkeit.
Hier ist auch ein ›Galgenlied‹ von kürzlich:

En passant — —

Ein Hund, der naß im Regen wurde,
empfand die Nässigkeit als Burde
und wünschte sich ein Taschentuch,
um sich zum mindestens die Nase — —
statt dessen wälzte er im Grase
sich, doch mit Mißerfolg, da dies
ihm gleichfalls nichts als Nässe ließ ...

Also, liebster Fritz, liebste Lene, nun seid wieder die Alten und gebt Eurem Schmerzchen Valet. Habt endlich wieder volles Vertrauen zu mir und haltet meinem Naturell oder Temperament manches zugut.
In inniger Liebe mit Margareta Euer alter
Christian

An Bruno Cassirer

Obermais, 13. Januar 1910

Lieber Freund,
hier also ist ›Palmström‹, der hoffentlich die ›Galgenlieder‹ nach und nach etwas überschatten wird.
Er kommt mitsamt v. Korf und – –
doch dieser Satz wird erst nach dem ersten Korrekturbogen fortgesetzt und beendigt ...
Wie Sie das Buch einkleiden wollen, weiß ich nicht, ich enthalte mich zunächst aller Vorschläge, betone nur Eines, daß mir persönlich, so wie meine Verhältnisse nun einmal sind, leider weniger um ein handgeschöpftes Büttenpapier zu tun sein darf als um das Papier in der Bütte, daraus meine eigene Hand das Lebenselexier zu schöpfen genötigt ist.
Mit Palmström und Korf habe ich, wie Sie bemerken werden, ein neues Feld gefunden, das ich noch viel und oft anzubaun gedenke.
Mit herzlichem Gruße von Haus zu Haus

Ihr ergebener
Christian Morgenstern

An Elisabeth Morgenstern

Obermais, 31. März 1910

Die Lehre der Reincarnation zeigt uns den durch Zeit- und Weltalter sich hinziehenden Werdegang der Einzelindividualität, der von einem gewissen Moment ab – den die Bibel als Sündenfall bezeichnet – die Freiheit zum Guten wie zum Bösen gegeben und gelassen wird und die sich nun in immer neuen menschlichen Verkörperungen, mit großen dazwischenliegenden Läuterungen, Ruhe- und Arbeitspausen, zum Christus hinauf- oder zum Widerchristus hinunterzuarbeiten Gelegenheit hat.
Die Lehre vom Karma – um es mit Worten aus einem von vielen Büchern zu geben – ›Die Lehre vom Karma bedeu-

tet, daß wir uns selbst zu dem gemacht haben, was wir sind, durch unsere früheren Handlungen; und daß wir an unserer ewigen Zukunft durch unsere gegenwärtigen Handlungen bauen. Durch nichts anderes, nur durch uns selbst werden wir bestimmt‹.

Oder aus einer anderen Stelle: ›Karma ist das unfehlbare Gesetz, welches die Wirkungen an die Ursache knüpft, und zwar in der physischen, gedanklichen und geistigen Welt. Das Gesetz vom Karma ist unauflöslich verwoben mit dem von Reincarnation. Karma selbst aber, die Summe unserer Handlungen aus früheren Lebensläufen, führt uns (nach dem jeweiligen Tode) wieder in das Erdenleben zurück‹. –

Richtig verstanden ist kein Unterschied zwischen allen ganz tiefen Lehren der Menschheit; aber wie alles fortschreitet, so schreitet auch die Art und Fülle der Offenbarung fort, so wird alles Spätere Ergänzung, Erweiterung, Vertiefung des Früheren.

An Siegfried Jacobsohn [Undatiert]

Erlauben Sie mir ein paar Worte über das jüngst hier erwähnte Buch ›Die Parodie‹ von R. M. Meyer. In der Einleitung zu diesem Buch heißt es:

›Am Schluß haben wir dann wieder, wie zur Zeit der Rükkert, Heine, Freiligrath, witzige Nachbildungen individueller Eigenheiten, die mehr den ganzen literarischen Habitus zu treffen suchen als einzelne Tendenzen, es sei denn etwa Dehmels kühne Wortbehandlung – oder gar Nietzsches tiefsinniges Dunkel wie in Christian Morgensterns ‚Gebet‘: ‚Die Rehlein beten zur Nacht‘ . . .‹

Sich die Sache so oder anders zu denken ist natürlicherweise jedermanns Recht. Aber man verdirbt sich wirklich das Beste an den Sachen, wenn man in solcher Weise literarische Beziehungen herstellen zu müssen trachtet. Sie sind ganz abseits von allem literarischen Geist entstanden und haben nie auch nur im Traum eine Verspottung oder dergleichen zeitgenössischer Lyrik sein sollen. Ich darf mich endlich einmal dagegen verwahren, daß diese Dinge ein ›Literat‹ in die Welt gesetzt habe. Mag sein, daß George, Dehmel und Hofmannsthal auf einzelne Stilwendungen oder Reime gelegentlich abgefärbt haben; dafür lebte ich mit ihnen in gleicher Zeit, aber hätte ich sie oder ihre Mitläufer auf diesen Blättern deshalb – parodiert?

Gewiß, ich habe in den neunziger Jahren eine Sammlung Parodien geschrieben. Der Einakter nach d'Annunzio ›Il pranzo‹ usw. sind unter anderm davon bekannt geworden. Aber das waren auch mit derselben Stilsicherheit Parodien, wie die ›Galgenlieder‹ – wenn ich vielleicht das eine Gedicht ›Der heroische Pudel‹ ausnehme – keine Parodien sind.

Vielleicht veröffentliche ich diese Sammlung noch einmal. Sie hieß ›Der grüne Leuchter‹, begann mit einer Parodie Altenbergs und blieb wie so manches an der Interesselosigkeit der Verleger liegen – dann wird man den Unterschied sofort merken. Einem für den George-Kreis schwärmerisch begeisterten Bekannten las ich eines Abends in dem behaglichen kleinen Bibliothekzimmer unserer unvergeßlichen lieben Frau Dr. Emmy Loewenfeld die Abschrift eines noch ungedruckten Gedichtes von Wolfskehl oder vielleicht auch von Stefan George selbst vor – und der Mann glaubte daran und fand das Gedicht sehr schön. Das ist Parodie, das heißt Parodie. Zu den Rehlein dagegen standen Sinn für Phonetik, Phantasie und simple Naturanschauung Pate – und nicht irgendein Tiefsinn irgendeines Nietzsche – o Ihr tiefsinnigen Ausleger. Ebenso wie das Wiesel z. B. der Lust am Reim und außerdem des Knaben eigenem Treiben im Gewässer schlesischer Gebirgsbäche seine Entstehung verdankt – und nicht dem Hinblick auf Richard Dehmel oder sonst irgend ›Literatur‹.

Was leitet mein erstes gedrucktes Buch, das verschollene

›In Phanta's Schloß‹, als Motto ein? Eine Strophe, die also endigt: ›Doch wenn ich euch raten darf, habt auch Unschuld zum Genießen‹ . . .

Antwort an einen Redakteur

Obermais, 1910 [Undatiert]

Die ersten, noch den neunziger Jahren entstammenden Galgenlieder entstanden für einen lustigen Kreis, der sich auf einem Ausflug nach Werder bei Potsdam, allwo noch heute ein sogenannter ›Galgenberg‹ gezeigt wird, wie das so die Laune gibt, mit diesem Namen schmücken zu müssen meinte. Aus dem Namen erwuchs alsdann das Weitere, denn man wollte sich doch, war man nun einmal eine sogenannte Vereinigung, auch das Gehörige dazu denken und vorstellen. . . . Was im Lauf der ersten Auflagen dann noch hinzutrat, hatte natürlich mit dem Anfangsthema nicht mehr viel gemein; da aber das ›geistige Band‹ des Humors nicht fehlte, so mußte der alte, mehr private Titel denn nun auch vor größerer Öffentlichkeit all das Neue unter seinen Flügeln aufnehmen und behalten.

Dieser kleine Verein stand unter dem Zeichen des Spiritus asper. Sein Wahlspruch lautete: ›Per aspera ad astra‹. Auf deutsch soll das heißen: ›Der Hauch über den Dingen ist das Beste.‹ So betrachtet, wird Ihnen das Büchlein verständlicher erscheinen. Sie werden das Lalula nicht mehr ganz so unsinnig finden, wenn Sie bedenken, daß es weniger der Ausdruck irgendeines Un-Sinns, Ohne-Sinns sein sollte, als der eines ganz privatpersönlichen, jugendlichen Übermuts, der sich in Lautverbindungen gefiel, ein Gefallen, das unter *Kindern* wohl alltäglich ist, das der Erwachsene aber, wie so vieles, vergißt, und wenn es ihm künstlerisch verkappt entgegentritt, nur noch als Bizarrerie anzusprechen weiß.

Warum soll sich ein phantasiereicher Junge zum Beispiel nicht einen Indianerstamm *erfinden* samt allem Zubehör, also auch Sprache, Nationalhymne? Und warum soll künstlerischer Spieltrieb derlei nicht, zum Scherz, einmal wiederholen?

Ich habe noch als Gymnasiast ›Sprache erfunden‹, war seinerzeit einer der eifrigsten Volapükisten – – nun, was weiter, wenn ich da einem für solches besonders begabten Bundesbruder ein Vortragsstück in einem *eigenen* Volapük schrieb? Denn all dieses Anfängliche war auf Vortrag und Musik gestimmt (und zwar unter fünf bis zehn *Privat*personen), ohne jeden Gedanken an jemalige Öffentlichkeit. Erblicken Sie also keinerlei Raffinement in diesem Humor, noch umgekehrt, gänzlich unverantwortlich empfindende naive Künstlerjugendlaune. Zunächst sollten die Lieder nichts, als einigen jungen Toren, gleich mir selber, Vergnügen bereiten. Mit der Zeit aber wuchs ihr Leserkreis, ihre Anzahl, ihr künstlerischer Ernst. Sie werden zugeben müssen, daß überall lebendige Anschauung dahintersteckt, daß nirgend ein Witz gemacht, sondern eine Situation vorgestellt oder ein Vorgang entwickelt wird, daß, selbst wo ein sogenannter Wortwitz zugrunde liegt, er sich im lebendigen Leben inkarniert.

Ich habe nur *eine* Bitte: Sollte (was ja immerhin möglich wäre) in Ihrem Aufsatz das Wort Blödsinn oder Stumpfsinn, wenn auch noch so glänzend epithetiert, vorkommen, so ersetzen Sie es meinethalben durch Wahnwitz oder Tollheit oder dergleichen; da Sie es wahrlich begreifen werden, daß es auf die Dauer nicht angeht, einen Humor, dessen vielleicht einziger Vorzug gerade in einer gewissen Art von *Geistigkeit*, von Helligkeit und Schnelligkeit besteht, mit diesen zwei üblen deutschen Philister- und Bierbankausdrücken, in denen sich, wie Sie hieraus erraten, die Mehrzahl meiner ›Kritik‹ gefällt, abzustempeln.

›Höherer Blödsinn‹ oder jener so beliebte deutsche ›Stumpfsinn‹, ›literaturfähig‹ geworden, ist so ziemlich das Billigste und Törichteste, was sich sagen läßt. Wer so ur-

teilt, gebraucht ein Schlagwort und eine Formel, ohne sich wirklich Rechenschaft von dem Vorhandenen zu geben.
Es kann von *Unsinn* nirgends die Rede sein; dazu war ich immerhin vor fünfzehn Jahren nicht mehr unreif genug. Jedes Gedicht hat Hand und Fuß, man muß sich nur die Mühe nehmen, sich in die Grundsituation zu versetzen. Bei den ersten Sachen tritt, wie gesagt, noch als Gesamtgrundlage jener Klub mit seiner auf die ›Idee des Galgenberges‹ gegründeten Organisation hinzu. Danach ist über 1, 2, 3 nichts weiter zu sagen. Das ›Gebet‹ wird doppelt verständlich, wenn Sie sich die erste und letzte Zeile von einem der ›Galgenbrüder‹ gemurmelt denken und das halb neun, halb zehn usw. von einem zweiten, dritten usw. – alles naturgemäß in einer Art Dämmerzustand, wie es solchen Gesellen ja wohl eigen sein darf.
Das Lalula dürfte im wesentlichen eine, sagen wir, phonetische Rhapsodie sein, ursprünglich besagtem (siehe Einleitung) Faherügh ›auf den Leib‹ geschrieben, der es denn auch mit ganz derselben Leidenschaft und Überzeugung vorzutragen pflegte, die man im Leben draußen nur zu oft an ungleich geringere ›Wortkunst‹ verwendet.
Das Mondschaf wird wohl, unter anderm, eine Personifikation des Mondes sein, der zuerst am nächtlichen Firmament steht, dann hinter Wolken oder Bergen verschwindet, in einem ihm unterlegten ›Traume‹ seine winzige Weltkörperlichkeit als das ›All‹ empfindet und tags darauf als weiße Scheibe den Himmel ziert.
Der arme Rabe Ralf nährt sich von Galgenspeise und geht daran zugrunde.
Fische sind ›stumm‹, man kann also auch ihren ›Gesang‹ nicht anders als durch stumme Zeichen ausdrücken. Usw. usw.
Damit sind natürlich nur Andeutungen gegeben. Im übrigen ist Humor eben Humor und hat jederzeit seinen *eigenen* Sinn und – Ernst für sich. Ja, es ist seine Mission, zu-

mindest heutzutage, im Menschen den dumpfen trübseligen Ernst, in den ihn eine materialistische Gegenwart verstrickt hält, ein wenig aufzulockern, anzubröckeln.
Wenn diese zwei, drei Büchlein, die für mich ja doch bloß Beiwerkchen, Nebensachen bedeuten, nur ein bißchen geistige Leichtigkeit, Heiterkeit, Freiheit verbreiten, die Phantasie beleben, nur ein bißchen von der im Posthorn gefrorenen Musik der Seele wieder auftauen, so ist es genug.

An Frau Clara Anwand

Inner-Arosa, 27. Februar 1913

Liebstes, bestes Clärchen,

... Fritz schrieb uns kürzlich so lieb von Euch, wir freuen uns so, daß Ihr nun öfter zusammenkommen könnt und Euch immer besser versteht. Von Irmis Klavierspiel berichtete er nun gar Wunderdinge. –
Auch im Architektenhaus wart Ihr also einmal zusammen! Fritz schrieb mir verschiedene Bedenken, aber bedenkt nur auch immer *dies*, daß man in einem Vortrag nicht gleich auf *alles* antworten kann, was ein Frager an Fragen mit sich herumträgt, daß über vieles *hinweggegangen* werden muß und daß dieses Hinweggehen deshalb noch lange nicht bedeutet, daß der Vortragende an dieser Stelle nun etwa nichts mehr zu sagen wüßte. Es sind doch schließlich auch dicke Bücher vorhanden, in denen auf unzählige Fragen bereits Antworten stehen, z. B. auf die: ›Wie vermeidet der Geistesforscher die Gefahren der Täuschung, die ihm überall drohen?‹ Aus *diesem* Grunde: weil an den Geistesforscher immer wieder so herangetreten wird, als könnte ihn schließlich die Frage eines unschuldigen Kindes in seinen ersten Voraussetzungen schon zu Fall bringen, als stände da bloß ein besserer Dilettant des Denkens, nicht einer, der vierzig Jahre überhaupt nichts als *gedacht* hat, nicht einer, dem man die *Lehrerqualität* schon nolens vo-

lens zubilligen muß, – aus diesem Grunde mag fließen, was zuweilen vielleicht als Schärfe, als Härte empfunden wird. Wenn Fritz meint, der Dr. Steiner sei nicht eben nachsichtig gegen fremde Anschauungen – so läßt sich darauf zweierlei erwidern. Erstens handelt es sich beim Geistesforscher nicht um irgendwelche ›Anschauungen‹, in dem Sinne, wie wir das Wort heute vulgär verstehen (Ansicht, Meinung, Behauptung, Überzeugung etc.), sondern um Vermittlung von *Wahrheit* aus der geistigen Welt. Diese Wahrheit kann in mancherlei Bildern empfangen werden, aber über sie selbst kann nicht die eine oder die andre ›Meinung‹ herrschen. Sie ist über aller Meinung, über allen ›Anschauungen‹, sie ist eben *die Wahrheit.* Deshalb könnte man höchstens sagen: Er ist nicht nachsichtig gegen ›Anschauungen‹, gegen Anschauungen überhaupt. Denn aus ihnen geht ja eben das *Chaos* des gegenwärtigen Lebens hervor, während seine Seele dem Geiste der *Ordnung* dient.

Zweitens kann man auch noch folgendes erwidern: Wer hat denn im allgemeinen Nachsicht mit den Theosophen? Steht nicht die ganze Welt zu neunundneunzig Prozent gegen sie? Empfindet sie der gewöhnliche Mensch nicht als Sonderlinge, Narren, Phantasten, Schwärmer, verachtet sie nicht die offizielle Wissenschaft, verwünscht sie nicht die offizielle Kirche?

Niemand hat Nachsicht mit dieser Theosophie, der Mutter aller Wissenschaften, aller Religionen, aller Kultur und Zivilisation – nur sie selbst wartet mit einer unermüdlichen, einer göttlichen und nur aus Göttlichem heraus ganz verständlichen Geduld, ›bis ihr schleichend Volk ihr nachkomme‹.

Feinde ringsum, die ihre Pfeile auf sie abschießen – und zugleich die Forderung der Nachsicht! Man muß sich ein solches Bild nur einmal in seiner Tiefe vorstellen. –

Du gutes Herz, das ist nun wohl seit zwanzig Jahren das

erste Mal, daß ich Dir wieder ›philosophisch komme‹, – aber ich meine, es ist schön, daß wir auch nach zwanzig Jahren die Unterhaltung fortsetzen können und dabei sicher sein dürfen, uns sowenig wie damals mißzuverstehen. Möchte es in abermals zwanzig Jahren nicht anders sein! – In treuer Liebe von uns beiden

Euer aller getreuer Vetter Christian

An Kayßler

München, 24. August 1913

So wie Dir mag es mit der ersten Szene und vielleicht auch mit dem ganzen Mysterium manchem andern ergehen – und es läßt sich zunächst gar nichts weiter dazu sagen. Auch unter den Theosophen selbst wird mancher sein, der sich formal befremdet fühlen mag – aber ihm freilich wird es nicht schwer, sich die Grundstimmung vor die Seele zu rufen, die ihn überhaupt zum Zuhörer dieses Mannes gemacht und die ihm stets und überall sagt: Er schreibt (redet usw.) nicht, um mir zu gefallen; – ich soll etwas lernen.

Schau, gesetzt nun, der Kreis, von dem Du sprichst, hätte dieses Mysterium beispielsweise als ›Un-Kunst‹ oder dergleichen abgelehnt oder verhielte sich irgendwie äußerlich dazu – was wäre der Effekt davon gewesen? Der ganze Kreis hätte damit eine Welt von Anregungen, Hinweisen, Offenbarungen abgelehnt, die er sonst von nirgendwem hätte empfangen können.

Er hätte sich damit eine Gelegenheit zu weiterem geistigen Wachstum verschüttet, und nicht nur das: er hätte damit einen Rückzug angetreten, der ihn mit Notwendigkeit wieder ins Reich derbsten Sinnenscheins zurückführen müßte. –

Nochmals: Niemand kann Dir verargen, wenn Dir dieses Mysterium zunächst fremd und verschlossen bleibt – aber das kannst doch auch Du schon jetzt in Dir stark werden lassen: das Gefühl: es kann Dinge geben, vor denen alles

Hergebrachte, was ich sonst an die Dinge heranzubringen pflege, hinfällig werden kann, seinen Sinn und Wert verliert, Dinge, denen gegenüber ganz neue unbefangene Einstellungen nötig sind, sollen sie mir nicht geradezu als widersinnig erscheinen.

Dieses Gefühl – nicht nur diesem Mysterium gegenüber – wäre, um es so auszudrücken – Dein erster Schritt zur Theosophie.

Als ich im April in Portorose eintraf, lag auch eine willkommene Post von Eduard Stucken da, ein neues ›Mysterium‹: Merlins Geburt.

Da hast Du nun Deinen schönen Vers, Deinen dramatischen Aufbau usw. und wer nur schöne Verse und Kunst im hergebrachten Verstande liebt und außerdem glaubt, daß ihm die persönlichen Anschauungen und Vorstellungen Stuckens Beiträge und Hülfen zu einer eigenen inneren Entwickelung sein können – der wird dies Stück ohne weiteres als ›gekonnt‹ bezeichnen und das Steinersche Mysterium daneben als etwas abtun, wofür die Bezeichnung Dilettantismus noch eine unverdiente Auszeichnung sei.

Und die Stuckensche Dichtung *hat* auch vielerlei Schönheit in sich, und ich habe sie damals in Portorose mit Liebe und Freude in mich aufgenommen. Aber freilich, an unserer theosophischen Welt und damit etwa im besonderen an dem Mysterium ›*Die Pforte der Einweihung*‹ gemessen, konnte es mir als nichts anderes erscheinen als ein bei alledem besonders sympathisches und beachtenswertes Produkt jenes allgemeinen – Dilettantismus, der unser gesamtes Kulturleben und -schaffen trägt und prägt. Letzten Endes erinnern solche Produktionen an den ›Gemischten König‹ in Goethes Märchen, und ihr Los ist denn auch – so schmerzlich es sein mag –, gleich ihm eines Tages in sich zusammenzufallen.

Sie enthalten manchen feinen und tiefen Zug, manches bedeutende Gefühl, aber schließlich tappen und tasten sie doch im Ungewissen, im nur-persönlich-Meinunghaften herum und hinterlassen Unbefriedigtheit und Traurigkeit, weil sie aus dem tiefen Ernste realer Geisteswelten (mit denen wirklich Fühlung zu gewinnen sie versäumt haben) doch eben wieder nur ein zufälliges Spiel herausgeholt haben.

Das Steinersche Mysterium dagegen ist kein *Spiel*, sondern es *spiegelt* geistige Welten und Wahrheiten *wider.* Es leitet ein, mag sein noch mit mancher Mühsal eines Anfangswerkes, einer ersten Tat beladen, eine neue Stufe, eine neue Epoche der Kunst. Diese Epoche selbst ist noch fern; es können Hunderte von Jahren vergehen, bis die Menschen, die diese rein geistige Kunst wollen, so zahlreich geworden sind, daß etwa in jeder Stadt Mysterien solcher Art würdig geboten und empfangen werden können – aber hier in der ›*Pforte*‹ ist ihr historischer Ausgangspunkt, hier wohnen wir ihrer Geburt bei. –

Was Du da in Händen hast, ist ja außerdem nur der Anfang, dem bereits drei Fortsetzungen, Weitergestaltungen folgten und der noch Weiteres und Weiteres nach sich ziehen wird. Etwas Ungeheures entsteht da vor uns und mit uns – eine geistige Gebirgslandschaft, die man ein Leben lang nicht zu Ende ergründen und auslernen kann.

Du magst denken, ich habe gut reden, aber was beweist das schließlich, als daß ich eben von alledem sehr eingenommen bin ... Zur selben Zeit, da mir ein Mensch entgegentrat, vor dem ich wie Schopenhauer vor Kant oder Nietzsche vor Schopenhauer spontan empfand, daß ich alles, was er irgendwie zu sagen hätte, würde in mich aufnehmen müssen, wurde jenes Hintertreppenurteil über jenen Mann zu Dir geäußert, das ihn Dir bis heute verdächtig zu machen vermocht hat, – unerachtet Margareta und ich nun schon vier Jahre mit unserer ganzen Seele von ihm und für ihn zeugen. Seht, Ihr Lieben, – und wenn uns Steiner nichts anderes verschafft hätte als ›das Erlebnis des *Leh-*

rers‹, es wäre schon genug. Es gibt *in der ganzen heutigen Kulturwelt* keinen größeren geistigen Genuß, als diesem Manne zuzuhören, als sich von diesem unvergleichlichen *Lehrer* ›Vortrag halten zu lassen‹. Ein solcher Zyklus z.B. wie der gegenwärtige, ja, Lieber, da kulminiert eben das europäische Geistesleben von 1913, dergleichen ist *einmalig* und *unersetzlich* und ist selbst in einem Weltall, wie Du es gern hast und in dem sich schließlich ein Prachtmensch wie Du auch gefährliche Maximen einmal leisten darf, nicht so ohne weiteres wiederzuhaben. Denn gefährlich *ist* die Maxime, der Du in Dir Gehör gibst, dieses: ist's nicht heute, ist's morgen; es wird schon alles so kommen, wie es kommen soll und gut ist usw. Und: in solchen Dingen bedarf's keiner Eile; ich habe Zeit usw.

Wer von uns darf *wirklich* sagen: *ich* habe Zeit!

Und wer von uns darf eigentlich so sprechen, wie Du sprichst: Nichts lieber als wenn mir der entscheidende Führer begegnete und ich mich ihm hingeben könnte. Verzeih mir, ... aber so träumt der Märchenprinz vom Schlaraffenland.

An einen jungen Mann (Fragment)

[Undatiert] 1913

Ihre schöne Offenheit ist mir aufs höchste erwünscht und gibt mir zugleich selbst die Möglichkeit, Ihnen frei auszusprechen, was auszusprechen ist.

Das Maeterlincksche Buch lernte ich schon vor seiner deutschen Ausgabe kennen und hatte längere Zeit die Absicht, Notizen dazu zu schreiben. Man kann das Buch nämlich wie ein Schulheft durchkorrigieren, so sehr strotzt es oft von Seite zu Seite von Halbheit und Unzuständigkeit.

Maeterlinck, für den ich im übrigen lebhafte Sympathien hege – agiert hier den ›Kammerdiener‹ der ›herrschenden‹ Wissenschaft, wie er submisser nicht gedacht werden kann.

Statt sich der Genialität des Dichterischen, Schöpferischen in ihm zu überlassen, geht er, den Hut devot in der Hand, Leuten nach, zu denen aber die Menge heute so gläubig aufblickt wie das Volk des Mittelalters zu seinen Pfaffen. Was ist denn eigentlich diese ›Wissenschaft‹ von heute, mit welchem Rechte nennen sich hunderttausend fleißige Arbeiter auf ihrem Felde ›*die* Wissenschaft‹? . . .
Die wissenschaftliche Methode wird man nicht anfechten. Mit ihr ›spielt‹ denn auch in keiner Weise die Geistesforschung. Sondern die Methode des Naturforschers ist auch ihre Methode, nur, daß die Untersuchungen hier mit andern Instrumenten vorgenommen werden als dort. Das Instrumentenmaterial des Naturforschers sind ›Hebel und Schrauben‹, das des Geistesforschers ist – er selbst. Er bereitet sich durch lange, auf uralten Traditionen beruhende Schulung selbst als sein Instrument zu. Er schleift sich selbst zum Spiegel für die geistigen Welten. Weil dies unendlich schwerer ist, als ein gewöhnliches Spiegelglas zu schleifen und mit ihm zu operieren – steht er *deshalb unter* dem Forscher der Außenwelt? Weil sein Instrument so sehr viel feiner und wunderbarer ist, als die Instrumente der äußeren Wissenschaft es sind – verdient er *deshalb* all die bekannten Schmähungen, während jeder exoterische Wissenschaftler von vornherein überall persona grata ist? Sollte der äußeren Wissenschaft und ihren Anhängern nicht vielmehr aufdämmern können, daß jene Wissenschaft in homine und per hominem vielleicht noch eine ganz andere Wissenschaft sei als sie selbst, eine, die diesen hohen Namen noch ganz anders erstrebe und verdiene?
Wenn die ›Wissenschaft von heute‹ die ganze Weisheit der Menschheit darstellte, wäre es wahrhaftig zum Erbarmen. Und zum Erbarmen wäre es, wenn das, was Maeterlinck zum Beispiel als ›strikten Beweis‹ fordert, das ganze und wahre Wesen des Beweises erschöpfte! Es ist sehr einfach

von Herrn Maeterlinck, die Zigarette in der Hand, zu sagen: Beweise mir doch das! Wir können uns ja so lange dort auf die Bank setzen. Aber es heißt etwa so viel, wie wenn ein Knabe, der nie russisch gelernt hat, zu einem Puschkin-Übersetzer sagt: Beweise mir in zwanzig Minuten die Richtigkeit und Wahrhaftigkeit deiner Übersetzung. Gesetzt, es wären auch zwanzig Stunden und der Mann verdolmetschte dem Knaben Wort für Wort – wer bürgt diesem für die Wahrheit, wenn er doch selbst kein Wort russisch kann, wie kann ihm jener einen ›strikten Beweis‹ geben, wenn der Knabe von der ganzen russischen Sprache und Literatur nichts kennt als die Worte Milch, Brot und Zeitung?

Würde er sich auch nur ein Vierteljahr unter gehöriger Anleitung mit dem Russischen beschäftigen, so würde er schon merken, daß man dadurch mehr gewinnt als durch alle Fragerei der Welt und alles Fordern ›exakter Beweise‹. O ja, diese exakten Beweise sind durchaus zu haben, aber erst in der Prima und nicht in der Nona. Aber soviel die Welt auch hört und liest von der ›Schulung‹, die aller Geisteserkenntnis vorangehen muß – im gegebenen Moment hat sie alles vergessen, und auf dem Fragezettel steht: Wie kann der Geistesforscher *mir* – nämlich dem vollkommenen Laien – beweisen, daß das wahr ist, was er mitteilt? Und der Genius, der dreißig Jahre an sich und an dem dreißig Jahrhunderte sagen wir die Natur gearbeitet hat, steht da und ist ein Phantast, ein ›Ideolog‹.

Sie meinen, Sie seien der Überzeugung, daß außer Steiner augenblicklich kein Geistesforscher existierte. Nun, erstens beruht diese Überzeugung doch nicht auf einem Wissen. Sie könnten höchstens, wenn Sie die ganze theosophische Literatur der Zeit studiert haben würden, zu dem Urteil kommen, daß Steiner darin den ersten Rang einnehme. Zweitens aber ist es nicht jedes Geistesforschers Mission, durch Bücher oder Vorträge wirken zu müssen. Infolgedessen dürften über diesen Punkt keinerlei Sätze aufzustellen sein ...

An Kayßler

Sanatorium Gries bei Bozen,
27. Februar 1914

Mein geliebter Alter,
laß Dir heute die Zettel schicken und laß, wenn Du künftig welche hast, sie nicht auch so lange liegen. Außerdem lege ich die Karte meines Vaters bei. Tu ihm halt den Gefallen, es ist ja in der Tat nur Formsache. Am besten, sich aller weiteren Gedanken über dies Thema entschlagen. Es hat keinen Sinn und Zweck mehr, mit dem alten Mann noch irgendwie zu rechten, man findet keinen wirklichen Zugang mehr zu ihm. Ich fürchte mit tiefer Bekümmernis: alles, was tiefere Dinge berührt, bringt ihn bloß auf (*wenn* es ihn aufbringt). Bloße Aufregungen aber sollte man ihm vielleicht jetzt doch ersparen, er scheint sehr gealtert und schrieb kürzlich einen recht bedauernswerten Brief über seinen inneren Zustand.
Daß man die Urne vom Kirchhof Wang zurückgewiesen – trotzdem er tausend Mark für die Armenkasse bot –, weißt Du wohl, nun erhofft er die Erlaubnis der Regierung, sie im Garten in Wolfshau aufstellen zu dürfen. Wolfshau selbst hat Liese, wie er schreibt, der Stadt Breslau vermacht als Heim für mittellose Künstler, nach lebenslänglicher Nutznießung natürlich. Sie soll es, wie Amélie erzählt, nach und nach den Verschiedensten vermacht haben: Dir, mir, Amélie (!) selbst, bis dann schließlich als Endergebnis die Stadt Breslau geblieben ist. Von ihrem früheren Leiden, schrieb Vater, sei sie seit ein und ein viertel Jahr befreit gewesen; doch war sie durch die Krankheit im Mai wohl etwas geschwächt.
Inzwischen ist ein Brief vom Vater eingetroffen, der ihn wieder in bester Verfassung zeigt. Eine rätselhafte Natur;

– wenn man nicht wüßte, daß derartige, in gewissem Maße egoistisch gerichtete Naturen sich besonders gut konservieren und restituieren ... –
Wir haben bereits jetzt von halb neun Uhr morgens bis nach acht Uhr Sonnenscheindauer, und wenn es nicht bedeckt ist, liege ich von elf bis fünf draußen. Auf die Atmungsorgane wirkt dies denn auch vorteilhaft ein, ich glaube hier wieder von weiterer Besserung reden zu können ... Genug, wir können in summa zufrieden sein, wie's auch in partibus manchmal aussehen mag.
Fega, die sowieso eine Zeitlang nach Süden wollte, wird voraussichtlich Station bei uns machen, und vielleicht ziehen wir mit ihr noch auf ein bis zwei Monate in Privatlogis. Alles ist nur eben ungemein erschwert und teuer. ›Wände, Wände, Wände ... Wer den Zugang fände! ...‹ – diese Lebensstrophe, die mir einmal vor zwölf Jahren in Rom langjährige bittere Erfahrung eingab, bleibt halt bestehen in diesen äußeren Dingen, und man ›knirscht‹ es noch vor sich hin, – selbst wenn man lange sein Jawort zu Allem gegeben hat und kein Hemmungshundertstel anders wollte, als wie es ist. Selbst wenn man *den unermeßlichen Segen und Nutzen* all dieser Verwickelungen und Hemmungen so klar eingesehen hat, daß man Dankgebete und nichts als dies für *eben diese* Art von Leben im Herzen hat. Aber das Fleisch ist doch zuweilen schwach, und man hadert weniger oder mehr, will die Frucht ohne die Wachstumsschmerzen.
Von Cl. erhielt ich vor einiger Zeit einen lieben ausführlichen Brief ... Sie hat ihren Standpunkt, der mir ja eigentlich bekannt war, so klar und schlicht präzisiert, daß man sich wohl vorläufig zurückziehen muß mit seiner metaphysischen Art. Sie sieht ja im Allgemeinen nur ihr Familien- und Gesellschaftsleben, das sich Beiden so hübsch gestaltet hat. Sie ist z. B. nicht ein alter Zeitungsleser und Weltlauf-Verfolger wie ich und sieht infolgedessen nicht den

schauerlichen Zusammenbruch, in dem die Welt heute steht oder vielmehr fällt, in unaufhörlichem Bröckeln und Stürzen. Was Du beispielsweise so bitter empfindest, daß es nicht mehr Arbeit in altem gediegenem Sinne geben will, ist nur ein Symptom; alles eilt und stürmt nur vorwärts, irgendeiner Sicherheit oder einer Machtstellung zu, aber das ist auch das einzige Ziel, was man noch sieht. Daß dies auch auf exotischer Seite bohrend empfunden wird, zeigt Dir zum Beispiel das neue Buch von Walther Rathenau: ›Zur Mechanik des Geistes‹. Was aber in diesem Buche das allererschütterndste ist, daß es das ganze Débacle darstellt und doch keinen anderen Ausweg weiß als die bekannten ohnmächtigen Phrasen: man muß, man müßte, es sollte, ein jeder hätte darauf hinzuwirken usw. usw. Oder mir fällt ein, wie Diederichs in Jena der deutschen Kultur zur Regeneration verhelfen will mit seinen Büchern (die außerdem zu spät kommen, wie seine Auswahl Lagardes, den sie jetzt nach dreißig, fünfzig, siebzig Jahren ans Licht ziehen!), man denke sich: *Buchhändler* suchen einen Weltuntergang aufzuhalten, träumen, *sie* würden durch ihre ›gesunde Lektüre‹ den ›deutschen Geist‹ wiederherstellen. Nun gut, und wenn er wiederhergestellt, was dann? Deutschland allenthalben voran? Aber in was? Wozu? Deutschland, als solches, hat kein Ziel mehr. – Aber Köstliches kann bei diesen Anstrengungen großer Verleger mit unterlaufen. Da hat Diederichs eine Monographie über den ›Salutismus‹ schreiben lassen, also die Heilsarmee in allen Ländern, in ihrer ganzen Entwickelung usw. Wir haben es wie das spannendste moderne Epos von Seite zu Seite gelesen und wahrlich, hier ist einmal wieder ein Ehren-Kapitel des Menschen, hier ist mehr als Deutschland und seine hinfälligen Idole, hier ruht man sich aus, hier ist wieder *Heimat*. Und wahrlich, hätten wir nicht noch ungleich anderes finden dürfen, so wären wir höchstwahrscheinlich heute dort, unter den einfachsten Soldaten Chri-

sti, wo es noch eine Ehre ist, Mensch zu sein. Verzeiht, Ihr Lieben, ich verliere mich manchmal von der Kunst hinweg, diesem großen, großen Posten. Einesteils ist das Schwäche und Fehl, die ich eingestehe, anderseits aber träumen wir ja alle von einer unvergleichlich höheren Bedeutung, mit der sie sollte wirken können, und wissen, daß wir auch hier nur im großen Schiffbruche mittreiben.
Wie geht es unserm lieben Fritze? Wann – an welchem Datum – ist seine Konfirmation? Der liebe liebe Junge! Möge er seinen Mann stehen in den schweren schweren Zeiten, die hereinbrechen. Und Ihr habt ihm mitgegeben und gebt ihm mit, soviel des Guten und Starken wie nur möglich; ihm wird nichts fehlen. Laßt mich für heute schließen, es ist schon nahe zehn Uhr abends, für *mich* eine *späte* Stunde jetzt. ›Sic transit –‹. In herzlicher Liebe, Ihr lieben drei,

Euer Christian

Mond am Mittag

Der weite blaue Raum
im Mittagsonnenschein –
– – –
der bleiche Mond allein
leuchtet aus hoher Ferne:
der Stern des Eloa,
der sich vom Sonnensterne
entfernte, um von da

des Logos Licht zu strahlen,
bis daß er Selber kam
und in den dunklen Talen
auf ewig Wohnung nahm.

Der weite blaue Raum
im Mittagsonnenschein,

getrübt durch keinen Flaum,
der weiße Mond allein

geistert in hoher Ferne . .

Die Verse sind mir leider nicht ganz im Gedächtnis, ich schreibe, so gut es geht, weil ich das Bedürfnis habe, Euch auf dieser zwölften leeren Seite noch etwas Liebes hinzuschreiben.
Ich weiß nicht, ob Ihr die Erscheinung des *Vollmonds* zur Mittagsstunde kennt. Ich erlebte sie auf der Plätzwiese droben. Das Gedicht enthält die okkulte Anschauung, daß Jehovah, als einer der Elohim, sich von den übrigen Elohim der Sonne getrennt habe, um den Mond zum Ausgangspunkt seiner Tätigkeit zu machen und von ihm aus, der das Sonnenlicht nach der Erde hinreflektiert, den Christus – den Sonnengeist selbst – vorzubereiten und vorzuverkünden.

STUFEN

(Auswahl)

IN ME IPSUM

Was ist denn von außen her über ein Leben zu sagen!
Gar nichts.

1891
Nicht im lärmenden Kampf der Tage, auch nicht im Sturm einer großen Zeit, aber nach Jahrtausenden stiller Arbeit, nach Äonen ewig fortwirkenden Webens – dann werden die Menschen gut werden.
Oh, wer diesen Glauben, der mir Gewißheit ist, in allen Augenblicken seines Strebens im Herzen lebendig fühlte, er würde glücklich sein.

Mein einziges Gebet ist das um Vertiefung. Durch sie allein kann ich wieder zu Gott gelangen. Vertiefung! Vertiefung!

1892
Ich bin ein Studienkopf, den der Schöpfer einst flüchtig skizzierte, als ihm ein Künstlerporträt im Sinne lag.

1894
Ich möchte nicht leben, wenn *Ich* nicht lebte.

Vor einer Menschenmenge: Ich sehe plötzlich die Gedanken dieses Volks wie eine dicke schwarze Wolke über ihm. Eine Wolke voll Tränen und Blitzen.

Über all meinen Werken soll es wie ein großes Verstehen liegen – und davon werden viele glücklich werden.

1895
Mir ist mein ganzes Leben zu Mut, als ginge mein Weg oft

an der Hecke des Paradieses vorbei. Dann streift mich warmer Hauch, dann mein ich, Rosen zu sehn und zu atmen, ein süßer Ton rührt mich zu Tränen, auf der Stirn liegt es mir wie eine liebe, friedegebende Hand – sekundenlang. So streife ich oft vorbei an der Hecke des Paradieses .....

O tiefe Liebe, die mich zu allem beseelt.

Möchte gern noch oft erwachen, stets als großer Künstler.

1896
In Arco:
Ich dünkte mich einer jener alten blonden Germanen, die hier einst mit Herrscherschritt durch die Straßen wanderten.

Ich sehe auf mich selbst zurück. Unzählige Gestalten huschen schemenhaft an mir vorüber.

Ausgraben will ich meiner Seele Schacht.

Daß ich nie in meinem Leben eine Schwester gehabt habe! Kein fremdes Weib kann dem Bruder ein solches Verhältnis ersetzen.

Man lasse sich durch meine Ironie nicht irreführen. Meine Ironie ist naiv wie mein Pathos. Ich vermag Unglaubliches ironisch zu sagen, ohne eine Spur von frivoler Empfindung ..., ja vielleicht schrieb ich es mit ernsthaftester Miene, ohne ein andres Lachen als das eines in sich heiteren unbewegten Geistes.

Traum
Ich fange das Raubvogelgesindel meiner häßlichen Gedanken und brate sie am Spieß, der über einem Feuer sich dreht. Ach, vergebens.

Nach einer Zoten-Posse

Je älter ich werde, einen desto tieferen, bittreren, inbrünstigeren Widerwillen empfinde ich gegen die Zote. Weniger gegen die, welche etwa von Mann zu Mann kursiert, obschon ich auch sie vollständig entbehren könnte, als gegen die öffentliche Zote von der Bühne herab. Wenn plötzlich Hunderte versammelter Menschen jede Scham voreinander verlieren und in wiehernder Freude über eine nicht mißzuverstehende Andeutung übereinstimmen, dann sinkt mir der Mensch unter das Tier und ein schmerzlicher Unwille zieht mir das Herz zusammen.

Ich habe doch für vieles Leichtsinn und nicht zum mindesten für die Liebe jeglicher Art, aber vor der berechneten Zote vergeht mir aller Übermut. Da schaue ich nur in einen Abgrund von Gemeinheit und Häßlichkeit. Wir jungen Männer, die wir etwas auf uns halten, sollten jenen Aufführungen beizuwohnen nicht als uns angemessen erachten und am wenigsten Weiber, die wir ehren, mit uns in jene niedrige und widerwärtige Sphäre hinabziehen.

Mein Skeptizismus ist vielleicht gerade das Charakteristische des philosophischen Dilettanten. Der philosophische Dilettant ist immer schnell am Ende aller Dinge, weil er nur die Ergebnisse der bereits gewonnenen Erkenntnis im Auge hat, ohne die Wege zu gehen, ja oft auch nur zu kennen, auf denen jene erreicht worden sind.

Jedes Jahr habe ich mindestens Eine Periode fürchterlichsten Zweifels an mir selbst. Dann lebe ich mit beständigen Todesgedanken.

1897

Die Sehnsucht meines Lebens ist eine oft übermächtige Sehnsucht nach praktischem Schaffen im Großen. Plastik wäre (und Architektur) mein höchster Fall. Meine höchste

Liebe galt immer dem Gegenständlichen, der Linie, der Farbe, dem Ton an sich. Schon er allein vermochte mich zu entzücken, wievielmehr erst seine organischen Verbindungen.

Mein Hang zu philosophischem Nachdenken beruht auf der einfachen Grundlage, daß ich jedem Augenblick über das kleinste Stück Natur irgendwelcher Art in höchste Verwunderung geraten kann.

Dieser Norden! Da wacht man in der verheißendsten Stimmung auf. Griesgrämig, grau, teilnahmslos ruhen die großen Augen der Fenster auf dir, als wollten sie sagen: Wozu regst du dich so auf? Was willst du mit deinen törichten Idealen? Alles ist eitel.

Ich verbrenne an meinem eigenen Maßstab.

Träume
Die wilde Jagd.
Der Schächer am Kreuz.

Mein Herz kommt mir heut vor wie ein Pfefferkuchenherz, das lange im Nassen gelegen hat.

1904
Es ist etwas in mir, das jagt und jagt einem Ziele zu. Das läßt mich in keiner Trägheit ganz ruhn, in keinem Glück ganz vergessen.

1905
Ich möchte am liebsten auf einem Turm wohnen. Täglich im Leben drunten ein Bad nehmen, untertauchen, und dann wieder hinaufsteigen auf sein Luginsland, sein au dessus de la vie.

So oft ich unter neue Menschen gehe, so oft komme ich mit Wunden bedeckt von ihnen zurück. Es sind freilich nur leichte oberflächliche Schrammen, die bald wieder verheilen, aber sie haben, da sie entstanden, wie zehrendes Feuer gebrannt und besser vielleicht als eine tiefe Verwundung ihr Werk an meiner Seele getan.

Ich kann ungeklärte Verhältnisse einfach nicht ertragen. Warum können die Menschen nicht *offen* gegeneinander sein? Reine Luft zwischen uns!

Ich mag die Verärgerten nicht leiden.

Meine Natur hat sich von früh auf mit Apathie beholfen. Diese Langsamkeit zu reagieren hat alles, was auf mich einbrach, auf eine breitere Fläche verteilt, und was mir in einer Stunde unzweifelhaft den Atem abgeschnürt hätte, wurde mir so in Tagen und Wochen zu einem dumpfen Druck, der mein Leben nicht eben zerstörte, aber langsam und sicher ermattete.

Und das Verhaßteste von allem wird einst geschehen: Man wird mir ›Milderungsgründe zubilligen‹. (›Er war ein guter Mensch, er wollte das Beste usw.‹)

Was muß ich auf die Menschen für einen Eindruck machen, daß sie mich so oft wie ein unmündiges Kind behandeln wollen.

Ich trage keine Schätze in mir, ich habe nur die Kraft, vieles, was ich berühre, in etwas von Wert zu verwandeln. Ich habe keine Tiefe als meinen unaufhörlichen Trieb zur Tiefe.

Mein nächstes Buch soll ›Auferstehung‹ heißen, wenn mir

noch eine Auferstehung beschieden sein sollte, im größten Sinne.

Ich will gern alles gutzumachen suchen, was ich und andere mit mir schlecht gemacht haben, aber nur noch *in mir,* in mir selbst. Alles andere ist Sentimentalität und Pfuscherei.

Ich hatte heute Nacht (24./25. II. 05) ca. 3/4 2 Uhr nach dem ersten Einschlafen wieder einen jener schon beschriebenen Gehirnzustände (etwa der achte in der Reihe), dessen Hauptmerkmal mir zu sein scheint, daß ich – innerhalb des Traumzustandes – aus einem unangenehmen Traum mit aller Willenskraft ins wache Bewußtsein hinausstrebe. Es ist der Grenzzustand des Erwachens aus einem peinigenden oder doch beunruhigenden Traum das eigentliche Thema eines solchen Traumzustandes. So erinnere ich mich augenblicklich nicht mehr des Traumes im Traume selbst, sondern nur noch des Erwachenwollens, ja scheinbar wirklich Erwachtseins im Traume. Ich schien mich endlich mit aller Kraft aus dem Krampf des Traumes losgerissen zu haben, aber ich glaubte nicht an mein wirkliches Erwachtsein. Da fühlte ich ein Fünfpfennigstück zwischen den Zähnen. Ich biß darauf: jetzt war kein Zweifel mehr: es widerstand, es schmeckte metallig; ich schien wirklich wach. Währenddem wachte ich mehr und mehr auf. Im letzten Stadium vor dem wirklichen Erwachen verwandelte mein offenbar klarer werdender Intellekt das Geldstück in eine Emser Pastille, die sich zu lösen begann und den salzig-säuerlichen Geschmack auf meiner Zunge verstärkte. Hierauf wachte ich wirklich auf und war verwundert, nichts in meinem Munde zu finden. (Ich hatte nebenbei bemerkt den Tag – aber nicht den Abend zuvor – einige Emser Pastillen gegessen.)

Einem wirklichen Traume (28./29. Juli 05) folgend, möchte ich ein dramatisches Märchen orientalischen Charakters schreiben. Der Traum war etwa so: Eine Anzahl von uns, worunter mir noch M. Heimann, später auch Frisch (und seine Frau) erinnerlich, waren von andern eingeladen worden, Schriften (Dramen, Lyrisches, Lehrhaftes) eines fremden, höchst merkwürdigen Kulturvolkes (Chinesen, Inder?) kennenzulernen, um sie zu übersetzen. Es hieß, 12 Personen hätten genug auf Jahre zu tun, wenn sie einen Vorstoß in diese fremde wunderliche Literatur machen wollten. Zu dem Zweck wurden uns große Bücher vorgelegt, die mit schönen mönchischen Handschriften gefüllt waren, und uns Stellen vorgelesen, die uns außerordentlich bedeutsam erschienen. Zu gleicher Zeit glitten wir im Traum unmerklich mehr und mehr in dieses Land selbst, es wurde uns geraten, seine Tempel, Gärten, Theater, Schlösser kennenzulernen. Ein Trupp von uns wurde herumgeführt. Ich erinnere mich eines ungeheuren Lesesaales, in den man uns blicken ließ und dessen uns entgegengesetzte Seite eine einzige gewaltige Glasscheibe abschloß, durch die man eine Schweizer Landschaft mit einer Stadt erblickte, – wie wir erfuhren: Bern und seine Alpen; augenscheinlich von jenen Leuten der Wirklichkeit nachgebildet und hinter jener Scheibe als Aussicht angebracht. Nach einer Weile verlor ich meine Gefährten. Ich nahm einen eigenen Führer und ließ mich von ihm, ich glaube nach einem Tempel, tragen. Der Träger trug zwei Stangen, die oben Fußtritte wie die Stelzen hatten. Auf diese trat man, während man sich an ihrem obersten Teile mit den Händen und Armen festhielt. Der Träger trug dann das Ganze wie eine doppelte Fahnenstange.

Der Mann, den ich genommen, lachte auf meine Befürchtung, ich könne ihm zu schwer werden, und versicherte, ich würde viel eher loslassen als er. Er trug mich durch reißende Kanäle und zuletzt begann ich sowohl

müde zu werden wie ihn zu fürchten. Hier schiebt sich irgendwo eine Vorstellung ein, die ich in einem der Theater gesehen haben muß und in der ein junges, süßes, zartes Geschöpf die Hauptrolle gespielt haben muß. Worte und Erscheinung überwältigten mich mit solcher Macht, daß ich in Tränen ausbrach. Und ich weinte so mit meinem ganzen Wesen, aber ohne jede Bitterkeit, nur aus tiefster Erregung der Seele, daß ich meine, dies Gefühl nie vergessen zu können. Was das Stück enthielt, weiß ich nicht mehr. Das Wort Samaria blieb haften und als hinterher wieder davon als von einem Übersetzungsangebot gesprochen wurde, hörte ich, daß die Sonne darin einmal mit Amanda angeredet wurde, was ich durch Alliebende (!) zu übertragen vorschlug.
Chor (zu vorigem)

> Gebrochen von des Lebens vielen Strafen,
> hinwandl' ich meinen Pfad gebeugten Hauptes,
> schon nicht mehr hoffend auf des Himmels Gnade,
> die süßen Boten lächelnden Erbarmens.

Wenn ich ein Musiker wäre, so würde ich eine Symphonie ›Vineta‹ schreiben.

Ich wäre als Maler gewiß in Menzels Spuren gegangen, so sehr interessiert mich jeder Gegenstand als rein malerisches Objekt.

Wenn man durch Zusammenstellung der beiden Hände geheimnisvolle Figuren bildet, so habe ich ein besonderes Verständnis dafür und möchte sie alle kennenlernen. Für mich ist die Mystik der Hände unaussprechlich. (Dabei sind meine eigenen zwar klein, aber nicht schön. Nur der Handrücken – überhaupt die geballte Faust – ist gut und vielleicht die Daumen. Die andern Finger sind Herdentiere. Der Handteller ist sehr bemerkenswert: Ein Chaos von Linien um ein riesiges *M*.)

Der ganze Wahnwitz unseres modernen Wohnens (ja Lebens) steigt mir aus dem Bild meines eigenen Umzugs auf: Wäre es nicht würdiger, sein bißchen Hab und Gut in einer Erdhöhle, die einem aber für immer gehört, wenn sie nicht ein Naturereignis vernichtet, zu bergen, als mit seinen Bündeln und Kisten durch prahlende Burgen zu irren, alle zwei, drei Jahre durchschnittlich den in festgemauerten Gelassen Seßhaften zu spielen, allen Ernst und alle Liebe zu einem eigenen Heim an teuer gemietete Wände zu verschwenden, die einem nie gehören können, die uns ewigen Nomaden Verhältnisse vortäuschen, die für uns eben nur erlogen, nur uneingestandene Kulisse sind. Mein Wohnungsideal ist das Zelt. Nur so weit möchte ich es noch bringen.

Ich leide oft sehr an der Art meines Humors. Meine ewige Fragestellung, ob nicht jeder Humor ein Quantum Philistrosität einschließt.

1906

Wenn ich heute stürbe, glaube ich, alt genug geworden zu sein. Ich bin dann wenigstens alt genug geworden, um sterben zu können.

Warum muß ich so unaufhörlich unter mir und anderen leiden! Meine Seele ist fortwährend das Spiel über sie hinziehender Schatten.

Für mich gibt es nur ein Mittel, um die Achtung vor mir selbst nicht einzubüßen: ortwährende Kritik.

Der alte oft erprobte Fluch: Mein Typus Weib bleibt mir ewig verborgen.
Was will ich denn! Einen Kameraden, eine freie Seele, einen anmutigen Körper.

In Rußland fände ich diese Gefährtin, in Italien – nein. In Deutschland, dem für mich doch allein zulässigen Lande – wo, wo, wo?

Ihr wollt alle nur die Liebe zur Möglichkeit haben. Ich habe nur die Liebe zur Unmöglichkeit.

Kritik, Kritik, nimmer genug Kritik,
ein Spiegel sei mir noch das letzte Tor.

Wie die Nacht über einen Tod zieht, so zieht Vergessenheitsnacht allnächtlich über mein Gehirn. Ja, oft hat ein Tag so viele Tage und Nächte, wie bei andern wohl oft Wochen und Monate. Wenn mich jemand hypnotisierte, ich sei eine Mücke und hätte nur einen Tag zu leben, so glaube ich wohl, daß dieser Tag für mich ein ganzes Leben werden könnte.

Ich habe soeben eine lange leidenschaftliche Epistel an meinen Ofen verfaßt und sie ihm dann gegeben. Er verschlang sie gierig und wärmte mir mit seinem Feuer zwei Minuten lang Gesicht und Hände. Gewiß, das war alles; aber es gibt Menschen, die nicht einmal wie ein Ofen zu antworten vermögen.

Ich ermangele ganz des Vermögens, mir nach einer Beschreibung – und wenn sie noch so genau ist – ein Zimmer oder eine Landschaft vorzustellen. Bühnenanweisungen gehen an mir meistens spurlos vorüber und Schilderungen etwa wie des Hauses der Buddenbrooks gehen nur mit einigen groben Zügen in mein Gehirn ein.

Ich habe sehr sichere Instinkte, aber nicht die Gabe, eingehen zu begründen, zu erklären. Die Mehrzahl der Heutigen hat umgekehrt die Gabe des Begründens und Erklärens in hohem Maße, aber dafür keine innere Direktion. Es ist unendlich quälend, die Berechtigung seines Urteils immer wieder aufs neue beweisen zu sollen.

Ich bin wie eine Brieftaube, die man vom Urquell der Dinge in ein fernes, fremdes Land getragen und dort freigelassen hat. Sie trachtet ihr ganzes Leben nach der einstigen Heimat, ruhlos durchmißt sie das Land nach allen Seiten. Und oft fällt sie zu Boden in ihrer großen Müdigkeit, und man kommt, hebt sie auf, pflegt sie und will sie ans Haus gewöhnen. Aber sobald sie die Flügel nur wieder fühlt, fliegt sie von neuem fort, auf die einzige Fahrt, die ihrer Sehnsucht genügt, die unvermeidliche Suche nach dem Ort ihres Ursprungs.

Wenn ich etwas an Christus verstehe, so ist es das: ›Und er entwich vor ihnen in die Wüste.‹

Wie wenig meiner sicher bin ich doch noch. Mit welcher Leichtfertigkeit habe ich heute Abend über Menschen geredet: so daß ich nun nachts mich erschrecke. (Ich werde mir doch das Armband ›Denke daran‹ anlegen müssen.)

Eines kann ich wohl als Merkwort über all mein Leben und seine Erfahrungen schreiben: Fast alles, was ich geworden bin, verdanke ich mir selber, einigen Privatpersonen und dem Zufall. Von irgendeiner bewußten organischen Kultur um mich herum, die das Einzelindividuum zu benutzen und systematisch auszubilden vermocht hätte, spürte ich nie etwas. Weder Eltern noch Lehrer noch irgendwer hat mich je kraftvoll in die Hand genommen und in großem Sinne erzogen. Und wenn ich, ein Mensch von ursprünglich glänzender Begabung, alles in allem ein Dilettant geblieben bin, so hat die Hälfte der Schuld daran gewiß die Unsumme von Dilettantismus, von Halbheit und Kulturlo-

sigkeit, die ich überall gefunden habe, wohin mich meine bewegte Jugend geführt hat.
(Gelegentlich der herrlichen Schilderung der Krapotkinschen Jugend.)

Es ist bitter, sich sagen zu müssen, daß man zwischen 35 und 45 zu erledigen hat, was man zwischen 45 und 60 hätte sollen erledigen können.

Ihr macht mir aus meiner gleichmäßigen Höflichkeit gegen alle einen Vorwurf. Aber, was wollt Ihr! Es gibt gewiß nicht gar so viele, denen es *leicht* fällt, die Menschen zu lieben. Nun, mir fällt es zuweilen leicht: Warum sollte ich da gewaltsam unfreundlich zu ihnen sein? Ich finde an jedem etwas, was mir Sympathie oder doch Interesse abnötigt; und würde nicht mein Gefühl vom Einssein mit allem eine Lüge sein, wenn ich irgendeinem Mitmenschen gegenüber völlig kalt bleiben könnte?

Ich bin der leichterregbarste und unbeeinflußbarste Mensch, den ich kenne.

Ist es ein Wunder, wenn dann und wann eine Nuance von Hochmut in einem auftaucht. Wenn man der offenbaren Niedertracht gegenüber zuweilen eisig wird – das einzige, das ihr nicht zu Gebote steht. Die Menge weiß nichts von der Tiefe der Demut, die ein einzelner empfindet, der sich ganz zu erkennen strebt.

Luther spricht einmal von ›bösen Gedanken‹, deren Kommen man nicht hindern könne, aber die es gelte, vor der Schwelle bleiben zu lassen. Der Satz (dessen schöner kräftiger Wortlaut mir im Augenblick leider nicht gegenwärtig) ist mir oft im Leben ein Trost gewesen; denn ich habe von früh auf, d.h. wohl etwa von meinem 14. Jahr an, daran gelitten, daß in der Reihe meiner Assoziationen plötzlich zuweilen ein ›häßlicher Gedanke‹, eine häßliche Vorstellung auftauchte, die ich sofort als solche erkannte, ohne indes die Macht zu besitzen, ihr auszuweichen, ja ihr Wiedererscheinen zu hindern.

Es wäre vielleicht der richtige Augenblick, ein Tagebuch zu beginnen. Draußen regnet es ununterbrochen seit neun Stunden und bringt mir meine Einsamkeit erdrückend zum Bewußtsein. Heute Nachmittag durchfuhr es mich: Wenn ich meine Gedanken und mein Schaffen nicht hätte, wie würde ich dann wohl solch ein Krankenleben ertragen können. Und ich bin krank, wenn ich es auch fortwährend wieder vergesse und mitten in meiner Krankheit Stunden, Tage, Wochen vollkommener Gesundheit durchlebe, Zeiten voll herrlichsten Blühens, in denen der Zerfall in mir gleichsam überblüht, hinweggesiegt wird von einem Frühling, der Herbst und Winter des Leibes nicht anerkennt, der die Ordnung der Natur vergewaltigt und, als unüberwindliche immer wieder auferstehende Lebenskraft mich über mich selbst hinwegretten zu wollen scheint. Aber dann kommt ein Spätnachmittag mit seiner gefährlichen Muße, dann kommt ein nasser trübseliger Tag wie dieser, und mit dem Vergessen dessen, ›was ist‹, ist es vorbei. Ich sehe ihn vor mir, meinen treusten Begleiter und Verfolger, den seltsamsten Kauz der Welt. Seine Beschäftigung besteht seit zehn, seit vierzehn Jahren darin, mich mit einer feinen Federpose in der Luftröhre zu reizen, gleich als wünschte er auf Erden nichts, als immer von neuem, Stunde um Stunde, Tag um Tag, Jahr um Jahr meine Stimme zu hören, lediglich die Stimme, unartikuliert, tierisch, ohne Form, ohne Inhalt, wie er denn wohl auch selbst nur ein tierischer Geist sein mag, ein Gespenst ohne Hirn, nichts als fixe Idee von oben bis unten und ich sein einziges Ziel, sein einziger Lebenszweck.

Es berührt mich eigentümlich, wenn meine Freunde künftige Pläne vor mir ausbreiten. Die einen denken sich ein kleines Haus für mich aus in ihrer Nachbarschaft, die andern wollen mich weiß Gott wohin haben. Vielleicht, vielleicht. Aber ich gebe mir höchstens noch zehn Jahre. Und diese zehn Jahre haben ihre Bestimmung, und die ist kaum: Nachbar zu werden und Besuchsreisen zu machen. Am meisten schmerzt mich, was ich von dichterischen Möglichkeiten alles fallen lassen muß. Zum Drama werde ich nie gelangen, ich habe von Natur nicht das Zeug dazu und mich aufs Drama hinzudisziplinieren, dazu fehlt, wie gesagt, Zeit und dann auch Energie. Mein Widerwille nämlich gegen richtiges, zusammenhängendes ›Schreiben‹ ist allzu groß. Daran wird auch mein Roman scheitern. Ich bin Gelegenheitsdichter und *nichts* weiter.

Ihr wollt meinen Platz wissen? Überall, wo gekämpft wird.

Meine Methode, ein Wort durch den Gestus zu finden.

Niemand war und ist mir eine empfindlichere Geißel als der richterlich geartete Mitmensch. Er ist für mich der personifizierte böse Blick. Vor ihm erschrickt alles Lebendige in mir so tief, als hätte der Tod selbst es gestreift. So mag eine Pflanze aufhören zu wachsen, wenn sie ein schlimmer Zauberer anhaucht. Sie will gern von Wind, Regen und Kälte vernichtet werden, und wenn sie jemand zertritt, so wird sie es als etwas Natürliches hinnehmen, aber sich bei lebendigem Leibe von einem andern lebenden Wesen schlechtweg in Frage stellen, verneinen, für unfähig, für einen Irrtum erklären lassen zu müssen und das nicht etwa unter einem Feuer von Leidenschaft, sondern kalt, vorbedacht – das ist unerträglich.

Dieser Ofen könnte mich veranlassen, zu bleiben. Er ist aus länglichen Kacheln gebaut, die ein von allerzartestem Lila umrahmtes milchweißes Ornament zeigen, und von schönen Verhältnissen. Wenn die Menschen mehr bedächten, wie viel Glück von einem einfachen Gegenstand ausgehen kann, wenn sich nur ein reiner Geschmack in ihm ausdrückt, würden sie unter den einfachsten Bedingungen viel dankbarer gegen ihr Leben sein dürfen. Ich kann nicht sagen, wie mich die ersten Architekturen des Südens (in Bozen) wieder bewegten. Ich glaube, ich werde von hier unaufhaltsam nach Italien hinabsinken – und vielleicht bloß um seiner Bauwerke willen, die mir den Menschen erhöhen, wie der Mensch sich in ihnen erhöht hat.

1907
Als Primaner versuchte ich zum ersten Mal zu einer lebendigen Vorstellung dessen zu gelangen, was wir des Alls Unendlichkeit nennen. Ich legte mich nachts auf einen fast horizontal gestellten Klappsessel in den Garten, und bemühte mich, über das rein Bildmäßige des Sternenhimmels hinaus in seine Wirklichkeit einzudringen. Es gelang mir so wohl, daß ich empfand: Jetzt noch eine Sekunde solcher Erdabwesenheit, ein einziger kleiner Schritt weiter und mein Gehirn ist auf immer verloren. Und ich brach das schauerliche Experiment ab. Jetzt, etwa fünfzehn Jahre später, droht mir die gleiche Gefahr am lichten Tage. Es begann an einem stählern blauen Frühlingsabende in einer Gartenanlage in Obermais, mit dem Blick auf die dem Vinschgau vorgelagerten Ketten. Die Berge formten sich ungefähr wie zu einem Maulwurfshügel zusammen, die Ortschaft, die Gegend um mich verloren ihre Wichtigkeit. Meine Mulde erschien mir nicht bedeutender als der Abdruck eines Daumenballens in einer Wachskugel, und mich trug der riesige, doch kleine Planet wie ein Infusor auf seinem Rücken rund durch den Raum. Ein leichtes geistiges

Schwindelgefühl, ein Vorgefühl von Seekrankheit des Geistes erfaßte mich. Die Begriffe oben und unten gingen in einem dritten unter. Ich saß da nur einfach von Luftdrucksgnaden.

Wenn ich das Gegenwärtige nicht so liebte, wenn ich diese Liebe nicht hätte wie einen großen und sicheren Fallschirm, ich wäre längst ins Bodenlose gefallen.

Da stamme ich nun von Malern – und muß den Zusammenbruch der Natur als eines *Bildes* in mir erleben!

Ich bin wie einer, der ohne Führer, nur so nach Karten und gelegentlicher Auskunft von Hirten und Wanderern ins Hochgebirge hineinsteigt. Niemand ahnt, mit was für Martern ich das oft zahlen muß und wie mir ein schneller Tod oft göttliche Wohltat wäre. Nein, mein ›Dilettantismus‹ ist kein Spaß, keine Koketterie; er ist ein Schicksal, aber ich kann ihm nicht entrinnen; denn war mein Geist auch allezeit willig, meiner Physis fehlte es allezeit an jener letzten besten Energie, die sekundieren muß, wo irgend etwas Großes auf Erden werden soll.

Es ist viel Glück in mir, Glück, das mir meine Grenzen verschleiert und Glück, das sie mir ins Unbestimmte hinausrücken zu dürfen scheint. Ich habe viel Talent zum Leben, – wenn das Leben nur mehr Talent zu mir hätte. Aber manchmal weht doch ein Windstoß alle die warme schützende Illusion fort und dann sehe ich flüchtig meinen Umriß und – schaudere.

Ich habe nur Einen wahren und wirklichen Feind auf Erden und das bin ich selbst.

Wenn ich unter Menschen bin, bin ich wie auf Ferien. –

Und deshalb sollte ich eigentlich nicht mehr unter Menschen und am wenigsten unter Freunde gehen: denn sie wissen alle nicht, daß ich nur gastweise bei ihnen bin und ihnen zuhöre, daß mir für vieles von ihrem Leben und Treiben die letzte leidenschaftliche Aufmerksamkeit verloren gegangen ist, als wäre ich ein Mann, der etwa in einem Saal einer feinen und großen Musik zuhört – aber draußen vor der Türe steht heimlich sein Weib und wartet auf ihn und vor lauter innerer Unruhe hört er nur mit halbem Ohre zu und verbirgt kaum seine Zerstreutheit und mag manchem schärferen Beobachter mit Recht als kein sehr fachmännisch engagierter Zuhörer gelten.

Ich irre in diesen europäischen Ländern umher wie ein Vogel in einem Treibhaus. Die Menschen glauben, weil ich von einem Ort zum andern reise, lebte ich ein beneidenswertes Leben. Sie wissen nicht, daß mich letzten Endes jeder dieser Orte enttäuscht – denn über jedem ist der Fluch europäischer Zivilisation ausgegossen, vor dem er vor hundert, ja vor fünfzig Jahren noch verschont war. Die entsetzliche Nüchternheit der letzten 30, 40 Jahre kriecht einem überall nach, ja sie färbt auf einen selber ab: Man verhotellt zuletzt rettungslos. Denn wo kein Hotel ist, da ist kein Platz für dich mit deinem Rohrplattenkoffer und deiner schriftdeutschen Sprache. Ich habe wohl auch meine Zeit an die Großartigkeit unserer Epoche der Technik geglaubt, aber jetzt fühle ich nur noch das Eine: daß sie die Erde entzaubert, indem sie alles allen gemein macht.

Das abwechselnde Summen zweier oder dreier Wespen erinnert mich an die Responsorien der katholischen Kirche. Ich sehe die wohlgenährten Schwarzröcke vor mir, ich sehe den zelebrierenden Priester auf den Stufen des Altars und den Altar selbst mit seinen schlanken Kerzen und alten Gemälden.

Ich habe diesen Herbst mit Übeltaten angefangen. Ich habe an zwei heißen Septembertagen fünf oder sechs Wespen getötet, die in mein Zimmer gekommen waren und mich beunruhigten. Das war ganz und gar gegen meine Gewohnheit und nur durch eine Unruhe und Unbeherrschtheit zu erklären, die unter dem Einfluß des Südwindes mich vielleicht ebenso wie die Wespen überkommen hatte.

Spätere Bemerkung:

Ich weiß noch, wie mich damals besonders die ›Dummheit‹ der Tiere erregt hatte, die oft eine Stunde lang an der Zimmerdecke hin und her und auf und ab irrten, ohne den scheinbar so einfachen Weg durch die offene Balkontür wiederzufinden oder wiederfinden zu wollen. Übertragen wir diese meine Ungeduld und Unduldsamkeit auf Götter und Menschen, so hätten diese Götter wohl den ganzen Tag nichts weiter zu tun, als Menschen totzuschlagen.

Mein ganzes Leben lang suche ich den Stachel, den ich hier ins träge Fleisch drücken könnte – und finde ihn nicht.

Ich könnte heute noch im Walde wie ein Knabe spielen: Aus Steinen und Holzstücken Häuser bauen, mit dürren Zweiglein Straßen abstecken und Haine bilden, einen Felsblock zum Range eines Alpengipfels erheben und einem Hirschkäfer und seiner Frau die Herrschaft über das alles verleihen. Und dieses kleine Reich würde mich glücklicher machen und meine Phantasie umständlicher erregen und beschäftigen – als ein noch so großes der Wirklichkeit. So habe ich einmal, mit 35 Jahren, acht Tage am Strande von Sylt mit Bauen und Zimmern einer Strandhütte verbracht und war wohl selten so von Herzen froh, wie bei diesem harmlosen Spiel.

Je älter ich werde, desto mehr wird ein Wort mein Wort vor allen: Grotesk.

Wenn ich ein Musiker wäre, so würde ich einen gemischten Chor mit Orchester komponieren: den ›Chor der Genesenden‹, – und im Himmel selber sollte nicht tiefer, inbrünstiger und süßer gesungen werden.

1908

Wenn ich aber tot sein werde, so tut mir die Liebe und kratzt nicht alles hervor, was ich je gesagt, geschrieben oder getan. Glaubet nicht, daß in der Breite meines Lebens das liegt, was Euch wahrhaft dienlich sein kann.
Ißt man denn an einem Apfel auch alles mit: die Kerne, das Kerngehäuse, die Schale, den Stengel? Also lernt auch mich essen und schlingt mich nicht hinunter mit alledem, was nun zwar zu mir gehört und gehörte, aber von dem ich selbst so wenig wissen will, wie Ihr davon sollt wissen wollen. Laßt mein allzuvergänglich Teil ruhen und zerfallen: Dann erst liebt Ihr mich wirklich, habt Ihr mich wirklich verstanden.

Ihr seid von hier, ich bin von dort.

Ihr meßt jedem sein Maß Liebe zu: dem drei Viertel, dem zwei Viertel, dem ein Viertel, dem nichts. Davon verstehe ich nichts. Ich kann nicht messen und meine Seele ist immer da am eifrigsten, wo ich sehe, daß Eure sich spart und sperrt.

Ich kann mit fertigen Menschen nichts anfangen. Es gibt fertigere Menschen denn mich, sicherlich ungezählte. Aber keiner ist fertig, soll je fertig sein.

Ihr selig Blinden rings um meinen Schritt!

Manchmal meine ich, mich definieren zu sollen als einen wehr- und hilflos dem Großen preisgegebenen Menschen. Auf mich kann eine Seite Lagarde z. B. wie eine Säure wirken, die mich für den Augenblick völlig zersetzt. Oder ein Wort Nietzsches oder Goethes.

An dieser meiner Lieblingsbank führt kein Spazierweg vorüber, geschweige denn eine Straße, – nur ein schmaler Wiesenpfad von zwei Spannen Breite. Da kommt denn auch begreiflicherweise wenig Volks vorbei, – – Einsiedler, Sonderlinge!

Ich sehe mich selbst, schreibend zur Nachtzeit – im Bett bei der Lampe, diese Büchelchen schreibend . .
Und all das bin Ich.
Ich sehe. –

Ich bin wie eine Uhr, die sich jeden Tag von neuem richten muß, weil sie jeden Tag immer wieder von neuem nachgeht.

Mein Traum 26./27. Nov. 08: Ich sehe etwas in der Luft wie etwa drei glänzende glasklare Äpfel an einem (unsichtbaren?) Zweige, sie bewegen sich leicht im Wind – und daran geht mir das Wesen alles Lebens auf. Ich denke an Böhme und seine Lampe. Nach jenem Vorgang – bewegtes All – erkläre ich mir, im Traum, das ganze Leben. Das Ende ist mir leider entschwunden, ich weiß nur, daß ich großer Klarheit genoß.

Ich möchte sagen, daß ich immer noch im und vom Sonnenschein meiner Kindheit lebe.

Wenn ich mir je ein Haus baue, so muß es einen Hof umschließen, in dessen Mitte ein riesiger Baum steht. Nichts ist für mich mehr Abbild der Welt und des Lebens als der Baum. Vor ihm würde ich täglich nachdenken, vor ihm und über ihn ...

Über die äußere Technik zur Hervorbringung kontemplativer Zustände mich unterrichten!

Mir den sonntagmorgen als Posttag einrichten. Nur dann Privatkorrespondenz empfangen und beantworten.
(Private Ordensregeln.)

Wie wenig reeller Wert ist oft an einer ausgedehnten ›guten Handlung‹. Da bin ich eben bei einem Begräbnis gewesen. Aber nichts von meiner ganzen Beteiligung an diesem actus war anders als so gut wie nur äußerlich, außer der ursprünglichen spontanen Regung beim Empfang der Todesnachricht: Du willst diesem Entschlafenen die letzte Ehre erweisen.

Schließlich und endlich: was vermisse ich unter meinen Mitmenschen am meisten: Wirkliche, *wirkliche* Phantasie.

Heut habe ich mich zum zweiten Mal an die Erweckung des Lazarus gemacht ... Was ich hier will, ist viel tiefer als ›Kunst‹.

Das ist es: Alle die andern beschäftigen sich mit ›Gott‹. Ich wage zu sagen: Ich – bin – das, was wir Gott nennen – selbst. Wer das versteht, aber auch nur der, weiß, was ich meine, wenn ich von ›meinem Ernste‹ spreche.

Meine Wendung zum Dualismus (wenn ich es so brottrokken ausdrücken will) datiert nicht etwa vom August 1908, sie hatte sich mir schon lange vorher verraten. Ein äußeres Merkwort bedeutete für mich auf diesem Felde eine gelegentliche Auslassung Heinrich Frickes, etwa im Vorfrühling 1907, über sich, Goethes Farbenlehre und den Dualismus. Daß ein so tiefer Mensch überall Zweiheit sah, mit derselben Kraft, mit der ich überall Einheit fühlte, konnte ich nicht mehr vergessen. Aber ich kam doch auch noch auf ganz andern Wegen zu der Formulierung der Welt als Gottes ›Du‹.

Ich habe einmal in meinem Leben auf einen Stein gebissen. Seitdem bitte ich jedes Brot vorher: enthalte keinen Stein!

An M. a Jetzt fangen wieder diese großen herrlichen Vormittage an, an deren spätem Ende ich, an allen Fibern zitternd, den Mittagstisch aufsuche, um unwillig und abwesend mein Essen beizunehmen, das mich langsam wieder dem Gesetz der Schwere unterwirft. Du kannst Dir keinen Begriff von diesem inneren Brennen und Verzehrtwerden machen, dessen ich oft kaum gewahr bin, so daß ich jeden Augenblick und bei jeder Berührung durch irgend etwas, einen Anblick, eine Zeitungsnachricht, eine Melodie, in Tränen ausbrechen möchte.

Man wird mich einst in manchem meiner Sätze zu einem Eklektiker degradieren wollen, aber wenn ich auch in nichts Bisheriges überschritten haben sollte: Eklektiker war ich nie. Nie zeichnete ich etwas auf, wozu ich nicht durch meine ganze Natur und Entwickelung gekommen wäre und vieles fand ich und finde ich zu meinem Erstaunen wieder, was ich für mich allein zuvor besaß.
Da lese ich soeben am 7. August 1908 von Schleiermacher: ›Darum lebt das ganze Universum, das Göttliche, in jeder Individualität, *als* jede Individualität.‹ Ist dies nicht mein Gedanke? und habe ich Schleiermacher je zuvor näher kennengelernt?

1909

Der Mensch ist mein Fach und hier will ich bis zum Äußersten gehen. Wenn Ihr aber sagt: Dagegen wendet der Politiker dies ein und dagegen der Historiker dies und dagegen der Nationalökonom dies, so erwidere ich: Laßt auch sie ihr Fach bis zum Äußersten treiben. Ihr Fach ist der Mensch in irgendeiner sozialen Form, das meine der Mensch an sich, der Mensch als inkommensurables Wesen.

Bei Hunderten mag es fesselnder und lohnender sein, den Bedürfnissen nachzuspüren, woraus ihre Werke entsprungen sind, als diesen Werken selber. Bei mir mag man sich mehr an das halten, *was* ich schreibe.

Mein Hauptorgan ist das Auge. Alles geht bei mir durch das Auge ein.

Ich weiß mich merkwürdig frei von jeder ›romantischen Sehnsucht‹, ich fühle im Durchschnitt meines Wesens brüderlich zum Leben als etwas, dem ich nichts hinzuzufügen brauche und das mir nichts hinzuzufügen braucht. Darum vermag ich mich auch rein an ihm zu freuen, wo es Freude erweckt, darum wendet sich mein Schmerz über das Leid der Welt gleich bis in seinen Grund zurück.
Kein *Anders*-Sein wollend, sondern das Sein in seinem Kern und Wesen anklagend und in Frage stellend.

An Steiner
Glück in medias res.
Ich war sozusagen bis 4 Uhr morgens gegangen und glaubte kaum noch, daß es nun noch wesentlich heller für mich werden könnte. Ich sah überall das Licht Gottes hervordringen, aber . .
Da zeigen Sie mir mit einem Male und gerade im rechten

letzten Augenblick ein 5 Uhr, 6 Uhr, 7 Uhr – einen neuen *Tag*.

Ich werde noch manches veröffentlichen müssen, was einer früheren Entwickelungsstufe als meiner jetzigen angehört, denn ich darf niemanden über den Weg betrügen, den ich gegangen bin.

Niemanden loslassen. Keine Beziehung fallen lassen!

Immer bewußter sich konzentrieren lernen. Alles Flatternde und Flackernde in mir überwinden. An jeden guten Gedanken, jede gute Empfindung einen Stein hängen, sie verankern. Damit zusammenhängend: Seßhaft werden, Tempobändigung, Tempobeherrschung.

Meine Zahlen: 13/14/15/16/17/18/19. Mein Alter – 42?

Ich widerrufe alles Harte und Böse, was ich je in meinen Worten oder Briefen gesagt habe.

O nur nicht immer wieder erlahmen, nur nicht immer wieder absinken. Züchte doch den *Willen* in dir, du ewiger Wanderer *ohne Stab*.
Man soll mich als einen malen, der *ohne Stab* einen Berg erklimmt. Der Dämon seiner eigenen Schwäche hindert ihn, sich einen Stab zu bilden, – aber am Steigen selbst kann er ihn nicht hindern, wie oft er auch wie tot daliegen mag.

Was ich heute tue, tue ich nicht um meinetwillen, sondern um meiner Liebe zum Menschen willen.

Einem Menschen wie mir genügt es nicht, einmal das Richtige zu erkennen.

Ich möchte gern auch noch zu äußerem Wirken gelangen. Ich möchte mein Berlin als geistiges Staatskunstwerk zum Ziel machen.

In alles und jedes einfließen lassen einen höheren Geist!

1910
Ich träumte mir die Kraft eines Zukünftigen, – *meine* Zukunft und ließ, als ich vom Haus der lieben Freunde dankbar Abschied nahm, in jedem Zimmer eine Rose zurück, geschaffen durch den Willen meiner Liebe.

O meine Hand, du seltsames Geschöpf, du warst mir immerdar ein Angelhaken der Meditation.

Wenn ich in deine Schale blicke, meine ich ein Geistgebilde zu schauen.

Bild meines Lebens.
Stiel: Weltliche Periode (Nietzsche) beendet durch innere Krankheit.
Schale: Öffnung durch Johanneïsches.
Blut: Erfüllung.

1911
Ich darf wohl sagen: Die Entdeckung meines Mannesalters ist *die Frau*.

1912
Mit meinen Erkenntnissen ist es so, wie wenn endlich ein Stück Berglehne abbricht und zerbröckelnd in die Tiefe rutscht. Wie einen Bergrutsch fühlt man's in sich und frohlockt, daß das Massiv der Blindheit, die wir sind, wieder um etwas kleiner geworden ist.

Ich kann ebensowenig Briefe schreiben wie Gespräche führen. Beides verflacht mich und läßt mich in einem Zustand zurück, dessen Unerquicklichkeit ich niemandem wünsche.

1913
Sprich du zu mir, mein höher Du!
Ich will mich ganz in dich verhören.

Großer philosophischer Moment während des Vortrags vom 27. August 1913: ich sah einen Augenblick lang den Menschen (Steiner) als reinen, bewußten *Willen*, sich allein durch ein ungeheures göttliches Vorwärts-*Wollen* im Leben und als solches Leben behauptend.

ANHANG

LEBEN UND WERK CHRISTIAN MORGENSTERNS

I

Es war zu erwarten, daß Franz Blei in seinem ›Großen Bestiarium der modernen Literatur‹ auch auf ein Kuriosum zu sprechen kam, das in seiner Sammlung nicht fehlen durfte, und es verstand sich von selbst, daß er es auf ebenso originelle Weise zu beschreiben und zu deuten versuchte: ›Der Morgenstern ist, wie man weiß, dasselbe wie der Abendstern. Es kommt nur darauf an, zu welcher Tageszeit man für den Stern schwärmt, ihn so oder so zu nennen. Unser Morgenstern hatte am Morgen allerlei schöne und allgemeine Gefühle, die ihm am Abend nicht mehr gefielen. Also wiederholte er sie abends, indem er sie persiflierte. Um doch anderen Morgens wieder in den Gemeinplatz seiner sternhaften Stereotypie zu fallen.‹ Das war nicht nur gut beobachtet und einfallsreich ins Bild gesetzt, auch die Tatsachen, die über Leben und Werk dieses Dichters bekannt waren, bestätigten, was Franz Blei als astronomische Konstellation fixiert hatte. Gedichtbänden, in denen ›allerlei schöne und allgemeine Gefühle‹ zur Schau gestellt wurden, folgten solche, die humoristisch gestimmt waren. Verse, die ursprünglich nur zur Belustigung und Unterhaltung eines privaten Freundeskreises bestimmt waren, erregten, einmal gedruckt, soviel Aufsehen, daß sie bald zu einem literarischen Begriff wurden: Galgenpoesie. Die Gedichte aber, in denen sich dieser Lyriker vor allen anderen offenbart zu haben glaubte, wurden von den Zeitgenossen zwar höflich zur Kenntnis genommen, gerieten aber bald in Vergessenheit; jedoch zur gleichen Zeit, als Korf und Palmström in aller Munde waren, entstanden auch jene Gedichte, in denen Morgenstern seine ›Offenbarungswonnen‹ in Worte faßte. Kein Zweifel: die Nonsens-

Verse, die 1916 von den Dadaisten im ›Cabaret Voltaire‹ in Zürich vorgetragen wurden, stammten von dem gleichen Verfasser, der in seinen letzten Lebensjahren im nahe bei Bern gelegenen Weihe- und Festspielhaus – es ist das ›architektonische Wahrzeichen für das Wirken Rudolf Steiners‹ – das eigentliche Forum seiner Kunst entdeckt hatte.

In der einen Stadt: ›verrückte Emotionen‹, die ›Bildungs- und Kunstideale‹ (der bürgerlichen Welt) als dadaistisches ›Varietéprogramm‹, als ›Candide gegen die Zeit‹. In der anderen: Mysterienspiele, Umgang mit ›höheren Welten‹. Dort: das ›Narrenspiel aus dem Nichts‹, hier religiöse Erbauung. Ein literarisches Kuriosum auf den ersten Blick – und doch mehr als das.

2

Das Geburtsjahr Christian Morgensterns, das Jahr 1871, stand im Zeichen der Reichseinigung, und in den nachfolgenden ›Gründerjahren‹ avancierte Deutschland zur wirtschaftlichen Großmacht. Die deutschen Naturalisten Arno Holz, Johannes Schlaf und Gerhart Hauptmann, die zwischen 1880 und 1890 das literarische Terrain in Deutschland beherrschten, sind etwa ein Jahrzehnt älter als er und haben sich literarisch bereits etabliert, als Morgenstern die ersten Proben seines schriftstellerischen Könnens vorlegt. Von der expressionistischen Generation, die seit 1910 dem literarischen Leben in Deutschland ihr Gepräge gab, trennt Morgenstern ebenfalls mehr als ein Jahrzehnt. Aber auch mit seinen Altersgefährten Heinrich und Thomas Mann, Hermann Hesse und Rainer Maria Rilke kann er nicht ohne weiteres verglichen werden, obwohl er mit ihnen den damals typischen Bildungsgang gemeinsam hat.

Morgenstern selbst spricht in seinen ›Autobiographischen Notizen‹ von ›eindrucksreichen, glücklichen Kinderjahren‹ in einem ›aller Kunst und heiteren Geselligkeit geöffneten‹ Elternhaus in München, seiner Geburtsstadt. Mit dem frühen Tod der Mutter ist jedoch bereits ein Wendepunkt bezeichnet, der für die jugendliche Welt des Malersohnes von gravierender Bedeutung sein sollte. Nicht nur, weil in den folgenden Jahren ›der Ansturm feindlicher Gewalten von außen wie von innen‹ in seine wohlbehütete Kindheit einbrach, sondern auch deshalb, weil das ›Leidenserbe der Mutter‹ (sie starb an Tuberkulose) bald auch den äußeren Ablauf seines Lebens bestimmte und seine physischen Kräfte von Jahr zu Jahr mehr erschöpfte.

Auch als angehender Schriftsteller fühlte sich Morgenstern dem elterlichen Erbe, vor allem dem des Vaters, verpflichtet. Ein frühes Gedicht mit dem Titel ›Malererbe‹ gibt darüber Auskunft:

> Die Spanne, die nicht Träumen ist noch Wachen,
> beschenkt mich oft mit seltsamen Gedichten:
> Der Geist, erregt, aus Chaos Welt zu machen,
> gebiert ein Heer von landschaftlichen Sichten.
>
> Da wechseln Berge, Täler, Ebnen, Flüsse,
> da grünt ein Wald, da türmt es sich graniten,
> da zuckt ein Blitz, da rauschen Regengüsse,
> und Mensch und Tier bewegen sich inmitten.
>
> Das sind der Vordern fortgepflanzte Wellen,
> die meinen Sinn bereitet und bereichert,
> das Erbe ihrer Form- und Farbenzellen,
> darin die halbe Erde aufgespeichert.

In den ersten Jugendjahren waren es allerdings mehr die beruflichen und familiären Veränderungen im Leben des Vaters, die auch seinem Leben die Richtung gaben und es auf harte Proben stellten. Nach dem frühen Tod der Mut-

ter lebte der Zehnjährige zunächst für einige Zeit im Hause seines Patenonkels in Hamburg. Doch bald darauf, 1882, vertauschte er sein Domizil beim Kunsthändler in der Hansestadt mit einem Internat im bayrischen Landshut. Zwei Jahre später – der Vater ist inzwischen als Professor an die Königliche Kunstschule nach Breslau berufen worden – siedelte auch er an den neuen Wohnort über und besuchte das Maria-Magdalena-Gymnasium in der niederschlesischen Stadt. Offenbar sehr früh an einer erfolgreichen Karriere seines Zöglings im wilhelminischen Deutschland interessiert, schickte der Landschaftsmaler Carl Ernst Morgenstern den Gymnasiasten 1889 in eine Militär-Vorbildungsschule, um ihn auf die Offizierslaufbahn vorzubereiten. Der Konflikt, welcher einige Jahre darauf zum endgültigen Bruch zwischen Vater und Sohn führte, deutet sich in dieser Lebensphase bereits an.
Schon ein Jahr später mußte der Vater seine Fehlentscheidung zurücknehmen, und der junge Morgenstern wechselte nach Sorau (Niederlausitz) über, wo er seine letzten Gymnasialjahre verbrachte. Erfahrungen, wie sie von Robert Musil (›Die Verwirrungen des Zöglings Törless‹) und Rainer Maria Rilke (›Die Turnstunde‹) literarisch gestaltet wurden, waren Morgenstern offensichtlich während seiner militärischen Ausbildung erspart geblieben. Der geistigen Unberatenheit seiner Jugendjahre freilich gedachte er in der Folgezeit mehr als einmal. Schon im Bann des Nietzsche-Erlebnisses, schreibt er 1896: ›Lehrer- und führerlos wuchsen wir auf und hätten, versprengte Stürmer, hierhin und dorthin die Kräfte verschwendet. Nun erst dürften wir wissen, was Leben heißt; was Leben sein kann, wenn man es sinnvoll macht; was allein das Dasein heiligt –: ein großer Zweck, ein ‚höchster Gedanke'.‹ Diese kritische Reminiszenz läßt offen, ob Christian Morgenstern die Jahre seines Universitätsstudiums in Breslau in dieses Urteil mit einschließen und auch seinen Entschluß, National-

ökonomie zu studieren, nachträglich noch in Frage stellen wollte. Denn vor der ›Zarathustra‹-Lektüre hatte der angehende Nationalökonom doch völlig anders geurteilt.

›Es ist mir ein Verständnis gekommen von dem unsagbaren, himmelschreienden Elend, das uns – und zumal in der Großstadt – in jeder Stunde umgibt, und ich habe gefühlt, wie nichtswürdig unser aller Verhalten ist, das sich zwischen Verachtung des Volkes, träger Genußsucht und lauem Wohltun bewegt – ohne auch nur eine Spur wahrhaftiger, kraftvoller Liebe aufzuweisen, wie es Bruder zu Bruder haben soll ... Unsere Gebildeten müssen den Dünkel aufgeben, der sie glauben macht, sie seien mehr und höhere Wesen als der gemeine Mann. Sie müssen den sittlichen Kern der Sozialdemokratie anerkennen, der in dem Erwachen des Menschenbewußtseins liegt.‹ Auch die ökonomischen Studien bei Professor Sombart wurden ganz in diesem Sinne als eine Möglichkeit verstanden, künftig selbst das ›Evangelium der tätigen Liebe zu üben und zu lehren‹. So berichtete der schwärmerische Morgenstern im Sommer 1892 von einer ›national-ökonomischen Exkursion‹ in die nähere Umgebung von Breslau, die von Werner Sombart geleitet wurde, dessen Buch ›Sozialismus und soziale Bewegung‹ 1896 erschien.

Schon ein Jahr später freilich dachte der Student der Nationalökonomie daran – er war inzwischen von Breslau an die Universität in München übergewechselt und hatte auch juristische Vorlesungen gehört –, das Studium wieder aufzugeben. In einem Brief vom 30. Oktober 1893 (S. 214–217) klagt er: ›Ich bin einmal kein Jurist, wozu also beständig sich und anderen etwas vorlügen. Die Feder ist meine Waffe und das weite Gebiet der Gedanken meine Domaine; ich will frei bleiben und ehrlich, ich will einen Beruf, in dem ich auch einmal Dichter sein darf, wenn der Geist über mich kommt. Ich habe nur auf dieses eine Los zu setzen, alle anderen sind Nieten, aber dieses könnte ein Treffer sein.‹

Als der vom Universitätsstudium enttäuschte junge Mann, der sich zum Dichter berufen fühlte, im Frühjahr 1894 nach Berlin übersiedelte, war er seinem Ziel schon ein Stück näher gekommen. Er konnte zwar nicht umhin, die vom Vater vermittelte Anstellung in der hauptstädtischen Nationalgalerie anzunehmen, ging nebenbei aber seinen eigentlichen Interessen nach und hielt dabei nach einem ›literarischen Nebenverdienst‹ Ausschau. Doch vorerst waren es nicht die eigenen Werke, die ihm diesen ›literarischen Nebenverdienst‹ einbrachten, sondern die Bücher anderer Schriftsteller, die er in mehreren Zeitschriften rezensierte oder vorstellte. Der Literatur war Morgenstern auch deshalb ein Stück näher gekommen, weil es ihm in relativ kurzer Zeit gelungen war, Zugang in die literarischen Kreise der Hauptstadt zu finden. Heinrich Hart war es, der ihn in den Berliner Schriftsteller-Klub einführte, wo neben Heinrich und Julius Hart auch John Henry Mackay, Hanns von Gumppenberg, Paul Scheerbart, Bruno Wille und Otto Erich Hartleben verkehrten. Schon wenige Monate nach seiner Ankunft in Berlin konnte Morgenstern einen ersten Erfolg melden: ›Mir geht's unberufen gut, und ich lebe in meinem Dachstübchen einen sehr angeregten freudvollen Winter. Ich habe hier wirklich Glück in Berlin, innerlich und äußerlich. An der Neuen Deutschen Rundschau bin ich nun ständiger Mitarbeiter geworden, indem ich große Vierteljahrsrevuen über die zeitgenössische Lyrik dort zu schreiben aufgefordert bin.‹

Zu dieser Mitarbeit war bald noch eine zweite gekommen: die bei der ›Berliner örtlichen Beilage‹ der von Ferdinand Avenarius herausgegebenen Zeitschrift ›Der Kunstwart‹. Aber auch in der in Hamburg erscheinenden Zeitschrift ›Der Zuschauer‹ und in einigen anderen Blättern waren

seit 1894 literaturkritische Beiträge aus der Feder Christian Morgensterns zu lesen.
Die Besprechungen, die Morgenstern in diesen Jahren schrieb, sind zwar keine Meisterwerke der Literaturkritik, doch handelt es sich in einigen Fällen um Zeugnisse, die durchaus zur Deutung seines Werkes beitragen können. Der Kritiker Christian Morgenstern verdient nicht zuletzt deshalb unsere Aufmerksamkeit, weil die Maßstäbe, die er an die zeitgenössischen Schöpfungen der Literatur und des kulturellen Lebens anlegte, Aufschluß über seine eigene Stellung als Schriftsteller im damaligen Literaturbetrieb geben. Das ist dort besonders deutlich, wo er über die Lyrik seiner Zeitgenossen urteilt. Auch wenn es nur einzelne Stichworte sind, die in Morgensterns Buchbesprechungen auf seinen eigenen Standpunkt und seine ästhetischen Ansichten schließen lassen, fällt es nicht allzu schwer, die Forderungen zu erkennen, die der junge Kritiker an ein Kunstwerk seiner Zeit stellte. So wie er vom Romancier eine psychologisch vertiefte Personencharakteristik erwartete, schätzte er vor allem die Verfasser solcher Gedichte, die es verstanden, ihre Individualität in Sprache zu verwandeln und mit ihren Versen die ›Anschauungswelt der Menschheit‹ zu bereichern. An einer Stelle heißt es dann auch – und damit spricht Morgenstern wohl am direktesten seine damaligen Wertvorstellungen aus: ›Nur das Persönliche hat Wert.‹ Eine zweite Maxime vervollständigt die Morgensternsche Poetik: Nicht das zähle, was für den Tag und für die Stunde geschrieben werde, dauern und in die Zukunft hinüberreichen werde vor allem, was sich dem Zeitgeist entziehet. Damit ist deutlich ausgesprochen, was der Kritiker Morgenstern wenig schätzte: Gedichte, in die die ›trübe Alltagsatmosphäre‹ eingelassen wurde, ebenso wie solche, die sich als ›politisch Lied‹ zu erkennen gaben. Soviel ist sicher: im Grundsätzlichen stimmte der junge Morgen-

stern mit all denen überein, die sich die Überwindung des Naturalismus zum Ziel gesetzt hatten.

In zwei Besprechungen allerdings durchbrach er die meist referierende Manier seiner Arbeiten in auffälliger Weise und sprach von sich selbst: in der Rezension des Romans ›Jugendstürme‹ von Curt Grottewitz und bei der kritischen Beurteilung von Vorträgen, die in der ›Eisenacher Zusammenkunft zur Förderung und Ausbreitung der ethischen Bewegung‹ gehalten worden waren. Im ersten Falle waren es offensichtlich die eigenen Gymnasialerfahrungen, die ihn von einer Wunde sprechen ließen, ›die am Körper unseres Volkes zehrt und still und ruhlos lebendiges Blut vergiftet‹. Der nun folgende Satz läßt keinen Zweifel daran, daß der Autor der ›Jugendstürme‹ hinter den Forderungen seines Kritikers zurückgeblieben ist. Morgenstern hätte es lieber gesehen, wenn Grottewitz ›die Wunde *aufgerissen* hätte, in Flammenworten ein unseliger Verdammer jenes unseligen Erziehungssystems, das dem lechzenden Knaben- und Jünglings-Herzen Steine gibt statt Brot und in durstigen Lungen Staub wirbelt und aber Staub, in verständnislosem Kaltsinn und verbrecherischem Dünkel‹. Der Rezensent kritisiert den Romanautor, weil er hinter der Wirklichkeit zurückgeblieben ist. Das wird bis ins Detail nachgewiesen. Morgenstern bedauert, daß Grottewitz nicht den ›modernen Stimmungsmenschen‹ zum Helden seines Buches gemacht hat, weil er damit zugleich auch die Möglichkeit vergab, ›all jene Kämpfe und Bitternisse aufzuzeigen, welche das in seiner Entwicklung gehemmte, mißverstandene, der Autorität gegenüber hilflose Individuum peinigen und zu vernichten drohen‹. Mit einem Wort also: nicht der Einzelfall verdiente dargestellt zu werden, sondern das für die Zeit typische Schicksal eines Menschen, der unter dem ›unseligen Erziehungssystem‹ des wilhelminischen Deutschland zu leiden hatte. Damit war ein Thema angeschlagen, das einige Jahrzehnte später auch Hermann Hesse, Rainer Maria Rilke und Frank Wedekind aufgriffen. In einigen Rezensionen und ›Rundschauen‹ verließ Morgenstern den eng gezogenen Kreis der literaturkritischen Betrachtungsweise und äußerte sich zum geistigen und kulturellen Leben im Kaiserreich der neunziger Jahre des vorigen Jahrhunderts. Diese Notizen und Beobachtungen sind auch deshalb aufschlußreich, weil sie indirekt bestätigen, was er in seiner Besprechung des Romans ›Jugendstürme‹ schon hatte wissen lassen: daß er das Kultur- und Geistesleben im deutschen Kaiserreich für reformbedürftig hielt. In welchem Sinne und in welcher Richtung er sich das dachte, verriet seine Stellungnahme zum Sammelband ›Eisenacher Zusammenkunft zur Förderung und Ausbreitung der ethischen Bewegung‹. Um seine ablehnende Haltung glaubhaft zu machen, sprach Morgenstern von seinen eigenen Erfahrungen mit der ›ethischen Bewegung‹: ›Als um die Jahreswende 92/93 die ‚ethische Bewegung' auch nach Breslau eine verlorene Welle schlug, ward ich, als Vertreter eines kranken Freundes, als einer der ersten von ihr gestreift, und nicht lange, da waren von freundlich fesselnder Seite die paar mir anhängenden Tropfen zu Taufwasser umgewertet und der zu Beginn nicht uneifrige Täufling zum zweiten Schriftführer der langsam entstehenden Ortsgruppe Breslau ernannt.‹ Eines der Schlüsselwörter, das sich – ästhetisch verstanden – schon in Morgensterns Lyrik-Kritik fand, erhielt in diesem Text einen ausgesprochen philosophischen Stellenwert und signalisierte, daß Nietzsches ›Umwertung der Werte‹ auch bei Morgenstern begonnen hatte: ›Mein Evangelium ist nicht: ‚ethisch', sondern: ‚individuell' handeln, und mehr als der ‚guten' Menschen freue ich mich der starken. Denn nicht die ‚Guten', wie ich selbst früher vergeblich hoffte und an die ich selbst einst mit aller Begeisterung der Jugend appellieren zu müssen glaubte, bringen irgend etwas Bedeutendes in der Welt zustande, ja: wollen dies überhaupt ernst und rücksichtslos – sondern allein die starken Geister ...‹. Nun ist kein Zweifel mehr möglich, wem Morgenstern die zentralen Begriffe seines Wertsystems verdankt: es ist Friedrich Nietzsche, dessen ›Evangelium‹ er hier verkündet und dessen ›Erzieher‹-Persönlichkeit er fortan rühmt. Damit ist eine wichtige Entscheidung für die weitere geistige und literarische Entwicklung gefallen. Denn Morgenstern folgt nicht nur in Fragen der Kunst den Gedankenbahnen des Philosophen, es ist unschwer zu erkennen, daß er sich auch weitgehend den gesellschaftspolitischen Alternativen Nietzsches anschließt: für ihn steht fortan nicht mehr das Schicksal der Massen und die soziale Frage zur Diskussion, sondern allein die ›Selbstbefreiung des einzelnen Individuums‹, der große Einzelne. Damit war die Optik der meisten Kritiken, die er in diesen Jahren publizierte, fixiert: Sie fragten nicht nach den gesellschaftlichen Ursachen und Voraussetzungen der Erscheinungen, die der Kritik unterzogen werden, sondern maßen diese an den eigenen Vorstellungen und Idealen von Kultur und Gesittung. Diese am Vorbild Nietzsches orientierte ›Kulturkritik‹ vermochte zwar besonders augenfällige Gebrechen des offiziösen Kulturlebens im kaiserlichen Deutschland bloßzustellen, ignorierte gleichzeitig aber ebenso die Bemühungen der Arbeiterbewegung, die Massen mit Kunst und Literatur bekannt zu machen und die Kultur zu demokratisieren.

Damit hat sich der Kritiker Christian Morgenstern schon wesentliche Gesichtspunkte erarbeitet und für sich verbindlich gemacht, die in den folgenden Jahren auch sein dichterisches Schaffen bestimmen sollten.

3

Seinen literarischen Interessen war der junge Morgenstern, neben dem obligaten ›Brotstudium‹ natürlich, schon in der Breslauer Studentenzeit nachgegangen. Auch die

Gründung einer Zeitschrift – Morgenstern nannte sie ›Deutscher Geist‹ – läßt auf literarischen Ehrgeiz und Mitteilungsbedürfnis schließen. Sein ›Evangelium der tätigen Liebe‹ allerdings, zu dem er sich in den ersten Jahren seines Studiums bekannt hatte, strahlte auf die literarischen Anfänge um die Mitte der neunziger Jahre nicht mehr aus. Mehr noch: der Dichter Morgenstern sah die soziale Wirklichkeit mit ganz anderen Augen als der einstige Sombart-Schüler. Nach der Berliner Premiere von Gerhart Hauptmanns historischem Drama ›Florian Geyer‹ schrieb er am 5.1.1896 (vgl. S. 224–227) mit offensichtlicher Genugtuung: ›Hier ist kein Appell an das Mitleid guter Menschen mehr; hier ist der Appell an die Kraft: Hilf oder stirb!‹ Auch die Titelgestalt wird ganz in diesem Sinne verstanden. Sie scheint dem neuen Ideal und Leitbild Morgensterns ganz besonders zu entsprechen. Denn: ›Im Geyer hat Hauptmann den *Aristokraten* geschaffen, der an der Menge zugrunde geht‹. Ein Schlagwort wie ›Demokrat‹ treffe diesen Menschentyp nicht.

Was sich in Morgensterns Kritiken und Rezensionen schon angekündigt hatte, ist nun nicht mehr zu übersehen: In den Jahren zwischen 1892 und 1895 hat sich eine folgenreiche Revision der sozialen und ethischen Wertbegriffe vollzogen, die sich nun auch immer deutlicher im literarischen Schaffen des angehenden Schriftstellers widerspiegelt. Jetzt bedarf es auch keines Beweises mehr, in wessen Geist sich diese Wandlung vollendet hat. Im gleichen Jahr – 1895 –, als Morgenstern in Berlin Hauptmanns ›Florian Geyer‹ sah, nannte er sich schon eine ›Lerche Zarathustras‹. Es ist offensichtlich: bei Nietzsche fand er bestätigt, was er Jahre zuvor selbst empfunden hatte, vor allem sein Unbehagen am deutschen ›Bildungsphilister‹ und am ›schamlosen Philister-Optimismus‹ der Bismarck-Ära. Die ›Zarathustra‹-Lektüre – das Leitbild des großen Einsamen – bestätigte ihm bei seiner Suche nach einer rein geistigen Existenz, was auch er eines Tages zu erreichen hoffte. Nietzsches Entwurf eines zukünftigen Menschen deckte sich weitgehend mit Morgensterns eigenen Gedanken, wie er sie seit dem Jahre 1893 formulierte: ›Es drängt mich, einen großen gesunden Menschen zu schaffen, einen ganzen Aristokraten mit suchender Seele und blitzenden Gedanken.‹ Deshalb nimmt es nicht wunder, daß der junge Dichter diesen Philosophen vorbehaltlos als seinen ›Befreier‹ und ›Erzieher‹, der ihm ›ewige Rettung‹ verheißen hat, pries und fortan dessen neues ›Evangelium‹ verkündete: ›Man sieht Nietzsche ins Auge und weiß, wo das Ziel der Menschheit liegt.‹

Welches Ziel Morgenstern für das erstrebenswerte hielt, war nach der Gegenüberstellung des ›Aristokraten‹ und des ›Demokraten‹ anläßlich der ›Florian-Geyer‹-Aufführung nicht mehr strittig. Mit dieser Entscheidung vollzog er einen ähnlichen Frontenwechsel wie zahlreiche andere Schriftsteller, die sich von der naturalistischen Bewegung abwandten und auf diese Weise kundtaten, daß sie sich für eine literarische Praxis entschieden hatten, die nur noch selten von den sozialen Problemen und Kämpfen Notiz nahm und den Schriftsteller mehr und mehr der gesellschaftlichen Wirklichkeit entfremdete. Um so verlockender bot sich in dieser Krisensituation die Scheinlösung an, die Friedrich Nietzsche empfahl: die Flucht in die Einsamkeit isolierten Kunstschaffens, die Kunst um der Kunst willen. Dieser Ästhetizismus schloß politisches Engagement und moralische Verantwortung aus. Die Folgen einer so verstandenen Kunstpraxis waren unschwer abzusehen. Bei den meisten Schriftstellern, die sich damals ›neuromantisch‹ oder ›impressionistisch‹ orientierten, rissen die Bindungen zur gesellschaftlichen Wirklichkeit ab, und es mußten zwei Jahrzehnte vergehen, ehe Heinrich Mann und einige jüngere Autoren, die sich ›Aktivisten‹ nannten, ihr Interesse wieder jenen politischen Kämpfen und sozialen Auseinandersetzungen zuwandten, von denen das imperialistische Deutschland wenige Jahre vor Ausbruch des Krieges beherrscht wurde, ehe Ludwig Rubiner feststellen konnte: ›Der Dichter greift in die Politik.‹ Es ist gewiß kein Zufall, daß sich diese Hinwendung zur Politik – bei Heinrich Mann verbindet sich damit das Bekenntnis zur Humanität und zur Demokratie – im Zeichen der Abkehr vom ›Artistenevangelium‹ Friedrich Nietzsches und der Wiederentdeckung Émile Zolas vollzog, ›dem es bestimmt war, unter allen das größte Maß von Wirklichkeit zu umfassen‹. Ebenso folgerichtig war es, daß sich Morgenstern, als er sich Nietzsches Alternative angeschlossen hatte, immer entschiedener vom Naturalismus und seinem Appell an das Mitleid mit dem Menschen abgrenzte. 1895 stand für ihn fest: ›Der Naturalismus eine rein historische Kunstanschauung. Der Naturalismus nur ein Stadium, kein Ziel.‹ Damit war die Entscheidung zugunsten einer ›idealistischen‹ (im Gegensatz zur ›realistischen‹ des Naturalismus) Literaturkonzeption gefallen. Die neuen ästhetischen Losungsworte heißen: ›Höchste Empfindungen, Phantasie im Gewande intimster Natur – – – eine Durchgeistigung der Realität auf allen Punkten, künstlerischer Polytheismus (im Sinne der Kunst), das meine ich, muß das Programm der Zukunft, unserer Zukunft sein. Der Sieg des menschlichen Geistes über die Außenwelt muß vollkommen werden.‹ Daß es sich bei diesem ›Programm der Zukunft‹ in erster Linie um eine Poetik des 1895 erschienenen Gedichtbandes ›In Phanta's Schloß‹ handelt, braucht, wenn man diese Gedichte zur Hand nimmt, kaum noch gesagt zu werden. Der Bergwelt, in die der Debütant Phantas Schloß versetzt hat, ist nicht nur im geographischen Sinne weit von der Wirklichkeit entfernt. Das Lebensgefühl, das den jungen Poeten in dieser Höhenregion überkommt, läßt auch die Beweggründe erkennen, die ihn zur ›Auffahrt‹ drängten:

Aller Notdurft,
alles Kummers
ganz befreit,
fühle ich ein höhres Sein
mich durchweben.
Wird die tiefe Einsamkeit
mir auf alles Antwort geben?

Das anschließende ›Traum‹-Gedicht bekennt sich nicht weniger eindeutig zur Gipfelwanderung:

Wer möcht am trägen Stoffe kleben,
dem Fittich ward zum Weltenflug!
Ich lobe mir den süßen Trug,
das heitre Spiel mit Welt und Leben.

Der Plan für diese Dichtung wurde zum erstenmal im Sommer des Jahres 1893 deutlicher umrissen. Der Student berichtete aus München von einer Bergtour und kündigte an, daß er sich in den folgenden Wochen in Tirol an Bergphantasien versuchen wollte. Seine Gewohnheit, ›nur Erlebtes, Geschautes, Empfundenes wiederzugeben‹, sollte bei diesem poetischen Versuch durchbrochen werden, damit er sich ganz ›einem phantastischen Zug‹ überlassen könnte. Aber erst ein Jahr später ging Morgenstern an die Arbeit und trat dann im Sommerkurort Bad Grund mit eigenen Gedichten vor das Badepublikum. Denkbar, daß es sich dabei schon um Verse handelte, die ein Jahr später in seine Bergdichtung aufgenommen wurden. 1896 bestätigte der Phanta-Dichter jedenfalls noch einmal, daß sein Jugendwerk in diesem Bergstädtchen seinen Anfang nahm und noch im gleichen Jahr in Berlin abgeschlossen wurde. In der Harzer Bergwelt verdichteten sich nicht nur seine frühen Gebirgserlebnisse, in dieser Umwelt gelang es ihm auch zum ersten Mal, sich selbst zu befragen. Ein Jahr nach der Veröffentlichung seiner Bergdichtung berichtete er über diese Septembertage: ›Und von jenem Augenblicke an, da ich, von den Höhenzügen um Grund auf das alte verschachtelte Städtchen herabschauend, die Prologverse dichtete, begann ich endlich, mich selbst zu finden. Die Stadt wurde mir ein Symbol der Vergangenheit, irgendeine einsame erträumte Berghöhe der ideale Punkt, auf dem ich mich zum ersten Male selbst genießen, mir selber zuhören, mich schrankenlos ausatmen und ausleben wollte. Was mich umgab, wurde mir zu eng und ich griff in unendliche Räume hinaus.‹ Die dichterische Selbstbefreiung, die hier beschrieben wird, blieb auch ästhetisch nicht ohne Folgen für den Lyriker Morgenstern. Sie setzte nicht nur die poetische Phantasie frei, sie eröffnete überhaupt subjektiver ›Laune‹ und Willkür einen großen Spielraum. Die Welt wurde nicht nur ›mit neuen Augen‹ angesehen, der Phanta-Dichter nahm sie wie sein ›Eigentum‹ in Besitz, ›das ich ‚tausendfach denken und taufen‘ kann, wie mich die Laune treibt‹. Morgensterns ästhetisches Denken geriet auf neuromantische Bahnen.

Allzu große Entdeckungen gelangen ihm freilich in dieser Über-Welt nicht. Die Gestirne hatten vor ihm andere von der Erde aus weit sinnfälliger gepriesen, und auch die Naturszenerie vieler Gedichte (Augustnacht; Mädchentränen; Mondaufgang) ließ sich ohne sonderliche Sehergabe in niederen Regionen ebensogut beschreiben wie in Morgensterns Phanta-Reich. Die poetische Substanz, die er aus dieser Welt bezog, kam in Wahrheit schon aus zweiter Hand. Diese Art lyrischer Dichtkunst war, auch in ihrem modischen Vokabular, nicht sonderlich originell. Mit solch einem Konzept ließen sich der deutschen Lyrik kaum neue Provinzen erschließen. Morgenstern stand nach diesem Akt subjektiver Selbstbefreiung wohl am Anfang seiner dichterischen Möglichkeiten, aber zugleich auch am Ende einer großen Periode der bürgerlichen Literatur. Sein lyrisches Vokabular bestätigt es:

Hoch in einsam-heitren Stillen
gründ ich mir ein eignes Heim,

ganz nach eignem Witz und Willen,
ohne Balken, Brett und Leim.
Rings um Sonnenstrahlgerüste
wallend Nebeltuch gespannt,
auf die All-gewölbten Brüste
kühner Gipfel hingebannt.
Schlafgemach –: mit Sterngoldscheibchen
der Tapete Blau besprengt,
und darin als Leuchterweibchen
Frau Selene aufgehängt.

So offenkundig es war, daß Morgensterns lyrischer Erstling ein Buch unter vielen anderen, die kein Aufsehen erregten, blieb, sowenig ist zu übersehen, daß der Phanta-Zyklus aus zwei Quellen gespeist wird, ohne die auch Morgensterns ein Jahrzehnt später erschienenes Gedichtbuch ›Galgenlieder‹ und die nachfolgenden Veröffentlichungen kaum denkbar wären: Humor und Phantasie. Die Gedichte aber, die – mit Ausnahme der Horaz-Travestie – auf die Phanta-Dichtung folgten, standen unter einem ganz anderen Gesetz: es sind Schöpfungen, die weitgehend im Bann der lyrischen Konvention blieben. Das gilt für ihre Thematik ebenso wie für ihre Form. Morgenstern hatte das zyklische Darstellungsprinzip hinter sich gelassen und bot statt dessen lyrische Impressionen und Empfindungen des Augenblicks. Die Tages- und Jahreszeiten sind wohl die wichtigsten ›Gelegenheiten‹, denen er viele seiner Gedichte verdankt. Auch Naturmotive und Landschaftspanoramen gehören fortan zum Reservoir seines lyrischen Schaffens. Dem Lied ist der Lyriker Morgenstern besonders zugetan, nicht zuletzt deshalb, weil es seinem Streben nach Einfachheit und Natürlichkeit in hohem Maße entgegenkam. Der Grundeindruck aber bleibt: Obwohl man in einzelnen Gedichten immer wieder beeindruckend poetische Zeilen finden kann, wirken sie in der Mehrzahl allzu naiv (der Wirklichkeit gegenüber) und glatt (von der Form

her). Das gilt nicht für die spruchartig verdichteten Porträt-Gedichte – Morgenstern sah sie als Epigramme an – und für einige Gedichte, die man mit Fug und Recht als lyrische ›Konfession‹ ansehen kann, Verse, in denen Morgenstern von seinen Leiden, Schmerzen und Enttäuschungen spricht. Auszunehmen ist davon auch sein letzter Gedichtband ›Wir fanden einen Pfad‹, der den Autor der ›Galgenlieder‹ – ganz im Gegensatz zu seiner frühen Lyrik – ganz im Banne der anthroposophischen Lehre zeigt. In diesen Gedichten ist Christian Morgenstern Ideenverkünder und Bekenntnisdichter zugleich.
Unter den Gedichten, die nach dem Phanta-Zyklus erschienen – ihre Titel lauten ›Auf vielen Wegen‹, ›Ich und die Welt‹, ›Ein Sommer‹ und ›Und aber ründet sich ein Kranz‹ –, verdient das Gedichtbuch von 1898 mehr Aufmerksamkeit als die anderen. Die Überschrift ›Ich und die Welt‹ trügt nicht: in dieser Gedichtsammlung finden sich in der Tat Strophen und Verse, die erkennen lassen, daß auch die gesellschaftliche Wirklichkeit zu Morgensterns ›Welt‹ gehörte. Diese Feststellung muß jedoch, wendet man sich einzelnen charakteristischen Gedichten dieses Bandes zu, sogleich wieder relativiert werden. Denn unter ›Gesellschaft‹ verstand der Lyriker nicht die sozialbestimmten Beziehungen einzelner Menschen oder Gruppen (Klassen) zueinander, sondern er gebraucht diesen Terminus weitgehend als Synonym für ›die Menge‹ und ›die Masse‹, ohne zwischen den Besitzenden und den Besitzlosen zu unterscheiden. Sein Bild von den ›Massen‹ wird nicht von denen bestimmt, die unbestechlich für die sozialen Grundrechte der proletarischen Klasse kämpften, sondern fast ausschließlich von denen, die in kleinbürgerlicher Selbsttäuschung nach dem ›blanken Taler‹ jagten. Dieses Übel war für Morgenstern eines unter vielen, das ihm für die Wilhelminische Ära charakteristisch erschien und das er beklagte. Mehr noch: er sah es als eine moralische

Krankheit an, die es ihm verbot, sich mit der ›wirren, kreischenden Menge‹ einzulassen oder sich gar mit ihr zu solidarisieren. Für ihn gab es offenbar nur noch jenen Weg, für den er in seiner ›Vaterländischen Ode‹ plädierte:

Deine glühende Seele
mußt du in Einsamkeit flüchten;
denn im Qualm und Geschrei deiner Märkte
achtet niemand dein –

In einigen Gedichten, die im Lyrikbuch ›Ich und die Welt‹ veröffentlicht sind, sprach Morgenstern Erfahrungen und Gedanken aus, die sich nicht mehr mit der einige Jahre zuvor postulierten humoristischen Haltung erklären ließen. Denn in den meisten Versen, in denen sich das Unbehagen an der deutschen Wirklichkeit artikulierte, dominierte ein elegischer Grundton: nicht das von Nietzsche gerühmte ›Königsgefühl über den Dingen‹, sondern das Mitfühlen eines sensiblen Menschen, der sich nach Gemeinschaft sehnt und in einem seiner Gedichte ausruft:

Mit mir, ihr alle!
So kommt doch, Menschen!
Laßt euren Bruder
nicht so allein!

In einigen wenigen Gedichten, in denen Morgenstern nicht über sein gebrochenes Verhältnis zur Gesellschaft klagte, sondern von bestimmten, teils an Personen gebundenen Ereignissen und Vorkommnissen in der zweiten Hälfte der neunziger Jahre ausging, entlädt sich sein Zorn in Worten der Anklage und der Kritik. Das gilt in besonderem Maße für das Gedicht ›Die Tage der Heiligen‹, mit dem er sich gegen das zur Schau gestellte ›Gottesgnadentum‹ des deutschen Kaisers wandte. Mit solchen, gegen die Person des Monarchen gerichteten Gedichten stellte sich Morgenstern für Augenblicke in die Reihe jener Schriftsteller, die wie Frank Wedekind, Heinrich Mann und Ludwig Thoma die Übel der Gesellschaft satirisch bloßstellten,

ohne daß er sich freilich dieser satirischen Literaturtradition anschließen konnte.
Das gilt nicht – auch dieses Urteil muß eingeschränkt werden – für die Epigramme Christian Morgensterns. In diesem Genre gehörte er zu den wenigen deutschen Lyrikern des ausgehenden 19. Jahrhunderts, denen es gelang, die Tradition Logaus, Lessings, Klopstocks und Lichtenbergs fortzuführen. Daß der Verfasser des Phanta-Zyklus, von den meisten Zeitgenossen kaum beachtet, auch Epigramme verfaßte und zu schreiben verstand, hat sicher mehrere Gründe. Einen sprach der Epigrammatiker selbst aus:

Verzeiht, wenn manchen manches hart hier trifft,
mein Pfeil soll treffen, doch er trägt kein Gift.

Morgensterns Epigramm läßt keinen Zweifel daran, wie er die von ihm verfaßten Sprüche und Sinngedichte verstanden wissen wollte. Hier war er sich mit den Meistern dieser lyrischen Gattung einig: seine Epigramme waren nicht nur an ganz bestimmte Personen adressiert, sie brachten auch die Zustände im kaiserlichen Deutschland zur Sprache. Das Adverb ›hart‹ deutet darauf hin, daß unbequeme Wahrheiten gesagt werden mußten, und auch der ›Pfeil‹-Vergleich zeigt an, daß der Epigrammatiker Morgenstern ein streitbarer Mann war, der Töne anschlagen konnte, die man ihm nach der Lektüre seiner Gedichte kaum zugetraut hätte. Der Verfasser dieses programmatisch gemeinten Epigramms teilt zwar mit, daß sein Pfeil ›kein Gift‹ trägt, also nicht tödlich wirkt; daß diese Gedichte kritisieren, aufklären und bessern sollen, kann dagegen kaum bezweifelt werden. Das geschah nicht selten in offen satirischer Manier, besonders dann, wenn über die deutschen Zustände gesprochen wurde und wenn sich der Epigrammatiker an seine Zeitgenossen wandte. Wenn sich auch Morgensterns Befürchtung, seine Epigramme könnten den kaiserlichen Zensurbehörden zum Opfer fallen und er müsse dann wohl oder übel in die Schweiz emigrieren, nicht bewahrheitete, fest steht, daß der Epigramm-Band, den er 1898 in einem Brief angekündigt hatte, nicht erschien. Erst in seinem 1906 veröffentlichten Gedichtbuch ›Melancholie‹ fanden sich einige davon. Eine Epigrammsammlung Christian Morgensterns erschien indessen erst nach seinem Tode.

Daß die Epigramme, die im Verlaufe zweier Jahrzehnte entstanden waren, am Ende ein Buch zu füllen vermochten, bezeugt die Wertschätzung, die Morgenstern der knappen, pointierten Form entgegenbrachte. Einen Grund vertraute er einem seiner Epigramme an, dem er den Titel ›Der sparsame Dichter‹ gab:

»Willst du nicht Artikel schreiben?«
Laßt's beim Epigramme bleiben.
Kann ich's euch in zehn Zeilen sagen,
was euch verwundert,
warum euch Honorar abjagen
für hundert.

Dieses an die Adresse ungeduldig-fordernder Zeitschriften-Redakteure gerichtete Epigramm ist in zweierlei Hinsicht aufschlußreich: Wenn das ›Epigramm‹ den ›Artikel‹ ersetzen kann, dann müssen beide Genres Eigenschaften besitzen, die sie vergleichbar machen. Das bestätigt sich in vollem Maße, wenn man die in den neunziger Jahren geschriebenen kulturkritischen Aufsätze mit den Epigrammen dieser Jahre vergleicht: Es sind sowohl die behandelten Sachverhalte, die Epigramm und Artikel gemeinsam haben, als auch die Intentionen, die Morgenstern in beiden Genres verwirklichen wollte. Bei beiden Genres handelt es sich – im weitesten Sinne des Wortes – um gesellschaftliche Sachverhalte, die öffentlich und kritisch vorgebracht werden. In der Form freilich, das ist durch das Verhältnis ›zehn‹ zu ›hundert‹ Zeilen schon ins Bild gesetzt worden, unterscheiden sich Epigramm und Artikel erheblich voneinander. Und die Form war es wohl auch, die Morgenstern am Epigramm das entdecken ließ, was seiner dichterischen Veranlagung entgegenkam und ihn für diese lyrische Gattung prädestinierte: der Zwang zur Verdichtung der Aussage und die Möglichkeit, mit wenigen Worten direkt zum Ziel (man denke an den ›Pfeil‹) zu kommen. Mehr noch: beim Verfassen von Epigrammen war es sogar möglich, aus der Not (die große Form zu meistern) eine Tugend zu machen (also auch den Augenblickseinfall und die Einzelbeobachtung literarisch zu verwerten).

Fielen einige der gesellschaftsbezogenen Gedichte aus dem Band ›Ich und die Welt‹ durch ihren elegischen Grundton auf, so tendieren viele der Morgensternschen Epigramme zur Satire. Die meisten Epigramme, in denen so verfahren wird, weisen sich schon durch ihre Überschriften aus, zum Beispiel ›Patrioten‹, ›Beamte‹, ›O Staat‹ und ›An den Bürger‹. Es sind durchweg Verse, die ›treffen‹ sollen, sowohl Personen als auch Zustände, charakteristisch für die deutsche Gesellschaft zwischen dem Deutsch-Französischen Krieg von 1870/71 und dem ersten Weltkrieg. Morgensterns Epigramme signalisieren, wenn auch nur in ihrer ideell-geistigen Erscheinungsform, einige jener Veränderungen, die sich beim Übergang zur imperialistischen Phase in Deutschland vollzogen. Das wird dort besonders deutlich, wo gezeigt wird, in welchem Maße bestimmte Wertbegriffe in den Dienst chauvinistischer Großmannssucht gestellt wurden. Morgenstern sah es so:

> Was mir ›Patriotismus‹ ist?
> Ein Gefühl, das zehn andere frißt.

Solche Gefühle konnten nicht zuletzt deshalb entstehen, weil es im Kreise der ›Patrioten‹ – auch das sagt Morgenstern in einem an Bismarck adressierten Epigramm – Mode geworden war, andere für sich denken zu lassen:

> Zum Sachsenwalde pilgern wir
> und trinken mit dem Genius Bier.

Wir haben Grund, den alten Herrn zu loben,
der eignen Denkens längst uns überhoben.

So wie Morgenstern in seinem Epigramm ›An Deutschland‹ im großen ›vor dem schleichenden Gift der Selbstgefälligkeit‹ warnte, so wandte er sich auch in Fragen der Kunst und des Lebens gegen viele Erscheinungen, die ihm ›falsch‹ und ›hohl‹ erschienen und den Menschen von seiner eigentlichen moralischen Aufgabe abhielten, die Morgenstern so formulierte:

Dich selber zu entdecken
und dann dich selber nach dir selbst
zu strecken.

Nimmt man die Epigramme, die sich einzelnen Erscheinungen des Literaturbetriebes zuwenden, als ein Ganzes, dann entsteht, ähnlich wie bei den direkt politischen Epigrammen, das Bild einer Kulturlandschaft, die mehr über die Zeit und die literarische Umwelt Morgensterns verrät als viele seiner großen Gedichte. Aus dieser Landschaft heben sich natürlich einzelne Erscheinungen besonders ab, zum Teil sind es Sachverhalte, zum Teil Personen, zum Teil literarische oder bildnerische Stile und Richtungen. Namen wie d'Annunzio und Van de Velde sprechen ohnehin für sich. Neben einzelnen Schriftstellern und Künstlern sind es die Gelehrten, darunter auch die Germanisten, die Morgenstern attackiert, so der für die damalige Zeit recht häufige Typ des ›Goetheforschers‹, den der Epigrammatiker über Goethe sagen läßt:

›Ich weiß, was er zu jeder Zeit gesagt,
doch mein Gewissen hat er nie geplagt.‹

Schließlich finden sich unter den Epigrammen auch solche, die mit menschlichen Schwächen und Lastern ins Gericht gehen. Aber auch ›Lebens-Sprüche‹ gehören dazu, die beherzigt zu werden verdienen:

Ich lobe mir den Freund, der wachsen macht;
vor trocknen Seelen nimm dich, Herz, in acht.

In einigen wenigen Epigrammen spricht Morgenstern von sich selbst: von seiner Uhr, von seinem Zollstock und von seiner Sparsamkeit.
Daß es nicht nur Epigramme, sondern auch andere literarische Genres und Formen waren, die Morgenstern des öfteren dem feuilletonistisch-kritischen Artikel und den großen literarischen Formen vorzog, beweisen die Szenen, die er in den neunziger Jahren verfaßte. Von diesen ›Mikrodramen‹ im Zusammenhang mit dem Epigrammschaffen Morgensterns zu sprechen, liegt auch deshalb nahe, weil einige Szenen thematisch das fortführen und personifizieren, was schon in den Epigrammen zur Sprache gekommen war: die kritische Darstellung bürgerlicher Lebens- und Denkweise im Zeichen des ökonomischen und machtpolitischen Aufstiegs der deutschen Bourgeoisie im Sog der Gründerzeit. Zwei Szenen – ›Das herrschaftliche Haus‹ und ›Die Bierkirche‹ – zeigen besonders sinnfällig, wen der Szenarist bloßzustellen und zu treffen gedachte: das saturierte neureiche Bürgertum, das sich nun auch äußerlich mit den Symbolen des Wohlstands und des kommerziellen Erfolges umgeben sehen wollte und in seiner Repräsentationsgier das Augenmaß für das Zweckmäßige und Schöne mehr und mehr verlor. In diesen Szenen wird kein Zweifel daran gelassen, daß die Kunst – nicht nur die Kunst des Bauens im engeren Sinne des Wortes – zum bürgerlichen Dekor herabgesunken war. In diesen beiden Szenen, in denen Morgenstern einen Maurermeister, der die ›herrschaftlichen‹ Bauten ausführt, und einen Gastwirt, der einen solchen Bauauftrag erteilt, agieren läßt, stehen auch Regieanmerkung und Sprache im Dienste der Satire. Die Szenenanmerkung, die ›Das herrschaftliche Haus‹ auch für das Auge wahrnehmbar machen soll, ist das innenarchitektonische Pendant zur Bauskizze, die der Maurermeister mit stolzgeschwellter Brust seiner Familie erläutert. In dieser Szenenanmerkung heißt es: ›Charlotten-

burg. Sogenanntes Berliner Zimmer. Über Eck: Prachtofen mit Bord und Plüschbehang. Stukkaturplafond. Modetapete. Schiller und Goethe.‹ Noch schärfer, weil politisch gezielt, fiel Morgensterns Kritik in der Szene ›Der Lauffgraf‹ aus, die niemand anderem als dem Kaiser selbst galt, dessen Gottesgnadentum (die ›ständige Berufung auf ‚Gott' als ... Duzbruder‹) er ganz besonders verabscheute. Gleichermaßen schonungslos wird in dieser Szene das ›idiotische Pathos deutschtümelnder Biederkeit und Fürstendienerei‹ angeprangert, eine Erscheinung, die ihm im Jahre 1898, als in Berlin das Denkmal ›Wilhelm der Große‹ aufgestellt wurde, besonders unangenehm aufgefallen war. Es ist übrigens das gleiche Ereignis, das Heinrich Mann an den Schluß seines satirischen Abgesanges auf das deutsche Kaiserreich, seines Romans ›Der Untertan‹, gestellt hat. Dieser Vergleich ist durchaus nicht abwegig, denn beide Werke hatten das gleiche Schicksal: Sie wurden von der kaiserlichen Zensur verboten, Morgensterns Szene ›Der Lauffgraf‹ zu Beginn des Jahrhunderts, als sie im Kabarett ›Schall und Rauch‹ aufgeführt werden sollte, Heinrich Manns Roman (er war zunächst als Fortsetzungsroman in einer Zeitung publiziert worden) im Jahre 1914, als der erste Weltkrieg begann.

Obwohl sich leicht absehen läßt, daß Morgensterns Szenen keine sensationelle Neuigkeit für die damalige Zeit darstellten, wird man nicht umhinkönnen, von einem nichtalltäglichen Sachverhalt zu sprechen: Einige dieser Szenen waren schon geschrieben, als es die Bühne, für die sie bestellt zu sein schienen, in Deutschland noch gar nicht gab: das Kabarett. So erklärt es sich, daß der Szenenschreiber Christian Morgenstern, als im Jahre 1900 Ernst von Wolzogens ›Überbrettl‹ aus der Taufe gehoben wurde, als einer der ersten deutschen Schriftsteller Texte anbieten und schreiben konnte, die sich für eine kabarettistische Darbietung eigneten. Daß sich Friedrich Kayßler, der im

Jahre 1901 zusammen mit Max Reinhardt das Kabarett ›Schall und Rauch‹ in Berlin ins Leben rief, vorher mit der Bitte um Mitarbeit an seinen Jugendfreund gewandt hatte, versteht sich von selbst. Zu Beginn des Jahres 1901 erhielt der Kabarettautor dann auch die ersten Berichte über das Debüt der neuen dramatischen Gattung. Ernst von Wolzogen schrieb ihm: ›Wir haben einen glänzenden Erfolg gehabt! Es war ein gemütlicher, höchst animierter Abend, der 18. Januar. Die Zeitungen waren fast ausnahmslos des Lobes voll, und nun dürfen wir auch mit guter Zuversicht auf den Bestand und den materiellen Erfolg der Sache rechnen ... Stürmische Heiterkeit entfesselte ihre Kerrkritik, die freilich wohl nur bei dem literarischen Publikum der Premiere volles Verständnis fand. Sie wirkte um so mehr, als Kerr mit dem Vortrag eigener Dichtungen auf dem Zettel stand, hernach aber zurücktrat, weil ihm die Zensur das meiste gestrichen hatte, und nun ahnungslos unter den Zuschauern saß.‹ Bei dieser ›Kerrkritik‹ handelt es sich um eines jener ›Drämchen‹, die mit dem Begriff ›Kritik‹ allerdings nur unvollkommen zu charakterisieren sind. Das erklärt sich zum Teil aus der Thematik dieser Szenen, in deren Mittelpunkt fast durchweg Literaten und deren Werke stehen. Einigen dieser Schriftsteller – so auch der manierierten Schreib- und Darstellungsweise des berühmten Berliner Theaterkritikers Alfred Kerr – stand Morgenstern durchaus ablehnend gegenüber. Er brachte seine Meinung nunmehr aber in einer Weise vor, die sich von der des Rezensenten ganz erheblich unterschied; indem er die Eigen- und Unarten dieser Schriftsteller (oder auch ›Schulen‹) so nachahmte, daß das Charakteristische der einzelnen Schreibweisen und Stile in einem Maße übersteigert wurde, daß eine komische Wirkung eintritt. Kein Zweifel: einige Szenen aus der Feder Christian Morgensterns können mit Fug und Recht als Parodien bezeichnet werden. Sie gelten einzelnen Personen (›Der Hundeschwanz‹ und ›Das

Mittagsmahl‹) ebenso wie charakteristischen Werken und Richtungen der zeitgenössischen Literatur (›Knochenfraß‹ und ›Ecce civis‹). Hinzu kommen zahlreiche Parodien in Gedichtform. Meist sagen schon die Überschriften, welche Schriftsteller oder Schulen nachgeahmt werden (›Wiener Schule‹; ›Ein Gesang Walt Whitmans‹). Sich selbst und seine Schreibweise hat Morgenstern dabei nicht ausgenommen. Auch in den ersten Jahren des neuen Jahrhunderts, als er in Berlin lebte, blieb er dem Theater lose verbunden. 1904 zum Beispiel versuchte er sich – zusammen mit Dr. Oskar Anwand – an einer ›Art von Komödie‹, in der ›Weg und Triumph‹ eines Kurpfuschers gezeigt werden sollten, und drei Jahre später kündigte er Max Reinhardt für die nächste Saison der Kammerspiele noch einmal ›ca. zehn phantastisch-satirische Szenen‹ an, die den Gesamttitel ›Zehnminutenbrenner‹ erhalten sollten.

Doch ist es fraglich, ob man dem Szenenschreiber und Parodisten Morgenstern gerecht wird, wenn man ihn als Dramatiker bezeichnet. Denn zu keiner literarischen Gattung hat er sich so abschätzig und skeptisch geäußert wie über das zeitgenössische Drama. Vielleicht muß man sogar sagen: Morgensterns Szenen und Parodien sind gegen das moderne Drama und den damaligen Theaterbetrieb geschrieben worden. Sein 1894 veröffentlichtes satirisches Märchen ›Epigo und Decadentia‹ gibt Aufschluß darüber, was Morgenstern meinte, wenn er vom ›Drama‹ seiner Zeit sprach und es für sich ablehnte: die ›Jambentragödie in fünf Akten‹ (die klassische Tragödie aus der Epigonenfeder) ebenso wie das ›soziale Drama‹, das mit dem Naturalismus aufgekommen war. Morgensterns Berufung auf die unsterbliche, nie alternde ›Schönheit‹ mochte zwar genügen, um seine Ablehnung einigermaßen zu motivieren, für eine tragfähige eigene Dramenkonzeption aber taugte sie bestimmt nicht. Morgenstern blieb bei seinem Metier: dem ›Drama in einem Satz‹.

4

In den für Morgensterns literarische Entwicklung so bedeutsamen neunziger Jahren, als er sich schon sicher glaubte, daß die ›Naturphantasie‹ sein ›eigenstes Reich‹ werden könnte – beschäftigte ihn bereits ein literarisches Vorhaben, das bald einen ganz anderen Wesenszug seiner dichterischen Existenz hervortreten ließ: den Humor. Sogar von einem ›humoristischen Roman‹ ist die Rede. Dieses Projekt erwähnte der Briefschreiber in späteren Jahren zwar hin und wieder, abgeschlossen und veröffentlicht wurde dieser Roman jedoch nicht. Das ›humoristische Werkchen‹ dagegen, das der Student für den Winter 1893 plante, nahm bald Gestalt an und wurde 1897 unter dem Titel ›Horatius travestitus‹ der literarischen Öffentlichkeit präsentiert. In einem Brief an Oskar Bie vom 8. November 1894 teilte der Verfasser der ›Horaz-Oden‹ zum erstenmal Einzelheiten über diese Arbeit mit: ›Zurzeit arbeite ich so nebenbei an einer Neubearbeitung Horazischer Oden in humoristisch-modernisiertem Sinne, ein kleines Unternehmen, das ich mit einem Freunde zusammen begonnen habe und zu dem ein dritter geschmackvolle Federzeichnungen liefern wird. Ich habe bis dato acht Oden fertig daliegen (im ganzen werden es kaum mehr wie zwanzig) und glaube, ohne mir zu schmeicheln, daß die lustigen Lieder (im Originalversmaß übersetzt, d. h. natürlich selten wörtlich, sondern dem Charakter des Ganzen nach) überall, wo gemütliche Männer mit Gymnasialvergangenheit sich finden, durchschlagenden Lacherfolg haben müssen.

Das Ganze müßte natürlich recht gefällig ausgestattet werden und höchstens eine Mark kosten.

Was meinen Sie, ob Herr Fischer (der Verleger S. Fischer in Berlin, K. Sch.) dafür zu gewinnen wäre? Ein Berliner Verlag wäre um so erwünschter, als sehr oft auf Berliner Verhältnisse angespielt wird . . . Die Geschichte macht mir selbst einen Riesenspaß, helfen Sie mir, daß auch andere sich daran freuen mögen ...‹

Was auf diese Weise ›so nebenbei‹ entstanden war und noch zu Papier kommen sollte, fand beim Verlag Schuster & Loeffler Anerkennung, und zwei Jahre nach dem Erscheinen seines lyrischen Erstlings stand der Name Morgenstern auch über diesem ›Studentenscherz‹, dem bei der 3. Auflage im Jahre 1911 noch ein ›Anhang: Aus dem Nachlaß des Horaz‹ beigegeben wurde. Morgensterns Einfühlungsvermögen, das ihm in seiner ›Bergphantasie‹ möglicherweise zum Verhängnis geworden war, zahlt sich nun um so erstaunlicher aus. In diesen Travestien kam vor allem auch jene Wirklichkeit wieder zu Wort, die beim ›Höhenflug‹ in ›Phanta's Schloß‹ fast ganz aus des Dichters Gesichtskreis geraten war. Der Horaz-›Übersetzer‹ spielte nicht nur auf ›Berliner Verhältnisse‹ an, einige bekannte Lokalitäten der Hauptstadt rückten unmittelbar ins Bild:

> Du siehst, wie weiß, im glänzenden Schneegewand,
> der Kreuzberg steht, und wie der Viktoriapark
> tief eingeschneit, wie Spree und Panke
> Mäntel von Eis auf den Leib gezogen.

Und welche Umgebung eignet sich wohl besser, den Bierkönig ›Gambrinus‹ hochleben zu lassen, als die des Hofbräuhauses, die der Studiosus Morgenstern ein paar Jahre zuvor in München mit eigenen Augen gesehen hatte:

> Die Radiweiber laßt mich besingen laut,
> das Hofbräuhaus, die Brezel mit Salz beschneit,
> das Bockbier, das aus Steinzylindern
> ölig wie Honig den Schlund hinabläuft!

Gewiß, solche Stoffe und Themen waren, streng genommen, eines Nietzscheaners nicht würdig. Zwischen Morgensterns Phantasie-Schloß und dem Hofbräuhaus lag eine Welt: hier das scherzhafte ›Spiel mit der Bildung‹, dort der Höhenflug des Geistes über der Wirklichkeit.

Auch das Wohlwollen, mit dem Morgenstern die Horaz-Travestien in einem Kreis ›gemütlicher Männer mit Gymnasialvergangenheit‹ zum Vortrag empfahl, vertrug sich schwerlich mit seinen Ressentiments gegen die ›kompakte Majorität der Dummheit‹. Diesem Phänomen brauchte eine größere Bedeutung nicht beigemessen zu werden, solange der ›Studentenscherz‹ aus dem Jahre 1897 eine einmalige Gelegenheitsarbeit blieb. Erst 1905 – bis dahin hatte Morgenstern nur ernste Gedichte veröffentlicht – erschienen mit den ›Galgenliedern‹ auch jene Gedichte im Druck, die ihn mit einem größeren Leserkreis bekannt machten. Nur die wenigsten Leser wußten freilich, daß diese Gedichte ihrer historischen Genesis nach in die Nähe jener humoristischen Verse aus den neunziger Jahren gehörten, die Morgenstern damals als ›Horaz-Travestien‹ bezeichnet hatte. Nicht nur, weil die Grundidee der Morgensternschen Grotesken bereits zu dieser Zeit geboren worden war; nicht wenige seiner ›Galgenlieder‹, die schon damals als ›Galgenbergalbum‹ erscheinen sollten, waren fast zur gleichen Zeit wie die Horaz-Oden entstanden. Auch der Bestimmung nach unterscheiden sich die Gedichte kaum voneinander, nur war an die Stelle des gedachten Männerkreises, für den die Horaz-Oden bestimmt waren, ein wirklicher getreten, der sich ›Galgenberg‹ nannte. Über seine Entstehung vermerkt die Galgenbergchronik: ›Die ersten, noch den neunziger Jahren entstammenden Galgenlieder entstanden für einen lustigen Kreis, der sich auf einem Ausflug nach Werder bei Potsdam, allwo noch heute ein sogenannter ‚Galgenberg' gezeigt wird, wie das so die Laune gibt, mit diesem Namen schmücken zu müssen meinte. Aus dem Namen erwuchs alsdann das Weitere, denn man wollte sich doch, war man nun einmal eine sogenannte Vereinigung, auch das Gehörige dazu denken und vorstellen . . . All dies anfänglich war auf Vortrag und Musik abgestimmt (und zwar unter fünf bis zehn *Privat*personen) ohne jeden Gedanken an jemalige Öffentlichkeit.‹

Auf diese Weise war Christian Morgenstern zum Vereinsdichter geworden und leitete nun auch die Zusammenkünfte des Freundeskreises, wie berichtet wird ›mit einer uralten Schwertklinge, die Blutrost von zweifelhafter Echtheit trug‹. Auch die Satzungen und Bräuche der ›Galgenbrüder‹ verdanken ihre Entstehung wohl zu einem Gutteil dem Wirken des vierundzwanzigjährigen Galgenberg-Dichters. In dieser Runde erklang ›Fisches Nachtgesang‹ ebenso wie das ›Große Lalula‹, zwei der bekanntesten Galgenlieder. Im ›Bundeslied der Galgenbrüder‹ vereinte man sich schließlich zum gemeinsamen Gesang:

O greul, o greul, o ganz abscheul,
wir hängen hier am roten Seul!
Die Unke schlägt, die Spinne spinnt,
und schiefe Scheitel kämmt der Wind.

O greul, o greul, o ganz abscheul!
Du bist verflucht! so sagt die Eul.
Es ist ein Licht, und das zerbricht,
doch wir, wir sind's noch immer nicht.

O greul, o greul, o ganz abscheul,
hörst du den Huf der Silbergäul?
Es sagt der Kauz: pardauz! pardauz!
Nun halt die Schnauz, nun halt die Schnauz!

Es ist offensichtlich: was sich die ›acht Könige‹ damals zusangen, hatte mit Lyrik im herkömmlichen Sinne nicht viel zu tun. Die schauerlich-gespensterhafte Wirkung, durch lautmalerische Effekte erzeugt, galt in diesem ›unsinntreibenden Kreis‹ wohl zunächst mehr als das ironische Bonmot und der hintergründige Humor. In den ersten Galgenliedern war Un-Sinn Trumpf. Und selbst in solchen Liedern, die einen poetischen Einfall erkennen lassen und sich schon sichtlich von den gewollt primitiven Klang-Effekten des ›Bundesliedes‹ unterscheiden, trieb Morgenstern meist nur ein ›Spiel mit der Bildung‹, indem er auf vorgeprägte Lieder zurückgriff und sie geschickt abwandelte. Verglichen mit der poetischen Substanz dieser Gedichte, nehmen sich einige Briefstellen und lyrische Bruchstücke aus dieser Zeit – stellt man sie neben die zehn Jahre später in Buchform veröffentlichten ›Galgenlieder‹ – ungleich bedeutsamer aus. Vor allem ein Brief an Fritz Beblo, den der Student am 1. Mai 1893 aus München schrieb, ist für die spätere Wahl der Motive und für die ungewöhnliche Optik, mit der Morgenstern seine Gegenstände wahrnahm, bemerkenswert. Schon damals interessierte ihn das Zeitproblem, und er versuchte, seinen ›Ingrimm über die geschwätzigen Uhren ..., die ... mit widerwärtiger Genauigkeit jede Viertelstunde vorrechnen‹, in Worte zu fassen:

O wäre ich König: ich ließe sogleich
die Uhren im Lande schweigen,
es dürfte in meines Schlosses Bereich
keine Glocke die Stunde mehr zeigen.

Auch Korf und Palmström befassen sich, und sicherlich nicht zufällig, mit Uhren. Nur gehen sie weitaus einfallsreicher und erfinderischer zu Werke als ihr ›Erfinder‹ Christian Morgenstern in den neunziger Jahren:

Korf erfindet eine Uhr,
die mit zwei Paar Zeigern kreist
und damit nach vorn nicht nur,
sondern auch nach rückwärts weist.

Zeigt sie zwei, – somit auch zehn;
zeigt sie drei, – somit auch neun;

und man braucht nur hinzusehn,
um die Zeit nicht mehr zu scheun.

Denn auf dieser Uhr von Korfen
mit dem janushaften Lauf
(dazu ward sie so entworfen):
hebt die Zeit sich selber auf.

Erstaunlich, daß das Uhrengedicht von 1893 in der Strophenform und im Gebrauch alternierender Reime auch formal bereits jene Merkmale zeigt, die für die spätere groteske Lyrik Morgensterns charakteristisch sind. Mit einem Unterschied allerdings: aus dem wägenden Konjunktiv des ersten Gedichts (wäre ich König) ist ein Jahrzehnt später ein unumstößlicher Indikativ geworden. Was damals zunächst nur als Möglichkeit gedacht worden war, geschieht nun ganz selbstverständlich: Korf erfindet eine Uhr.

Als ›Humoristikum‹ war auch eine Phantasie geplant, mit der Morgenstern ›parodistisch alle Neutöner übertrumpfen wollte‹. Der Brief vom 8. August 1895 an Max Osborn gibt über die Anlage dieser ›Phantasie‹ Auskunft: ›Es fing an

Himmel, Erde und Meer
spielen Hasard

und behandelte einen Kartenwurf dieser drei Spieler, den ich von einem Strandfelsen aus beobachtete. Der Himmel reißt einen Eichbaum aus – Eichel-As; das Meer wirft ein totes Mädchen ans Ufer – Cœur-As; die Erde wirft Staub und Geröll über alles – Trumpf-As.‹ Dieses Spektakulum, das sich nur in riesigen Ausmaßen denken läßt, verrät eine ›Art vergewaltigender Naturbetrachtung‹, die wohl mit Humor nicht mehr viel zu tun hat. Das groteske Element ist unübersehbar und wird wohl auch seines Reizes und seiner Originalität wegen bereits ganz bewußt angewandt. Das poetische Prinzip solcher Gedichte hat der Galgenberg-Dichter zu dieser Zeit offenbar schon entdeckt. Denn er berichtet, daß er bald darauf ›Mondgeschichten ähnlichen Genres‹ verfaßt habe.

Völlig zu recht unterschied er in späteren Jahren ›das allzu Lokale und Conventikelhafte‹ der Vereinsgedichte von denen, die er seinem Verleger Bruno Cassirer zum Druck übergab. Auch die äußeren Lebensumstände, die Morgensterns schriftstellerische Arbeit in den neunziger Jahren mitgeprägt hatten, legen solche Unterscheidungskriterien nahe.

Als der Galgenberg-Poet, mit der Übersetzung einiger Dramen von Henrik Ibsen beauftragt, von 1898 bis 1899 in Norwegen lebte, entfielen von selbst die äußeren Gelegenheiten, die ihn zu seinen ›geselligen Liedern‹ angeregt hatten. In den kommenden Jahren, die er lungenkrank in Davos, am Vierwaldstätter See, in Arosa und Portofino verbrachte, boten sich ihm nicht nur neue Erfahrungen und Erlebnisse für ernste Gedichte, in dieser Zeit veränderte sich auch seine geistige Welt zusehends.

5

Im Frühjahr 1903 kehrte Morgenstern nach ausgedehnten Reisen und Kuraufenthalten nach Berlin zurück und mußte sich notgedrungen wieder nach einem ›Brotberuf‹ umsehen, denn vom Ertrag seiner Gedichte – inzwischen waren ›Ein Sommer‹ und ›Und aber ründet sich der Kranz‹ erschienen – konnte er noch immer nicht leben. Nachdem er einige Zeit beim Verlag Felix Bloch als Dramaturg gearbeitet hatte, wechselte er zu Bruno Cassirer über, wo er zunächst Lektoratsarbeiten übernahm, bevor er als verantwortlicher Redakteur mit der Leitung der Halbmonatsschrift ›Das Theater‹ beauftragt wurde, die der Verlag 1903 ins Leben rief. Obwohl es noch immer Morgensterns erklärte Absicht ist, nicht ›mit dem heutigen Theater zu paktieren‹, erlegte ihm sein Vertrag Verpflichtungen auf, die ihn nötigten, sich mit den Fragen und Problemen des Theaterlebens und mit ästhetischen Aspekten des zeitgenössischen Dramas auseinanderzusetzen. Davon zeugen nicht nur die Briefe, die er zwischen 1904 und 1905 schrieb, sondern auch einige der Beiträge, die er für die neue Zeitschrift, für die er verantwortlich zeichnete, verfaßte.

Vergleicht man Morgensterns Aufsätze aus dieser Zeit mit seinen zehn Jahre früher geschriebenen Bemerkungen zum zeitgenössischen Theater, dann wird offensichtlich, daß sie in einem Punkt noch immer übereinstimmen: in der Ablehnung des Naturalismus.

Obwohl die Hochzeit des naturalistischen Dramas längst zu Ende gegangen und der Regisseur Max Reinhardt an die Stelle Otto Brahms getreten war, behielt Morgenstern den Begriff ›Naturalismus‹ bei, wenn er auf Theaterstücke und Konzeptionen zu sprechen kam, die er ablehnte. Und das geschah nun nicht mehr, wie man vermuten könnte, wenn Dramen von Hauptmann oder Sudermann zu besprechen waren, sondern Hofmannsthals ›Elektra‹ und Thomas Manns ›Fiorenza‹. Morgensterns ›Elektra‹-Kritik ließ keinen Zweifel daran, daß es ihm um mehr als eine der üblichen Meinungsäußerungen anläßlich eines bemerkenswerten Theaterereignisses ging. Seine Kritik zielte von Anfang an auf eine weiterführende Fragestellung, auf ein folgenschweres Entweder-Oder: ›Und nun gibt es kein beschauliches Genießen mehr, nun gilt es, sich entscheiden: wohin führt dieses Werk, dieser Geist? Nach der Höhe der Tragödie großen Stils, welche den Deutschen noch einmal gegeben sein wird ins Leben zu ziehen, oder in die Irre?‹ Wenig später wird dann konkretisiert, was Morgenstern als den in Hofmannsthals ›Elektra‹ bezeichneten Irrweg ansah: den Naturalismus. Deshalb fragte er nun auch: ›Ist Hofmannsthal selbst noch Naturalist, eine neue gefährliche Verführung des Naturalismus, ein heimlicher Wagnerianer und Sinnen-Rattenfänger, ein Wühler wie der dichterisch lasterhafte d'Annunzio – (Laster, nach Nietzsche, als Hemmungslosigkeit der Instinkte [hier der Vorstellungen] gefaßt) – oder sind wir, die wir diesen allzu langen Laut der Qual und Pein nicht so unmittelbar auf uns losgelassen haben wollen, Verzärtelte, Schwächlinge, mit unserem Hang nach Ebenmaß und Würde, nach Vereinfachung statt der Übertreibung, nach Konvention und Stilisierung statt all der hundert Illusions- und Stimmungsmittel, mit unserem Ablehnen des Allzunahen, Aufdringlichen –, weil wir die Welt aus einem unerschütterten Auge widergespiegelt sehen wollen, weil wir das Chaos endlich wieder einmal gebändigt sehen wollen und nicht immer wieder als *Chaos* vor uns aufzucken. Ich habe mir immer gedacht, Hofmannsthal, der Aristokrat, müßte, wenn einer, das Wort vom Pathos der Distanz zu dem seinigen gemacht haben.‹ Im Grunde beantwortet Morgenstern die Frage, die er gestellt hat (ist Hofmannsthal noch Naturalist?) zum Teil schon dadurch, daß er einige der Kriterien aufzählt, der er für zeitgemäß hält: Vereinfachung statt Übertreibung, Stilisierung statt Illusionierung. Hier wird nicht mehr über das naturalistische Drama geurteilt, sondern über eine theatralische Darstellungsweise, die in den Jahren nach der Jahrhundertwende noch häufig auf den deutschen Bühnen anzutreffen war: Durch möglichst ›naturgetreue‹ Bühnenbilder sollte sich der Zuschauer in die Vorgänge auf der Bühne so hineinversetzen, daß er sie schließlich als die Wirklichkeit selbst ansehen konnte. Daß Morgenstern einen Autor in Zusammenhang mit dem Naturalismus brachte, der sich von Anfang an strikt von der naturalistischen Wirklichkeitsauffassung abgegrenzt hatte, liegt hier wohl vor allem in Hofmannsthals Stoffwahl begründet. Offenbar erinnerten die Mord- und Blutszenen in ›Elektra‹ an jene naturalistischen Dramen, die er in den neunziger Jahren kennengelernt hatte. In Wirklichkeit stand Morgenstern Hofmannsthals ästhetischen Postulaten näher, als er es wahrhaben wollte. Hofmannsthals 1903 verfaßter Aufsatz ›Die Bühne als Traumbild‹ ließ keinen Zweifel daran, wie er sich die szenische Verwirklichung seiner ›Elektra‹ dachte. Das wurde vollends evident, als sich Morgenstern einige Monate später auf einen Bühnenausstatter berief, den auch Hofmannsthal als den idealen Verwirklicher seiner Bühnenvorstellungen ansah: den englischen Zeichner, Regisseur und Bühnenausstatter Edward Gordon Craig. Er vor allem war es, der dem alten Ideal ›peinlichster historischer Genauigkeit‹ ein neues entgegenstellte, als er forderte: ›Ein künstlerischer Regisseur müßte die Fähigkeit haben, durch Suggestion für uns das ganze Innerste der Natur wiederzugeben.‹ Diese Auffassung von Theater sah der Kritiker Morgenstern (mit Ausnahme vielleicht der Reinhardtschen Inszenierung des ›Sommernachtstraums‹ von Shakespeare) nur ein einziges Mal auf den Berliner Bühnen verwirklicht: in den Bühnenbildern, die Karl Walser für die Aufführung von Nestroys ›Einen Jux will er sich machen‹ geschaffen hatte, in der Kunst, die Dinge anzudeuten anstatt sie in ihrem ›ganzen täppischen Ernst aufzubauen‹. In einem von Karl Wolfgang eingesandten Prolog zu einem ›geschichtlichen Trauerspiel‹ war zu lesen, was wohl auch Morgenstern als die Quintessenz seines ästhetischen Konzepts ansah:

Erlaßt mir, Wirklichkeit euch vorzulügen!
Dort hinten seht ihr eine Wand entrollt
und allzugleich, wohin ich euch gewollt.
Ihr folgt mir schnell und voll Vergnügen;
wozu sich um die teure Zeit betrügen,
wenn man die Welt im eignen Hirne trägt,
wenn Phantasie mit Lust die Flügel schlägt,
dem Wink und Ruf des Dichters zu genügen?

Sowenig sich übersehen läßt, daß Morgenstern die geschichtliche Leistung der naturalistischen Dramatik, ihren

Vorstoß in die moderne soziale Wirklichkeit verkannte, so genau durchschaute er die Beschränktheit und Phantasielosigkeit jener Regisseure und Bühnenausstatter, die ihre Aufgabe darin sahen, auf der Bühne alles so zu zeigen, wie es in der Wirklichkeit wahrzunehmen war, die, statt dem Wesen der Dinge auf die Spur zu kommen, dem bloßen Augenschein vertrauten und erlagen. Und dennoch; so sicher der Redakteur und Autor zu urteilen vermochte, wenn er sich auf seinen Geschmack verließ und gegen die ›Inszenierungseinfalt‹ der Berliner Bühnen polemisierte, so abwegig und weltfremd nahmen sich jene Vorschläge aus, die er zur inhaltlich-konzeptionellen Erneuerung des zeitgenössischen Dramas und Theaters unterbreitete, nicht zuletzt deshalb, weil sein Theaterkonzept von gesellschaftlichen Erwartungen ausging, die unerfüllt bleiben mußten: von einer Kulturentwicklung von den ›großen und immer größeren Staaten‹ zurück auf ›Kantonal- und Stadtkulturen‹, wie sie für die Antike charakteristisch waren. Für ihn stand fest: ›Es gibt nur einen Stil für das große Drama: Fester, unverrücklicher Schauplatz (wie im Altertum, womöglich noch strenger), sodann ein Spiel, das mehr Vortrag ist, als das, was wir heute ‚Spiel' nennen; nur Vermittelung des Dichters, nicht irgendwelches Verkörpern-Wollen im naturalistischen Sinne.‹ Mit dieser Forderung wurde nicht nur das naturalistische Drama in Frage gestellt, sondern das zeitgenössische Drama überhaupt. Es ist nicht schwer zu verstehen, daß sich ein verantwortlicher Redakteur, der seine gewiß ungewöhnlichen Ansichten vom Theater ›zwischen den Zeilen‹ oder durch Pseudonym gedeckt publizieren mußte, ›hinten und vorn gebunden‹ fühlte. Um so freudiger konnte er im Herbst 1905 seinen Freunden und Bekannten vermelden, daß die von ihm geleitete Zeitschrift ›selig entschlafen‹ war. Dieser Abschied mochte ihm um so leichter gefallen sein, weil im gleichen Jahr der Gedichtband erschien, der weit mehr

Aufmerksamkeit erregte als seine bisher veröffentlichten ernsten Gedichte: die ›Galgenlieder‹.
Mit dem Erscheinen der ›Galgenlieder‹ sah sich Morgenstern bald auch in die Rolle des Kommentators und Interpreten versetzt, denn die Meinungen darüber, was man von diesen Gedichten zu halten hätte, gingen weit auseinander. Allein die Tatsache, daß seit der Entstehungszeit der ›Galgenlieder‹ nahezu ein Jahrzehnt vergangen und kein Verleger bereit war, diese bis dahin kaum bekannte Art von Lyrik zu drucken, läßt auf die Unsicherheit derer schließen, denen Morgenstern seine Gedichte zum Druck angeboten hatte. Denn das stand fest: als Lyrik im herkömmlichen Sinne des Wortes konnte seine Galgen-Poesie wohl kaum verstanden werden, und der Verfasser dieser Gedichte war sich dessen durchaus bewußt. In einem Brief vom 14. Juni 1905 an Amélie Morgenstern schreibt er: ›Anbei schicke ich Dir mein neuestes Opusculum und muß es Dir überlassen, ob Du viel mit ihm anzufangen weißt oder nicht. Dem einen verursacht es große Heiterkeit, dem andern eher Betrübnis. Viele glauben auch, es seien Parodien auf moderne Lyriker, aber in Wirklichkeit setzt es sich fast nur aus mehr oder minder unwillkürlichen Produkten guter Laune zusammen, die man sich ja ab und zu wohl auch einmal gestatten darf.‹ Damit war indirekt noch einmal auf den Anlaß verwiesen, dem der Großteil dieser 1905 veröffentlichten Gedichte seine Entstehung verdankte.
Indes: schon die 1905 – und noch mehr die in den folgenden Jahren entstandenen Gedichte ähnlicher Art konnten wohl kaum noch als die ›unwillkürlichen Produkte guter Laune‹ angesehen werden, und sie eigneten sich schwerlich dazu, im geselligen Kreis übermütiger und schabernacktreibender Studenten gesungen zu werden. Als 1910 schließlich ein weiterer Gedichtband, ›Palmström‹ überschrieben, erschien, zeichnete Morgenstern selbst noch einmal die ›Entwicklungslinie‹ seiner Galgen-Poesie nach:

›Die eigentlichen ‚Galgenlieder' waren, wie ja auch die Vorrede durch alle Verschnörkelungen hindurch erraten läßt, für einen kleinen Kreis jugendlich ausgelassener Freunde bestimmt, wo sie gemeinsam gesungen und mit einer Art von heiter-gruseligen Zeremonien mehr oder weniger dargestellt wurden. Der zweite Teil: ‚Der Gingganz', breitet sich denn schon viel freier und unabhängiger von dem ursprünglich angeschlagenen Thema aus. Und im ‚Palmström' ist jene Anfangsstimmung ganz verschwunden und die Bahn frei für jederlei Stoff und Absicht.‹ Ein Vergleich des Gedichtbuches von 1905 mit dem von 1910 läßt die Unterschiede zwischen ihnen deutlich hervortreten. Mit der ›Erfindung‹ des Gingganz, und erst recht mit der von Palmström und Korf, hatte sich Morgenstern ein neues Terrain erobert und die nötigen Fixpunkte geschaffen, um seinen grotesken Einfällen literarisch Gestalt geben zu können. Damit war seinem poetischen Ingenium der Weg ›für jederlei Stoff und Absicht‹ geöffnet.

Daß es nun nicht mehr angeht, Morgensterns Gingganz- und Palmström-Gedichte bloß als ›Produkte guter Laune‹ zu lesen, erhellt schon aus der Tatsache, daß die ›Entwicklungslinie‹, die Morgenstern von den ›Galgenliedern‹ zum ›Palmström‹ führte, mit der weltanschaulich-religiösen Wende Morgensterns vom Nietzscheaner zum Anthroposophen zusammenfiel. Das heißt: unter den ›Stoffen‹ und ›Absichten‹, denen sich die Galgenpoesie in diesen Jahren öffnet, sind nun auch solche, die erkennen lassen, welche Richtung Christian Morgenstern seinen Meditationen gab. In einem Brief an Margareta Morgenstern kam er auf diesen Sachverhalt zu sprechen:

›Trotzdem, – vielleicht ergeht es uns noch einmal wie den zwei Parallelen, deren Anfang und Ende ich heute morgen fixierte, für Freund Fricke eigentlich (und in lediglich scherzhafter Absicht anfangs), der mir den mathematischen Lehrsatz: ‚Zwei Parallelen schneiden sich in der Unendlichkeit' bestritten hatte, und ohne vor der fünfzehnten Zeile an Tieferes zu denken.‹ Dieses Gedicht hat – von der dreizehnten Zeile an – folgenden Wortlaut:

War'n sie noch Parallelen?
Sie wußten's selber nicht, –
sie flossen nur wie zwei Seelen
zusammen durch ewiges Licht.

Das ewige Licht durchdrang sie,
da wurden sie eins in ihm;
die Ewigkeit verschlang sie
als wie zwei Seraphim.

Natürlich würde man diesem Gedicht nicht gerecht, wollte man es auf eine Stufe mit jenen ›ernsten‹ Gedichten stellen, in denen Morgenstern als Verkünder anthroposophischer Philosopheme spricht: diese Gedichte unterscheiden sich schon in Anlage und Sprache von den Versen, die im Umkreis der Galgen-Poesie entstanden. Einer der Philosophen allerdings, mit denen sich Morgenstern im ersten Jahrzehnt des neuen Jahrhunderts beschäftigte, hat mit Sicherheit auf den Schaffensprozeß des Palmström-Dichters eingewirkt: Fritz Mauthner. Diese Wirkung wäre freilich kaum verständlich, ließe man außer acht, daß Morgenstern von sich aus bei der Arbeit an den Gingganz- und Palmström-Gedichten auf das Phänomen gestoßen war, dem auch Mauthners Untersuchungen galten: Wesen und Funktion der Sprache. Morgensterns Tagebucheintragungen aus dem Jahre 1907 bestätigen, daß er sich mit dem philosophisch-sprachkritischen Werk Mauthners beschäftigt hatte und – wie schon bei Nietzsche – wieder in den Sog der spätbürgerlichen Philosophie hineingeraten war. Denn der Sprachkritiker Fritz Mauthner berief sich nicht nur auf seinen Lehrer Ernst Mach, den Wiener ›Empiriokritizisten‹, dessen subjektiven Idealismus Lenin zu dieser Zeit attackierte, sondern erst recht auf Nietzsches Schrift ›Vom Nutzen und Nachteil der Historie für das Leben‹. Bezweifelte Ernst Mach die Existenz objektiver Gesetze in der Natur, so sprach der Verfasser der zweiten ›unzeitgemäßen Betrachtung‹ rundheraus von einer ›Zufallsgeschichte‹ und leugnete für die Geschichte, was Mach für den Bereich der Natur bestritt. Von solchen Thesen ausgehend, kam Mauthner zu jener philosophischen Praxis, ohne die seine Werke undenkbar wären: zur Übertragung der überlieferten ›antihistorischen Ideen‹ auf den ›Zweig der Geschichte‹, der – Mauthner zufolge – ›zu viele Gesetze aufstellte‹. Gemeint war die Sprachwissenschaft. Hier einmal angelangt, bedurfte es nur noch weniger Schritte bis zu den ›letzten Fragen der Erkenntnistheorie‹, zu den von Mauthner erkundeten ›Abgründen‹, die sich nun auch vor Morgensterns Blicken auftaten. Nun konnte die Logik als ›Wahngebilde der Sprache‹ durchschaut und die Grammatik als verbindliche Norm außer Kurs gesetzt werden. Die Erlösung vom ›Aberglauben‹ der Worte konnte beginnen.

Wie Morgenstern diese Thesen verstand, verrät ein Gedicht aus dem Jahre 1907. ›Sprachkritik‹ hat er es überschrieben:

Ins Innere der Natur dringt kein erschaffner Geist.
So wenig, wie ein Aar je ausforscht, wie er ›heißt‹.

Geist ist nur Heißen; Heißt, so schrieb sich besser Geist.
Der Heißt heißt alle Ding (doch Ding ist auch nur Heißt).

Du suchst nach neuem Wort; so bild's doch, Philosoph!
Du bleibst so oder so Narr an der Sprache Hof.

Und schreibst du Zeichen gleich phantastisch in den Sand:
Sie wären ohne sie, die Sprache, ohn Verstand.

Und schwiegst du ganz, so wär dein Schweigen auch nur Wort.
Erst wer auf immer schweigt, erfährt der Wahrheit Port.

Doch ist ein Trost: Es ist so ›Narr‹ wie ›Wahrheit‹ auch
nichts andres als ein Wort, nichts Beßres als ein Hauch.

Sei fröhlich drum, o Mensch, von keinem Wort gebeugt,
du über allem Wort, du, was das Wort erst zeugt.

Unvorstellbar – dies Wort, es sei dir Worts genug.
O fühltest du dies ganz, dein Leben wäre Flug;

du trügst das Haupt so stolz, als schläng ein Reif sich drum,
du frügst dir nicht mehr nach, du schrittest hoch und stumm.

Laß forschen, wenn ein ›Grund‹ den ›König‹ erst erlaubt;
du spürtest, wer du bist, jenseits von ›weiß‹ und ›glaubt‹.

Geheiligt wär fortan dir alles Ich wie Du,
und deiner Weisheit fiel ein Volk von Königen zu.

Stimme aus der Stille:

Noch fehlt der zwölfte Vers. Er heißt (-Ich spricht zu sich-):
Du zeugtest nicht das Wort; das Wort – es zeugte dich.

Diese Versifikation sprachkritischen Denkens mag als Indiz für den Einfluß Mauthners von einiger Bedeutung sein, über den tatsächlichen Rezeptionsvorgang gibt sie wenig Auskunft. Mit Sicherheit kann indessen ausgemacht werden, daß Morgenstern in seiner lyrischen Praxis nicht den Konsequenzen folgt, die Mauthner theoretisch formuliert hat. Obwohl er in seinen Reflexionen die Gefahren auszuloten versucht, die der Sprache drohen, wenn sie ›zerbrochen‹ wird, bleibt er ein beredter Dichter und verstummt nicht. Das deutet auf die unterschiedlichen Ausgangspunkte des Sprachkritikers und des Poeten. Morgenstern ging es nicht in der Hauptsache darum, die Welt ›von der Tyrannei der Sprache‹ zu ›erlösen‹, ihm war es vielmehr darum zu tun, Welt zur Sprache zu bringen, und zwar so, wie es der herkömmlichen Lyrik nicht möglich war. Dabei war er spielerisch-›humoristischen‹ Effekten auf die Spur gekommen, über deren ›Willkür‹ er sich gewiß erst nach der Mauthner-Lektüre bewußt Rechenschaft gab. So notierte er, wohl nicht zufällig, gerade zu dieser Zeit: ›Oft überfällt dich plötzlich eine heftige Verwunderung über ein Wort: Blitzartig erhellt sich dir die völlige Willkür der Sprache, in welcher unsere Welt begriffen liegt, und somit die Willkür dieses unseres Weltbegriffes überhaupt.‹ Sicherlich ist Mauthners Anteil an dieser Art ›Verwunderung‹ nicht zu bestreiten, ein ungewöhnlich reges Interesse an der Sprache indessen konnte schon dem Gymnasiasten, der, damals nur des Spaßes wegen, Sprache ›erfand‹, bescheinigt werden. Seine spätere ›Wortkunst‹ läßt sich in der Tat bis zu den ersten Galgenliedern zurückverfolgen, wo sie sich in vielerlei Ausprägungen als ›phonetische Rhapsodie‹ (im ›Großen Lalula‹), in der ›Lust am Reim‹ (›Der Rabe Ralf‹), teils in lettristischen Effekten (›Der Mond‹) und mitunter in graphisch-visuellen Kapricen (›Die Trichter‹) zeigt. Der Verfasser dieser Gedichte hatte einst sogar daran gedacht, sie im Spiegeldruck zu präsentieren. Auch das Verfahren, durch Sinnabschwächung das Gedicht vom Klang des Wortes her zu organisieren (›Hab acht!‹ wird zu ›halb neun‹, ein Imperativ verkehrt sich in eine Temporalbestimmung), beherrschte Morgenstern schon in einigen Gedichten der neunziger Jahre. Daß der Galgenberg-Dichter seine Wirklichkeit tatsächlich oftmals aus Sprache schöpfte, bestätigte sich ebenfalls schon in seiner ersten Schaffensperiode. So verdanken auch jene Lebewesen, die man vergeblich in Brehms ›Tierleben‹ suchen wird, ihre Entstehung weitgehend bloßen Wortkombinationen, und es war nicht allzu schwer, immer wieder neue Bastarde zu erfinden: zum ›Ochsenspatz‹ gesellten sich schließlich die ›Kamelente‹ und der ›Regenlöwe‹. Morgensterns phantastische Groteske (›Himmel, Erde und Meer/ spielen Hasard‹), die er eine ›Art vergewaltigender Naturbetrachtung‹ genannt hatte, ist kein Einzelfall geblieben. Denn in der gleichen Manier, wenn auch in seiner Abnormität auf das Tierreich beschränkt, wurde auch das Gedicht ›Der Tanz‹ geschrieben:

> Ein Vierviertelschwein und eine Auftakteule
> trafen sich im Schatten einer Säule,
> die im Geiste ihres Schöpfers stand.
> Und zum Spiel der Fiedelbogenpflanze
> reichten sich die zwei zum Tanze
> Fuß und Hand.

War der sprachliche Einfall einmal gefunden, dann setzte sich die phantastische ›Handlung‹ meist wie von selbst in Bewegung. Solche Kunstgriffe gelangen Morgenstern vor allem deshalb, weil er als Person in Erscheinung treten ließ, was in der Wirklichkeit bestenfalls akustisch wahrgenommen werden kann:

> Ein Seufzer lief Schlittschuh auf nächtlichem Eis
> und träumte von Liebe und Freude.
> Es war an dem Stadtwall, und schneeweiß
> glänzten die Stadtwallgebäude.

Der Seufzer dacht an ein Maidelein
und blieb erglühend stehen.
Da schmolz die Eisbahn unter ihm ein –
und er sank – und ward nimmer gesehen.

Diese Zeilen verraten, worum es Morgenstern in vielen Gedichten ging. Er will Erstaunen hervorrufen, indem er vorführt, was im Verhalten der Menschen und in den Beziehungen der Dinge zueinander nicht ›stimmt‹. Daß Liebe mitunter blind macht, erfährt auch der schlittschuhlaufende Seufzer. Denn sein Erglühen – er hat, ganz seinen Gedanken hingegeben, vergessen, daß er sich auf dem Eis befindet – hat schlimme Folgen. Den Tod des leichtsinnigen Seufzers wird der geneigte Leser allerdings eher erheitert als besorgt zur Kenntnis nehmen. Ob er sich dem Gedicht gegenüber, das in unmittelbarer Nachbarschaft dieser komischen Begebenheit zu finden ist, ebenso verhält, ist schon fraglich. Es trägt die Überschrift ›Das Knie‹:

Ein Knie geht einsam durch die Welt.
Es ist ein Knie, sonst nichts!
Es ist kein Baum! Es ist kein Zelt!
Es ist ein Knie, sonst nichts.

Im Kriege ward einmal ein Mann
erschossen um und um.
Das Knie allein blieb unverletzt –
als wär's ein Heiligtum.

Seitdem geht's einsam durch die Welt.
Es ist ein Knie, sonst nichts.
Es ist kein Baum, es ist kein Zelt.
Es ist ein Knie, sonst nichts.

Vor allem die Mitteilung darüber, wie das Knie von seinem

Mann getrennt und dann gezwungen wurde, einsam durch die Welt zu gehen, wird wohl niemand gelassen zur Kenntnis nehmen. An ein konkretes geschichtliches Ereignis, mit dem der heutige Leser das Gedicht vermutlich in Zusammenhang bringen würde, dachte der Verfasser allerdings kaum, als er dieses Gedicht schrieb. Für ihn ist die einsame Wanderschaft des Knies ein Ereignis unter vielen, in einer Welt, in der sich die Dinge ihres gewohnten Zusammenhangs entledigen, sich verselbständigen und dort erscheinen, wo sie normalerweise nicht hingehören: der Lattenzaun büßt seinen Zwischenraum ein, und das Huhn begibt sich an eine Stätte, wo es – ›stört‹. All das deutete auf eine Weltsicht, die sich nicht mehr an der gewohnten Wirklichkeit orientierte. Der Humor dieses Gedichts tendiert schon zur Groteske.

Die Welt dieser Gedichte entstand allerdings nicht allein dadurch, daß der Dichter über die Sprache verfügte. Sie ist undenkbar ohne Morgensterns ungewöhnliches Vorstellungsvermögen. Nicht umsonst nannte er den ›Galgenberg‹ ein ›Lugaus der Phantasie‹. Diese Phantasie ist ein ebenso essentieller Bestandteil der Galgenpoesie wie das verbale Bauelement. Es ist eine Phantasie besonderer Art. Ihr wohnt nicht nur die kreative Kraft inne, die Realwelt zu verwandeln und zu verrücken, was in der empirischen Welt in einem festen Gefüge seinen Platz hat; Morgensterns Einbildungskraft bleibt in der Regel durch eine, ›wenn auch noch so verborgene Nabelschnur‹ mit der Wirklichkeit verbunden. Kein Wunder also, daß auch Palmström mit dieser Kraft im Bunde ist:

»Siehst du diesen Zollstock«, spricht er; –
»dieser Zollstock ist ein Dichter:
Brich mit Kunst ihn hin und wider,
nütze seine vielen Glieder,
und ein Baum erwächst daraus
und ein Kirchturm und ein Haus . . .

›Wirklichkeit‹ zwar schaust du nie,
doch es jauchzt die Phantasie.«

Und doch ist Palmström selbst – wie erst jüngst belegt wurde – alles andere als eine Ausgeburt der Phantasie. Einige seiner Erlebnisse, Gewohnheiten und Unternehmungen nämlich hatte Morgenstern schon Jahre zuvor kennengelernt, als er den nicht alltäglichen Lebensbericht eines anderen Schriftstellers ins Deutsche übertrug: August Strindbergs Autobiographie ›Inferno‹. Es war offensichtlich, daß vieles von dem, was Morgenstern seinem Palmström andichtete, wirklich erlebt und erfahren worden war. Wohl aus diesem Grunde erhielt diese literarische Figur einen Namen, der seine skandinavische Herkunft erkennen ließ: Palmström. So unbestreitbar es ist, daß Morgenstern den Stoff für einige seiner Gedichte in Strindbergs ›Inferno‹ fand, sowenig begnügte er sich mit wirklichen Begebenheiten. Denn auch Abstrakta regten seine Einbildungs- und Verwandlungskraft an. Vor allem die Worte scheinen ungeahnter Verwandlungen fähig zu sein, wenn sich die menschliche Phantasie ihrer bemächtigt. Das Gedicht ›Die Nähe‹ legt davon Zeugnis ab:

Die Nähe ging verträumt umher ...
Sie kam nie zu den Dingen selber.
Ihr Antlitz wurde gelb und gelber,
und ihren Leib ergriff die Zehr.

Doch eines Nachts, derweil sie schlief,
da trat wer an ihr Bette hin
und sprach: »Steh auf, mein Kind, ich bin
der kategorische Komparativ!

Ich werde dich zum Näher steigern,
ja, wenn du willst, zur Näherin!« –

Die Nähe, ohne sich zu weigern,
sie nahm auch dies als Schicksal hin.

Als Näherin jedoch vergaß
sie leider völlig, was sie wollte,
und nähte Putz und hieß Frau Nolte
und hielt all Obiges für Spaß.

In diesem Gedicht wird eine dreifache Verwandlung vorgeführt. Durch die Personifikation ist aus einem Abstraktum ein reales Ding geworden, mit Hilfe eines rein sprachlichen Verfahrens, dem allerdings durch die Entlehnung des Attributs ›kategorisch‹ aus dem Vokabular der Kantschen Ethik nachgeholfen wird, entsteht schließlich die ›Näherin‹, die sich am Ende, als sei sie eine andere Person, als ›Frau Nolte‹ gar nicht mehr an ihre rein verbale Existenz erinnern kann.

Verwandlungskunststücke solchen Formats lassen auf eine für die Eigenart dieser Gedichte nicht weniger charakteristische Eigenschaft des Autors der ›Galgenlieder‹ schließen: auf seine Lust am Spiel. Auch sie reicht bis zu den Anfängen der Galgenpoesie zurück. Bereits 1897, als Morgenstern ein ›Galgenberg-Album‹ zum Druck vorbereitete (es ist nie erschienen), schrieb er in einem Brief über die tragende Idee dieses Vorhabens: ›Es wäre wirklich labend, wenn dieses Humoristikum ans Licht treten würde, etwa des Mottos: Es gibt keine Kinder mehr.‹ Diese Briefstelle ist deshalb so aufschlußreich, weil der Verfasser in diesem frühen Motto negativ formuliert (keine), was in den späteren Jahren, besonders sinnfällig in der 15. Auflage der ›Galgenlieder‹ aus dem Jahre 1913, als zu erstrebendes Ideal postuliert wird: ›Dem Kinde im Menschen. In jedem Menschen ist ein Kind verborgen, das heißt Bildnertrieb und will als liebstes Spiel- und Ernst-Zeug nicht das bis auf den letzten Rest nachgearbeitete Miniatür-Schiff, sondern die

Walnußschale mit der Vogelfeder als Segelmast und dem Kieselstein als Kapitän ... Denn dieses ,Kind im Menschen' ist der unsterbliche Schöpfer in ihm ...‹ Beide Wahlsprüche deuten auf einen anthropologischen Sachverhalt, der zugleich auch ein gesellschaftlicher ist. Die um die Jahrhundertwende laut werdende Zivilisationskritik, die sich nicht selten in einem romantischen Verlangen nach der verlorenen Kindheit aussprach, nahm mehr und mehr an einer verflachenden mechanischen Weltbetrachtung Anstoß, die keinen Platz mehr ließ für die Wunder der Wirklichkeit. Kapitalistisches Kalkül und technische Perfektion – so meinten viele Schriftsteller – hätten die Welt entseelt und unter die Knechtschaft der Zwecke gezwungen. Fast zur gleichen Zeit, als Gottfried Benn den der Wissenschaft überdrüssigen Medizinstudenten Lutz in einer seiner frühen Szenen in die Worte ausbrechen ließ: ›Wir wollen den Traum. Wir wollen den Rausch. Wir wollen Dionysos und Ithaka...‹, notierte der Dadaist Hugo Ball in sein Tagebuch: ›Die Kindheit als eine neue Welt, und alles kindlich Phantastische, alles kindlich Direkte, kindlich Figürliche gegen die Senilitäten, gegen die Welt der Erwachsenen. Das Kind wird der Ankläger sein beim Jüngsten Gericht ... Sie (die Kindheit, K. Sch.) ist eine kaum beachtete Welt mit eigenen Gesetzen, ohne deren Erhebung es keine Kunst gibt ...‹

Die Art und Weise, in der sich Morgenstern gegen diese Wirklichkeit in seinen Gedichten zur Wehr setzte, unterschied sich indessen merklich von den literarischen Praktiken der Dadaisten. Die Spiel-Welt seiner Gedichte ist ohne Beispiel in der deutschen Literatur. Sie ist nicht Beigabe, sondern Grundlage. In einer Anmerkung heißt es dazu: ›Mögen sich die späteren Galgenlieder bis hin zum ,Palmström' noch so verschiedenartig und mannigfaltig gestalten, es bleibt ihnen doch etwas Gemeinsames, sie bleiben Zweige einer einzigartigen Entwicklungslinie und wurzeln im selben Ursprung: im Spiel.‹ Vielleicht erklärt sich aus dieser Wurzel auch die Entstehung der Kinderverse, die Morgenstern hin und wieder schrieb, und möglicherweise datiert seit dieser Zeit auch sein Plan, ein ›Galgenkinderliederbuch‹ zu verfassen. In den Jahren nach dem Erscheinen der ›Galgenlieder‹ verlegte sich Morgenstern darauf, ›Menschen in die Literatur zu schmuggeln‹. Der ›Gingganz‹, obwohl erst 1919 postum aus dem Nachlaß herausgegeben, wurde ins Leben gerufen, ein Mann namens ›Paul Schrimm‹ erregte sein Interesse, und auch ›Dünzelhof‹ sollte bald Gestalt annehmen. Berühmt machten den Galgenberg-Dichter indes jene beiden anderen Gestalten, die er 1910 der literarischen Öffentlichkeit vorstellte: Palmström und Korf. Um gewöhnliche Bürger handelt es sich bei diesen beiden Herren ebensowenig wie bei dem ›Grübler, Träumer, Sinnierer‹ und ›Ideologen‹ Gingganz. Das kündigen schon ihre seltsamen ›Sprachstudien‹ an. Beide nehmen Lektionen, um das ›Wetter-Wendische‹ zu lernen:

> Dies Idiom behebt den Geist der Schwere,
> macht sie unstet, launisch und cholerisch . . .
> Doch die Sache bleibt nur peripherisch.
> Und sie werden wieder – Charaktere.

In der Tat summiert sich aus manch einer Gewohnheit und Leidenschaft beider Charakterbild. Seine ›Ehrfurcht vor dem Schönen‹ (Bd. 1, S. 121) läßt Palmström ebenso unverwechselbar erscheinen wie seine Art, ›nach Norden‹ (Bd. 1, S. 121) zu schlafen. Auch Korf ist durch seinen ›Geruchssinn‹ (Bd. 1, S. 132), seine ›Zukunftssorgen‹ (Bd. 1, S. 125) und durch seinen Verkehr mit der ›Behörde‹ (Bd. 1, S. 134) hinlänglich als Individuum gekennzeichnet. Manchmal scheint es fast so, als trügen Korf und Palmström sogar Züge ihres Schöpfers und Erfinders. Auch die Umstände, denen beide mitunter ausgesetzt sind, erinnern gelegentlich an den Alltag Christian Morgensterns. Selbst über dessen Ab- und Zuneigungen geben diese Gedichte mancherlei Aufschluß. Vor allem der nie erlahmende Erfindungsgeist, der beide Gestalten auszeichnet, stellt Palmström und Korf in die Nähe ihres phantasiebegabten Schöpfers. Besonders den Korfschen Erfindungen scheinen keine Grenzen gesetzt zu sein. Sogar die Sinnesorgane sind von solchen Neuerungen betroffen. So wird zum Beispiel in Morgensterns ›Aromaten‹ nicht mehr geschluckt, ›sondern nur gerochen‹. Denn:

Gegen Einwurf kleiner Münzen treten
aus der Wand balsamische Trompeten,

die den Gästen in geblähte Nasen,
was sie wünschen, leicht und lustig blasen.

Und zugleich erscheint auf einem Schild
des Gerichtes wohlgetroffnes Bild.

Zu ›Gründungen‹ dieser Art gesellten sich recht ›praktische‹ Eingebungen. Die Korfsche Brille zum Beispiel erübrigt die übliche Zeitungslektüre. Ihr Erfinder hat offenbar schlechte Erfahrungen gemacht:

Meistens ist in sechs bis acht
Wörtern völlig abgemacht,
und in ebensoviel Sätzen
läßt sich Bandwurmweisheit schwätzen.

Es erfindet drum sein Geist
etwas, was ihn dem entreißt:
Brillen, deren Energien
ihm den Text – zusammenziehen!

Daneben fällt auf, daß Morgenstern in einigen Gedichten aus dieser Zeit seinen Unmut über eine, wie ihm schien, ›gott- und geistlos gewordene Epoche‹ abreagierte. Solche Erfindungen, wie das Automobil und das Flugzeug, wollte er nicht gelten lassen. Vor allem wollte er nicht in eine Reihe mit jenen ›praktischen Leuten‹ gestellt werden, von denen er sagte:

Sie schütteln besorgt die Köpfe
und drehn ihm vom Rock die Knöpfe

und hoffen zu postulieren:
er wird auch einer der Ihren,

ein Glanzstück erlesenster Sorte,
ein *Bürger*, mit einem Worte.

Diese Dichtererklärung hinderte freilich viele der ›praktischen Leute‹ nicht daran, an diesen Gedichten Gefallen zu finden. Die große Nachfrage des Publikums ist allein schon an der Vielzahl der Auflagen, die die ›Galgenlieder‹ und ›Palmström‹ – 1914 war bereits die 7. Auflage dieses Bandes erschienen – erlebten. Die Gedichte also, die Morgenstern ursprünglich für einen privaten Kreis, für seine Galgenbrüder geschrieben hatte, eroberten sich einen Leserkreis, für den sie ursprünglich gar nicht gedacht waren. Die ernsten Verse aber, die er gern von der literarischen Öffentlichkeit anerkannt gesehen hätte, erreichten nur einen kleinen Interessentenkreis, in den letzten Jahren wohl auch nur die Eingeweihten der Anthroposophengemeinde.

6

In den Jahren, als sich Morgenstern mit seiner Galgenlyrik einen Namen machte, war er auch in die für seine geistige Entwicklung entscheidende Phase seines Lebens eingetreten. Während die neunziger Jahre eindeutig im Zeichen jugendlicher Nietzsche-Begeisterung standen, waren es in den Jahren nach der Jahrhundertwende fast ein Dutzend

Philosophen, Denker und Schriftsteller, in deren Werk er Antwort auf seine Lebensfragen suchte. Am Ende dieses Weges war klar, was Morgenstern suchte und zur Beantwortung seiner Fragen brauchte: keine neue Weltanschauung im Sinne einer wissenschaftlichen Welterklärung, sondern eine neue Religion, an die er glauben konnte. Um die Jahrhundertwende ließ sich diese Entwicklung freilich noch nicht absehen. Zu dieser Zeit hieß seine denkerische Zielstellung noch ganz eindeutig im Sinne Nietzsches ›Entbürgerlichung des Geistes‹.

Der ›Durchbruch zur Freiheit‹ schloß für Morgenstern die Überwindung und Negation vor allem jener Denkweisen und Lebenshaltungen ein, in denen er das Wilhelminische Kaiserreich verkörpert sah, also Zeichen des Niedergangs und des Verfalls des deutschen Kulturlebens. Deshalb galt sein Interesse vor allem solchen Konzeptionen, die das bürgerliche Denken ad absurdum führten und zugleich Alternative und Lösungen offerierten. Auf diesem Weg war ihm jeder Mitstreiter recht, selbst falsche Propheten, wenn sie versprachen, ›bis zum letzten‹ zu gehen. Henrik Ibsen, mit dessen dramatischem Werk sich Morgenstern als Übersetzer beschäftigt hatte, hielt seinen kritischen Ansprüchen schon bald nicht mehr stand. Auch Tolstoi vermochte ihm vorerst nicht in vollem Maße das zu bieten, was er suchte. Ein Brief an Ephraim Frisch (Ende 1901) gibt darüber Auskunft: ›Tolstoi ist die Verzweiflung, Lagarde ist der Glaube. Was ist Nietzsche? Ich glaube, diese drei sind der Dreizack, der sich uns Heutigen ins Herz stößt und an dem wir verbluten oder den wir in unser Blut auflösen müssen.‹ Während Tolstoi erst in den letzten Lebensjahren wieder erwähnt wird – dafür inzwischen aber die Schriften Buddhas und einiger deutscher Religionsphilosophen –, dauerte die Zwiesprache mit Nietzsche und Lagarde an. Auf den ersten Blick schien sich bei der Lektüre der ›Deutschen Schriften‹ Paul de Lagardes zu wiederholen, was sich in den Jahren zuvor bereits bei der Nietzsche-Rezeption beobachten ließ: Morgenstern feierte den pangermanischen Propheten mit überschwenglichen Worten und nannte ihn den ›größten Gesetzgeber der deutschen Gegenwart‹. Wie in den Jahren zuvor bei Nietzsche waren es auch diesmal die ›unzeitgemäßen‹ Ansichten, die Lagarde (sein eigentlicher Name ist Wilhelm Bötticher) in seinen schon in den siebziger Jahren verfaßten Schriften vortrug. Denn der Verfasser der ›Deutschen Schriften‹, der als Verkünder einer neuen ›deutschen Religion‹ in die Geschichte eingehen wollte, hat die Gründung des Deutschen Reiches 1870/71 durch Bismarck als ›kleindeutsche Lösung‹ bezeichnet und in diesem Ereignis die tiefere Ursache für den Niedergang des deutschen Kaiserreiches gesehen. Er stellte diesem ›kleindeutschen‹ Praktizismus seine ›großdeutsche Idee‹ gegenüber. In den ersten Jahren des 20. Jahrhunderts, als das deutsche Kaiserreich seine imperialistischen Großmachtansprüche immer lautstärker anmeldete, konnte kein Zweifel mehr daran sein, daß der lange Zeit unbeachtet gebliebene deutsche Fürsprech eines ›sacrum imperium‹ zum ideologischen Wegbereiter jener ›alldeutschen‹ Politik geworden war, die Deutschland 1914 in den ersten Weltkrieg stürzte. Sowenig es angeht, den Dichter Christian Morgenstern in einen unmittelbaren Zusammenhang mit den politischen Bestrebungen der Alldeutschen zu bringen – ihr Deutschtum hätte er gewiß nur als scheußliche Karikatur dessen ansehen können, was er erstrebte –, sowenig kann übersehen werden, daß ihn seine ›machtgeschützte Innerlichkeit‹ (Thomas Mann) keineswegs vor Fehlurteilen bewahrte, die als politische Entscheidungen angesehen werden müssen. Ephraim Frisch, der Morgenstern zuerst auf Lagardes Schriften aufmerksam gemacht hatte, sah diese Gefahr und war sich bewußt, daß eine ›reine Wirkung‹, das heißt ohne politische Konsequenzen, wie sie sich Morgenstern wünschte, im ›heutigen

Deutschland‹ (1902) nicht möglich war. Deshalb gab er seinem Dichter-Freund zu bedenken: ›Was an starkem nationalen Selbstgefühl, von Unterstreichung einer kräftigen Politik nach außen, im Lagarde drin ist, das machen sich die Machthaber und ihre Wortführer gern zu eigen für ihre trüben Ziele und Zielchen, wobei es sie gar wenig geniert, daß das politische Gefühl der Deutschen von heute – der meisten wenigstens – so ziemlich auf das Niveau der Kriegervereine gesunken ist. Lagarde meint Kämpfer, sie meinen Soldaten; Lagarde will eine deutsche Religion, und der Kaiser spricht in Gotha mit hohler Begeisterung von der Vereinigung der protestantischen Konsistorien ... Du siehst, was Lagarde dachte, heute verzerrt in der Geistigkeit eines Mannes wie Houston St. Chamberlain, des modernen germanischen Imperialisten, und was er wollte in gewissen Äußerungen der praktischen deutschen Politik ...‹ Es kann dahingestellt bleiben, ob Morgenstern die Warnung Frischs verstand. Mit Sicherheit dagegen darf angenommen werden, daß ihm jeglicher politischer Aktivismus widerstrebte. Das heißt: er verinnerlichte, was bei Lagarde als politische Praxis konzipiert worden war. Wenn Morgenstern von Deutschland und Deutschtum sprach, ging es ihm um eine ethische Größe, um ein ideelles Gegenbild zum tatsächlichen Deutschland Wilhelms II. Die Maxime seines Handelns lautete damals: ›Sich resolut abzuwenden (von Deutschland, von der deutschen Gesellschaft, K. Sch.) und nur dem Deutschen in sich zu leben.‹ Indes: so entschieden Christian Morgenstern auch gesonnen war, sich von der Welt – und erst recht natürlich von der politischen Szene – abzukehren; auf die für ihn lebenswichtigen philosophisch-religiösen Sinnfragen hatte er in den Werken, die er zu dieser Zeit las, keine erlösende Antwort gefunden. Zu Beginn des Jahres 1906 endlich schien er dieser Antwort ein ganzes Stück nähergekommen zu sein. Wieder ist es ein Brief – diesmal am 14. September

1906 an Friedrich Kayßler –, dem er seine Gedanken und Erfahrungen anvertraut: ›Mir ist im letzten Januar oder Februar in Birkenwerder ein ungeheurer Gedanke aufgetaucht, nicht als etwas Plötzliches, sondern als Krone gewissermaßen meiner ganzen bisherigen inneren Entwicklung, und diesen Gedanken tiefer zu denken wird wohl meine ganze fernere Lebenszeit und künstlerische Arbeit dienen müssen. Es ist vielleicht nichts Geringeres als die Grundlage einer neuen Weltanschauung und Religion. Für mich jedenfalls scheint es das zu bedeuten: den endlichen Durchbruch zur *Freiheit*.‹ Was das ›Ungeheure‹ an diesem Gedanken ist, bleibt vorerst unausgesprochen. Lediglich ein späterer Hinweis auf das Johannes-Evangelium – Morgenstern nannte es sein Lieblingsevangelium – deutete darauf hin, daß er sich in diesen Monaten mit dem Neuen Testament beschäftigte. Aufschluß über das, was ihn zu dieser Zeit bewegte, gibt schließlich ein Hinweis, der sich in einem Brief an Fega Frisch vom 26. 7. 1906 findet. Im Zusammenhang mit einem Romanvorhaben sprach Morgenstern auch von einem Dokument, das er sich als die ›Krönung‹ dieses Romans, ›der den Kampf eines Menschen um seinen letzten Sinn darzustellen hätte‹, dachte. Er nannte die ›merkwürdigen Aufzeichnungen‹, in denen er den bereits erwähnten ›Durchbruch zur Freiheit‹ gestalten wollte, ›Aus dem Tagebuch eines Mystikers‹. Michael Bauer, der Biograph Morgensterns, schreibt über diese Phase der ›inneren Entwickelung‹ zum Mystiker: ›Die Bedeutung der Erscheinung tritt zurück. Die Wirklichkeit wird im Innern sichtbar. ‚Ich' ist das Ewige im Wandel der Dinge. Der Tod wird zur bloßen Lebenserscheinung. Das *Ich* reicht in den *Grund* der Welt.‹ Dieses mystische Welterlebnis spricht sich nun auch in Morgensterns Gedichten aus:

Was scheinbar stirbt, bleibt Leib doch wie zuvor,
Geist, stirbt er hier, blitzt dort dafür empor.

Geist ist nicht Geist der einzlen Kreatur:
ist, bleibt; blickt stets aus neuen Augen nur.

Geist ist des einen noch des andern nicht;
durch dich blickt Welt sich selber ins Gesicht.

Wohl bist du der und die im Tageslauf,
doch in dir schlägt nur Welt ein Auge auf.

So bin ich Gott mit allem, was ich bin,
und mein und Gottes ist der gleiche Sinn.

Die Welt ist nicht ein Hier, Gott nicht ein Dort,
er ist du selbst, wird mit dir fort und fort ...

Daß der Verfasser dieses Gedichts zu dieser Zeit Bücher, die auf die Frage ›Wie erlangt man Erkenntnisse der höheren Welten‹ Antwort zu geben versprachen, wie eine Offenbarung in sich aufnahm, bedarf kaum der Erklärung, zumal er dem Autor, der Antwort auf solche Fragen geben konnte, bald selbst gegenüberstand: dem Anthroposophen Rudolf Steiner. Margareta Gosebruch von Liechtenstern, die 1910 Morgensterns Frau geworden war, hatte keinen geringen Anteil daran, daß die Jahre bis zu seinem Tode nun fast ausschließlich im Zeichen der Anthroposophie standen. Zwischen 1909 und 1910 waren viele der rasch wechselnden Stationen seines Lebens mit den Städten identisch, die Rudolf Steiners Reiseroute durch Europa markierten. Im Frühjahr 1909 besuchte er Steiners Vorträge in Düsseldorf und Koblenz, dann folgten Reisen nach Kristiania (Oslo) und Budapest. Bis zum Ende des Jahres hatte Morgenstern nicht nur die wichtigsten Vorträge über das Weltbild der anthroposophischen Lehre gehört, er war selbst auch Mitglied der Anthroposophischen Gesellschaft geworden. Auch in seinen Gedichten – 1910 erschien der Band ›Einkehr‹, 1914 der Band ›Wir fanden einen Pfad‹ – fühlte er sich nun vor allem als der Ideenverkünder der Lehre Rudolf Steiners. Morgenstern hatte seine ›Religion‹ gefunden, und in seinen Briefen ging es ihm nun in der Hauptsache darum, seinen Freunden und Verwandten die neuen Ideen nahezubringen. So wandte er sich an Fritz Kayßler (3. September 1909) mit der Bitte: ›... verstehe, daß ich nur immer mehr in den Geist hineinwill, verstehe meine Liebe und Leidenschaft zum höheren Menschen und hilf mir für ihn streiten.‹ Einige Monate später aber, am 31.3.1910, schrieb er schon im dozierenden Ton des Anthroposophen: ›Die Lehre der Reincarnation zeigt uns den durch Zeit- und Weltalter sich hinziehenden Werdegang der Einzelindividualität, der von einem gewissen Moment ab – den die Bibel als Sündenfall bezeichnet – die Freiheit zum Guten wie zum Bösen gegeben und gelassen wird, und die sich nun in immer neuen menschlichen Verkörperungen, mit großen dazwischenliegenden Läuterungen, Ruhe- und Arbeitspausen, zum Christus hinauf- oder zum Widerchristus hinunterzuarbeiten Gelegenheit hat.‹ Im selben Brief an Elisabeth Morgenstern zitiert der Absender die ›Lehre vom Karma‹ aus ›einem von vielen Büchern‹ seines Lehrers: ›Karma selbst aber, die Summe unserer Handlungen aus früheren Lebensläufen, führt uns (nach dem jeweiligen Tode) wieder in das Erdenleben zurück.‹ Obwohl es sich um eine ganz andere Botschaft handelt, scheint sich dieses Mal zu wiederholen, was in den vorangegangenen Jahren bei Morgenstern zu beobachten war. Er nahm die Ideen Steiners wie eine Offenbarung auf und rühmte die neue Heilsbotschaft als ›Kulmination des europäischen Geisteslebens‹. Und er wurde schließlich selbst zum Prediger der neuen Lehre. Fast zwangsläufig, daß ihm alles, was er bisher dachte, in einem neuen Licht erschien. Die anthroposophische Phase seines Lebens galt ihm nun als die ›Erfüllung‹ seines Lebens. Eine Tagebuch-Notiz aus dem Jahre 1910 weist es aus:

›Bild meines Lebens.

Stiel: Weltliche Periode (Nietzsche) beendet durch innere Krankheit.

Schale: Öffnung durch Johanneïsches.

Blut: Erfüllung.‹

Auch der Kunst hatte Morgenstern nun eine ganz neue Rolle zugedacht. Im Vorwort zu seinem letzten Gedichtband ›Wir fanden einen Pfad‹ ist zu lesen:

›Wir brauchen keine Kunst, deren Wesen Wiederholung ist, sondern eine, die sich weiter tastet, die dem wahrhaft Neuen, das in unsere Zeit hineinfließt (nicht *dem* Neuen freilich, das in Flugfahrzeugen oder wissenschaftlichem Aberglauben besteht), sich zu öffnen ringt, eine Kunst, die weder von den ‚Neutönern' akklamiert, noch auch zu guter alter Kunst gerechnet werden will, ja auch nicht zu ‚guter Kunst' – denn in diesem ‚gut' verbirgt sich hier nichts weiter als ‚das, was wir lieben' und eben das liebt diese Kunst nicht mehr.‹

Das Gefüge jener Gedichte, die Morgensterns neue Weltsicht versifizierten, hat sich indes kaum geändert. Föhn, Schneeschmelze und Bergbäche gehören noch immer zu den Ereignissen, die den Lyriker inspirieren. Hinzu kommen – und das ist ein Novum – Liebesgedichte, die das späte Glück menschlicher Gemeinschaft feiern. Das eigentliche Band aber, das die letzten Gedichte zusammenhält, ist das Steinersche ›Evangelium‹. Morgensterns poetische Sendung trat nun vollends hinter seine anthroposophische zurück. So heißt es in einem Gedicht auf Rudolf Steiner:

Er sprach. Und wie er sprach, erschien in ihm
der Tierkreis, Cherubim und Seraphim,
der Sonnenstern, der Wandel der Planeten

von Ort zu Ort.
Das alles sprang hervor bei seinem Laut,
ward blitzschnell, wie ein Weltenraum, erschaut,
der ganze Himmel schien herabgebeten
bei seinem Wort.

Für die Fragen, die Christian Morgenstern lange Zeit nicht zur Ruhe kommen ließen, standen nun kraft ›seines Wortes‹ definitive Antworten bereit. Der beschwerliche Weg geistigen Suchens hatte sein Ziel gefunden.

Als Christian Morgenstern am 31. März 1914 seinem Lungenleiden erlegen war, wurde sein Leichnam nach Basel übergeführt.

Rudolf Steiner sprach Worte des Gedenkens und feierte den ›Sieg des Geistes über alle Leiblichkeit‹. Auch die Überführung der Totenurne in das Dornacher Goetheanum war als symbolischer Vorgang gemeint.

Die Nachwelt hat diesen Weiheakt wenig respektiert. Und sie entsprach damit, ohne es zu wissen, einem Wunsch, den Morgenstern selbst einmal äußerte: ›Wenn ich aber tot sein werde, so tut mir die Liebe und kratzt nicht alles hervor, was ich je gesagt, geschrieben oder getan. Glaubet nicht, daß in der Breite meines Lebens das liegt, was euch wahrlich dienlich sein kann . . . Laßt mein allzuvergänglich Teil ruhen und zerfallen: Dann erst liebt ihr mich wirklich, habt ihr mich wirklich verstanden.‹

Klaus Schuhmann

ANMERKUNGEN

AUFBRUCH

Seine ersten literarischen Versuche schrieb Morgenstern als Dreizehnjähriger: kleine historische Trauerspiele und scherzhafte Verse. Auch im Travestieren übte er sich zeitig. Der lateinische Unterricht bot häufig den Stoff; so entstanden Umdichtungen in Knittelversen aus den Jason- und Troja-Sagen.
Als M. mit sechzehn Jahren im befreundeten Kreis Proben seiner Dichtung vorgetragen hatte, schrieb er anschließend in sein Tagebuch: ›Alles Ulkige gefiel, mit dem Trauerspiel fiel ich so ziemlich durch.‹
In den neunziger Jahren entstanden die ersten Galgenlieder für den Kreis der ›acht lustigen Könige‹.
Dennoch wollte M. das Humoristische lediglich als ›Beiwerk‹, als eigentliche Aufgabe jedoch seine Natur- und Gedankenlyrik – durchdrungen von philosophischen Erkenntnissen – verstanden wissen.

IN PHANTA'S SCHLOSS

Untertitel: ›Ein Cyclus humoristisch-phantastischer Dichtungen‹. Entstanden 1894 in Bad Grund im Harz während eines Kuraufenthaltes. Erstdruck 1895 im Verlag Richard Taendler, Berlin. Spätere Ausgaben 1911 und 1922 im Verlag R. Piper und Co., München, in unveränderter Form.
In dieser Ausgabe sind folgende Gedichte enthalten: Prolog; Auffahrt; Phanta's Schloß; Das Hohelied; Epilog.
Dem Band steht die Widmung: ›Dem Geiste Friedrich Nietzsches‹ voran. Direkt an den Leser wendet sich der Vorspruch. Er stellt die Verbindung her zwischen dem Debütanten und dem zukünftigen Publikum. Der Dichter tritt

einerseits bescheiden zurück vor der Kritik des Lesers, stellt aber gleichzeitig Ansprüche an ihn:

Sei's gegeben, wie's mich packte,
Mocht es oft auch in vertrackte
Bildungen zusammenschießen!
Kritisiert es streng und scharf, –
Doch wenn ich euch raten darf:
Habt auch Unschuld zum Genießen!

Der Zyklus beginnt mit einem ›Prolog‹ und endet mit einem ›Epilog‹. Das Reich der Phantasie erreicht der Dichter in der ›Auffahrt‹ und verläßt es mit der ›Talfahrt‹. Zwischen diesen symmetrisch angelegten Punkten steht das ›Hohelied‹. Der Zusammenhang zwischen dem Namen Phanta und dem Begriff Phantasie, der im Untertitel genannt wird, läßt sich leicht herstellen. In einem Brief an Gauss im November 1896 schrieb M. dazu: ›Phanta ist als Eigenname griechischer Art gewählt, um jene Tochter Jovis plastischer hinzustellen, als unter dem abstrakten Begriff Phantasie hätte geschehen können.‹

Die Personifizierung der Phantasie – der Domäne nicht weniger Dichter und Künstler – ist ein Kunstgriff, der es M. gestattete, seine heiter-ernste Lebensweisheit auf eigenwillige Weise vorzutragen. Phantas Gebirgswelt hebt sich räumlich ab von der irdischen Alltagswelt. Symbolisch stehen die beiden Reiche – die Wirklichkeit und das Reich der Dichtung – für zwei Daseinsweisen. Phanta als Synonym für die Dichterwelt kann nur in dieser geistig hervorgebrachten Überwirklichkeit existieren.

›Phanta‹ ist ein Anfang im doppelten Sinne. Sowohl die humoristischen Züge des Dichters wie auch gedankliche Naturbetrachtungen sind in dieser Dichtung angelegt, während später die Trennung zwischen Galgenpoesie einerseits und ernster Lyrik andererseits deutlich zu erkennen ist. Die Aufnahme von ›In Phanta's Schloß‹ in der Öffentlichkeit war für M. ermutigend. Viele bedeutende Persönlich-

keiten (Halbe, Fontane, Richard Strauß, Rilke) versicherten ihm ihre Zustimmung. Rilke fügte seinen anerkennenden Zeilen ein Gedicht hinzu, das er auf die leere Seite am Anfang des Buches geschrieben hatte.
Die Finanzierung des Druckes mußte M. selbst tragen: ›Es kostet mich 300 Mark. Fritz hilft. Das Geld halte ich nicht für verloren. Mir ist, als müßte ich siegen – wenn nicht mit diesem Werkchen, dann mit anderen.‹

HORATIUS TRAVESTITUS

Untertitel ›Ein Studentenscherz‹. Entstanden 1894–1896 in Berlin, vorabgedruckt unter dem Titel ›Der alte Horaz in neuer Verdeutschung‹ in der Zeitschrift ›Die Jugend‹, im gleichen Jahr, 1896, druckte der Verlag Richard Taendler – ohne Namensnennung des Dichters – den Text in einer Buchfassung. Weitere Ausgaben: 1897 zweite Auflage im Verlag Schuster und Loeffler, Berlin. Dieser Auflage stellte Morgenstern die folgenden Zeilen voran:

Nur im Scherze entläßt der strenger und älter Gewordene euer leichtes Geschwätz, das mit dem Klassischen spielt; und indes der Student dem Dichter lachend die Schuld gibt, schwört der Dichter bestürzt: Wahrlich, es war der Student!

1911 wurde die dritte Auflage im Verlag R. Piper und Co., München, gedruckt. Der Verleger veranlaßte M. zur Erweiterung seiner Travestien. M. fügte fünf Oden hinzu, die er diesmal ohne die klassische Vorlage schuf. Um den Spaß zu erhöhen, stellte M. dieser Auflage den irreführenden Satz voran: ›Es ist dem Übersetzer gelungen, in einer kleinen unbekannten Stadt Italiens das Manuskript eines fünften Buches Oden des Horatius ausfindig zu machen.‹
In dieser Ausgabe sind folgende Oden enthalten: I,1; I,9; I,22; I,27; II,3; II, 19; III,30.

›Horatius travestitus‹ entstand als eine Gelegenheitsdichtung. Im November 1894 schrieb M. an Oskar Bie, daß er ›so nebenbei an einer Neubearbeitung Horazischer Oden in humoristisch-modernisiertem Sinne‹ arbeite. Dieser ›Studentenscherz‹, der nach Morgensterns Meinung unter Männern mit Gymnasialerfahrung ›durchschlagenden Lacherfolg‹ haben müsse, ging auf eine gemeinsame Idee von ihm und seinem Studienfreund Fritz Münster zurück, der mit 25 Jahren starb und dessen Andenken das Werk gewidmet wurde. Fritz Beblo entwarf dazu Federzeichnungen. Die humoristische Wirkung der Horaz-Travestie resultiert vor allem aus dem Kontrast, den Inhalt und Form bilden. M. übernahm die klassischen Odenstrophen und füllte sie mit neuen Inhalten. Die humanistische Gymnasialbildung hatte ihn mit den Werken der klassischen griechischen und römischen Dichter bekannt gemacht. Seine Sprachbegabung hatte ihm bereits 1891 im Sorauer Gymnasium den Auftrag eingebracht, für eine Schüleraufführung den ›Aiax‹ von Sophokles ins Deutsche zu übertragen. Dabei gewann er Sicherheit in der Handhabung der antiken Metren. Sein Sinn für Spaß und Ulk mag den Antrieb für die travestierenden Umdichtungen klassischer Vorlagen gegeben haben. Dennoch lag es Morgenstern fern, die klassische Dichtung abzuwerten. Im Gegenteil. In einem Brief an Kayßler vom Mai 1891 schrieb er: ›Wie gefällt Dir der Horaz? Er ist nächst Homer das einzig Wahre.‹
Thematisch bedeutete der ›Horatius travestitus‹ für M. eine dichterische Auseinandersetzung mit der Stadt Berlin. Das Werk ist ein zeitkritischer Zyklus satirischer Art, in dem sich das Augusteische Rom in das Berlin vom Ende des 19. Jahrhunderts verwandelt. Berlin wurde von M. unterschiedlich bewertet. Anfangs pries er die Stadt als Kulturmetropole und geistiges Zentrum Deutschlands, dem er ›die Palme zuerkennt‹ (vgl. den Brief an Clara Ostler vom 20.5.1894), später äußerte er sich zunehmend kritisch über

die Hauptstadt. Seine Bekanntschaft mit einigen namhaften Schriftstellern Berlins erleichterte ihm sein literarisches Debüt in der Hauptstadt. Der Neuaufbau Berlins, der eine einheitliche und geschmackvolle Gestaltung vermissen ließ, rief dann aber immer wieder Morgensterns Kritik hervor. In einem 1896 an Alfred Guttmann geschriebenen Brief heißt es: ›Es ist keine Kulturstadt alles in allem, und ich muß mich an das Wort des Franzosen erinnern, dessen Angriffe ich vor einem Jahr in der ‚Freien Bühne' pathetisch zurückwies. Er spricht von einem ‚großen Jahrmarkt'.‹

I,1 *Protektor:* lat. Schutz- und Schirmherr, hier Mäzen.
Couponscher: Couponabschneider sind parasitäre Besitzer von Wertpapieren, z. B. Aktien; ihre Tätigkeit besteht lediglich darin, die Gewinnanteil- oder Zinsscheine abzuschneiden.
Togo und Kamerun: 1884–1919 deutsche Kolonien in Westafrika.
Sammetbarett: Teil der akademischen oder geistlichen Amtstracht.
Pegasus: Nach der griechischen Sage das geflügelte Roß der Musen und Dichter.
I,9 *Kreuzberg:* Erhebung im Süden Berlins vor dem Halleschen Tor in der Tempelhofer Vorstadt, später auch Name für einen Verwaltungsbezirk.
Victoriapark: Anlage mit alpinem Charakter am nördlichen Fuß des Kreuzberges; 1888–1894 angelegt. Künstlicher Wasserfall, der den Eindruck eines Bergbaches vermittelt.
Pan: In der griechischen Sage Hirtengott und Walddämon, mit Bocksbeinen und Hörnern dargestellt.
Halensee: Ortsteil der Gemeinde Wilmersdorf im Südwesten Berlins; Ausflugsort mit mehreren großen Gartenlokalen.
Treptow: Landgemeinde im Südosten, Kreis Teltow, am

linken Spreeufer vor dem Schlesischen Tor. Beliebter Ausflugsort.

Dressel: Luxuriöses Weinrestaurant in Berlin-Mitte, Unter den Linden. In den siebziger Jahren des 19. Jahrhunderts, als das Lokal in seiner Einrichtung noch recht anspruchslos war, trafen sich dort Künstler und Kunstliebhaber, vor allem Schauspieler.

I,22 *Hasenheide:* Nadelwald im Süden der Stadt in der Nähe des Halleschen Tores. In der Hasenheide der von F. L. Jahn 1811 eröffnete erste deutsche Turnplatz. Große Anzahl von Bierlokalen und Kaffeehäusern. Konzerte und Feuerwerke.

Schildhorn: Eine in die Havel stoßende Landzunge am Grunewald, Ausflugsort mit mehreren Wirtshäusern.

I,27 *kassubisch:* von Kassuben – Kaschuben. Den Masuren und Polen verwandtes westslawisches Volk. Hier abfällig gemeint.

Rixdorf: Südöstlicher Vorort, Dorfgemeinde im Kreis Teltow, 1912 in Neukölln umbenannt, 1920 Berlin eingemeindet.

II,3 *Schopenhauer* (1788–1860): Philosoph, dessen Werke Morgenstern in seiner Jugend gelesen hatte.

Kempinsky: Beliebtes Weinrestaurant in der Leipziger Straße 25, Berlin-Mitte. Bekannt als Literatencafé, in dem die ›Freie Bühne‹ gegründet wurde.

Freund Hein: der Tod.

II,19 *Gambrinus:* sagenhafter König, angeblicher Erfinder des Biers.

Radiweiber: Gemüseverkäuferinnen in München.

AUF VIELEN WEGEN

GEDICHTE · LIEDER · SPRÜCHE

Lyrik der mittleren Lebensperiode

In den Jahren von 1897 bis 1911 veröffentlichte Morgenstern die meisten seiner Gedichtbände.

Morgensterns ›ernste‹ Dichtung ist zum großen Teil Bekenntnis- und Erlebnislyrik, die sich der Lyriktradition des 19. Jahrhunderts zuordnen läßt. M. nimmt häufig überlieferte Formen auf und führt sie weiter. Natur und Liebe gehören zu den bestimmenden Themen seiner Gedichte. Vielfach schöpfte er aus den Erlebnissen seiner Reisen. Eigenständigen Charakter erhalten diese Dichtungen durch ihre Bilderwahl und durch betont liedmäßige und volkstümliche Elemente, die besonders in dem Band ›Ich und die Welt‹ dominieren.

In schneller Reihenfolge veröffentlichte M. seine Lyrik: Auf vielen Wegen (1897), Ich und die Welt (1898), Ein Sommer (1900), Und aber ründet sich ein Kranz (1902), Melancholie (1906), Einkehr (1910), Ich und Du (1911).

Auf vielen Wegen. Ich und die Welt: 1897 und 1898 im Verlag Schuster und Loeffler erschienen. 1911 Auswahl aus beiden Bänden im Verlag R. Piper und Co. unter dem Titel ›Auf vielen Wegen‹. 1920 Auswahl aus dem Nachlaß erweitert, bei R. Piper unter dem gleichen Titel herausgegeben.

In den Bänden ›Auf vielen Wegen‹ und ›Ich und die Welt‹ sind die Gedichte der Berliner Jahre zusammengefaßt. Neben Natur- und Liebeslyrik enthalten sie Gedichte, die sich mit gesellschaftlichen Problemen auseinandersetzen, die M. bewegten: Die Stellung des Künstlers in der Gesellschaft, Gedanken über die Welt, über Leben und Tod, ästhetische Urteile über Werke der bildenden Kunst und philosophisch-ethische Themen, z.B. in Prometheus, Hymnus des Hasses, An Friedrich Nietzsche.

In der vereinigten Neuausgabe wurde das Buch um zwölf Gedichte erweitert, die M. ›Träume‹ nannte, und um weitere zwölf ›Vom Tagwerk des Todes‹, die er als gedichteten Totentanz bezeichnete. Durch die späteren Zusammenstellungen ging der Charakter der Erstausgabe weitgehend verloren.

Dem Band ›Auf vielen Wegen‹ wurden folgende Gedichte entnommen: Malererbe; Auf dem Strome; Krähen bei Sonnenaufgang; Anmutiger Vertrag; Kleine Geschichte; Frage; Erntelied; Volkslied; Winternacht.

Das Gedicht ›Wahre Kunst‹ veröffentlichte Morgenstern im 19. Heft (1. Oktober 1894) der in Dresden erschienenen Zeitschrift ›Die Penaten‹.

Der Band ›Ich und die Welt‹ unterscheidet sich schon dem Titel nach von den anderen Gedichtbänden. In den späteren Ausgaben erschien der Titel nicht mehr. Ein Vorspruch macht auf die genaue Datierung der aufgenommenen Gedichte aufmerksam: ›Diese Sammlung ist, der Entstehungszeit ihrer Gedichte nach betrachtet, die umfassendste, die ich bisher veröffentlicht habe. Sie reicht bis vor die Entstehung meines Erstlings ‚In Phanta's Schloß' – also bis in den Sommer 1894 – zurück und schließt mit dem Frühjahr 1898 ab. Sie bildet demnach eine Ergänzung zu meinem ersten und noch mehr zu meinem zweiten Buche ‚Auf vielen Wegen', dessen Inhalt hauptsächlich in den Jahren 96 und 97 entstanden ist.‹ – ›Ich und die Welt‹ ist also der zeitlich umfangreichste Gedichtband Morgensterns. Indem M. auch frühere Gedichte vorstellte und eindeutig datierte, gab er dem Leser die Möglichkeit, Entwicklungslinien zu verfolgen. Neben der chronologischen Anordnung der Gedichte fällt die inhaltliche Gliederung auf. Thematisch gleichartige Gedichte sind in Gruppen zusammengefaßt.

Die Künstlerproblematik, die anfangs zurücktritt, läßt sich in den Gedichten ›Vaterländische Ode‹, ›Gesellschaft‹,

›Quos ego!‹ als Gesellschaftskritik ablesen. Im Sinne Nietzsches wird der Ausweg aber in der Weltflucht gesucht. Wie in der Phanta-Dichtung erscheint das Reich der Phantasie in den Gedichten ›Bahn frei!‹ und ›Präludium‹ als höhere Form des Daseins. Trotzdem wird in diesen Jahren die Vollendung des Menschen im Menschen selbst gesucht und nicht in der göttlichen Vollkommenheit. Als die ›neuen Götter‹ bezeichnete M. in dieser Lebensphase Goethe, Nietzsche und Beethoven. Der Gedichtband ist Friedrich und Liese Kayßler gewidmet.

Aus diesem Lyrikband wurden folgende Gedichte ausgewählt: Vaterländische Ode; Bahn frei!; Präludium; Gesellschaft; *Ασβεστος γελως;* Künstler-Ideal; Quos ego!; Dunkle Gäste.

Ein Sommer. Und aber ründet sich ein Kranz: Erschienen 1900 und 1902 im Verlag S. Fischer, Berlin. 1922 Herausgabe beider Bände vereint im Verlag R. Piper und Co. unter dem Titel ›Ein Kranz‹.

Der Band ›Ein Sommer‹ ist thematisch so eng begrenzt wie kein anderer Lyrikband Morgensterns. Die Erlebnisse des norwegischen Sommers 1899 spiegeln sich darin wider, die nordische Landschaft und das Liebeserlebnis mit Dagny Fett, auf die sich die Widmung ›Der's gehört‹ bezieht. Die Liebe zu diesem Mädchen und das ungebrochene Erleben der Natur ließen Gedichte von schlichter, liedhafter Prägung entstehen.

Das Bändchen ›Ein Sommer‹ entstand neben der Übersetzung der Ibsen-Werke, woran M. 1899 besonders intensiv arbeitete.

M. griff nicht die philosophischen Probleme der vorangegangenen Lyrikbände wieder auf. Die Natur wurde nicht mehr mythologisch überhöht wie in ›Phanta's Schloß‹. Die Gedichte bleiben im Rahmen der damals üblichen Naturauffassung. In der Gruppe ›Vormittag-Skizzenbuch‹ wurde im aphoristischen Stil Humoristisches in die Gedichte einbezogen. In einem Traumbild faßte M. die Entstehung des Gedichtbandes zusammen: ›Dagny gibt mir ein Blatt zurück, das ich einmal für sie gepflückt. Es wird in meinen Händen und unter ihren Blicken und Worten ein Strauß von Lorbeerblättern und Feldblumen.‹

Aus diesem Buch wurden folgende Gedichte für den Druck ausgewählt: Maimorgen; Segelfahrt; Waldkonzerte ...; Farbenglück; Vormittag – Skizzenbuch; Vormittag am Strand.

Thematisch schließt sich die Sammlung ›Und aber ründet sich ein Kranz‹ an den Band ›Ein Sommer‹ an. Das Norwegen-Erlebnis klang noch nach. An die Sommergedichte reihen sich nun auch Herbst- und Wintergedichte. Mit leiser Schwermut verklingt das Sommerglück.

Aus dieser Edition stammen die Gedichte: Augusttag; Erster Schnee; Liebe, Liebste, in der Ferne.

Melancholie: Erschienen 1906 im Verlag Bruno Cassirer, Berlin.

An der Nordsee in Wyk auf Föhr empfing M. die ersten Anregungen für diesen Lyrikband, aber das Naturerlebnis wurde stärker reflektiert als zuvor. In der Morgensternschen Lyrik setzt zu dieser Zeit ein Prozeß der Verinnerlichung und Vergeistigung ein.

Ursprünglich wollte M. für den Gedichtband nach einem Dürerschen Kupferstich den Titel ›Melencolia‹ wählen, in dem er ›das Erkenntnisleiden eines ganzen Zeitalters‹ dargestellt sah. Der Verleger lehnte diesen Vorschlag jedoch ab und veränderte den Titel zu ›Melancholie‹.

Der Gedichtband ›Melancholie‹ gliedert sich in zwei Teile: die Gedichte und die Sprüche, die in so großer Anzahl erstmals in der Lyrik Morgensterns auftreten. Sie bilden eine selbständige Gruppe. Der Form nach sind die Grenzen zwischen Gedicht und Spruch jedoch fließend. Einige Sprüche sind so umfangreich, daß sie Gedichtcharakter haben, z. B. die Sprüche ›An Christian Günther‹, ›An Do-

stojewski‹, ›Ibsen‹. Einige Gedichte dagegen (die ›Fiesolaner Ritornelle‹) wirken geradezu aphoristisch.
Die volksliedhafte Dichtung und die Natur- und Liebeslyrik tritt zurück. In dem Gedicht Walthers von der Vogelweide, mit dem M. sich in dieser Zeit näher beschäftigte, ist ein letzter Nachklang von Volksliedlichtung spürbar. (Vgl. die 1906 etwa gleichzeitig mit ›Melancholie‹ im Verlag Julius Bard in Berlin erschienene Auswahl der Gedichte Walthers von der Vogelweide mit dem Vermerk: ›Übersetzt von Simrock, Text neu ausgewählt und durchgesehen von Christian Morgenstern‹.)
Auch Erlebnislyrik trat zurück. M. begann das ›Tagebuch eines Mystikers‹, aus dem seinem Plan nach ein autobiographischer Roman entstehen sollte. Aus diesem nachgelassenen ›Tagebuch‹ stellte Margareta Morgenstern die Texte für das Buch ›Stufen‹ zusammen.
Mit dem Gedichtbuch ›Melancholie‹ ging die mittlere Schaffensperiode Morgensterns zu Ende, die aber eher abgebrochen als vollendet erscheint. Die verschiedenen Entwicklungslinien, die in ›Melancholie‹ zusammenlaufen, geben dem Band sein vielschichtiges und disparates Gepräge, zumal Teile aus drei geplanten und nicht ausgeführten Werken in diesen Band aufgenommen wurden: Der Zyklus Berlin (in den Sprüchen), Proben aus einem Kinderbuch und einer Lebensbeschreibung Walthers von der Vogelweide.
Dem Band ›Melancholie‹ wurden folgende Gedichte entnommen: Fiesolaner Ritornelle; Schule; Nietzsche; Tolstoi; Ein Gedicht Walthers von der Vogelweide; Schlummer; Schweigen; Gebet.
Die Gedichte ›Ibsen‹, ›An Christian Günther‹ und ›An Dostojewski‹ wurden dem 1919 edierten Band ›Epigramme und Sprüche‹ entnommen.

In den Jahren 1906 bis 1908 schrieb M. auch Kindergedichte und Kinderlieder. Mehrere Kinderbücher entstanden, die aber erst Jahrzehnte später veröffentlicht wurden. 1906 verfaßte M. Verse zu den Osteraquarellen von Karl Freyhold. Im Brief vom 2. März 1906 an den Verleger Bruno Cassirer begründete er seine Absicht, zu diesen Bildern einprägsame, kindgemäße kleine Verse zu schreiben: ›Das Wesen dieses Osterbuches *ist* nicht episch. Auch nicht dramatisch. Lediglich epigrammatisch. Jedes Blatt ist ein Farbenepigramm. Just auf seinen freudigen und fein kontrastierten Farben beruht sein Hauptreiz, sein Oster-Reiz – auch für Kinder (obwohl sie's natürlich nicht formulieren).‹ Dem Leser der Gedichte (hier dem kindlichen Leser) soll nach Morgensterns Meinung genügend Raum für eigene Phantasie gelassen und deshalb nichts bis ins letzte Detail ausgeführt werden.

Hasenbuch: Erschienen 1908 im Verlag Bruno Cassirer, Berlin.

Ostermärchen in Prosa: Entstanden etwa zur gleichen Zeit wie das ›Hasenbuch‹. Erschienen 1951 im Verlag Stalling in Oldenburg. Illustrationen von Martin Koser und Ruth Koser-Michaels.

Märchen von Rübezahl: von M. neu bearbeitet. Entstehungszeit und Erscheinungsjahr sind nicht genau bekannt. Erschienen 1909 bei Bruno Cassirer. Illustrationen von Max Slevogt.

Klein-Irmchen: Erschienen 1921 bei Bruno Cassirer, Berlin, von Margareta M. aus dem Nachlaß herausgegeben. Illustrationen von Josua L. Gampp. Veränderte Neuausgabe unter dem Titel ›Liebe Sonne, liebe Erde – Ein Kinderliederbuch‹ 1943 im Verlag Stalling in Oldenburg erschienen. Illustrationen von Elsa Eisgruber.

Die gute Zusammenarbeit mit dem Verleger Cassirer – M. war auch als Verlagslektor bei Cassirer tätig – veranlaßte

ihn, für dessen kleine Tochter (Irmchen) ein Kinderliederbuch zu schreiben, das unter dem Titel ›Klein-Irmchen‹ nach dem Tode Morgensterns erschien.
Die Kindergedichte sind wegen ihrer Einfachheit und ihres Einfühlungsvermögens in die Perspektive des Kindes bekannt geworden. Zu Lebzeiten Morgensterns war das Gedicht ›Das Häslein‹ besonders beliebt, um dessen Veröffentlichung er immer wieder gebeten wurde. Auch die Kinderlyrik weist Beziehungen zur Galgenpoesie auf. So begann M. im Frühjahr 1906 ein ›Galgenkinderliederbuch‹. Einige Verse daraus sind in den ›Gingganz‹ aufgenommen worden.
Im Herbst 1908 entstand ein weiteres Kinderbuch mit dem Titel ›Klaus Burrmann, der Tierweltphotograph‹. Die Bilder Fritz Beblos zu diesem Buch gehen teilweise auf Entwürfe Morgensterns zurück. Die Anregung zu diesem Buch erhielt er durch C. G. Schillings ›Mit Blitzlicht und Büchse im Urwald‹. Erschienen ist das Buch allerdings erst 1941 im Verlag Stalling in Oldenburg.
Ein Buch, das M. schon sehr früh schreiben wollte, blieb unausgeführt: Das Kinderbuch Vineta. Aus dem Jahre 1892 stammt eine Tagebucheintragung: ›Wir leben doch alle auf dem Meeresgrunde (dem Grunde des Luftmeeres) – Vineta.‹ Die Bilder dazu sollte Fritz Beblo zeichnen.
Die Kinderlieder und -Gedichte entnahmen wir folgenden Ausgaben:
Klein Irmchen, ein Kinderliederbuch, Berlin 1921, Verlag Bruno Cassirer: Ausflug; Das Häslein; Waldmärchen; Wenn es Winter wird; Klein Irmchen; Herr Löffel und Frau Gabel; Fips; Die drei Spatzen; Schnauz und Miez; Von dem großen Elefanten; Das neue Spiel; In der ›Elektrischen‹; Die Enten laufen Schlittschuh; Spruch vor Tisch.
Kindergedichte, Wien–Heidelberg 1965, Verlag Carl Ueberreuther: Die Vogelscheuche; Beim Puppendoktor; Das treue Rad.

Diese drei Gedichte wurden 1965 zum ersten Male publiziert.

EPIGRAMME

Morgensterns Epigramme entstanden in den Jahren von 1889 bis 1913. Unter dem Titel ›Lebens-Sprüche‹ erschienen einige Gedichte dieses Genres im Jahre 1898 in seinem Gedichtband ›Ich und die Welt‹. Es sind in der Hauptsache Sprüche, in denen der junge Lyriker seine moralischen Lebensmaximen kundgibt.

Auch 1906, als der Gedichtband ›Melancholie‹ erschien, nahm Morgenstern wieder einige seiner Sprüche in diesen Gedichtband auf, denn eine gesonderte Edition, die er gewünscht hatte, war bis dahin noch immer nicht zustande gekommen.

Erst einige Jahre nach Morgensterns Tod (1919) kam eine Sammlung ›Epigramme und Sprüche‹ beim Piper-Verlag in München heraus, der 1922 eine zweite Auflage folgte.

Im Vergleich zu Morgensterns ›Lebens-Sprüchen‹ umgreifen seine Epigramme einen wesentlich größeren Themenbereich. Sie unterscheiden sich von den Sprüchen nicht zuletzt durch ihren kritischen Impetus. In einem seiner Epigramme hat er sich unzweideutig dazu geäußert:

> Verzeiht, wenn manchen manches hart hier trifft,
> mein Pfeil soll treffen, doch er trägt kein Gift.

Um die bestimmenden Themen, die Morgenstern in seiner Epigrammatik ein Leben lang beschäftigten, deutlicher hervortreten zu lassen, wurde auf eine chronologische Zusammenstellung verzichtet.

Bis auf die Epigramme ›Wir Lyriker‹, ›Einigen Kritikern‹ und ›An die Moral-Liberalen‹, die dem Gedichtband ›Ich und die Welt‹ entnommen wurden, stammen die hier ausgewählten Epigramme aus der Edition ›Epigramme und Sprüche‹ (1922).

Die Kritik im politischen Bereich ist zu verstehen als allgemeine Kulturkritik, die sich weniger auf Einzelerscheinungen als vielmehr auf die Entwicklung der europäischen Kultur im 19. Jahrhundert bezieht. Reformerische Bestrebungen, die gesellschaftliche Mißstände beseitigen wollen, finden kaum Morgensterns Unterstützung. Eine Möglichkeit tiefgreifender Veränderungen der Gesellschaft und des Staates sah M. nur in einer ›Entbürgerlichung des Geistes‹ (vgl. auch S. 347f., 380).

Besonders heftig kritisierte er die eklektische bauliche Neugestaltung Berlins in den neunziger Jahren und den sinnentleerten bürgerlichen Gesellschaftskodex.

An Deutschland: An Jena denke: In der Schlacht bei Jena und Auerstedt im Jahre 1806 wurde das preußische Heer durch Napoleon geschlagen. Die resignierte Haltung zum deutschen Staat formulierte M. im Januar 1903: ›Könnte man doch nur einmal recht frei heraus ja sagen zum heutigen Deutschland!‹

Patrioten: Sachsenwald: 70 km² großer Mischwald östlich von Hamburg, ein Geschenk des Kaisers an Bismarck. Der ›alte Herr‹ (Bismarck) hat die Nation des Denkens überhoben, das Gefühl des Patriotismus wurde verfälscht. Besonders verabscheut M. chauvinistische Tendenzen.

O *Staat:* Das von Bismarck 1871 gegründete Deutsche Reich erschien M. keineswegs vollkommen. Er kritisierte den Bismarck-Staat als ›geistigen Bankrott‹. Zur Schaffung einer neuen Kultur schien es ihm unumgänglich, einen neuen ›Geistesadel‹ hervorzubringen. Auch religiöses Erleben hielt er für notwendig, um wahre Gemeinschaft in einem Staatswesen stiften zu können.

Neo-Berlin: Kulturkuddelmuddel: Bezieht sich auf die stilistisch nicht zueinander passenden Neubauten, die in dem Berlin der Gründerjahre gebaut worden waren. Die geistige und kulturelle Erneuerung müßte nach Morgensterns Meinung von einer Gruppe führender Intellektueller ausgehen, die ›bis in den letzten Hausbau‹ hinein den Gedanken der Gemeinschaft verwirklichen und die ›wilde und scheußliche Barbarei‹ ausrotten könnten. (Brief an Karl Scheffler vom 24. 8. 1905)

An jeden, den's angeht: Das Wort vom Reichen und dem Nadelöhr: ›Es ist leichter, daß ein Kamel gehe durch ein Nadelöhr, denn daß ein Reicher in das Reich Gottes komme.‹ (Lukas 18,25.) M. bezieht es auf die verlogene Selbstgerechtigkeit der bürgerlichen Klasse.

An den Bürger: Morgensterns Kritik gilt den bürgerlichen Kreisen, die sich ohne ethischen Grund als die ›besseren Kreise‹ fühlten. Er selbst verstand sich als ›Anti-Bürger‹, der die bürgerlichen Lebensnormen nicht mehr akzeptiert.

Kunst und Künstler: Der ästhetisch-künstlerische Standpunkt Morgensterns ist deutlicher ausgeprägt als der soziale. Die Ablehnung bestimmter ästhetischer Formen oder Programme deutet auf eine Haltung, die den Sinn der Kunst im Moralisch-Ethischen sieht.

Die Ästhetischen: Das Ästhetisieren lehnte M. ab, weil er es für unfruchtbar hielt. Für ihn galt der ethische Gehalt als Kriterium der Kunst.

L'art pour l'art: ›Kunst um der Kunst willen‹. Dieses Schlagwort wurde 1836 von Victor Cousin geprägt und steht seitdem für eine Kunstauffassung, die im Kunstschaffen einen Selbstzweck sieht. Erzieherischer Wert wurde der Kunst abgesprochen. Sie wurde zum Ausdruck einer der gesellschaftlichen Wirklichkeit abgewandten Haltung.

Annunzio: D'Annunzio, Gabriele (1863–1938); spätbürgerlicher italienischer Dichter von hoher, später oft manierierter Sprachkultur, den Morgenstern wegen seiner ›Hemmungslosigkeit der Instinkte‹ als ›lasterhaft‹ ablehnte.

Van de Velde, Henry (1863–1957): belgischer Baumeister und Kunstgewerbler. 1900–1914 in Deutschland tätig, übernahm 1907 die Leitung der Kunstgewerbeschule in Weimar. V. wandte sich gegen die Nachahmung historischer Baustile und gehörte zu den Begründern des Jugendstils.

Der Buchschmuck: Die Absicht des Jugendstils, Kunst ins alltägliche Leben zu bringen, wurde teils übertrieben oder falsch verstanden. Schnörkel und Verzierungen aller Art wurden zu modischen Schmuckelementen, die kaum noch in Beziehung zu den Gegenständen standen.

Immer noch: Theaterrezensenten, die sich abends ein Schauspiel angesehen hatten, schrieben nachts hastig ihre Kritiken, damit sie am nächsten Tag erscheinen konnten.

Der Gelehrte und Goethe: M. wendet sich gegen das verfälschende Goethebild der Bildungsphilister, die Goethe zum unnahbaren Olympier gemacht hatten, aber keine innere Beziehung zu ihm herstellen konnten.

Der mittelmäßige Übersetzer: M. wertete seine eigenen Erfahrungen bei der Übersetzertätigkeit, vor allem der Ibsen-Werke, aus.

Magisterfreuden: Die Erklär- und Anmerkungssucht der Philologen verspottet M. in der Figur des Dr. phil. Jeremias Mueller, des Anmerkers seiner Galgenlieder.

Dich selber nach dir selbst: In den Epigrammen sind eigene Erlebnisse verarbeitet und das Nachdenken über die Bestimmung der eigenen Person. Seine Kunst betrachtend, hebt M. die Funktion des Spiels in der Kunst hervor.

Gladstone, William (1809–1898): britischer liberaler Staatsmann, Ministerpräsident. Er entschärfte durch Teilzugeständnisse und parlamentarisches Eintreten für die politische Autonomie Irlands den irischen nationalen Kampf. Er erweiterte das Wahlrecht und trat für den Freihandel ein.

Ich selber: Bezieht sich auf die Lebensumstände Morgensterns. Durch den frühen Tod der Mutter und die Scheidung des Vaters von der zweiten Frau verlor M. die Verbindung zu seinem Elternhaus und war völlig auf sich selbst angewiesen.

Tragikomödie des Phantasten: Zollstock: M. machte Entwürfe zu einem Zollstockspiel, nach denen Beblo Vorlagen schuf. (Vgl. auch das Gedicht ›Theater II‹ aus ›Palmström‹.)

WIR FANDEN EINEN PFAD

Wir fanden einen Pfad. Neue Gedichte: Erschienen 1914 im Verlag R. Piper und Co., München. Weitere Ausgaben 1922 und 1963 in unveränderter Form im gleichen Verlag. Das Buch ist bestimmt von der weltanschaulichen Wandlung Morgensterns. Das beweisen die Widmung ›Für Dr. Rudolf Steiner‹ und die Thematik sowie die Gliederung der Gedichte.

Morgenstern gab in diesem Buch vor allem seinem Bekenntnis zur Steinerschen Anthroposophie Ausdruck, die sich um die Jahre 1908/09 vollzogen hatte und die er als ›Lebenswende‹ bezeichnete. ›Lebenswende‹ sollte ursprünglich diese Gedichtsammlung auch heißen. Dieser Gedichtband ist der letzte, der zu Lebzeiten Morgensterns verlegt wurde. Seinem Charakter nach unterscheidet er sich grundlegend von den vorhergehenden Gedichtbänden. Zwei Gedichte stehen als Vorsprüche vor den in fünf Abschnitte gegliederten Gedichten. Eines davon trägt die Bezeichnung ›Nach der Lektüre des Helsingforser Zyklus 1912‹ und bezieht sich auf einen Vorlesungszyklus Rudolf Steiners.

Morgensterns letztem Lyrikband sind folgende Gedichte entnommen worden: Nach der Lektüre des Helsingforser Zyklus 1912; Nun wohne DU darin . . .; Die zur Wahrheit wandern . . .; Sieh nicht, was andre tun . . .; Verlange nichts von irgendwem . . .; Was klagst du an . . .; An den Andern; Der Kranke; Hymne.

GALGENDICHTUNG

GALGENLIEDER

Entstehung der ersten Galgenlieder seit 1895.

1905 Herausgabe der ›Galgenlieder‹ im Verlag Bruno Cassirer, Berlin. Vorherige Ablehnung durch Schuster und Loeffler, durch Bondi und Albert Langen. Bis zum Tode Morgensterns insgesamt fünfzehn Auflagen der ›Galgenlieder‹, die ständig ergänzt und verbessert wurden.

1910 Herausgabe des ›Palmström‹ im Verlag Bruno Cassirer. Bis 1914 sieben vermehrte Auflagen. Umschlagzeichnungen beider Gedichtbände von Karl Walser. 1916 erschien ›Palma Kunkel‹, 1919 ›Gingganz‹ aus dem Nachlaß im Bruno Cassirer Verlag. Umschlagzeichnungen von Karl Walser, Vignetten von M.

1933 Zusammenfassung der vier Gedichtbände nebst fünfzehn Gedichten aus dem Nachlaß unter dem Titel ›Alle Galgenlieder‹ bei Bruno Cassirer. 1928 Grotesken und Parodien unter dem Titel ›Die Schallmühle‹ im Verlag R. Piper und Co., München. Vier Scherenschnitte des Dichters sind der Ausgabe beigefügt. 1938 veränderte Ausgabe der ›Schallmühle‹ unter dem Titel ›Böhmischer Jahrmarkt‹ im gleichen Verlag mit einer Umschlagzeichnung von Fritz Beblo, 1950 nochmalige Veränderung der Ausgabe unter dem Titel ›Egon und Emilie‹ mit einer Umschlagzeichnung von Karl Arnold im gleichen Verlag.

Erklärungen der Galgenlieder: 1921 ›Über die Galgenlieder‹ im Verlag Bruno Cassirer, Berlin. Die editorische Geschichte der Galgenlieder und aller dazugehörigen Dichtungen ist verwickelt und beweist schon für sich, daß die Galgenpoesie ein Lebenswerk ist.

Die ersten Galgenlieder reichen etwa in das Jahr 1895 zurück. Morgenstern – zu dieser Zeit Student in Berlin – war der Mittelpunkt eines Freundeskreises, der ›Galgenbrüder‹. Diesen Namen legten sich die Freunde zu, als sie auf einem Ausflug nach Werder bei Potsdam einen ›Galgenberg‹ zu sehen bekamen. Der kleine Verein formte sich eine eigene Sprache, eigene Riten und Gebräuche. Die symbolhafte Benennung der Dinge erhöhte den verschwörerischen Charakter. So wurde das Essen als Henkersmahlzeit bezeichnet und die Kellnerin Sophie als Henkersmaid. Die Sitzungen des Vereins wurden mit einem Schwert, dessen Klinge Blutrost zweifelhafter Herkunft aufwies, eingeleitet. Das Galgenliederbuch war in ein Hufeisen eingebunden. Die ›acht lustigen Könige‹ trieben mit Entsetzen Spott.

Morgenstern schrieb die Legende der Galgenbrüder auf – wie sie in seinem aufschlußreichen Brief an einen Redakteur (1910) nachzulesen ist: ›Es waren einmal acht lustige Könige. Sie hießen aber so und so. Wer heißt überhaupt? ... Und die acht lustigen Könige rafften ihre Gewänder und ließen sich von ihren Narren hängen.‹

Der Wahlspruch des kleinen Vereins lautete: Per aspera ad astra – Der Hauch über den Dingen ist das Beste. In diesem Kreis wurden die Gedichte Morgensterns, unterstützt durch Mimik und Musik, vorgetragen und erhielten dadurch ihre besondere Wirkung. Die Lieder des ›Gesangbuches‹ wurden vertont und illustriert. Die Wortkunst des ›Großen Lalula‹ – vom Bundesbruder Faherügh wunderbar deklamiert – wirkte wie eine Rhapsodie. – Was zunächst für einen privaten Kreis gedacht und konzipiert war, verlor bald das allzu Lokale und gewann damit an Interesse für ein größeres Publikum. Das erstemal trat die Galgenpoesie 1901 auf Wolzogens ›Überbrettl‹ an die literarische Öffentlichkeit. Sie wurde dort mit Erfolg aufgenommen.

Bis zur Buchveröffentlichung 1905 erweiterte und vertiefte M. die Sammlung von Gedichten, sie wurden zum deutlichen Ausgangspunkt für eine neue Lyrik. Aus der Gelegenheitsdichtung reifte ein umfangreiches dichterisches Werk voll Humor und Lebensweisheit heran. Der Name blieb aber bestehen und ist für diese Art der Dichtung zum Begriff geworden.

M. widmete seine Galgenlieder ›Dem Kinde im Manne‹, angeregt durch das Nietzsche-Wort: ›Im echten Manne ist ein Kind versteckt: das will spielen.‹

Gleichsam als Erläuterung schrieb M. 1913 zur 15. Auflage der Galgenlieder: ›In jedem Menschen ist ein Kind verborgen, das heißt Bildnertrieb und will als liebstes Spiel- und Ernst-Zeug nicht das bis auf den letzten Rest nachgearbeitete Miniatür-Schiff, sondern die Walnußschale mit der Vogelfeder als Segelmast und dem Kieselstein als Kapitän. Das will auch in der Kunst *mit-spielen, mit-schaffen* dürfen und nicht so sehr bloß bewundernder Zuschauer sein . . .‹

Das Motto der Galgenlieder heißt:

Laß die Moleküle rasen,
was sie auch zusammenknobeln!
Laß das Tüfteln, laß das Hobeln,
heilig halte die Ekstasen.

M. hat oft betont, daß die skurrilen Einfälle in den Gedichten auf lebendiger Anschauung beruhen. Das Bildhafte hatte stets starken Einfluß auf seine Dichtungen. Von den gedachten Gebilden der Galgenlieder formte er sich Gegenstände: ›In seinem Zimmer in unserem Büro‹ so berichtete Cassirer – ›hatte er ein höchst groteskes Wesen geknetet und auf sein Bücherregal gestellt.‹

Lebendige Anschauung – in die Phantasie übertragen – und Spiel sind die beiden Komponenten der besonderen Form des Humors, die M. in der Galgenpoesie entwikkelte. Das Spiel bezog sich vor allem auf die Sprache, indem M. die sprachlichen Wendungen auf ihren bildlichen Gehalt überprüfte. Fritz Mauthners ›Kritik der Sprache‹ bot ihm in dieser Hinsicht Anregungen zur Auseinandersetzung. In der Galgenpoesie wird die Welt auf besondere Art abgebildet. Die Imaginationen der Gedichte sind in der

Lage, auf erstaunliche Weise Zusammenhänge zu erhellen. ›Die Galgenpoesie‹, schrieb M., ›ist ein Stück Weltanschauung. Es ist die skrupellose Freiheit des Ausgeschalteten, Entmaterialisierten, die sich in ihr ausspricht. Man weiß, was ein ‚mulus' ist: die beneidenswerte Zwischenstufe zwischen Schulbank und Universität. Nun wohl: ein Galgenbruder ist die beneidenswerte Zwischenstufe zwischen Mensch und Universum. Nichts weiter. Man sieht vom Galgen die Welt anders an, und man sieht andre Dinge als Andre.‹ (1904).

Aber die Jahre zwischen 1905 und 1910 standen nicht nur im Zeichen der Selbstdeutung. In dieser Zeit entstanden auch zahlreiche neue Gedichte, die Morgenstern in die Neuauflagen der ›Galgenlieder‹ aufgenommen sehen wollte. Daraus erklärt sich auch, daß er (bis zur 6. Auflage) mehrfach Gedichte gegeneinander austauschte und solche in den Band aufnahm, die der ›inneren Struktur des Buches‹ besser entsprachen als früher entstandene, bei denen das ›allzu Lokale und Conventikelhafte ebenso wie das rein Burschikose und ‚Stumpfsinnige'‹ überwog. Das geschah freilich nicht immer zur Freude seines Verlegers, der nicht selten gegen einzelne Gedichte, die er unverständlich fand (so gegen das Gedicht ›Lämmerwolke‹), sein Veto einlegte und für einige Zeit deren Abdruck verhinderte. So hatte Morgenstern auch 1909, als Bruno Cassirer die 5. Auflage der ›Galgenlieder‹ vorbereitete, einen ganzen ›Salon von Zurückgewiesenen‹ zu beklagen und sah sich genötigt, ›Ersatzstücke‹ anzubieten. Zu den bemerkenswertesten Veränderungen des Bandes zählte zweifellos der Kommentar zu den ›Galgenliedern‹, an dem Morgenstern in diesem Jahr zu arbeiten begann.

Auch nach 1910, als die ›Palmström‹-Gedichte erschienen waren, unterbreitete Morgenstern seinem Verleger immer wieder Veränderungsvorschläge, wobei er – wie bei den ›Galgenliedern‹ – vor allem auf den Fundus seiner neu entstandenen Gedichte zurückgriff. Aber auch diese Vorschläge nahm Cassirer mit Skepsis auf, oder er verwarf sie. Das gilt auch für die Überlegungen, die Morgenstern 1911 Bruno Cassirer unterbreitete: ›Wie wäre es, wenn wir den jetzigen Palmström zu zwei Büchern erweiterten und sie 1) Palmström und 2) Die Oste titulierten. Beide würden dann, jedes für sich, ungefähr den Umfang des jetzigen Palmström haben, denn es liegt für beide genügend Zuwachsmaterial vor. Die ‚Oste' käme damit einem besonderen Bedürfnis entgegen, da ich für einen derartig vermischten Band gar vieles liegen habe, was ich nicht länger liegen lassen will.‹ Einige Zeit später hoffte der Verfasser der ›Palmström‹-Gedichte seinen Verleger dadurch zu überzeugen, daß die ›Qualität‹ seines zweiten Gedichtbandes nicht zuletzt dadurch ›erhöht‹ werden könne, ›daß jedes *einheitlicher* wird‹. In den späteren Jahren ging es Morgenstern, der seine frühen Gedichte in zunehmendem Maße kritisch beurteilte, neben der Erweiterung vor allem um die Revision seiner Gedichtbände. Als Cassirer die 3. Auflage des ›Palmström‹ vorbereitete, schrieb ihm Morgenstern aus Arosa: ›Aus Palmström muß alles Nebensächliche ausgemerzt werden, alles, was unterhalb eines gewissen Niveaus ist.‹ Da der Berliner Verleger auf Morgensterns ›Oste‹-Plan nicht einging, entschied sich sein Autor dafür, jene Gedichte, die in der Nachfolge des ›Palmström‹ entstanden waren, nach und nach in die Neuauflagen aufzunehmen. Wie bei den ›Galgenliedern‹ wurden auch diesmal einzelne Gedichte umgestellt und erhielten einen neuen Platz. Einige Gedichte bekamen einen neuen Titel. Innerhalb von vier Jahren (von der 1. bis zur 7. und 8. Auflage des ›Palmström‹) waren 17 neue Gedichte zum Fundus des ›Palmström‹ hinzugekommen.

Wie groß die Zahl der Gedichte war, die unveröffentlicht in Morgensterns Schublade liegengeblieben waren, läßt sich an den beiden postum erschienenen Gedichtbüchern

›Palma Kunkel‹ und ›Der Gingganz‹ ablesen, die Margareta Morgenstern aus dem Nachlaß zusammenstellte.
›Palmström‹ ist in der deutschen Literatur zum Symbol geworden. Das erfundene Paar Palmström und Korf (der ursprünglich nur ›des Reimes wegen‹ auftrat und auf seine geistige Existenz wiederholt hinwies) wurden zu Interpreten der Welt. Durch ihre Sicht wurde die Optik des Dichters noch einmal gebrochen.
In einem Brief an Kayßler (6.9.1908) teilte M. das Gedicht ›Der Schnupfen‹ mit und schrieb darüber:
›Dies ist so meine Art, Menschen in die Literatur zu schmuggeln: Palmström, Paul Schrimm – nächstens formiere ich Dünzelhof.‹ M. maß der Palmström-Dichtung selbst höhere Bedeutung bei als den Galgenliedern der ersten Jahre. An Cassirer schrieb er am 13. Januar 1910:
›... hier also ist ‚Palmström', der hoffentlich die ‚Galgenlieder' nach und nach etwas überschatten wird.‹
Daß sein Schöpfertum auf diesem Gebiet stets lebendig war, beweist der letzte Satz des gleichen Briefes: ›Mit Palmström und Korf habe ich, wie Sie bemerken werden, ein neues Feld gefunden, das ich noch viel und oft anzubaun gedenke.‹
Palmström – bei aller Genauigkeit der Charakterisierung – bedeutete für M. eine Möglichkeit der Distanzierung von der Wirklichkeit sowie auch von seinem eigenen Ich. Eine originelle Idee für den gleichen Zweck, die zwar nicht realisiert wurde, entdeckte M. im Spiegel-Druck. Er schlug seinem Verleger Cassirer ernstlich vor, dieses Verfahren anzuwenden:
›Warum begreifen Sie als Verleger nicht die mannigfachen Vorteile dieser Idee? Nicht bloß, daß die ersten Bücher dieser Art eine Kuriosität wären, auch die Autoren (die es so wollten) hätten eine neue Art von Distanzierung.‹ (Brief vom 24.1.1910)

Die künstlerische Widerspiegelung komplizierter weltanschaulicher Beziehungen in der Groteske ist ja ohnehin ein Mittel der Distanzierung und der Verfremdung der Wirklichkeit.

In einem Brief vom 5. Oktober 1910 verglich M. seine Gedichte mit ›Federzeichnungen eines ungemein kecken und kühnen Humors, in denen nur die Grundidee mehr oder minder grotesk ist, die Aus- und Durchführung aber durchaus organisch und konsequent.‹

Während die Figur Palmström recht genau umrissen ist, fallen der Gingganz und Palma Kunkel als Figuren abstrakter aus. Sie treten kaum selbst in Erscheinung, sondern stehen hinter den Dingen. An Morgensterns eigener Deutung des Wortes Gingganz läßt sich ablesen, daß sich seine Stellung zur Galgenpoesie gewandelt hat. Gingganz, so ließ er den fingierten Dr. phil. Jeremias Mueller erklären, sei entstanden, indem aus dem Satz ›Ich ging ganz in Gedanken hin‹ die Wörter ›ging‹ und ›ganz‹ zu einem Substantiv masculini generis zusammengezogen worden seien. Gemäß dem Ursprungssatz sei der Gingganz ein ›Zerstreuter, ein Grübler, Träumer, Sinnierer‹, womit der Ernst hinter den Dingen schon deutlich betont wurde. In seinem Tagebuch vermerkte M., Gingganz sei einfach ein deutsches Wort für Ideologie.

Wie hat die Öffentlichkeit auf die Galgenpoesie reagiert? Die hohe Zahl der Auflagen und Neuausgaben läßt darauf schließen, daß es Morgenstern gelungen war, breite Leserkreise zu erreichen und für Lyrik zu interessieren, obwohl es nicht an Stimmen fehlte, die diese Art von Lyrik schroff ablehnten. Hier ein Beispiel: Die ›Wiener Abendpost‹ schrieb nach dem Erscheinen der Galgenlieder: ›Es soll ja Leute geben, die aus Herrn Morgenstern Tiefsinn herauslesen. Dieses Buch und so manches andere werden für den künftigen Literarhistoriker schätzenswertes Material liefern. Er wird zitieren müssen, was man ihm sonst nicht glauben dürfte, was im ersten Viertel des 20. Jahrhunderts gedruckt worden ist. Auch eine Art Unsterblichkeit.‹

Einige der Morgensternschen Galgenlieder erschienen erst nach seinem Tode in den Sammelbänden ›Die Schallmühle‹ (1928), ›Böhmischer Jahrmarkt‹ (1938) und ›Egon und Emilie‹ (1950). Aus diesen Bänden wurden folgende Gedichte entnommen: ›Schallmühle‹: Drei Hasen; Der Korbstuhl; Sagen und Nichtsagen; Augurisch; Böhmischer Jahrmarkt; Ehrenrettung eines alten Reimlexikons; Der Sündfloh; Schmerzliche Täuschung; Dichter und Kritiker; Zimmerfreuden; Die Nabelschnur; Steine statt Brot; Ein Publikum in Oberbayern; Palmas Mutter; Palmström wird Staatsbürger; Der ernste Herr; Palma Kunkel naht die Frage; Wiener Operettenmusik; Der Konvertit; ›Böhmischer Jahrmarkt‹: Die Heldin; Historische Bildung oder Die verfolgte Weltgeschichte; Die Windsbraut; Palmström, dem die Sache ...

Einige nachgelassene Gedichte fanden sich auch in Michael Bauers Buch ›Christian Morgenstern – Leben und Werk‹ (1933): Palmström der Patriot; Neuyorker Multimillionäre haben ...; Ein Interview (Palmström); Der Dreiachtelhase; Des Galgenbruders Gebet und Erhörung; Nachtbild; Der Glockenwurm; Die Uhr.

ANMERKUNGEN ZU DEN GALGENLIEDERN VON DR. JEREMIAS MUELLER

Mit dem wachsenden Interesse der Öffentlichkeit an diesen Gedichten sah sich M. genötigt, einige Aufklärungen zu geben. Er führte zu diesem Zweck den von ihm erfundenen hochgelehrten Dr. phil. Jeremias Mueller in die Literatur ein, später auch dessen Ww. Gundula M. In echter Philistermanier unterzog dieser 28 Galgenlieder einer gemeinverständlichen Deutung. Nach umständlichen Einleitungen, Nachrede zur Vorbemerkung zu den Anmerkungen, Zwischenwort als Nachwort zur Vorbemerkung usw.

erfolgten dann die ausschweifenden philologischen Spitzfindigkeiten des Dr. J. M.

Dem Leser wurden lauter falsche Lichter aufgesteckt, der Erklärungheischende wurde noch mehr verwirrt. Alle diese ›Erklärungen‹ erwiesen sich als ein Hinters-Licht-Führen. Die Erläuterungs- und Anmerkungssucht des deutschen Philisters wurde gründlich aufs Korn genommen.

›Zur dritten beziehungsweise ersten Auflage‹ versuchte sich dann noch Frau Dr. Gundula Mueller mit einer Einleitung. Diese im reinsten Periodendeutsch brillierende Vorrede war auch so allgemeinverständlich, daß der erstaunte Leser am Schluß das Verstehenwollen kopfschüttelnd aufgab.

Neben diesen ›falschen‹ Erläuterungen gab M. auch ›richtige‹. In dem zitierten Brief an einen Redakteur (1910) wies M. auf die Entstehungsgeschichte der Galgenlieder hin und verdeutlichte die besondere Weltsicht der Galgenpoesie. Er war selbst der Meinung, daß durch hinführende Erklärungen der Spaß des Lesers an den Gedichten gesteigert würde. So entstand eine ganze Literatur um die Galgenpoesie, die schließlich gesammelt bei Bruno Cassirer 1921 unter dem Titel ›Über die Galgenlieder‹ erschien. Die von Dr. J. M. ›erläuterten‹ Galgenlieder waren in dieser Ausgabe nicht abgedruckt, sondern nur die Kommentare dazu. In einer veränderten Neuausgabe ›Das aufgeklärte Mondschaf‹ (1941 und 1963 im Insel-Verlag) standen die betreffenden Galgenlieder neben den dazugehörigen Kommentaren, so daß für den Leser die Übersicht und der Spaß vergrößert wurden.

SATIREN · GROTESKEN · PARODIEN

Zu den Themen, denen Christian Morgensterns literarisches Interesse (und nicht nur sein Interesse als Literaturkritiker) von Anfang an galt, gehört die Literatur selbst, besonders natürlich jene Strömungen und Autoren, mit denen er sich als Zeitgenosse konfrontiert sah. Sein 1894 publiziertes ›satirisches Märchen‹ ›Epigo und Dekadentia‹ bestätigt das. Ging es hier ausschließlich um literarische Richtungen und Erscheinungsformen, denen Morgenstern kritisch-distanziert oder gar polemisch-negierend gegenüberstand, so offenbarte sich in den folgenden Jahren mehr und mehr seine Vorliebe für das Spiel mit den Themen, Formen und Schreibweisen einzelner ›Schulen‹ und Autoren, deren Diktion er so gekonnt nachahmte, daß einzelne ihrer Charakteristika besonders übersteigert in Erscheinung traten. Neben der Literatursatire, die sich in Morgensterns Werk auch in szenischer Form findet, trat die Parodie. Mehr noch: was 1894 noch im eng gezogenen Kreis literarischer Polemik ausgetragen wurde, greift in der Folgezeit auf die Kultur über. Das heißt: Morgenstern bezieht nun auch Erscheinungen des Kulturbetriebs der neunziger Jahre in seine Satire ein, in dem sich für die damalige Zeit typische Ausdrucksformen der neureichen ›Gründer‹-Bourgeoisie und der Wilhelminischen Ära – der ›herrschenden Kultur‹ also – zeigten. Szenen wie ›Das herrschaftliche Haus‹, ›Die Bierkirche‹ und ›Der Lauffgraf‹ stehen für diese Art der satirisch-kritischen Auseinandersetzung mit der Wirklichkeit. Morgensterns Satiren, Grotesken und Parodien sind deshalb in zweifacher Weise von Interesse: Sie zeigen sowohl sein Verhältnis zur offiziösen Kultur – für Morgenstern war es ›Unkultur‹ – des deutschen Kaiserreiches als auch zu den literarischen Strömungen, besonders dem Naturalismus, und Persönlichkeiten seiner Zeit. Zwei Darstellungsweisen dominieren: die dramatisch-szenische und die episch-prosaische. Mit einigen seiner Szenen, die um die Jahrhundertwende in Ernst von Wolzogens ›Überbrettl‹ und bald darauf in Max Reinhardts ›Schall und Rauch‹ gespielt wurden, ist Christian Morgenstern auch in die Geschichte des deutschen Kabaretts eingegangen. Wie die Epigramme und die Literaturkritiken blieben auch die Satiren, Grotesken und Parodien, obwohl einige von ihnen in Zeitschriften abgedruckt worden waren, lange Zeit unbeachtet. Erst 1928 wurde ein Teil dieser Arbeiten in dem Band ›Die Schallmühle‹ gesammelt herausgegeben. Zehn Jahre später erschien diese Ausgabe, um einige Texte erweitert, unter dem Titel ›Böhmischer Jahrmarkt‹ noch einmal auf dem Büchermarkt. Unsere Auswahl folgt – bis auf wenige Ausnahmen – diesen beiden Editionen.

DAS HERRSCHAFTLICHE HAUS
DIE BIERKIRCHE

Gedruckt in ›Böhmischer Jahrmarkt‹, München 1938. In beiden Szenen wird Morgensterns Unbehagen über das Berliner Kulturkuddelmuddel, wie es in einem Epigramm heißt, deutlich (vgl. dazu den Brief an Scheffler vom 24.8.1905).

Die ›Baukunst‹ der Wilhelminischen Ära griff alle möglichen älteren Stilarten auf; es fehlte an eigenem Stilempfinden, an Originalität, an Geschmack. Die ideologische Intention des Historismus beruhte darauf, Herrschaft, Besitz und Macht zur Schau zu stellen (in Berlin in Siegesalleen, Palästen usw. verwirklicht). Die ›Bierkirche‹ ist Ausdruck für derartige Maßlosigkeit.

DER LAUFFGRAF

Gedruckt in ›Die Schallmühle‹, München 1928. Der Titel dieser Szene spielt auf den 1913 geadelten Schriftsteller Joseph von Lauff und dessen Drama ›Der Burggraf‹ (1897) an. Es ist offensichtlich, daß es M. mit dieser Szene um Gegenwartsprobleme geht: um das ›Gottesgnadentum‹ des Kaisers. Die Zensur unterdrückte wohl den Text der Szene vor allem aus diesem Grund.

GERUCHSHALLUZINATIONEN
ODER
DIE GLÜCKLICHE HEILUNG

Gedruckt in ›Böhmischer Jahrmarkt‹, München 1938. M. ironisiert die Methoden der Zensurbehörde.

EPIGO UND DEKADENTIA

Gedruckt in ›Der Zuschauer‹, 2. Jahrgang, 1894, Beiblatt. Morgensterns ›satirisches Märchen‹ ist einer seiner ersten Versuche, in polemischer Weise sein Verhältnis zu den zeitgenössischen Literaturströmungen und damit seinen eigenen Standpunkt als Schriftsteller zu bestimmen: zwischen epigonaler Wiederholung überlebter klassischer Themen und Formen auf der einen Seite und modischer Effekthascherei ohne Verbindlichkeit auf der anderen Seite. Daß M. den Naturalismus (das ›soziale Drama‹) in diese Polemik einbezog, hält freilich einer ernsthaften literaturwissenschaftlichen Prüfung ebensowenig stand wie eine Berufung auf ein überzeitliches Schönheitsideal, dem er (in der Person des ›einfachen Mannes‹) das Wort redet. – Die ›Knochenfraß‹-Szene wurde auch gesondert veröffentlicht (›Die Schallmühle‹, München 1928).

Aurea: lat., die Goldene (Vergoldete).

Mediocritas: lat., die Mittelmäßigkeit.

vox populi: lat., die Stimme des Volkes.

Ghasel: eigentl. ›Gespinst‹, aus dem Arabischen stammende Gedichtform. Nach dem ersten Reimpaar muß der gleiche Reim in allen geraden Zeilen –4–6–8 usw. – wiederkehren.

Assaph und Debora: biblische Gestalten.

Nornen: die drei altnordischen Schicksalsgöttinnen Urd, Verdandi und Skuld.

DES WIDERSPENSTIGEN ZÄHMUNG?

Gedruckt in ›Goetheanum‹ Nr. 24 vom 16.6.1935, 14. Jahrgang. Der leicht geänderte Titel (statt einer Frau wird ein Mann ›gezähmt‹) der Shakespeare-Komödie, den M. für den Titel dieser Szene übernahm, und die Shakespeareschen Dramengestalten, die im Verlaufe der ›Handlung‹ auftreten, lassen keinen Zweifel daran, daß es in dieser ›Traum-Szene‹ um einen literarischen Sachverhalt geht: um Morgensterns ablehnende Haltung zum literarischen Naturalismus, personifiziert in der Gestalt des ›versunkenen Dichters‹ Gerhart Hauptmann. M. bringt seine literarische Geringschätzung gegenüber dem dramatischen Werk Gerhart Hauptmanns zum Ausdruck, indem er die Dramenhelden Shakespeares denen Hauptmanns (die allerdings nur genannt werden und nicht auftreten) gegenüberstellt, um auf diese Weise die Überlegenheit Shakespeares deutlich zu machen. Das ästhetische Credo, das Ariel am Schluß der Szene dem ›versunkenen Dichter‹ gegenüber ausspricht, deckt sich weitgehend mit der antinaturalistischen Literaturkonzeption Christian Morgensterns:

Dein die ganze Welt!
Der unabsehbar grenzenlose Stoff
dein, dein! Und hängst dich an dein Mitleid, klammerst
ans niedre Fühlen niedrer Seelen dich,
statt alle Saiten der gewaltigen Harfe
hinauf, hinab zu eilen, bis der Mensch
an dir sich sättigt wie an einer Brust
und sich an dir erkennt, verwirft, erhöht.

EINE KITZLIGE GESCHICHTE

Gedruckt in ›Böhmischer Jahrmarkt‹, München 1938.

Gerhart Hauptmann: Die Jungfern vom Bischofsberg – Jugendnovelle, kein Drama.

Otto Brahm: Theaterleiter.

Siegfried Jacobsohn: (1881–1926): Berliner Theaterkritiker und politischer Schriftsteller; gründete 1910 die Theaterzeitschrift ›Schaubühne‹, der er nach 1918 unter dem Titel ›Die Weltbühne‹ einen mehr politisch-literarischen Charakter gab.

Reinhardt, Max, eigentlich Goldmann (1873–1943): Schauspieler und Theaterleiter. An Berliner Bühnen wirkte er bahnbrechend durch seine Ensemblearbeit. Mit seinen Gastspielen, die ihn in viele Länder führten, verhalf er dem deutschen Theater zu Weltruf. 1933 emigrierte er nach Österreich und 1938 nach den USA.

Felix Salten (1869–1947): Österreichischer Schriftsteller; schrieb Romane, Novellen, Essays.

ECCE CIVIS

Lat., siehe da, ein Bürger, Untertan. Entstanden um 1898, gedruckt in ›Böhmischer Jahrmarkt‹, München 1938. In diesem dreiaktigen ›Drama‹ sind nicht die Personen, sondern die Gegenstände die Hauptakteure. Die Handlung bleibt dabei ganz nebensächlich. M. zielt damit ab auf die Banalität der Fabeln, die ewige Wiederkehr der gleichen Konstellation der handelnden Personen in diesem Dramentyp. Auffallend ist der leicht süddeutsche Dialekt, der etwa auf Schnitzler zutreffen würde.

DAS MITTAGSMAHL

Gedruckt in ›Die Schallmühle‹, München 1928. Der italienische Schriftsteller Gabriele d'Annunzio (1863–1938) schrieb sprachvollendete, später manierierte Dramen und Erzählungen, in denen er das Übermenschentum im Sinne Nietzsches feiert. D'Annunzio war gleichzeitig Politiker; 1898–1900 konservativer Abgeordneter, seit 1924 Fürst von Montenevoso, während des 1. Weltkrieges Oberstleutnant der Flieger. Von den Faschisten wurde er als ideologischer Wegbereiter betrachtet. Seine dichterischen Themen sind vor allem sinnliche Schönheit, die Verherrlichung des

Grausamen und des Todes. – In der von M. parodierten Szene geht es aber nicht vorrangig um die Thematik d'Annunzios, sondern um seinen manierierten Stil und den übersteigerten Ästhetizismus seiner Werke. Die Szene trägt zwar den Titel ›Das Mittagsmahl‹, es kommt aber nicht dazu, weil die handelnden Personen intensiv mit der Beschreibung anderer Mahle beschäftigt sind. Die einzig normal reagierende und fühlende Person ist das Kind, dessen Verhalten jedoch mit Unverständnis aufgenommen wird.

DER HUNDESCHWANZ

Gedruckt in ›Die Schallmühle‹, München 1928. Kerr (1867 bis 1948) war vor 1933 ein führender Berliner Theaterkritiker. Seine Kritiken waren geistreich, scharf und stilistisch eigenwillig. M. parodiert die Geziertheit seines Stils.

IM LITERATUR-KAFFEE

Gedruckt in ›Böhmischer Jahrmarkt‹, München 1938. Literaturcafés bildeten um die Jahrhundertwende beliebte Treffpunkte von Schriftstellern und Kritikern. M. zeigt, daß es bei diesen Treffpunkten nicht immer um geistreiche Auseinandersetzungen ging, sondern daß Klatsch und leeres Gerede dominierten. Berühmte Cafés in Berlin waren Kempinsky, Schwarzes Ferkel, Café zum Peter Hille, Romanisches Café.

AUS EINER LITERATURGESCHICHTE NEUERER DEUTSCHER LYRIK

Gedruckt in ›Böhmischer Jahrmarkt‹, München 1938. Der fingierte Literaturkritiker schwelgt in übersteigerten bildhaften Adjektiven, womit sowohl die Lyrik als auch die Literaturkritik angegriffen werden. Der Kritiker schreibt ohne eigenen Standpunkt. Er beschränkt sich in der

Hauptsache auf die Wiederholung der Formulierungen der Dichter. Anstelle einer sachlichen Besprechung dichterischer Werke wird hier phrasenhaftes, maßstabloses und deshalb inhaltloses Lobpreisen geboten.

BEI JACQUES MERK

Gedruckt in ›Böhmischer Jahrmarkt‹, München 1938. Durch die Umkehrung der Interview-Situation werden die albernen banalen Fragen, verbunden mit einer taktlosen Zudringlichkeit, bloßgestellt.

EGON UND EMILIE

Gedruckt in ›Böhmischer Jahrmarkt‹, München 1938. Bereits der Untertitel sagt, gegen welche literarische Richtung die Szene sich wendet. Das naturalistische Familiendrama, wie es durch Hauptmann und Holz verwirklicht wurde, lehnte M. ebenso heftig ab wie die naturalistische Dramatik insgesamt. Die tiefere Bedeutung seiner Kritik läßt sich in einem Brief an Kayßler erkennen: ›Es kann kein Theaterstück werden, wenn die Hauptperson hartnäckig schweigt. – Na ja, die ganze dramatische Literatur beruht schließlich auf der Voraussetzung, daß immer der eine dem anderen antwortet.‹ Die banale Handlung des ›bürgerlichen‹ Dramas ist für M. keine Rechtfertigung, den dramatischen Mechanismus in Gang zu setzen.

EIN GESANG WALT WHITMANS

Gedruckt in ›Die Schallmühle‹, München 1928. Walt Whitman (1819–1892). In seinen Gedichten besingt der nordamerikanische Dichter die Schönheit der amerikanischen Natur, das Leben und die Arbeit des einfachen Volkes, die Vollkommenheit des menschlichen Körpers und die amerikanische Demokratie. Er bedient sich unkonventioneller Ausdrucksmittel: der hymnischen Langzeile und der freien Rhythmen. – M. bringt ihm offensichtlich Wertschätzung entgegen. 1899 nannte er ihn den ›lyrischen Shakespeare Nordamerikas‹. Der erste hier abgedruckte Gesang ahmt den Stil Whitmans gekonnt nach. Im zweiten Gesang werden Elemente der Parodie stärker betont. Der pathetische Stil wird auf einen unpassenden Gegenstand übertragen. Damit wird dieser Gesang zum ›Gegenlied‹. *Frater, peccavi?:* Bruder, habe ich gesündigt? Zitiert in Anlehnung an Lukas 15,18.

WIENER SCHULE. DER DICHTER

Gedruckt in ›Die Schallmühle‹, München 1928. Mit der Wiener Schule ist eine Gruppe von Schriftstellern (Hofmannsthal, Schnitzler, Beer-Homann, Bahr) gemeint, für deren Schreibart sich – analog zur bildenden Kunst – die Bezeichnung Impressionismus einbürgerte. Die Überwindung des Naturalismus und die Hinwendung zu symbolischen Ausdrucksformen vor allem in der Lyrik gehörte zum Programm der Wiener Schule. Die beiden Parodien in Gedichtform ahmen den Stil der Wiener Schule gekonnt nach und verdeutlichen ihre Eigenart durch die Übertreibung. Im ersten Gedicht ist ein Bezug auf Hofmannsthals ›Ballade des äußeren Lebens‹ unverkennbar.

AUS LAMETTA VOM CHRISTBAUM
DER DRITTLETZTEN ERLEUCHTUNG

In ähnlicher Weise wie in den vorangegangenen parodistischen Gedichten werden hier die gespreizten Allüren Stefan Georges hervorgehoben. Zur damaligen Zeit war er der einzige Dichter, der die Kleinschreibung der Substantive anwandte. – Die weihevoll-erlesene Ausdrucksweise charakterisiert den Kult, den Stefan George um seine Person verbreitete.

DER MORD

Gedruckt in ›Die Schallmühle‹, München 1928. Im Gegensatz zur Wiener Schule wird hier die brutale Wirklichkeit gezeigt. Die Lautsprache, der gezwungene Reim und die vielen wörtlichen Reden charakterisieren die Trivialität des Stils.

EIN COUPLET IM VIERTEN STIL

Es ist nicht sicher, welcher Dichter oder welche Richtung hier parodiert werden. Tonfall, Rhythmus und Wortwahl deuten auf eine Parodie Morgensterns eigener Gedichte, und zwar auf die ersten Galgenlieder, z. B. Bundeslied der Galgenbrüder.

VOM NEUEN WEIBE

Morgenstern verspottet in seiner ›Rhapsodie‹ vermutlich die um die Jahrhundertwende zur Mode gewordene erotisierende Lyrik, die vor allem durch Richard Dehmels ›Roman in Romanzen‹ mit dem Titel ›Zwei Menschen‹ (1902) Aufsehen erregte. Zugleich auch ist die Manieriertheit des Reims Zielpunkt parodistischer Übertreibung.

MODERNE ROMANTIK

Gedruckt in ›Böhmischer Jahrmarkt‹, München 1938. Das erste Gedicht klingt ebenfalls an die ersten Galgenlieder an. In den Galgenliedern ist die beschriebene Stimmung ironisiert, die damalige neue Lyrik zeigte Tendenzen einer Wiederbelebung der Romantik, gegen die sich M. hier ausspricht.

BLUTNÄCHTE XIII

Gedruckt in ›Böhmischer Jahrmarkt‹, München 1938. Dieses Gedicht parodiert bestimmte Auswüchse der damaligen neuen Lyrik. Modisch bedingte Effekte entstehen durch Neologismen, Komposita von Substantiven und Adjektiven, durch übertriebene Gleichklänge. Diese Sprache, die nur von formalen Gesichtspunkten ausgeht, paßt nicht zum Inhalt des Gedichts, das Seelisches mit körperlicher Anatomie in unharmonische Verbindung bringt.

DER GRÜNE LEUCHTER

Gedruckt in ›Die Schallmühle‹, München 1928. Peter Altenberg (1859–1919), österreichischer Schriftsteller, schrieb sprachlich geschliffene impressionistische Skizzen, zusammengefaßt in der Sammlung ›Wie ich es sehe‹. In der Parodie geht es um den psychologischen Wert des Sprachklanges. Dieses sprachliche Mittel ordnet sich aber nicht in einen inhaltlichen Zusammenhang ein, sondern wird zum Selbstzweck erhoben. Die Szene erhält dadurch einen dekadenten Charakter.

DER APFELSCHIMMEL

Gedruckt in ›Die Schallmühle‹, München 1928. Die hier nachgeahmte Groteske ist den Morgensternschen Grotesken verwandt. Es geht um eine Idee, die sich gewissermaßen materialisiert (ähnlich wie die Gestalten Korf und Palmström).

ÜBERBRETTL

Gedruckt in ›Böhmischer Jahrmarkt‹, München 1938. Dazu gehören: Die Hochzeit der Dinge, Die eiserne Gans, Der Igel. In diesen Gedichtparodien treibt M. mit sich selber Scherz. Nach dem Muster bekannter Grotesken von ihm dichtet er neue. Dadurch erreicht er den doppelten Spaß: zu der neuen Groteske tritt beim Leser die Assoziation der bekannten hinzu.

REZENSIONEN · BETRACHTUNGEN ÜBERLEGUNGEN ZUM THEATER

Die Tatsache, daß Christian Morgenstern zahlreiche literaturkritische Beiträge für Literaturzeitschriften schrieb und zeitweilig Mitarbeiter oder verantwortlicher Redakteur namhafter Periodika war, wird zwar in der Sekundärliteratur vermerkt, seine Aufsätze selbst aber blieben bislang unbeachtet, sie wurden weder für die Beurteilung des schriftstellerischen Werkes herangezogen noch gesammelt und publiziert. Das hat zwei Gründe: Die meisten Aufsätze erschienen in Zeitschriften (meist vor der Jahrhundertwende geschrieben), die heute schwer zugänglich sind, und es handelt sich in der Mehrzahl um Arbeiten, die in der Zeit des literarischen Beginns oder zum Teil sogar vor dem literarischen Debut Morgensterns (1895) geschrieben wurden, ein Umstand, der dazu verführte, den *Kritiker* Morgenstern in allen Auswahleditionen zu unterschlagen. Selbst wenn zugestanden werden muß, daß dieser Kritiker keine Meisterwerke hinterlassen hat, muß vielen dieser Aufsätze ein dokumentarischer Wert beigemessen werden, weil sie Aufschluß über Morgensterns frühe literarische Entwicklung, sein Verhältnis zu anderen zeitgenössischen Schriftstellern und über seine Stellung im Ensemble der damaligen Literatur geben. Die hier vorliegenden ausgewählten Kritiken, Rezensionen und kulturkritischen Betrachtungen stammen aus zwei verschiedenen Schaffensperioden. Was sie miteinander verbindet, ist der Anlaß, aus dem sie geschrieben wurden: beide Male handelt es sich um ›Brotarbeit‹. 1894, als Morgenstern von München nach Berlin kam, war er gezwungen, literaturkritische Arbeiten zu schreiben, weil er nun auch finanziell weitgehend auf sich selbst gestellt war und auch dann, als er seine beiden ersten Gedichtbände veröffentlicht hatte, nicht mit Einkünften rechnen konnte, die diese ›Brotarbeit‹ erübrigt hätten. Und auch 1903, als er wieder nach Berlin zurückkehrte – in der Zwischenzeit waren mehrere Gedichtbände von ihm erschienen –, hatte sich diese Situation nicht grundlegend geändert, und er war genötigt, von Gelegenheitsarbeiten zu leben. Die bevorstehende Gründung der Zeitschrift ›Das Theater‹ bot sich ihm als eine dieser Gelegenheiten an.

Als die von Morgenstern redigierte Theaterzeitschrift 1905 nicht mehr erschien, schrieb er – unter mehreren Pseudonymen – für die ›Schaubühne‹ über Theaterangelegenheiten. Die Aufsätze, die Morgenstern darüber hinaus für verschiedene Tageszeitungen schrieb, wurden nicht gesammelt.

Das Thema des Kritikers Morgenstern ist nicht allein die Lyrik und – hin und wieder – das Romanschaffen und die Dramatik der neunziger Jahre. Sein Interesse und seine Aufmerksamkeit gilt gleichermaßen dem kulturellen Leben im wilhelminischen Deutschland, und nicht selten nimmt er das besprochene Werk zum Anlaß, sich selbst mitzuteilen und zu charakteristischen Zeiterscheinungen zu äußern. Auch die Arbeiten, die er später als verantwortlicher Redakteur der Zeitschrift ›Das Theater‹ verfaßte, können – schon vom behandelten Gegenstand her – nicht als Theaterkritiken im engeren Wortsinne angesehen werden. Auch in diesen Zeugnissen spricht Morgenstern pro domo und gibt zu erkennen, wie er einzelne literarische Werke und Strömungen beurteilt. Dieser Dreiteilung der kritischen Arbeiten, die vom Thema ebenso wie vom Anlaß bestimmt wurde, folgt auch unsere Textgruppierung.

JUGENDSTÜRME

(In: ›Der Zuschauer‹, Halbmonatsschrift für Kunst, Literatur und öffentliches Leben, herausgegeben von Otto

Ernst und Konstantin Brunner, Zweiter Jahrgang, Hamburg 1894, S. 42–43)

Grottewitz, Curt (1866–1905): deutscher Schriftsteller; eigentlich Pfütze.

Halbescher Hans: Figur aus Max Halbes naturalistischem Erfolgsdrama ›Jugend‹ (1893).

Cicero: römischer Staatsmann und Schriftsteller, dessen Reden und Schriften im Lateinunterricht gelesen und übersetzt wurden.

DREI

(In: ›Der Zuschauer‹, 1894, S. 181–182)

Dreyer, Max (1862–1946): deutscher Dramatiker. Seine ersten naturalistischen Dramen ›Drei‹ (1893) und ›Winterschlaf‹ (1895) zeigen deutlich den Einfluß von Hauptmann und Ibsen. In den späteren Dramen werden die Konflikte oft schwankhaft gelöst.

ad infinitum: lat., bis ins Unendliche.

DER KASTL VOM HOLLERBRÄU

(In: ›Der Zuschauer‹, 1894, S. 381–382)

Seydlitz, R. von, Reinhard Freiherr von Seydlitz-Kurzbach (1850–1932): deutscher Schriftsteller.

Hartmann, Eduard von (1842–1906): Philosoph, der durch seine 1862 veröffentlichte ›Philosophie des Unbewußten‹ bekannt wurde.

IM SOMMERSTURM

(In: ›Der Zuschauer‹, 1894, S. 519–520)

Wallpach, Arthur von: Arthur von Wallpach zu Schwanenfeld (1866–1946); deutscher Schriftsteller.

Hilm, Hermann von: Gemeint ist wahrscheinlich der Lyriker Hermann von Gilm zu Rosenegg (1812–1864).

Parerga: griech., Beiwerk, Anhang.

Carducci, Giosuè (1835–1907): italienischer Schriftsteller und Literaturhistoriker.
Stirner, Max: eigentlich Kaspar Schmidt (1806–1856); deutscher Philosoph, Vertreter eines äußersten Individualismus, Begründer des Anarchismus.
in eudämonistischem Sinne: Eudämonismus ist eine Richtung der antiken griechischen Ethik, die in der Glückseligkeit des Menschen den obersten Zweck menschlichen Handelns sieht.
mutatis mutandis: lat., mit den nötigen Änderungen.

NEUE LYRIK

(In: ›Neue Deutsche Rundschau‹ (Freie Bühne), Berlin, IV. Jahrgang, 1895, S. 206–207)
Unruh, Hans von: eigentl. Maximilian Böttcher (1872 bis 1950); deutscher Schriftsteller.
Mehring, Sigmar: Pseud. Marmering (1856–1915); Journalist, Dramaturg und humoristischer Schriftsteller.
Merwin, Peter: eigentl. Wilhelm Schubert, nicht nachweisbar.
Grothe-Hárkanyi, Hugo: eigentl. Hugo Grothe, anderes Pseudonym Hugo, Victor (1869–1954); deutscher Schriftsteller.
Grotowsky, Paul (1863–1938): Lyriker, Herausgeber von Anthologien, Herausgeber der ›Deutschen Reichsbankblätter‹ und Verleger der ›Oetzsch-Gautzscher Zeitung‹.
Strachwitz, Moritz von (1822–1847): Lyriker, besonders Balladendichter.
Sattler, Joseph (1867–1931): Maler und Buchillustrator.
Franz, Robert (1815–1892): Liederkomponist, Universitätsmusikdirektor in Halle, bearbeitete Bachsche und Händelsche Werke.
Jacobsen, Jens Peter (1847–1885): dänischer Schriftsteller, der in Deutschland vor allem durch seinen Roman ›Niels Lyhne‹ (1880) bekannt wurde.

that is the question: Stelle aus Shakespeares ›Hamlet‹: To be or not to be, that is the question. – Sein oder Nichtsein, das ist die Frage.

KOMISCHE KÄUZE

(In: ›Neue Deutsche Rundschau‹, 1895, S. 420–423)

Pudor, Heinrich: eigentl. Scham (geb. 1865); studierte Musik sowie Psychologie, Philosophie und Kunstgeschichte, geriet unter den Einfluß Lagardes und wurde in der Folgezeit zum Wegbereiter lebensreformerischer Bestrebungen, denen später antisemitische Propagandaschriften folgten (Vgl. ›Aus meinem Leben‹, 1939).

Thiel, Peter Johannes (geb. 1864): schrieb Gedichte und Feuilletons über Kunst, Pädagogik und Medizin; Besitzer einer Naturheilanstalt.

Weber, Mathias: nicht nachweisbar.

Nitschke, Friedrich: nicht nachweisbar.

Kladderadatsch: 1847 gegründete satirische und zeitkritische Zeitschrift.

Uhland, Ludwig (1787–1862): deutscher Lyriker.

circulo vitioso: lat., in dem fehlerhaften Kreisschluß.

Bicycle: engl., Fahrrad.

Gourmand: franz., Feinschmecker.

Odeure: franz., Düfte.

coram publico: lat., in aller Öffentlichkeit.

Ibsen, Zola, Hauptmann: hier als Vertreter des Naturalismus in eine Reihe gestellt.

Tovote, Heinz (1864–1946): Unterhaltungsschriftsteller.

Décadence: spätbürgerliche Kunstrichtung der Jahrhundertwende.

Fin de siècle: franz., Ende des Jahrhunderts; literarisches Schlagwort zur Zeit des ausgehenden 19. Jahrhunderts (›Lust am Untergang‹).

Delmars, Axel: eigentl. Axel von Demandowski (1867 bis 1929); deutscher Schriftsteller.

VON NEUER LYRIK

(In: ›Neue Deutsche Rundschau‹, 1895, S. 1252–1255)

Dehmel, Richard (1863–1920): namhafter Lyriker um die Jahrhundertwende.

Dörmann, Felix: eigentl. Biedermann (1870–1928); dem Wiener Dichterkreis zugehöriger Lyriker, der sich mit neuromantisch geprägter ›Nervenkunst‹ hervortat; sein Gedichtband ›Neurotica‹ erschien 1891.

Busse, Carl (1872–1918): deutscher Lyriker, stark von Liliencron und Lenau beeinflußt. Er schrieb Monographien über Novalis und A. von Droste-Hülshoff.

Spitteler, Carl (1845–1924): Schweizer Lyriker und Erzähler, der sich nicht den literarischen Zeitströmungen der Jahrhundertwende anpaßte. Er versuchte eine Neubelebung des Epos.

Ambrosius, Johanna: eigentl. Johanna Voigt (1854–1938); Lyrikerin und Erzählerin.

Koch, Katharina (1811–1892): Handarbeitslehrerin in Ortenburg, deren Gedichte Karl Schrattenthal 1886 unter dem Titel »Mein Leitstern« herausgab.

Schrattenthal, Karl: eigentl. Weiß (1846–1913); Lyriker, Erzähler, Herausgeber und Anthologist.

DIE EISENACHER ZUSAMMENKUNFT

(In: ›Der Zuschauer‹, 1894, S. 185–187)

ethische Bewegung: in mehreren europäischen Ländern und in den USA verbreitete Bewegung, die sich eine Vertiefung der Moral zum Ziel setzte und ihre Ziele auf internationalen Kongressen propagierte.

SPRECHSAAL

(In: ›Der Zuschauer‹, 1894, S. 286–287)

Pfungst, Arthur: A. Pf. hatte sich mit einem Brief, in dem er gegen Morgensterns geringschätzige Beurteilung der ethischen Bewegung polemisierte, an die Redaktion des ›Zu-

schauer‹ gewandt. M. begründete und präzisierte in seiner Antwort an A. Pf. noch einmal seine Meinung.
D. G. E. K.: Deutsche Gesellschaft für Ethische Kultur, 1892 gegründet.
primum movens: lat., der erste Anstoß.
à la bonne heure: frz., Das läßt sich hören!

RUNDSCHAU

(In: ›Der Kunstwart‹. Herausgeber: Ferdinand Avenarius; Redakteur: Oskar Bie. 1. und 2. Aprilheft 1895, S. 26–27, S. 30–31)
Neue Freie Volksbühne: Sie trat 1892 an die Stelle der 1890 gegründeten ersten Volksbühne in Berlin.
Gurlitt, Fritz (geb. 1850): Berliner Kunst- und Kunstgewerbehändler.
Schule von Fontainebleau: Kunstkreis um den italienischen Maler und Baumeister Primaticcio im 16. Jahrhundert. Diese Stilrichtung wurde im 19. Jahrhundert neu belebt.
Pissarro, Camille (1830–1903): französischer impressionistischer Maler und Graphiker.
Besnard, Albert (1849–1934): französischer impressionistischer Maler.
Amsler und Ruthardt: Berliner Kunsthandlung.
Ochlokratie: Pöbelherrschaft.
Floreant singuli et pereat ars: lat., Die einzelnen sollen leben, und die Kunst soll untergehen?
Sezessionisten: Angehörige von Künstlervereinigungen, die in Opposition zur geltenden bürgerlichen Kunstauffassung am Ende des 19. Jahrhunderts entstanden. Die Münchener Sezession gehörte neben der Dresdener, der Wiener und der Berliner zu den bedeutendsten dieser Art.
Kaulbach, Friedrich August (1850–1920): Direktor der Münchner Kunstakademie, Maler von Genreszenen.
Piglhein, Bruno (1848–1894): deutscher Maler, der religiöse Motive bevorzugte.

il ne saurait quoi: frz., Er wußte nicht, was.
Servaes, Franz (geb. 1862): Theaterkritiker an der ›Vossischen Zeitung‹, Feuilletonredakteur an der ›Neuen Freien Presse‹ in Wien, verfaßte zahlreiche Essays und Bücher zu literarischen Themen, schrieb selbst Romane und Dramen.
Dery Juliane: eigentlich Deutsch (1864–1899); Schriftstellerin.
Ury, Lesser (1861–1931): deutscher Milieumaler und Graphiker.
Böcklin, Arnold (1827–1901): Schweizer neuromantischer Maler.
Müller-Schönefeld, Wilhelm (1867–1944): deutscher Maler, mit dem preußischen Staatspreis ausgezeichnet.
Sperling, Heinrich (1844–1924): Tiermaler.
Documents humains: frz., menschliche Zeugnisse.
Klinger, Max (1857–1920): deutscher Bildhauer, Maler und Graphiker. 1889 entstand sein Zyklus ›Vom Tode‹.
Corot, Camille (1796–1875): französischer Maler und Graphiker.
Millet, Jean François (1814–1875): französischer Maler und Graphiker.
Courbet, Gustave (1819–1877): französischer Maler und Graphiker.
Meprès: nicht nachweisbar.
Rousseau, Théodore (1812–1867): französischer Landschaftsmaler und Radierer, Hauptmeister der Schule von Barbizon.
Troyon, Constant (1810–1865): französischer Maler.
Sisley, Alfred (1839–1899): Landschaftsmaler des französischen Impressionismus.
Bonheur, Rosa (1822–1899): französische Malerin.
Ecce poeta: lat., Siehe da, ein Poet!
›Deutsche Warte‹: Belletristisches Wochenblatt in Berlin.

AUF DER GROSSEN BERLINER KUNSTAUSSTELLUNG

(In: ›Der Kunstwart‹, Heft 11 (Juni), 1895, S. 41–42)

Le Quesne, Fernand (geb. 1866): französischer Maler.

Lenbach, Ernst von: gemeint ist Franz von Lenbach (1836 bis 1904); namhafter Porträtmaler, der in München lebte.

Stuck, Franz: gemeint ist Franz von Stuck (1863–1928); deutscher Maler.

Harrison, Alexander (1853–1930): amerikanischer Maler.

Guignard, Gaston (1848–1922): französischer Maler und Graphiker.

Leistikow, Walter (1865–1908): deutscher Landschaftsmaler.

Grethe, Carlos (1864–1913): deutscher Milieumaler.

Bréauté, Albert: Porträt- und Genremaler in Paris.

Trübner, Wilhelm (1851–1917): deutscher Maler des Impressionismus.

Hendrich, Herrmann (1856–1931): deutscher Maler und Lithograph. Entlehnt die Motive seiner Bilder ausschließlich der nordischen und deutschen Sagenwelt und Mythologie; Szenendarstellungen aus Opern Wagners.

Keller-Reutlingen, Paul Wilhelm (1854–1920): Landschaftsmaler.

Reiniger, Otto (1863–1909): Landschaftsmaler, Mitglied der Münchener Sezession.

Franck, Philipp (1860–1944): deutscher Maler und Radierer.

Béraud, Jean (1849–1935): französischer Porträt- und Genremaler.

Danger, Henri Camille (1857–1937): Historienmaler in Paris.

Cytheräerin: Beiname der griechischen Göttin Aphrodite.

Pan: griechischer Walddämon, Schutzgott der Hirten und Herden.

Kentauren: in der griechischen Sage wilde Fabelwesen mit menschlichem Oberkörper und Pferdeleib.
Baldur: germanischer Sonnengott.

NIETZSCHE, DER ERZIEHER

(In: ›Neue Deutsche Rundschau‹, Heft VII, 1896, S. 709–712)
In einer Anmerkung zu Morgensterns Text wird die Herkunft der Zitate aus dem Werk Nietzsches nachgewiesen. Danach handelt es sich um Band IX und X der Schriften und Entwürfe aus den Jahren 1869–1872 (2. Abteilung) einer im Verlag C. G. Naumann in Leipzig erschienenen Ausgabe.

ZUR NEUEN ÄRA

(In: ›Monatsschrift für Neue Literatur und Kunst‹, Jahrgang 2, Heft 5 (Februar) 1898, S. 329–331)
Arnold Böcklin (1827–1901) und Max Klinger (1857–1920) waren zwei von Morgenstern besonders geschätzte bildende Künstler.

›GROSS WIE DANTE‹

(In: ›März‹, Heft 9/1913, S. 339–340)
Der französische Schriftsteller Paul Claudel (1868–1955) gilt als einer der repräsentativen Dichter des Katholizismus in Frankreich.

PSYCHES WELTFLUCHT

(In: ›März‹, Heft 20/1913, S. 243–245)
quantité négligeable: frz., Belanglosigkeit.

ELEKTRA

(In: ›Das Theater‹. Illustrierte Halbmonatsschrift, redigiert von Christian Morgenstern, 1. Jahrgang, 1904, S. 45–48)
Hofmannsthal, Hugo von (1874–1929): dem deutschen

Publikum vor allem durch seine ›kleinen Dramen‹ bekannt, trat Hofmannsthal mit der ›Elektra‹ sowohl thematisch (Stoff aus der griechischen Mythologie) als auch formal (Erneuerung der antiken Tragödie) mit einem für ihn neuen dramatischen Genre hervor, dem er auch in den folgenden Jahren (Ödipus) treu blieb. Die Uraufführung fand im Kleinen Theater zu Berlin am 30. 10. 1903 statt, Regie führte Max Reinhardt. Es spielten: Elektra: Gertrud Eysoldt; Chrysothemis: Lucie Höflich; Orest: Adolf Edgar Licho; Klytemnästra: Rosa Bertens.

›Der Tod des Tizian‹: ein 1892 geschriebenes Dramen-Bruchstück des jungen Hofmannsthal.

›Zentaur und der Schmied‹: in Hofmannsthals Sammelband ›Die Gedichte und kleinen Dramen‹ unter dem Titel ›Idylle‹. Nach einem antiken Vasenbild: ›Zentaur mit verwundeter Frau am Rand eines Flusses‹ veröffentlicht.

als er den Dionysos entschleierte: in Nietzsches 1872 erschienener Schrift ›Die Geburt der Tragödie aus dem Geist der Musik‹.

ZU EINEM BUCH ÜBER DIE DUSE

(In: ›Das Theater‹, 1. Jg. 1904, S. 124–128)

Duse, Eleonora (1859–1924): italienische Schauspielerin. Sie verkörperte mit psychologischer Einfühlung und musikalischer Sprachgestaltung tragische Frauengestalten.

Kameliendame: Titelrolle im gleichnamigen Drama von Alexander Dumas d. J. (1824–1895).

Weib des Claudius: Titelrolle im gleichnamigen Drama von Alexander Dumas d. J. ›La femme de Claude‹.

Magda: Hauptrolle in Hermann Sudermanns Schauspiel ›Heimat‹.

Cleopatra: Titelgestalt in Shakespeares Drama ›Antonius und Cleopatra‹ (1607).

Gioconda: Drama von Gabriele d'Annunzio, in dem die Duse die Rolle der Silvia spielte.

Bernhardt, Sarah: eigentlich Rosalie Bernhard (1844–1923); berühmte französische Schauspielerin, die vor allem als Tragödin bekannt wurde.
morbidezza: ital., Zartheit, Weichheit.
›Morgenröte‹: Friedrich Nietzsches philosophisches Werk ›Morgenröte‹ war 1881 erschienen und polemisierte gegen ›moralische Vorurteile‹.
gaya scienza: ital., ›Fröhliche Wissenschaft‹, zum Teil in Versen geschriebenes Werk Friedrich Nietzsches, mit dem er an die ›Morgenröte‹ anknüpfte und wesentliche Gedanken daraus weiterführte.

GELEGENTLICHES

(In: ›Das Theater‹, 1. Jg., 1904, S. 185–186)
Strindberg, August (1849–1912): schwedischer Dramatiker und Romancier, der mit seinen stark autobiographischen und psychologisch angelegten Werken Aufsehen erregte und in seinen Dramen den Weg zur ›Ich-Dramatik‹ einschlug.

EIN BRIEF ALS NACHWORT

(In: ›Das Theater‹, 2. Jg., 1905, S. 23–24)
Der Adressat ist vermutlich der Berliner Charakterdarsteller und Komiker Emil Thomas. Morgenstern hatte das Memoirenbuch des Komikers erst nach dessen Tod lesen können. Es war bei Cassirer erschienen.

THEODOR FONTANE ÜBER THEATER

(In: ›Das Theater‹, 2. Jg., 1905, S. 45–48)
Anzengruber, Ludwig (1839–1889): österreichischer Erzähler und Dramatiker.
Das vierte Gebot: 1877 geschriebene Tragödie Anzengrubers, die im Wiener Großstadtmilieu spielt und in der A. die verantwortungslosen Erziehungsmethoden der bürgerlichen Gesellschaft anklagt.

Schmidt, Julian (1818–1886): Literaturhistoriker, lebte seit 1861 in Berlin; zwischen 1886 und 1896 erschien seine ›Geschichte der deutschen Literatur von Leibniz bis auf unsere Tage‹.

Macht der Finsternis: Drama von Lew Tolstoi, 1887 geschrieben. Von diesem Drama gingen starke Impulse auf die westeuropäische Dramatik aus.

Hauptmann von 1889: Das soziale Drama ›Vor Sonnenaufgang‹, dessen Aufführung zu einem großen Theaterereignis wurde.

Conrad, Paula: Schauspielerin; von 1880–1900 und von 1914 bis 1915 am Hoftheater in Berlin, dazwischen bis 1910 in Wien. Gattin Paul Schlenthers.

Vollmer, Arthur (1849–1927): Hofschauspieler am königlichen Schauspielhaus in Berlin.

Matkowsky, Adalbert (1857–1909): Schauspieler, hervorragender Liebhaber- und Charakterdarsteller; seit 1889 am Berliner Stadttheater.

Rossi, Ernesto (1829–1896): italienischer Schauspieler und Schauspieldichter. Seine Hauptrollen waren Othello, Hamlet, Lear, Faust, Cid.

Ristori, Adelaide (1822–1906): Schauspielerin, Tragödin.

BÜHNENAUSSTATTUNG

(In: ›Das Theater‹, 2. Jg., 1905, S. 58–60)

›Kunst und Künstler‹: Illustrierte Monatsschrift für bildende Kunst und Kunstgewerbe, Verlag Bruno Cassirer.

Craig, Edward Gordon (1872–1965): zuerst Schauspieler, dann Theaterdekorateur und Buchillustrator, wird heute als Vorläufer der modernen Bühnentechnik angesehen. Er führte einen ›stilisierten und poetischen Bühnenraum‹ ein, in dem die Überladung durch historisierende, gemalte Leinwand und andere Requisiten keinen Platz hatte. Die Bühne sollte möglichst leer und einfach sein. Er benutzte Beleuchtungseffekte, um einen poetischen Rahmen und

die entsprechende Stimmung zu suggerieren. Schöpfer bemerkenswerter Buchausgaben (z. B. Hofmannsthal ›Der weiße Fächer‹, Insel 1907).
Beerboom-Tree: möglicherweise Sir Max Beerbohm (1872 bis 1956); Londoner Theaterdirektor, Essayist und Kritiker, Förderer Bernard Shaws.
Nestroys ›Jux‹: Johann Nepomuk Nestroy (1801–1862); österreichischer Dramatiker. Seine Stücke sind volksverbunden, humoristisch und satirisch. ›Einen Jux will er sich machen‹ entstand 1842.

ZUM ›SOMMERNACHTSTRAUM‹

(In: ›Das Theater‹, 2. Jg., 1905, S. 16)
Sommernachtstraum: Das heiter-romantische Drama ›Ein Sommernachtstraum‹ schrieb Shakespeare 1595. Unter der Regie von Max Reinhardt wurde es 1905 in Berlin inszeniert.
Bayreuther Katholizismus: der Prunk, mit dem Richard Wagners Opern (seit 1876) alljährlich im Bayreuther Festspielhaus aufgeführt wurden.

GELEGENTLICHES

(In: ›Das Theater‹, 2. Jg., 1905, S. 115–120)
Medelsky, Karoline: eigentlich Caroline Krauspe (1880–1960); Schauspielerin am Wiener Hofburgtheater.
Die Hochzeit der Sobeïde (1899): lyrisches Versdrama von Hugo von Hofmannsthal.
Des Meeres und der Liebe Wellen (erschienen 1840): Trauerspiel von Franz Grillparzer.
Blumenthal, Oskar (1852–1917): Gründer und Leiter des Lessing-Theaters in Berlin. Autor zahlreicher Lustspiele.
Rostand, Edmond (1868–1918): französischer Schriftsteller, Verfasser romantischer Versdramen, die viel gespielt wurden.

FORTBILDUNGSSCHULEN FÜR THEATERDIREKTOREN

(In: ›Die Schaubühne‹. Wochenschrift für die gesamten Interessenten des Theaters. Herausgegeben von Siegfried Jacobsohn, 3. Jahrgang, 1907, Nr. 50, 12. 12. 1907, S. 391–393)
Dieser Text erschien, wie einige andere von Morgenstern, unter der Rubrik ›Kasperletheater‹, die es ihm ermöglichte, seine Ansichten und Überlegungen zum Theater in ganz unkonventioneller Weise vorzutragen. Auch der hier gemachte ›Vorschlag‹ behandelt einen ernsten Sachverhalt aus ungewöhnlicher Sicht: der des ›Idealisten‹. Damit war einerseits angezeigt, wie notwendig solche ›Fortbildungsschulen‹ gewesen wären, aber zugleich auch bedeutet, daß solche Bildungseinrichtungen niemals zustande kommen könnten.
›Husarenfieber‹: Lustspiel von Richard Skowronnek und Gustav Kadelburg, das 1906 in Berlin auf die Bühne kam.
›Einsame Menschen‹: Drama von Gerhart Hauptmann.

VIER EPIGRAMME

(In: ›Die Schaubühne‹, 3. Jg., 1907, Nr. 52, 26. 12. 1907, S. 624)
Die ›Vier Epigramme‹ gehören zu den Beiträgen, die M. 1906–1907 in S. Jacobsohns Zeitschrift ›Die Schaubühne‹ (zum Teil unter Pseudonym) veröffentlichte, weil sich kein Verleger für seine satirischen Arbeiten fand.
Überbrettl: erstes von Ernst von Wolzogen gegründetes Kabarett in Deutschland, im Januar 1901 in Berlin eröffnet; fand viele Nachahmungen.

›FORTINBRAS‹. EIN BRIEF AN JULIUS BAB

(In: Christian Morgenstern. Ein Leben in Briefen. Herausgegeben von Margareta Morgenstern. Wiesbaden 1952, S. 475–480. Datiert ist der Brief auf Dezember 1913)
Bab, Julius (1880–1955), Dramaturg, Kritiker und Thea-

terschriftsteller, dessen Shakespeare-Buch ›Fortinbras oder der Kampf des europäischen Geistes mit der Romantik‹ 1913 erschienen war.
sub spezie aeternitatis: lat., unter dem Gesichtspunkt der Ewigkeit.
Natura non facit soltum: lat., die Natur macht keinen Sprung.
joie de vivre: frz., die Freude zu leben.
vers la joie: frz., der Freude entgegen.

BRIEFE

Die Briefe Morgensterns erschienen 1952 gesammelt unter dem Titel ›Ein Leben in Briefen‹, herausgegeben von Margareta M., im Insel-Verlag. Die vorliegende Briefauswahl folgt dieser Ausgabe und muß folglich auch die Kürzungen, die Margareta Morgenstern vornahm, in Kauf nehmen.
Morgensterns Briefe sind ein ›document humain‹ seiner geistigen Entwicklung. Sie geben Auskunft über den Personen- und Freundeskreis, in dem er verkehrte und der auf ihn Einfluß hatte.
Die vorliegende Briefauswahl umfaßt die Jahre 1889 bis 1914 und enthält Briefzeugnisse aus allen Lebensaltern und Schaffensperioden Christian Morgensterns, die zum Großteil unentbehrlich für das Verständnis der Morgensternschen Poesie sind.
Der Personenkreis, mit dem Morgenstern in brieflicher Verbindung stand, entsprach seinem Bedürfnis nach geistigem Austausch mit Gleichgesinnten. Die Aufenthalte in Kurorten machten überdies den Briefverkehr mit Verlegern, namhaften Literatur- und Theaterkritikern, führen-

den Köpfen der herrschenden geistigen Strömungen sowie mit seinen engen Freunden notwendig. Unter den Adressaten ragt die Person Friedrich Kayßlers besonders hervor. An ihn sind viele der Briefe gerichtet, in denen wichtige Lebensentscheidungen mitgeteilt werden. Ihm und dem späteren Freund Efraim Frisch entwickelt M. die philosophischen und ästhetischen Ansichten, die in der jeweiligen Lebensphase entscheidend für ihn sind.
In den späteren Lebensjahren nimmt seine Frau Margareta unter den Adressaten den ersten Platz ein.
Besonders eindrucksvoll sind jene Briefe, in denen Morgensterns menschliche Lauterkeit und Noblesse sichtbar werden. In vielen Briefen bezeugt er Hilfsbereitschaft, Freundschaft und tätige Humanität gegenüber Freunden und Unbekannten.
Das Briefwerk ist ein Schlüssel zum Verständnis des Lebens und Schaffens von Christian Morgenstern.

An Friedrich Kayßler vom 16.12.1889:
Kayßler, Friedrich (1874–1945): Schauspieler, auch Autor von Sagen, Märchen und Lustspielen. Seine schauspielerische Laufbahn begann in Berlin und Görlitz. Er spielte bei Otto Brahm. Zusammen mit Max Reinhardt veranstaltete er die kabarettistischen ›Schall- und Rauch‹-Abende, für die auch M. hin und wieder kleine Stücke schrieb. Gemeinsam mit seiner Frau Helene Fehdmer gastierte Kayßler an vielen Bühnen Deutschlands und des Auslandes. Er übernahm zahlreiche Filmrollen.
Die lebenslange Freundschaft zwischen M. und Friedrich Kayßler begann im Gymnasium in Breslau, das beide besuchten.

An die Großmutter Schertel von 1889:
Schertel, Emma, geb. Zeitler, war die Gattin des Landschaftsmalers Josef Schertel. Sie starb 1891 in München.

eingeschlagene Bahn: Auf Wunsch seines Vaters besuchte M. eine Militärschule und sollte danach die Offizierslaufbahn einschlagen. Nach einem halben Jahr stellte M. fest, daß er sich dazu nicht eignete. Der Vater ließ sich überzeugen und gab sein Vorhaben auf.

An Kayßler vom 23.4.1890:
Hier zeichnen sich erstmalig Morgensterns soziale Ideen ab, die in den Jugendbriefen ein Grundthema darstellen. Leben und Dasein werden als Vervollkommnung der Persönlichkeit in der Gesellschaft verstanden.

An Kayßler vom 22.2.1891:
›Was heißt und zu welchem Ende ...‹: ›Was heißt und zu welchem Ende studiert man Universalgeschichte?‹ ist der Titel der Antrittsvorlesung Schillers, die er bei der Übernahme seiner Professur in Jena am 16.5.1789 hielt.
›philosophische Briefe‹: Friedrich Schiller: Philosophische Briefe, Briefwechsel zwischen Julius und Raphael. In diesem fingierten Briefwechsel setzt sich Schiller mit seinem Freund Körner auseinander. Körner (Raphael) als Philosoph der Vernunft und Schiller (Julius) als Philosoph der Empfindung des Herzens tauschen ihre Gedanken aus. Die ›Theosophie des Julius‹, das Kernstück der Briefsammlung, geht von der Annahme aus, daß Gott und Natur gleiche Größen sind. Die göttliche Vollkommenheit und Unsterblichkeit soll in einer Metamorphose des Geistes erreicht werden und wird als moralische Leistung des Menschen verstanden.
Antigone: Tragödie des Sophokles.
Braut von Messina: Drama von Schiller.
Liese: Elisabeth Reche, spätere Frau C.E. Morgensterns.

An Kayßler vom 1.5.1891:
›Deutsche Dichtung‹: Literarische Zeitschrift, herausgege-

ben von Karl Emil Franzos. Die Zeitschrift will ›der vornehmen künstlerisch wertvollen Produktion in Prosa und Vers eine Heimstätte‹ sein. M. war zeitweiliger Mitarbeiter dieser Zeitschrift.
›Licht, Liebe, Leben‹: Wahlspruch Herders.
Paulus: Paul Körner, Morgensterns Sorauer Zimmerkamerad.
Zitel: Franz Carl Zitelmann; wohnte in der gleichen Pension wie M. in Sorau.

An Kayßler vom 7.10.1891:
Ich aber werde mein ganzes Leben dieser Aufgabe widmen: Um seine Vorstellungen von sozialer Tätigkeit verwirklichen zu können, schwankte M. nach Beendigung des Gymnasiums zwischen dem Studium der Theologie und der Nationalökonomie. Er entschied sich schließlich dafür, an der Breslauer Universität einige Zeit Nationalökonomie zu studieren.

An Kayßler vom 22.10.1891:
Nulla vestigia retrorsum: lat., Keinen Schritt rückwärts! (Cromwell)

An Kayßler, vom 25.1.1892:
meine neue Freundschaft: mit Marie Goettling. Sie war die Tochter eines Pfarrers in Sorau, in dessen Haus M. während seiner Gymnasiumszeit in Breslau verkehrte. Mit Marie Goettling verband ihn eine lebenslange Freundschaft.

An Sudermann vom 13.4.1892:
Sudermann, Hermann (1857–1928): Schriftsteller; schrieb vielgespielte naturalistische Dramen (›Die Ehre‹ 1889; ›Sodoms Ende‹ 1891; ›Heimat‹ 1893). Der Brief entstand nach einer Aufführung von ›Sodoms Ende‹ in Breslau.

An Beblo vom 1.5.1893:
Beblo, Fritz (1872–1947): Oberbaurat, Architekt und Maler; Schulkamerad Kayßlers, Breslauer Jugendfreund Morgensterns. Als Galgenbruder trug er den Beinamen ›Stummer Hannes‹.
Franz Karl: Franz Carl Zitelmann.
Spaziergänge mit meiner Mutter: Amélie Morgenstern.
Bergrat Ostlers: Eltern von Clara Ostler, der Cousine Morgensterns.
Fritzing: Friedrich Kayßler.
Zöbner: Spitzname für Paul Körner.
Belbo: Scherzname für Fritz Beblo.
Magda: Beblos Schwester.

An Clara Ostler vom 5.6.1893:
Ostler, Clara: Cousine zweiten Grades von M., mit der er freundschaftlich verbunden war. Sie heiratete 1897 Dr. Oskar Anwand.
›*Bergphantasien*‹*:* Aus diesen Bergphantasien entstand zwei Jahre später ›In Phanta's Schloß‹. M. äußert sich gelegentlich darüber, daß es vor allem das von seinen Vorfahren ererbte Malerauge war, das ihm die Bergwelt zum Erlebnis werden ließ.
›*Der Bergstrom*‹*:* Märchen von M.

An Kayßler vom 19.8.1893:
Anfang Reinerz: Bad Reinerz, wo sich M. im Juli 1893 aufhielt.
eine Anzahl humoristisch-satirischer Aufsätze: Nach Angaben von Margareta M. sind von diesen Aufsätzen nur ›Feigenblätter‹ und ›Verismus‹ erhalten geblieben.

An Kayßler vom 21.10.1893:
Ein humoristisches Werkchen: Margareta M. merkt an, daß es sich um die unveröffentlichte Studie ›Sansara‹ handelt.
Der Prozeß: Scheidung des Vaters von seiner zweiten Frau.

An C. Ostler vom 30. 10. 1893:
Pastor Goettling: Vater von Marie Goettling.
Vogue la galère!: frz., Komme, was da wolle!

An Marie Goettling vom 11. 11. 1893:
Professor Max Koch (1855–1931): Literaturhistoriker an der Universität Breslau.
Frau Dr. Beblo: Mutter Fritz Beblos.
den Verhältnissen gemäß: M. mußte aus gesundheitlichen und finanziellen Gründen das Studium in Breslau abbrechen.
einem humoristischen Roman: M. trug sich zeit seines Lebens mit dem Plan, einen humoristisch angelegten autobiographischen Roman zu schreiben, der aber nicht ausgeführt wurde. Seine künstlerische Entwicklung in den folgenden Jahren bestätigt, daß er weder im dramatischen noch im epischen Genre (vgl. auch Briefe an Kayßler vom 19.8. und 21.10.1893) zur großen Form fand. Der Roman seines Lebens wurde nicht geschrieben, dafür aber zahlreiche Sprüche und Epigramme, die Aufschluß über seine Gedankenwelt geben. Die subjektiven Formen der Lyrik, des Spruchs und des Epigramms sind die wichtigsten Ausdrucksmittel Morgensterns.
in der Studie: ›Sansara‹.

An Felix Dahn vom 17. 11. 1893:
Dahn, Felix (1834–1912): bürgerlich-nationalistischer Schriftsteller und Historiker. Professor der Rechtsgeschichte in Würzburg, Königsberg und Breslau. M. hörte in Breslau die Vorlesungen Dahns, der an Morgensterns Entwicklung interessiert war.
Anerbieten: Dahn wollte M. auf seine Kosten Jura studieren lassen; der Vater lehnte jedoch ab.

An C. Ostler vom 20. 5. 1894:

Hart, Heinrich (1855–1906): Journalist und Kritiker; gemeinsam mit seinem Bruder Julius theoretischer Begründer des literarischen Naturalismus und Herausgeber der ›Deutschen Monatsblätter‹ (1878–79) und der ›Kritischen Waffengänge‹ (1882–86). 1887–1900 Theaterkritiker der ›Täglichen Rundschau‹, Gründer des ›Deutschen Literaturkalenders‹.

Mackay, John Henry (1864–1933): Lyriker und Sozialreformer; Anhänger des individualistischen Anarchismus von Max Stirner.

von Gumppenberg, Hanns (1866–1928): Dramatiker und Lyriker; G. wurde aber vor allem durch seine Parodien bekannt. In seinem ›Teutschen Dichterroß, in allen Gangarten vorgeritten‹ parodiert er meisterhaft die zeitgenössischen Lyriker Holz, George, Liliencron u. a. Er gehörte zu den ständigen Autoren des Münchner Kabaretts ›Die elf Scharfrichter‹.

Scheerbart, Paul (1863–1915): Lyriker, Dramatiker, Erzähler; verfaßte phantastisch-skurrile Verse, die um die Jahrhundertwende häufig in Kabaretts vorgetragen wurden. Zu seinen grotesk-phantastischen Zukunftsromanen zeichnete er entsprechende Titelbilder.

Hegeler, Wilhelm (geb. 1870): Romanschriftsteller; vom Naturalismus beeinflußt. Er schrieb u. a. die Romane ›Ingenieur Horstmann‹, ›Pastor Klinghammer‹, ›Flammen‹.

Flaischlen, Cäsar (1864–1920): Schriftsteller; verfaßte sentimentale Gedichte (›Hab Sonne im Herzen‹).

Evers, Franz (geb. 1871): Theosoph und Mystiker; dichtete in der Manier Friedrich Nietzsches ›Hohe Lieder‹, in denen er sich als Prophet und Stifter eines neuen Bundes ausgab. Diesem Bund sollten nur Auserwählte in der Art des Nietzscheschen Übermenschen angehören.

Wille, Bruno (1860–1928): Schriftsteller und Gründer der ›Neuen Freien Volksbühne‹.

Pastor, Willy: Essayist.
Hartleben, O. E. (1864–1905): Schriftsteller; schrieb formgewandte sinnlich-satirische Anekdoten, Komödien sowie die Offizierstragödie ›Rosenmontag‹.

An Franziska Nietzsche vom 6. 5. 1895:
Friedrich Nietzsches Mutter, Franziska, geb. Oehler, Witwe des Pfarrers Karl Ludwig Nietzsche. Friedrich Nietzsche, der seit 1889 geistig umnachtet war, lebte zusammen mit seiner Mutter und seiner Schwester Elisabeth Förster-Nietzsche in Naumburg bis zu seinem Tode am 15. 8. 1900.
meine erste Dichtung: ›In Phanta's Schloß‹.

An Max Osborn vom 8. 8. 1895:
Osborn, Max (1870–1946): Berliner Kunstschriftsteller und Kritiker.
Pierrot Lunaire: von Arnold Schönberg vertonte Dichtung des belgischen Dichters Albert Giraud (geb. 1860).
horribile dictu: lat., furchtbarer Ausspruch.

An Kayßler vom 2. 9. 1895:
›Symphonie‹ und *›Meer-Zyklus‹:* unvollendet gebliebene Werke Morgensterns.
θαλαττα, θαλαττα: griech., Das Meer, das Meer! Ausruf, mit dem die griechischen Soldaten 401 v. u. Z. auf dem Rückmarsch aus Persien das Schwarze Meer begrüßten.

An Eugenie Leroi vom 5. 1. 1896:
Leroi, Eugenie: Sängerin aus Ems. M. lernte sie während eines Kuraufenthaltes in Bad Grund kennen. Er plante, ihr das unvollendet gebliebene Werk ›Symphonie‹ zu widmen. Vor ihrem Tode widmete er ihr das Gedicht ›Ich bin eine Harfe‹ (aus der Sammlung ›Auf vielen Wegen‹) mit den Worten ›Einer Heldin‹.
Florian Geyer: Drama von Gerhart Hauptmann.

misera plebs: lat., armes Volk, hier abwertend gemeint.

An Bornstein vom 28.9.1896:
Bornstein, Paul: Herausgeber der ›Monatsschrift für Neue Literatur und Kunst‹ in Berlin, für die M. gelegentlich Beiträge schrieb.
des großen Treptower Jahrmarkts: in Treptow fand 1896 die große Berliner Gewerbeausstellung statt.
Simplizissimum: ›Simplizissimus‹, Münchner illustrierte satirische Wochenzeitschrift von 1896–1942. Anfänglich linksliberal; gegründet von A. Langen und Th. Th. Heine.

An Hirschfeld vom 19.5.1897:
Hirschfeld, Georg (1873–1935): dem Naturalismus nahestehender Schriftsteller. Wurde durch seine Dramen ›Die Mütter‹ (1895) und ›Agnes Jordan‹ (1898) bekannt. Gehörte zu den Galgenbrüdern, deren Zusammenkünfte ihn zu einem Roman anregten.

An Bierbaum vom 29.11.1897:
Bierbaum, Otto Julius (1865–1910): Lyriker und Erzähler, Herausgeber und Mitarbeiter der Zeitschriften ›Die Gesellschaft‹, ›Freie Bühne‹, ›Pan‹, ›Die Insel‹. Schrieb auch Beiträge für das Kabarett ›Die elf Scharfrichter‹.
Jugend: eine von Georg Hirth 1896 in München gegründete, vorwiegend humoristische Zeitschrift, die die Kunst in den Alltag stellen wollte. Von ihr leitete sich der Begriff ›Jugendstil‹ ab, der eine europäische Kunstströmung zwischen 1895 und 1905 bezeichnet.

An Ibsen von Anfang 1898:
Ibsen, Henrik (1828–1906): norwegischer Dramatiker. Anläßlich des siebzigsten Geburtstages von Ibsen (1898) wurde die erste autorisierte Gesamtausgabe der Werke Ibsens in deutscher Sprache vorbereitet (Herausgeber Julius

Elias und Paul Schlenther). Mit der Übersetzung der Versdramen und der Gedichte wurde M. betraut.

An Marie Goettling vom 20. 1. 1899:
Während längerer Aufenthalte in Norwegen (1898–1900) erlernte M. die norwegische Sprache und übersetzte die Versdramen Ibsens.

An Efraim Frisch vom 20. 10. 1901:
Frisch, Efraim (1873–1942): Schriftsteller, Theaterkritiker und Übersetzer; er schrieb Rezensionen für die Zeitschrift ›Das Theater‹, die zeitweilig von M. herausgegeben wurde.
Wolfenschießen: oberhalb Stans am Vierwaldstätter See.
Kipling, Rudyard (1865–1936): engl. Erzähler und Lyriker.
Carlyle, Thomas (1795–1881): engl. Schriftsteller und Historiker.
Garborg, Arne (1851–1924): norwegischer Schriftsteller.

An Efraim Frisch von Ende 1901:
de Lagarde, Paul Anton: Pseudonym für Wilhelm Bötticher (1827–1891); Orientalist, Verfasser der ›Deutschen Schriften‹, mit denen er zum Wegbereiter konservativ-nationalistischer Gruppierungen im 20. Jahrhundert wurde, die sich später dem Faschismus anschlossen.
Burckhardt, Jacob (1818–1897): schweizerischer Kunst- und Kulturhistoriker, Universitätsprofessor in Basel.

An Efraim Frisch vom 24. 2. 1902:
Dein liebes Geschenk: ›Das Verlöbnis‹ von Frisch, S. Fischer Verlag, mit einem Widmungsgedicht an M.
Schultze-Naumburg, Paul: geb. 1869; Architekt, Maler, Kunstschriftsteller, Verfasser lebensreformerischer Schriften, Erbauer von Landhäusern und Schlössern.

Herr Moos: Julius Moos, schwäbischer Industrieller, den M. in einem Davoser Sanatorium kennenlernte. Er war erholungshalber viel auf Reisen und traf mit M. gelegentlich wieder zusammen.
Neue Deutsche Rundschau (später ›Neue Rundschau‹): Literarische Zeitschrift des S. Fischer Verlages Berlin, die aus der ›Freien Bühne‹ hervorging, 1890 von Otto Brahm gegründet. Seit 1894 von Bierbaum herausgegeben. Im Herbst 1894 wurde M. ständiger Mitarbeiter der Zeitschrift; 1895 übernahm Oskar Bie die Redaktion.
Freund Calvary: Berliner Buchhändler.
›Fische‹: groteske Scherenschnitte, die in der ›Schallmühle‹ (ersch. 1928) enthalten sind.
›großen Chinesen von Königsberg‹: Immanuel Kant.
Venediger Affäre: bezieht sich auf das Siebente Buch der ›Bekenntnisse‹ von Rousseau, das seinen Aufenthalt in Venedig von 1743 bis 1744 schildert. Erst nach dem Tode Rousseaus (1782) veröffentlicht.
Dunkelmännerbriefe: Die ›Dunkelmännerbriefe‹ – ›Epistolae obscurorum virorum‹ – erschienen 1515–1517. Als Verfasser werden Ulrich von Hutten, Crotus Rubeanus und andere Humanisten angenommen. In diesen Briefen wird auf satirische Art der Kampf gegen die Scholastik geführt. Die ›Dunkelmännerbriefe‹ wurden zum Symbol kämpferischer Satire und fanden viele Nachahmer. – In ›Der Dunkelmänner Briefe zweitem Teil‹ wollte M. Kritik an der europäischen Kultur üben und sich mit den Dunkelmännern seiner Zeit auseinandersetzen. Die Sammlung sollte im Sinne der ›Briefe an einen Botokuden‹ (1894) angelegt werden. Diese Sammlung besteht aus fingierten Briefen eines äußerst selbstzufriedenen Berliners an das Mitglied eines Indianerstammes, dem er die geistigen Fortschritte und ›bewundernswerten Errungenschaften‹ der europäischen Kultur preist, diese aber gerade dadurch

bloßstellt. ›Der Dunkelmänner Briefe zweiter Teil‹ kam nicht zustande.

An Kayßler vom 16. 3. 1903:
von meinem großen Drama: M. befaßte sich mit dem Plan, innerhalb einer Trilogie über die Renaissancezeit ein Savonarola-Drama zu schreiben. Die Gestalt des Bußpredigers Savonarola (1452–1498), der in Florenz einen Volksaufstand gegen die Medici geführt hatte und als Ketzer verbrannt worden war, hatte M. seit langem gefesselt. In Florenz besuchte er das Kloster San Marco, in dem Savonarola als Prior gewirkt hatte.
das Dritte Reich: M. versteht diesen Begriff als Synthese von göttlicher Heilsverkündung und menschlicher Vollkommenheit. In der Verbindung beider – in der Vereinigung von Christus und Dionysos symbolisiert – sieht M. die Möglichkeit einer Weltverbesserung. In seinem geplanten Savonarola-Drama strebt M. ebenfalls eine Verbindung aus religiösem und weltlichem Menschen an.
Kerr ... schrieb mir endlich zurück: M. schrieb zu Neujahr 1903 einen Gruß an Kerr, in dem er ihn – trotz seiner Kerr-Parodie (›Der Hundeschwanz‹) – seiner Sympathie versicherte. Kerrs Antwort datiert von März 1903.

An Reinhardt vom Dez. 1904:
Reinhardt, Max, eigentlich Goldmann (1873–1943): Schauspieler und Theaterleiter. An Berliner Bühnen wirkte er bahnbrechend durch seine Ensemblearbeit. Mit seinen Gastspielen, die ihn in viele Länder führten, verhalf er dem deutschen Theater zu Weltruf. 1933 emigrierte er nach Österreich und 1938 nach den USA.
›Das Theater‹: kleine Zeitschrift der Reinhardt-Bühnen.
Sommernachtstraum: Vgl. dazu S. 176.
Gregori: Schauspieler bei Reinhardt.

An Bab vom 14.2.1905:
Bab, Julius (1880–1955): Schriftsteller, Dramaturg und Kritiker. Von ihm stammt eine der ersten zustimmenden Besprechungen der ›Galgenlieder‹.
›*Oswald Hahnenkamm*‹: Schwank, den M. gemeinsam mit Dr. Oskar Anwand verfaßte. Als Bühnenmanuskript im Verlag Kurt Desch, München.

An Wolff vom Mai 1905:
Wolff, Heinrich (1875–1940): Münchner Maler und Graphiker.
Walser, Karl (1877–1943): Schweizer Maler und Illustrator; besorgte die Umschlagzeichnungen zur ersten Ausgabe der Galgenlieder, später von Palmström, Palma Kunkel und Gingganz.
M. B.: Marcus Behmer? (1879–1958), Illustrator und Buchkünstler.

An Scheffler vom 24.8.1905:
Scheffler, Karl (1869–1951): Kunstschriftsteller und Essayist, Redakteur der Zeitschrift ›Kunst und Künstler‹ im Verlag Bruno Cassirer.

An Harden vom 28.10.1905:
Harden, Maximilian, eigentlich Witkowski (1861–1927): politisch-satirischer Schriftsteller, Begründer der politischen Wochenschrift ›Die Zukunft‹, in der er die Politik Wilhelms II., die Hofkamarilla und das servile Bürgertum angriff. Mitbegründer der ›Freien Bühne‹.
Man kann von dem deutschen Kaiser die Befürwortung keiner anderen Politik verlangen als der seinigen und der seiner Ratgeber: Harden führte in seiner Zeitschrift ›Die Zukunft‹ einen Pressekampf gegen die politischen Ratgeber des Kaisers, die Tafelrunde des Fürsten Philipp zu Eulenburg-Hertefeld, die er 1894 in einer seiner Kritiken als

›Kamarilla‹ bezeichnete. 1906/07 machte er ›Enthüllungen‹ über die verderblichen Einflüsse der Clique auf den Kaiser und ihre sittliche Verkommenheit. In einer Reihe von Prozessen gegen den Fürsten Eulenburg und den Grafen Kuno Moltke, die Harden zum Schweigen bringen sollten, wurde das gesellschaftliche Gefüge des ausgehenden Kaiserreiches schonungslos bloßgelegt.

An Luise Dernburg vom 20. 1. 1906:
Dernburg, Luise, verehelichte Wieck: Schriftstellerin. In ihrem Elternhaus verkehrte M.
Die Brüder Karamasow, Raskolnikow, Der Idiot: Romane von Dostojewski (1821–1881).
Wilde, Oscar (1856–1900): irischer Erzähler, Dramatiker und Lyriker.

An Luise Dernburg vom 28. 1. 1906:
An Kayßler vom 28. 1. 1906:
Beide Briefe bilden eine Einheit. Sie verdeutlichen die geistige Richtung Morgensterns in seinen mittleren Lebensjahren, die vorwiegend durch die Philosophie Nietzsches und Lagardes beeinflußt war. Welt- und Menschheitsverbesserung soll nach diesen Theorien nur durch die Elitebildung möglich sein.
Frau Doktor: Emmy Löwenfeld (1854–1910); Mitinhaberin der Reinhardt-Bühnen.

An Cassirer vom 2. 3. 1906:
Cassirer, Bruno: Berliner Verleger schöngeistiger Literatur und Kunst. Von M. verlegte er die Werke ›Galgenlieder‹, ›Palmström‹, ›Palma Kunkel‹, ›Gingganz‹ und ›Melancholie‹. Sie wurden 1937 vom Insel-Verlag übernommen. M. war zeitweise im Verlag Cassirer als Lektor tätig. 1937 emigrierte Cassirer nach England, wo er 1947 starb.

Ich bin für das grob geschnitzte hölzerne Pferd, Sie sind für Pferde mit Haut und Haaren: Dieser Ausspruch entspricht den Gedanken Morgensterns zur grotesken und humoristischen Lyrik.

An Fega Frisch vom 24.7.1906:
Frisch, Fega, Gattin von Efraim Frisch: Übersetzerin aus dem Russischen.
Lutz Landshoff: Landshoff, Ludwig, gest. 1941, Musiker; sein Spezialgebiet war die Bachforschung. M. wohnte zeitweise bei Landshoffs.

An Margareta Gosebruch von Liechtenstern vom 31.8.1908:
Margareta Morgenstern, geb. Gosebruch von Liechtenstern, seit 7. 3. 1910 verheiratet mit Christian Morgenstern; gest. 1969. Sie verwaltete den literarischen Nachlaß Morgensterns und war die Herausgeberin seiner Werke bis zu ihrem Tode.

An Margareta vom 20.9.1908:
mein Vetter und meine Cousine: Dr. Oskar und Frau Clara Anwand, geb. Ostler.
Die ›Legendchen‹: ›Vier Legendchen‹ in den Galgenliedern (Bd. 1, S. 231 f.). Das Gedicht ›Die Mönche‹ erschien 1908 im Septemberheft der ›Neuen Revue‹, wurde aber in die ›Galgenlieder‹ nicht aufgenommen. Das mit II bezeichnete Gedicht ist in den Galgenliedern das erste, IV erscheint an zweiter Stelle.

An Rudolf Steiner vom 6.4.1909:
Steiner, Rudolf (1861–1925): Begründer und Hauptvertreter der Anthroposophie. Die Anthroposophie, eine Spielart der Theosophie, ist eine religiös-mystische Glaubenslehre, in der die Erkenntnis durch eine ›Schau‹ des Übersinnli-

chen ersetzt wird. Steiner gründete in Dornach bei Basel das ›Goetheanum‹, das Zentrum der Pflege anthroposophischen Gedankengutes. Es ist ständiger Sitz und Wirkungsstätte der führenden Vertreter der Anthroposophie sowie auch Kultstätte und Begräbnisort. Auch M. ist im Goetheanum beigesetzt. – Ausgedehnte Vortragsreisen zur Verbreitung seiner Lehre führten Steiner in viele Länder Europas.

An Margareta vom 10.6.1909:
von Sivers, Marie: engste Mitarbeiterin und spätere Frau Rudolf Steiners. Leiterin der Sektion für redende und musische Künste am Goetheanum in Dornach.
Boesé: Mlle. Louise Boesé gehörte zu den ältesten Schülerinnen Steiners und war zusammen mit Marie von Sivers lange in seinem Berliner Haus tätig.

An Kayßler vom 28.6.1909:
Durch seine Frau Margareta war M. auf Steiner gestoßen, dessen Lehre er sich mehr und mehr anschloß.

An E. Morgenstern vom 31.3.1910:
Morgenstern, Elisabeth: Stiefmutter Christian Morgensterns, dritte Gattin von *Carl Ernst Morgenstern,* Chr. Morgensterns Vater, geb. am 14. 9. 1847 in München, gest. 1928 in Wolfshau, Riesengebirge. Landschaftsmaler wie sein Vater E. B. Morgenstern. Erste Ausbildung bei diesem, dann kurze Zeit Schüler Josef Schertels, dessen Tochter Charlotte – Chr. Morgensterns Mutter – er heiratete. (Sie starb 1881 in Bad Aibling.) Er vollendete seine Studien in Holland und wurde später Professor an der Königlichen Kunstschule in Breslau. Zweite Ehe mit Amélie von Dall'Armi aus Starnberg, die Chr. Morgenstern als seine Pflegemutter bezeichnete, von der sich C. E. Morgenstern

1894 scheiden ließ. Kurz darauf heiratete er Elisabeth Reche aus Breslau, seine Malschülerin, eine Jugendfreundin von Friedrich Kayßler und Chr. Morgenstern, die im Februar 1914 starb.

An Jacobsohn, undatiert:
Jacobsohn, Siegfried (1881–1926): Berliner Theaterkritiker und politischer Schriftsteller; gründete 1910 die Theaterzeitschrift ›Schaubühne‹, der er nach 1918 unter dem Titel ›Die Weltbühne‹ einen mehr politisch-literarischen Charakter gab.

An einen Redakteur, 1910, undatiert:
›Per aspera ad astra‹: lat., Über rauhe Pfade zu den Sternen.

An C. Anwand vom 27.2.1913:
Irmi: älteste Tochter der Familie Anwand.
Architektenhaus: dort fanden damals öffentliche Vorträge Rudolf Steiners statt.

An Kayßler vom 24.8.1913:
Mysterium: ›Die Pforte der Einweihung‹ von Rudolf Steiner.

An einen jungen Mann, 1913, undatiert:
Der Brief ist an den Morgenstern nicht persönlich bekannten, ihm von Heinrich Fricke empfohlenen Herbert Sedan Meyer gerichtet, der M. wegen der Ausführung seiner literarischen Pläne um Rat gebeten hatte.
Das Maeterlincksche Buch: ›La Mort‹ (1913, ebenfalls die deutsche Übersetzung ›Vom Tode‹), ein philosophischer Essay.

An Kayßler vom 27.2.1914:
die Urne: von Elisabeth Morgenstern, die im Februar 1914 gestorben war.

STUFEN (AUSWAHL)

IN ME IPSUM

›In me ipsum‹ ist ein Kapitel aus dem Buch ›Stufen‹, das Margareta Morgenstern aus dem Nachlaß des Dichters zusammenstellte und das 1918 zum ersten Mal als Buch erschien. Eine veränderte Neuausgabe – wiederum von Margareta Morgenstern – erschien 1963 im Münchener Taschenbuch Verlag. In me ipsum (in mir selbst) enthält Notizen, die Morgensterns geistigen Weg über einen größeren Zeitraum seines Lebens hinweg dokumentieren. Diese tagebuchartigen Aufzeichnungen gruppieren sich um das ›Tagebuch eines Mystikers‹ – das Hauptkapitel der ›Stufen‹, das von Morgenstern ursprünglich als ein autobiographischer Roman geplant worden war.

au dessus de la vie: frz., über das Leben.

Schleiermacher, Friedrich Daniel Ernst (1768–1834): namhafter protestantischer Theologe und Verfasser religionsphilosophischer Schriften.

EDITIONSBERICHT

Das literarische Werk Christian Morgensterns neu vorzustellen bedeutete nicht nur, solche Texte auszuwählen, die für den heutigen Interessenten lesbar erscheinen. Es ging auch darum, das Œuvre dieses Schriftstellers so aufzubereiten, daß sich sein literarisches Schaffen dem Leser von heute neu erschließt: eingeordnet in die gesellschaftspolitischen und literarischen Zusammenhänge der Zeit, die das Werk und den Weg dieses Schriftstellers geprägt haben. Das erwies sich vor allem deshalb als nötig, weil die meisten Morgenstern-Ausgaben (vor allem solche, die unter dem Titel ›Gesammelte Werke‹ firmieren) eine gesicherte literaturwissenschaftliche Positionsbestimmung und kritische Wertung dieses Werkes nahezu ausschließen, was zur Folge hat, daß Morgenstern allzu leichtfertig als ›Humorist‹ (der Verfasser der ›Galgenlieder‹) abgestempelt oder – von seiner späteren Schaffensperiode her – als Anthroposoph reklamiert wurde. Um diese beiden Lesarten korrigieren und die *ganze* Persönlichkeit Christian Morgensterns präsentieren zu können, war es notwendig, bei der Auswahl der Texte auf die *Erstausgaben* zurückzugehen. Das erwies sich vor allem deshalb als ratsam, weil Morgenstern selbst in späteren Jahren einige seiner Gedichtbände (›Auf vielen Wegen‹, 1897, und ›Ich und die Welt‹, 1898) neu zusammenstellte und dabei zahlreiche Gedichte fortließ, während einige Nachauflagen seiner Gedichtbände, die nach Morgensterns Tod erschienen, entweder miteinander ›verbunden‹ wurden (›Ein Sommer‹, 1900, und ›Und aber ründet sich ein Kranz‹, 1902) oder von vornherein als Anthologien konzipiert wurden (›Meine Liebe ist groß wie die weite Welt‹).

Bei den Gedichten, die Morgenstern berühmt machten,

wurde nicht die Erstausgabe zugrunde gelegt, weil der Gedichteschreiber im Verlaufe der Jahre sowohl in die ›Galgenlieder‹ als auch in die ›Palmström‹-Gedichte immer wieder neue Texte aufnahm und auch die Reihenfolge der Gedichte neu bestimmte. Deshalb entschieden wir uns bei diesen beiden Bänden für die Ausgabe letzter Hand. Als Textvorlage für ›Palma Kunkel‹ und ›Der Gingganz‹ dienten die von Margareta Morgenstern besorgten Nachlaßausgaben. Auch die Kindergedichte, Epigramme, Briefe, Szenen und Parodien folgen solchen Nachlaßeditionen. Die Briefe werden ausnahmslos nach der 1952 von Margareta Morgenstern zusammengestellten und herausgegebenen Sammlung ›Ein Leben in Briefen‹ zitiert, der bisher einzigen, aber keineswegs vollständigen Edition von Briefen aus der Feder Morgensterns (die Auslassungszeichen ... in einigen dieser Briefe lassen erkennen, daß die Herausgeberin dieses Bandes auch einige Briefe, die sie in ihre Sammlung aufnahm, nicht im vollen Wortlaut mitteilt). Dieser Sachverhalt muß vermerkt werden, weil es sich bei Morgensterns Briefwerk um ein höchst aufschlußreiches Zeit- und Persönlichkeitsdokument handelt, das zum Verständnis und zur Bewertung des literarischen Schaffens von Christian Morgenstern unentbehrlich ist. Die Orthographie der ersten Gedichtbände und literaturkritischen Arbeiten wurde den heute geltenden Normen angepaßt.

BIOGRAPHISCHE ÜBERSICHT

1871 Am 6. Mai Christian Morgenstern in München geboren. Die Eltern, Carl Ernst Morgenstern und Charlotte, geb. Schertel, entstammen Malerfamilien, der Vater ist Landschaftsmaler.

1881 Mutter an einem Lungenleiden gestorben. Der Vater übersiedelt nach Starnberg. Christian M. wird nach Hamburg in die Familie des Kunsthändlers Meyer gegeben.

1882 Internatsschule in Landshut, wo M. sich nicht glücklich fühlte. Zweite Ehe des Vaters mit Amélie von Dall'Armi.

1884 M. verläßt Landshut und zieht zu seinem Vater, der inzwischen als Professor an die Königliche Kunstschule Breslau berufen worden ist.

1885–1889 Besuch des Gymnasiums in Breslau. Erste dichterische Versuche (historische Trauerspiele, scherzhafte Verse).

Beschäftigung mit Schopenhauer. Beginn der Freundschaft mit Friedrich Kayßler.

1889 Besuch einer Militärschule.

1890 Abbruch der militärischen Ausbildung. Beendigung des Gymnasiums in Sorau (Niederlausitz).

1891 Verkehr im Pfarrhaus Goettling und Freundschaft zu Marie Goettling.

1892 Beginn des Studiums der Nationalökonomie an der Breslauer Universität. Einer der Lehrer Morgensterns ist Felix Dahn.

1893 Unterbrechung des Studiums wegen schwerer Erkrankung, Erholungsaufenthalt in Bad Reinerz. ›Sansara‹ – humoristische Studie; humoristisch-satirische Aufsätze.

1894 Entfremdung Morgensterns von seinem Vater nach dessen dritter Eheschließung mit Elisabeth Reche. Übersiedlung nach Berlin. Dort erhält er eine Arbeit an der Nationalgalerie und beteiligt sich mit Beiträgen an mehreren Zeitschriften (›Freie Bühne‹, ›Kunstwart‹, ›Der Zuschauer‹). Reise nach Bad Grund (Harz).

1896 ›Horatius travestitus‹. ›In Phanta's Schloß‹. Reise über Helgoland nach Sylt. M. plant einen Roman ›Symphonie‹. Arbeit an einer grotesken Dichtung ›Weltkobold‹. Mitarbeit an verschiedenen Zeitschriften.

1897–1903 M. ist vorwiegend als Übersetzer tätig. Er überträgt Werke Ibsens und Strindbergs ins Deutsche.

1897 ›Auf vielen Wegen‹.

1898 ›Ich und die Welt‹. Reise nach Kristiania (Oslo) zur Vertiefung seiner Sprachkenntnisse. Begegnungen mit Ibsen.

1899 Rückkehr nach Berlin; Freundschaft mit Efraim Frisch.

1900 ›Ein Sommer‹. Kuraufenthalt in Davos.

1901–1902 Reisen in die Schweiz und nach Italien. Beschäftigung mit Paul de Lagarde. Plan einer ›Renaissance-Trilogie‹.

1902 ›Und aber ründet sich ein Kranz‹.

1903 Rückkehr nach Berlin. Arbeit als Dramaturg; Lektor im Verlag Bruno Cassirer. M. gibt die Zeitschrift ›Das Theater‹ heraus.

1905 ›Galgenlieder‹. In Birkenwerder bei Berlin weilt M. in einem Sanatorium. Es beginnt seine Hinwendung zur Mystik. ›Tagebuch eines Mystikers‹ (später in ›Stufen‹).

1906 ›Melancholie‹. Reise in die Alpen. Beschäftigung mit Hegel, Fichte, Spinoza, Tolstoi.

1908 Wiedersehen mit dem Vater. Verlobung mit Margareta Gosebruch von Liechtenstern. M. befaßt sich mit der Lehre Buddhas.
1909 Gemeinsam mit Margareta besucht M. einige Vortragsreihen Rudolf Steiners und wendet sich der Anthroposophie zu. Er folgt Steiner auf einer Vortragsreise nach Kristiania, Budapest, Kassel. Persönlicher Kontakt zu Steiner.
1910 ›Palmström‹. ›Einkehr‹. Eheschließung mit Margareta G. v. L. Reisen nach der Schweiz und Italien; schwere Erkrankung.
1911 ›Ich und Du‹.
1912 Ehrengabe der Schillerstiftung in Höhe von tausend Mark an Morgenstern.
1913 Beginn der Freundschaft mit Michael Bauer. Übersetzertätigkeit. Aufenthalt an verschiedenen Erholungsorten. In Leipzig rezitiert Marie von Sivers, die spätere Frau R. Steiners, Werke von Morgenstern.
1914 ›Wir fanden einen Pfad‹. 31. März Tod Christian Morgensterns in Meran-Untermais. Beisetzung der Urne im Goetheanum in Dornach.

Werkausgaben nach seinem Tode
1916 ›Palma Kunkel‹
1918 ›Stufen‹
1919 ›Der Gingganz‹; ›Epigramme und Sprüche‹
1921 ›Über die Galgenlieder‹
1927 ›Mensch Wanderer‹
1928 ›Die Schallmühle‹

BIBLIOGRAPHIE DER WERKE CHRISTIAN MORGENSTERNS

EINZELAUSGABEN

In Phanta's Schloß: R. Taendler Berlin 1895; Piper 1922.

Horatius travestitus: R. Taendler 1896; Schuster und Loeffler 1897; 3. verm. Auflage Piper 1911; Neuausgabe Piper 1961.

Auf vielen Wegen: Schuster und Loeffler 1897; 3. erw. mit *Ich und die Welt* vereinigte Ausgabe Piper 1920.

Ich und die Welt: Schuster und Loeffler 1898; vereinigte Ausgabe Piper 1920.

Ein Sommer: S. Fischer Berlin 1900; Wiederabdruck in *Ein Kranz:* Piper 1922.

Und aber ründet sich ein Kranz: S. Fischer 1902; in *Ein Kranz* vereinigt mit *Ein Sommer:* Piper 1922.

Galgenlieder: Cassirer Berlin 1905; ständig vermehrte Auflagen bis 1914; Neuausgabe *Galgenlieder. Der Gingganz:* Deutscher Taschenbuchverlag München 1963.

Melancholie: Cassirer 1906 und 1928.

Palmström: Cassirer 1910; ständig vermehrte Auflagen bis 1914; Insel Verlag Frankfurt a. M. 1966; Neuausgabe *Palmström. Palma Kunkel:* Deutscher Taschenbuchverlag 1961.

Einkehr: Piper 1910 und 1922.

Ich und Du: Piper 1911 und 1922.

Wir fanden einen Pfad: Piper 1914 und 1922; Neuausgabe Piper 1963.

Palma Kunkel: Cassirer 1916; Neuausgabe *Palmström. Palma Kunkel:* München 1961.

Stufen: Herausgegeben von Margareta Morgenstern. Piper 1918; veränderte Neuausgabe. Deutscher Taschenbuchverlag München 1963.

Der Gingganz: Cassirer 1919; Neuausgabe *Galgenlieder.*

Der Gingganz: Deutscher Taschenbuchverlag München 1963.
Epigramme und Sprüche: Piper 1919 und 1922.
Über die Galgenlieder: Cassirer 1921; veränderte Neuausgabe *Das aufgeklärte Mondschaf:* Insel-Verlag 1941 und 1963.
Mensch Wanderer: Herausgegeben von Margareta Morgenstern (Sammlung) Piper 1927.
Die Schallmühle: Piper 1928; veränderte Neuausgabe *Böhmischer Jahrmarkt:* Piper 1938; veränderte Neuausgabe *Egon und Emilie:* Piper 1950.
Osterbuch: Cassirer 1908; Neuausgabe *Hasenbuch:* Insel Verlag Wiesbaden 1960.
Die Märchen vom Rübezahl: Cassirer 1909.
Klein-Irmchen: Cassirer 1921; veränderte Neuausgabe *Liebe Sonne, liebe Erde:* Verlag Stalling in Oldenburg 1943.
Klaus Burrmann, der Tierweltphotograph: Oldenburg 1941.
Ostermärchen: Oldenburg 1951.
Sausebrand und Mausbarbier: Oldenburg 1951.

BIBLIOGRAPHISCHER NACHWEIS DER ZEITSCHRIFTENARTIKEL

Der Zuschauer
Halbmonatsschrift für Kunst, Literatur und öffentliches Leben. Herausgegeben von Otto Ernst und Konstantin Brunner. Zweiter Jahrgang, Hamburg 1894.
Jugendstürme. 1894/12. S. 42–43
Drei. 1894/16. S. 181–182
Die Eisenacher Zusammenkunft. 1894/16. S. 185–187
Sprechsaal. 1894/18. S. 286–287
Der Kastl von Hollerbräu. 1894/20. S. 381–382
Epigo und Dekadentia. S. 425–431. (in ›Pasquino‹ 1894/11: Beiblatt des ›Zuschauers‹)
Chr. M. Im Sommersturm. 1894/23. S. 519–520

Neue Deutsche Rundschau (Freie Bühne)
VI. Jahrgang, Erstes und zweites Quartal 1895, S. Fischer Verlag Berlin:
Neue Lyrik. S. 206–207
Komische Käuze. S. 420–423
VI. Jahrgang, Drittes und viertes Quartal 1895:
Von neuer Lyrik. S. 1252–1255
Nietzsche, der Erzieher. 1896, S. 709–712

Der Kunstwart
Oktober 1894 bis September 1895
Herausgeber: Ferdinand Avenarius; Redakteur: Oskar Bie
1. April-Heft Nr. 7. Berliner örtliche Beilage. Rundschau. S. 26–27
2. April-Heft Nr. 8. Berliner örtliche Beilage. Rundschau. S. 30–31
1. Juni-Heft Nr. 11. Berliner örtliche Beilage. Auf der großen Berliner Kunstausstellung. S. 41–42

Das Theater
Illustrierte Halbmonatsschrift, redigiert von Christian Morgenstern, erschienen im Verlag Bruno Cassirer, 1. Jahrgang 1903 (Beginn Januar 1903), erschien bis 1905. Daraus wurden entnommen:
Elektra. 1. Jg. 1904. S. 45–48
Bühnenausstattung. 2. Jg. 1905 S. 58–59
Zum ›Sommernachtstraum‹. 2. Jg. 1905. S. 96
Zu einem Buch über die Duse. 1. Jg. 1904. S. 124–128
Gelegentliches. 1. Jg. 1904. S. 185–186
Ein Brief ... 2. Jg. 1905. S. 23–24
Theodor Fontane ... 2. Jg. 1905. S. 45–48
Gelegentliches. 2. Jg. 1905. S. 115–120
Gelegentliches. 2. Jg. 1905. S. 112

Die Schaubühne
Wochenschrift für die gesamten Interessenten des Theaters. Herausgegeben von Siegfried Jacobsohn; von Jahrgang 14 (1918) an unter dem Titel: Die Weltbühne.
Jahrgang 3, Nr. 50, 1907:
Chr. M. Fortbildungslehrgang für Theaterdirektoren. S. 391–393
Jahrgang 3, Nr. 52, 1907:
Chr. M. Vier Epigramme. S. 624
Jahrgang 4, 1908:
Chr. M. Im Theater. S. 11